Le disparu du Mékong

MARC CHARUEL

Le disparu du Mékong

Toucan
NOIR

ISBN : 978-2-81000-940-4

Éditions du Toucan – éditeur indépendant
16, rue Vézelay, 75008 Paris.

www.editionsdutoucan.fr

« Le plasma du rêve est fait de la douleur des séparations. »

Henry Miller, *Printemps noir*

À Bénédicte, Matthieu, Louis et Faustine.

Prologue

La mousson éclata d'un coup. Les premières gouttes cinglèrent la fenêtre de la chambre de l'hôtel chinois avec une violence inhabituelle. Philippe Rohde regarda un instant les trombes d'eau balayer la rue. La pluie allait bientôt transformer le quartier en un vaste marécage et compliquer la circulation. Il déplia son poncho, fit un dernier tour d'horizon et glissa son portefeuille dans un sac plastique avant de le mettre dans la poche revolver de son pantalon.

Le réveil installé à la tête du lit indiquait 5 heures pile. Juste le temps de rejoindre la gare routière s'il voulait attraper un bus pour atteindre les hauts plateaux en fin de journée. Avec ce déluge qui arrivait en avance pour la saison, le voyage devenait incertain.

Rohde vérifia encore la charge de son téléphone, passa dans la salle de bains regarder ce qu'il abandonnait sur la tablette du lavabo et rajouta dans l'armoire de la chambre la veste achetée la veille chez Bao Silk, le tailleur de la rue De Tham. Il laissait également une pile de caleçons et de tee-shirts, une paire de baskets et un pantalon de randonnée. Plus, sur le bureau, la photo d'une femme, un carnet d'adresses rempli de numéros de téléphone d'anciens camarades de fac sans importance et un agenda fantaisiste, reconstitué au cours de la nuit et censé égarer ses éventuels poursuivants vers des pistes improbables.

Histoire de faire croire qu'il allait revenir à Saigon afin de gagner du temps.

Chaque minute qui passait lui tordait davantage l'estomac. Il referma la porte de la chambre doucement et prit l'escalier de service pour éviter le hall et la réception. Les marches de fer aboutissaient à une salle de restaurant en travaux. Au fond de la pièce, une porte ouvrait sur un garage où stationnaient un pick-up et trois Chevrolet de l'époque américaine hors d'état de rouler. Sur le sol de ciment gras et poussiéreux, des caisses éventrées pleines d'outils rouillés, de vieux bidons d'huile vides, des poubelles fatiguées, des cartons bouffés d'humidité, des rouleaux de toile cirée déchirés, des pneus crevés, des bobines de fil de fer, de câbles et des boîtes remplies de vis, d'écrous et de fusibles usagés avaient été accumulés au fil des années. Tout un bric-à-brac transformant le garage en un véritable dépotoir.

Avant de quitter ce capharnaüm, Rohde jeta encore un coup d'œil sous l'une des voitures. Coincé dans la fosse à vidange, le corps déposé durant la nuit se devinait à peine, tombé cul par-dessus tête. Il ne sentait pas encore, mais c'était une question d'heures.

Rien, objectivement, ne reliait le cadavre à Rohde, mais ce dernier savait d'expérience qu'il fallait toujours compter avec le flair et l'entêtement des services spéciaux vietnamiens. Les agents du TC2[1] ne lâchaient jamais rien. Le Département général du renseignement militaire fonctionnait encore comme le KGB à la grande époque de l'Union soviétique. Une institution aussi secrète qu'implacable qui tenait le pays d'une poigne de fer en semblant ignorer complètement les signes d'ouverture affichés par le Politburo. Le Viêtnam multipliait les efforts pour

1. Tổng cục 2 tình báo quân đội. Service de contre-espionnage relevant du ministère de la Défense et du Parti communiste vietnamiens.

apparaître comme une nation moderne et soucieuse de s'inscrire dans la voie démocratique. En réalité, il n'en était rien. Au mieux, il s'agissait d'un régime à la chinoise, libéral sur le plan économique et totalement fermé pour ce qui relevait de la politique. Si l'on ajoutait la propension naturelle des autochtones à collaborer avec les autorités, cela devenait un cocktail explosif. Raison pour laquelle Philippe Rohde avait choisi, pour ce qui le concernait, de laisser croire à une disparition brutale et inquiétante. Quant au macchabée, l'homme avait glissé et s'était fracturé la nuque... Si la guerre entre les différentes officines secrètes vietnamiennes battait toujours son plein comme il le pensait, alors il aurait quelques jours devant lui pour disparaître. Le temps qu'elles croisent leurs dossiers et qu'elles finissent par s'entendre sur son cas, il serait loin.

Resterait à régler la question concernant Paris. Rien ne lui assurait de ne pas être abandonné en rase campagne si ses commanditaires changeaient d'avis. C'était pile ou face. En vieux routier de la DGSE, Rohde ne se faisait aucune illusion. Il avait accepté de tremper dans une énorme magouille d'État, accepté d'en être la cheville ouvrière sur le terrain, accepté de tromper tout le monde autour de lui, de trahir des contacts, d'envoyer des gens à la mort, il avait parfaitement conscience que le moindre grain de sable dans cette opération pouvait lui coûter bien plus que sa carrière.

À cette heure-là, la belle Estelle Becker devait dormir. Il composa son numéro sur son portable et lui laissa un message pour lui proposer de déjeuner à la terrasse du *Continental* le jour même.

Lorsque tout ce qu'il avait préparé fut terminé, Rohde enfila le poncho et ramassa son sac. La boucle était bouclée. Il serait loin de Saigon lorsque Becker se présenterait au restaurant. La suite, il la connaissait. La jeune femme appellerait sur son mobile toutes les cinq minutes après le rendez-vous manqué, puis elle se rendrait au cours de l'après-midi dans son bouge où elle se ferait ouvrir la chambre et découvrirait ce qu'il avait laissé. Comme les cailloux du Petit Poucet. Sauf que rien ne permettrait de remonter jusqu'à lui. Alors, Becker contacterait Paris, et la plus importante affaire de manipulation qu'il lui avait été donné d'organiser se mettrait en place.

Rohde en aurait souri si la situation n'avait pas été si tendue.

5 h 15. Le martèlement de la pluie sur le toit de tôle ondulée du garage faisait un bruit d'enfer. Rohde contourna la dernière voiture abandonnée sur cales au fond de l'atelier et poussa la porte donnant sur l'extérieur. La violence de la mousson avait retenu chez eux les vendeurs des échoppes qui, habituellement, ouvraient leurs boutiques entre chien et loup. Il rabattit sur son visage la capuche du poncho et s'enfonça dans la rue déserte.

1

L'heure de la conférence de rédaction approchait. Vincent Caron était arrivé tôt au journal parce qu'il souhaitait mettre de l'ordre dans ses papiers et relire une fois encore les renseignements glanés la veille auprès de ses correspondants pour défendre son projet de reportage. Convaincre le cerbère qui dirigeait l'hebdomadaire de la nécessité d'aller voir sur place et de ne pas se contenter des infos rapportées par *Le Monde* ou *Le Figaro*.

Toutes les années passées ici, il lui avait fallu batailler pour obtenir de pouvoir prendre un avion et seulement faire son métier. Épuisant. Démoralisant parfois. Toujours cette impression de tirer sur la corde. De passer pour un emmerdeur désireux d'abord de filer loin de Paris s'octroyer du bon temps au frais de l'entreprise. Les maquis communistes aux Philippines, la guerre du Golfe, celle de l'ex-Yougoslavie, la traque des Farc en Colombie, les moudjahidines en Afghanistan, le bordel du Liban, les printemps arabes, l'horreur des premiers événements en Syrie… Tout cela avait été du tourisme pour son patron.

Quant à ses jeunes confrères, ce n'étaient pas eux qui allaient lui redonner le moral. Embauchés à des salaires de misère avant même la fin de leurs études, mais persuadés que la carte de presse obtenue presque par hasard faisait d'eux des membres à part entière de cette Médiacratie, c'étaient des gamins et des gamines imbus d'eux-mêmes, avec un manque d'intérêt total pour l'expérience des anciens. De bons petits disciples de la bien-pensance, sans curiosité, sans états d'âme, confondant information et communication, aux ordres des actionnaires, des politiques et des publicitaires, et déterminés à nettoyer la profession de tous les seniors qui réfléchissaient encore et ne se laissaient pas imposer des méthodes de travail qui devaient faire se retourner dans sa tombe Albert Londres.

Lorsqu'il les observait, arrivant le matin à la rédaction sans jamais avoir ouvert un journal, quittant leur bureau à 18 heures pétantes, rechignant à aller enquêter un week-end à deux cents kilomètres de Paris, ne manifestant jamais aucune empathie pour les populations engluées dans les horreurs africaines ou celles du Moyen-Orient, tournant tout en dérision, Caron sentait son sang bouillir.

Dernier encore en place de ses vieux confrères débarqués les uns après les autres, il avait conscience d'être un dinosaure dont le temps était compté.

À 60 ans passés, c'était même incroyable qu'il soit encore là. Qu'il n'ait pas été remercié comme ses copains.

Ce matin, Caron savait que la partie serait une fois de plus difficile. Même si les enjeux du reportage étaient d'une actualité et d'une importance brûlantes. La perspective d'avoir à les défendre face à cette assemblée lui tordait l'estomac. Le concert de sourires en coin, de ricanements et de coups d'œil jetés au plafond qu'il allait devoir supporter le mettait déjà en colère.

En y réfléchissant, il se dit, une fois de plus, qu'il aurait dû démissionner depuis longtemps, et que s'il avait manqué de courage dans sa vie, c'était bien à ce propos. Il avait vraiment fallu que les services français lui ordonnent de ne pas quitter le journal pour qu'il accepte d'endurer ce qu'il avait vécu.

Au terme de la conférence qui n'avait pas duré une heure, le projet de reportage dans l'enclave espagnole de Melilla avait été refusé. François Dupuy, le directeur de la rédaction, n'avait rien voulu entendre. Alors que le journal faisait des migrants un feuilleton quasi hebdomadaire, tout à coup le sujet ne l'intéressait plus. Trop loin, trop cher. Et pas assez de place dans les pages... La ritournelle habituelle pour botter en touche. Vincent Caron s'y attendait un peu. Il ne fut donc pas surpris par les mimiques mielleuses et embarrassées. Il connaissait trop bien ce concert d'hypocrisie. La seule chose qu'il pouvait désormais espérer était un changement d'actionnaire. L'occasion de partir la tête haute en faisant jouer la clause de cession. Entre quarante et soixante mois de salaires bruts que les nouveaux propriétaires seraient obligés de lui verser. Pas de fiscalité. Un sacré pécule pour tourner la page du journalisme. Et ensevelir définitivement au fond de lui les désillusions et l'amertume qui l'avaient gagné au fil du temps.

Tirer un trait définitif sur une carrière qui lui avait bouffé la vie, et trouver le temps de s'occuper enfin de son épouse. Cécile, cette femme extraordinaire qui avait vécu dans son ombre toutes ces années sans jamais se plaindre, sans jamais poser les questions qui fâchent, acceptant tout, ses absences, ses disparitions, ses blessures, ses mouvements d'humeur, ses incartades... Elle avait gardé pour elle ses angoisses, ses déceptions, ses manques, laissant une asthénie chronique l'envahir discrètement. Tout en continuant de lui vouer un amour total, même dans la maladie qui la rongeait. Elle, aussi, attendait la retraite de son mari pour profiter, ailleurs, du temps qui lui restait à vivre. Loin de Paris et du tumulte de la rédaction.

2

Caron quitta la salle de conférences sans un regard pour la jeune équipe qui s'interpellait pour descendre prendre un café à la terrasse du bistrot installé au coin de la rue, à vingt mètres du journal. Même s'ils l'avaient invité, il aurait été hors de question qu'il se joigne à eux. Entendre commenter les derniers potins politiques sans aucun intérêt ou le dernier match de foot était au-dessus de ses forces. Il ne comprenait pas comment des gars de 25 ans étaient incapables de s'intéresser à autre chose. Le temps était loin où tous les novices rêvaient de la guerre du Viêtnam ! À 18 ans, lui y était allé.

Il s'installa à sa table et rédigea une série de mails pour avertir ses contacts qu'il ne se rendrait pas en Espagne. Au fond, qu'aurait-il écrit de plus qui aurait pu aider à faire bouger les lignes ? Les Français se foutaient de la question migratoire. Alors, un papier de plus sur la misère du tiers-monde qui frappait à la porte de l'Europe, autant pisser dans un violon, ça ne changerait rien. Ne restait plus qu'à espérer ce changement d'actionnaires que la rumeur se plaisait à présenter comme une éventualité de plus en plus probable. Il s'exilerait quelque part avec Cécile, en Bretagne ou ailleurs. Son musée personnel des souvenirs rapportés de reportages rangés dans une caisse. Il tournerait la page et se consacrerait aux menus plaisirs de l'existence avec sa femme. Pas d'enfants, pas de contraintes familiales, ils pourraient même filer très loin, en Thaïlande, en Australie… Cécile retrouverait peut-être la force et le goût de vivre.

Caron était en train d'y réfléchir quand son téléphone émit les premières notes de *L'Internationale*. Encore une de ses trouvailles pour faire jaser dans les couloirs.

Le téléphone sonnait toujours. Caron tendit le bras et décrocha.

— Vincent ?

— Lui-même.

— Denis à l'appareil…

Denis Perrin, un ami de plus de trente ans, était l'homme de la section Asie à la DGSE. Caron et lui s'étaient connus au Pakistan, sur la frontière afghane, à l'époque où les Soviétiques menaient encore leur guerre sans issue contre les moudjahidines. Caron rentrait d'un voyage de deux mois et demi avec un groupe de la Jamiat Ulema-e-Islam, qui allait plus tard former Al-Qaida. Deux mois et demi à se demander le matin s'il verrait le soir se coucher, et le soir le matin se lever. Deux mois et demi de terreur non-stop. Le pire reportage de sa vie.

Jusque-là, Caron avait toujours aimé les rebelles. L'Afghanistan avait été un désenchantement complet. Terrible. Deux mois et demi à crapahuter derrière des fous furieux, arriérés, obscurantistes, mauvais, sales et méchants, si ces termes pouvaient s'appliquer à des types s'abritant derrière les femmes et envoyant, sans états d'âme, des enfants se faire sauter sous les roues des blindés moscovites.

Il était entré dans les vallées de l'Hindou Kouch profondément anticommuniste, il en était ressorti prosoviétique. Du moins sur la question afghane.

Alors qu'il s'éternisait devant son premier vrai repas dans un restaurant minable de Peshawar, un géant venu s'asseoir à la table d'à côté lui avait adressé la parole d'une voix chaude et grave. Perrin venait d'entrer dans sa vie.

Comment refuser une conversation avec cet inconnu qui lui avait tout de suite fait remarquer, désignant les appareils photo sur la table, qu'il fallait un sacré courage et une sérieuse dose de folie pour faire ce métier dans cette région. Caron avait haussé les épaules et invité Perrin à le rejoindre, attendant la suite. Il n'avait pas été déçu. L'homme, qui s'avérait être un compatriote, n'avait fait aucun mystère sur les raisons de sa présence à la frontière. Manifestement très informé sur les groupes résistant à l'invasion soviétique, il s'était livré à une analyse brillante de la situation sur place et des derniers développements des politiques occidentales la concernant. Le mot DGSE était arrivé naturellement dans la discussion, mais ce n'est que beaucoup plus tard, à Paris et après bien des rendez-vous, que Perrin avait donné son véritable nom à Caron.

Sur le moment, Perrin s'était présenté, un sourire entendu au coin des lèvres, comme M. Martin. On ne pouvait pas faire plus louche. Mais il l'avait fait avec une telle dose d'humour que Caron s'était marré.

— Martin ! lui avait-il rétorqué. Comme l'âne...

— C'est ça, avait répondu Perrin. Mais j'essaye d'être moins bête. Si tu préfères, tu peux m'appeler Dupond ou Durand. Avec les Afghans et les Pakos, c'est selon. Selon l'interlocuteur et le moment. C'est pas important. Ce qui l'est, c'est que je loge dans une piaule louée par l'ambassade à Islamabad et que tu pourras m'y joindre quand tu voudras, si tu en ressens le besoin d'ici ton retour en France.

Perrin avait ensuite fait partir le reportage de Caron par la valise diplomatique et lui avait évité une foule d'ennuis avec l'immigration pakistanaise pour que celle-ci ne bloque pas sur son visa périmé.

Il lui avait également fait rencontrer d'autres personnalités de la résistance afghane et permis de boucler un sujet exceptionnel. Sans contrepartie. Il n'avait rien demandé d'autre que Caron sorte de cet enfer vivant.

L'opinion que s'était faite Caron sur les moudjahidines, leur résistance, l'aide inconditionnelle qui leur était apportée par l'Occident, l'aveuglement de celui-ci, et le mérite qu'avaient les Soviétiques à combattre envers et contre tous ce qu'ils représentaient, avait conduit Perrin à lui proposer de rencontrer à Paris les pontes du Renseignement. Il avait usé d'un argument imparable pour l'y contraindre.

— Jamais, tu ne pourras écrire ce que t'as vu dans ton canard ! lui avait-il dit.

— En tout cas, je vais essayer. C'est moi, le reporter. C'est moi qui suis allé au fond des choses. C'est moi qui ai risqué ma putain de peau pour arracher à ces connards leur part de vérité.

— Mais oui, mon gars. Mais comme chacun sait, avoir raison trop tôt ne mène jamais à rien. La manière dont l'intervention soviétique est unanimement condamnée nous en apporte la preuve…

— Toi, t'en penses quoi ?

Perrin avait hésité un moment avant de répondre :

— J'ai tout à fait conscience que nos ennemis peuvent avoir parfois raison. Ce qui est le cas avec le combat que mènent les Sovs contre cette vipère religieuse afghane.

— Tu déconnes !

— Non.

— Bon. Et donc ?

— Donc, faudrait que quelqu'un d'autre que moi vienne défendre cette analyse auprès des patrons des services, à Paris. Un journaliste comme toi, avec ton passé, c'est la personne idéale. On ne pourra pas te soupçonner d'enfumage. On t'écoutera.

— Tu crois !

Perrin avait rigolé.

— On t'écoutera davantage que dans ton journal. J'en mets ma main au feu.

La suite lui avait donné raison. L'article rédigé par Caron lui avait valu une convocation dans le bureau du directeur de la rédaction. Et l'annonce de son exclusion. François Dupuy s'était déclaré outré, scandalisé qu'un papier de la sorte ait pu être écrit par un membre du journal.

— Ça, mon petit père, vous me le copierez ! s'était-il emporté, fou de rage. Vous vous êtes cru à *L'Humanité* ? Vous pensez qu'on vous a envoyé là-bas pour faire l'apologie de la guerre menée par les Rouges ? Je savais que vous n'étiez pas dans le moule, mais de là à penser que vous puissiez défendre l'indéfendable, j'en étais loin !

Caron, qui s'attendait à devoir s'expliquer, n'avait pas imaginé une telle réaction. Pas même la possibilité d'en placer une ! Dupuy lui avait ordonné de regrouper ses affaires, dans l'attente de sa lettre de prélicenciement, en lui interdisant l'accès à la salle de conférences.

— Dans quarante-huit heures, vous aurez quitté l'entreprise, avait-il grondé entre ses dents.

Sauf qu'à cette époque, Caron avait encore des appuis au journal. Des camarades intelligents qui le connaissaient et lui faisaient confiance, quand ils ne lui vouaient pas une admiration sans bornes pour son parcours. Ils avaient alerté le propriétaire du magazine qui, embarrassé par l'idée de renvoyer un journaliste pour délit d'opinion, avait tenu à entendre Caron. C'était un curieux bonhomme. Un patron de presse à l'ancienne. Une sorte d'animal à sang froid, avec des convictions très arrêtées, mais aussi une capacité étonnante à pouvoir tout remettre en question dès lors que ses certitudes se trouvaient contrariées à l'épreuve des faits. Il avait reçu Caron dans l'antichambre de son bureau, lui donnant deux minutes pour défendre son papier.

L'entretien avait duré une heure. Le vieux avait été passionné par le récit de son journaliste. Il lui avait demandé de préciser des points de détails, avait posé question sur question, finissant par aller chercher et déployer au sol une grande carte de l'Asie centrale pour mieux se faire expliquer le cheminement parcouru par Caron au cours de ses deux mois et demi d'expédition chez les fous de Dieu. Puis il avait décroché son téléphone pour appeler le directeur de la rédaction. « Monsieur Dupuy, avait-il dit, je viens de m'entretenir avec Vincent Caron… » Caron avait entendu l'autre lui répondre quelque chose comme : « Ah ! Vous avez vu, monsieur… » « Oui, monsieur Dupuy, avait poursuivi le patron, j'ai donc décidé de publier le reportage de notre journaliste. Nous n'en changerons pas une ligne. Pas une virgule. C'est un récit dont, je pense, nous reparlerons dans quelques années. Terrible. Visionnaire. Si nous ne sommes pas capables d'imprimer un tel sujet, c'est que nous ne faisons pas notre métier. »

Sans cet incident et la manière dont il avait été réglé, Caron ne serait certainement pas allé à la caserne Mortier rencontrer les responsables du département où travaillait Perrin. Mais la réaction du propriétaire de son journal l'avait convaincu de taper plus haut encore.

Ce qu'il ne savait pas, c'est qu'à l'instant où il mettrait un pied à la DGSE, il nouerait avec elle des liens qui le ficelleraient à vie. Pour le meilleur et pour le pire.

Les pontes des services secrets savaient y faire. Hormis le fait d'avoir été reçu, écouté comme un ministre, Caron avait été encouragé à poursuivre ses enquêtes sur les sujets qui le passionnaient, les guérillas, le communisme, les réseaux islamistes, tout ce qui faisait peu ou prou le pain quotidien des hommes du Renseignement français. En le caressant dans le sens du poil, ils étaient parvenus au terme de quelques réunions supplémentaires à en faire un honorable correspondant.

Les années passant, il était allé, pour le compte de ses nouveaux employeurs, aux Philippines, en Birmanie, au Cambodge, en Côte d'Ivoire, au Tchad, en Centrafrique, aux Moluques, en Croatie et en Bosnie, en Nouvelle-Calédonie, en Israël, au Liban, en Irak...

Le plus incompréhensible, le plus drôle de cette histoire, était que jamais personne à la rédaction de son journal ne s'était posé de questions sur tous ces reportages qu'il partait couvrir pour un minimum de frais. Comme si les avions, les hôtels, ne coûtaient plus rien. Comme si les groupes révolutionnaires qu'il partait rejoindre étaient capables de le financer, même les plus improbables...

Les rares fois où un sujet sur la DGSE arrivait dans la conversation au cours des conférences de rédaction, Caron regardait ses chaussures ou dessinait ses confrères sur son cahier, mais personne n'aurait eu l'idée de lui demander ce qu'il en pensait. C'était à la fois rassurant et atterrant.

Il inspira à fond, comme à chaque fois qu'il avait Perrin en ligne, pour calmer son rythme cardiaque, attendant d'apprendre où son pote avait décidé cette fois-ci de l'envoyer. Priant pour que ce ne soit ni la Syrie ni l'Irak. Depuis quelques mois, la perspective de se retrouver là-bas et de terminer sa carrière en combinaison orange sous la lame d'un djihadiste lui foutait une trouille bleue. Une abomination totale qui le réveillait la nuit.

À de multiples reprises, Caron s'était promis de ne jamais remettre les pieds sur un terrain de guerre. Lorsque Daech avait mis à feu et à sang le Levant, il avait enfin tenu parole. Personne au journal ne lui proposant d'y aller, restait l'éventualité que ses amis de la caserne Mortier le fassent. Depuis le début du conflit, chaque coup de fil de Perrin lui asseyait un éléphant sur la poitrine, tant il redoutait que sa prochaine destination fut Mossoul, Tikrit, Deir ez-Zor, Raqqa ou Alep. Au lieu de cela, il était allé plusieurs fois en Israël et en Russie, loin des scènes de guerre. Ça lui convenait, mais l'angoisse était toujours là.

— Oui, Denis, je t'écoute.

— Tu vas bien ?

— Comme dans un placard. Ça pourrait aller mieux.

Dans le combiné, Caron entendit Perrin glousser.

— Mon pauvre gars, t'es au-dessus de tout ça, non ?

— Je me demande juste combien de temps ça va durer.

— Bon, si t'as rien à foutre dans ton canard, j'ai une mission pour toi. T'es le seul à pouvoir la remplir.

Caron sentit son pouls s'accélérer.

— Vas-y ! murmura-t-il.

— Tu vas aller au Viêtnam…

Caron mit quelques secondes à comprendre. Le Viêtnam ? Aujourd'hui ? Qu'est-ce que les services pouvaient bien avoir à lui demander d'aller faire chez l'oncle Hô ?

L'une des règles importantes était de ne jamais poser de questions par téléphone. Et de toujours trouver une pirouette pour transformer l'annonce en une réflexion ordinaire.

— Tu as raison, répondit Caron, je devrais me changer les idées et prendre un peu de vacances.

Il savait qu'il devait filer ensuite au *Café République* où Perrin lui expliquerait en détail l'objet de la mission. Dans tous les cas, c'était toujours urgentissime. Avec un départ le soir ou le lendemain matin. Juste le temps de boucler une valise et de régler deux ou trois formalités.

Caron regarda sa montre et décida de passer chez le directeur de la rédaction pour lui annoncer son nouveau projet avant de rejoindre Perrin au bistrot.

3

François Dupuy était, comme à son habitude, penché sur sa copie comme un élève de CM2, les bras écartés et la tête au niveau de la feuille. Vingt ans après l'arrivée de l'ordinateur, il ne se résignait toujours pas à abandonner le crayon et le papier.

Son épouvantable gilet bleu sur le dos, il ressemblait à une sorte de *gentleman-farmer* égaré au milieu d'une montagne de livres et de documents.

— François, j'ai réfléchi, ça prendra deux minutes, murmura Caron en s'appuyant au chambranle de la porte.

Le directeur de la rédaction posa un œil sur lui par-dessus ses lunettes, laissant en suspens le crayon.

— À quoi avez-vous encore réfléchi ? demanda-t-il d'un ton où filtrait l'exaspération.

Caron était précisément le genre de journaliste qu'il n'aurait jamais souhaité avoir au sein de son journal. Un admirateur d'Albert Londres avec une seule obsession : tremper sa plume dans toutes les plaies du monde. C'était fatigant à la longue. Rien ni personne n'avait jamais pu lui faire entendre raison. Comme si la presse, de nos jours, pouvait encore se payer le luxe de grands reportages destinés à secouer l'endormissement des lecteurs ! Il lui avait expliqué cent fois que le public voulait être rassuré, que les malheurs des autres ne l'intéressaient plus, et que les publicitaires qui faisaient vivre les médias papier exigeaient désormais des sujets légers, mais rien n'y faisait. Caron n'en démordait pas, il continuait à brasser ses grandes et nobles idées.

— Qu'est-ce que vous avez encore inventé ! continua Dupuy.

Caron sourit pour calmer la tempête qu'il sentait se lever à l'intérieur de son patron.

— Vous savez, Melilla, c'était une proposition comme une autre. Je pensais que la rédaction y aurait trouvé un intérêt, ce n'est pas le cas, ça ne fait rien. Au fond, pour vous dire la vérité, je n'avais pas très envie d'y aller. J'ai un autre projet plus important et plus dans l'air du temps. De surcroît gratuit.

— Gratuit !

— Oui, un de ces reportages historico-culturels que je fais depuis quelque temps avec le soutien d'agences de voyages.

— Et où, cette fois-ci ?

— Au Viêtnam. J'ai le billet d'avion, le visa et le logement offerts. Plus les transports sur place.

— Ah ! Et vous partiriez combien de temps ?

— Quinze jours. Peut-être trois semaines. Mais si je parviens à dégotter un autre sujet une fois là-bas, économique par exemple, j'allongerai mon séjour sur mon temps de vacances.

François Dupuy hocha la tête lentement, pressé déjà de se remettre à sa copie.

— Ça ne vous pose pas de problème ? insista Caron.

— Aucun.

L'entretien était clos. L'affaire dans le sac. Le patron n'avait même pas demandé de quoi il s'agissait. C'était gratuit et Caron allait débarrasser le plancher un bon moment, c'était parfait. Pourquoi poser des questions inutiles ? Caron connaissait le bonhomme comme s'il l'avait fabriqué. Il lui enverrait un mail dans les minutes suivantes pour officialiser son départ et les conditions de celui-ci. Puis, il irait retrouver Perrin et oublierait pour quelque temps le journal, ses confrères et les tracas au quotidien.

Le Viêtnam ! Mais pour y faire quoi ? Qu'importe ! Même si cela paraissait étonnant, il n'aurait pas rêvé mieux. Le pays de ses 18 ans et de son premier grand reportage…

Toutes ces années à rêver de s'asseoir à la terrasse du *Majestic* regarder le ciel s'embraser subitement juste avant que la nuit ne tombe sur la rivière de Saigon, il s'était souvent promis d'y retourner sans en trouver l'occasion.

Il allait enfin sentir de nouveau le parfum des soupes monter de la rue. Puis déambuler sur Đồng Khởi jusqu'à la place de la Cathédrale pour y prendre un dernier verre dans un des cafés installés sur le trottoir. Se repaître du ballet anarchique des deux-roues avant, peut-être, de terminer la soirée au salon de massage du *Rex*.

Dans son souvenir, le Viêtnam, c'était aussi la lumière laiteuse du matin chargée d'humidité, le concert des klaxons et des cris des portefaix, les grappes d'enfants insouciants jouant dans les parcs, les filles en *áo dài* sur leurs vélos, les vieilles aux dents laquées assises sur les étals des marchés, le tohu-bohu incessant de la ville…

Jamais Caron n'aurait imaginé une seconde que la Boîte puisse l'envoyer là-bas. C'était un vrai cadeau que lui faisait Perrin. Il allait en profiter.

4

L'avancée du bistrot était noire de monde. À croire que personne ne bossait dans cette ville. La chaleur, qui affichait depuis quelques jours des records, transformait Paris en une gigantesque fête. Touristes, étudiants, vieillards, tout le monde voulait jouir de cet été indien. Partout, les esplanades, les jardins publics, les terrasses étaient pris d'assaut. Une seule table était encore libre, Caron s'y précipita et prit machinalement la carte, même s'il connaissait la suite. Perrin commanderait d'office deux tartares et deux bières en s'étonnant que Caron reste à l'eau. Du coup, il sifflerait les deux bocks et en redemanderait peut-être un troisième en maudissant cette foutue température. Il avalerait la viande crue et les frites sans dire un mot, en observant son honorable correspondant, puis sortirait un dossier de son cartable. Un rituel auquel Caron s'était habitué. Perrin était depuis longtemps devenu un ami, mais dans le boulot, il agissait toujours de la même manière, comme s'il devait encore tester la patience et la motivation de son interlocuteur.

Le directeur de la section Asie apparut en slalomant entre les clients, avant de s'effondrer sur le siège face à Caron, le visage luisant de sueur.

— Putain, quelle canicule ! À mon avis, tu vas déguster là-bas.

Caron répondit d'un sourire muet. Tout dépendait désormais de ce qu'allait lui annoncer son ami.

— Tu transpires jamais, toi ? poursuivit Perrin.

— Rarement.

— Tu m'as l'air beaucoup plus en forme qu'au téléphone...

Caron leva les yeux au ciel.

— Pas difficile !

— Donc, pas de problème, n'est-ce pas ? Tu peux partir tout de suite ?

— Si je suis capable de remplir la mission, oui.

— Personne d'autre ne conviendrait mieux que toi.

Perrin fit signe au serveur d'approcher.

— Comme d'habitude, rectifia-t-il.

Après avoir commandé les deux tartares, les bières et la carafe d'eau, il se rapprocha de Caron et baissa la voix au point que le journaliste dut se pencher vers lui pour l'entendre.

— Nous avons un souci, commença Perrin.

Le visage tout à coup fermé, il exposa la situation. Le débit de ses paroles s'était ralenti. Il fixait, tour à tour, ses mains sur la table ou un point de la ligne d'horizon, perdu au-dessus de l'épaule de Caron.

— Un de nos gars est parti là-bas il y a trois mois effectuer une mission d'évaluation politique. Un truc classique en apparence. Et tout à coup, pfft ! Plus de nouvelles. Disparu...

Puis, le silence. Perrin semblait réfléchir.

— C'est tout ? demanda Caron.

— Non. Notre homme s'est évanoui dans la nature après avoir fixé pour le jour même un rendez-vous à une amie de la Boîte, et envoyé en direct un message sur une ligne de téléphone aboutissant à un poste réservé de la DRSD, la Direction du renseignement et de la sécurité de la défense, chargée entre autres de la protection des forces en opérations. Une procédure d'urgence exceptionnelle qu'il n'était pas censé utiliser au Viêtnam. On ne comprend pas.

— Quel message ?

Perrin sortit de sa poche une feuille de papier. L'impression du fichier. png d'une copie d'écran de téléphone.

— Regarde ! dit-il à Caron qui se rapprocha encore.

Au milieu de la photo apparaissaient trois mots : « Fin de mission ».

— Et alors ?

Perrin fixa Caron un instant, puis se remit à regarder autour de lui.

— Fin de mission, putain ! gronda-t-il. Mais il s'est barré en laissant un cadavre derrière lui dans le parking de son hôtel. C'était pas prévu au programme. Et puis, le silence radio ensuite…

Caron attendit quelques secondes avant de poursuivre :

— Qu'est-ce qu'ils en pensent, à la DRSD.

Perrin fit la grimace.

— Je sais pas. Ils ignorent que je suis au courant. Un hasard, d'ailleurs. Le secrétaire particulier du grand patron m'a transmis la fiche de notre gars par erreur.

— Pourquoi, par erreur ?

— Parce que le papelard n'aurait jamais dû atterrir chez moi. Classifié à un niveau supérieur.

— Tu l'as pas rendu ?

L'embarras de Perrin était manifeste.

— Eh ben, non ! fit-il en baissant la tête.

— À quand remonte sa disparition ?

— Quatre jours quand même qu'il a disparu des écrans radars ! Comme c'est moi qui ai envoyé le gars là-bas, je suis un peu ennuyé.

— T'en as parlé à ton boss ?

— Je préfère d'abord gérer l'affaire à mon niveau.

— Tu fais cavalier seul, pourquoi ?

La remarque assombrit encore Perrin.

— C'est beaucoup plus compliqué que ça.

— Explique…

— Pour la première fois, il me semble que je maîtrise pas toute l'histoire.

— Je comprends pas.

— Pour faire simple, disons que j'ai l'impression d'être le fusible dans une opération qui me dépasse un peu. J'ai besoin de vérifier certains éléments rapidement. C'est ce que tu vas faire.

— D'accord, mais faudrait que tu m'en dises un peu plus sur la mission de ton agent.

Perrin se raidit.

— Négatif. Impossible. Et puis ça servirait à rien. J'attends de toi que tu me retrouves simplement les derniers contacts de mon mec et que tu me reconstitues son emploi du temps des derniers jours. C'est tout ce que je te demande pour le moment.

Perrin s'interrompit au moment où le serveur arriva avec la commande et planta sa fourchette dans la viande comme il l'aurait fait avec un plat de spaghettis. Caron observa quelques secondes de silence, puis demanda :

— T'es vraiment sérieux ?

— Ça n'en a pas l'air ?

— Est-ce que tu te rends compte de l'ampleur de la tâche ?

Perrin enfourna une énorme bouchée et répondit aussitôt :

— Je me rends surtout compte qu'on a un agent hors pair qui s'est volatilisé non pas en Somalie ou en Irak, mais au Viêtnam sans qu'on sache comment ni pourquoi, et que je vais passer pour un con. Maintenant, faut qu'on découvre ce qui a cloché. Qui, quand, où, pourquoi, comment. Quand on saura, j'aviserai. J'informerai le poireau et il décidera de ce qu'il convient de faire.

— Et comment je vais m'y prendre si tu me mets pas au parfum ?

— Je vais te donner un contact sur place grâce auquel tu vas rencontrer très vite pas mal de personnes qui devraient détenir chacune un morceau du puzzle.

— Ce serait plus simple de demander à cette personne, non ?

— Tu penses bien que si c'était le cas, je me serais pas adressé à toi. Son niveau de couverture est sujet à caution. Pas sûr qu'elle ne soit pas déjà repérée. Elle a un boulot officiel un peu particulier, je t'expliquerai... En revanche, toi, comme journaliste, t'as la meilleure des couvertures. Voilà pourquoi j'ai décidé que ce serait toi qui t'en chargerais. J'ai longuement réfléchi, c'est toi et personne d'autre.

Caron regarda Perrin entamer la seconde bière et se servit un verre d'eau. Il sentait la sueur lui couler entre les omoplates sans déterminer si la vraie raison en était la chaleur de four de la journée ou la claque qu'il venait de prendre. Depuis le coup de fil, il avait imaginé dix scénarios possibles : aller auditer une boîte, transmettre une proposition confidentielle à un cacique du régime, rencontrer des membres de l'opposition... Bref, un tas de jobs classiques pour quelqu'un comme lui, mais courir après un agent de la DGSE disparu, non. Cela paraissait aussi inimaginable qu'infaisable.

— Et si tu pouvais en plus mettre la main sur mon gars, ce serait la cerise sur le gâteau, poursuivit Perrin en détachant chaque syllabe et en évitant de le regarder.

— Rien que ça...

— Tu verras bien une fois là-bas. On peut pas exclure que la piste que tu remonteras te conduise jusqu'à lui.

— En admettant, je ferai quoi ensuite ?

— Je te le dirai en temps utile.

Caron gambergeait. Il fallait vraiment que Perrin soit aux abois pour lui confier un tel job. Mais comme toujours, en lui en disant le moins possible ! Pouvait-il seulement refuser ? On le payait assez largement pour qu'il ne se pose pas ce genre de question. Perrin avait évoqué, des années plus tôt, son impossibilité à repousser les missions requises, dès lors qu'il en avait connaissance. Il l'avait fait d'une manière alambiquée lorsque les obligations professionnelles de Caron étaient venues contrarier le timing d'une mission qu'on lui proposait aux Philippines, quand il avait été question de prendre contact avec une unité de la Nouvelle Armée du peuple, et de l'accompagner sur le terrain pour en dresser le fonctionnement. Un voyage à haut risque, qui ne pouvait pas durer moins de deux mois et tombait en pleine période électorale française pour laquelle le journal avait impérativement besoin de lui. Autant dire que c'était compliqué. Lorsque Caron l'avait souligné, demandant un délai, Perrin avait été on ne peut plus clair :

— Tu sais, lui avait-il dit, on fonctionne un peu comme la mafia, chez nous. Une fois que nos collaborateurs extérieurs sont mis au parfum d'une opération en cours, ils sont ficelés. Tu vas te débrouiller pour que ton canard te lâche la grappe. Trouve n'importe quelle excuse, mais trouves-en une. Normalement, tu devrais être de retour dans les trois semaines. Il te restera du temps pour te remettre sur la campagne des législatives.

Caron avait vendu à son rédac chef une vague histoire d'interviews de ministres du président Ferdinand Marcos, puis il avait sauté dans le premier avion. Or, l'opération ne s'était pas déroulée ainsi. Rien que les trois semaines dont parlait Perrin avaient été nécessaires pour nouer les contacts avec la guérilla. Ensuite, l'expédition avec le groupe armé, organisée au fin fond de l'île de Luzon, s'était soldée par une blessure gravissime récoltée au cours de l'attaque d'un poste de gendarmerie. Caron n'avait pu rentrer à Paris que trois mois plus tard. Certes, le fait qu'il revienne en vrac de son reportage, avec une vingtaine d'éclats de grenades dans le corps, avait empêché toute sanction de la part de son journal. Il avait eu droit, en parallèle aux remontrances d'usage sur les risques ridicules encourus, à un grand coup de chapeau et un traitement de faveur au cours des mois qui suivirent. Du côté de la DGSE, on avait multiplié les louanges. D'une part le rapport rédigé par Caron avait répondu à énormément de questions que se posait Mortier, d'autre part sa blessure reçue au feu avait impressionné jusqu'à la tête des services. Lorsque le général l'avait invité à déjeuner, il lui avait dit tout de go qu'il lui aurait fait attribuer la Légion d'honneur si l'obligation de confidentialité de sa collaboration n'interdisait pas qu'une telle récompense lui soit remise.

— C'est ballot, avait regretté le général Pons, patron de la DGSE à l'époque. On remet le ruban rouge à des tas d'imbéciles et de bons à rien, et on ne peut pas le faire à un type comme vous ! Croyez bien que j'en suis navré.

Caron avait balayé les lamentations du grand patron d'un large sourire, l'assurant qu'il n'avait jamais une seule seconde imaginé recevoir la Légion d'honneur.

— Vous savez, s'il y a bien une chose que je pense obligatoire de refuser pour tout journaliste qui se respecte, c'est bien toutes ces marques de récompenses officielles, qu'elles soient bleues, rouges ou autres. Sauf à accepter d'apporter la preuve d'une compromission avec le pouvoir.

Puis il avait éclaté de rire.

Le général s'était esclaffé à son tour.

— On m'avait dit que vous étiez un drôle de pistolet, admit-il, mais vous faites très fort. Ça me plaît qu'on ait recruté un gars de votre trempe.

À la fin du déjeuner, Perrin avait remis les pendules à l'heure.

— Va pas croire que t'as carte blanche pour faire ce que tu veux, avait-il martelé. Le poireau, sous ses airs cools, est un tueur. Au premier faux pas, il te dézinguera.

Puis il avait tendu une enveloppe à Caron.

— Cinquante mille balles ! Il te file cinq briques pour remplacer la Légion d'honneur. Et pour solde de tout compte. La prochaine fois qu'on fera appel à toi, on aura oublié tes états de services exceptionnels aux Philippines. Il faudra que tu fasses exactement ce qu'on veut, comme on veut. C'est la règle ! Mais t'es déjà au courant, on en a maintes fois discuté...

Après avoir ressassé cette vieille histoire, Caron réfléchit encore un peu. Ce n'était évidemment plus le journal qui l'inquiétait – il pouvait s'absenter dorénavant trois semaines, trois mois, tout le monde s'en foutrait –, mais cette improbable mission.

— J'espère que je suis couvert, marmonna-t-il en finissant son assiette.

— Qu'est-ce que tu imagines ? Y a jamais eu de problème, jusqu'à présent, alors...

— J'aurais simplement préféré que l'opération soit décidée en haut lieu.

— Laisse-moi gérer, répondit Perrin. Tu vas te mettre le plus vite possible en relation avec la personne avec laquelle devait déjeuner notre homme le jour où il s'est évanoui dans la nature. C'est le contact dont je te parlais, Estelle Becker. Une Franco-Américaine. Célibataire d'une quarantaine d'années. Un peu plus, peut-être, mais difficile à savoir.

— Tu m'as dit qu'elle était hors norme...

— Justement : escort-girl au long cours. Et malgré tout éduquée, mais avec, aussi, un sacré caractère.

— Ah…

— Raison pour laquelle on peut pas tout lui confier. Disons qu'elle m'aide à titre personnel depuis cinq ou six ans. Elle connaît le Viêtnam comme sa poche. Je l'ai rencontrée lors d'une cérémonie à notre ambassade à Hanoi. Une fille sympa, qui me rend de menus services contre beaucoup d'argent. Dans l'affaire qui nous occupe, elle a ouvert pas mal de portes à notre agent quand il a dû remplacer au pied levé celui qui l'avait précédé.

— Il y avait déjà eu quelqu'un d'autre ?

— Affirmatif, mais le gars a eu un accident lors de son dernier retour en France. Tu verras : Becker te sera très précieuse.

— Pourquoi n'est-ce pas ton premier gars qui me donne les infos utiles ?

— Mais parce qu'il sait foutrement rien de l'emploi du temps des derniers jours de son remplaçant. C'est ça qui m'intéresse… Je t'ai préparé une fiche sur lui. Philippe Rohde. Ce serait pas mal que tu te loges à l'hôtel où il était descendu, le *Freedom*, sur Phạm Ngũ Lão, le quartier hippie, le quartier des bordels. Rohde aimait assez le sexe, il a dû sauter toutes les plus belles filles du coin, il faudra aussi que tu te rancardes de ce côté-là. Sans doute Becker t'aiguillera-t-elle vers quelques-unes de ses conquêtes.

Perrin fouilla dans son porte-documents et en retira deux enveloppes.

— Dans la première, les frais de mission. J'ai prévu vingt-cinq mille euros, mais tu me rapportes les justificatifs. En ce qui te concerne, c'est quinze mille. Avec la possibilité de doubler la mise selon le résultat.

Caron émit un petit sifflement entre ses dents.

— Tu y tiens, à ton gars…

— On peut rien te cacher ! Dans la seconde enveloppe, tu trouveras les coordonnées de Becker, une petite bio et sa photo. Également celle de Rohde. Assez ancienne, mais fidèle à ce qu'il est devenu.

— C'est tout de même pas clair, ton histoire.

— C'est comme ça ! Moins t'en sauras, mieux ça vaudra.

— Pour qui ?

— Arrête de pinailler, tu me fatigues.

Une minute plus tard, Perrin claquait la porte d'un taxi. Caron regarda la voiture s'éloigner, puis jeta un coup d'œil à la deuxième enveloppe. Curieux de voir à quoi pouvait bien ressembler un agent disparu aujourd'hui à Saigon après avoir abandonné un cadavre derrière lui. L'homme qui lui apparût sur la photo d'identité lui arracha un cri de surprise : « Oh, putain ! Hervé Langlois… » Caron venait de retrouver l'officier qui lui avait sauvé la vie, quelque dix années plus tôt, à Kandahar. Ce type extraordinaire qui l'avait tiré des griffes des talibans et avait ensuite assuré sa protection jusqu'à la frontière pakistanaise. Comme à chacun de ses voyages en Afghanistan, les problèmes s'étaient accumulés. Mais cette fois-ci, Caron avait frôlé le pire. Intercepté par une unité de djihadistes français, son sort paraissait scellé. Jusqu'à ce que l'un d'eux le délivre et s'échappe avec lui après avoir accompli un véritable carnage au sein du groupe de ravisseurs. *Rohde, Philippe Rohde, Langlois… Évidemment, que des pseudos.* Quel que soit son nom, le gars avait avorté sa mission d'infiltration pour arracher le journaliste à une mort programmée. Ils avaient eu le temps d'en discuter ensuite au cours de leur marche forcée vers Peshawar. Enfin parvenus à la frontière, Rohde-Langlois avait simplement fait promettre à Caron de ne jamais faire état nulle part de l'incident. « On ne se reverra jamais, mais je suis heureux de ce que j'ai fait, lui avait-il dit. Heureux de t'avoir délivré. Heureux que tu puisses rentrer chez toi sain et sauf. Une chose importante, néanmoins, à fixer entre nous : personne ne doit être au courant de ce bordel. Ni de ton côté, ni du mien d'ailleurs. Ça t'évitera quelques complications dont tu n'as pas idée. » L'officier des forces spéciales s'était esquivé après une poignée de main chaleureuse. Caron avait tenu parole. Et voilà que ce gars surgissait de nouveau dans sa vie.

Perrin pouvait-il avoir finalement été mis au courant de son sauvetage à Kandahar par son agent ? L'envoyait-il au Viêtnam essayer de le retrouver à cause de cette vieille affaire afghane ? Caron ne savait plus quoi en penser. C'était à la fois trop simple et trop compliqué. *Non, cette histoire n'a jamais dû s'ébruiter,* finit-il par se convaincre. *Perrin m'en aurait parlé.*

5

Le vol SU 3814 se posa un peu après 23 heures au plus près du bâtiment central de Suvarnabhumi. Caron avait été obligé de prévoir un détour par Bangkok après qu'il eut appris que Becker s'y trouvait. Elle ne lui avait pas laissé le choix dans la mesure où elle n'était pas certaine de retourner à Saigon avant plusieurs semaines. Il lui avait téléphoné depuis Roissy après avoir consulté sa bio remise par Perrin. Née de la rencontre d'un ancien marine américain et d'une prostituée vietnamienne, Becker avait un peu plus de 40 ans, mais en paraissait dix de moins. Venue en France avec son père à l'adolescence, elle y avait fait ses études secondaires et acquis la double nationalité avant d'intégrer l'école d'architecture de Strasbourg. Diplôme en poche, elle était retournée aux États-Unis pour suivre un MBA, puis avait totalement changé de voie, une fois le certificat obtenu. La bio mentionnait que sa mère, n'ayant pu quitter Saigon avant la chute de la ville, avait disparu dans la tourmente qui avait suivi. Dès la réouverture du pays, Becker avait commencé à multiplier les voyages au Viêtnam pour essayer de la retrouver. Et était devenue call-girl pour assurer sa logistique. Ainsi que Perrin l'avait dit, ils s'étaient rencontrés à l'occasion d'un cocktail à l'ambassade de France. Depuis, la DGSE l'employait de temps à autre pour soutirer au lit des infos à toutes sortes de personnes tombées dans le collimateur des services français. Elle n'avait ni mari ni enfants et consacrait la majeure partie de son temps libre à essayer de remonter la piste de sa mère. Perrin disait d'elle qu'elle était charmante, fiable et dévouée à ses amis.

Dix minutes après l'atterrissage, Caron était dehors. À cette heure tardive, les contrôles étaient accélérés. Pressés de rentrer chez eux, les policiers de l'Immigration tamponnaient les passeports quasiment sans les regarder. Lorsque Caron atteignit le tapis roulant des bagages, sa valise l'attendait déjà. Il franchit la douane où somnolaient deux fonctionnaires, puis sauta dans un taxi.

— *Soup boulrii daï maï khrap*[1] *?* demanda-t-il aussitôt au chauffeur.

L'homme, un vieux couvert de tatouages bouddhiques, s'exclama en lui jetant un regard dans le rétroviseur :

— *Oh, daï, daï ! Pout kheng chi paï loeï*[2] *!*

Caron aurait pu engager la conversation, mais son esprit était déjà ailleurs quand il alluma sa cigarette. Il avait collé son visage contre la vitre et regardait le paysage défiler. Finalement, ce stop de quelques heures en Thaïlande n'était pas plus mal. Il n'arriverait pas crevé à Saigon. Bangkok agirait sur lui comme un sas de décompression. Le Viêtnam serait plein de revenants, il le savait. Rien qu'ici, les premières images de cette nuit asiatique dans les faubourgs de la capitale faisaient remonter des tonnes de souvenirs. La chaleur moite, les odeurs, les couleurs, les bruits le ramenaient des années en arrière.

Devant son silence, le chauffeur avait fini par cesser de lui parler. Captivé par les lumières qui grossissaient à l'approche du centre-ville, Caron ne l'entendait même pas. Il regardait le flot de voitures et, au-delà des rails de sécurité de l'autoroute, le

1. — Est-il possible de fumer, s'il vous plaît ?
2. — Oh, mais bien sûr. Putain, vous parlez vachement bien !

tapis sombre des rizières disparaissant dans l'obscurité. Parfois, son œil restait accroché à la masse noire d'un temple happé par la nuit.

Des années durant, Bangkok avait été le centre névralgique de ses reportages. Tout à la fois la zone de projection, le lieu de retour, de repos, de repli sur soi, d'introspection et de préparation d'une nouvelle folie. Aller courir derrière une guérilla de plus dont tout le monde se foutait comme de l'an 1940. Tout le monde sauf les services. C'était à se demander comment personne n'avait, depuis le temps, éventé ses activités parallèles.

Une seule personne l'avait découvert. Un hasard malencontreux qui avait voulu que sa petite amie de l'époque tombe, à une heure d'intervalle, sur une très grosse somme d'argent en liquide planquée au fond d'un placard et sur un message téléphonique de Perrin l'informant qu'un montant identique l'attendait pour son prochain voyage. Elle connaissait trop bien les habitudes de radinerie du journal de Caron pour comprendre qu'il ne s'agissait pas d'un coup de fil du comptable.

Quand Caron revint le soir dans son studio de Puteaux, elle lui demanda pour qui il travaillait VRAIMENT. Plutôt que d'inventer n'importe quelle histoire invérifiable de collaboration avec la presse étrangère, par exemple, Caron se braqua et s'enferma dans un silence embarrassé. Plusieurs jours d'affilée, la fille insista. Puis, face au mutisme de Caron, elle finit par faire sa valise.

— Je ne parlerai jamais de ça à personne, lui dit-elle, tu n'as pas à t'en faire, mais je refuse de vivre avec un menteur qui a une double vie.

Le plus incroyable fut que Caron ne fit pas un geste pour la retenir. Ou si peu ! Malgré tout ce qui les unissait, le sport, le cinéma, le sexe, et les heures qu'avait passées sa petite amie à le soigner et le réconforter entre deux chirurgies réparatrices après sa blessure récoltée aux Philippines lorsqu'il était rentré avec une tête de monstre. Il avait cru que cette période de leur existence les lierait pour la vie. Et puis le temps avait fait son œuvre. L'amour s'était effiloché au fur et à mesure que les missions s'enchaînaient. Chaque retour à Paris paraissait de plus en plus ennuyeux. La jeune fille s'en alla et, au fond, Caron en fut surtout vexé.

Ce n'est que des années plus tard, après avoir épousé Cécile, qu'il s'était enfin résolu à lever enfin un coin du voile sur sa double vie. Parce qu'il l'avait rencontrée sur un terrain de guerre alors qu'elle travaillait pour une mission humanitaire et qu'elle avait tout de suite compris ne pas avoir affaire à un journaliste ordinaire. L'isolement, la proximité du danger, l'incertitude du lendemain les avaient rapprochés et enclins à des confidences. Ils ne s'étaient plus quittés jusqu'à leur retour en France, s'étaient mariés au cours des semaines suivantes et avaient emménagé dans un petit appartement près de la gare de Lyon. Cécile avait abandonné son ONG et s'était fait recruter par l'AP-HP pour rester à Paris et fonder une famille avec le plus d'enfants possible. Elle n'était jamais tombée enceinte. Caron et elle en avaient pris leur parti. Il avait continué d'enchaîner ses voyages pour le compte de la DGSE sans qu'elle y trouve à redire. Elle vivait un peu les aventures de son mari par procuration. Si elle était souvent inquiète, elle était fière de lui, fière de sa détermination et de la manière discrète dont il menait sa vie. Même si elle avait très vite compris qu'il la trompait au cours de ses absences, elle l'admettait parce qu'il revenait à la maison toujours plus amoureux. Elle savait que ses infidélités n'étaient que passagères, liées aux situations qu'il traversait au cours de ses missions. Elle en avait pris son parti. Le plus important, pour elle, était qu'il revienne entier et parvienne à oublier à Paris tous les fantômes qui encombraient sa vie. Elle avait pleinement conscience d'être devenue une sorte d'infirmière, mais tant que Caron continuait de l'aimer, cela lui était indifférent. Le principal était de le récupérer, et de soigner ses bleus à l'âme. Une seule fois, elle lui avait demandé de rompre avec les services. Il avait levé les yeux au ciel et haussé les épaules sans répondre, elle n'en avait jamais plus reparlé.

Le taxi tourna dans Silom et prit la ruelle menant au *Suriwongse Hotel.* Au prix de l'établissement, il ne fallait pas compter sur un groom pour porter la valise. Caron sortit son sac du coffre de la voiture et s'avança vers la réception, espérant qu'il y ait encore une chambre de libre. La perspective de se mettre en chasse d'un deuxième taxi pour aller à l'aveuglette chercher un autre hôtel lui plombait déjà le moral. Heureusement, le sourire enjôleur de la fille de l'accueil lui fit ravaler ses doutes. Si l'endroit avait été complet, elle ne lui aurait même pas prêté attention.

— *Hello Sir. Care for a room*[3] *?*

— Oui, dit-il en déposant son passeport sur le comptoir.

— *Oh, farangset ! Good. Farangset, good lover*[4]...

— C'est ça, ma grande. File-moi ma clé et tais-toi.

Le sourire de la réceptionniste s'élargit davantage. C'est ce qu'il y avait de sympathique avec les Thaïs qui tournaient la difficulté avec le sourire quand ils ne comprenaient pas.

— *Want a girl tonight ? Good room, good girl, yes*[5] *?*

Caron lui rendit son sourire et refusa. S'il avait souhaité une fille, il y en avait des centaines à deux pas, sur Pat-Pong. Dans l'immédiat, il devait contacter Estelle Becker.

3. — Bonsoir monsieur. Vous souhaitez une chambre ?
4. — Oh, Français ! Super. Français, c'est bon amant...
5. — Une fille, cette nuit ? Jolie chambre, jolie fille, oui ?

Becker décrocha avant la deuxième sonnerie.

— *Yes ?*

— Caron.

— Eh ! Vous êtes arrivé ?

— Je vous appelle du *Suriwongse Hotel.*

— Vous avez fait bon voyage ?

— Dix heures coincé sur un siège dur comme du bois ! On peut se voir ce soir ?

Un silence.

— Allô ? fit Caron.

— Je réfléchissais. Tout va bientôt fermer à côté de chez vous. Sauf un bar qui reste ouvert très tard. Le *French Kiss,* sur Pat-Pong 2. Je peux y être dans une demi-heure. Ça vous va ?

— OK. Je prends une douche et je vais vous y attendre.

— Vous êtes… Vous êtes comment ?

— Moi, je sais à quoi vous ressemblez. Pas de problème.

6

Estelle Becker ne s'attendait pas à ce que Caron débarque aussi vite à Bangkok. Elle pensait avoir la nuit pour elle et en donner pour son argent à l'Émirati qui finissait ses ablutions dans la salle de bains avant de passer dans son lit. Or, elle savait d'expérience qu'on ne remettait jamais au lendemain les rendez-vous organisés par Perrin. Pas moyen de dire au Français qu'elle était occupée ce soir et qu'ils se verraient au petit déjeuner. Elle se doutait des raisons qui l'amenaient en Asie. S'il passait par la Thaïlande, c'était uniquement pour la rencontrer. Ensuite, bien sûr, il filerait au Viêtnam essayer de mettre la main sur Philippe Rohde. Paris avait réagi extrêmement rapidement à la disparition de son agent. Chaque heure comptait. Impossible de faire attendre le collègue. Même cette putain de nuit où elle allait perdre un paquet de dollars.

Elle cogna à la porte de la salle de bains.

— *Eh, Sir, sorry, let's stop it. I have to go. Sorry. Please, get dressed and get out*[1].

L'homme, la cinquantaine, apparut, une serviette autour des reins et la mine renfrognée, mais encore interrogative. Comme s'il n'était pas certain d'avoir bien saisi la requête

1. — Eh, monsieur, désolée, on arrête tout. Je suis obligée de m'en aller. Désolée. Rhabillez-vous et sortez, s'il vous plaît.

de la fille. Estelle Becker répéta sa demande, l'accompagnant d'un geste pressé de la main en même temps qu'elle coupait la musique d'ambiance émanant d'une minichaîne posée sur un guéridon.

L'Émirati ne bougea pas. *Allez, fais pas d'histoires. Je vais te passer le numéro d'une copine et tu le tireras, ton coup, cette nuit !* Estelle avait, dès le début, senti le mec compliqué. Il fallait s'en débarrasser gentiment et éviter les histoires. Ce genre d'oiseau n'admettait pas facilement de se faire rembarrer. Même de luxe, une pute ne valait pas grand-chose. Elle le savait pour l'avoir expérimenté dans le Golfe au cours d'un séjour de deux semaines qui restait parmi ses pires souvenirs professionnels.

Elle considéra l'homme un instant avec ses chaînes en or autour du cou, des poignets et des chevilles. Il devait avoir pas loin de deux kilos de métal précieux sur lui.

— *Please, get dressed. I have to go*[2].

Pour toute réponse, son client fit tomber sa serviette.

— *Suck me*[3] *!*

Petit mais râblé, le torse et les bras hyper musclés et couverts de poils, l'homme était impressionnant. L'affaire ne se présentait pas bien. Le regard noir et glacial qu'il posait sur elle ne laissait aucun doute : la colère s'emparait de lui.

— *I gave you already money*[4]*...*

Estelle Becker agita les billets.

— Reprends-les. *Get them back !*

— *I said : suck me !*

Dans un instant, il allait se jeter sur elle. Lorsqu'il fit un pas en avant, le sexe s'agitant comme un métronome, Estelle

2. — Habille-toi, s'il te plaît. Je dois sortir.

3. — Suce-moi !

4. — Je t'ai déjà payée...

sauta en arrière jusqu'au coffre de la chambre. Trois chiffres à composer et elle plongea la main à l'intérieur.

La minuscule réplique du Glock 43, qui apparut au bout de son bras, arrêta net l'Émirati dans son élan. *Eh, oui, mon pote, t'avais pas affaire à une pute de Pat-Pong ! Tu vas récupérer tes frusques et foutre le camp.*

Estelle tira la culasse et fit monter une cartouche. Elle savait qu'elle n'avait plus le choix. Mieux valait lui coller une balle dans la cuisse et s'expliquer ensuite avec la police que de risquer de se faire massacrer. Le pistolet n'était pas là pour la protéger dans ses œuvres de péripatéticienne, mais tant qu'à faire, vu la tournure que prenait la situation, elle n'avait plus d'autre alternative. Encore fallait-il que ce connard obtempère maintenant au doigt et à l'œil. Pas gagné !

Elle ne le quittait pas des yeux. Le visage congestionné du client ne lui disait rien de bon. Il n'était pas difficile de deviner ce qui s'agitait derrière le front buté. La fureur devant cette salope de Blanche qui le toisait une arme à la main en exigeant qu'il quitte le condominium sans avoir obtenu sa ration de baise.

Quand le sexe de l'homme commença à ramollir, Estelle comprit qu'elle avait gagné. *Allez, prends tes loques et tire-toi !* Elle poussa du pied vers lui la djellaba, le slip et les baskets qui traînaient au milieu de la pièce et lui indiqua de nouveau la porte.

Quand il fut enfin dehors, Estelle se laissa tomber sur le lit et souffla. *Putain, je viens de perdre quatre mille dollars et si ce type me croise de nouveau un jour, ce sera ma fête !*

Elle remit le pistolet au coffre et se donna cinq minutes avant de sortir.

7

Caron n'avait pas traîné sous la douche. Il était pressé de descendre se noyer dans la foule du marché de Pat-Pong. Il lui restait un quart d'heure avant que les dernières boutiques ne remballent leurs marchandises, ce qui ramènerait vers leur hôtel les familles et les couples bien sages. Ne resteraient que les célibataires en chasse de plaisirs corporels et les aventuriers du coin. Des demi-soldes, pour la plupart, traînant leurs guêtres dans les derniers endroits louches de la ville. Caron aimait cette atmosphère. Elle lui avait manqué. Il était heureux de retrouver cette ambiance délétère de l'époque de sa jeunesse. Ça le rajeunissait.

Estelle Becker lui avait donné rendez-vous au *French Kiss*, il connaissait l'endroit. C'était étonnant de découvrir qu'il existait encore. Le bar avait été, dans les années 1980, la base arrière des volontaires étrangers des maquis karens. Entre deux séjours, les types aimaient se retrouver dans ce rade sordide où la bière était souvent plus fraîche que les filles, mais ces dernières plutôt gentilles et bon marché.

Il pénétra sous les arcades de Pat-Pong 2 et s'avança vers le bar. Des enfants dormaient déjà, allongés sur des nattes ou recroquevillés sur les banquettes des cafés en plein air qui avaient déjà fermé. Quelques vieilles tapineuses attendaient encore un improbable chaland. *Faudrait vraiment sortir d'une longue peine de prison pour avoir envie de ces radasses, pu-*

tain ! Incroyable qu'elles soient encore sur le trottoir ! Lors de son dernier séjour, Caron avait fait un long reportage sur la prostitution à Bangkok. Avec l'impression d'avoir touché parfois le fond de la misère. Les filles arrivaient à la fleur de l'âge dans le métier, souvent libres et sans souteneur, avec seulement l'idée de se trouver un gogo qui les sortirait de leur pauvreté endémique. Originaires pour la plupart d'entre elles du Thaï Issan, la province la plus indigente de pays, le choix qui s'offrait à elles pour vivre et faire vivre leur famille était réduit : un travail d'esclave en usine, quand il s'en présentait un, ou vendre leurs charmes en espérant un beau passeport pour une existence meilleure à l'étranger. Évidemment, les élues étaient rares. Rarissimes. Le résultat était de passer de main en main, souvent moches et crades, avec le corollaire obligé : l'alcool, la drogue, la maladie... À 25 ans, elles en paraissaient dix de plus. Passé la trentaine, c'étaient des antiquités en butte aux nouvelles générations qui ne leur faisaient aucun cadeau. Dans leur malheur, les plus chanceuses s'exhibaient dans les *banana shows* et toutes sortes de spectacles plus dégradants les uns que les autres. Pour le reste, des pipes à dix baths, des passes à cinquante et, souvent, au bout du tunnel, l'overdose et un placard réfrigéré anonyme dans un centre médico-légal avant une crémation rapide et mal faite, sans un bonze pour accompagner leur âme vers le paradis de Bouddha.

Caron en repoussa doucement une qui s'était accrochée à lui.

— *Hungry ! Hungry*[1] *!*

La pute tordit sa bouche en pointant l'index sur son estomac. De près, elle était effroyable. Une vision infernale. Squelettique, couverte de chancres, les cheveux filasse avec de gigantesques cernes violacés sous les yeux que ne parvenait pas à atténuer le

1. — Faim ! Faim !

mauvais fond de teint. Elle revint à la charge et attrapa Caron par le revers de sa veste. De nouveau, il se dégagea calmement, puis lui tendit cent baths.

— *Lo, Paï kin khao*[2]...

La malheureuse regarda le billet, le renifla et s'en frappa plusieurs fois le front. S'il pensait être enfin tranquille, Caron se trompait. La fille se jeta sur lui avec une force qu'il n'avait pas soupçonnée, le plaquant contre un mur.

— *What you want ?* demanda-t-elle, un sourire ouvert sur une bouche édentée. *Want boum-boum no condom ? Want me suck you ? Want eat thaï steak ? Thaï steak me, good*[3]...

La totale ! Elle lui proposait la totale pour cent baths ! *Merde alors, tu manques pas d'air, toi ! Tu t'es vue ?* Caron eut un sursaut de dégoût. La créature grimaça. Le billet disparut dans son soutien-gorge. Elle s'écarta enfin.

Qu'est-ce que j'ai fait au bon Dieu pour que ça m'arrive à moi, bordel ? Caron s'interrogeait encore lorsqu'il poussa la porte du *French Kiss*. Un homme était installé de dos au comptoir. Une carrure hors du commun. Le crâne rasé, un cou de taureau, des épaules de catcheur russe et des bras de gorille. Caron connaissait un seul type bâti de cette façon. Un ancien parachutiste français qui avait bourlingué un peu partout dans les guérillas asiatiques, et que les locaux avaient rapidement baptisé Rambo. Gentil au demeurant, mais complètement fêlé ! Un de ces traîneurs de sabre qui partageaient leur existence entre les jungles de la région et les bars à putes de Bangkok, Manille ou Phnom Penh. Un sacré lascar qu'il avait rencontré des années plus tôt chez les maquisards chrétiens de Birmanie.

2. — Tiens, va manger...

3. — Qu'est-ce que tu veux ? Tu veux boum-boum sans capote ? Tu veux moi te sucer ? Tu veux bouffer mon con ? Bouffer mon con, c'est bon...

En s'avançant, Caron n'était même pas surpris. Il y avait une demi-douzaine de ses vieilles connaissances sur lesquelles il aurait pu tomber au *French Kiss.* Ce rade pourri avait toujours été une espèce de quartier général des aventuriers en tout genre grenouillant dans le pays. Trafiquants d'antiquités, de stups, de contrefaçons, mercenaires et entraîneuses étrangères, c'était presque normal que Becker lui ait fixé le rendez-vous ici. Ce n'était pas non plus absurde d'y trouver Rambo assis devant un whisky. Malgré les années qui avaient passé. Caron avait toujours cru aux hasards de la vie. C'en était un de plus et il s'en amusa.

— Pascal ? questionna-t-il en s'approchant.

La masse de muscles se retourna lentement jusqu'à ce que Rambo découvre Caron et reste interloqué.

— Nom d'un chien, Vincent !

— J'ai craint un instant m'être trompé.

Pascal Tesson attrapa Caron pour le serrer dans ses bras.

— Si je m'attendais à cette surprise ! s'exclama-t-il.

— Et moi !

— Ça fait au moins vingt ans !

— Quinze.

— T'es à Bangkok depuis longtemps ?

— J'arrive tout juste de l'aéroport.

— Tiens, viens t'asseoir, dit Tesson en tirant un siège. Qu'est-ce qui t'amène ? Reportage chez les Karens ?

Des images défilèrent rapidement dans la tête de Caron. Des images de fureur et de sang, de villages en flammes, de cadavres au milieu de la jungle. Des images de femmes et d'enfants jetés dans l'exode. S'il se doutait que la question lui serait posée un jour, la réponse était prête. Depuis longtemps déjà. Il n'avait même plus envie de mentir.

— Les Karens, mon Dieu ! Tout ça est derrière moi. Je n'y remettrai jamais les pieds.

Pour la deuxième fois, Tesson parut surpris.

— Toi, t'as tiré un trait sur Kawthoolei[4] !

— Et toi-même, tu y retournes encore, parfois ?

— J'y vis maintenant. Dans une petite paillote à la frontière thaïe, sur la rivière. Je suis ici pour quelques jours. Des courses à faire... On trouve toujours rien à l'intérieur. On peut même dire que ça s'est pas arrangé avec le temps. Et puis question nanas, toujours pareil, le désert intégral ! Je suis donc bien obligé de faire des *breaks.*

Caron hocha la tête.

— Je vois...

— Bon, mais toi ? Tu m'as pas dit. Qu'est-ce que tu viens glander ? Tu restes un peu ?

— Je continue sur Saigon demain. Je me suis arrêté seulement pour rencontrer quelqu'un.

— Oh, putain, quelle chance ! C'était inscrit dans notre karma. Y a forcément une raison pour qu'on se rencontre.

— Peut-être...

— Alors, tu fais quoi ?

— Je vais au Viêtnam.

— Et la personne que tu dois rencontrer, ça va se faire ici, dans ce rade ?

— C'est le seul endroit qu'on a trouvé à cette heure, en dehors de l'hôtel.

— Je vois...

Je ne sais pas ce que tu vois, mon pote, avec tes airs de pas en croire un mot, mais c'est comme ça...

— Et je la connais ?

— Qui ?

— Ben, la personne en question.

4. Nom du pays karen en langue vernaculaire.

— Une femme d'affaires, certainement pas. Elle ne devrait d'ailleurs plus tarder.

Caron était partagé. Il aurait aimé passer la nuit avec Pascal à évoquer leurs souvenirs, et il était embêté qu'il aperçoive son contact.

— Tu m'excuseras si je ne te la présente pas, mais je pense qu'elle fait déjà un gros effort pour venir ici si tard. On va devoir discuter rapidement de mon sujet et je suppose qu'elle sera pressée de rentrer chez elle.

— Une Thaïe ?

— Non, une Franco-Américaine.

— C'est marrant, j'en connais une ici, qui navigue souvent entre Saigon et Bangkok. Une femme d'affaires, justement. Des affaires très particulières...

— Ah bon ?

Tesson éclata de rire.

— Ouais. Des affaires à cinq mille balles la nuit. Mais je doute que ce soit elle. T'as pas le profil.

— Quel profil ?

— Celui du mec qui débourse une fortune pour s'envoyer en l'air avec une pute de la haute. À moins que t'aies laissé tomber les plans glauques avec nos petites *pouying ha kin*[5] traditionnelles...

Caron allait changer de conversation lorsque son ami le força à se retourner.

— D'ailleurs, y en a une qui cherche à te parler. Regarde dehors...

La pute à qui il avait offert le billet était à l'entrée du *French Kiss*, essayant de capter son attention. *Oh, mon Dieu, non ! La revoilà !*

5. Prostituée. Textuellement : « Fille qui va chercher du riz ».

— Putain, j'aurais jamais dû lui donner cent baths pour qu'elle me lâche, tout à l'heure. J'ai été trop sympa.

— Tu lui as filé cent baths pour rien ?

Air outré de Tesson :

— T'es trop con. Elle va plus te foutre la paix. Mais si tu veux te suicider, c'est parfait.

— Tu veux pas demander à la serveuse de la chasser ?

— Tu connais aussi bien que moi le pays, elle s'en mêlera pas.

Au moment où Caron quittait la porte des yeux, il vit Tesson lever les bras au ciel.

— Eh, c'est pas croyable, je pensais à toi y a pas deux minutes ! s'exclama-t-il.

Caron pivota de nouveau. Une grande blonde athlétique se tenait dans l'encadrement. Estelle Becker. Plus belle encore que sur la photo remise par Perrin.

8

Becker alla droit sur Pascal Tesson, ignorant Caron.

— Je te croyais chez tes sauvages, minauda-t-elle.

— Je suis de passage pour une semaine. Et toi, ma jolie, t'es venue chercher un client ?

La main de Becker resta suspendue en l'air, sans qu'elle assène à Tesson la gifle qu'elle avait eu instinctivement envie de lui donner. Quelque chose au fond des yeux du mercenaire faisait qu'on s'arrêtait toujours à temps. Son regard seul suffisait à tenir à distance n'importe qui.

— Ne t'y avise surtout pas, enchaîna-t-il lentement. Réponds-moi plutôt : qu'est-ce que tu fous ici à une heure aussi tardive ?

— Un coup de main à donner à un ami d'un ami.

Caron se demandait quand il allait intervenir. C'était comme si la fille ne le voyait pas. Il s'écarta et se replongea dans son verre en jetant un coup d'œil vers la porte. La vieille pute était enfin partie.

Il fut surpris lorsque Tesson se pencha vers lui pour l'embrasser.

— J'y vais, dit le mercenaire en lui glissant une carte de visite. Mon nouveau numéro. On se perd plus de vue. Tu me fais signe à la première occasion…

Becker prit une claque sur les fesses au moment où Tesson passa à côté d'elle et annonça aussitôt en s'esclaffant que ça valait deux cents euros.

— Mets-les sur mon compte, ricana-t-il.

Puis il quitta l'établissement. Il n'y avait plus, à l'intérieur, que Becker et Caron. La serveuse était déjà partie commencer sa nuit dans la cuisine en oubliant de relancer la musique d'ambiance. À l'extérieur aussi, les bruits de la rue avaient cessé. Le quartier s'était vidé. Les putes et les touristes envolés, le bistrot désert, l'endroit devenait oppressant. Un décor de fin du monde. *On aurait pu se croire à Saigon le 29 avril 1975, lorsque les communistes attendaient aux portes de la ville pour lancer leur assaut final le lendemain*, se dit Caron. Fin d'un monde, fin d'une époque…

9

Estelle Becker s'était assise un peu à l'écart et se remettait un trait de rouge à lèvres en repensant à la réflexion de Tesson. *Pourquoi fallait-il que ce garçon soit toujours aussi mal embouché ?* Elle l'aimait bien, il était adorable, Tesson, *mais qu'est-ce qu'il était lourd ! Il ne m'a même pas présenté le gars qui l'accompagnait. Dommage…*

Elle vérifiait encore une fois le dessin de ses lèvres dans un minuscule miroir quand la voix de Caron la prit par surprise :

— Je suis Vincent Caron.

Elle ne l'avait pas entendu se lever. Elle se retourna d'un bloc, l'homme devant elle était celui qui discutait avec Tesson cinq minutes plus tôt.

— Désolée, je vous avais pris pour un des acolytes de Pascal. Je ne savais pas que vous deviez aussi le rencontrer.

— Un hasard, se défendit Caron. Cela dit, ce bar étant son quartier général à Bangkok depuis des lustres, ce n'est pas si étonnant que ça.

— Ah ! Vous étiez au courant…

— J'y ai passé des nuits entières avec lui, il y a des années.

— Eh bien, ravie de vous rencontrer.

— Moi aussi, articula Caron avec une lueur d'intérêt évidente dans les yeux.

— Comme ça, vous connaissez mon vrai métier. Ce n'était pas prévu au programme, mais tant pis.

— Cela vous pose un problème ?

— Nullement. Je n'en ai pas honte.

— Y a franchement pas de quoi, d'ailleurs ? Tout dépend de la manière dont vous le faites. Si c'est pour la bonne cause…

Becker redressa le menton.

— Laquelle selon vous ?

— Je sais pas, le plaisir, la curiosité, la liberté… Ou les intérêts supérieurs de la nation…

— Au moins, vous êtes direct. Vous êtes donc au courant des petits services que je rends.

— Vous savez, Perrin est un très bon copain. En ce qui vous concerne, il a été plutôt laudateur.

Becker soupira.

— Si, il vous apprécie énormément. Il ne vous aurait pas mise dans la boucle de l'affaire Rohde si ce n'était le cas.

À cet instant, Becker ouvrit grand les yeux. Puis chercha aussitôt à dissimuler le trouble qui l'envahissait.

— C'est donc ça. Je m'en doutais.

— Vous semblez contrariée…

— On le serait à moins. Si vous venez vous occuper de Philippe, c'est que la DGSE a jugé son cas inquiétant et c'est une très mauvaise nouvelle. Jusque-là, j'espérais qu'il réapparaisse tout seul avec une explication. Je suis donc un peu… perturbée. Philippe était devenu un ami. Découvrir qu'il est vraiment dans la panade, c'est dérangeant.

— Perrin ne vous avait donc rien dit ?

— Rien. Il m'a prévenue de votre coup de fil sans entrer dans le détail. Il ne le fait jamais, d'ailleurs, sauf quand il s'agit de coucher. Autrement, c'est toujours sur le mode : « Tu vas recevoir un appel d'Untel, fais le maximum pour lui. » Je ne sais jamais si la personne est caporal, colonel ou général, militaire ou civil. Fonctionnaire ou indépendant.

— Effectivement, ça lui ressemble assez.

— Oui, quand il ne s'agit pas de coucher, il ne précise rien.

Caron considéra Becker une fraction de seconde et se décida immédiatement à jouer cartes sur table.

— Pour ma part, je suis un indépendant avec une carte de presse. Une vraie, avec un vrai boulot de journaliste dans un vrai journal. Un honorable correspondant avec une bonne couverture, quoi !

Curieusement, Becker fit la moue :

— Pas dit que ce soit la meilleure, au Viêtnam !

Caron se rembrunit :

— Expliquez-moi ça.

— Vous savez, les journalistes sont sous contrôle permanent des autorités, là-bas.

— Les locaux, peut-être, mais...

— Les Viêts comme les étrangers. Plus encore les étrangers, d'ailleurs. Vous ne le saviez pas ?

Caron se bloqua. Il détestait être pris en défaut.

— C'est stupide, continua Becker. Perrin est parfaitement au courant. Qu'est-ce qu'il imaginait ? Je ne saisis pas...

— On n'en a pas parlé. Depuis des années, je vais dans des coins pourris avec l'alibi médiatique, ça n'a jamais posé d'autres problèmes que ceux que peut rencontrer n'importe quel journaliste.

— C'est différent au Viêtnam, je vous le répète. En tout cas pour tout ce qui touche à la politique et, dans une certaine mesure, à l'économie.

— C'est-à-dire ?

— Enfin, ce que faisait Rohde. Vous êtes au courant, quand même ?

— Très vaguement, mentit Caron. Que suggérez-vous ?

— Vous me prenez un peu de court. Vous êtes déjà allé à Saigon ?

— J'y ai couvert la fin de la guerre, c'est tout.

Becker le regarda alors avec des yeux ronds.

— Alors vous devez être dans leurs ordinateurs. Faudra vous débrouiller pour qu'ils ne fassent pas le lien avec votre profession et votre précédent séjour.

— Je vois… C'est donc toujours la dictature marxiste.

— Ah, mais pas du tout. C'est là le paradoxe. C'est toujours coco, reste que vous ne rencontrerez jamais un flic en tenue. Quasiment jamais de militaires sauf à aller dans les zones sensibles, certaines usines, les sites miniers ou certaines frontières. Celles où résident les minorités hostiles, ou celles qui constituent des points de passage de contrebande. Même dans les zones catholiques un peu turbulentes, on ne voit plus d'uniformes. C'est beaucoup plus insidieux de nos jours. Le carcan gouvernemental s'exerce de nuit. Et pour ce qui relève de la mise au pas, c'est généralement confié aux citoyens.

— C'est-à-dire ?

— Prenons l'exemple des dissidents catholiques. S'ils déplaisent, on leur envoie des voisins pour créer un incident qui n'aura rien à voir avec le vrai sujet. Du coup, la police s'en mêle, toujours en civil. Et on arrête les fauteurs de troubles sur des tas de prétextes déconnectés de ce qu'on leur reproche vraiment, bien sûr.

— Mais il y a pourtant encore des procès politiques…

— Évidemment. Pour les affaires les plus graves. Un truc est absolument interdit au Viêtnam : faire de la politique. Dans le mauvais sens, j'entends. C'est comme à Cuba. Parti unique sans aucune opposition. Pour ceux qui s'y risquent, c'est la case prison directe. Puis il y a aussi quelques histoires de corruption qui font tomber des membres du régime. Là aussi, c'est souvent un prétexte pour écarter quelqu'un qui dérange parce qu'il veut monter trop vite ou qu'il piétine les intérêts financiers d'une personnalité plus importante. Si vous arrivez à naviguer en dehors de ces lignes rouges, ça devrait bien se passer.

— C'est apparemment pas ce qu'a fait Philippe Rohde…

— Mais on ne sait rien de ce qu'il a trafiqué. Même Perrin ne le sait pas. C'est bien le problème. En tout cas, VOTRE problème maintenant.

Estelle Becker fouilla dans son sac pour en ressortir un paquet de cigarettes. Caron refusa d'un geste celle qu'elle lui tendait.

— Parlez-moi de ce que vous avez fait pour Rohde.

— Au départ, comme pour vous. Je l'ai briefé sur le pays. Je lui ai trouvé des points de chute discrets…

— Vous connaissiez vraiment rien de l'objet de sa mission ?

— Je vous l'ai dit. Mais les jours passant, j'ai fini par en avoir une idée assez précise.

— Ça tombe bien. Je vous écoute.

Estelle hocha la tête silencieusement, puis se lança :

— Rohde devait déterminer quelles étaient les tendances au sein du Politburo.

Caron s'étonna :

— N'importe quel diplomate, ici, aurait fait ça mieux que lui, non ?

— Pas à propos de la ligne de fracture précise sur laquelle il enquêtait. Celle avec le grand frère chinois.

— Je vois toujours pas.

— Pékin a déjà *crypto sensu* colonisé le Cambodge. Après avoir foutu les Viêts à la porte. Ils tentent la même opération au Laos. Et ont dans l'idée de boucler la boucle au Viêtnam.

— Virer les Viêts de chez eux ? s'amusa Caron.

— Coloniser le pays, je veux dire. S'emparer des principales ressources économiques. Dans le domaine du minerai, notamment. Les Chinois sont en train de leur piquer les terres rares. C'est là que ça coince.

— Quel est le problème ?

— Ça s'est fait très discrètement, avec l'accord d'une partie du Politburo, mais dont les membres n'apparaissent pas au grand jour. Les contrats ont été signés par des cadres provinciaux.

— Et alors ? insista Caron. Pas de quoi fouetter un chat ! Pékin investit dans le monde entier, on le sait...

— C'est différent ici, corrigea Becker. C'est devenu un sac de nœuds incroyable. Plusieurs intellectuels, dont Ngo Bao Chau, ancien lauréat de la très prestigieuse médaille américaine Fields, se sont alarmés de la manière dont le minerai était extrait ici, pressentant les mêmes risques qui avaient débouché sur la catastrophe des boues rouges toxiques en Hongrie, il y a quelques années. C'est monté d'un cran lorsque le général Giap a lui-même pris la tête du mouvement de contestation.

— Giap est mort depuis...

— Oui, mais son ombre plane encore sur cette affaire. Relayée aujourd'hui par des groupes de pression très actifs sur les réseaux sociaux. D'autre part, et c'est le plus grave, les Chinois procèdent ici d'une manière assez peu orthodoxe.

— C'est-à-dire ?

— Je ne sais pas. Rohde ne m'en a pas parlé. Mais j'ai fait le lien avec ce qui a été publié un temps sur les réseaux sociaux avant que le Gouvernement y mette bon ordre.

— Que s'est-il passé ?

— Les lanceurs d'alertes ont été arrêtés et leurs sites fermés.

— Les contacts de Rohde ?

— La grande majorité, oui. Mais il en reste quelques-uns dehors qui accepteront peut-être de vous renseigner. Au fait, c'est quoi, exactement, votre boulot ?

— Retrouver ces gens-là, précisément. Pour avoir une idée précise de ce qu'a fait Rohde, les derniers jours avant de disparaître.

— C'est important, ça ?

— Perrin a l'air de le penser.

— Franchement, il ne vous a pas beaucoup aidé. Il aurait pu, quand même, vous révéler l'objet de sa mission.

— Ouais..., fit Caron, dubitatif. Et vous, vous avez une idée de ce qu'il a pu lui arriver.

— Je crains le pire.

— C'est ce que vous pensez ?

— Je ne vois pas d'autre explication. Il semblait, les derniers temps, très inquiet. Limite parano.

Caron termina son verre.

— Par exemple ?

— J'ai le souvenir d'un type intelligent, cultivé, courtois, chaleureux, drôle même lorsque nous avons fait connaissance. Les premières semaines, il s'est montré ainsi. Toujours le mot pour rire, toujours prévenant. En même temps qu'il était aussi discret et prudent... Et tout a basculé quelques jours avant sa disparition. Après un voyage en province.

— Où ?

— Dans le Centre, vers Dalat.

— Vous l'accompagniez ?

— Non. Mais une fille dont il était tombé raide dingue. Une masseuse de l'hôtel *Continental*. Une certaine Rose.

— Vous la connaissez ?

— Une pute !

Estelle Becker avait jeté le mot comme on crache un glaviot répugnant.

— Une pute de bas étage, ajouta-t-elle.

Caron se dit que Rohde, d'une manière ou d'une autre, avait déçu Becker.

— Je lui avais conseillé de se tenir à l'écart des filles dans ce pays. Mais il était très porté sur le sexe. Et les Asiatiques lui tournaient la tête, c'est bien le problème.

Perrin, aussi, lui avait déjà dit qu'il aimait le sexe. En écoutant le récit de Becker, Caron se dit que Rohde avait dû être vraiment malheureux en Afghanistan. Peut-être sa frustration l'avait-elle conduit à avorter sa mission en éliminant les moudjahidines pour lui sauver la vie… C'était une possibilité que son trop-plein de testostérone ait joué un rôle dans son sauvetage. L'idée l'amusa un instant. Becker continuait de détailler les frasques de Rohde comme l'aurait fait une maîtresse trompée. *Est-ce que je lui demande si elle a eu une aventure avec lui ?* se demanda Caron en fouillant dans sa poche à la recherche de son paquet froissé de gauloises brunes. *Non, on verra ça plus tard.*

— Et alors ? questionna-t-il.

— Curieusement, il a cessé de rencontrer la fille du *Conti* du jour au lendemain.

— Vous savez pourquoi ?

— Non. Ce qui est sûr, c'est qu'il était sur ses gardes. Il n'utilisait plus de téléphone et sortait le moins possible. On s'est vus encore trois ou quatre fois dans sa chambre d'hôtel. Il attendait manifestement des ordres de Paris avant de bouger.

Becker sembla se perdre un moment dans un dédale de réflexions, puis :

— C'était d'autant plus étonnant de la part d'un gars comme lui, qui dégageait une telle impression de puissance et de maîtrise de soi.

Caron repensa encore au soldat qui lui avait sauvé la vie en Afghanistan. Les derniers propos de Becker ne collaient pas avec le souvenir qu'il en avait conservé.

— C'est curieux, dit-il, vous semblez à la fois inquiète du sort de Rohde et déçue par la manière dont il s'est comporté. Pardon de vous poser la question, mais avez-vous eu avec lui une…, avez-vous eu…

— Vous voulez savoir si on a couché ensemble ?

— Seulement votre niveau d'intimité avec lui.

Becker pesta :

— Je ne saisis pas trop la différence. Mais la réponse est non.

Elle reprit son rouge à lèvres quelques secondes.

— J'aurais pu, notez bien, admit-elle. Rien que pour me détendre un peu en oubliant le tas de salopards dégoûtants de mon quotidien.

— Désolé, s'excusa Caron.

— Pas de quoi, vraiment ! Si vous voulez tout savoir, Rohde reste un mystère pour moi. J'ai fini par penser qu'il m'a menée en bateau d'un bout à l'autre de notre collaboration.

— Ah !

— Oui, on parle souvent à propos de plein de choses d'une histoire dans l'histoire. Eh bien, je pense que ça vaut pour lui. Il y avait un personnage dans le personnage.

Caron tira une longue bouffée de sa gauloise.

— J'ai du mal à vous suivre.

— C'est pourtant simple. Je suis en train de vous dire que je pense qu'il a menti. Tout le temps et à tout le monde.

— Pour un officier de la DGSE, c'est pas extraordinaire, non ?

— Je ne suis même pas certaine que Perrin sache ce qu'il faisait exactement. Posez-lui la question, vous verrez bien. Cela me paraît même crucial de le faire avant de commencer à vous lancer aux trousses de Rohde.

Caron considéra un instant Becker sans répondre, se demandant si elle ne lui tendait pas une perche pour en apprendre davantage sur lui-même ou si elle était, comme elle s'appliquait à le laisser paraître, complètement décontenancée. *Après tout, qu'est-ce que ça coûte de lui dire la vérité ? Ça peut que nous rapprocher…*

— Je connais Rohde, lâcha-t-il dans un souffle. Il m'a sauvé la vie en Afghanistan, il y a des années. Vous êtes la première à qui je le dis. Perrin n'est même pas au courant.

Becker ne dissimula pas sa surprise.

— *Damn God !* Vous vous moquez de moi ?

— Pas le moins du monde. Je débarque dans cette histoire par hasard. On me demande de retrouver un type, et je découvre en regardant la photo qu'on m'a fournie de lui que je le connais. C'est tout. Et j'ai rien dit à Perrin, parce que j'étais sous le choc.

— Pourquoi m'avez-vous demandé, alors, cette flopée de détails sur lui ? N'était-ce pas plus simple de m'annoncer tout de suite que vous vous étiez déjà rencontrés ? Et, apparemment, dans des conditions… spéciales ?

— Non, ce qui compte, c'est ce qui s'est passé ici. Pas ailleurs, autrefois, il y a très longtemps. Maintenant, je dois l'avouer, j'ai l'impression qu'on parle pas de la même personne.

Becker hocha la tête.

— OK. Et vous êtes toujours partant pour la mission ?

— Évidemment. J'ai pas le choix. Vous allez me donner la liste de ses derniers contacts et je vais me mettre au travail. Faudrait peut-être, d'ailleurs, commencer par la masseuse, non ?

— À votre place, je ne me précipiterais pas. Ce n'est pas parce que Rohde la prétendait tombée amoureuse de lui qu'elle va vous aider. C'est une garce. Elle est employée d'un hôtel d'État. Je ne vous fais pas de dessin…

— Mais Rohde savait tout ça. Il est quand même sorti avec elle !

— Et il a fini par couper les ponts. Donc, méfiez-vous ! Attendez avant de la voir. Je vais vous laisser les coordonnées de deux autres personnes à contacter dès votre arrivée à Saigon.

Elle lui fourra dans la poche de poitrine de sa chemise un minuscule bout de papier déjà rédigé et se leva.

— Tuan est un patron de bar. Même si le gars bouffe à tous les râteliers, on ne peut pas le lui reprocher. C'est le métier qui veut ça, mais c'est un type bien. Et très informé sur la problématique chinoise. Restez juste discret sur l'objet de votre mission, on ne sait jamais. Ensuite, Thu, un historien très impliqué dans l'opposition, et qui a beaucoup aidé Philippe. Avec lui, pas besoin de faire des cachotteries. Gardez seulement en tête qu'il a déjà purgé des années de camp de rééducation et ne souhaite pas y retourner. Allez-y par étapes. Ne le brusquez pas. Mais dites-lui que vous connaissiez Rohde. Racontez-lui ce qu'il a fait pour vous, là-bas, en…

— Afghanistan.

— C'est cela. Il se mettra en quatre pour vous aider à le retrouver.

— C'est tout ?

— Non, il me reste à vous souhaiter bonne chance… En fait, je n'aimerais pas être à votre place.

10

À 4 heures de l'après-midi, la baie vitrée de la salle de conférences de la DGSE diffusait à l'intérieur de la pièce toute la chaleur emmagasinée au cours de la journée. Les trois hommes étaient en bras de chemise, col ouvert, les cravates laissées sur le dossier des fauteuils de leurs bureaux respectifs.

Comme à son habitude, le patron était arrivé à la réunion sans notes, sans carnet, sans stylo. L'idée était de faire un énième point sur la situation concernant Philippe Rohde. Il voulait entendre de la bouche de Perrin les derniers éléments obtenus avant d'avoir à aller s'expliquer chez le CNR, le coordonnateur national du renseignement. Depuis le changement de gouvernement, la tutelle sur la Boîte s'était resserrée. On était plus encore dans la logique du zéro mort et du zéro emmerde. Comme si les services étaient devenus une institution trop lourde à porter. La grande époque des Marion, Lacoste, Imbot et Mermet était loin derrière eux. La liberté de manœuvre s'était réduite au fil des années à en devenir pratiquement nulle aujourd'hui.

Le directeur ne cachait pas son anxiété. Ni son énervement.

— Alors, Perrin, qu'est-ce qu'on sait de plus sur Rohde ? questionna-t-il avant même de s'asseoir.

— Il avait donné un rendez-vous pour le déjeuner à l'une de nos taupes le jour où il a disparu. Indirectement. Sur le répondeur de celle-ci. Il a lancé son invitation vers 5 heures du matin. Ensuite, plus rien. Personne ne l'a vu quitter son hôtel. Il s'est évaporé en laissant pas mal d'affaires dans sa chambre, *dixit* la personne de chez nous qui était en contact avec lui. Pour les Vietnamiens, la chambre est toujours louée.

— Depuis combien de temps n'a-t-on plus de nouvelles ?

— Dix jours, maintenant.

— C'est tout ?

— Non, monsieur. Il a laissé un cadavre dans le garage de l'hôtel. Un Asiatique d'une trentaine d'années, planqué dans une fosse de vidange.

Le général explosa :

— Et vous me dites cela aujourd'hui ?

— Je viens d'en être informé.

— Comment a-t-il été tué ?

— Nuque brisée. Comme à la suite d'une mauvaise chute. Il a été retrouvé planqué dans une fosse à vidange du garage de l'établissement.

— Qu'est-ce qui vous fait croire que notre agent est responsable de ce bordel ?

— Je connais Rohde. Ça lui ressemble assez. Et… sa mission était devenue… compliquée depuis quelques jours. Ce serait étonnant qu'il n'ait rien à voir avec le mort.

— La réaction des Viêts ?

— La police a embarqué le corps sans communiquer.

— Rappelez-moi les états de service de votre gazier ?

À cet instant, Perrin se dit que le boss n'était vraiment pas à la hauteur. Même fraîchement débarqué à la direction de la Boîte, il aurait dû connaître sur le bout des doigts le pedigree d'un type comme Rohde. Par où commencer pour le lui décrire ?

— Un gars hors norme, commença-t-il. Quarante-cinq ans, colonel, ancien des troupes de marine. Au 1er RPIMa pendant une dizaine d'années. De toutes les missions les plus risquées. Officier de la Légion d'honneur, croix de guerre, de la Valeur militaire, deux palmes, dix clous dont six pour blessures reçues au feu. Liban, Centrafrique, Golfe, Croatie, Bosnie... Plus les missions spéciales classées « secret-défense ». Pas de femme, pas d'enfants. Et sportif de haut niveau. Nageur de combat, champion de France de triathlon, quatrième dan de karaté, quatrième de krav maga. J'ajouterai aussi : tireur exceptionnel, PA, fusil d'assaut et même TLD, tir longue distance, adepte du 375 Cheytac à deux mille mètres. Bref, un profil davantage rencontré chez les sous-officiers. Rohde était généralisable lorsqu'il nous a rejoints. Il a préféré refuser les bureaux où il aurait dû finir sa carrière pour obtenir ses étoiles. Pour lui, il était inconcevable de quitter le monde de l'action. J'ai oublié de préciser qu'il était polyglotte. Parlant le russe, l'anglais, l'allemand, l'arabe et le chinois.

Le directeur avait écouté Perrin sans l'interrompre. Mais à son expression subitement empourprée, on devinait la tension qui l'habitait. Attendant une réaction, Perrin fixait maintenant le stylo qu'il faisait rouler entre ses doigts. À côté de lui, le troisième homme de la réunion était comme statufié.

La voix du patron éclata comme un coup de tonnerre :

— Et c'est un agent de cette trempe qu'on a envoyé au Viêtnam ? On pouvait pas faire plus simple ?

— Sauf votre respect, monsieur, la décision émanait de votre bureau.

— Comment ?

— Votre adjoint, monsieur. Lorsqu'il a fallu remplacer la personne que j'avais moi-même missionnée, ici présente, après un accident de scooter idiot la veille de partir.

Le voisin de Perrin, appuyé sur des béquilles, désigna son genou dans le plâtre. Le général marmonna une phrase inaudible, puis après un moment de silence total, se racla la gorge et reprit la parole :

— Le résultat, c'est que nous sommes dans la merde.

— Rohde va s'en tirer, assura Perrin.

— Vous semblez bien sûr de vous…

— Si on l'aide, oui.

— Qu'est-ce qu'on pourrait bien faire ? Je vois pas.

— Si. Avec quelqu'un sur place pour le récupérer, on y arrivera.

— Vous êtes fou ! asséna le général. On va pas additionner les problèmes. Nous avons trop d'intérêts économiques en jeu pour prendre le risque de perturber ce que nous avons mis des années à rebâtir. Le ministère pense que le mieux serait de faire le dos rond…

— Pardon ? sursauta Perrin.

— On va laisser votre agent se démerder tout seul. S'il venait à être arrêté, on le fera passer pour un indépendant. Un électron libre appartenant à une société privée. La région ne manque pas de ces vieux chibanis qui grenouillent pour toutes sortes d'officines privées travaillant dans l'intelligence économique. On s'en tirera de cette façon. En tout cas, c'est ce que propose le CNR. On verra ce qu'en pensera le Premier ministre.

— Pardon d'insister, monsieur, mais que fait-on s'il ne réapparaît pas ?

Une impression d'agacement traversa le regard du général.

— Je n'ai pas été clair ? Pour le moment, on bouge pas. On fait rien. On attend.

Perrin se leva péniblement de sa chaise. Il était outré. À quoi avaient servi les réunions de ces dernières 24 heures ? À croire que le sort de Rohde était réglé depuis le début. Et que le patron suivait le dossier de très près, contrairement aux apparences. Des images anciennes s'imposaient à lui en rafales qu'il ne pouvait contenir ni écarter. Rohde et lui au Liban dans l'embuscade tendue par les miliciens du Hezbollah ; leur chevauchée infernale lors de la guerre du Golfe ; le jour où ils avaient découvert la famille serbe brûlée vive par les indépendantistes bosniaques dans un village ravagé près de Travnik. Et le visage de grand enfant de Rohde, toujours curieux de tout, et cette expression sérieuse qui ne le quittait jamais, même dans les circonstances les plus tragiques, même face à ses ennemis… Perrin bouillait.

— Vous restez là ? demanda subitement le directeur. Encore quelque chose à me dire ?

— J'ai déjà envoyé quelqu'un sur place pour récupérer Rohde, monsieur.

Le général pencha la tête et le fixa un moment sans répondre, sidéré par la nouvelle.

— Vous avez décidé cela de votre propre chef !

— J'ai cru bien faire, monsieur.

11

Pourquoi continuer à mentir à tout le monde ? se demandait Estelle Becker, agenouillée devant le grand bouddha du Wat Po. *Qu'est-ce qui m'empêche d'expliquer la situation à Perrin et de disparaître à l'autre bout du monde ? J'aurais enfin la conscience tranquille.*

Tout en réfléchissant, elle regardait le ballet incessant des dévots égrenant leurs piécettes dans les sébiles installées le long de la coursive intérieure. Le cliquetis de la monnaie tombant dans les pots en métal en devenait obsédant. À chaque offrande, un vœu. Des dizaines de milliers de vœux chaque jour. C'en était terrifiant. Qu'est-ce que tous ces gens pouvaient bien souhaiter ? Ce matin, pour elle, c'était simple. Si elle avait dû solliciter l'aide du gigantesque bouddha, elle aurait demandé la réussite de la mission de Caron. Au minimum, qu'il sorte vivant de la galère dans laquelle on l'avait envoyé. *Mon pauvre vieux, si tu savais !* Elle n'était même plus en position d'assurer les arrières du journaliste. Trop d'eau avait coulé sous les ponts. Elle s'était aventurée trop loin sur les terres marécageuses du double jeu et se trouvait projetée, aujourd'hui, dans un méchant théâtre d'ombres où la pièce qui s'y jouait tournait au film d'horreur. Mais comment expliquer cela à Caron ? Elle ne le connaissait même pas. Pouvait-elle décemment lui expliquer qu'il l'avait séduite à la minute où elle l'avait remarqué au

French Kiss, et que l'idée qu'il puisse disparaître au Viêtnam lui était insupportable ? *Franchement, non !*

Elle se releva, s'avança jusqu'à une table, déposa un billet, saisit une petite feuille d'or et entreprit de la plaquer sur un bras de la statue, comme elle avait vu les Thaïs le faire mille fois. Pas si simple d'ailleurs, la pellicule ambrée collait à ses doigts. Elle insista jusqu'à ce que la membrane dorée adhère définitivement à la portion de l'idole qu'elle avait choisie, puis elle quitta le temple.

La luminosité lui fit plisser les yeux. Elle se baissa pour récupérer ses ballerines déposées devant l'entrée et se dirigea aussitôt vers l'embarcadère pour rentrer chez elle par le Chao Phraya Express. Malgré les risques, elle venait de prendre la décision de retourner à Saigon. Elle ne pouvait pas abandonner Caron à son sort. Pas comme ça. *Je suis stupide, je devrais tout laisser tomber.* Elle ne se reconnaissait pas, Estelle. Elle avait connu Caron deux jours plus tôt, l'avait rencontré à peine une demi-heure, et elle était troublée comme cela ne lui était pas arrivé depuis un bail. Elle en convenait : c'était absurde.

Becker aurait pu simplement s'avouer avoir eu envie de lui à la minute où elle avait entendu sa voix, et que son désir n'avait cessé de grandir depuis. Elle refusait pourtant de l'admettre, alors qu'elle s'apprêtait à prendre des risques inouïs en retournant à Saigon.

Arrivée chez elle, Estelle se rua sous la douche.

Une demi-heure plus tard, elle refermait sa valise après avoir démonté et planqué la coque de son pistolet dans le double fond, réinstallé le canon et la culasse dans le faux trépied, ainsi que les cartouches emballées dans une feuille en plomb. Puis elle mit son passeport dans son sac à main et ressortit pour attraper un taxi.

12

Dans le bâtiment principal de la caserne Mortier, à la section Asie, l'ambiance n'était pas au beau fixe. La tête que tirait Perrin agissait d'habitude comme un baromètre et, en cette fin d'après-midi, son air d'homme en colère, hantant le couloir de la machine à café à son bureau, n'avait pas fait exception. Il se passait quelque chose de grave, chacun en était conscient. Même si l'issue de la conférence des chefs du matin n'avait pas filtré, il suffisait de l'observer pour craindre le pire. Et le pire, à la DGSE, était de deux ordres. Soit des dispositions à prendre dans l'urgence absolue pour soutenir une opération casse-cou, soit l'abandon de l'une d'elles pour raisons politiques.

Perrin devinait, au regard de ceux qu'il croisait, l'inquiétude et les questions en suspens. Mais rien ne lui aurait fait lâcher une seule bribe d'information. Tout en ne parvenant pas à cacher son ressentiment, il ne dirait pas un mot. Il attendait de revoir le grand patron et, si la consigne du matin venait à être confirmée, il obéirait en bon soldat et garderait pour lui le dégoût de ce qu'il serait obligé de faire.

Il devait en être à sa cinquième tasse de café lorsqu'il croisa le général de retour de chez le CNR.

— Perrin, dans mon bureau ! lui lança celui-ci.

Une fois la porte refermée, le patron désigna un siège :

— Asseyez-vous.

— Merci monsieur. Je pense que c'est inutile...

— Vous savez ce que je m'apprête à vous dire ?

— J'en ai peur.

— Le coordonnateur a rencontré le ministre. Ils pensent tous les deux comme moi. Nous avortons la mission.

— C'est odieux...

— Mais non, mon vieux, c'est réaliste. Voyez plutôt les choses de cette manière. Soit Rohde est déjà mort et enterré et l'affaire est réglée, soit il est entre les mains des Viêts ou de je ne sais qui et il est inutile de nous exposer. Dans ce dernier cas de figure, personne ne va l'assassiner. Il finira bien par réapparaître. En prison au Viêtnam ou en Chine, que sais-je, et notre diplomatie s'en chargera comme je l'ai préconisé ce matin. Une simple histoire de baroudeur sur le retour sans lien avec nous. C'est aussi simple que cela, mais bon Dieu, il ne faut surtout plus que les services y soient mêlés. On caresse les Viêts dans le sens du poil depuis des années pour leur faire oublier cent ans de colonisation et des centaines de milliers de morts, on ne va pas tout gâcher avec cette stupide affaire d'ingérence. On ne peut compromettre les relations économiques déjà tissées avec eux. Le Président tient énormément à nos partenariats avec le Viêtnam. Depuis quelques années, Airbus Industrie fait un carton, je ne vous fais pas de dessin, on ne va pas remettre en question tous ces efforts pour un agent qui a merdé. Les Amerloques n'attendent qu'une occasion pour nous remplacer. Nous avons trop de projets en cours pour prendre ce risque. Quant à votre accord secret entre Pékin et Hanoi, j'y crois pas.

Perrin resta mutique. Bien sûr, le patron n'avait pas entièrement tort, mais c'était dégueulasse. Il aurait aimé un peu plus de compassion de sa part concernant le sort de Rohde, et la façon glaciale dont il avait résumé la situation lui était insupportable. Rohde était déjà passé par pertes et profits. On n'en demanderait plus de nouvelles. Qu'il fut célibataire sans famille était une aubaine, on pouvait l'oublier. C'est tout juste s'il serait fait mention, d'ici quelques semaines ou quelques jours, de son retrait de la liste des cadres auprès du service du personnel. Il n'y aurait ni fleurs ni couronne ni plaque. Il rejoindrait la grande cohorte des agents anonymes tombés dans des opérations qui n'auraient jamais dû avoir lieu, et dont la négation de leur existence dédouanerait l'autorité politique. On en était là. Perrin vivait pour la seconde fois ce genre d'expérience et il ne l'admettait toujours pas.

— C'est clair, n'est-ce pas ? Il y va de votre carrière, insista le patron. Et vous me rappelez l'autre gars que vous avez envoyé là-bas sans m'en avertir.

Perrin regarda sa montre et, avec le décalage horaire, calcula l'heure qu'il devait être à Saigon. 2 heures du matin passées. Caron était dans les bras de Morphée. Le connaissant, c'était inutile de l'appeler, il ne se réveillerait pas. La procédure exigeant, dans ce cas-là, de ne laisser aucune trace écrite, Perrin allait attendre encore quelques heures avant d'essayer de l'obtenir en direct au téléphone. Il tenterait de le joindre aux alentours de minuit, heure française.

Il quitta le bureau, enfourna une nouvelle pièce dans la machine à café et récupéra sa sixième tasse de la journée.

13

Le coup de fil de Perrin surprit Caron à l'instant où il s'apprêtait à quitter sa chambre d'hôtel pour aller chez Pascal Tesson avant que celui-ci ne décide de repartir à la frontière birmane. L'idée lui était venue, avant de s'endormir, que sa complicité avec le vieux camarade des années karennes pourrait peut-être lui être utile dans la mission de merde qui lui avait été confiée. Rambo était assez fou pour s'enflammer sur ce genre de projet. *A priori*, Caron ne voyait pas en quoi Pascal pourrait le servir dans l'immédiat, mais il savait de longue date qu'il ne fallait pas insulter l'avenir. Un garçon comme Tesson était une sorte d'assurance vie. Il l'avait expérimenté à plusieurs reprises. Ça valait donc le coup de le mettre dans la boucle. Il avait de quoi le payer. L'argent plus l'amitié feraient l'affaire. Il verrait plus tard comment leur collaboration pourrait se mettre en place. L'important était, pour le moment, de ne pas le laisser s'échapper.

Ce que lui annonça Perrin le laissa d'abord interdit. À son habitude, le colonel avait été rapide et direct :

— Vincent, tu es toujours à Saigon ?

— Non, à Bangkok. Je prends l'avion tout à l'heure.

— À Bangkok ? Parfait. Tu ne vas plus au Viêtnam. Tu rentres en France. On arrête tout.

— Notre ami a refait surface ?

L'erreur de Perrin fut alors de ne pas lui répondre par l'affirmative. Au lieu de dire oui ou de botter en touche, il révéla à Vincent Caron que la Boîte abandonnait Rohde à son sort. Puis raccrocha.

Un électrochoc pour Caron. Une fois de plus, la réalité des services lui apparaissait nue, telle qu'elle était, cruelle et sans pitié. Un monstre à la botte de la raison d'État. Sans considération pour ses soldats. Aujourd'hui Rohde, demain lui-même peut-être… S'il s'était efforcé de croire jusque-là être autre chose qu'un pion dans cet appareil, il tombait de haut une fois de plus. Avec une différence majeure cette fois-ci, car rentrer à Paris, comme Perrin le lui ordonnait, allait faire de lui le complice d'une saloperie qui concernait quelqu'un à qui il devait d'être encore vivant.

Que Perrin n'ait jamais eu vent de son aventure afghane n'avait aucune importance. Il la lui raconterait que cela ne changerait rien au problème, Caron en était convaincu. Les dernières phrases de Perrin tournaient en boucle dans sa tête. Il en avait mal au crâne. *Obéir ? Désobéir ? Accepter ? Renoncer ? Putain… !* Jamais, il ne s'était trouvé face à un tel dilemme. Fallait qu'il en parle à Tesson, à Becker aussi. C'était normal qu'elle sache aussi. Fallait qu'il se donne la matinée pour réfléchir.

Dans le taxi qui l'emmenait chez le mercenaire, il appela Estelle Becker et lui fixa un nouveau rendez-vous pour le déjeuner. *On verrait bien…*

Lorsqu'il mit le pied sur le ponton numéro 5 en sortant du Chao Phraya Express, une sensation étrange qu'il connaissait trop bien l'envahissait tout entier. Le calme avant la bataille. Le même éprouvé des dizaines de fois sur les lignes de front avant le déclenchement des opérations. Perrin, le patron de la

Boîte et le ministre pouvaient aller se faire foutre, il avait décidé d'aller quand même au Viêtnam. Tesson, à qui il avait tout expliqué, avait dans un premier temps franchement rigolé. « Je me doutais depuis longtemps, lui avait-il dit, que tu traficotais avec les services. Je suis juste étonné de ne l'apprendre que maintenant. » Puis, il s'était emporté, traitant les fonctionnaires de la DGSE de salopards. Lui non plus n'admettait pas qu'on puisse abandonner un agent en rase campagne. « Comment c'est possible ? Un type bardé de médailles, qu'a rendu des tonnes de services, faut croire qu'il y a plus rien de sacré, bordel de merde ! » avait-il hurlé. Pour lui, c'était évident que Caron n'allait pas lâcher l'affaire. « Si je pouvais, je te donnerais un coup de main », avait-il ajouté en le regardant droit dans les yeux. Tesson était ce genre d'écorché vif, prêt à tout planter pour aider un copain. Caron n'en demandait pas tant. Il avait juste eu besoin de trouver une oreille attentive pour raconter le dégoût que lui inspirait la décision prise par la caserne Mortier, c'était fait. Il ne s'était pas trompé : n'importe quel type normal aurait refusé le contrordre de Paris. Il était rassuré. Ne restait plus qu'à expliquer à Estelle Becker ce que venait d'ordonner Perrin et sonder ses intentions.

La call-girl était déjà attablée dans le petit restaurant en plein air, devant un étal de fruits exotiques, discutant avec la vendeuse. Elle riait et faisait rire la vieille. Caron l'observa quelques secondes, puis s'installa devant elle.

— Je suis contente de vous voir, dit Becker. Je vous croyais déjà à Saigon quand vous m'avez téléphoné. J'avais imaginé que vous sauteriez dans le premier avion.

Caron écarta les bras en signe d'impuissance.

— Estelle, l'avion que je dois prendre, c'est pour Paris...

La jeune femme le considéra, étonnée.

— Vous n'allez plus au Viêtnam ?

— La DGSE vient de m'appeler. La mission est abandonnée. Vous n'êtes pas au courant ?

La mine qu'afficha Becker finit de convaincre Caron qu'elle n'avait pas été informée par Perrin.

— Qu'est-ce que c'est que cette embrouille ? demanda-t-elle.

Caron commenta simplement :

— La raison d'État, manifestement. On laisse Rohde à son sort. Je n'ai pas obtenu d'autres explications. Seulement l'ordre de rentrer.

S'ensuivit un long silence.

— Bien, hasarda Becker, vous laissez tomber ?

Caron voulait se donner encore du temps avant de lui exposer la décision qu'il avait prise.

— Ce qui est dommage, c'est que nous ne travaillerons pas ensemble. J'aurais bien aimé...

Becker réfréna un petit rire de gorge.

— Moi aussi. J'aurais apprécié de vous aider. Et de le faire pour Rohde.

Nouveau silence. Becker et Caron ne se regardaient pas, chacun fixant la table.

— On va quand même déjeuner, reprit-elle.

— Je vous ai invitée ! dit-il en se tournant vers la serveuse.

Une fois servis les *khao pat mou*[1] accompagnés de deux *Shinga*, Caron demanda à Estelle pourquoi elle avait choisi de vivre au Viêtnam.

— Je m'y suis installée il y a une dizaine d'années lorsque mon père s'est mis en tête de me révéler la vérité sur mes origines. Il était atteint d'un cancer, se savait proche de la fin, et ne voulait pas partir sans que je sache d'où je venais.

1. Riz frit au porc, l'un des plats traditionnels de la gastronomie thaïlandaise.

— Vous veniez d'où ?

— Mais de Saigon, bien sûr !

— Vous voulez dire que vous êtes vietnamienne ? Une Vietnamienne blanche et blonde, je le crois pas…

— Que j'ai du sang vietnamien, oui. Métisse. Une enfant de la honte. Américano-Vietnamienne. Mon père était un marine, encore attaché à l'ambassade, la dernière année de la guerre, et à la colle avec une taxi-girl dont il était tombé éperdument amoureux. Selon lui, ma mère, qui m'a mise au monde le 25 avril 1975, n'avait pas survécu à l'accouchement.

Caron marqua une seconde de surprise.

— En 1975 ? Mais vous paraissez avoir 30 ans…

Becker pouffa :

— J'en ai treize de plus. Une erreur de la nature en quelque sorte ! Le 30 avril, j'étais dans les bras de mon père dans le dernier hélico américain à quitter la ville à 7 h 53. Ensuite, pour une raison que j'ignore, il a fait établir un acte de naissance à Miami et m'a raconté, dès que j'ai été en âge de comprendre, que ma mère, une Américaine, avait été incinérée à Saigon, ce qui expliquait qu'il n'y avait pas de tombe sur laquelle nous aurions pu nous recueillir. La seule trace qui restait d'elle était une photo dans un cadre posé sur le buffet du salon.

— Vous connaissiez donc son visage.

Estelle leva les yeux au ciel.

— Mais ce n'était pas ma mère. Seulement une photo prétexte d'une femme que mon père avait un jour découpée dans un magazine. Histoire que je ne pose pas de questions.

— Pourquoi avait-il fait ça ?

— Il avait décidé de tourner la page. En fait, sa relation avec cette taxi-girl, les dernières semaines de l'offensive communiste contre Saigon, la décision du Président américain d'abandonner à son sort le Sud-Viêtnam et sa fuite, surtout, depuis le toit de l'ambassade, l'avaient profondément et durablement meurtri. Il portait en lui une sorte de tristesse virale dont il n'arrivait pas à se libérer et voulait me protéger. J'en conviens, c'était stupide. Car, lorsqu'il m'a enfin révélé la vérité, ça a été un terrible choc pour moi.

Estelle fit une pause avant de reprendre :

— La vérité ! Il aurait mieux fait de ne rien dire du tout et de brûler les documents sur lesquels j'ai fini par tomber après sa mort. Pour moi, l'histoire du début, ça allait. Ça faisait sens. Je vivais très bien avec ce mensonge. J'avais des papiers en règle, pas de grands-parents ou de cousins pour venir démentir la fable paternelle, c'était parfait. Or, l'histoire de la taxi-girl et de la fausse photo m'a évidemment mis la puce à l'oreille. Mon père enterré, j'ai retourné la maison de fond en comble. J'ai fouillé partout. Et puis j'ai trouvé des papiers que j'ai lus. Notamment une correspondance avec l'un de ses anciens collègues de l'ambassade américaine à Saigon. Bien que je n'avais aucun souvenir de l'avoir jamais vu à la maison, mon père était resté très lié avec lui. Je suis allée le voir. C'est là que j'ai découvert le deuxième mensonge. Ma mère était vietnamienne et n'était pas morte en couches. Elle n'avait simplement pas pu monter dans l'hélicoptère avec mon père. Il avait été forcé de la laisser derrière lui. Je ne sais pas s'il pensait à ce moment-là pouvoir revenir la chercher un jour, mais les événements que vous connaissez l'en auront empêché, si tant est que ce fut le cas. Et chez son ancien collègue, il y avait une photo de ma mère avec mon père. Prise à *La Dolce Vita*, le restaurant de l'hôtel *Continental* à l'époque. Bras dessus, bras dessous, devant un gâteau avec une grosse bougie pour fêter leur première année de vie commune. L'expression de leur bonheur…

— Mince, alors !

— L'ami, qui avait lui-même pris la photo, m'a dit que mon père venait souvent chez lui la regarder. Il la lui avait confiée pour que je ne la voie pas. Pour me tenir en dehors de cette histoire. Et, comme chacun sait, la vérité finit toujours par resurgir un jour. Quand ça a été le cas, j'ai lâché tout ce que je faisais pour venir m'installer à Saigon et essayer de retrouver ma mère.

— Comme ça ? De but en blanc ? Vous pouviez le faire ?

— Alors, si je vous raconte la suite, vous allez exploser de rire.

— Allez-y.

— Après avoir obtenu un diplôme linguistique en français, j'ai étudié le vietnamien auprès de réfugiés installés à Miami, avec le projet de décrocher un poste à Saigon ou Hanoi. Ça n'a pas fonctionné. Aucune des boîtes auprès desquelles j'ai sollicité une affectation sur place n'a répondu positivement. Je n'ai pas renoncé. J'y suis allée quand même. En touriste. Persuadée que je finirais par me faire embaucher quelque part.

Caron se gratta le crâne.

— Il y a un truc qui m'échappe : avec un passeport américain ?

— Oui…

— C'était quand ?

— En 1993. Quand le pays s'est complètement ouvert aux étrangers. Il y avait déjà des tas d'anciens GI's qui revenaient, les Viêts les accueillaient volontiers.

— Malgré l'embargo américain qui les frappait encore ?

— Vous savez, ce sont des gens pragmatiques. Leur intérêt était de sceller une paix définitive avec Washington.

— Vous êtes restée longtemps ?

— La première fois, presque huit mois. On m'a renouvelé plusieurs fois mon visa.

— De quoi viviez-vous ?

— De mes économies…

— Ah ! fit Caron, sans cacher sa surprise.

Becker éclata de rire.

— J'ai commencé à monnayer mes charmes. Après tout, ma mère avait été taxi-girl, je pouvais bien faire la pute pour rester et essayer de la retrouver. J'ai donc proposé mes services à des huiles du régime croisées au hasard des fêtes où je parvenais à me glisser.

— Et on vous a jamais fait d'ennuis ?

— Non, puisque ceux qui auraient pu en profitaient.

— C'est comme ça que vous avez rencontré Perrin ?

— Oui, lors d'un de ses voyages en Asie. À un cocktail à l'ambassade.

— Ce que je ne saisis pas, c'est comment il en est arrivé à vous recruter.

— Vous le connaissez bien, n'est-ce pas ? Il a du nez, le colonel. Il a très vite pigé ce que je faisais et m'a proposé de me fournir les clients. C'était parfois marrant, souvent intéressant, toujours très rémunérateur. Notre association a démarré ainsi. Au fil des années, ma connaissance du terrain, des gens, des clans, m'a fait monter en grade, en quelque sorte. En plus de faire la pute, je le renseigne dans beaucoup de domaines.

— Vous avez jamais songé à couper les ponts ?

— Pourquoi l'aurais-je fait ? Il ne me demande jamais de trucs extraordinaires.

— Tout de même, Rohde, ce n'était pas innocent…

— Si, comme d'habitude. Je lui ai ouvert mon carnet d'adresses pour le mettre en relation avec des gens susceptibles de l'aider. Rien de plus, je vous l'ai déjà dit.

Becker repoussa son assiette avant de planter son regard dans les yeux de Caron.

— Le hasard a voulu que cette opération tourne au vinaigre, mais sans que j'y sois directement mêlée.

— Du coup, vous devez savoir beaucoup plus de choses que vous voulez bien le dire.

Becker hésita une fraction de seconde, puis reprit son assiette.

— Vous ne répondez pas ? s'empressa d'ajouter Caron.

— Je n'en sais que ce qu'il a bien voulu me confier. C'est-à-dire rien ou presque. Pas plus que vous.

Caron se dit que Becker venait de mentir, et choisit de botter en touche.

— Tout ça nous éloigne de votre mère. Vous l'avez retrouvée ?

— Malheureusement non. Mais je n'ai toujours pas perdu espoir. J'ai avancé d'ailleurs.

— Vous y croyez encore ?

— Toujours. Je vais même vous faire une autre confidence : ça devrait aller vite maintenant. Qu'elle soit encore vivante ou morte, je suis proche du but. Et je serai enfin apaisée. Libérée des mensonges de mon père et du mal qu'il m'a fait.

— Vous semblez lui en vouloir beaucoup...

— Beaucoup, oui. On lui en voudrait au moins.

— Moi, à vous entendre, j'éprouve plutôt une énorme pitié pour lui. Vivre plus de vingt ans avec le remords d'avoir abandonné la femme qu'on aimait, au point de vous avoir dissimulé l'histoire, d'avoir caché sa photo chez un ami, d'être allé régulièrement la regarder... Quel calvaire ! C'est d'une tristesse insondable.

En prononçant ces derniers mots, Caron avait étouffé comme un sanglot. Estelle se pencha vers lui et lui saisit le bras.

— Que se passe-t-il ? Vous avez l'air perturbé... C'est mal ce qu'a fait mon père. Faut pas chercher à l'excuser.

— Moi aussi, je vis avec le même regret. Et depuis plus de quarante ans.

Estelle écarquilla les yeux.

— Pardon ?

— Exactement le même drame que celui de votre père. Le souvenir d'une fille merveilleuse que j'ai abandonnée après la chute de Saigon. Elle m'avait supplié de quitter le pays avec elle lorsque c'était encore possible, les premiers jours de ce mois d'avril 1975. Mais j'ai refusé. Je ne voulais pas partir avant l'épilogue de cette guerre. Je me forçais à croire que l'offensive communiste allait être stoppée, alors que tout annonçait le contraire. Je lui promettais de prendre un avion plus tard, toujours plus tard. Et puis les troupes d'Hanoi sont entrées dans la ville et tout a basculé. Elle a été embarquée par des miliciens, devant moi, jetée dans un camion et envoyée je ne sais où. Je n'ai jamais réussi à la revoir. Deux semaines plus tard, c'était mon tour. Direction l'aéroport. Ensuite, blacklisté par les nouvelles autorités, les années qui passent, l'espoir de la voir débarquer un jour comme *boat people*, puis rien. La vie qui fout le camp et le souvenir qui reste. Ce sale goût d'inachevé, d'erreur impardonnable. Vous voyez pourquoi je peux excuser votre père ?

Becker en était restée interdite. Bouche bée. En relevant la tête, Caron crut qu'elle allait le planter là, mais elle avança doucement un pied vers lui en même temps qu'elle le dévorait des yeux.

— J'ai dans l'idée que, contrairement aux ordres, vous n'allez pas renoncer à aller au Viêtnam, je me trompe ?

— Non.

— Vous allez essayer de retrouver cette fille, comme moi ma mère ?

Caron réprima un petit rire.

— Pas du tout… La fille en question est morte quelques jours après son arrestation. Je l'ai appris à l'époque par un confrère.

— Alors, quoi ?

— Rohde…

— Oui ?

— Parce que je le connais, comme je vous l'ai dit. C'est une bonne raison, non ? Maintenant, personne ne le sait à part vous, murmura Caron en décidant de passer sous silence les confidences faites une heure plus tôt à Tesson.

— Donc, vous passez outre les ordres de votre Boîte, je ne le crois pas ! hoqueta Becker. Puis son visage s'assombrit.

— Vous m'avez l'air dévastée, constata Caron.

— Vous m'avez émue avec votre histoire, mais j'aurais préféré vous entendre me dire que vous repartiez à Paris.

— Qu'est-ce que cela changerait pour vous ?

Becker appuya son pied contre la jambe de Caron.

— Je serais rassurée.

Caron se dégagea doucement. À quoi rimait cette manœuvre ? Certes, c'était fait élégamment, avec discrétion, mais c'était pour le moins inattendu. Si Caron s'était instantanément senti attiré par la call-girl, il refusait de croire une seule seconde à la réciproque. Qu'est-ce qu'une fille comme Estelle Becker, avec son métier, pouvait bien éprouver pour un type comme lui, vieux crabe sur le retour, contractuel sans importance d'une officine qui n'était pas même la sienne ? Cela ne collait pas. Trop beau pour y croire. Il décida d'ignorer ses avances.

— Rassurée de quoi, Estelle ?

— Vous n'avez pas idée de ce que vous allez affronter…

— Et Rohde, alors ? On l'abandonne ?

Becker répondit par un sourire muet. Caron insista :

— Vous pensez qu'il faut le laisser se démerder tout seul ?

— Je suis partagée, finit-elle par lâcher dans un souffle. Honnêtement, je pense qu'il est assez coriace pour se sortir seul de la panade dans laquelle il s'est mis, et que vous n'arriverez à rien sauf à vous perdre dans cette histoire. Vous allez au-devant de très grosses difficultés.

Caron afficha un air résigné :

— Pas plus que d'habitude, sans doute...

— Je ne parle pas seulement des Viêts, mais de Paris. Quand nos amis comprendront que vous maintenez la mission, ça ne leur plaira pas du tout. Vous y avez réfléchi ?

Caron fit mine de n'attacher aucune importance à ce que venait de dire Becker. Elle soupira :

— Ne faites pas le naïf. Vous n'avez pas été engagé par la chambre de commerce. Lorsque des services secrets sont capables d'abandonner l'un des leurs, que peut-on attendre d'eux concernant un agent qui sort des clous ? À votre avis ?

— Je sais pas. Je me suis jamais posé la question.

— Mais si, vous savez. Vous savez parfaitement. Il va falloir être sur vos gardes.

Caron n'appréciait pas le tour que prenait la conversation. En une fraction de seconde, Becker venait de lui foutre la trouille. *Qu'est-ce qu'elle essaye de me dire ?* Il termina son *khao pat mou* sans répondre.

— Je me chargerai de vous trouver une arme. Si ça prend trop de temps, je vous prêterai la mienne en attendant d'en récupérer une autre.

Elle avait prononcé la phrase le plus simplement du monde, comme s'il s'agissait d'un téléphone.

— Vous...

— Quoi, moi ? murmura Becker.

— Vous êtes en train de me dire que vous êtes enfouraillée ?

— Avec les tordus que je fréquente, vaut mieux…

Les neurones de Caron s'agitaient à toute allure. Il venait d'être projeté quelques années en arrière. L'odeur de la forêt en décomposition, la faim, la soif, la fatigue et l'écho de la bataille que livrait la tête de la colonne dans cette jungle aussi sombre que si la nuit était déjà tombée. Puis, cette voix surgie de nulle part devant eux, qui s'approchait, gravissant le versant invisible de la colline. Derrière lui, les maquisards s'étaient allongés, braquant leurs fusils en direction de la voix aigre et nasillarde qui montait vers eux. Alors, Caron avait dégainé le 45 automatique qu'il avait été obligé d'accepter, trois semaines plus tôt, pour suivre la guérilla.

Le coup de feu résonnait encore à l'intérieur de son crâne. Comme le râle de l'adjudant de la *Tatmadaw*[2], couché presque à ses pieds. Il se demandait encore comment il avait pu tirer.

— Mais au fait, pourquoi m'avoir posé toutes ces questions sur Rohde si vous le connaissiez si bien ? demanda Estelle.

— Ah oui, fit Caron comme s'il avait oublié. Pour avoir une idée de votre degré de complicité, on en a déjà parlé. Et pour en revenir à ce que nous disions, je crois pas que je vais accepter votre offre. Je crois pas non plus une seconde à votre analyse.

Estelle hésita un instant, puis se leva affichant un air désolé et lui tendit la main.

— Revenez vite.

2. Le nom de l'armée birmane.

14

Rien n'avait vraiment changé au *Suriwongse Hotel* depuis son premier séjour lorsque, expulsé d'Hô Chi Minh-Ville, Caron avait atterri là, dans l'attente d'un vol pour la France. La même clientèle de vieux amateurs de chair fraîche attendant dans le hall l'arrivée d'une nouvelle cargaison de filles, et d'autres déjà en main, attablés en silence avec leur pute de la nuit devant un petit déjeuner tardif. *Quelle faune, bordel ! Quelle tristesse !*

Ne voulant pas se trouver dans l'ascenseur avec ces gars-là, Caron prit l'escalier pour rejoindre sa chambre. Le moral n'était pas au beau fixe. Becker avait quelque peu plombé l'ambiance avec ses histoires de vengeance de la DGSE. Maintenant qu'il y pensait sérieusement, l'hypothèse d'une réaction violente de Paris ne lui apparaissait pas si incroyable. *Bon. On verra bien comment réagira Perrin. Si je lui explique que je suis coincé vis-à-vis du journal, il comprendra.*

Perrin décrocha à la première sonnerie. Quand Caron entreprit de lui dire ce qu'il venait de répéter dix fois afin de paraître le plus neutre possible, il ne le laissa pas terminer.

— Tu ne m'as pas compris. Tu rentres. Y a pas à discuter. Je me fous de ton canard et de ce que tu lui as raconté, comme je sais parfaitement que ton rédac chef a rien à battre de ton reportage prétexte. Pourquoi tu t'entêtes ?

— Si je te disais...

Au bout du fil, Perrin s'énerva :

— Jamais vu ça ! Qu'est-ce que tu cherches à jouer perso ? T'as décidé de publier cette histoire ?

— Absolument pas. Là-dessus, tu peux être tranquille.

— Alors ? brailla Perrin avant de détacher chaque syllabe de la phrase qui suivit. On-ne-veut-pas-que-tu-ailles-à-Saigon. La situation a changé. Tu veux nous foutre dans la merde ou quoi ? Tu vas garder la moitié de ta prime, et tu rentres à Paris. Ça ne se discute pas. L'ordre vient de très haut, c'est tout. Tu prends le premier vol ce soir, et je viens te récupérer à Roissy demain matin.

— Écoute, mon colonel, t'as sans doute tes raisons, mais j'ai les miennes aussi. Quant à l'argent, je te remercie. Je ferai avec, mais je vais à Saigon. Inutile de m'attendre demain à l'aéroport.

— OK, fit Perrin, tout à coup redevenu très calme. Je vais te mettre les points sur les « i ». Parce que c'est toi. Rohde est réapparu. Il est actuellement à l'ambassade de Suisse. C'est notre diplomatie qui prend le relais. Je ne vais pas entrer dans le détail, Vincent. Mais si tu vas au Viêtnam, non seulement tu n'auras plus une tune, mais tu t'exposeras à une foule d'ennuis. Tu oublies l'affaire Rohde et on passe à autre chose.

Tout, dans le discours de Perrin, puait le mensonge. N'importe qui s'en serait aperçu, ce qui mit Caron en colère :

— Tu es en train de me prendre pour une bille, camarade. Je crois pas un mot de ce que tu dis. Je pense que Rohde est toujours dans la nature et que tu me caches quelque chose d'essentiel. J'aimerais savoir pourquoi la Boîte peut laisser tomber un type comme lui.

— Putain, garde tes leçons de morale pour toi. Rohde est avec les Suisses. Mais ça a créé un tel bordel sur place qu'on n'a pas besoin d'un autre chien dans le jeu de quilles. Pour le moment, on doit faire profil bas.

— Très bien. Je vais appeler l'ambassade et demander à parler à Rohde. Si ça marche, je rentre. Dans le cas contraire, je vais à Saigon.

— Et quoi encore ? s'esclaffa Perrin. Tu crois que notre agent va accepter de prendre au bout du fil un mec tombé de nulle part ? T'es con ou quoi ?

Si Caron avait été avocat dans un prétoire, le joker qu'il abattit aurait été du plus bel effet de manche. Comme le témoin surprise qu'on produit au dernier moment.

— Je connais Rohde depuis plus de dix ans, mon colonel.

Perrin en resta muet.

— La photo, poursuivit Caron. La photo de lui que tu m'as remise… Ça a été la surprise du chef quand je l'ai découverte dans l'enveloppe. Tu m'écoutes ?

Perrin ne disait toujours rien.

— Voilà pourquoi, s'il se trouve chez tes Suisses, il me prendra au téléphone. Mais mon petit doigt me murmure qu'il n'y est pas…

Après son interminable silence, le colonel commença par tousser pour s'éclaircir la voix, puis menaça :

— J'ai parfaitement entendu et je ne veux même pas savoir comment ni pourquoi vous vous connaissez. Tu ne dois absolument pas reprendre contact avec lui. Je t'attendrai à 6 heures aux arrivées de Roissy demain matin. Si tu n'y es pas, la DGSE te considérera comme un problème à résoudre. *Basta.*

C'était mal connaître Caron.

— Alors, explique-moi ce que faisait exactement Rohde et pourquoi vous tirez un trait sur lui. Je rentrerai peut-être.

Mais Perrin s'emporta à nouveau.

— Je n'ai aucun compte à te rendre. Je te donne un ordre. Un ordre !

— Tu peux toujours te pointer, rétorqua Caron. Si tu as du temps à perdre… Et pour clore la conversation, tu me disais être un bon pote de Rohde ? Mon Dieu, gardez-nous d'amis comme toi !

Puis, Caron reposa le combiné sur la base du téléphone et s'allongea sur le lit. Quand son portable vibra dans la minute suivante, il coupa le son. *Voilà une aventure de trente ans qui se termine. Reste encore à découvrir comment…*

À douze mille kilomètres de là, Perrin était effondré. Pourquoi Caron s'embarquait-il dans cette galère ? Qu'est-ce que Rohde était pour lui ? Pourquoi n'avait-il rien expliqué ? Qu'est-ce qui le poussait à désobéir de la sorte ? Et comment le protéger, maintenant ? Perrin avait souvent vu en Caron un personnage à la Conrad, à la Bodard ou à la Lartéguy, mais pour s'en amuser, tellement le bonhomme pouvait parfois paraître anachronique. Et voilà qu'il en enfilait le costume ! Quelle mouche l'avait piqué ? *Faut arrêter ça tout de suite*, pensa-t-il. *Il n'a pas idée du merdier où il va plonger. Et comment présenter l'affaire au patron ? Peut-être que Becker…*

Il appela et tomba sur la messagerie. Trois heures plus tard, Perrin baissa les bras. La belle Estelle était aux abonnés absents, Caron peut-être déjà en route pour Saigon, les dés étaient jetés. L'épreuve de force commençait. Le pire rôle de sa vie.

15

Estelle Becker pénétra dans le Soï Chidlom, sur Ploenchit Road, pour rejoindre l'immeuble de l'AFP. Margaux, qui y bossait depuis une dizaine d'années, était une de ses vieilles complices, rencontrée lors d'un sommet sur la francophonie à Hanoi, huit ans plus tôt. L'histoire de la recherche de sa mère par Becker avait plu à Margaux. Et l'avait émue sans doute davantage encore. Orpheline dès son jeune âge, ses parents ayant été assassinés dans leur maison d'Ajaccio pour une sombre affaire d'honneur, sans enfants, sans mari, la journaliste était tombée amoureuse de l'Asie dès son premier poste obtenu en Thaïlande et avait fait le vœu de ne jamais retourner sur son île natale, sans pour autant couper les liens avec la communauté. Après les deux journées de colloque dans la capitale vietnamienne, elle avait tenu à faire un détour par Saigon avant de rentrer à Bangkok. Pour le seul plaisir d'habiter vingt-quatre heures une chambre au *Continental*, l'ancien hôtel de légende de ses compatriotes corses, le père et le fils Franchini. Elle s'était mise à collectionner, dès que l'occasion s'en présentait, toute sorte de renseignements sur la diaspora corse du Sud-Est asiatique. Becker lui avait apporté son aide à plusieurs reprises. Aujourd'hui, une véritable amitié liait les deux femmes.

En retour, Margaux avait longuement travaillé sur le sort réservé aux anciennes prostituées par les autorités communistes d'Hanoi après leur victoire contre le Sud. Grâce à son travail, Becker avait fini par obtenir les informations qu'elle cherchait sur sa mère. Raflée quelques jours après le funeste 30 avril 1975, celle-ci avait été envoyée dans un camp de rééducation, installé à la hâte dans les nouvelles zones économiques de la forêt bordant le Cambodge, puis, tombée gravement malade, avait été transférée vers une unité de soins dans la province de Kontum avant d'être renvoyée dans un nouveau camp à la frontière laotienne où elle avait passé plus de dix ans de son existence. Enfin libérée, elle avait été affectée à une usine d'État située au nord de Quang Tri, puis dans une autre plus éloignée encore de sa région originelle. La piste s'arrêtait là, à la fin des années 1990, peu ou prou, à l'époque de l'arrivée d'Estelle Becker au Viêtnam.

Comme à chaque fois qu'elle passait par Bangkok, Becker venait aux nouvelles à l'AFP. Elle venait avec ses propres renseignements pour les confronter avec ceux recueillis par Margaux dont la tâche principale, désormais, était de découvrir si la mère d'Estelle était morte ou non après sa dernière affectation comme ouvrière d'État.

Sa qualité de journaliste lui ouvrait plus de portes qu'à Becker pour obtenir ce genre d'informations. Les années ayant filé, les deux femmes avaient le sentiment désormais d'être engagées dans une course contre la montre. Même si l'auteur de ses jours ne devait pas avoir aujourd'hui plus de 60 ans, les conditions de vie terribles de l'après-guerre qui avaient été les siennes ne plaidaient pas pour une grande longévité. Raison pour laquelle Margaux redoublait d'efforts et consacrait tout son temps à Becker dès que celle-ci la relançait.

Estelle appuya sur la touche du dix-huitième étage et s'éleva à une vitesse vertigineuse vers les bureaux de l'AFP. Désireuse d'apprendre aussi autre chose, cette fois-ci : qui était vraiment Caron.

16

Officiellement, le général Nguyen Xuan Tho était en cinquième position sur la liste des membres du Politburo, secrétaire d'État à la Sécurité publique, en charge de l'organisation des forces de police. En réalité, il tenait d'une main de fer le TC2, le terrible service de renseignements vietnamien impliqué au premier chef dans le contrôle du territoire et la surveillance de tout ce qui pourrait entamer l'hégémonie du parti unique sur le pays. Nommé à son poste au lendemain de la victoire du Nord sur le régime sudiste, il avait effectué un parcours sans faute depuis plus de quarante ans. On lui devait l'arrestation de tous les anciens affidés de la défunte république du Sud, la mise à l'écart des esprits trop indépendants parmi les vieux compagnons de route, puis l'élimination de toute sorte d'oppositions nées avec le temps, après le *Doï Moï*, la perestroïka locale promue à la fin des années 1980 lorsqu'il était devenu impératif de sortir le pays de son isolement économique et politique. Un merveilleux rideau de fumée agité par la vieille garde afin d'amadouer le monde extérieur. Et que Tho avait parfaitement utilisé pour démasquer et réduire les malheureux qui avaient pu croire à la volonté d'ouverture du régime. Ensuite, il s'était consacré aux ennemis de l'extérieur, persuadé que les anciens colonisateurs et impérialistes, France, Japon et États-Unis en tête, voulaient se venger de leurs anciennes défaites militaires et extirper une fois pour toutes le communisme du pays.

Tirant sur sa cigarette, Tho contemplait à travers la fenêtre de son bureau la gigantesque place Ba Dinh où, le 2 septembre 1945, le défunt président Hô Chi Minh avait proclamé l'indépendance. La ferveur populaire, la liesse de la foule, la joie de ses parents, au cours de cette matinée, resteraient gravées en lui jusqu'à sa mort, il ne pouvait en être autrement. Presque trois quarts de siècle plus tard, il revivait l'émotion de ses 6 ans. Ce que sa biographie officielle, d'ailleurs, avait toujours mis en avant : « Le camarade Nguyen Xuan Tho, engagé dans la défense de son pays dès son plus jeune âge, après avoir écouté en compagnie de sa famille le discours fondateur de la république socialiste du Viêtnam prononcé place Ba Dinh par le très vénérable oncle Hô, le jour de la reddition des forces impérialistes nippones… » La légende n'était pas entièrement fausse. Même si Tho était retourné rapidement à ses jeux d'enfant, la suite de sa vie pouvait témoigner d'un dévouement sans faille à la cause révolutionnaire. Dès que l'occasion lui en fut donnée, il n'avait plus rien fait d'autre que se consacrer au parti. Engagé à 11 ans pour poser des mines sur la RC4, faisant cette année 1950 son premier prisonnier colonialiste dans la débâcle française de Coc Xa, combattant dans la cuvette de Điện Biên Phủ quatre ans plus tard, rejoignant immédiatement après un régiment populaire sur la ligne de démarcation, partant ensuite former des maquis au sud, attaquant les premières unités américaines de Bérets verts déployées en Annam par le président Kennedy, participant à l'offensive du Têt en 1968 à Hué, puis aux batailles du 17e parallèle en 1972. Avant de rejoindre l'état-major nordiste au moment des accords de Paris un an plus tard. À partir de cette époque, son ascension dans les rangs du parti avait été spectaculaire. Soutenant la politique du secrétaire général de parti Lê Duẩn contre celle du général Vo Nguyen Giap, rien n'avait jamais pu freiner son élévation au sein de l'administration communiste. En marge de ses choix politiques judicieux, c'étaient son caractère buté, sa fidélité à toute épreuve à la ligne officielle, son manque total d'empathie pour quiconque venait à être contesté et son potentiel de cruauté sans fond qui l'avaient propulsé à son poste. Et permit de le conserver à quatre-vingts ans passés.

En repensant à ce parcours, Tho bouillait de rage. Comment se faisait-il que l'affaire de l'espion français n'ait pu encore être résolue ? Le colonel Phạm Khắc Thành allait devoir s'expliquer. Si le chef du bureau Recherche n'avait pas d'explications convaincantes à apporter, il lui ferait passer le goût du riz. Qu'importe que son adjoint ait à son palmarès une litanie de succès, il ne pouvait y avoir d'échec. Pas même un seul. Tho avait déjà prévenu, mais l'agent français demeurait introuvable et le problème semblait se corser au fil des jours. L'énorme scandale pouvait éclater à toute heure, qui l'emporterait à coup sûr comme un fétu de paille dans les eaux d'une rivière gonflée par la mousson. Donc Thành n'avait plus de marge de manœuvre. Soit il retrouvait ce Philippe Rohde, soit il serait passé par les armes. Tho avait en réserve un dossier parfaitement monté qui l'enverrait face au peloton d'exécution. Il avait toujours travaillé ainsi. Préparant minutieusement des prétextes pour se débarrasser de ses collaborateurs le moment venu, si son existence personnelle venait à être menacée. Mais plus que tout, ce matin, il ne pouvait concevoir de ne pas résoudre une affaire. Peut-être la dernière de sa vie. C'était cela le pire ! Devoir quitter ses fonctions sur un échec. Il serait relégué dans un asile ou en résidence surveillée, comme l'avait été Giap en son temps, il serait conspué, rayé des manuels d'histoire et finirait dans une sépulture anonyme. Sans famille, personne ne viendrait déposer d'offrandes sur sa tombe. Un jour, celle-ci serait retournée par un bulldozer pour construire un immeuble ou une portion d'autoroute…

Cette épouvantable perspective fit frissonner Tho.

17

Elle se demandait si sa démarche de ce matin n'était pas stupide : *Pourquoi fouiller davantage le passé de Vincent ? Qu'est-ce qui me pousse à vouloir connaître tout de suite ce qu'il ne m'a pas encore dit ? Pourquoi suis-je si pressée ? Amoureuse ? De nouveau ? Non !* Le rire d'Estelle se répercuta aussitôt sur les parois métalliques. Elle eut l'impression de l'entendre encore derrière elle en quittant la cabine.

Cinq minutes plus tard, pourtant, la première question posée à Margaux le concernait. Elle n'avait pas démarré la conversation sur les recherches de sa mère, mais immédiatement sur Caron, comme s'il s'agissait d'une urgence.

— Tu as le feu aux joues, ma belle, remarqua la journaliste.

Estelle se tourna vers un miroir, accroché dans le bureau.

— Mais non. C'est la chaleur de la rue…

— Je ne te sens pas comme à ton habitude. Un problème alors ?

— Aucun.

— Ce garçon, tu l'as déjà rencontré ou tu souhaites faire sa connaissance ?

— On s'est croisés hier. Je vais lui servir de guide au Viêtnam. Je veux juste savoir ce qu'il y a fait exactement autrefois. Il paraît qu'il y a été correspondant de guerre pour l'AFP. Puis qu'il a été blacklisté ensuite, après la chute de Saigon. Tu vois, ce n'est pas sorcier.

— Mais il ne bosse pas pour nous, je n'en ai jamais entendu parler.

— Oui, je sais. Il aurait travaillé pour l'agence comme *stringer* en 1974-1975. Avant de changer d'employeur.

Margaux ouvrit un dossier sur son ordinateur.

— Je ne suis pas sûre de trouver quelque chose. Il y a peu de chances qu'on ait conservé des infos sur une collaboration aussi ancienne. Mais bon…

Elle se pencha sur le tabulateur et fit défiler une liste de noms. Estelle s'était rapprochée de l'écran.

— Tiens, fit-elle, tu l'as.

Estelle avait posé son index sur l'écran. Le nom de Vincent Caron apparaissait, suivi d'un code.

Margaux émit un petit sifflement entre ses dents.

— Ah oui. Un numéro, ça nous renvoie à une enveloppe classée aux archives. C'est curieux…

— Pourquoi ?

— Ça veut dire qu'on a beaucoup de choses sur lui, assez importantes pour avoir été conservées. Attends…

Elle se leva, remplit une tasse de thé à la Thermos, la déposa devant Estelle et se dirigea vers le fond de la pièce.

— J'en ai pour cinq minutes.

Estelle sentait les battements de son cœur s'accélérer. *Qu'est-ce qu'il y aurait d'extraordinaire pour que Vincent ait eu droit à un traitement à part ? Décidément, ce gars est étrange.*

— Voilà, annonça Margaux, en décachetant une grosse enveloppe kraft.

Elle fit de la place sur son bureau, puis y déposa des photocopies de lettres, de documents officiels de l'ancienne république du Sud-Viêtnam, un paquet de tirages photos et ce qui ressemblait à des factures.

— Je n'avais pas idée qu'on garde autant de paperasses relatives à un collaborateur qui nous a quittés depuis si longtemps, s'étonna-t-elle.

— Alors ? demanda Estelle, impatiente.

Margaux commença par étaler les photos. Une trentaine d'images d'une violence inouïe que le noir et blanc rendait plus dramatiques encore. Des femmes hébétées fixant l'objectif, des enfants morts dans les bras. Des cadavres de Viêt-cong calcinés, de soldats de l'ARVN[1] démembrés. Des enfants errant au milieu de champs de ruines. Des paysans ligotés, hurlant sous les coups assénés par des miliciens en fureur.

— Ce sont les photos qu'on lui avait achetées. Son travail pendant la guerre. Certaines comportent un sticker rouge, ce qui signifie qu'on ne les avait pas diffusées. Et là, je vois une note qui lui avait été adressée par le responsable du bureau, lui demandant d'éviter certains sujets.

— Comment ça ?

— Je te la lis : « Cher Vincent, merci de ne pas rajouter plus d'horreur à cette guerre. Inutile de nous mettre en porte-à-faux vis-à-vis du régime. Nous sommes déjà sur le fil du rasoir et il y a assez d'événements dramatiques à montrer pour ne pas charger la barque avec des images qui pourraient être assimilées à de la propagande de l'autre camp. Tu ne dis pas dans quelles conditions elles ont été prises. C'est un problème. » Il y a encore d'autres notes du même acabit.

— Il a été foutu à la porte ?

— Je ne sais pas… Attends.

1. Armée de la république du Viêtnam.

Margaux lut rapidement, en diagonale, d'autres papiers, puis répondit par la négative :

— Non. Regarde, il y a des lettres de félicitations et plusieurs messages envoyés par Paris pour louer son travail. Mais on le dit complètement fou. Inconscient du danger. Quasi suicidaire. C'est étrange...

— Quoi ?

La journaliste saisit un autre papier.

— Là, c'est une note adressée au siège début 1975. Notre correspondant conseille à Paris de le faire rentrer en France.

— Pour quelle raison ?

Margaux continua de décrypter les papiers un moment, puis se tourna vers son amie.

— Je crois avoir compris. Au fil des semaines et des mois, ton type s'est... radicalisé, pour reprendre un terme à la mode. Il s'est rapproché d'un groupe anticommuniste extrêmement agressif et violent, l'accompagnant dans ses campagnes de liquidations de civils suspectés d'appartenir à la 5e colonne d'Hanoi. Le bureau s'en est effectivement séparé avec un avis négatif pour toute réembauche ailleurs.

— Quand était-ce ?

— Au mois de mars 1975.

— Mais il est resté au Viêtnam, je le sais.

— Pas pour nous, en tout cas.

En finissant de trier les photos, Margaux sortit du tas un petit format qui lui arracha une exclamation lorsqu'elle eut fini de lire la légende : « 30 avril 1975. 16 heures. Le reporter français Vincent Caron empêche un maquisard viêt-cong d'exécuter sommairement un soldat des forces sudistes vaincues ce jour. Il sera arrêté et conduit au poste de la police révolutionnaire. » La photo montre Caron, debout devant le soldat couché au sol, les bras en croix face au canon de l'arme du guérillero.

Il le regarde droit dans les yeux, le visage impassible. À plus de quarante années de distance, on le reconnaît parfaitement. La même tignasse brune rebelle, le même regard désabusé, la même tristesse au coin des lèvres, la même détermination. Estelle expire lentement.

— Qui a fait la photo ?

— Un Vietnamien, dit Margaux en la retournant pour voir le cachet du crédit.

— Tu me la donnes ?

La question fit sursauter Margaux.

— Te la donner ? Impossible. Mais si tu as ton iPhone sur toi, fais-en une reproduction. Pourquoi tu veux cette photo, ma belle ?

Estelle se détendit. Elle avait obtenu ce qu'elle cherchait, Margaux avait compris, et il fallait passer à autre chose, maintenant.

— Après tout, ce sont tes oignons, chère Estelle. Et si nous parlions de ta mère…

18

Lorsque le colonel Phạm Khắc Thành pénétra dans la pièce, Tho remarqua tout de suite que quelque chose clochait. Contrairement à son habitude, sa vareuse vert olive n'arborait pas sa collection de médailles. Ses godillots étaient cirés, mais tout juste. Son nœud de cravate était à moitié défait, laissant au moins deux doigts sous le boutonnage du col de la chemise. Et on devinait sur sa lèvre supérieure l'ombre violette de la moustache mal rasée. Ces détails eurent le don d'énerver davantage le général. Tho s'emporta sans attendre :

— Tu as perdu la raison, Thành ? Tu te présentes devant moi comme le dernier des coolies. J'espère que tu vas m'expliquer que tu as passé la nuit à travailler. Que tu as retrouvé ce chien galeux de Français. Et que je vais pouvoir rassurer le premier secrétaire…

Le colonel était décomposé. Il savait le vieux impitoyable, et sa réaction n'augurait rien de bon. Quand il apprendrait que les nouvelles étaient mauvaises, le général entrerait dans une colère qu'il redoutait par-dessus tout pour en avoir constaté les conséquences à plusieurs reprises sur quelques-uns de ses subordonnés. Avec Tho, le peloton d'exécution n'était jamais loin en cas d'échec. Tout était question de degré. Lorsque la sécurité nationale était en jeu, et c'était clairement le cas ce matin, il ne pardonnait rien. Des fautifs avaient été traînés devant une cour martiale avant que leur carrière ne trouve leur conclusion sur le champ de tir du Thu Duc ou sur le banc à injection létale. Le pire, depuis 2013, étant cette seringue utilisée en remplacement de la fusillade. On mettait deux heures pour crever dans d'épouvantables souffrances, Thành s'imaginait déjà ficelé sur la table d'exécution, les aiguilles plantées dans les bras, à suffoquer lentement. Pas dit que Tho lui ferait la faveur de le passer par les armes dans l'un des camps militaires pratiquant encore, parfois, ce mode de mise à mort pour les soldats.

Il ne parvenait pas à contrôler le tremblement de ses jambes.

— Tu n'étais pas né, toi, lorsque le président Hô Chi Minh a ridiculisé les colonialistes français en déclarant notre indépendance, là, juste devant, murmura Tho en désignant la grande place sous sa fenêtre. Eh bien moi, si. J'avais 6 ans. Ma dévotion à notre République socialiste date de ce jour-là, précisément. J'ai tout fait pour notre cher pays, informateur, coursier, terrassier, coolie, mineur, démineur, grenadier-voltigeur, artilleur, puis toutes les fonctions de la hiérarchie militaire dans laquelle je m'élevais au fil des années et des combats jusqu'à occuper ce poste essentiel de la direction de la Sécurité nationale. Je n'ai jamais connu un seul revers, Thành. Un parcours sans faute. Il ne faudrait pas que je parte à la retraite sur un échec, n'est-ce pas ? Alors tu vas m'annoncer de bonnes nouvelles, j'espère.

Le colonel se remémora l'agonie de l'étudiant Nguyen Anh Tuan dans la chambre de mise à mort, quelques années plus tôt, le premier à expérimenter le produit mortel. Une horreur. Les bourreaux avaient fini par lui enfoncer un citron dans la bouche pour étouffer ses cris. Il revoyait les spasmes de son corps et les torrents de sueur lui collant sa chemise rayée à la peau. Mais surtout, l'insondable douleur qui filtrait de son regard. Il n'avait jamais plus assisté à une exécution capitale. Et dire que ce matin, c'était la même saloperie qui lui pendait au nez !

Il décida de mentir au général.

— Philippe Rohde a été logé près de la localité de Thủ Dầu Một, chez un opposant.

— Il est donc arrêté.

Thành grimaça.

— Nous les avons ratés de peu. Ils ont réussi à s'échapper en direction de l'Ouest.

— Mais c'est une zone militaire…

— Exactement. Il n'a aucune chance de réussir, je suis tranquille. C'est une question d'heures avant de le récupérer. Lorsque nous aurons fait parler la famille du dissident qui l'hébergeait, son cas sera pratiquement réglé.

Tho alluma une nouvelle cigarette.

— Pourquoi n'a-t-il pas été neutralisé à Hô Chi Minh-Ville ?

— Comme tu le sais, il a liquidé notre tueur. Tout a été très rapide, il devait s'attendre à sa visite. Le reste de l'équipe, positionnée en recueil, n'a pu intervenir. Empêchée par un groupe de fêtards nocturnes. Des touristes. Mais Rohde est maintenant un animal traqué. Il n'a aucune chance, je t'assure.

— Comment vas-tu procéder ?

— Les unités du 209e régiment d'infanterie vont être mises en alerte. Elles vont ratisser le terrain…

— Ce sont des centaines de kilomètres carrés, dis-moi.

— Quand j'aurai tiré les informations de la famille de son complice, nous saurons exactement où chercher.

— Ce devrait être déjà le cas.

Le colonel se sentit coincé. Son mensonge était énorme. Il avait répondu à la convocation de Tho sans réfléchir et le cerveau du vieux, malgré ses 80 piges, carburait encore à cent à l'heure.

— Je voulais ton accord avant de sonner le tocsin. C'est délicat d'alerter un régiment entier. On risque de multiplier les fuites. Je voulais ton avis sur la manière de présenter l'affaire.

Tho se retourna et lui souffla la fumée au visage.

— J'ai l'impression d'avoir affaire à un sous-lieutenant. Comme si tu ne pouvais pas prendre cette décision tout seul ! Ce ne sont pas les prétextes qui manquent pour arrêter un étranger. En attendant, fais parler la famille. Découpe-la en morceaux. Tout le monde et retrouve-moi l'agent français.

Tho avait hurlé la dernière phrase.

— Certainement, bégaya son adjoint.

— Quoi, certainement ?

Thành essayait de se souvenir d'un opposant politique basé à Thủ Dầu Một qui pourrait faire l'affaire. Il hocha la tête.

— Oui, on va arrêter la mère, le père, et les frères et sœurs. Pas de problème.

— Parfait. Prends un avion immédiatement et occupe-toi personnellement de l'interrogatoire.

Le colonel allait quitter la pièce lorsque Tho lui fit signe d'attendre.

— Nous avons un deuxième problème sur les bras. J'ai été averti par une source, cette nuit, de l'arrivée imminente à Saigon d'un deuxième agent français chargé de récupérer Rohde.

— Une source... Ici ?

Pour la première fois, Tho éclata de rire.

— Un employé local d'une boîte de lobbying appartenant à un ancien militaire français apparemment toujours très bien informé de ce que trament les services de son pays. Le gars a saisi une conversation entre lui et Paris. Le nom de la personne n'a pas été prononcé, mais il était question de lui donner un coup de main si nécessaire.

— On va monter une souricière et le serrer dès qu'il se présentera…

— Ç'aurait été trop simple. Le contact ne se fera jamais à la boîte de lobbying. Donc, tu vas mettre l'Immigration sur le coup pour essayer de le repérer dès son arrivée au Viêtnam. Tu mets ça en place aujourd'hui même après avoir exigé de tous les points d'entrée sur le territoire de lister ces huit prochains jours tout ce qui est francophone et ne débarque pas avec femme et enfants.

— Pas les Africains, tout de même !

— Si, les Nègres aussi. Tu feras le tri ensuite. Une fois qu'on l'aura identifié, on le piégera d'une façon ou d'une autre pour le retenir. Tu mettras aussi sur le pont tous ceux qui nous renseignent habituellement, hôteliers, taxis, loueurs de voitures et de mobylettes, restaurateurs et masseuses. Et mets sous surveillance les intellectuels et les dissidents en relation avec notre affaire, tous ceux qui pourraient être prochainement contactés par un étranger. Tu connais les procédures, allez…

Tho le congédia d'un geste méprisant.

Salaud ! se dit Thành, une fois dehors. *Que le diable t'emporte.* Puis il sortit son iPhone et composa un numéro. La seule piste qui le reliait à Rohde. Et la première, certainement, que remonterait le nouvel agent français qui devait intervenir, selon Tho.

— Minh Thi Hong ?

— Oui.

— Hong, je serai à Saigon dans trois heures. Attends-moi au premier étage du palais de la Réunification.

— Bien, oncle Thành.

La superbe Minh Thi Hong, Rose pour les intimes, connaissait les règles. On ne discutait pas un ordre du colonel. On ne demandait pas pourquoi, on disait oui, simplement. Comme à chaque fois qu'il appelait, le cœur de Rose avait fait un bond dans sa poitrine. Elle ne savait jamais sur quel pied danser avec lui. Thành se manifestait rarement pour féliciter ses subordonnés ou pour discuter de tout et de rien.

Elle coupa la clim de la chambre et se dirigea vers la douche. Sans doute allait-il encore lui reparler de Philippe Rohde. Ce salaud qui lui avait filé entre les doigts ! Il ne fallait surtout pas que Thành découvre qu'elle s'était plantée.

Le miroir de la salle de bains lui renvoya l'image de son corps d'une beauté à couper le souffle. Elle se contempla un instant, puis ferma les yeux. Si le moindre soupçon venait à l'esprit de Thành, elle ne donnerait pas cher de sa peau. Ce serait un plongeon définitif dans une cuve de Nuoc-mâm à Phu Quoc. Un des modes opératoires favoris de Thành pour se débarrasser des filles qui l'avaient déçu. La perspective de finir noyée dans la saumure de poisson lui provoqua un haut-le-cœur. *À quoi celles qui en avaient fait les frais avaient-elles bien pu penser quand on les avait précipitées dans cette sauce dégueulasse ? Combien de temps avaient-elles mis à mourir ?*

19

Au même moment, une autre réunion au sommet se tenait à Paris. À part la veilleuse du poste de garde de la caserne Mortier, seul le bureau du patron était encore éclairé. Il était 3 heures du matin passées. Perrin et le directeur venaient de faire longuement le point sur les résultats obtenus à ce jour par Philippe Rohde. D'épaisses nappes de fumée flottaient dans la pièce. La loi Évin, les deux hommes n'en avaient cure. Un briefing exceptionnel demandait des moyens exceptionnels. Les cendriers étaient ressortis du fond d'un tiroir. Puis les cannettes de bière.

— Pourquoi ne pas avoir confié la mission à l'un des diplomates de l'ambassade travaillant pour nous ? demanda finalement le général.

— Vous savez ce que je pense de l'ambassade...

— Vous êtes toujours négatif. C'est un peu le problème avec vous, Perrin.

— Je m'inscris en faux. Nos taupes à l'ambassade, on ne peut pas dire qu'elles nous aient beaucoup servis jusqu'à présent.

— Évidemment, si vous ne leur confiez rien...

— Je les ai engagées sur trois ou quatre opérations mineures, pour un bilan proche de zéro. Ça ne m'a pas donné envie de recommencer. Surtout pour cette mission. Beaucoup trop pointue, beaucoup trop dangereuse. On a vu le résultat !

— Le résultat, comme vous dites, tient certainement à la personnalité de Rohde. On n'avait pas besoin d'y aller en force. Là a été l'erreur. Et notre mission économique, elle ne pouvait pas s'en occuper ?

Perrin rigola.

— Mon général, ces gars-là ne quittent jamais leur putain de bureaux climatisés. Ils n'ont aucune connaissance du terrain, même après des années sur place. C'est inimaginable le fric qu'on fout par les fenêtres !

— Ce n'est pas ce qui transparaît dans les rapports des Affaires étrangères que j'ai pu parcourir.

— Sauf votre respect, vous n'avez pas dû lire les bons.

Le patron devint livide.

— Et quoi encore ! Vous insinuez que je me serais fait manipuler ?

— Mon général, on les connaît ! Même topo qu'avec le Quai d'Orsay. Ils passent leur temps à nous vendre des vessies pour des lanternes. Leur seule préoccupation est de ne jamais faire de vagues pour durer le plus longtemps possible. On connaît la musique !

— Quand je vous dis que vous êtes négatif...

— Écoutez ! L'affaire de la construction du nouveau lycée français de Saigon, le lycée Colette à l'origine, rebaptisé Marguerite-Duras...

— Et alors ?

— Paris a payé six cent mille euros un terrain qui aurait dû être cédé gratuitement par les autorités vietnamiennes. On s'est fait refiler pour une somme astronomique un endroit cerné par des briqueteries archipolluantes et un champ d'exécution des condamnés à mort avec le cimetière à côté.

Depuis les salles du premier étage, les gosses pouvaient voir les poteaux d'exécution et les enterrements. Sans parler des fumées acides et toxiques émanant des sites d'incinération des briqueteries. C'est ça, le résultat du travail de notre mission économique et des petits comptables de Bercy ! On fait mieux, non ?

— C'est ce qui se passe aujourd'hui ?

— Non. Parce que le proviseur a décidé de ne pas ouvrir le lycée tant que la santé physique et psychique des élèves ne serait pas assurée. On a eu droit à un bras de fer mémorable entre Hanoï, Saigon et Paris avant d'avoir gain de cause. Mais reste qu'on a dépensé un fric fou pour rien.

— Je vois... Mais pour en revenir à notre affaire Rohde, vous avez quand même foutu le bordel en envoyant un deuxième larron sans prévenir personne. Le ministre est très préoccupé. Vous allez devoir réfléchir à un moyen d'arrondir les angles, maintenant.

La conversation en était arrivée au point crucial que redoutait Perrin. Cela faisait deux heures qu'il se demandait comment informer le général de la situation dans laquelle il se trouvait. *Il va jamais comprendre, l'ancien ! Putain de salopard de Caron, me faire ça à moi !*

— Ça ne se passe pas comme j'espérais...

— Quoi encore ?

— Le *stringer* a décliné l'ordre de rentrer à Paris.

Un long blanc suivit l'annonce. Le directeur fixait son colonel comme s'il n'avait pas compris un traître mot de ce qu'il venait de dire. Perrin se mit à transpirer. Avec cette impression désagréable des gouttes de sueur plongeant à pic depuis le haut de son dos jusqu'à la raie de ses fesses.

— Vous voulez me répéter ça clairement ? mâchonna le général.

— Vincent Caron a refusé de suspendre la mission. Je n'ai pas pu lui faire entendre raison. Il a pourtant tous les éléments en main.

— Il est déjà à Saigon ?

— Certainement.

— Donc, aucun moyen de le faire coincer par l'Immigration ?

— Non. Ça prendrait bien trop de temps de négocier cela avec les Viêts. Sans parler des risques qu'on prendrait vis-à-vis de sa profession. Parce que, si j'ai confiance en lui, c'est pas le genre de gars à laisser tomber si on le foutait dans une histoire pareille.

Le général s'emporta :

— Et vous l'avez gardé !

— On aurait dû lui remettre au moins cinq fois la Légion d'honneur pour ce qu'il a fait pour nous, au Liban, en Afghanistan, aux Philippines, en Nouvelle-Calédonie, en Côte d'Ivoire, et j'en passe ! C'est d'ailleurs ce qu'avait dit à plusieurs reprises l'un de vos prédécesseurs.

— Et alors ? Qu'il ait fait le boulot, c'était naturel, non ? Vous l'avez payé !

— Oui, nous l'avons payé. Très bien même, mais ses états de service ont toujours été très au-dessus de la moyenne. C'est ce que je voulais dire. Il a été plusieurs fois reçu pour être félicité. Dans ce même bureau.

— Foutaises, tout ça ! Moi j'attends de nos hommes qu'ils fassent ce qu'on leur demande de faire. Point barre. Qu'ils le fassent très très bien, c'est le minimum. Mais qu'ils s'arrogent le droit d'enfreindre les ordres, alors là, c'est non. Vous allez faire ce que vous avez à faire.

— C'est-à-dire ?

— Je ne vais pas vous faire un dessin, Perrin. Vous allez me faire intercepter cet abruti et faire en sorte qu'il ne nous emmerde plus jamais.

20

Caron se doutait que les choses auraient changé, mais la surprise fut de taille en débarquant à Tân Sơn Nhất. La salle exiguë de la fin de la guerre avait été remplacée par une sorte de palais de marbre et de verre. À l'image de tous les aéroports les plus modernes au monde. Impossible de retrouver l'endroit où étaient tombés les deux derniers marines américains, les caporaux Darwin Judge et Charles McMahon Jr, fauchés à l'aube du 30 avril 1975 par l'artillerie nord-vietnamienne. Et si Saigon avait encore, par endroits, des airs de la petite cité provinciale qu'il avait connue, elle s'était transformée, d'une manière générale, en une mégalopole moderne, résolument tournée vers l'avenir. Les tours, les grands magasins, les hôtels de luxe, dont elle s'était couverte le frappèrent davantage que l'absence de drapeaux communistes ou de portraits géants de l'oncle Hô.

Il n'avait fallu que dix minutes à Caron pour franchir l'Immigration, la douane, et se retrouver assis dans un taxi à l'allure de limousine. Caron s'enfonça dans le siège, colla son visage à la vitre et se concentra sur l'animation qui envahissait les rues dans la lumière rasante du matin.

Lorsqu'il avait fait le chemin inverse, quarante-cinq ans plus tôt, le sol était encore jonché des vestiges des derniers combats. Des immeubles détruits fumaient toujours, il régnait une atmosphère figée qu'il n'avait jamais oubliée, tant celle-ci s'était imprégnée au plus profond de son être. Ensuite, il n'avait jamais plus rien lu ni regardé concernant le Viêtnam. Il savait que la fin de la guerre n'avait pas ramené la joie dans les familles divisées par plus de trente années de lutte fratricide. Permettant seulement de dresser le constat des ravages et des blessures. Mais le temps avait passé, sauf pour lui, et il le découvrait ce matin, étonné de se retrouver dans la peau de quelqu'un qui se réveillerait après une très longue hibernation. *Pourquoi suis-je si mal à l'aise ?*

Caron pressentait déjà qu'il ne serait pas en paix avec son passé comme il l'aurait souhaité. Si les derniers mois de la guerre avaient fait de lui un adulte, ils avaient aussi fait de lui un garçon désespéré. Il avait tout tenté pour émerger de cet état de dépression chronique. Rien n'y avait fait. Ni les autres conflits, ni les prix professionnels, ni l'argent. Ni les médicaments. Rien. Il avait traîné au fond de lui presque un quart de siècle cette histoire inachevée comme une infection n'attendant qu'une occasion pour ressurgir. Et voilà qu'il se retrouvait à Saigon ! *J'aurais jamais dû dire oui à Perrin.*

— Phạm Ngũ Lão ! annonça le chauffeur.

Contrairement au reste de la ville, le quartier hippie était calme. Encore ensommeillé. Trop tôt sans doute pour s'éveiller. La voiture stoppa devant l'hôtel *Freedom.*

Caron slaloma entre les deux roues qui encombraient le trottoir et pénétra dans l'établissement. Un garçon sans âge l'accueillit d'un signe de tête discret.

Caron posa son sac et présenta son passeport. L'employé consulta son registre comme il l'aurait fait des Saintes Écritures, puis entra dans un conciliabule à mi-voix avec une femme allongée dans un transat derrière le comptoir.

— Pas possible ! annonça le groom.

— Comment ça, pas possible ? C'est fermé ?

— L'hôtel est complet, s'excusa la femme dans un anglais parfait.

— Toutes vos chambres sont occupées ?

— Toutes, à l'exception d'une seule louée par un client qui a fichu le camp sans prévenir il y a quelques jours, mais devrait revenir chercher les affaires qu'il a laissées sur place. Je suis vraiment navrée.

Caron se cassa en deux, présentant son meilleur sourire.

— Vous pourriez me donner la chambre, le temps que votre client réapparaisse. J'ai annoncé à mes amis que je descendrais ici. Ça serait compliqué pour moi de m'installer ailleurs…

Nouvelle discussion entre l'employé et la réceptionniste.

— Il y a encore quelques affaires à lui dans la penderie et la salle de bains, dit la réceptionniste. C'est très gênant.

— Ne pouvez-vous pas les mettre de côté ? Dès que la personne reviendra, je partirai.

— Combien de temps souhaitez-vous rester ?

— Trois ou quatre jours, fit Caron. Le temps de visiter quelques musées, puis j'ai prévu d'aller au bord de la mer. Vous voyez, c'est faisable.

Au fond, la femme savait bien que Rohde ne réapparaîtrait pas. Après la visite de la police qui n'avait laissé derrière elle que les vêtements, une brosse à dents, un peigne et quelques boîtes de médicaments, il y avait peu de chance de revoir le bonhomme. Et ce n'étaient évidemment pas les flics qui allaient lui régler la note des nuitées perdues. La perspective de perdre plus d'argent encore en refusant de relouer la pièce finit de la convaincre.

— On va s'arranger, accepta-t-elle. Je vous installe et je réglerai plus tard le problème avec le précédent client.

21

Depuis le premier étage de l'ancien palais Dôc Lâp[1], Rose regardait les jardiniers s'employer à entretenir le parc lorsque la voix nasillarde du colonel Thành se vrilla dans ses oreilles. Il s'était approché d'elle par-derrière, sans bruit, comme un chat sauvage. Elle sentit son souffle chaud lui caresser le cou et réprima un haut-le-cœur. Ce vieux dégueulasse ne s'était toujours pas fait soigner l'estomac. Son haleine empestait autant qu'un cercueil crevé. Rose se retourna aussitôt pour éviter qu'il ne se colle à elle.

— Mes respects, oncle Thành.

— Tu regardais les tanks ? fit-il en désignant les vieux blindés disposés près de la grille d'entrée.

Rose accrocha son regard une fraction de seconde. Le colonel avait les yeux injectés de sang. Le bras toujours tendu, il continuait de lui montrer les chars.

— Le 843, c'était le mien, mâchouilla-t-il d'une voix à peine audible. Mon histoire a vraiment commencé là, aux portes de ce palais de l'ancien gouvernement fantoche lorsque j'en ai enfoncé les grilles à 11 h 30 du matin, le jour de la victoire. Ensuite, je suis monté ici, où nous nous trouvons, pour hisser

1. Palais de l'Indépendance. Nom du siège de l'ancien gouvernement du Sud-Vietnam, transformé en musée baptisé Palais de la Réunification depuis la victoire nordiste.

l'étendard de la république socialiste du Viêtnam. Chaque fois que je doute de quelque chose, je reviens à cet endroit. J'effleure le blindage de mon tank, puis je monte jusqu'au balcon où j'ai fait flotter notre drapeau. Je me recueille et je reprends des forces. Chaque fois qu'il y a un problème.

— Aujourd'hui, qu'est-ce qui ne va pas, oncle Thành ?

Rose avait posé la question avec douceur et embarras. Elle craignait le colonel, ses sautes d'humeur, sa violence, sa cruauté, et faisait le maximum, dès que possible, pour entrer dans son jeu. Thành la prit par le bras et la conduisit à l'ancienne salle du conseil du président Thieu, avant de lui désigner l'un des douze énormes canapés.

— Assieds-toi.

— Ici ?

— Je suis chez moi, ici. Assieds-toi.

Puis, après avoir repoussé brutalement l'un des gardiens du musée, il demanda à Rose de lui relater une fois encore sa dernière rencontre avec Philippe Rohde.

— Où, quand, comment ? Vas-y.

Rose réfléchit un instant. Elle devait trouver les mots justes. Ne pas être trop longue, mais ne rien oublier. Elle avait déjà raconté l'histoire trois ou quatre fois au colonel. Pourquoi voulait-il l'entendre encore ?

— Sur vos instructions, oncle Thành, je me suis mise sexuellement au service de ce Français.

— Je sais tout ça, la coupa le colonel. C'est la suite qui m'intéresse.

— Ainsi que vous me l'aviez ordonné, je lui ai proposé de lui servir d'interprète quand il en aurait besoin. Et il m'a effectivement réclamé de l'accompagner dans la province de Lam Dong. Une fois là-bas, lorsqu'il a voulu aller sur le site minier, j'ai averti la police locale pour qu'il en soit empêché…

Rose se demandait si Thành avait pu avoir vent des deux personnes que Rohde avait alors rencontrées sur place. Elle s'était contentée d'alerter la sûreté urbaine. Les flics avaient envoyé au bout d'une heure une voiture pour le récupérer avant de le renvoyer vers Saigon. Rohde avait eu le temps de faire ce qu'il souhaitait, Rose n'avait prévenu Thành que beaucoup plus tard, omettant de lui raconter l'essentiel : son rendez-vous avec les deux dissidents. Il avait fallu qu'elle informe le camp adverse de cette rencontre avant le TC2. Maintenant, restait à espérer que ce vieux porc de Thành soit toujours dans le brouillard.

— Pourquoi as-tu alerté la police locale plutôt que mes services ?

— J'avais compris qu'il devait voir des gens peu recommandables. J'ai cru bien faire en intervenant rapidement.

— Et maintenant, il est dans la nature on ne sait où, maugréa le colonel.

— Je suis sincèrement désolée, oncle Thành.

— Bon, tu vas essayer de te rattraper. Tu devrais être approchée très vite par l'un de ses compatriotes qui vient tenter de le récupérer. Je suis quasiment sûr qu'il va chercher à te rencontrer. Dès que tu l'auras détecté, tu lui mets le grappin dessus, la queue en folie et tu m'alertes sans délai.

— Savez-vous à quoi il ressemble, oncle Thành ?

— Ne soit pas sotte. Si je savais, je te l'aurais dit. Tu ferais le boulot habituel jusqu'à ce qu'on le neutralise.

— Moi ?

Le colonel se pencha vers Rose et lui pinça le menton. Devenue masseuse pour subvenir aux besoins de sa famille, Rose s'était laissé recruter par le Département général du renseignement militaire à l'orée des années 2000 afin de permettre à son père, ancien militaire du régime précédent, de recouvrer enfin la liberté après presque vingt ans de camp de rééducation. Très impliqué dans la traque aux militants communistes lors de la guerre, il s'était caché cinq ans sous une fausse identité avant d'être trahi par un voisin, arrêté, puis déporté sans procès. Les *bo doi*[2] l'avaient emmené alors que Rose venait de naître. Ce jour funeste, la misère s'était abattue sur la famille. La mère, ancienne commerçante, forcée de se reconvertir en ouvrière agricole ; son frère, expulsé du collège, contraint lui aussi de survivre à la force de ses bras. À 15 ans, Rose avait proposé ses services dans l'un des salons de massage ouverts depuis peu rue Đồng Khởi avant d'entrer au *Continental* grâce à sa beauté et son don incroyable pour les langues étrangères. Après avoir appris le russe auprès des experts soviétiques, elle s'était mise à l'anglais avec les premiers touristes américains de retour à Hô Chi Minh-Ville. Promue rapidement première masseuse, elle avait été présentée par sa mère maquerelle au colonel Thành qui en avait fait l'une de ses informatrices. Jusqu'au jour où il l'avait envoyée suivre un stage de six mois à l'École spéciale de la police militaire. Dans ce camp situé dans la province de Điện Biên Phủ, elle avait changé de peau.

Fondée dès la victoire sur le Sud pour repérer et neutraliser un hypothétique front de libération anticommuniste, l'École avait d'abord été placée sous le contrôle de commissaires politiques avant de revenir aux mains de l'armée après la mort de Lê Duân en 1986. Sa direction en étant confiée au chef du bureau Recherche des services de contre-espionnage, avec pour dernier patron le fameux Thành à partir de 1998. Tout le cursus du jeune colonel le prédisposait à prendre ces fonctions. Pour avoir effectué plusieurs séjours comme deuxième adjoint de l'ambassade d'Hanoi en URSS, celui-ci avait eu l'opportunité d'approcher de très près l'académie soviétique du renseignement extérieur, la tristement célèbre SRV. Appelée École 101, institut du Drapeau

2. Soldats nord-vietnamiens.

rouge, AVR ou SRV au cours des années de guerre froide, le fonctionnement et la qualité de cette institution avaient fasciné Thành au point de calquer, avec l'accord de son patron, les méthodes de recrutement et d'enseignement sur celles de Moscou. Ouverture à l'extérieur de la sphère militaire, intégration de toutes sortes de citoyens en lien avec les étrangers, dont des femmes occupant des professions considérées jusque-là comme les pires de la société : trafiquantes, barmaids, masseuses et prostituées. Un patchwork de gens dont on faisait en quelques mois de redoutables espions dévoués corps et âme au parti et rompus à toutes les techniques de surveillance, de manipulation et d'actions violentes.

Comme nombre de ces personnes, recrutées pour échapper à une condamnation de justice ou pour solder une dette d'un proche vis-à-vis du pouvoir, Rose n'avait pas fait exception, acceptant comme si cela avait été naturel l'endoctrinement dispensé par l'École sans jamais rechigner ni émettre le moindre doute sur ce qu'on attendait d'elle. Après une évaluation brillante de ses instructeurs, elle était sortie major de sa promotion. Thành l'avait même présentée au général commandant le TC2.

Il relâcha le menton de Rose et se mit à ronronner comme un gros félin.

— Cela se pourrait encore. Tu l'as déjà fait très bien par le passé.

Rose acquiesça d'un signe de tête sans laisser transparaître la plus petite émotion.

— En attendant, laissons cet espion venir à toi. Fais-lui croire que tu tombes amoureuse de lui. Comme tu l'aurais été de Rohde auparavant. Il doit te prendre pour une idiote sans cervelle. Et une fois qu'il nous aura mis sur la piste de l'autre Français, on lui réglera son compte. Toi ou quelqu'un d'autre.

22

La chambre où avait emménagé Rohde était spartiate. Même à quinze euros, Caron l'aurait vue un peu plus cosy. Décorée de tissus ou d'objets ethniques. Mais rien. Seulement un lit, une table faisant office de bureau, une chaise et une armoire bas de gamme. Le sol était recouvert d'un lino beigeasse. Tout concourait à ôter l'envie de s'attarder. Caron remit à plus tard la fouille de la chambre qu'il avait prévue. S'il restait encore quelque part un vestige du passage de Rohde, il aurait le temps de le trouver. Dans l'immédiat, Caron avait envie d'aller marcher dans la ville.

Alors qu'il traversait la place du marché Bến Thành, il décida d'obliquer vers le nord pour rejoindre l'ancien palais de l'Indépendance. Son histoire d'amour avec le Viêtnam avait trouvé sa fin à cet endroit, le matin où les tanks nordistes en avaient enfoncé les grilles. Les heures qui avaient suivi étaient floues dans sa mémoire. La disparition de sa petite amie Linh, son intervention pour empêcher l'exécution d'un soldat de l'ARVN par un milicien communiste, son arrestation et son expulsion… Ces événements qui lui plombaient le cœur depuis plus de quarante ans flottaient dans une espèce d'immatérialité sans offrir de prise pour s'en débarrasser. Ils avaient été trop rapides. Caron les avait vécus dans un état second. Ils l'avaient fait passer du stade d'observateur indépendant à celui d'acteur direct de cette tragédie. Depuis toutes ces années, il vivait avec ce fardeau au fond de l'âme. C'était une bonne idée de commencer son séjour par la visite de l'ancien palais de l'Indépendance où sa vie avait basculé. Peut-être parviendrait-il à trouver enfin la paix.

Il remonta la rue Phan Bội Châu, tourna sur Lê Thành Tô, puis Nguyễn Trung Trực et longea Nguyễn Du sur une centaine de mètres avant de déboucher sur l'aile sud des jardins du palais.

À cette heure matinale, les touristes étaient encore absents. Caron paya son billet d'entrée et se retrouva immédiatement dans le parc, face au char 843 installé sur son socle de béton.

Il s'avança, posa une main sur le tube du canon, puis se retourna et considéra l'ancien siège du gouvernement sudiste. Un à un, les souvenirs revenaient. Les tranchées entourées de sacs de sable abandonnées, les quelques confrères serrés les uns contre les autres au milieu de la pelouse, sa copine Françoise Demulder, puis le vacarme des trois tanks ouvrant leur chemin en écrasant les grilles et ce jeune lieutenant sautant au bas de son char pour s'élancer, drapeau à la main, vers le bâtiment. *Qu'est-ce qu'il est devenu, celui-là ?*

À cinquante mètres de là, le colonel Thành, qui venait de congédier Rose, s'était retourné une dernière fois vers la baie vitrée du premier étage pour embrasser d'un coup d'œil le décor de son ancien fait d'armes. *Tiens,* se dit-il en apercevant Caron, *les touristes arrivent de plus en plus tôt.* Il attendit que Rose se fût éloignée avant de prendre la direction de la sortie.

Caron pénétrait dans le hall du rez-de-chaussée lorsque Thành déboucha de l'escalier.

23

Les locaux de l'Immigration à l'aéroport Tân Sơn Nhất bruissaient d'une activité inhabituelle. Arrivé une heure plus tôt, le fax envoyé depuis Hanoi à tous les points d'entrée dans le pays avait contraint les fonctionnaires à sortir de leur routine. Quand les services du général Nguyen Xuan Tho émettaient ce genre de demande, personne n'aurait eu l'idée de ne pas s'y conformer. On ne discutait pas les ordres du contre-espionnage. Chaque policier savait qu'il serait noté sur ses efforts fournis pour répondre à la réquisition. Il ne pouvait en être autrement, la sécurité du pays passait avant tout.

Il s'agissait donc d'établir une liste très précise des entrants en les classant par catégorie : diplomates, commerciaux, religieux, journalistes et touristes. Cela représentait un travail considérable dans la mesure où l'inventaire devait être mis à jour dans les plus brefs délais suivant chaque nouvelle arrivée d'avion. Dans la pièce, un officier récupérait sur son ordinateur les fiches informatiques transmises par l'ensemble des points de contrôle et dispatchait aussitôt les noms des gens dans les catégories socioprofessionnelles, ces dernières immédiatement relayées vers d'autres fonctionnaires qui entamaient un ciblage des personnes.

Le commandant de l'unité avait prévenu ses subordonnés : les diplomates ne l'intéressaient pas, les familles non plus. Les seuls qui présentaient un intérêt étaient les hommes seuls entre 35 et 55 ans, en bonne santé. Journalistes, commerciaux, missionnaires ou simples touristes. Cette précision venait du colonel Thành lui-même. Au motif que celui qu'ils recherchaient se présenterait nécessairement avec ce genre de couverture. L'expérience du TC2 avait toujours prouvé que la majorité des problèmes d'espionnage auxquels avait eu à faire face le pays étaient venus de ces catégories de personnes.

Peu avant midi, le deuxième briefing de la journée s'ouvrit dans une ambiance électrique. Le commandant de l'Immigration apostropha son adjoint :

— Qu'est-ce que tu fous, Lam ? Je n'ai toujours rien sur les deux premiers avions de 6 heures et 6 h 10.

Le caporal se cassa en deux pour se confondre en excuses.

— La liste est prête. Mes hommes terminent juste d'établir le profil d'une dizaine de passagers qui pourraient faire problème.

— Quel genre ?

— Tous célibataires, la trentaine ou la quarantaine, apparemment sportifs. Cinq d'entre eux qui se sont déclarés sans emploi, en voyage de repérage pour tenter de trouver un travail sur place dans l'hôtellerie et la restauration. Un qui voudrait monter un business d'import-export de produits artisanaux ethniques et un qui prétend être venu pour préparer des circuits pour le compte d'une agence de tourisme d'aventure. Et puis on a un photographe indépendant et un évangéliste qui ne paraît pas très clair.

— Pourquoi ?

— On a trouvé dans son sac de cabine un magazine avec des photos de femmes dénudées. Pour un pasteur, on s'est dit que c'était bizarre…

Le commandant approuva.

— Et c'est tout ? enchaîna-t-il.

— On a aussi repéré un autre Français qui s'est présenté comme un retraité, sans emploi, mais que le fichier central a identifié comme ayant séjourné ici, en 1975, jusqu'à notre victoire.

Une lueur d'intérêt traversa subitement le regard du commandant.

— Quel âge ?

— Né en 1956.

— Rajoute-le à la liste pour le colonel Thành. On ne sait jamais.

24

Caron allait pénétrer dans le hall lorsqu'il s'effaça devant la porte pour laisser sortir un vieux militaire. Guère plus âgé que lui et qui donnait l'impression de porter sur ses épaules le poids d'une vie compliquée et harassante. Si sa vareuse était exempte de galons et de décorations, l'homme n'avait pas l'air d'un soldat de base. Caron le dévisagea sans doute de manière trop insistante, l'amenant à son tour à poser le regard sur lui. Thành considéra Caron en plissant les yeux, ralentissant son allure, puis hocha la tête rapidement à l'instant où il franchit la porte.

— *Tourist ?* demanda-t-il avec un léger sourire en s'arrêtant devant lui.

— *And you ?* répliqua Caron du tac au tac.

Thành éclata de rire.

— *Yaep ! From Hanoi. What about you*[1] *?*

— *Tourist, yes.*

— *Where are you from*[2] *?*

— *Brussels.*

Le vieux soldat prit une mine réjouie.

— Ah ! Belge. C'est comme français, c'est comprendre un peu. Bienvenue chez nous. Et vous, c'est visiter palais de la

1. — Ouais. D'Hanoi. Et vous ?
2. — Vous venez d'où ?

Réunification maintenant, c'est bien. Très important. Bravo. Et c'est aller où, au Viêtnam, après ?

À son tour, Caron opta pour un éclat de rire. La situation devenait ubuesque. Il n'était pas à Saigon depuis trois heures qu'il se faisait remarquer par un vétéran entreprenant. *Qu'est-ce que j'ai fait au bon Dieu, nom d'un chien ? Dans trois minutes, il va me demander mon nom, mon adresse.*

— Je vais passer une semaine de vacances au bord de la mer, à Nha Trang. Et après, la Thaïlande, pour une autre semaine. Des petites vacances de célibataire à la retraite...

Le clin d'œil appuyé qu'adressa ensuite Caron à son interlocuteur laissa Thành de marbre. Le colonel semblait réfléchir. Son regard naviguait des chaussures à la chemise de Caron.

— Ici, les filles, c'est très belles. Vous verrez...

Caron cherchait une réponse adéquate, mais Thành s'en allait déjà. Il lui avait adressé un vague signe du menton et se dirigeait droit vers la sortie.

Parvenu au premier étage, Caron s'avança vers la baie vitrée. Il chercha aussitôt du regard son bonhomme et l'aperçut en conversation avec une femme devant le poste de garde. Le vétéran désignait du bras le bâtiment. *Inutile de moisir ici*, se dit Caron avant de redescendre vers les salles de l'ancien commandement opérationnel pour filer vers le fond du parc dans l'espoir d'y trouver une issue de secours.

Mais l'arrière du musée n'offrait aucune esquive. Une enceinte de quatre mètres de haut tout du long du jardin et des portes de service cadenassées. Avec, en prime, des sentinelles dans des guérites disposées tous les cent mètres.

Caron fit demi-tour.

25

Une onde de satisfaction passa sur la face de lune du patron de l'Immigration. Le caporal Lam venait de déposer une note devant lui dont la lecture avait soulevé imperceptiblement la broussaille de ses énormes sourcils. Il savait maintenant à qui il avait affaire.

— Très intéressant. Très très intéressant. Bravo Lam.

De fait, son subordonné avait travaillé à la vitesse de l'éclair. Ses recherches au sujet de Vincent Caron auraient pu prendre des semaines si, eu égard à la qualité d'ancien journaliste du Français, Lam n'avait pas décidé d'interroger en priorité Google. On lui avait expliqué, deux ans plus tôt, à l'école de police, qu'on y trouvait généralement beaucoup d'infos sur les écrivains et les journalistes, et qu'il ne fallait jamais omettre d'explorer à leur sujet cette application comme celles des nombreux réseaux sociaux qui recelaient souvent des mines de renseignements les concernant. Le résultat n'avait pris que quelques secondes. Une biographie longue comme le bras, rédigée à l'occasion de la publication d'un de ses livres, dans laquelle il était fait état de ses multiples reportages.

— Hum ! murmura le commandant. Vraiment très intéressant. Un Français catalogué anticommuniste, qui a travaillé des années avec les rebelles au Nicaragua, aux Philippines, au Chili, c'est pas commun. Bonne pioche, Lam. Et les autres ?

Lam s'excusa :

— Rien. Ni chez nous ni sur Google. Je vais fouiller les réseaux sociaux.

— Tu devrais déjà l'avoir fait.

— Je m'y mets tout de suite. Et les autres vols, on continue de les passer au tamis ?

— Évidemment. On ne lève pas le pied de la semaine.

26

Thành examinait les fiches transmises par l'Immigration. Le pasteur pornocrate, il s'en foutait. Google avait révélé trois vieilles affaires de mœurs auxquelles il avait été mêlé. C'était un pauvre type, un spécimen parfait de la décadence de l'Occident. Si un type comme lui travaillait pour les services français, c'était à s'attraper la queue et à se la mordre ! Les crevards qui venaient chercher du travail à Hô Chi Minh-Ville, eux, c'était différent. Ils correspondaient assez bien au profil de l'espion qu'il attendait, mais leurs pages Facebook ne l'incitaient pas à aller dans ce sens. Des étudiants attardés en rupture de ban, fêtards, alcooliques, drogués... Thành réprima un éclat de rire. C'était fou ce qu'on pouvait apprendre sur les gens, aujourd'hui, grâce aux réseaux sociaux ! Il n'éprouvait aucune considération pour les services spéciaux français, mais de là à les imaginer employer ce genre d'olibrius, il y avait une marge qu'il n'était pas prêt à franchir. En revanche, le petit gars qui avait déclaré venir préparer un circuit de trekking était beaucoup plus intéressant. Pour une seule raison. *On descend pas au* Rex *quand on fait ce genre de métier. On va pas dans un palace !*

Thành écrivit un commentaire sur la fiche et la classa dans le dossier à remettre au général Tho. Puis il s'arrêta sur celle de Caron. Il lut en diagonale le laïus préparé par le commandant de l'Immigration et soupira : *Soixante-cinq ans... C'est pas terrible pour un espion des forces spéciales ! Un journaliste anticommuniste qui va faire des reportages dans tous les maquis rouges de la planète, pourquoi pas ? Ça s'est déjà vu... Ces Occidentaux adorent aller se faire peur chez leurs ennemis. Bref, pas très intéressant.*

Si la mauvaise qualité du fax, transmis par l'Immigration, n'avait pas mangé à moitié la photo de Caron, sans doute Thành aurait-il reconnu le touriste croisé le matin même au palais de la Réunification, et décidé d'agir autrement dans la mesure où l'homme lui avait semblé se méfier. Mais, ne faisant pas le lien, Thành plia en quatre la fiche de Caron et la fit disparaître dans la poche de sa vareuse. *C'est trop facile,* se dit-il.

Puis il passa un coup de fil. Il était urgent d'arrêter le blogueur de Thủ Dầu Một dont il avait parlé au général. C'était la priorité. Avec une exécution en bonne et due forme pour rébellion, le temps de calmer Tho. Nhung-le-borgne allait une fois de plus faire l'affaire. Thành n'en doutait pas une seconde. Qu'importe que le bonhomme fût un véritable opposant ou non. Le principal était de gagner du temps ! Voilà où en était le colonel Thành.

27

Le club où travaillait Tuan, l'un des contacts donnés par Estelle Becker, était situé à une vingtaine de minutes de marche à peine du palais, à proximité de la rivière, sur l'avenue Hai Ba Trung. Mais cela faisait plus d'une heure que Caron avançait en zigzag, tournant, revenant sur ses pas, repartant, s'arrêtant dans des magasins, changeant de trottoir, pour rompre une éventuelle filature.

Il avait pourtant quitté le musée en riant sous cape. S'amusant de la naïveté des Vietnamiens. Quand la gardienne, à l'évidence sur ordre de l'ancien militaire, l'avait intercepté pour engager la conversation avec lui dans un français impeccable, il avait craint le pire. Après trois amabilités d'usage, la fille avait tendu un bloc-notes pour lui demander d'y inscrire son nom, et son adresse mail. À côté d'elle, deux policiers aux visages fermés assistaient à la scène.

— Vous voulez mon nom et mon adresse mail ? avait répété Caron.

— Oui, monsieur. Pour notre fichier.

— Votre fichier ? Grands dieux !

— Pour notre newsletter. Pour vous informer de nos événements culturels.

Caron avait donné l'un de ses anciens pseudos et une vieille adresse mail désactivée depuis des années, s'attendant à ce que la fille en réclame davantage, le numéro du passeport, le nom de son hôtel. Mais non. Elle s'était contentée du nom et du lien, le complimentant au passage pour la qualité de son écriture.

C'est une fois dehors que sa parano avait repris le dessus. *Ma jolie écriture, mon cul, oui ! Et les deux connards avec leurs sales tronches, qu'est-ce qu'ils foutaient là, eux ?*

Il s'engouffra dans le bar comme s'il y avait été poussé par une averse de mousson, le dos rond, la tête baissée, menton sur la poitrine. Il avait hésité un quart de seconde, puis s'était décidé. L'avenue Hai Ba Trung était vide. Au cas où il aurait été suivi après le palais de la Réunification, il avait cassé la filature depuis un moment.

Trois sièges vissés au sol faisaient face à un comptoir en zinc immaculé. Deux tables basses entourées de tabourets en osier complétaient l'agencement de la pièce. À moitié dissimulé derrière un rideau de velours rouge, un escalier montait raide vers l'étage. Le bar était vide. Caron s'installa au comptoir et attendit.

Caron était en train de se calmer, lorsqu'une main se posa sur son épaule.

— *Drink something, Sir ?*

La barmaid semblait être sortie de nulle part. Vraiment apparue comme par enchantement. *J'ai pas dû faire attention. Comment c'est possible ?* Caron jeta un coup d'œil circulaire sans parvenir à déterminer comment la serveuse s'était retrouvée derrière lui.

— Un cognac soda.

Alors quelqu'un gloussa derrière la tenture qui se souleva sur un vieillard hilare.

— C'est une boisson qu'on ne boit plus ici depuis... Depuis plus d'un demi-siècle. Depuis le départ des Français.

Caron se retourna.

— Pardon ?

— J'ai su tout de suite à votre accent que vous étiez français. Excusez-moi de vous importuner, je suis le gérant de ce club.

— Vous êtes Tuan ?

Le Vietnamien marqua son étonnement :

— Vous me connaissez ?

— Une amie m'a conseillé de vous rencontrer, Estelle Becker. Je suis journaliste. Estelle m'a dit que vous seriez la personne qui pourrait m'aider à obtenir des contacts. Vincent ! termina-t-il en tendant la main.

Tuan avait écouté en plissant les paupières au point que celles-ci deviennent deux fentes étroites au milieu desquelles ne brillait plus que l'éclat de son regard.

— Vincent…, articula le Vietnamien en détachant les deux syllabes. C'est étrange…

— Qu'y a-t-il d'étrange ?

— C'est votre premier séjour ici ?

Caron hésita une seconde, puis se lança. Il était inutile de tourner autour du pot.

— Non. Je suis venu couvrir la fin de la guerre.

— Ah ! Et pour quel média travailliez-vous à l'époque ?

— J'avais un contrat local avec l'Agence France Presse.

Soudain, Tuan rouvrit grand les yeux et Caron y vit comme deux larmes mouiller les iris. Le vieillard écarta les bras et s'avança vers lui.

— Vincent ! L'embuscade devant Vĩnh Long… Mais oui, je te reconnais bien, maintenant. Toujours les mêmes yeux, le même regard de braise.

Vĩnh Long. L'ancienne quatrième région militaire. Cette matinée infernale où sa voiture était tombée dans la souricière dressée par les Viêt-cong. Les roquettes qui explosaient autour de lui, les longues rafales de mitrailleuses, les hurlements des soldats pris dans les tirs croisés, les corps allongés sur la route, la fumée qui obscurcissait tout et les cris de son *fixeur* lui intimant l'ordre de sauter du méhari pour se mettre à couvert derrière le rideau de cocotiers… Ça lui revenait brusquement. Était-il possible que ce bonhomme fût le garçon d'autrefois ? Caron avait encore du mal à l'imaginer devant cet ancêtre rabougri paraissant avoir 100 ans. *Comment s'appelait le fixeur, déjà ? Putain, je m'en souviens pas.*

— Vous étiez…

Tuan fit encore un pas et le serra contre lui. Puis se mit à sangloter contre son épaule.

— *Thằng khốn đó*[1] !

Caron restait interdit.

— Mais j'étais le fixeur de l'équipe télé, Vinh Van Tuan ! On a passé une semaine ensemble, tu ne te souviens pas ?

La gouaille naturelle de Tuan qui venait de reprendre le dessus sur l'accent policé de patron de bar fit émerger un vieux souvenir dans la tête de Caron. Voilà, l'étudiant en rupture de ban qui parlait fort en décortiquant chaque syllabe, qui appelait sans cesse de ses vœux le retour d'un régime dur comme l'avait été celui du président Diệm, qui détestait tout le monde, les Français pour n'avoir pas su gérer la colonisation du pays, les Américains pour s'être enfuis en abandonnant Saigon dans la tourmente, et qui survivait en servant de guide aux correspondants sur les théâtres d'opérations, ce garçon était devant lui. Incroyable ! Il n'y avait pas une chance sur dix millions qu'il ait survécu à la débâcle du 30 avril 1975 et que Caron le retrouve et, pourtant, il était devant lui.

— Attends, je me pince, dit Caron en se dégageant de l'étreinte de Tuan.

1. — Salopard !

— *Dou Me*[2] ! éructa Tuan en serrant de nouveau Caron contre lui. Je t'ai écrit des lettres et des lettres après la chute de Saigon, tu ne m'as jamais répondu, et plus de quarante ans plus tard, te voilà ici !

— Des lettres et des lettres ? Si je les avais reçues, je t'aurais fait signe...

— Tu n'en as reçu aucune ?

— Aucune. Et je me suis pas posé de questions, parce que je t'avais cru disparu après la chute de Saigon comme nombre des amis que je m'étais faits ici.

Tuan étouffa un ricanement.

— Ouais, ça a failli m'arriver, mais je suis un dur à cuire. Ça n'a pas été de la tarte !

— Putain, quelle histoire ! Je reviens pour la première fois et je tombe sur toi !

Tuan se leva pour aller fermer la porte du bar. Il tira ensuite l'épais rideau de velours rouge et revint s'asseoir à côté de Caron.

— Des mois durant, j'ai pensé à toi. J'espérais te revoir. J'espérais que tu reviennes faire un reportage sur ce qu'était devenu mon pays. Et puis le temps a passé...

— J'ai essayé. Plusieurs fois. J'ai bien dû demander vingt fois un visa. Toujours refusé. On me répondait qu'il n'y avait malheureusement pas de place dans les hôtels, que le tourisme fonctionnait si bien qu'on ne pouvait plus loger les gens. J'avais pas besoin de dessin, on ne voulait plus de moi et j'ai laissé tomber. Je suis passé à autre chose.

— Qu'est-ce que tu as fait ?

— Pendant une dizaine d'années, j'ai couvert les autres guerres asiatiques. Birmanie, Philippines, Laos, Cambodge...

2. — Putain de ta mère !

Puis j'ai rejoint une rédaction parisienne. Ensuite, l'Amérique du Sud, l'Afghanistan, l'ex-Yougoslavie, le Moyen-Orient, l'Irak, et un peu d'Afrique. Jusqu'à ce que je me mette aux papiers économiques quand j'en ai eu marre de risquer ma vie pour des reportages de guerre qui n'intéressaient plus personne.

— On va boire, le coupa Tuan en posant sur le zinc une bouteille de Single Malt Miyagikyo. Cadeau d'un ami journaliste japonais. On va se saouler pour fêter ça. Toi, tu as continué ton job, moi, je suis passé d'un enfer à l'autre pendant presque vingt ans.

Entre chaque tournée, Tuan se mit à raconter sa vie. Le camp de rééducation d'abord jusqu'au *Doï Moï*, puis les petits boulots de portefaix, de cyclo, et enfin de vendeur de médicaments au marché noir grâce aux lots envoyés par des amis étrangers.

— Grâce à ça, j'ai pu relever la tête, mettre de l'argent de côté et ouvrir cet établissement lorsque le tourisme a enfin commencé à marcher, à la fin des années 1990.

Caron jeta un coup d'œil circulaire.

— C'est sympa. On dirait un vrai bar à vin parisien. Mais t'es jamais allé en France…

— J'ai fait la décoration à partir de photos trouvées dans des magazines de compagnies aériennes.

— Et tes clients, c'est qui ?

— Principalement des étrangers, commerçants, enseignants, diplomates et touristes. Mais j'ai aussi quelques-uns de ces salopards du régime qui viennent s'encanailler avec des putes occidentales. Qu'est-ce que tu veux, je suis obligé ! Je ne peux pas refuser.

Caron se recula et le considéra un instant. Tuan s'était mis à vibrer. Quelque chose bouillait en lui. Comme une vieille colère qu'il s'efforçait de contenir.

— T'as pas tourné la page, visiblement…

— La page ? Mais tu n'as aucune idée de ce qu'on a enduré ! Comment ces salauds de Nordistes ont mis le Sud au pas. Les tracasseries administratives au quotidien, les humiliations, les arrestations arbitraires, les procès foireux, les condamnations à mort… Tu ne sais pas ?

Tuan avait élevé la voix. Sur le zinc, ses mains accrochées à son verre tremblaient.

— Le Parti communiste vietnamien veut incarner l'union nationale, la souveraineté, le patriotisme. Il a développé un discours d'ouverture, mais il maintient son mode de gouvernement autoritaire. Tant pis si la jeunesse souffre. Tant pis si l'histoire officielle ne coïncide pas avec la réalité. On ne peut rien dire. On crève à petit feu. Et les journalistes qui se pointent ne comprennent rien. Ils ne voient rien, ou ne veulent rien voir.

Caron tenta une remarque, mais Tuan l'interrompit immédiatement :

— Ici, quarante ans après, le souvenir de la défaite du 30 avril 1975 est toujours une blessure. Tous les dix ans, les vingt ans, les trente ans de la chute de Saigon, les journalistes débarquent du monde entier pour la célébrer sans s'apercevoir que les gens souffrent toujours.

— C'est terrible, ce que tu dis.

— Je te raconte ce que tu n'entendras pas dans la rue, parce que la pudeur des gens d'ici leur interdit d'en parler. Mais j'ai le souvenir que tu étais intimement lié à ce qu'était le Sud-Viêtnam. Toi, tu devrais comprendre.

Caron tapota l'épaule de Tuan en signe d'apaisement.

— Maintenant, dis-moi pourquoi tu es revenu, interrogea le Vietnamien.

— Je m'intéresse à l'économie, maintenant. On m'a demandé un papier un peu générique sur l'état des lieux ici. Un truc très général.

— Pourquoi à toi, si tu n'es jamais revenu depuis toutes ces années ?

— Peut-être parce que j'aurai un regard neuf.

Tuan émit un son comme si la réponse ne le satisfaisait pas.

— Et comment as-tu connu Estelle Becker ? Ce n'est pas une femme qui vit à Paris, je crois savoir…

— Ah, Estelle, c'est une longue histoire, improvisa Caron. Je la connais de Bangkok. Elle m'a aidé lors d'un reportage sur l'exploitation du bois et des pierres précieuses. On est devenus amis. Lorsqu'elle a su que je devais venir au Viêtnam, elle a insisté pour que je te contacte. Source non officielle…, a-t-elle dit. Pour que je me fasse pas embobiner seulement par le comité populaire ou par l'ambassade de France.

— Ça, c'est évident. Sauf à accepter de rapporter des histoires et des chiffres à la con.

— Justement. J'aimerais autant éviter.

Tuan remplit les verres à nouveau.

— Et qu'est-ce que tu veux étudier ? Le pétrole ? Le BTP ? La balance commerciale ?

— Un peu tout ça. Mais surtout l'exploitation des minerais précieux.

Caron avait fixé Tuan pour ne rien perdre de sa réaction. Le Vietnamien resta un instant de marbre. Puis rétorqua en baissant la voix :

— Alors tu mets les pieds dans la merde, mon ami.

28

La maison tube était située à l'angle d'un carrefour, à la sortie de la ville. Sur la trentaine de blogueurs jugés défavorables au régime que comptait Thủ Dầu Một, le choix du colonel Thành s'était porté sur un étudiant de 22 ans. Pour trois raisons. La première parce qu'il était célibataire et orphelin, donc sans famille pour venir réclamer des comptes au Gouvernement après l'opération. La deuxième parce qu'il louait une chambre à un vieux couple, fidèle supporter du parti, vétéran de la guerre de libération, sur lequel les assassins pourraient compter afin de bénéficier d'un témoignage en béton pour accréditer la thèse d'une résistance sauvage de la part du garçon. La troisième, enfin, parce que la maison était isolée, sans voisins directs qui risquent de faire capoter le plan diabolique du colonel.

Le gros quatre-quatre banalisé se gara devant l'entrée en empiétant sur le trottoir. L'émetteur radio de la voiture, actionnée par le chef de bord, bipa deux fois, signe que l'interception venait de démarrer. De l'arrière sortirent quatre hommes en civil dont les pans de chemises sur les jeans trahissaient à peine les armes attachées aux ceintures. À la tête du groupe, Nhung-le-borgne, héros du dernier conflit sino-vietnamien de 1984, utilisé depuis par la cellule spéciale des services de Thành pour conduire toutes les missions d'exécutions extrajudiciaires.

Nhung jeta sa cigarette à moitié consumée. Le flot d'adrénaline qui se déversait dans ses veines rendait maintenant le tabac inutile. Les ailes de ses narines palpitaient, il avait besoin de capter toutes les odeurs de l'endroit, il devait aussi inspirer et souffler à fond pour calmer sa pression artérielle. Il ne se posait qu'une seule question, mais celle-ci était d'importance : comment allait-il agir ? La cible elle-même, ce qu'elle allait dire, ce qu'elle tenterait pour échapper à son sort, n'avaient aucun intérêt. Il n'y penserait même plus ce soir lorsqu'il s'attablerait avec ses hommes dans un karaoké pour terminer sa journée de travail en compagnie de putes. Le principal était d'exécuter les ordres du colonel à la lettre pour durer. Malgré ses états de service, il savait que la moindre faute était inenvisageable. Des types prêts à le remplacer, il y en avait plein les poubelles. Cela aussi, il le savait. D'anciens militaires, des policiers foireux et ambitieux, ou des voyous simplement qu'on emploierait une seule et unique fois avant de s'en débarrasser et de les remplacer par d'autres. Allait-il se servir de son automatique ou de ses mains ? Il préférait la seconde solution, mais la tournure des événements ne le permettait pas toujours. Parfois, les cibles flairaient immédiatement le piège et tentaient d'y échapper par tous les moyens. Elles se débattaient, sautaient par les fenêtres quand elles ne s'enfuyaient pas par les toits en cherchant à ameuter le voisinage !

Il ordonna à deux de ses collègues d'établir un périmètre de sécurité devant la maison, puis s'engouffra à l'intérieur avec le dernier policier. Les propriétaires étaient assis devant un écran plasma diffusant une émission historique. D'un mouvement, Nhung leur fit signe de ne pas bouger. Puis il prononça à voix basse le nom du blogueur sur un mode interrogatif. Le vieux pointa de l'index l'étage supérieur. Pas besoin d'autres explications. Quand des hommes à la mine patibulaire débarquaient d'un fourgon banalisé chez vous en demandant après quelqu'un, il ne s'agissait pas d'une visite de l'évêché, du bureau des élèves de la fac locale ou du comité agricole. Rarement d'amis de la personne en question.

Le vieux répéta son geste puis posa son doigt en travers de ses lèvres en laissant s'y dessiner la naissance d'un sourire de satisfaction. Si le petit crétin qu'il logeait là-haut s'était mis dans de sales draps, c'était justice qu'on l'interpelle. *Avec ses lunettes d'intellectuel, toujours sur son maudit ordinateur, il devait forcément comploter, ce salaud. Quelques mois en camp de travail à retourner la terre lui mettraient du plomb dans la cervelle.*

Ce que l'ancien ne savait pas encore, c'est qu'il n'était pas question de détention, mais effectivement de plomb dans la cervelle. Nhung avait tranché. Le temps de franchir la pièce principale de la maison et de gravir les premières marches de l'escalier, il avait décidé d'opter pour la première solution. Sa main dégagea du holster l'énorme 45 ACP, relique américaine de la bataille de Khe Sanh qui lui avait été offerte par son commandant, douze ans après avoir été saisie sur le cadavre d'un GI tué aux abords de la cuvette. Il venait de sauver la vie de son supérieur lors d'un engagement avec les Chinois au cours de cette mémorable bataille du mont Laoshan. Son arme s'étant enrayée, il avait réussi à tuer à mains nues les deux fantassins ennemis parvenus jusqu'à la tranchée occupée par son officier. Expert en Viet Vo Dao, Nhung n'avait pas fait de quartier. Il s'était battu comme un forcené pour neutraliser les deux hommes et avait gagné en retour le pistolet du commandant. Ce dernier le lui avait confié le temps qu'il obtienne une nouvelle kalachnikov réglementaire. Puis, à la suite d'autres faits d'armes, le lui avait offert en même temps qu'une citation à l'ordre du bataillon avec la médaille de l'étoile de Khang Chien. Depuis, le 45 ACP n'avait jamais plus quitté Nhung et c'est peu de dire qu'il avait, entre ses mains, tué certainement beaucoup plus de gens qu'il ne l'avait sans doute fait dans celles de son premier propriétaire américain.

Une cartouche étant engagée en permanence dans la chambre, Nhung n'eut qu'à relever le marteau du pistolet. Il survola la dernière volée de marches quatre par quatre et déboucha sur un petit palier plongé dans l'obscurité. Derrière l'une des deux portes fermées devant lesquelles il aboutit, le tac-tac facilement identifiable du clavier d'un PC se faisait entendre. Le blogueur était en plein travail. Encore quelques secondes et l'affaire serait réglée. Nhung ne réfléchissait plus. Sa méthode d'intervention était au point depuis longtemps.

Il poussa la porte doucement, pénétra dans la pièce et cria aussitôt :

— Non, ne bouge pas. Non !

À trois mètres de lui, le garçon attablé devant son PC se retourna, sidéré, ses mains encore en suspension au-dessus du tabulateur.

— Non ! hurla à nouveau Nhung en renversant une chaise.

D'un bond, il fut sur le blogueur qu'il projeta à terre, puis cria encore :

— Lâche ça. C'est la police. Lâche ça...

Sur le dos, le garçon était bouche bée. Il vit l'homme au-dessus de lui jeter un couteau puis, dans la foulée, brandir un automatique massif dont le métal bronzé étincela un instant dans la lumière grise filtrant par la fenêtre. Il allait poser les mains sur sa tête et dire qu'il ne se rebellait pas lorsque le canon fut entouré par une flamme orange.

La première balle le cueillit sous l'épaule gauche et les vociférations de son agresseur se perdirent dans un brouhaha ouaté comme si le vacarme provenait du fin fond de l'étage inférieur.

La douleur lui coupa la respiration. Sa vue se brouilla. Il ne sut même pas que Nhung appuya une seconde fois sur la queue de détente. L'ogive en laiton blindé, qui pénétra dans la gorge, fit voler en éclats son occiput. Et ce fut le noir sidéral.

Nhung lui installa le couteau dans une main, puis cria à son adjoint de faire monter à l'étage les deux vieux. Il n'avait pas de temps à perdre, il lui fallait recueillir leur témoignage, fouiller la pièce et regrouper l'ordinateur et tous les papiers et effets personnels de l'étudiant avant de repartir avec tout ce bordel et le cadavre.

29

Le compte rendu de l'opération menée par les sbires de Thành était posé sur le bureau de Tho. Le message crypté ne contenait qu'une dizaine de lignes. La moulinette utilisée pour le déchiffrer n'avait pris que quelques secondes. Le général le relut encore une fois. Ainsi, son adjoint avait mis la main sur l'un des traîtres qui avaient soutenu la mission du Français. Les circonstances de son interpellation avaient débouché sur sa mort, c'était dommage, mais au moins cela faisait-il un atout de moins pour ce Philippe Rohde. Un complice de moins. Thành affirmait que le blogueur, avant de se rebeller et d'être abattu par ses hommes, avait eu le temps de déclarer que l'espion de Paris s'était enfui vers la ville de Dalat. L'information valait ce qu'elle valait, mais c'était déjà une petite lumière au bout du tunnel. On savait désormais dans quelle direction chercher le Français. Le Politburo serait bien obligé de reconnaître qu'il ne ménageait pas ses efforts. Peut-être ne serait-il pas jeté aux chiens. Pas tout de suite.

Il enrageait. Les difficultés auxquelles il était confronté depuis quelque temps avec la direction du parti lui prouvaient une fois de plus que si l'on pouvait se donner corps et âme à son pays, au point d'en tomber amoureux, la réciproque n'était jamais vraie. Le parti ne vous aimait pas. L'État encore moins. Du début à la fin de sa carrière, on était et restait en sursis.

En attendant de coincer l'agent secret Rohde, il devait intercepter son collègue. Priorité absolue. Là aussi, Thành avait pris les choses en mains. Rien ne valait quelques menaces à peine voilées pour obtenir des subordonnés le meilleur. Tho s'en serait amusé s'il n'était lui-même dans l'œil du cyclone.

Donc, Thành avait réussi le tour de force d'obtenir de ces fainéants de l'Immigration qu'ils se bougent le cul ! C'était un fait : jamais ils n'avaient travaillé aussi vite. Tho consulta de nouveau le premier rapport qu'ils avaient établi après avoir collationné les informations émanant de tous les points d'entrée dans le pays. En dehors des vérifications effectuées aux aéroports de Tân Sơn Nhất et de Noi Bai, le reste ne valait pas grand-chose. Il était clair que les entrants ciblés aux frontières terrestres étaient bidons. Thành n'y avait ajouté leurs noms que pour étoffer le dossier. En revanche, la petite dizaine de personnes repérées à Hô Chi Minh-Ville et Hanoi était plus qu'intéressante. En attendant ce qu'on trouverait à l'arrivée des prochains avions, il convenait de s'occuper sans tarder des premiers noms inscrits sur la liste. Notamment ce type prétendant venir monter des circuits touristiques, repéré à Tân Sơn Nhất. Un cas identique s'était présenté quasiment à la même heure à Hanoi. Ça puait l'opération de diversion. Tho ricana en relisant les noms des hôtels où ces Français avaient loué des chambres. Le *Rex* et le *Métropole*, c'était comique. Depuis quand des employés d'agences de voyages chargés d'organiser des trekkings pour touristes sacs à dos descendaient-ils dans des palaces ? Aux prix auxquels ils vendaient leurs excursions, la rentabilité aurait du mal à être au rendez-vous. Ça ne collait pas. Thành l'avait tout de suite remarqué. Tho s'alluma une cigarette et releva la tête pour faire des ronds de fumée en direction du plafond. *On ne va pas laisser le temps à ces deux énergumènes de mettre un pied dehors. On va les alpaguer immédiatement.*

Le général décrocha son téléphone.

— Thành, tu vas me piéger les deux agents de voyages sans perdre une minute.

— Qui ?

— Ceux du *Rex* et du *Métropole*. Envoie-leur tout de suite des putes et la police dans la foulée. On les serrera pour atteinte aux bonnes mœurs.

— Bien. Et après ?

— La procédure habituelle, mon vieux. Le juge, l'interrogatoire, les sanctions et l'expulsion. S'il s'avère que l'un d'eux est l'homme qu'on recherchait, on aura un dossier pour faire chanter Paris. Pour le moment, la seule personne qu'on ne doit pas renvoyer en France, c'est Rohde. Et si aucun des deux clampins ne correspond à celui qu'on attend, tant pis. On continuera à passer au crible tout ce qui débarque.

— Vous êtes sûr de ne pas vouloir vous débarrasser du deuxième agent français, si on le localise ?

— Pas avant qu'il n'ait commencé à foutre la merde chez nous, non. Il est plus important de faire savoir à Paris qu'on n'est pas dupe des agissements de leurs services d'espionnage. C'est clair ?

À l'autre bout du fil, Thành fit la moue. Le patron lui chargeait la barque au-delà du raisonnable. Mais comme toujours, il allait faire face. Il s'acharnerait quinze heures par jour, il n'aurait plus de week-end, il passerait d'un hélicoptère à un autre, d'une berline à une autre, il avalerait un phở le matin et crèverait la dalle jusqu'au soir et il ferait abstinence jusqu'à ce qu'il sorte enfin la tête de l'eau. La perspective d'être privé de sexe pendant des jours, c'est ce qui le rendait le plus furieux, mais qu'y pouvait-il ? Il savait que ces moindres faits et gestes étaient, comme ceux des opposants qu'il harcelait, rapportés en haut lieu. Si le général apprenait qu'il prenait du bon temps malgré l'avalanche de boulot, il le lui ferait payer. Il guetterait la première occasion.

30

— Tu mets les pieds dans la merde, répéta Vinh Van Tuan. Si, comme tu me l'as dit, tu ne veux plus risquer ta peau, tu devrais reprendre l'avion pour Paris et laisser la mission économique de ton ambassade s'occuper de ce genre de sujet.

Caron s'étonna de la réaction du Vietnamien.

— En quoi une étude de l'exploitation des matières premières serait-elle problématique ?

— Pire : dangereuse.

— C'est un secret d'État ?

Tuan replongea le nez dans son verre, lampa une rasade de Miyagikyo, puis tourna la tête pour regarder Caron de bas en haut.

— C'est étrange, le copain qui m'a apporté ce whisky ce matin enquête sur le même sujet. Il m'a demandé si je pouvais l'accompagner.

— Où ?

— Mais sur les hauts plateaux, là où ça se passe.

— Et alors ?

— J'ai refusé. J'ai mis plus de quinze ans à me refaire une virginité, ce n'est pas pour me compromettre dans une histoire pareille.

Caron sentait que Tuan était devenu fébrile. Ses pieds tapaient le sol comme s'il battait la cadence d'une musique imperceptible.

— Qu'est-ce que tu risques à guider un étranger à travers le pays ? C'est devenu banal, non ?

Tuan secoua la tête violemment.

— Pas s'il s'agit d'un journaliste, surtout quelqu'un qui s'est retourné contre le régime comme ce mec.

— Explique...

— Un ancien compagnon de route du Parti communiste viêt. Deux ans dans la jungle avec les forces de libération nationales jusqu'à la victoire de 1975, puis un long reportage avec le comité de propagande dans les mois qui avaient suivi. Ensuite, d'innombrables retours à Hô Chi Minh-Ville pour y commettre des papiers laudateurs sur la révolution en marche, les bienfaits du socialisme et la liberté retrouvée des populations du Sud. Le truc classique... Pendant des années, il a trompé l'opinion internationale en taisant la répression brutale qui venait de s'abattre sur le pays, s'acharnant à ne présenter que le côté face du nouveau régime : les mouvements de jeunesse patriotique, les usines débordant d'activités, les centres de santé poussant comme des champignons, l'éducation pour tous... Bref, un tableau idyllique grassement rémunéré par Hanoi. Jusqu'à l'intervention des forces armées vietnamiennes au Kampuchea contre l'immense goulag khmer rouge et l'occupation du Cambodge qui avait suivi. Là, contre toute attente, le gars a changé de registre, se plaçant dans la ligne onusienne en commençant à critiquer ouvertement ses anciens amis. Ensuite, il n'a jamais plus décrit que le côté pile du pays : sa corruption endémique, les détournements de l'aide internationale, la captation des investissements des premiers Viêt Kieu qui avaient cru à la main tendue de leurs anciens ennemis, la chasse aux opposants, les procès iniques, les multiples condamnations à mort, les scandales immobiliers, la spoliation des paysans et j'en passe. Le retentissement de ses articles, d'autant plus pris au sérieux qu'ils émanaient d'un ancien courtisan, a gravement nui au Viêtnam.

— Et malgré tout ça, il a pu revenir ?

— Cela fait partie des mystères de ce pays. Cela dit, je te colle mon billet qu'il est évidemment sous haute surveillance. D'où mon refus de lui servir de guide, cela va de soi. Quand on sait que son sujet relève du secret d'État et que chercher à le violer relève du crime économique, je n'allais pas m'embarquer dans ses histoires.

— Tu es en train de me dire qu'on ne peut absolument pas travailler sur le sujet ?

— On le peut, mais sous le patronage d'un cornac officiel. Donc avec l'assurance de ne rien voir et rien apprendre d'intéressant. Le type qui chapeaute d'ordinaire les journalistes dans ce genre de reportages, c'est un colonel, un ancien d'un régiment de DCA.

— Eh bien ?

— Ton confrère japonais sait parfaitement tout ça. Le colonel en question, à l'époque où il servait dans son unité de défense antiaérienne, a abattu par erreur un Mig de chez nous lors d'un combat aérien avec des avions américains au-dessus d'Hanoi. On ne saura jamais pourquoi il est encore vivant, mais ce qui est sûr, c'est qu'il file droit. Sous ses airs bonasses, c'est un redoutable agent du pouvoir. Il ne risquera pas de laisser les journalistes, dont il a la charge, apprendre ce qu'ils ne doivent pas découvrir.

— Tu dis qu'essayer de savoir quand même relèverait du crime économique… ?

— Et selon l'article 79 du Code pénal, celui-ci conduit tout droit à la peine de mort.

— Bigre ! On la pratique encore au Viêtnam pour ce genre de délit ?

Tuan éclata de rire.

— Tu es drôle, Vincent, tu es au pays de Kafka, ici. Si tu es seulement complice, même à un tout petit niveau, de ce genre d'infraction, tu t'exposes au risque d'aller croupir des mois ou des années dans un camp de rééducation comme il en existe encore, à Xuan Loc ou ailleurs. Je n'ai pas envie d'y retourner.

— Bon sang, qu'est-ce qui fait que cette affaire de minerai relève du secret d'État ?

Tuan se ferma comme une huître.

Caron attendit un peu et reposa la question.

— Si d'aventure tu souhaitais y mettre les pieds toi-même, tu te rendras compte tout de suite de la nature du problème.

— Développe un peu…

— Non.

C'était sans appel. Le Vietnamien était désormais complètement bloqué. Était-il possible que Tuan ait aidé Rohde ? Caron finissait par en douter. Alors pourquoi Estelle Becker l'avait-elle envoyé le voir ? À moins qu'il se soit récemment produit quelque chose qu'elle ignorait, il semblait clair que le patron du bar n'allait pas lui être d'un grand secours. Il crevait de trouille.

— Tu ne feras donc rien pour moi ? Même en mémoire des aventures de notre jeunesse ?

Tuan haussa les épaules.

— Je te mets en garde, c'est déjà beaucoup.

— Tu parles !

— Tu veux quoi, au juste ?

— La même chose que ton ami nippon. Aller voir sur place.

Tuan regarda instinctivement derrière lui et baissa la voix :

— Ma jeunesse à moi, elle est restée dans les camps de Bà Rà, de Ben Tre et de Tân An. Quinze années à crever de faim, à lutter contre le paludisme et à vieillir en marge de la société. Tu ne peux imaginer le plaisir que j'ai à te revoir, mais je ne me mettrai pas en danger en souvenir du bon vieux temps, comme tu dis. Soit tu te contentes d'aller demander des chiffres au ministère de l'Économie, soit tu cherches à aller voir sur place et la suite sera imprévisible. En tout cas, tu ne devras jamais plus revenir chez moi.

— À part ce Japonais, tu as rencontré d'autres personnes intéressées par le sujet ?

Tuan se mit à dévisager Caron d'un regard d'une profondeur abyssale.

— Toi, mon ami, tu en sais certainement plus que tu ne veux bien le dire…

Caron accusa le coup. Le patron du bar était loin d'être un imbécile. Ses années d'enfermement dans les geôles communistes avaient considérablement affûté son sixième sens. Ce n'était pas le genre de gars qu'on pouvait balader. *Pourquoi n'a-t-il pas parlé de Rohde ? Quoi qu'il sache exactement de lui, il aurait pu au moins l'évoquer. Pourquoi ne le fait-il pas ?* Même si Estelle Becker avait fourni ce contact, même si le hasard voulait que Vinh Van Tuan fût une ancienne relation de l'époque de la guerre, comment lui faire confiance dans ces conditions ? Est-ce qu'on pouvait avoir fait partie de la ligue anticommuniste des étudiants sudistes, croupi quinze ans dans les camps de rééducation du régime d'Hanoi ensuite, et s'être retrouvé gérant d'un établissement qui recevait régulièrement tout le gratin du comité populaire de la ville sans être d'une manière ou d'une autre lié aux nouvelles autorités ? Qu'est-ce que valaient les mots revanchards qu'il venait de déverser sur celles-ci ? Quel crédit leur apporter ? Et si toute cette histoire n'était qu'un gigantesque enfumage ? Et si Becker s'était trompée en lui donnant l'adresse de ce bar ? Caron détailla encore une fois le bonhomme assis près de lui. La montre de marque au poignet, la chemise et le pantalon de bonne coupe, et les chaussures italiennes n'en faisaient pas un Vietnamien ordinaire. Tuan pouvait tout autant avoir aidé Rohde comme il pouvait avoir été l'artisan de sa chute.

Caron essaya de rester le plus neutre possible :

— Je ne vois pas où tu veux en venir, répondit-il. Mais si d'autres personnes s'intéressent à la question, je ne serais pas contre l'idée de les rencontrer.

— Ouais, fit laconiquement Tuan. Je disais cela comme ça. Je ne suis au courant de rien.

— Dommage ! J'aurais été intéressé.

— Désolé, à part le Jap, je ne vois personne d'autre. Je vais te donner ses coordonnées. Tu verras s'il accepte de te rencarder.

— Et des activistes, des mecs qui tiendraient des blogs hostiles au régime, tu n'en connais pas ?

— Tous ces types sont aujourd'hui en taule quand ils n'ont pas été fusillés pour atteinte à la sécurité de l'État. C'est ce que je t'ai expliqué tout à l'heure. Je ne les ai jamais fréquentés. J'ai lu autrefois des nouvelles, dans la presse locale, concernant l'arrestation de ces personnes, sans plus. Des histoires pourries comme celle-ci, ça ne manque pas. Si tu veux continuer à vivre tranquille, tu ne t'en mêles pas. Raison pour laquelle j'ai envoyé se faire foutre ton confrère du pays du Soleil levant. Tu piges ?

— Pourquoi est-il alors venu te voir ?

— Mais pour les mêmes raisons que toi, mon pote. Parce que je le connais aussi depuis la guerre. Je lui avais servi de fixeur à plusieurs reprises lors d'opérations avec les forces sudistes avant qu'il ne disparaisse dans la jungle avec un bataillon viêt-cong.

— Ah ?

— Eh oui, c'était un putain d'enfoiré de coco.

— Tu ne le savais pas ?

— Je l'ai découvert plus tard. Après la chute de Saigon. Quand il est venu parader en pyjama noir avec toutes ces ordures, dressé sur un tank, le long du boulevard menant au palais présidentiel. J'étais sur le trottoir, je chialais, et je l'ai aperçu. Puis je l'ai revu une autre fois, lorsque j'étais enfermé au camp de Ben Tre, dans le delta. Ce salaud était venu y faire un reportage sur les conditions idylliques que les cocos prétendaient nous offrir pour faire de nous des hommes nouveaux. Tu parles ! On nous avait donné des vêtements propres, il y avait de la nourriture à gogo disposée sur des tables, des médicaments dans l'infirmerie et dans chaque coin, tout un tas d'outils flambant neufs avec lesquels on était censés travailler la terre. La vérité, c'est que le soir, les fringues, la bouffe, les pelles, les pioches et les râteaux avaient disparu.

— Alors comment se fait-il que tu sois encore en contact avec lui ?

Tuan émit une sorte de gargouillement, tandis qu'un sourire désabusé se dessinait sur ses lèvres.

— Parce qu'il n'est jamais trop tard pour changer, mon ami…

— Toi ?

— Non. Lui. Je t'ai expliqué que la grâce lui était tombée dessus un jour et qu'il avait fini par retourner sa veste. Il a d'abord dénoncé l'intervention vietnamienne au Cambodge de 1979, quand il est apparu que celle-ci se transformait en tentative d'annexion du pays avant d'être une opération à caractère humanitaire contre le régime sanglant des Khmers rouges. Puis, il a conseillé, avec un de ses amis, la réalisatrice chinoise du film *Passeport pour l'enfer*. Cela te dit quelque chose ?

— Évidemment.

— Eh bien, ce film, c'est leur histoire en quelque sorte. Romancée, bien entendu, car ni l'un ni l'autre n'ont été assassinés par leurs anciens amis nordistes.

— Et il est revenu !

— En effet. Je ne me l'explique pas. Il a pris un risque considérable. Tu comprends maintenant pourquoi je n'ai pas voulu l'aider ?

— Tu lui en veux encore ?

— Non. Mais je me méfie du régime. Je ne veux plus de problèmes. Je vais te donner ses coordonnées, mais sache une chose : lorsque tu l'auras contacté, tu seras rapidement dans la ligne de mire des sbires d'Hanoi. Ils ne te lâcheront plus d'une semelle.

Tuan termina son verre et attrapa derrière son comptoir un plan de la ville.

— Tu le trouveras à l'hôtel *Anh Duy* sur la rue Nguyen Cong Tru. À quinze minutes de marche d'ici. Il s'appelle Sato Yamazaki. Un peu plus âgé que toi. Maintenant, fais-moi plaisir : ne reviens pas ici.

Tuan avait posé la main sur le bras de Caron, mais les traits de son visage s'étaient durcis.

— Ne remets plus les pieds chez moi. En cas de nécessité absolue, téléphone-moi d'une cabine publique et présente-toi sous le nom de… de Roger. J'en ai une dizaine parmi mes amis et je reconnaîtrai ta voix. Tu me demanderas si tu peux privatiser mon bar un jour, je te répondrai non et on se retrouvera une heure plus tard au zoo, à la buvette devant la fosse aux éléphants. Ça marche ?

— On n'est pas dans un roman d'espionnage, tout de même, tenta Caron.

Alors, le Vietnamien redevint énigmatique :

— Qui sait ? murmura-t-il.

31

Sato Yamazaki examina encore une fois la réception de l'hôtel. Le caractère dépouillé de celle-ci, avec son étroitesse et sa blancheur uniforme, le réconforta. L'*Anh Duy* avait une allure apaisante d'établissement japonais. Rien à voir avec la multitude de pensions et auberges viêts sorties de terre ces dernières années, à la décoration baroque et criarde, dans lesquelles se précipitait la faune de touristes désargentés. Les commentaires de clients qu'on pouvait lire sur les sites de réservation en ligne étaient une aubaine dans la mesure où ils mettaient l'accent sur le côté froid et impersonnel de l'endroit, décourageant automatiquement les voyageurs en mal de sensations locales bon marché. En fait, la famille qui tenait l'hôtel était sympathique si les étrangers de passage présentaient bien et s'accommodaient de l'aspect traditionnel et un peu martial de l'endroit.

Sato Yamazaki avait été accueilli chaleureusement. Après le refus de Vinh Van Tuan de l'aider, l'idée lui était venue de trouver sur place le guide anglophone dont il avait besoin pour l'excursion qu'il projetait vers les hauts plateaux. Il s'avança vers le comptoir et attendit à distance respectable qu'un compatriote termine l'enregistrement de son arrivée. Lorsque la carte magnétique et le numéro de la chambre furent donnés au client, Sato Yamazaki s'approcha. Le jeune réceptionniste en livrée blanche releva la tête, plissa un instant les yeux, puis l'interrogea dans un large sourire :

— *Yes, Mister Sato ?*

— Vous avez déjà mémorisé mon nom !

Le garçon accentua sa courbette.

— Ici, c'est connaître les clients tout de suite. Les clients sympathiques ! Qu'est-ce que moi pouvoir faire pour vous ?

— Eh bien, je fais des photos. De paysages, surtout. Et j'aimerais effectuer un petit voyage dans le district de Bao Lam. Pourriez-vous mettre à ma disposition un guide interprète jusqu'à la ville de Loc Thang d'abord, puis jusqu'à la frontière cambodgienne ensuite ?

— La province de Lam Dong, n'est-ce pas, avec la minorité Bahnar ? C'est pas toujours moyen y aller. C'est le Gouvernement parfois fermer le district.

Le Japonais prit l'air étonné.

— Ah, pourquoi ?

— C'est zone restreinte. C'est souvent des problèmes avec les indigènes. Vous, c'est vraiment vouloir aller là-bas ?

— J'aimerais bien. Pour compléter un album photos. Si vous me donnez un guide et une voiture, je paierai bien. Il n'y aura pas de problème. Un aller-retour, c'est tout.

Le réceptionniste fit une mimique embarrassée, puis décrocha son téléphone.

— C'est demander à mon père. Une minute, s'il vous plaît.

Sato Yamazaki acquiesça avec l'air le plus détaché dont il était capable, à la limite de l'absence totale d'expression.

Un instant plus tard, le patron de l'hôtel fit son apparition. Un vieillard en tenue traditionnelle, portant barbiche et lunettes cerclées de métal. Dans un anglais impeccable, il s'adressa à Sato Yamazaki :

— Mon fils m'informe que vous souhaitez vous rendre dans la province du Nam Tay Nguyen.

— Non...

— C'est le nom qu'on donne ici au district de Lam Dong, *the South Highlands.* C'est un endroit contrôlé par l'armée...

— On ne peut pas y aller ?

— Si, quand vous passez par l'organisme touristique officiel. Pour visiter par exemple les sites des grandes batailles livrées contre les Américains. Autrement, c'est compliqué. Il faut des papiers, des certificats, des tampons... Je peux bien entendu mettre une voiture à votre disposition, mais sans garantie que vous parveniez à bon port.

Puis le vieux éclata de rire.

— On en crève de notre bureaucratie, vous savez !

— Si vous êtes d'accord pour me louer une voiture, je prends quand même le risque. On m'a dit la région était superbe et les minorités vraiment intéressantes... Je n'ai pas beaucoup de temps. Ça m'embêterait de rater cela à cause de quelques coups de tampon.

Au même instant, Vincent Caron venait d'entrer dans le hall. Voyant que les gens de la réception étaient occupés avec un client, il se rapprocha et attendit. Lorsqu'il entendit prononcer le nom de *Mister Sato,* son pouls s'accéléra. Neuf chances sur dix que l'Asiatique, devant lui, soit celui qu'il venait voir. À deux mètres de distance, les bribes de conversations, qu'il percevait, parvenaient jusqu'à lui comme un filet sonore confus. *Putain, j'entends plus rien ! Il faudrait vraiment que je me fasse appareiller.* Caron maudit le jour où le déluge de roquettes tirées depuis l'hélico qu'il accompagnait dans une mission au-dessus des Montagnes de marbre lui avait ruiné les tympans. Qu'y avait-il à dire de plus ? Il ne s'était jamais résolu à rectifier cette infirmité. Il vivait avec, comme il avait fini par ne plus se préoccuper des éclats de grenades qu'il avait encore dans les os du crâne. Attendant le jour où son passé le rattraperait avec un AVC qui l'emporterait ou le laisserait à l'état de légume dans une chaise roulante si ce n'était pas le tabac ou l'alcool qui frapperaient en premier.

Il détourna la tête de façon à positionner le mieux possible son oreille la moins touchée par la surdité, et finit par capter quelques mots qui firent tilt : *Highlands,* Lam Dong, zone militaire... Ainsi, le Japonais préparait déjà son voyage vers les mines de bauxite. Il l'organisait avec l'hôtel. Il devait donc être sûr de lui pour prendre si peu de précautions.

Quand Sato Yamazaki remercia le vieil homme et se dirigea vers la sortie, Caron le suivit et l'apostropha sur les marches de l'hôtel :

— Monsieur Sato Yamazaki ?

Le Japonais se retourna d'un bloc, étonné.

— Oui...

— C'est notre ami commun Vinh Van Tuan qui m'a donné votre contact. Je m'appelle Vincent Caron. Je suis un confrère français. Intéressé par la même chose que vous. On peut se parler ?

Sato Yamazaki hésita une fraction de seconde, puis proposa le café *Milano,* situé juste à côté.

— Suivez-moi.

Une fois les deux bols de phở disposés sur la table, Sato Yamazaki leva les sourcils.

— Alors ?

Caron ne l'avait pas imaginé aussi sombre et énigmatique. Le Japonais ressemblait à une sorte de samouraï des temps modernes. Un corps tout en muscles où seuls les yeux bougeaient parfois. Depuis qu'il s'était assis, il n'avait pas fait un geste, commandant sa soupe sans un regard pour la serveuse, les deux mains posées sur la table, et le regard planté dans celui de Caron.

— Quand j'ai expliqué à Tuan que je m'intéressais à l'exploitation des minerais, il m'a dit que nous devrions en parler ensemble et que vous étiez descendu à l'hôtel *Anh Duy*.

— Comment m'avez-vous reconnu ?

— C'est simple. Tuan vous avait plutôt bien décrit et le réceptionniste vous a appelé par votre prénom...

— Et en quoi pourrais-je vous être utile ?

— D'après notre ami Tuan, cette affaire de minerais relèverait du secret d'État et vous en seriez un excellent spécialiste.

Le Japonais ignora le compliment.

— Je n'ai pas l'habitude de partager mes infos.

— C'est pas ce que je vous demande. Seulement de me résumer les grandes lignes, mieux que ne le ferait le service économique de mon ambassade. Et me laisser vous accompagner sur les sites d'extraction.

— On ne va pas tourner autour du pot, c'est un sujet compliqué. Un sujet à risque. Et nous ne nous connaissons pas. Que faisiez-vous avec Tuan ?

Caron émietta des feuilles de coriandre dans sa soupe et rajouta un filet de sauce au poisson avant de répondre :

— La même chose que vous. Je suis venu le saluer.

— Vous l'aviez déjà rencontré ?

— Comme vous, avant la fin de la guerre.

Caron s'était exprimé d'un ton monocorde. Sans mettre d'affectation dans le propos. Sato Yamazaki en resta interloqué une fraction de seconde. Puis entreprit d'aspirer les dernières nouilles du phở avant de terminer d'en boire le bouillon. Caron crut un instant qu'il allait se lever et disparaître, mais le Japonais s'étira et se mit à considérer son interlocuteur d'un œil intéressé.

— Dites-moi tout...

Caron pressentait que la façon dont il relaterait son passé déterminerait son confrère à accepter ou non de l'aider. Une heure plus tard, tout avait été dit. Caron pensait n'avoir rien oublié ni rien dissimulé. Il n'avait pas caché non plus ce qu'il savait des engagements politiques de Yamazaki à l'époque, et de son revirement plus tard. À son tour, son confrère s'était mis à raconter sa jeunesse, puis ses déceptions et l'amour qu'il vouait toujours à ce pays. Les deux hommes en étaient venus à parler comme deux vétérans de la même guerre. Presque de la même armée. La situation finit par les faire s'esclaffer.

— Et si nous allions partager une bonne bouteille de whisky ? proposa Yamazaki.

— Excellente idée, tant que ce n'est pas chez Tuan.

— Au *Caravelle*, cela vous conviendrait ?

Cinq minutes plus tard, un taxi les déposait devant l'hôtel.

— Savez-vous qu'un autre Français enquêtait encore récemment sur le sujet ? demanda Sato Yamazaki en se calant dans l'un des fauteuils clubs du bar.

— Un journaliste ?

— Pas vraiment. Un type lié aux renseignements de votre pays.

Caron déglutit en essayant de ne rien laisser paraître de sa stupéfaction. *Bon sang, ce type est en train de me parler de Rohde !*

— Il se serait volatilisé dans la nature depuis quelques jours, ajouta le Japonais.

— Jamais entendu parler, répondit Caron de la manière la plus détachée possible. Et vous-même, comment êtes-vous au courant ?

— J'en ai été informé il y a une semaine par un ami proche du Politburo. C'est ce qui a précipité ma venue à Saigon. Vous n'en saviez vraiment rien vous-même ?

Caron redoublait d'efforts pour paraître impassible.

— Ce que vous avancez est assez incroyable. Vous êtes bien en train de me parler d'espion, n'est-ce pas ? Il est vrai que ces vieilles histoires de services secrets ont toujours excité les médias. Les journalistes voudraient voir la main de la CIA, ou que sais-je, encore à l'œuvre dans les pays communistes. C'est un fonds de commerce qui fonctionne bien…

— Vous ne me croyez pas ?

— Vous dites avoir une source sérieuse, bien. Mais avouez que cela peut paraître surprenant.

— Pourtant, c'est la raison de ma présence ici. Outre le fait que je travaille depuis des mois sur cette affaire de minerais, l'histoire de la disparition d'un… d'un espion français ne pouvait que me décider à revenir.

— Qu'est-ce que vous savez exactement sur cette personne ? demanda Caron.

Sato Yamazaki alluma une cigarette, souffla la première bouffée loin au-dessus de lui et considéra Caron en plissant les yeux au point que ses pupilles disparurent presque derrière la fente de ses paupières.

— En fait, le gars m'avait contacté il y a environ deux mois, pour le compte d'une ONG travaillant sur les questions écologiques. Après divers échanges, il m'a proposé de passer sur une application cryptée pour faciliter nos entretiens. Nous en sommes venus assez vite à la question des dissidents. Nous avons échangé des noms. Et puis d'autres infos.

— Vous avez maintenu le contact longtemps ?

— Oui. Nous avions d'ailleurs prévu de nous rencontrer ici ou à Paris, après son retour. Un jour, il a cessé de donner signe de vie, et puis une de mes sources locales, très introduite dans les milieux politiques comme je vous l'ai déjà expliqué, m'a informé qu'il avait disparu.

— Une source proche de vous...

— Un ami de l'époque de la guerre qui déteste ce que ses camarades ont fait de son pays. C'est toujours la même chose : quand les gens sont déçus, ils finissent toujours par se mettre à table s'ils sont restés honnêtes et courageux. Il faut être là au bon moment.

— Comment cette personne était-elle au courant de vos échanges avec mon compatriote ? Vous me parliez de messagerie cryptée...

— Soyez sûr d'une chose, Vincent, c'est que rien n'échappe jamais aux Viêts. Ils sont redoutables.

Caron replongea le nez dans son verre pour réfléchir une poignée de secondes.

— Vous êtes revenu malgré ça !

— Je ne crains rien.

— Bon. Et votre visite prévue à Lam Dong, c'est dans quel but, exactement ?

— Éclaircir deux ou trois points du sujet sur lequel il travaillait. Avant d'essayer de le retrouver.

Caron accusa le coup.

— Vous l'aviez expliqué à Tuan ?

— Évidemment que non. On se connaît, n'est-ce pas. J'ai de l'empathie pour lui, une réelle compassion pour les épreuves qu'il a traversées, mais nous ne sommes pas amis. Au fond, je sais qu'il me croit toujours un peu communiste sur les bords.

— C'est le cas ?

— Comme un Japonais peut l'être aujourd'hui. Un communisme très romantique. En fait, non. J'ai fini par comprendre que ça ne marche pas.

— Même ici, au Viêtnam ?

— *Idem.* Comme en Chine. Allez dans les usines voir comment les ouvriers sont traités, vous m'en donnerez des nouvelles !

Caron se contenta de hocher la tête.

— Au fait, vous ne m'avez pas dit comment vous alliez essayer de récupérer votre informateur, enchaîna-t-il.

— Je dois d'abord retrouver une personne qui a été en relation avec lui, ici à Saigon. Un très vieux monsieur. Très actif dans l'opposition.

— Pourquoi ne pas commencer par là ?

— C'est compliqué. Il faut d'abord que j'obtienne l'adresse de quelqu'un d'autre. Un de ses proches.

— Vous ne pouvez pas joindre directement celui qui a épaulé notre espion dans ses dernières recherches ?

— Malheureusement pas. C'est quelqu'un qui vit dans la clandestinité depuis des lustres. Dont la tête est mise à prix par le Gouvernement. Je suis obligé de passer par… par ce filtre.

— Vous savez donc où aller ?

Yamazaki eut l'air gêné.

— Presque. Je sais *grosso modo.* Faut dire que ce quartier est un vrai chantier.

— Où ?

— Dans le district 7. Il s'agit d'une zone de taudis où survivent nombre de déclassés. La baraque de mon informateur est quelque part au milieu. Je dois y aller demain soir.

Yamazaki s'interrompit un instant, puis reprit :

— Ça aussi, c'est intéressant. L'envers du miroir. Le côté cour du miracle économique. À deux pas des beaux quartiers où pullulent les touristes et les hommes d'affaires. Vous devriez aller y faire un tour.

Caron avait du mal à contenir son excitation.

— Pourquoi pas, si vous m'emmenez...

— Vous aimeriez y aller ?

— Vous stimulez ma curiosité.

— Alors retrouvons-nous demain soir à 22 heures devant le concessionnaire Chevrolet. C'est en plein milieu du quartier en question. Ensuite, on pourra mettre au point notre voyage dans la province de Lam Dong. De toute façon, c'est mieux que cette excursion vers les hauts plateaux se fasse à deux. Vous comprendrez vite pourquoi.

— Dites-m'en un peu plus.

Le journaliste japonais présenta les paumes de ses mains face au ciel.

— Je suis superstitieux. Je n'évoque jamais le pire.

32

À l'évidence, Sato Yamazaki était un jusqu'au-boutiste, Caron appréciait. Il y réfléchissait en faisant couler la douche, ce qu'il n'avait pas encore pris le temps de faire depuis son arrivée. Les onze heures d'avion, le décalage horaire, la chaleur humide et collante, tout ça l'avait rincé. Il avait besoin de s'asseoir sous le jet d'eau, se mettre un gant mouillé sur le visage et se détendre un moment. Il avait maintenant un allié plutôt sympathique qui courait après la même chose que lui. Avec des relations au Gouvernement. Le nom de Rohde n'avait jamais été prononcé, c'était bien ainsi. Caron n'avait pas eu besoin de mentir. Dieu sait s'il était mauvais en la matière ! Il n'avait qu'à emboîter le pas au Japonais et attendre. C'est Perrin qui allait être surpris quand il lui annoncerait avoir retrouvé son agent. Pareil coup de bol se présentait rarement. Pourtant, Caron savait d'expérience que les concours de circonstances les plus improbables se produisaient parfois. En y repensant, son esprit remontait les années, les missions, s'arrêtant sur ces événements qui l'avaient aidé à avancer ou, simplement, lui avaient sauvé la vie. C'était la plupart du temps dû à des hasards de la vie, insoupçonnables jusqu'à ce qu'ils arrivent.

Sa rencontre avec Sato Yamazaki relevait de ces curieuses coïncidences.

En quittant l'hôtel *Caravelle,* Caron avait fait un détour par le boulevard Le Loi, face à l'ancienne Assemblée nationale. Pour se recueillir un instant à l'endroit où s'élevait autrefois le monument érigé en l'honneur des marines américains devant lequel un colonel de la police s'était fait sauter la cervelle le matin de l'entrée des forces nordistes dans la ville.

S'il avait pu penser, arrivant à Saigon, que ce passé lui sauterait au visage, il s'était trompé. Le monument détruit, il ne subsistait que des morceaux de souvenir. Le cadavre du policier s'était décomposé au fond de sa tombe comme au fond de sa mémoire. Comme ceux des soldats qu'il avait vus, ce matin du 30 avril 1975, sacrifiés dans les derniers combats. Comme les autres images rapportées de la ville en flammes : des femmes en pleurs, des enfants qui criaient, des cartes d'identité militaire, des bottes de soldats et des armes abandonnées par terre, des paires de lunettes tombées au sol, des milliers de feuilles de papier virevoltant dans l'air brûlant, tout un capharnaüm qui avait encombré son esprit durant des années et avait fini par se diluer.

Caron ôta le gant mouillé de son visage et regarda autour de lui. La salle de bains et la chambre, qui ressemblaient étrangement à celles de son studio de l'époque, ne le ramenaient pas davantage à l'époque de sa jeunesse. *Tant mieux !* Peut-être ces vieux fantômes-là étaient-ils enfin partis.

Il s'habilla et examina encore la chambre. Si Rohde avait caché quelque chose ici, espérant que quelqu'un de la Boîte le retrouve, ce n'était certainement pas dans la salle d'eau, sous le lino, derrière l'armoire ou à l'intérieur du sommier. La police était déjà venue faire le ménage. Et le reste de ses affaires sans importance, laissées en évidence le jour de sa disparition, avait été depuis récupéré par l'hôtel. De toute façon, tout ça n'était qu'un leurre qui ne menait nulle part. Le fait que l'agent français ait abandonné des papiers bidons laissait penser deux choses : soit il avait voulu seulement faire croire à son retour, soit il voulait indiquer à des amis qu'il fallait chercher autre chose, ailleurs. Caron se sécha, commença à regarder autour de lui.

L'armoire de la chambre était scellée au mur. Sans possibilité d'y planquer quoi que ce soit. Le sommier était constitué de lattes à claire-voie faciles à examiner. Rien là non plus. Quant au lino, il était collé au sol. Caron passa en revue tous les bords sans trouver le moindre interstice. Il alluma le ventilateur, s'étendit sur le lit et frissonna quand les brassées d'air commencèrent à balayer sa peau. Les pales tournaient lentement, projetant au plafond leur ombre régulière et gigantesque avec un étonnant bruit d'hélico, leur toup-toup-toup caractéristique et obsédant. Le vacarme des machines volantes au-dessus des rizières. Cette sorte de symphonie sexy et angoissante…

Il fixa l'une des pales et la regarda tourner. Jusqu'à ce que son œil s'habitue au mouvement et aperçoive comme une étiquette ou un bout de scotch collé sur la face opposée de la pièce métallique. Pas grand-chose, un minuscule morceau de papier ou de plastique dépassant à peine. *Qu'est-ce que c'est que ce truc ?* Caron stoppa le ventilateur, installa une chaise en dessous et passa sa main sur la lame. Une petite carte publicitaire y avait été fixée, qu'il récupéra. Elle comportait le nom d'une agence touristique avec adresse et numéro de téléphone, et deux lettres griffonnées en forme de signature : « PR ».

Eh ben, voilà ! Rohde a bien laissé quelque chose. Restait à découvrir à quoi et à qui correspondaient les coordonnées du bristol.

33

À la nuit tombée, le district 7 prenait des airs de coupe-gorge qu'il n'avait pas dans la lumière de la journée et le tumulte de la circulation. La longue avenue Trần Não, privée de lampadaires, s'étirait, vide, entre un mélange d'immeubles lépreux et de cahutes rafistolées dont seuls les éclairages tremblotants qui perçaient au travers des claies projetaient de vagues pinceaux colorés sur le bitume.

Sato Yamazaki était perdu. Il ne retrouvait pas l'adresse de la famille de l'ancien parachutiste sud-vietnamien. *Dans une baraque à côté de l'ancien cimetière sudiste… Mais où était ce foutu cimetière avant que toutes les tombes ne soient rasées par le régime ?* Il y était pourtant venu à plusieurs reprises autrefois, avant le grand nettoyage idéologique. Il avait même assisté à une cérémonie du souvenir pour le cinquième anniversaire de la mort du soldat, l'année de son enquête pour le compte de la réalisatrice chinoise qui souhaitait tourner son film *Passeport pour l'enfer*. Mais il n'avait pas pris de notes qui auraient pu l'aider ce soir à reconnaître l'endroit.

Il parcourut de nouveau les cinq cents mètres de l'avenue, dans un sens puis dans l'autre, avant de se décider à frapper à la porte d'un taudis d'où provenait un filet de musique traditionnel du Sud. Un gamin ouvrit et considéra un instant la photo qu'il lui tendait, puis referma aussitôt le battant de la cahute en braillant des mots incompréhensibles. Sato Yamazaki tapa encore une fois du poing et, devant l'absence de réaction, cogna à la porte d'à côté et attendit. Bruit d'un premier loquet qu'on tirait. Puis d'un deuxième. Et le visage fripé d'un vieillard s'encadra à contre-jour dans l'embrasure.

— La famille de Pham Thu Trang ? demanda le Japonais en présentant la photo de l'ancien lieutenant de l'ARVN. Je cherche sa famille…

Le patriarche jeta un coup d'œil, secoua la tête et, sans une parole, planta le journaliste. Sato entendit les serrures qu'on refermait. Une troisième tentative, un peu plus loin, produisit les mêmes effets. Manifestement, Pham Thu Trang ne disait plus rien aux riverains. À moins que ce fût l'heure tardive qui inquiétât les gens… *C'est idiot, j'aurais dû venir dans la journée.* Mais Sato Yamazaki n'était pas homme à abandonner aussi facilement. Avec nombre de relégués qui vivaient dans le quartier, ce serait bien le diable s'il ne finissait pas par trouver quelqu'un qui lui indique l'adresse.

— Pourquoi cherchez-vous cette famille ? s'étonna une énorme femme à la sixième maison où il s'adressa.

— Parce que j'ai connu autrefois le lieutenant.

— Mais c'est du passé, tout ça !

— Je sais. Mais c'est pour savoir où ont été dispersées ses cendres. J'écris un livre…

La femme recula :

— On n'a pas besoin de remuer ces souvenirs.

— J'ai bien conscience que c'est douloureux, mais ça me ferait plaisir de revoir ces gens. Apparemment, vous les connaissez…

— Non. Je ne les connais pas. Vous allez nous attirer des ennuis. Partez !

— Bien. Dites-moi au moins où se trouvait l'ancien cimetière.

La femme se mit à trembler. Elle regardait parfois par-dessus son épaule en tendant le cou.

— Il n'y a pas de problème, insista Sato Yamazaki. Dites-moi seulement où se trouvait l'ancien cimetière si vous ne connaissez pas la famille de Pham Thu Trang. Je n'ai besoin que de cette information. Je me débrouillerai ensuite.

— Là-bas, où il y a l'immeuble en briques. Partez maintenant !

C'était étrange, Sato Yamazaki n'avait pas eu l'habitude d'être rudoyé de la sorte au Viêtnam. On n'était plus dans les années 1980, quand les gens se méfiaient des étrangers, des voisins, de leurs propres enfants. Pourquoi le fait de rechercher les parents d'un ancien héros du Sud provoquait-il une telle réaction ? Il remercia la femme et se dirigea vers l'endroit indiqué.

34

— Alors, comme ça, cet emmerdeur est revenu et on le retrouve dans le district 7 ! s'énerva le général Tho en passant en revue le rapport établi au petit matin par le chef d'îlot. Comment se fait-il que l'Immigration l'ait laissé entrer ?

— Il avait un visa, répondit Thành, fataliste.

— Que les services consulaires de Tokyo n'aient pas fait leur boulot n'est pas une excuse, renchérit Tho.

— Mais l'Immigration m'a alerté aussitôt de son arrivée…

— Et alors ? aboya le général. Pourquoi l'as-tu laissé entrer ?

Thành baissa la tête.

— J'ai tout de suite dépêché une équipe pour le filer. Cela me semblait important de connaître la raison de sa venue avant d'engager des mesures coercitives à son endroit.

La remarque du colonel n'atténua pas la colère de son patron :

— Qu'est-ce que ce connard mijote ?

Thành se fendit d'un geste vague :

— Il s'est rencardé au sujet d'une certaine famille Pham. Il voulait savoir aussi où était l'ancien cimetière.

— Les Pham ? Tu te souviens pas, ce sont ces gens qui ont aidé avec le Japonais la Chinetoque de Hong Kong à produire son film scandaleux, il y a trente-cinq ans. Et il ose revenir brasser toute cette merde. Qu'ont dit les voisins avec lesquels il a parlé ?

— La même chose que ce qu'a rapporté le camarade qui contrôle le quartier.

Tho froissa rageusement le papier qu'il avait sous les yeux.

— Tu vas me mettre cette famille Pham sous surveillance.

Thành prit aussitôt un air embarrassé :

— Des Pham, il y en a des dizaines dans le quartier…

— Reprends tes dossiers. Sa dernière adresse est forcément consignée. Et informe-moi minute par minute de ce que fait le Japonais.

— Jusqu'à présent, il a fait chou blanc. Mon indic prétend qu'il n'a encore retrouvé personne, mais qu'il doit revenir ce soir.

— Parfait, fit Tho avec un mauvais sourire. L'occasion est trop belle, tu vas en profiter.

— C'est-à-dire ?

— Ne fais pas l'idiot, Thành. Tu feras en sorte qu'il cesse de nous emmerder.

— Un citoyen japonais, mon général ? Un journaliste connu ?

— Je m'en fous complètement. C'est l'occasion de régler nos comptes avec lui. Trouve-moi un as du surin pour lui piquer son portefeuille et nous en débarrasser.

Thành accusa le coup. Ce qu'exigeait le général le mettait dans une position extrêmement hasardeuse. S'en prendre à une personnalité étrangère aussi célèbre que Yamazaki pouvait s'avérer lourd de conséquences.

— N'est-ce pas risqué ?

— Il y a plus à perdre à ne rien faire. Tu vas m'arranger ça aux petits oignons. C'est clair ?

Thành approuva sans parvenir à dissimuler son inquiétude : que d'éventuels témoins puissent permettre de remonter un jour jusqu'à l'origine de l'assassinat. C'était déjà arrivé. Il y avait chaque fois tout un bordel à gérer, encore des arrestations, parfois d'autres assassinats. La galère !

35

Posé sur la table de nuit de la chambre 105, l'antique téléphone datant des années 1960 émit une sonnerie si faible que Caron faillit ne pas l'entendre. La réceptionniste du matin lui annonça la présence d'un visiteur et lui demanda de bien vouloir descendre. L'hôtel appliquait à la lettre les vieilles règles du comité populaire local interdisant l'accès aux chambres des Vietnamiens étrangers à l'immeuble. Curieusement, si la consigne n'était guère plus respectée pour les prostituées qui avaient envahi le quartier avec l'arrivée massive des touristes depuis une dizaine d'années à condition que celles-ci laissent à l'accueil une pièce d'identité accompagnée d'un ou deux billets, elle continuait de s'appliquer aux autres catégories sociales. Ne montait pas dans les chambres qui voulait. Tout dépendait de la personne travaillant à la réception. Et Chân Lý, la jeune femme qui embauchait à 8 heures, toute gentille et souriante qu'elle était, jolie comme un cœur dans son *áo dài* démodé, prenait sa mission très au sérieux.

— *Mister* Vincent, un vieux monsieur vietnamien désire vous rencontrer, lui dit-elle avec son accent américain parfait.

— Vous le faites monter ?

— Non, désolée. C'est interdit. Venez le rencontrer ici.

Puis, elle ricana et tenta une mauvaise blague :

— Dépêchez-vous, il est très vieux. Je ne voudrais pas être obligée d'appeler le service de l'hygiène pour l'emporter à la morgue…

Caron se redressa sur son lit, attrapa la télécommande et coupa TV5. Chân Lý était marrante, toujours à plaisanter, mais il sentait chez cette fille une sérieuse dose de duplicité. Il y réfléchissait encore en débouchant dans le hall lorsqu'elle lui adressa un large sourire en lui indiquant le vieillard assis sur l'une des chaises chinoises installées le long des panneaux laqués incrustés de motifs de scènes de temples, réalisés à l'aide de coquilles d'œufs pilées et de pièces de nacre.

Lê Bao Thu releva la tête lorsque Caron s'arrêta devant lui. Il tendit une main percluse de rhumatisme et proposa immédiatement de quitter l'hôtel.

— Allons prendre une soupe au coin de la rue Đỗ Quang Đẩu. Le *Phở Quỳnh* en sert d'excellentes. Pas cher. Moins de deux euros. Venez !

Cinq minutes après avoir slalomé entre les scooters garés à la diable au milieu du trottoir défoncé, Lê Bao Thu indiqua une table libre à l'angle du premier carrefour.

— Asseyez-vous. Je commande deux bols et je reviens.

Caron tira à lui un tabouret et se laissa absorber par le flot continu des deux-roues débouchant dans tous les sens au milieu des quatre-quatre rutilants, des bus et des camions. Le concert de klaxons était ininterrompu. C'était étrange d'être assis là où rien n'avait changé, à plus de quarante ans de distance. La gare des bus populaires, le clocher de tuiles jaunes de l'église qui perçait toujours derrière la ligne des arbres du jardin de l'avenue Phạm Ngũ Lão, l'immeuble au coin d'inspiration art déco, aussi sale et ravagé que pendant la guerre, le ballet incessant des vendeurs de lunettes de soleil, et cette odeur de cuisine et d'herbes fraîches qui envahissait la rue... Thu rapporta lui-même les deux bols de soupe.

— Voilà, dit-il, nous allons nous régaler. Rien de tel pour discuter tranquillement. Ainsi, c'est un confrère de Paris qui vous a donné mes coordonnées...

— Non. Je vous ai menti au téléphone, hier. C'est Estelle Becker.

Thu laissa ses baguettes en suspension au-dessus de son écuelle et plissa les yeux.

— Mlle Becker... Je vois. Une amie à vous ?

— Pas précisément. Une relation de travail, plutôt.

Le vieil homme parut désappointé :

— Elle ne m'a pas prévenu.

— Becker voulait que cette rencontre se fasse discrètement, sans doute. Eu égard au sujet qui m'occupe. Je souhaiterais que nous parlions de Philippe Rohde.

Thu se tassa sur sa chaise. Cette fois-ci véritablement soucieux.

— Si j'avais encore un doute, il est levé.

— Je ne vois pas...

— Vous n'auriez pas dû me faire venir à votre hôtel.

— Vous croyez...

Lê Bao Thu fronça ses sourcils épais comme de la broussaille séchée au soleil.

— Puis-je savoir exactement qui vous êtes ?

Caron attendait la question.

— Officiellement, je suis journaliste. Mais je ne viens pas écrire de papier. Seulement retrouver Philippe Rohde. À la demande de ses employeurs à Paris. Cela veut dire que tout ce que vous me raconterez restera entre nous.

À cet instant, les mains de Thu se mirent à trembler au-dessus du bol de soupe.

— Vous me faites prendre de gros risques.

— Lesquels ? Nous venons à peine de nous rencontrer.

— Mais l'hôtel, bien entendu. Je suis très embêté qu'on nous y ait vus ensemble. La jeune femme de la réception n'est pas une personne de confiance.

— Elle ne sait absolument pas ce que je fais.

— Les autorités, ici, le sauront tôt ou tard si ce n'est déjà fait. Ce n'est pas bon.

— Vous êtes la deuxième personne à me mettre en garde. C'est si problématique que ça ? Personne ne me connaît.

— C'est votre premier séjour au Viêtnam ?

Au point où ils en étaient, Caron préféra ne pas mentir :

— J'ai couvert la fin de la guerre du côté du Sud. Ensuite, comme nombre de confrères, j'ai été blacklisté. Mais, convenez-en, le temps a passé. C'était il y a quarante ans.

Le visage de Thu s'assombrit davantage.

— Faudrait pas les prendre pour des buffles. Ces gens-là sont des malins. Ils n'ont quand même pas mis à la porte du pays les Français et les Américains pour se laisser abuser de la sorte.

— Donc ?

— Si j'avais su, j'aurais refusé ce rendez-vous. En tout cas, ici.

— Estelle Becker m'avait assuré que je pourrais compter sur vous. Vous vous défilez ?

— Ce n'est pas cela, mais…

— Je n'ai personne d'autre, à part vous, pour m'aider à remonter la piste de Rohde.

— C'est votre mission ?

— On m'a chargé d'établir un rapport sur ses dernières activités avant sa disparition. Mais si je pouvais le retrouver, ce serait encore mieux.

Lê Bao Thu ne se déridait pas.

— Pourquoi êtes-vous soudain si sombre ? Vous refusez de me donner le coup de main que j'attends de vous ?

— Le mieux est toujours l'ennemi du bien...

Caron réfréna une envie de secouer le vieillard.

— Que craignez-vous personnellement ? Je vous demande juste quelques infos : des noms et des adresses qui puissent me permettre de me rapprocher de Rohde.

— Vous savez, j'ai déjà fait cinq ans de camp, de 1976 à 1981. Une expérience que je ne voudrais pas rééditer, surtout à mon âge.

— Pour quelles raisons aviez-vous été arrêté ?

— En raison d'une simple petite biographie de Nguyễn Văn Thiệu, publiée en 1974. Elle n'était pas à la gloire de l'ancien président du Sud, loin de là, mais les communistes ont fini par découvrir les liens que j'avais entretenus dans ma jeunesse avec les colonisateurs français lorsque j'avais été jeune professeur dans un lycée de Hanoi. Cela plus le fait que j'avais fui le Nord avec les catholiques au moment des accords de Genève en 1954, puis que j'avais été de nouveau professeur à Saigon sous le régime très anticommuniste de Diệm, additionné avec mon petit livre sur Thiệu, ça m'a conduit tout droit en prison.

— Et ensuite ?

— Ensuite, il m'a fallu donner des gages. Comme traducteur au ministère de l'Éducation et à celui de l'Information.

Caron reposa le morceau de bœuf qu'il tenait entre ses baguettes.

— Vous êtes donc devenu un camarade...

Thu glousa discrètement.

— Mais le régime s'est ouvert, reprit Caron. Tout le monde rencontre tout le monde aujourd'hui, n'est-ce pas ?

— C'est là que vous faites erreur. Ceci n'est qu'un simple vernis pour tromper le monde. Par exemple, je peux vous certifier que la réceptionniste ou quelqu'un d'autre de votre hôtel aura déjà rendu compte de notre rendez-vous.

— Vous plaisantez !

— Je devrai moi-même en établir un rapport avant ce soir. Enfin, si je veux avoir la paix.

— Vous vous moquez !

— Pas le moins du monde. On en est réduit à s'espionner soi-même, si vous pouvez comprendre cela.

Caron était abasourdi.

— Et comment allez-vous présenter ça ?

— Je dirai que vous souhaitiez obtenir des informations sur l'époque de la colonisation française. Il m'arrive parfois de faire le guide, histoire d'adoucir mes fins de mois. Ceci expliquera que vous m'ayez contacté par l'intermédiaire d'un de vos confrères parisiens, par exemple. L'année dernière, j'ai assisté un journaliste du *Monde*. Rappelez-moi, tout à l'heure, de rechercher son nom dans mon calepin.

— Vous prétendez que les gens de l'hôtel rapporteraient tous mes faits et geste ?

— N'en doutez pas une seconde. Tout ce que vous faites. Comme tout ce que vous dites au téléphone est écouté et enregistré.

Caron préféra ne pas relever. Si les conversations téléphoniques étaient espionnées comme Lê Bao Thu le prétendait, les explications que donnerait ce dernier aux autorités ne tiendraient pas une minute.

— Et dans l'immédiat ? Philippe Rohde ? demanda Caron.

— Ah oui ! Il avait levé un énorme lièvre. Vous ne savez donc pas ?

— Non, reconnut Caron.

— Il n'était pas là pour établir un rapport sur les problèmes de pollution liés à l'extraction des minerais. Les sites au nord des hauts plateaux sont entièrement sous contrôle de centaines d'ouvriers chinois qui sont en fait des militaires de l'armée populaire de Pékin. Avec eux arrivent une immigration massive, des familles. Comme au Cambodge dans d'autres domaines. C'est-à-dire qu'une partie de notre Gouvernement est en train de céder des pans entiers de notre territoire et de notre économie à l'ennemi héréditaire. Voilà le problème.

— L'ennemi ?

— Oui, l'ennemi. Héréditaire. Nous avons mis cent ans à nous débarrasser des Français. Une dizaine des Américains, mais mille des Chinois. Et les voilà qui reviennent avec le tapis rouge. Cela a créé une crise majeure au Gouvernement. Une lutte d'appareil dont on sait pas qui en sortira vainqueur. C'est le sujet. S'y intéresser, c'est prendre un risque mortel. Quelle que soit la manière dont vous voulez le traiter. C'est ce qui est arrivé à M. Rohde.

— Vous êtes en train de me dire qu'il est mort ?

— Je ne sais pas. Mais c'est possible. Je l'ai encore rencontré la veille de sa disparition. Jamais je ne l'avais vu si préoccupé. Il m'avait fixé le rendez-vous au fin fond de la ville, dans le quartier chinois de Cholon. Pour m'annoncer l'arrestation de la presque totalité de ses contacts parmi les cyberdissidents. Il cherchait un moyen de passer au Cambodge discrètement et rapidement.

— C'est vous qui avez organisé sa fuite, alors ?

— Mais pas du tout. Ce n'est absolument pas mon secteur d'activité.

— Mais il attendait quand même que vous le fassiez.

— Oui… Quand il a compris que ce serait impossible, il a pris congé brusquement.

Caron sortit alors de sa poche la carte de visite retrouvée dans sa chambre et la tendit à Thu.

— Est-ce que cela vous évoque quelque chose ?

L'historien fit tourner le carton entre ses doigts et, de nouveau, son visage s'assombrit.

— Qui vous a donné cette carte ?

— Je l'ai trouvée dans ma chambre, celle où avait logé Rohde avant moi.

— Trouvée ?

— Elle était dissimulée sur le ventilateur.

Lê Bao Thu paraissait maintenant complètement décontenancé.

— Je pense que cette carte ne vous était pas destinée.

— Comment ça ?

— C'est Mlle Becker qui aurait dû la trouver lorsqu'elle est venue inspecter la chambre.

— Comment pouvez-vous être sûr que ce morceau de carton lui était destiné. Et, en plus, avec rien dessus ! Vous parlez d'un message !

— Le seul fait de donner cette carte est un code.

— Lequel ?

— Si je le savais… !

— Et le type de la société en question ? Le type de la carte de visite ?

— M. Xavier Frébourg ? J'allais justement vous suggérer de le rencontrer. C'est un parfait connaisseur de toutes les zones grises du pays. Peut-être vous aidera-t-il à éclaircir le mystère Rohde. Je sais qu'ils ont été en contact plusieurs fois.

— Et à part lui ?

— Allez toujours voir la masseuse de l'hôtel *Continental* que fréquentait M. Rohde. Une certaine Minh Thi Hong.

— Vous la connaissez personnellement ?

— Oh non ! Elle n'est ni dans mes moyens, ni dans les gens que je fréquente. Mais pas inintéressante. Par elle, vous devriez rencontrer d'autres personnes. Toutefois, gardez bien à l'esprit ce qu'est cette fille.

— Je sais... Une prostituée.

— Une créature pire qu'un cobra.

36

De jour, la presqu'île de Thu Diem était aussi triste que la nuit. À peine moins lugubre. Aussitôt après l'autoroute débouchant de sous la rivière, c'étaient des kilomètres de routes défoncées entourées de palissades bordant des hectares de friches où perçaient d'énormes blocs de béton, futures tours d'habitation de plus de quarante étages. Et sur l'avenue Trần Não, les derniers gourbis destinés à disparaître, où Sato Yamazaki avait trouvé porte close la veille au soir.

Mais le Japonais était entêté. Il devait retrouver la famille Pham. Elle seule était capable de l'aider à remonter la piste de Rohde. Et lui permettre ainsi de faire éclater le scandale. Il avait promis à son confrère français de faire équipe, il ne pouvait décemment pas lui annoncer, lorsqu'ils se verraient au rendez-vous fixé le soir, qu'il avait perdu la trace de ses informateurs et que l'excursion vers la province de Lam Dong était repoussée. Inenvisageable d'essuyer un tel échec devant cet étranger !

Yamazaki demanda au chauffeur du taxi de le laisser devant le café *Paloma*. Autrefois les Pham habitaient juste à côté du cimetière militaire sudiste. Il allait bien finir par croiser quelqu'un qui accepterait de le renseigner. Les gens du Sud étaient d'un naturel ouvert. Il fallait simplement qu'il s'y prenne différemment. Ne plus parler de l'histoire ancienne. Juste expliquer que la famille Pham habitait autrefois en face de l'entrée du cimetière qui avait été rasé quelques années plus tôt.

Sato étouffa un petit rire intérieur. Depuis la chute de Saigon, il avait eu maintes fois le loisir d'apprécier comment le pays et la population fonctionnaient. On parvenait toujours à apprendre quelque chose à condition de ne pas effrayer les gens. C'était une mauvaise idée d'être venu à la nuit tombée et d'avoir évoqué les années de guerre. Au grand jour, tout serait sans doute plus simple. Et une fois l'adresse en poche, il pourrait s'y pointer discrètement ce soir même avec son confrère français.

En remontant Trần Não, Sato Yamazaki avait retrouvé sa bonne humeur. Après la famille Pham, ce serait enfin Rohde et les dernières pièces du puzzle qu'il attendait pour boucler son enquête. Les traîtres du Politburo qui cherchaient à vendre le Viêtnam ne pourraient plus rien contre lui.

À un coude de la rue, une buvette improbable avait été installée. Il s'approcha. De jeunes ouvriers s'étaient assis pour boire du café glacé. Il s'installa avec eux et leur demanda s'ils savaient où habitaient ceux qu'ils recherchaient. À peine avait-il donné quelques détails sur la famille que l'un des manœuvres hocha la tête.

— Des amis à vous ? demanda le garçon.

— Pas exactement, répondit Yamazaki. Je dois les faire bénéficier d'un programme d'aide humanitaire monté par le Japon. Ils sont inscrits sur une liste de gens nécessiteux que mon gouvernement doit prendre en charge.

Parler dollars au Viêtnam suscitait toujours un intérêt immédiat. Un quart d'heure plus tard, après avoir commandé des bières et distribué quelques billets, Yamazaki avait obtenu le précieux renseignement. La famille Pham logeait dans une masure en bas de l'avenue, à proximité de l'entrée de l'autoroute. Elle avait été déplacée dix ans plus tôt quand le régime avait décidé de détruire le cimetière. Les ouvriers en connaissaient la raison et les indications qu'ils avaient données à Yamazaki sur les vexations politiques subies par cette famille avaient convaincu le journaliste qu'il s'agissait bien des bonnes personnes.

Après une nouvelle tournée, il attrapa au vol un taxi et se fit conduire à son hôtel.

37

Xavier Frébourg attendait Caron à l'intérieur du *Crazy Girls 208*, l'un des bars de la rue Bùi Viện, fief des *backpackers* qui se déversaient par milliers chaque semaine dans ce quartier rouge de Saigon.

Caron lui avait téléphoné d'une cabine publique aussitôt après avoir quitté l'ancien professeur d'histoire contemporaine. Le rendez-vous avait été rapidement monté.

« Je serai au fond, près des chiottes, avec un verre de vin rouge posé devant moi. Vous ne pourrez pas me manquer », lui avait certifié Frébourg.

En sortant de son hôtel, Caron avait coupé par la ruelle Hem 104 pour rejoindre Bùi Viện. Le bar se trouvait un peu plus loin sur la droite. Ce qui était autrefois un quartier populaire plutôt tranquille, fait de minuscules logements occupés par de modestes familles gagnant leur vie avec le commerce du riz et des épices, avait été bouleversé. Les maisons les plus vastes transformées en *hostels, bed and breakfast* ; les autres en laveries, salons de coiffure, salons de massage et restaurants bon marché. La ruelle grouillait d'étrangers dont le nombre était multiplié par mille dès qu'on abordait Bùi Viện. À l'évidence, Frébourg savait ce qu'il faisait en proposant le rendez-vous à cet endroit. « On ne jouera pas les mouches dans un verre de lait, lui avait-il assuré. On sera tranquilles. »

Avec l'énorme néon rouge de son enseigne, le *Crazy Girls* était repérable de loin. Caron entra et se dirigea aussitôt vers le fond du bar. Frébourg lui fit signe de s'asseoir.

— Qu'est-ce qui vous amène, exactement ?

Caron s'éclaircit la voix :

— En tout cas, beaucoup plus que ce que je vous ai dit au téléphone.

— Tiens donc ! Autre chose qu'un trekking VIP ?

— Oublions cela. Je suis désolé de vous avoir raconté des sornettes, mais je ne pouvais pas vous exposer au téléphone l'objet exact de ma présence. Je suis à la recherche d'une personne que vous avez récemment aidée.

Xavier Frébourg leva les sourcils dans une mimique étonnée :

— Vous m'avez contacté de la part de ce bon vieux Lê Bao Thu...

— Et ce qui m'intéresse, c'est votre ami commun.

— Je ne vois vraiment pas...

— Rohde !

Les traits du visage de Frébourg se tendirent.

— Qui ? Comment dites-vous ?

Caron n'avait pas envie de finasser.

— Écoutez, dit-il, on va pas faire un poker menteur. Thu m'a affirmé que vous aviez été à plusieurs reprises en contact avec cette personne. Que vous étiez même peut-être l'un des derniers à l'avoir vue avant qu'elle ne quitte la ville. L'affaire remonte à une douzaine de jours. J'ai même récupéré dans sa chambre la carte de visite de votre agence. Et il ne s'agissait pas d'une coïncidence. Elle comportait un petit paraphe : « PR », comme Philippe Rohde.

S'ensuivit un long silence. Frébourg, qui avait reculé sa chaise, considérait Caron d'un air désorienté.

— Un ami ? questionna-t-il enfin.

— On va pas tourner autour du pot. Non, mais je…

Frébourg interrompit Caron en baissant la voix :

— Un collègue, alors ?

— Pas vraiment. Disons que je travaille en free-lance pour ses employeurs.

— Mais qu'est-ce qui motive votre présence ? Philippe aurait-il des ennuis ?

— Monsieur Frébourg, si vous prétendez l'ignorer, je pense que vous me mentez.

— Ah bon ! Mais mettez-vous à ma place : je ne vous connais pas, pourquoi vous ferais-je des confidences ? À part que je connais Philippe, oui, mais sans rien savoir de ses affaires. Et puis, la carte de visite de mon agence, montrez-la-moi.

Caron lui tendit le bristol.

— Tenez ! Avec le paraphe gribouillé par Rohde. Je ne l'ai pas inventé !

Frébourg retourna la carte immédiatement et passa la pulpe de son index dessus. Doucement, un peu comme s'il lisait en braille. Puis il hocha la tête.

— Il s'agit bien de celle que je lui avais confiée. Où se trouvait-elle, exactement ?

— Planquée derrière une pale du ventilateur.

— Cela ne m'offre malheureusement pas plus de garanties vous concernant.

Frébourg était tel que l'avait décrit Lê Bao Thu : calme, réfléchi, mais méfiant et insaisissable. Caron faillit s'énerver.

— Qu'est-ce qu'il vous faut de plus ?

— J'aimerais en savoir davantage sur vous. Ce que vous faites, par exemple, lorsque vous ne collaborez pas avec les employeurs de Rohde.

— Je suis journaliste.

— Ah, fâcheux !

— Pourquoi ?

— Je n'apprécie pas trop cette engeance.

— Passons. Officiellement, je suis un retraité en vacances.

— Et, bien sûr, c'est la première fois que vous mettez les pieds au Viêtnam…

Caron hésita à mentir, puis renonça :

— La première depuis la fin de la guerre. J'y suis venu en 1974-1975. Les derniers mois du conflit.

— Pas bon, pas bon, tout ça !

Frébourg commençait sérieusement à agacer Caron.

— La disparition de Rohde fait pas mal de vagues en France, dit-il en essayant de rester courtois. Parce qu'il s'agit bien de cela.

— Je m'en doutais.

— Vous êtes donc au courant de ce qu'il lui est arrivé ?

— Qu'il ait rencontré un os, oui ! Maintenant, qu'il se soit fait dessouder ou qu'il ait foutu le camp, je ne sais pas.

— Mort, ça se saurait, non ?

— Pas forcément. En tout cas, peut-être pas avant des mois. Les Viêts ont l'art de retourner n'importe quelle situation en leur faveur, mais cela peut parfois prendre du temps.

— Et s'il avait fui, où serait-il selon vous ? Vous devez bien en avoir une idée, puisque vous êtes la dernière personne à l'avoir vu, d'après Lê Bao Thu.

Frébourg amorça une grimace.

— Il avait décidé de filer à Cu Chi. Il prétendait que quelqu'un pourrait ensuite l'aider à rejoindre l'ancienne piste Hô Chi Minh à partir des anciens tunnels du Viêt-cong. Pour foutre le camp au Cambodge.

Puis, levant les yeux au ciel, Frébourg employa un ton subitement compatissant pour relater la dernière soirée de Rohde :

— Il m'a semblé, ce soir-là, complètement désemparé. Comme s'il avait le diable aux trousses. Il était même tenté de prendre la tangente tout de suite sans assurer ses arrières. En tout cas, cette histoire de piste Hô Chi Minh était absurde. Je n'arrive pas à croire que Rohde ait pu s'imaginer que cette putain de piste existe encore quarante ans après la fin de la guerre, alors que sa presque totalité a été transformée en routes nationales, voire en autoroutes. Les seules portions conservées en l'état se situent au nord du 17ᵉ parallèle, dans les montagnes qui bordent le Laos. Autant dire qu'il était loin du compte, le père Rohde ! Mais il persistait dans son idée de filer à Cu Chi, puis d'aller se planquer dans une des zones minoritaires actuellement interdites aux étrangers. Il m'a fallu un bon moment pour le convaincre qu'aucune piste secrète ne le mènerait jamais là-bas ; et que si quelqu'un lui avait affirmé le contraire, c'était qu'on lui tendait peut-être un piège.

— Où étiez-vous à ce moment-là ?

— Dans l'arrière-salle d'un restau chinois à Cholon. Il m'avait demandé de l'y rejoindre.

— Vous l'avez quitté vers quelle heure ?

— On s'est séparés aux alentours de 22 heures. Il a sauté dans un taxi quand je récupérais mon scooter.

— Vous n'avez rien remarqué d'inhabituel dans la rue ? Autour de vous ?

— Absolument pas. Le coin était complètement désert. J'ai regardé un moment la voiture s'éloigner ; il n'y avait aucun autre véhicule sur l'avenue.

— Vous êtes au courant pour le cadavre retrouvé dans le garage de son hôtel ?

Frébourg tordit le nez.

— J'ai appris cela.

— Comment, si je puis me permettre ?

— Oh ! Par la presse. Deux ou trois jours plus tard. Il n'a jamais été dit nulle part, d'ailleurs, que ce macchabée avait quelque chose à voir avec lui…

Frébourg mentait, mais Caron choisit de faire l'imbécile. Il était plus intéressant de revenir à la fuite de Rohde.

— Il est donc allé à Cu Chi ?

— Je pense que oui. Au moins pour rencontrer le contact dont il m'avait parlé. Mais je n'en sais pas plus. Il ne m'a pas dit de qui il s'agissait.

— Et vous n'en avez pas la moindre idée ? D'après Lê Bao Thu, vous avez passé pas mal de temps avec Rohde ; et il ne vous a jamais fait la moindre confidence ?

— Aucune.

Caron se rapprocha de Frébourg par-dessus la table.

— Il y a un point que j'aimerais éclaircir, si vous voulez bien, c'est de quelle manière vous êtes entré en contact avec lui. Vous avez l'air de connaître finalement beaucoup de choses à son sujet. Comment est-ce possible si vous n'avez pas vous-même un quelconque lien avec la Boîte ? Rohde n'était pas le genre de gars à raconter sa vie au premier venu, que je sache.

— Vous le connaissiez ?

— Répondez à ma question.

Frébourg prit un air offusqué.

— Vous vous méfiez ? C'est vous qui avez sollicité ce rendez-vous…

— Certes, mais j'apprécierais qu'on joue cartes sur table. Tous les deux.

— Aucun problème, j'ai rencontré Philippe à mon agence de trekking. Tout simplement. Il est venu, il y a environ deux mois, pour effectuer une balade dans un parc naturel, vers Loc Ninh. Comme un touriste ordinaire.

— Et ensuite ?

— Nous nous sommes revus à plusieurs reprises. Pour d'autres excursions. Et un jour, pour boire des coups ensemble, parce que le type était attachant. Cérébral et physique à la fois. Curieux de tout. Extrêmement cultivé. Nous sommes devenus bons amis pour toutes ces raisons. Ça me changeait de ma clientèle habituelle. Rohde semblait être tout l'inverse. Il était décoiffant.

— Quand avez-vous compris qu'il était bien davantage que cela ?

— Incapable de le dire. J'ai fini par le deviner peut-être en raison de ses centres d'intérêt un peu trop particuliers... Je lui en ai fait la remarque, il a rigolé et nous n'en avons jamais reparlé jusqu'au dernier soir. Je vous ai dit à quel point il était stressé. Sans entrer dans le détail, il m'a expliqué qu'il menait une mission pour le gouvernement français et qu'il était dans la merde. Qu'il devait quitter le pays clandestinement. Dans les vingt quatre heures.

Caron s'efforça de ne rien laisser paraître du doute qui l'assaillait. Ce que racontait Frébourg de Rohde ne correspondait en rien à ce dont il se souvenait de lui. Cultivé, curieux..., ça, il n'avait pas eu le loisir de l'apprécier pendant leur fuite à travers les montagnes afghanes. Mais stressé au point de révéler son job pour obtenir... quoi au juste ? Un billet de bus pour filer à l'anglaise de Saigon ? Ridicule !

— Vous auriez pu ne rien faire, glissa-t-il laconiquement.

— Ça ne m'engageait à rien, se défendit Frébourg. Il avait entre les mains plusieurs itinéraires pour gagner le Cambodge à travers les zones minoritaires. Nous y avions déjà fait ensemble deux voyages du côté de Kontum et de Buon Me Thuot. Il ne lui manquait plus qu'un guide.

— Vous pourriez m'en dire davantage ?

— Je vous mettrai tout ça noir sur blanc. En revanche, il va vous falloir attendre un peu. Je dois partir cet après-midi pour Hanoi. Juste deux ou trois jours. Je vous rappellerai à mon retour.

— On ne peut pas le faire maintenant ? insista Caron.

— Sans carte d'état-major, non. Il faut que je vous indique moi-même où se situent les patelins en question. Mais j'insiste sur le fait que ça ne vous mènera nulle part. S'il a réussi à quitter Saigon et à y aller, Rohde pourrait se trouver à dix endroits différents. Sur trois ou quatre cents kilomètres de distance.

— Et pas l'un plus que l'autre ?

— Mais je ne sais même pas s'il a quitté la ville !

Caron se saisissait de la note pour régler les consommations lorsque Frébourg héla la serveuse et lui réclama une nouvelle tournée.

— À mon tour, j'aimerais vous poser une question un peu personnelle, dit-il.

— Allez-y.

— Qui avez-vous rencontré d'autre à part le vieux Lê Bao Thu ?

— Un certain Vinh Van Tuan, un patron de club sur Hai Bà Trưng.

— Je connais. Comment avez-vous atterri chez lui ?

— Par un contact de Paris.

— Pas forcément le meilleur cheval, maugréa Frébourg. Vous lui avez parlé de Rohde.

— Du tout.

— Méfiez-vous de ce zozo. Il n'est pas arrivé là où il est sans avoir donné des gages au pouvoir.

— Ouais… Cela dit, le type mange peut-être dans la main des autorités, mais il est resté très anticommuniste. Tout ce qu'il m'a raconté ne laisse aucun doute là-dessus. Je dois même reconnaître qu'il m'a donné un sacré coup de main.

— J'aimerais bien savoir comment.

— Il m'a mis en contact avec un confrère japonais, un dénommé Sato Yamazaki. J'ai vu le type hier...

Frébourg ne laissa pas Caron continuer.

— Le fameux Sato Yamazaki ! siffla-t-il entre ses dents. J'ignorais que ces deux-là se connaissaient.

— Vous aviez déjà entendu parler de lui ?

— Tout le monde le connaît, ici. Redoutable.

— Pourquoi ?

— En raison de son revirement, pardi ! Vous êtes au courant, je suppose ?

— Tuan m'a vaguement expliqué.

— Eh bien, c'est devenu la bête noire des Viêts. Le fréquenter n'est pas la meilleure chose que vous puissiez faire.

— Vous croyez ? Je pense qu'il connaissait Rohde. Je suis sûr qu'il se trouve à Saigon pour les mêmes raisons que moi.

Une fois de plus, Frébourg marqua son étonnement.

— J'en conclus que vous ne l'avez pas informé des vraies raisons de votre présence.

— Évidemment non.

— Donc, vous allez faire équipe, il est d'accord ?

— C'est arrangé.

— Vous savez quoi ? Vous commencez franchement à m'inquiéter.

Frébourg avait regardé furtivement derrière lui, puis scruté le reste du *Crazy Girls,* comme pour se rassurer.

— Qu'avez-vous décidé avec Yamazaki ?

— Rien encore, prétendit Caron.

— Lui-même, il a des projets ?

— Aucune idée.

— Mais quelles raisons vous a-t-il données de sa présence au Viêtnam ?

— Vous êtes en train de m'interroger, là, s'énerva Caron.

— Mais pas du tout. Je me demandais simplement ce qu'un gars comme lui pouvait vous apporter.

— Eh bien, arrêtez de vous le demander. Et répondez plutôt à mes questions.

Frébourg considéra Caron avec indignation.

— Avec qui Rohde a-t-il quitté Saigon ? Avec vous ?

— Bien sûr que non. Il est parti seul pour Cu Chi.

— Vous ne savez rien de plus ?

— Eh ben si, cette histoire de départ vers les zones minoritaires… Il m'avait demandé précédemment de lui préparer des itinéraires.

— Quand ?

— Il y a environ de cela quinze jours.

Frébourg marqua une pause, puis regarda encore une fois autour de lui. Manifestement de plus en plus mal à l'aise.

— À ce moment-là, vous ne saviez pas ce qu'il trafiquait, n'est-ce pas ? Comment vous avait-il présenté la chose ?

— C'est exact. Jusque-là, je le croyais ethnologue. C'était sa couverture. Il m'a expliqué qu'il devait absolument rentrer en France pour raisons personnelles, mais devait d'abord se rendre dans des villages ethniques de la frontière khmère. Pour un travail qu'il devait terminer. Une obligation qu'il avait vis-à-vis de son université. Sans préciser quoi. Mais bon, ça ne me regardait pas. Je n'ai pas cherché à en savoir davantage. Je lui ai préparé plusieurs circuits vers les zones qui l'intéressaient, c'est tout. Comme je vous l'ai dit, ce n'est que le dernier soir qu'il m'a révélé la véritable nature de son travail et qu'il voulait prendre le large.

— Pourquoi ne vous aurait-il pas demandé de l'aider directement ?

— Allez savoir...

La réponse de Frébourg irrita Caron.

— Arrêtez de vous foutre de moi.

— Mais non. Vous devez comprendre que mes compétences s'arrêtent à un certain niveau. Vous, qui avez couvert la fin de la guerre, devez vous souvenir du problème du Fulro, cette sorte de front de libération des peuples montagnards, n'est-ce pas, qui vivaient dans des zones totalement interdites aux étrangers ? Eh bien, rien n'a changé. Les circuits que je monte depuis quinze ans s'arrêtent à la limite de ce qui est autorisé. Au-delà, je ne connais pas. J'ai aidé Rohde à aller le plus loin possible, mais je ne lui ai pas fourni d'accès à la frontière.

— Vous ne savez vraiment rien de ces zones ?

Frébourg essaya une fraction de seconde de se libérer du regard hypnotique de Caron.

— Répondez-moi, le relança aussitôt ce dernier.

— Trois ou quatre villages jaraï et bahnar. C'est tout. J'y ai accompagné un ami militaire, il y a longtemps. À une époque où Hanoi pensait pouvoir ouvrir la région au tourisme avant de renoncer définitivement.

— C'est là que vous avez envoyé Rohde, j'en suis sûr.

— À proximité. Parce que j'ai conservé un souvenir assez flou de l'endroit.

— Il me faut une copie de la carte que vous avez fournie à Rohde.

Frébourg tiqua aussitôt.

— Si, insista Caron. On va demander du papier et un crayon à la serveuse et vous allez me faire un crobar détaillé du périple supposé de Rohde.

— À l'arraché ? J'en serais bien incapable. Il faudrait que je ressorte d'abord la carte d'état-major qui est au bureau. Vous pensez bien que je n'ai pas tous ces bleds en tête.

— Bon. Vous me donnez ça ce soir ?

— Je vous ai dit : je pars pour Hanoi tout à l'heure. Je vous la communiquerai à mon retour. Dans trois jours. Je ne peux pas faire mieux.

— OK, fit Caron. D'ici là, j'aurais peut-être avancé de mon côté.

— Avec votre confrère japonais ? Méfiez-vous quand même. En plus d'être surveillé comme le lait sur le feu, ici, il a la réputation de travailler pour des services concurrents aux vôtres.

— Sans blague ! D'où vous tirez cette info ?

— De certains de mes amis proches du Politburo…

— Tiens donc !

— Cela m'ennuie de vous faire la leçon, mais les choses ont changé ici depuis ces dernières années. Vos alliés ne sont pas nécessairement ceux que vous croyez. Pas forcément ceux qui mettent en avant leur anticommunisme historique ou que sais-je. Mais parfois des vétérans du régime en place. Vous serez étonné de rencontrer parmi eux des gens bien, droits et honnêtes, animés d'une véritable volonté de combattre les salauds du gouvernement qui ont trahi tous leurs idéaux de jeunesse.

— Première nouvelle !

— C'est normal que vous soyez étonné. Vous n'avez plus remis les pieds ici depuis…

— J'ai comme l'impression que vous faites tout pour me dissuader de rester.

— Qu'est-ce qui vous le fait croire ?

— Une intuition. Je me demande si les employeurs de Rohde étaient au courant de vos relations avec lui…

— Ça a une importance pour vous ? réagit curieusement Frébourg. Je ne saisis pas pourquoi.

— Le cas échéant, ils auraient pu faire appel à vous pour tenter de le retrouver ?

Frébourg plissa les yeux.

— Non ? insista Caron.

— Je ne travaille pas pour la DGSE, répondit abruptement Frébourg.

Puis :

— Si c'était le cas, vous ne seriez pas là, d'ailleurs.

Caron acquiesça en se disant que la Boîte était parfois capable de compliquer les choses à l'extrême. Qu'elle pouvait avoir d'abord envoyé Rohde, puis lui, tout en ayant déjà un troisième larron sur place… Qu'elle pouvait échafauder dans ses bureaux parisiens d'inimaginables scénarios dans lesquels ses agents n'étaient plus que des pions. Le début de la mission était assez étrange pour le craindre.

— En tout cas, Rohde vous a fait des confidences qu'un agent ne fait d'ordinaire pas, poursuivit Caron.

— Je lui ai donné un coup de main, rien de plus. C'était en rapport avec mon job, je pouvais donc le faire.

— Mais, vous vous mettiez en danger, pourtant.

— Comme je vous l'ai déjà dit, c'était un type étonnant et agréable. Nous étions devenus de bons amis. Qu'auriez-vous fait, vous-même, dans un cas de figure identique ? Vous n'auriez pas aidé un compatriote ?

Caron répondit par un sourire. Ce qui était étrange dans cette conversation était la manière de son vis-à-vis de faire toujours un pas en avant et aussitôt deux en arrière. Comme si Frébourg voulait compliquer à l'extrême la situation. Ou comme s'il attendait une réaction particulière de sa part pour lui balancer tout ce qu'il savait.

— Que pourrais-je encore vous dire pour que vous cessiez votre numéro d'équilibriste ? C'est quand même Thu qui m'a aiguillé vers vous...

— Il ne l'aurait pas fait si vous ne lui aviez pas montré ma carte de visite trouvée dans la chambre de Rohde, asséna Frébourg dans un souffle.

— Là, il va falloir vous expliquer.

— Oh, c'est simple, Thu est surveillé *non-stop*. Il est devenu un peu parano. Ce n'est pas dans ses habitudes de griller les étapes.

— Je ne vois pas...

— Il est d'ordinaire très prudent. Il ne se livre jamais au premier coup.

— Mais j'avais une introduction en béton...

— Sans doute. Mais, le connaissant, il aurait préféré vous tester un peu. Être certain que vous n'aviez pas toute la police viêt aux fesses.

— Vous voyez, vous venez de me dire que vous en savez beaucoup sur lui. Pourquoi pas sur Rohde ?

— Rien à voir. Je connais les démêlées de Thu avec le régime. Et ses liens avec Rohde. Ça ne m'implique pas pour autant.

— Thu a évoqué une masseuse que fréquentait Rohde. Une fille du *Continental* qui se fait appeler Rose. Ça vous parle ?

— Nous avons dîné à quatre, il y a exactement trois semaines. Rohde, elle, mon épouse vietnamienne et moi. Une soirée de picole. On s'est défoncés jusqu'à pas d'heure à coups de bouteille de champagne. Ç'a été l'occasion pour ma femme de faire un peu connaissance avec elle.

— Et alors ?

— Alors... Alors ma femme m'a dit que pour rien au monde, elle n'accepterait de revoir cette fille. Que c'était un serpent.

— Vous vous êtes donné le mot.

— Pourquoi ? Qui ?

— Lê Bao Thu m'a dit la même chose à son propos.

— Eh bien, vous voilà renseigné.

— Mais vous, personnellement, qu'en pensez-vous ?

Frébourg n'hésita pas un instant :

— À la suite de cette soirée, rien. Je m'en foutais. Aujourd'hui, c'est différent. Je la crois pour une bonne part responsable des ennuis de Philippe.

— Vous en avez parlé avec votre épouse ?

— Non, car je ne savais pas que j'allais vous rencontrer. Quand on a su ce que faisait Philippe, et les conditions de sa disparition, le cadavre notamment, on s'est dit qu'il valait mieux oublier cette histoire.

— Je vais aller la voir.

Frébourg laissa filer un sifflement entre ses dents.

— Rose ? fit-il incrédule. Vous avez décidé de vous jeter dans la gueule du loup, c'est parfait.

— Vous avez une meilleure idée ?

— Ce n'est pas mon taf de réfléchir à votre place, mais tout de même, votre patron de bar d'abord, ensuite Yamazaki, puis Rose… Vous allez rapidement devenir infréquentable. On se méfierait à moins.

— Allons…, ricana Caron.

— Vous êtes naïf ou quoi ?

Puis, Frébourg laissa des billets sur la table et commença à se lever.

— Vous partez ? s'étonna Caron.

— Écoutez, on ne va pas se revoir. Si cela se trouve, vous avez déjà commis d'autres bourdes, et je ne tiens pas à faire partie des dommages collatéraux.

— Et ma carte des itinéraires que vous avez donnée à Rohde ?

— Je la laisserai au nom de Pierre, sous pli cacheté, au patron de ce club à mon retour.

— Pierre ?

— Ouais, conclut-il en tendant un bout de papier à Caron. Et si vous voulez encore me joindre, mais je n'y tiens pas trop, vous demanderez Jacques à ce numéro. D'ici là, évidemment, on ne se sera jamais rencontrés.

Caron allait également se lever lorsque Frébourg s'y opposa.

— Attendez, s'il vous plaît, que je sois sorti pour vous en aller. Et il faudra aussi changer de fringues, si vous voulez passer inaperçu dans le coin. Bermuda, tee-shirt rouge avec l'étoile jaune et nu-pieds de rigueur. Regardez-moi : maillot à l'effigie de l'oncle Hô, pantacourt et sandalettes. Ça peut vous paraître futile, mais les Viêts s'attachent au moindre détail. Contrairement aux apparences, c'est un peuple rigide, avec des idées préconçues. Au premier regard, ils vous mettent dans une case. Autant ne pas leur donner de grains à moudre. Laissez-les croire que vous êtes venu ici pour renifler ici le bon air pur de la République socialiste. Ce sont des sentimentaux, les Viêts. Ça les rassurera. Ça vous évitera peut-être pas mal d'ennuis.

38

La note que tenait entre ses mains le colonel Thành le déconcertait. D'une part, il pensait que le vieux prof d'histoire contemporaine s'était rangé après les multiples admonestations qu'il avait reçues au cours des dernières années, d'autre part, il ne pensait pas que les événements se précipiteraient de la sorte concernant le journaliste dont il n'avait pas fait état de l'arrivée à Hô Chi Minh-Ville auprès de son patron. *Il n'y avait jamais de fumée sans feu, cette maxime qu'adoraient les Français…* Non seulement ce Vincent Caron, fiché anticommuniste notoire par ses services, réapparaissait des décennies après avoir été expulsé du pays, mais il s'était installé dans le même hôtel que l'agent Rohde. Dans la même chambre. Et il venait de rencontrer Lê Bao Thu ! Pouvait-il exister de telles coïncidences ? Dix ans plus tôt, Thu avait frôlé une nouvelle incarcération pour avoir critiqué la politique néo-impérialiste des Chinois à l'égard du pays en mettant en cause une partie du Politburo. Sa rencontre avec le journaliste Vincent Caron lui faisait frire les méninges. Qu'est-ce qui pouvait bien rapprocher ces deux-là hormis l'affaire de l'espion français ? En tout cas, la gracieuse Chân Lý avait été épatante. Son rapport lui était parvenu moins de deux heures après la rencontre entre Thu et Caron. Comme d'habitude, elle avait été d'une efficacité remarquable. Thành se promit de l'aider à trouver un autre logement que celui où elle habitait à plus de deux heures de moto de son hôtel. C'était le moins qu'il pouvait faire. Lê Bao Thu venait de se compromettre et il convenait maintenant d'exploiter au mieux la situation.

Puis, un deuxième rapport émanant de l'hôtel *Anh Duy* acheva de le secouer. Sur la vidéo de surveillance captée par la réception, l'Occidental qui abordait le Japonais Sato Yamazaki n'était autre que l'homme qu'il avait croisé deux jours plus tôt au palais de la Réunification. Après vérification sur les fiches transmises par l'Immigration, ce dernier et Caron ne faisaient qu'un. Aucun doute là-dessus.

Thành n'en revenait pas. Attentif à tous les signes du destin comme pouvait l'être un Vietnamien, le colonel exultait. La chance venait de lui sourire. Impossible que celle-ci ait mis par hasard ce Français sur son chemin. Les ancêtres veillaient. Nul doute qu'ils avaient décidé de l'aider à se sortir de l'imbroglio dans lequel il se débattait depuis des jours. Il avait désormais entre les mains mieux qu'un brelan d'as : Caron, Thu, Yamazaki et la preuve que ces derniers étaient liés. Peut-être pas avec Rohde directement, mais avec cette satanée affaire chinoise.

Thành se mit à réfléchir. *Surtout, faire les choses dans l'ordre. Convoquer d'abord Lê Bao Thu pour reprendre avec lui la déposition lénifiante qu'il avait faite à propos de son rendez-vous avec ce Caron. Ensuite, surveiller celui-là comme le lait sur le feu. Lui mettre une fille dans les pattes le temps que Thu crache le morceau.* Thành se dit que s'il s'avérait qu'il avait tiré le gros lot, il serait toujours temps de trouver une manière adéquate pour se rattraper auprès du général Tho. Pour le moment, mieux valait conserver ces infos pour lui.

Thành composa aussitôt un numéro sur son portable. Malgré les ordres du général, il n'était plus question de faire assassiner le Japonais. Pas avant de l'avoir débriefé. À l'autre bout du fil, la messagerie du téléphone de son tueur s'enclencha : « Bonjour, vous êtes bien à la salle de sport de l'oncle Tac. Nous sommes actuellement fermés. Veuillez… » Thành pesta. Pourquoi cet imbécile de Tac ne répondait-il pas ? Comme s'il n'avait pas vu son numéro s'afficher ! Diable, que cet homme pouvait l'énerver !

— Tac ? J'annule l'opération. Je répète : j'annule. Tu colles aux basques du Jap jusqu'à ce qu'il revienne à son hôtel où on le cueillera en douceur. Tu me le ramèneras ensuite dans les locaux de la sous-division.

Puis Thành raccrocha. Restait à régler le cas de ce Vincent Caron. Avec lui, c'était plus compliqué. S'il était bien l'homme que tous attendaient, dans la mesure où son arrivée au Viêt-nam n'avait pas fait l'objet d'une communication au bureau du général, il convenait de prendre des gants. En attendant de trouver plus tard une explication à servir à Tho, il fallait, d'ici là, organiser une surveillance vingt-quatre heures sur vingt-quatre. Et trouver la bonne personne pour le faire. Dans le quartier où il était descendu, c'était l'enfance de l'art. Chân Lý allait battre le rappel de toutes les masseuses collaborant avec la Sécurité. Ce serait bien le diable si l'une d'elles ne parvenait pas à accrocher ce type. Quel Occidental ne succomberait pas au charme des femmes vietnamiennes ? Thành n'en connaissait pas. Tous ces porcs, mariés ou non, encombrés de leur épouse ou non, même en vacances avec leur marmaille, ne laissaient jamais passer l'occasion de prendre du bon temps entre les mains expertes de ces gamines dont les meilleures pouvaient convaincre n'importe quel homme de franchir le seuil de leur salon. Aucune raison que ce Caron fasse exception. Et s'il n'appréciait pas les femmes, il y aurait toujours des vendeurs ambulants ou des gosses pour lui coller aux semelles. Le TC2 ne manquait pas de personnels.

39

Lorsque Caron pénétra dans le *Continental*, un frisson lui parcourut la colonne vertébrale. *Putain, quarante-trois ans !* Il s'arrêta au milieu du hall et jeta un coup d'œil autour de lui. Le meuble de la réception avait déménagé de place, passant du mur est au mur ouest. Le canapé avait été remplacé par des fauteuils installés dans l'angle opposé. À travers les baies vitrées, la terrasse autrefois ouverte sur la rue avait été fermée et transformée en restaurant. Sans doute y avait-il eu encore d'autres changements, mais il ne savait plus. Une fois encore, il ne se souvenait pas de grand-chose et cela lui pinça le cœur.

Au premier étage, c'est le couloir conduisant au salon de massage qui fit remonter les souvenirs. Là, rien n'avait bougé. Même les odeurs étaient encore présentes. Un mélange d'humidité et de relents de nourriture épicée. Caron s'avança dans la lumière rosâtre des néons accrochés au plafond.

Une femme somnolait derrière un minuscule bureau. Il s'approcha et toussa.

— Un massage, c'est possible maintenant ?

La femme ouvrit un œil et son visage s'éclaira aussitôt.

— *Yes, Sir. One hour, two hours ?*

— Deux heures, c'est parfait. Est-ce que Rose est disponible ?

La réceptionniste consulta un cahier et approuva :

— Elle est libre. Pour deux heures, vous avez trente pour cent de réduction l'après-midi. Ça fera six cent mille dôngs. Le pourboire sera à donner directement à la masseuse. Le vestiaire est à droite, la douche derrière. On viendra vous chercher dans cinq minutes.

En s'asseyant sur le banc pour ôter ses vêtements, Caron se mit à réfléchir. Comment allait-il s'y prendre avec la fille ? Comment lui parler de Rohde ? Si elle avait été aussi liée à l'agent que l'avait prétendu Estelle Becker, ça devait être du billard. Restait à la mettre en confiance. Et puis, il entendait encore Frébourg lui dire de se méfier. *On verra bien...*

Comme souvent, Caron s'apprêtait à agir à l'instinct. Ce sixième sens qui lui avait maintes fois permis de dénouer des situations compliquées, d'identifier les failles de ses interlocuteurs et de s'y engouffrer pour obtenir d'eux toujours davantage, parfois pour s'échapper et sauver sa peau. *C'est ça, on verra bien...*

La porte de la douche s'ouvrit alors qu'il était encore nu sous le jet d'eau et une fille d'une grâce ébouriffante lui présenta une serviette.

— Je suis Rose, murmura-t-elle en faisant briller l'éclat de ses dents.

C'était un visage impassible et énigmatique de bouddha surplombant un corps étiré comme une liane qui semblait flotter dans l'air.

Caron oublia sa nudité et la fixa. Comment une fille pouvait-elle être aussi accorte ? Les yeux sombres de la masseuse ne quittaient pas son visage, comme si elle voulait retarder le moment d'examiner son anatomie. Puis elle l'aida à nouer la serviette autour de ses reins et l'invita à la suivre.

Elle verrouilla la porte de la cabine privée, prépara la table de massage et l'invita à s'allonger. Caron, qui n'avait encore prononcé aucune parole, s'exécuta, s'installant sur le ventre, la tête posée dans l'ouverture du matelas, les bras pendant de chaque côté. *Allez ! Comme au bon vieux temps…*

40

Une fois de plus, ordre et contrordre du colonel Thành mettaient Tac en difficulté. L'exécution du journaliste japonais qu'il avait minutieusement préparée était abandonnée. Par nature, Tac n'était pas homme à s'affranchir des consignes, mais il avait en lui cette volonté de toujours faire plus, toujours faire au mieux. Animé qu'il était par un stakhanovisme un peu désuet par les temps qui couraient. C'était un garçon simple, élevé dans une famille pauvre du Nord, que sa brutalité rapidement remarquée lors de son service militaire avait conduit à rejoindre les rangs des hommes de main des services spéciaux dans une unité basée à Hô Chi Minh-Ville. Le Sud avait été une révélation. La chaleur toute l'année, le luxe, l'argent, les mœurs faciles, la vie trépidante en avaient fait un autre homme. Au point de se laisser aller à prendre parfois, le plus discrètement possible, des petits déjeuners en compagnie d'un étranger rencontré lors d'une de ses missions dans un hôtel du delta. Un gars bien sympathique qui lui avait d'abord offert un peu d'argent contre une nuit dans son lit. Et, depuis, beaucoup plus contre de menus renseignements sur ses activités. Tac s'était laissé piéger comme un enfant. Il savait désormais qu'il renseignait un contractuel de la CIA, mais n'en avait que faire tant sa relation était devenue lucrative. Il avait fourni à son contact la liste des tueurs du TC2 qu'il connaissait, celle des chefs des différents bureaux avec lesquels il travaillait, celle des planques des équipes de Thành dans les principales villes où il était allé, et tout cela lui avait déjà rapporté de nombreux dollars, en tout cas bien plus d'argent qu'il n'en gagnait en une année. Cela lui avait aussi donné envie d'apprendre l'anglais dans la mesure où la personne qu'il renseignait lui avait assuré un jour qu'il pourrait émigrer aux États-Unis si le vent venait à tourner défavorablement pour lui. À condition qu'il en parle la langue.

À quelques dizaines de mètres derrière le journaliste, il observait sa cible déambuler au milieu des palissades bordant l'avenue Trần Não, pousser la porte d'une cabane, s'entretenir quelques secondes avec les occupants, puis s'avancer plus loin pour répéter son manège. Manifestement, le Japonais était toujours à la recherche d'une information qu'il n'obtenait pas. Lorsqu'il le vit s'asseoir à la terrasse d'une buvette, Tac décida de faire demi-tour. Et d'aller se faire ouvrir les portes des endroits où Yamazaki s'était arrêté. S'il pouvait annoncer à Thành ce que le journaliste cherchait à savoir, ce serait certainement un renseignement de premier ordre pour le colonel. Tac n'aurait que des avantages à en tirer.

Il s'apprêtait à reprendre en sens inverse l'avenue lorsqu'il avisa un groupe de trois hommes arrêtés à l'entrée d'un des gourbis où Yamazaki s'était présenté. Trois sales gueules de reître comme il y en avait beaucoup autour de Thành, et Tac se fit la réflexion que le colonel, décidément, ne changerait jamais. Qu'il avait collé une autre équipe aux basques de la cible sans l'avoir prévenu. Avec cette obsession qu'il avait de multiplier les agents sur le terrain lorsque l'issue d'une mission pouvait s'avérer critique. Mais cet après-midi, la démarche du colonel mit Tac en colère. Il n'avait jamais rien raté de ce qu'on lui avait confié. Aussi loin qu'il y pense, son parcours professionnel était sans faute. Trente-sept assassinats à son actif qui étaient passés comme autant de lettres à la poste. Jamais de dégâts collatéraux, jamais d'indices embarrassants laissés derrière lui. Pourquoi, cette fois-ci, le colonel avait-il ressenti le besoin de le doubler ? Avec trois types qu'il ne connaissait même pas ? Puisque le colonel avait mis d'autres gens sur le coup, que ces trois autres connards se démerdent. Lui, Tac, laissait tomber l'affaire. Yamazaki pouvait bien se foutre à poil au milieu de la rue, ou s'envoler à bord d'un hélico, il s'en lavait les mains. En plus, faire la tournée de ces paillotes poisseuses encore debout au milieu de cette immense friche lui donnait le tournis. Que la nouvelle équipe prenne donc le relais. Il allait en profiter pour faire un tour au Ila Teaching English Center afin de se renseigner sur le tarif des cours, puis il irait se désaltérer au *Paloma* situé juste à côté. Ensuite, il verrait bien. De toute manière, le Nippon retournerait tôt ou tard à son hôtel. Le principal était d'avoir sursis à sa neutralisation comme le colonel l'avait ordonné. Pour le reste, Tac prit le parti de s'en moquer.

41

Depuis le trou pratiqué sur la couche, dans lequel reposait sa tête, Caron pouvait suivre le mouvement des pieds de la masseuse. Contrairement à nombre de ses compatriotes, elle les avait menus, les orteils serrés comme ceux d'une Européenne. Rose se déplaçait sans bruit, de gauche à droite, selon qu'elle travaillait l'une ou l'autre épaule. Elle œuvrait depuis un quart d'heure déjà et n'avait prononcé que deux phrases, demandant s'il souhaitait qu'elle commençât par le bas ou le haut du corps, puis si la pression lui convenait. *Qu'est-ce que je vais pouvoir dire pour la dérider ?* se demanda Caron. Il sentait maintenant son souffle sur sa peau, comme si elle avait rapproché son corps du sien, mais elle continuait à jouer avec ses muscles en silence. Dans ses souvenirs de massage, en Thaïlande, les filles n'attendaient pas pour raconter leur vie et proposer un extra. Une manière très professionnelle de prendre le dessus sur leur client, lui soutirer des pourboires extraordinaires et s'épargner quelques minutes d'efforts. Là, rien ! Rose continuait de le masser sans chercher à le dévergonder. Caron s'apprêtait à la féliciter pour la qualité de son service lorsqu'elle fit glisser ses doigts le long de sa colonne vertébrale et ressortit soudainement de son silence :

— *American ?*

— *No. French.*

Rose s'arrêta net.

— Ah ! Vous êtes français. Quelle chance ! J'aime tellement votre pays...

Stupéfaction de Caron :

— Vous parlez français !

Le rire cristallin de Rose couvrit un instant la musique d'ambiance.

— Ça a l'air de vous étonner !

— Un peu, oui.

— J'ai eu la chance d'aller au lycée français quelques années. Puis de travailler auprès de religieuses françaises. Avant d'être obligée de venir gagner ma vie ici.

— Quel âge avez-vous, si je puis me permettre ?

— Trente et un ans. Je suis née l'année de l'ouverture politique. Raison pour laquelle j'ai pu intégrer un collège où l'on enseignait de nouveau votre langue.

Caron se retourna sur le matelas et fit glisser la serviette que Rose remit aussitôt sur lui.

— Restez sur le ventre, s'il vous plaît. Que je puisse vous masser le bas du dos, les jambes et les pieds.

— Et ensuite ?

— Ensuite, ça dépend des clients, s'esclaffa Rose.

— Tant mieux. Ce n'est pas ce que je recherche. Seulement besoin de me détendre.

— C'est votre première fois, ici ?

Caron opta alors pour un demi-mensonge :

— Je connaissais l'endroit. J'ai passé quelques mois ici, il y a de cela des années. Prof de français...

— Vraiment ?

— Oui.

— Vous êtes venu quand on a rouvert l'établissement ?

— Avant.

— Avant… ? fit Rose en laissant traîner sa réponse. Cela nous renvoie aux années de guerre, n'est-ce pas ?

— Précisément. 1974 et 1975. J'enseignais à l'Alliance française et je faisais parfois des photos pour arrondir mes fins de mois.

Rose s'était assise contre lui et lissait maintenant sa peau délicatement de la pulpe de ses doigts. Le massage se transformait en une caresse sur les reins de Caron. Rose repoussa légèrement la serviette et découvrit une boursouflure qui barrait le côté droit de son bassin.

— C'est quoi, ça ?

— Un souvenir de cette époque. Rapporté du delta.

— Une blessure ?

— Voilà ! Une balle de kalachnikov qui m'a frôlé d'un peu trop près…

— Mais vous ne paraissez pas si vieux pour avoir vécu cette période.

— Et pourtant…

Rose retira d'un coup la serviette, se redressa et contempla Caron.

— Et les autres cicatrices, sur votre cheville, sur votre main, votre bras et votre visage ?

— Même punition. Je me suis trouvé ailleurs au mauvais endroit au mauvais moment.

— Pourquoi un professeur de français se serait-il exposé comme cela ? Je ne comprends pas…

— Pour les photos, pour l'argent, je vous l'ai dit.

Le silence qui s'ensuivit fit se retourner encore une fois Caron. Rose le fixait, les yeux embués.

— Ben, ma petite fille !

— Vous avez été blessé dans le delta ! s'exclama Rose.

— Une embuscade viêt-cong, devant Vĩnh Long. Je me souviens encore de la date et de l'heure : le 12 novembre 1974 à 15 heures. C'est marrant, ça me revient maintenant.

— Excusez-moi, fit-elle en passant rapidement sa manche sur son visage, votre histoire fait remonter en moi quelque chose de personnel. Vous étiez avec l'armée du Sud, ce jour de l'embuscade ?

— Bien sûr. J'accompagnais un détachement de l'ARVN.

Rose se leva et enfouit son visage dans ses mains.

— Qu'est-ce qui vous arrive ? s'étonna Caron.

— Mon père était Ranger et se battait dans la quatrième région militaire, répondit brusquement la masseuse. À Vĩnh Long justement. Ce n'était pas une grosse unité. Quelques dizaines d'hommes seulement. Si ça se trouve, vous l'avez rencontré. Vous aviez peu ou prou le même âge. Il avait 21 ans à cette époque.

Caron s'appuya sur les coudes, indifférent à sa nudité que Rose ne semblait pas voir non plus.

— Vous êtes en train de me servir une sorte de conte de fées.

— Vous croyez ? Et pourquoi ferais-je cela ? C'est vous qui m'avez parlé de Vĩnh Long, de votre blessure, et je vois que vous en avez d'autres. Curieux pour un prof, non ?

— Pas quand il fait en plus des photos des guerres qui pourrissent les pays où il enseigne. Mais c'est de l'histoire ancienne, j'ai arrêté il y a fort longtemps. Mais, vous, ce que vous me racontez à propos de Vĩnh Long, c'est étrange.

— Moi, je vous dis simplement ce que cela me rappelle. Comme je vous ai expliqué pourquoi je parle français. Je pourrais ajouter que mon grand-père s'était battu avec vos soldats, vingt-cinq ans plus tôt avant de fuir vers le sud lors de la partition du pays en 1954. Parce qu'il était catholique et très anticommuniste. Ici, vous savez, tout peut sembler effectivement étrange, mais il y a une explication à tout.

— Alors, comment vous retrouvez-vous, avec votre passé familial, dans cet hôtel d'État ?

— Parce que vous croyez qu'être pute est une position enviée ?

— Pute ? Vous dites que vous êtes pute ?

Rose posa sa main sur le sexe de Caron.

— Allons, ne faites pas l'innocent. Toutes les filles, ici, sont des prostituées. Sous contrôle de l'État, justement. Pas des filles de la nomenklatura évidemment, mais des idiotes des campagnes ou des réprouvées comme moi. Après, elles font ce qu'elles veulent dans les limites fixées par les autorités. Parfois, elles le font sur ordre… Vous comprenez ?

Caron cogitait désormais à toute vitesse. La masseuse, muette au début, se livrait maintenant sans gêne. Elle avait l'air sincère. Elle ne demandait rien, elle racontait au contraire ce qu'elle était et reconnaissait travailler pour le Gouvernement. *Voilà donc le serpent dont ont parlé Thu et Frébourg… Bizarre…*

— Et à part le passé, ça ne vous intéresse pas de savoir pourquoi je suis revenu ? interrogea-t-il brutalement.

Rose se cambra et souleva les sourcils et secoua la tête en signe de contestation.

— Au fond, je me dis que moins je pose de questions, moins j'attire de problèmes aux gens.

— Que voulez-vous dire ?

— Vous me faites penser à quelqu'un, murmura-t-elle laconiquement. Quelqu'un comme vous, que j'ai beaucoup aimé et j'ai perdu de vue d'une façon stupide.

L'érection que Caron n'avait pu contrôler retomba. *Tiens, je t'aurais crue plus finaude. Vas-y, ma grande, accouche main-*

tenant ! Il aurait mis sa main à couper qu'elle allait lui parler de Rohde. Restait à attendre comment elle le ferait.

— On parle, mais vous ne m'avez pas encore dit votre nom, dit-elle en changeant de sujet de conversation.

— Vincent, enchaîna machinalement Vincent.

— Eh bien, Vincent, remettez-vous sur le ventre, que je m'occupe de vos jambes.

42

La nuit tombait sur Thu Diem lorsque Jié, Cheng et Bao, les trois agents de l'effroyable Guoanbu chinois dépêchés à Saigon par Pékin, frappèrent à la porte de la dernière cabane visitée par Yamazaki. Plantée en limite du petit bras se jetant dans la rivière de Saigon, la masure était protégée des regards extérieurs par le parapet d'un pont. Il fallait descendre quelques marches de terre glissante pour y accéder. Le premier, Cheng, s'était rétamé et avait roulé dans la boue. Ce qui eut pour conséquence de le mettre de fort méchante humeur. Les deux autres s'étaient avancés presque accroupis, une main s'agrippant aux herbes folles qui couraient sur le talus.

Cheng mit un coup de pied dans le battant tressé de lames de bambou qui servait d'accès à la paillote. La porte s'ouvrit à la volée devant un couple de vieux que le boucan figea sur place. Jié et Bao s'engouffrèrent derrière Cheng toujours écumant de rage d'avoir maculé son jean et ses chaussures de sport achetés la veille au *Diamond Plazza*. Les affaires lui avaient coûté presque un mois de salaire et elles étaient désormais pourries de cette boue viêt qu'il abhorrait par-dessus tout. Et maintenant, ces deux vieilles faces de crapauds qui le dévisageaient comme s'il venait de sortir d'une poubelle !

Jié et Bao remirent le battant à sa place, puis se serrèrent derrière leur chef. La pièce était éclairée par une unique bougie dont la flamme faisait vaciller les ombres et les plages de lumière du gourbi. Une odeur de soupe locale saturait l'atmosphère. Cheng fouilla des yeux les recoins et découvrit une marmite posée sur des braises encore rouges. Il sortit de sa poche une photo de Yamazaki et la présenta aux vieux.

— Souvenir ? hurla-t-il. Vous parlez avec lui. Quoi lui demander ?

L'homme et la femme s'étaient mis à trembler.

— Alors ? insista Cheng dans son vietnamien rocailleux.

— Patron, s'interposa Bao, on ne va rien en tirer si on les terrorise.

Cheng se retourna vers lui.

— Tais-toi. Nous n'avons pas le temps de finasser. Plonge la tête de la vieille dans le faitout.

En bon exécutant, Bao ne fit plus de commentaires et attrapa la femme par le col de son *áo dài,* puis la tira vers la marmite fumante. Il fut étonné par la légèreté de la vieille et n'eut besoin d'aucuns efforts pour la faire basculer dans le bouillon. Pas davantage pour la maintenir lorsqu'elle se mit à ruer et à frapper les bords du récipient pour tenter d'échapper à la brûlure.

— Assez ! ordonna Cheng avant de remettre la photo sous le nez du vieil homme qui venait de tomber à genoux, laissant filer au travers de ses lèvres un glapissement presque inaudible.

— Alors ? demanda-t-il. Lui venir ici moins d'une heure. Quoi lui vouloir savoir ? Où lui aller ?

L'homme tourna la tête pour contempler sa femme qui gisait au sol, trempée jusqu'au milieu du torse, des nouilles et des herbes collées au visage. Sa peau boursoufflée avait fait disparaître les fentes de ses yeux. Sa bouche se tordait de douleur sur un cri muet.

— On va pas y passer la nuit. Toi dire ce que tu sais ou nous replonger ta pute dans soupe, hurla Cheng.

— Nguyễn Quang Trần, Nguyễn Quang Trần..., glapit le vieux.

— C'est quoi ? poursuivit Cheng en le frappant du pied.

— Il voulait aller ce soir chez Nguyễn Quang Trần. Dernière maison avant l'autoroute.

— Laquelle, bordel ?

— La maison avec la publicité pour Bia Saigon. Je ne sais rien d'autre.

— Qui est-ce, Nguyễn Quang Trần ?

— C'est un ami d'un certain Pham Thu Trang. La famille Pham, celle que cherche à rencontrer le Japonais.

Cheng porta un nouveau coup au vieillard.

— Quand Japonais revenir ?

— Nguyễn Quang Trần rentre chaque soir chez lui à 22 heures. L'étranger doit y aller à cette heure-là.

Cheng se rendit compte à ce moment qu'il avait obtenu tout ce qu'il pouvait espérer. Le vieil homme, tremblant de peur à ses pieds, n'avait plus rien à lui révéler. Il sortit de sa manche un long poignard effilé et, comme il l'avait souvent fait autrefois, dans la ferme de son père avec les porcs, renversa l'homme, mit un genou sur son torse et lui ouvrit la gorge.

Devançant son ordre, Bao fit de même avec la femme.

Les deux tueurs chinois essuyèrent ensuite les lames sur les vêtements de leurs victimes et commencèrent à fouiller les étagères de la paillote à la recherche d'argent ou de bijoux qu'elle pouvait contenir. Jié rigola :

— C'est pas ici qu'on va s'enrichir ! Ces deux crasseux ne roulaient pas sur l'or.

— Jette un coup d'œil quand même, lui intima Cheng.

— Bien. Et ensuite ? Que fait-on ?

— On va aller repérer les lieux.

43

Les pouces de Rose pressaient le nerf crural de la jambe de Caron constellée de minuscules cicatrices, celles qui le faisaient souffrir depuis sa blessure en Birmanie. Elle remontait lentement depuis le genou vers le bassin.

Depuis que sa masseuse avait commencé son travail sur le pied, le mollet, et maintenant la cuisse, il sentait nettement ses lignes d'énergie se libérer. Aucun doute, Rose était une experte. Une seule chose l'intriguait : pourquoi avait-elle démarré son massage par le dos ? Toutes les écoles thaïes, celle du Wat Po en tête, la plus célèbre de l'ancien royaume de Siam, enseignaient qu'il convenait de terminer par les épaules et la tête.

Comme si celle-ci avait lu dans ses pensées, elle lui en donna l'explication :

— Je n'avais jamais rencontré quelqu'un avec le haut du corps aussi bloqué. À croire que tous vos tracas se sont accumulés à la racine de votre cou. Des tonnes de problèmes. Il fallait d'abord intervenir sur vos trapèzes pour préparer vos chakras à s'ouvrir.

— C'est aussi grave que ça ?

— C'est ainsi. Vous êtes comme une tortue dont la carapace serait une gangue de misères.

Caron fut surpris par la réponse. Cette fille l'avait percé à jour immédiatement.

— Vous êtes douée, admit-il. Vos clients ont de la chance.

— Je ne suis pas comme ça avec tous les hommes que je reçois.

Ses mains étaient maintenant à la limite des fesses de Caron, contre son entrejambe. Parfois, le lent mouvement de va-et-vient venait frôler ses testicules.

— Détendez-vous, ordonna-t-elle. Je ne vais pas vous violer.

— Me voilà rassuré.

— J'aimerais mieux vous connaître avant de décider quelque chose.

— Ça risque d'être long...

— Le Viêtnam est un pays de patience. Nous prenons le temps pour obtenir ce qui nous plaît.

— Et de quoi auriez-vous envie ?

Rose le considéra d'un air impénétrable. Sur le dos, Caron ne pouvait la voir, elle ne chercha même pas à afficher un sourire de façade. Elle repensait à la conversation téléphonique qu'elle venait d'avoir avec le colonel Thành. Cet homme pouvait-il être celui que recherchait son patron ? Le prénom d'abord, la ressemblance ensuite avec le portrait qu'en avait brossé Thành, puis sa présence au Viêtnam les derniers mois de la guerre, tout collait. *Faut que je trouve un moyen de le retenir. Autre chose qu'une baise vite faite dans ce salon.*

— Je vous ai dit que vous me faisiez penser à quelqu'un que j'ai beaucoup aimé, dit-elle. J'aimerais qu'on se revoie.

— Rien que cela, fit mine de s'étonner Caron.

— Vous n'aimeriez pas ?

— Si...

— Mais ?

— Je n'ai pas l'intention de venir au massage souvent. Je voudrais visiter un peu le pays, ça me laissera peu de temps.

— Alors il vous faudrait un guide.

Le visage coincé dans le matelas, Caron ne put réprimer un sourire. *Nous y voilà ! Cette fille avait-elle procédé de la même manière avec Rohde ?*

— Bien sûr, c'est prévu. Je comptais m'adresser à Vietnamtourism.

— Pour vous trouver flanqué d'un crétin qui ne vous montrera rien ? Quelle mauvaise idée !

— Vous en avez une meilleure ?

Rose interrompit son massage. Elle fit pivoter Caron sur la couche et se rapprocha de son visage.

— Moi ! dit-elle. Je ne suis pas salariée ici. Je suis libre. Libre de m'absenter une, deux ou trois semaines si cela me plaît. Et vous êtes séduisant, Vincent. Si vous acceptez de me payer un million de dôngs par jour, plus l'hôtel et les repas, je serais ravie de vous aider.

Caron fit le calcul. Rose proposait trente-sept euros la journée. Était-il possible que s'attacher les services d'une fille aussi belle et polyglotte coûte si peu cher ?

La masseuse venait de commettre sa première erreur. Ce que lui avaient dit Becker, Thu et Frébourg se confirmait : il ne serait pas resté incognito longtemps et elle avait reçu l'ordre de le tamponner. C'était fait. *Bon. Au moins, les choses sont claires.*

— C'est une misère, ce que vous me demandez. Vous devez gagner bien plus ici.

— Je gagne au salon seulement mes pourboires. Ce que les clients acceptent de me donner pour la qualité du massage ou ce que je négocie pour un service spécial. Et je suis fatiguée de cette vie, Vincent. J'ai besoin de m'aérer. J'adore mon pays. J'aimerais vous le montrer. J'aimerais en parler avec vous. Ce que vous m'avez raconté tout à l'heure à propos de l'embuscade de Vĩnh Long me trotte dans la tête. Je suis sûre que vous avez rencontré mon père autrefois. Je suis sûre qu'il vous a conduit jusqu'à moi.

Caron l'écoutait, bouche bée.

— Vous me prenez pour une folle ?

— Pas du tout. Je vous trouve touchante, au contraire.

— Vous devez savoir que nous croyons aux esprits ici. Le communisme n'y a rien changé. Même nos élites les plus dures continuent d'aller secouer les baguettes devant les autels des ancêtres. C'est très important pour nous. Vous vous en rendrez compte rapidement. Et votre histoire de Vĩnh Long m'a chamboulée. Je crois que je n'avais pas repensé à mon père aussi fortement depuis son décès.

— Quand est-il mort ?

— Quand j'avais 7 ans. D'épuisement. Je l'ai toujours connu malade. Les dix ans de camp de rééducation qu'il a subis après la chute de Saigon avaient ruiné sa santé. Il est parti alors qu'il n'avait pas encore 45 ans.

— Vous feriez donc la guide ?

— Vous acceptez ?

— Si vous êtes certaine que cela ne posera pas de problème ici.

— Aucun. Où logez-vous ?

— À l'hôtel *Elios,* inventa aussitôt Caron.

Si Rose avait été briefée sur lui comme il le pensait, elle allait réagir. Mais celle-ci demeura transparente. Son visage n'exprima rien d'autre qu'une approbation.

— Un endroit agréable pour un étranger ! La terrasse, surtout. Je connais… J'ai moi-même un studio à proximité. Vous pourriez d'ailleurs habiter chez moi le temps que nous resterions à Saigon.

— Vous m'invitez chez vous ?

— En attendant d'aller en province, pourquoi pas ?

— Laissez-moi réfléchir un peu.

Une lueur d'inquiétude traversa le regard de Rose.

— Réfléchir à quoi ? rétorqua-t-elle en ramenant la serviette sur le sexe de Caron. C'est une proposition sympa que je vous fais. Vous me plaisez. Qu'est-ce que je pourrais bien vous dire d'autre ? Je vais vous donner l'adresse. C'est à deux cents mètres de l'hôtel *Elios*.

Rose venait de prendre la décision de ne pas le conduire dans l'appartement que lui louait le TC2 près du marché central, mais dans sa piaule secrète du quartier de Phạm Ngũ Lão. Elle avait conscience de faire un faux pas majeur et était prête à en subir toutes les conséquences si Thành venait à l'apprendre un jour. Mais l'enjeu était trop important pour lui livrer ce Français avant d'avoir appris elle-même ce qu'elle cherchait depuis la disparition de Rohde. Les Chinois étaient autrement plus dangereux que le colonel et ses sbires. Elle avait choisi son camp et il n'y avait aucun retour en arrière possible.

44

De retour à la réception du *Freedom Hotel*, Chân Lý était satisfaite. En moins de deux heures, elle avait battu le rappel de tous les agents du gouvernement, les patrons, serveurs et serveuses des pensions, restaurants et salons de massage du lacis de ruelles serpentant entre Phạm Ngũ Lão et Bùi Viện. Même les bouges de la rue Đỗ Quang Đẩu avaient été alertés. Quoi que fasse son client, où qu'il aille dans le quartier, elle serait immédiatement avertie. Elle saurait qui il irait voir, ce qu'il demanderait. Le colonel Thành serait informé en temps réel de ce que mijotait le Français. Il serait content et peut-être donnerait-il enfin le coup de pouce qu'elle attendait pour obtenir un appartement à proximité de son lieu de travail.

Une seule chose la chagrinait un peu : ce *Mister* Vincent avait l'air d'un brave gars. Elle avait encore du mal à croire qu'il puisse représenter une menace pour son pays. Un homme bien élevé, courtois, souriant, qui avait laissé dès son arrivée un pourboire conséquent et qui, contrairement aux clients habituels, n'avait pas essayé de faire monter des filles dans sa chambre. Les seules questions qu'il avait posées concernaient les meilleurs endroits où se faire tailler des chemises sur mesure, déguster de vraies soupes saïgonnaises et trouver les tour-opérateurs les moins chers et les plus sérieux pour visiter le pays. Vraiment rien qui laisse penser qu'il soit un danger pour le régime. Mais les ordres étaient les ordres. Surtout lorsqu'ils émanaient du colonel Thành.

Chân Lý avait une dernière chose à faire avant de reprendre sa moto pour rejoindre son appartement : demander à sa remplaçante de l'après-midi de la prévenir de tout ce que ferait ou demanderait le Français en attendant sa reprise de fonction le lendemain. Elle savait la fille complètement idiote, mais pas au point de négliger une telle consigne. Il n'y avait donc pas de raison de s'inquiéter.

— Tu surveilles la chambre 105 toute la nuit, lui ordonna-t-elle. Ce qui rentre, ce qui sort et les coups de fil. Tu notes tout et tu me rends compte si quelque chose d'extraordinaire se produit.

Le tintamarre nocturne de la rue emplissait déjà le hall de l'hôtel. Le boy avait commencé à déplier son matelas dans un coin. La réceptionniste regarda Chân Lý avec des yeux bovins et acquiesça :

— La chambre… Oui.

Chân Lý soupira, sortit, enfourcha son deux-roues et s'élança dans le flot ininterrompu de la circulation. Les heures supplémentaires de la journée pour répondre à la demande de Thành l'avaient épuisée. Dans un peu plus de quatre-vingt-dix minutes, elle serait chez elle. Elle aurait quatre ou cinq heures de sommeil avant de repartir pour l'hôtel. C'était sans importance. Bientôt, elle serait logée dans le coin. Avec un peu de chance, elle changerait d'établissement, Thành lui trouverait également un deux ou trois-étoiles avec un meilleur salaire. L'histoire de ce Français était une aubaine. Une occasion inespérée d'améliorer son sort. D'en finir avec cette chienne de vie, où le temps lui filait entre les doigts. Elle était épuisée. Elle en crevait de ne pouvoir s'occuper d'elle-même, de ne jamais voir ses enfants placés chez une nourrice et d'être incapable de leur offrir une bonne éducation. À quoi lui servait de parler l'anglais comme une Américaine pour végéter dans son bouge où ne venaient que des sacs à dos et de misérables espions ? Elle rêvait d'établissements de luxe pour y recevoir des hommes d'affaires et des membres de la nomenklatura locale. Des endroits où Thành l'aiderait à s'élever dans la hiérarchie du renseignement. Chân Lý se voyait déjà monter des pièges tordus et compliqués pour y compromettre les ennemis de son pays. Avec, à la clé, des médailles, de l'argent et de plus en plus de pouvoir. Et, peut-être, un jour, une officine à elle où elle ferait travailler d'autres filles pour protéger le régime. Elle était prête à tout. Ce *Mister* Caron était une véritable planche de salut. Elle n'allait pas le lâcher.

45

Lorsque Caron rentra du massage, Chân Lý était partie depuis cinq minutes. Rose n'avait pas eu besoin d'insister pour le convaincre de la rejoindre chez elle. La proposition était venue dans la conversation si naturellement qu'il aurait été le dernier des idiots de ne pas sauter sur l'occasion.

Caron, qui avait conservé la clé du *Freedom*, monta directement à sa chambre. Il regroupa ses affaires, vérifia qu'il n'avait rien laissé derrière lui, et ressortit. Ayant payé une semaine d'avance, cent dix-neuf dollars, il considéra qu'il pouvait s'en aller sans s'expliquer avec la réception. La fille du soir était trop nulle à ne pas pouvoir aligner correctement trois mots d'anglais. Il ne se voyait pas se lancer dans une discussion avec ce buffle qui ne comprendrait rien. Le principal était de conserver sa chambre au cas où la cohabitation avec Rose ne le satisferait pas. Caron avait conscience de prendre un risque en s'installant chez la masseuse, et l'idée de pouvoir revenir à son hôtel n'importe quand le tranquillisait. Mais de là à essayer de donner une explication à l'idiote du comptoir, c'était inutile.

Quand il franchit le hall, le boy dormait déjà, allongé sur sa mauvaise natte. La réceptionniste, vautrée sur son fauteuil, finissait d'avaler une soupe en regardant une série sur son téléphone portable. Elle leva à peine les yeux lorsqu'il passa devant elle.

Caron regarda sa montre : 20 heures. La piaule de Rose était à trois minutes de là. Il avait largement le temps de déposer son sac avant d'aller au rendez-vous fixé par Yamazaki. Un sentiment de plénitude l'envahit. Les choses se mettaient finalement en place plus vite et mieux qu'il ne l'avait imaginé. Si cela se trouvait, il serait demain en route avec son confrère vers la destination où Rohde se cachait. Il laisserait derrière lui Lê Bao Thu à ses inquiétudes, Frébourg à sa parano, et Rose toute seule dans sa chambrette après lui avoir soutiré le maximum d'informations sur Rohde. Il ne savait pas encore comment s'y prendre, mais ne s'inquiétait pas outre mesure. Il trouverait bien un moyen de la faire parler de cet homme qu'elle avait beaucoup aimé et auquel il lui faisait penser…

« Au-dessus du restaurant *Anh Mâp* dans Hem 104, lui avait dit Rose. On y accède par la ruelle qui borde l'établissement. Première porte, premier étage. La clé du studio est accrochée à un clou à droite. »

La seule question qui le taraudait était de savoir pourquoi elle l'avait envoyé seul dans sa piaule. Pourquoi elle ne lui avait même pas proposé de l'attendre à proximité.

Étrangement, Caron ne s'inquiétait pas. Il était plutôt intrigué et curieux de connaître la suite de l'aventure avec Rose. Elle n'avait fait aucun mystère de ce qu'elle était : une pute au service de l'État. Si tout ce qu'elle lui avait raconté au sujet de son père et de son propre passé était exact, il s'agissait peut-être d'un avertissement, elle allait nécessairement lui en dire davantage une fois chez elle. Et c'est là que la situation devenait bizarre parce que cela signifiait qu'elle savait déjà qui il était. Qu'elle l'attendait presque. À force de retourner toutes ces hypothèses dans sa tête, Caron était perdu. *Pourquoi n'aurais-je pas été arrêté directement au* Continental *? Cela expliquerait que cette fille doit avoir quelque chose à me révéler qu'elle ne* *voulait pas dire au massage. Ou alors je me goure complètement, je lui ai vraiment plu et elle a envie d'un extra...*

Caron avalait la ruelle à grandes enjambées, indifférent pour la première fois au spectacle de la rue. Il bouscula une vieille oscillant sous son balancier et s'excusa à peine. Il réfléchissait toujours sans parvenir à mettre des réponses au bout de ses questions. Objectivement, pensa-t-il, il ne risquait pas grand-chose d'autre qu'une arrestation et une expulsion si, d'aventure, Rose avait prévu de le démasquer. Paris prendrait l'affaire très mal et leurs relations s'arrêteraient là. Ce ne serait pas grave au point où il en était. Il aurait enfin du temps pour son épouse, mais il ne saurait jamais ce qui était advenu de l'homme qui lui avait sauvé la vie en Afghanistan et cela lui mettait du plomb dans le cœur. Il avait décidé de contrevenir aux ordres de ses employeurs uniquement pour cette dette qu'il croyait avoir envers Rohde. Tout bien pesé, il était prêt à beaucoup de sacrifices pour s'en acquitter. *Ce serait bête de se faire prendre aux pattes comme un bleu avant même d'avoir commencé le boulot ! Qu'est-ce que la petite Rose peut bien mijoter ?* La question lui trottait encore derrière le crâne lorsqu'il aperçut le *Anh Mâp*. La salle ouverte sur la ruelle était vide. Une télévision murale diffusait une série B, le son monté à tue-tête. Il contourna le restaurant et pénétra dans l'immeuble.

Caron ouvrit la porte et se trouva dans une pièce minuscule sans fenêtre, meublée d'un placard, d'une coiffeuse et d'un grand lit. Sans salle d'eau. Une pile de vêtements propres était posée dans un coin. Sur un mur suintant d'humidité était accroché un double cadre avec les photos d'une femme en costume traditionnel du Nord et d'un homme en tenue militaire de l'ancien régime sudiste. *Voilà sans doute son père dont elle m'a parlé.* Le néon installé au plafond éclairait la pièce d'une lumière brute. *Monacal !* Caron s'assit sur le bord du lit, recouvert d'un drap unique. *Monacal, mais avec un seul paddock ! Ma petite Rose, tu es une coquine.* L'idée qu'il puisse passer une nuit entière aux côtés de la masseuse dans cet endroit improbable le mit subitement en joie. Il était heureux d'avoir quitté la chambre 105 du *Freedom Hotel*, de se retrouver au milieu de ce quartier populaire avec certainement la plus belle fille qu'il avait croisée depuis son arrivée. *Je ne sais pas ce que tu me réserves, Rose, mais on va faire en sorte d'en tirer le meilleur parti.*

Il jeta un nouveau coup d'œil à sa montre : 20 h 15. Le rendez-vous avec Yamazaki était dans un peu moins de deux heures. Il avait encore le temps. Son passeport et ses dollars en poche, Caron décida d'aller boire une bière au restaurant du dessous avant de trouver un taxi pour l'emmener vers le district 7. Google Maps indiquait qu'il pouvait rejoindre l'avenue Trần Não en vingt minutes. Il avait envie de s'immerger dans la vie bruyante de la ruelle, de regarder les gens s'affairer à leurs menues occupations et de réfléchir un peu avant de filer vers l'inconnu.

Contrairement à ce que lui avait laissé entendre Frébourg, il tenait le bon bout. Installé chez la meilleure amie de Rohde et près de rencontrer avec le Japonais la personne qui avait aidé l'agent français après son départ de Saigon. Il saurait rapidement si l'histoire de la fuite de Rohde vers les tunnels de Cu chi tenait debout et, le cas échéant, où il était allé se planquer.

Une dernière table était inoccupée au *Anh Mập*, empiétant sur l'extérieur. Caron s'assit, commanda sa bière et se laissa absorber par le spectacle de la ruelle : les marchandes déambulant au rythme de leur balancier, les grappes de touristes le nez au vent, les écoliers en uniforme, les filles s'interpellant d'un salon de massage à l'autre et les motos se frayant un chemin au milieu de la cohue. Bref, Saigon comme il l'avait rêvé des années durant. Son esprit vagabondait entre ses souvenirs de la ville à la fin de la guerre, ce qu'il voyait et ressentait ce soir et ce qui l'attendait dans les prochaines heures.

Une seule chose comptait : retrouver l'homme de l'Afghanistan. Au minimum pouvoir éclaircir les raisons de sa disparition. Qu'on sache au moins ce qu'il lui était arrivé. Qu'il ne soit pas un énième cas de *missing in action* que la Boîte passerait rapidement par pertes et profits comme, malheureusement, les Français le faisaient trop souvent. À l'inverse des Américains qui se comportaient avec autrement plus de panache. Pour le coup, Caron en était persuadé, les *Yankees* auraient employé les grands moyens. Ils auraient missionné des dizaines de limiers pour ratisser le Viêtnam de fond en comble. Comme ils l'avaient toujours fait avec leurs soldats tombés au cours de la guerre en terrain ennemi. Même après les accords de paix, ils n'avaient jamais baissé les bras. Qu'on les apprécie ou non, on ne pouvait leur retirer cela.

Caron alluma une nouvelle cigarette. *Et toi, mon pote, t'es tout seul pour faire le job...*

46

Cheng avait demandé à Jié de stationner le véhicule à une centaine de mètres de la maison où le journaliste japonais était attendu. En direction de l'autoroute pour que leur fuite soit plus aisée. Le camion benne Hino Profia avait été dérobé une heure plus tôt sur le gigantesque chantier immobilier de l'Empire City. Le gardien reposait désormais sous un tas de sable, la nuque brisée par Bao. Le vol avait été effectué en un temps record. Il ne restait plus à l'équipe chinoise que d'attendre Sato Yamazaki. Si Cheng ne s'était pas trompé, il viendrait à pied par l'avenue Trần Não et passerait nécessairement à côté d'eux. Ce serait alors un jeu d'enfant de procéder à son élimination. Mais s'il se faisait déposer en taxi devant la baraque du dénommé Nguyễn Quang Trần, il faudrait attendre qu'il en ressorte pour opérer. Avec le risque d'un contrôle de police sur ce camion arrêté en bordure de la route. La perspective de devoir abattre un flic viêt ne lui plaisait pas du tout. Cheng attrapa dans sa poche un sachet de graines de lotus et commença à picorer à l'intérieur nerveusement. Il sentait le stress monter, toujours la même impression désagréable lorsque des opérations sur le point d'aboutir pouvaient dérailler en raison de paramètres qu'il ne parvenait pas à contrôler. Il demanda à Jié de se placer à une centaine de mètres en arrière, liaison radio ouverte pour le prévenir de l'apparition du Japonais ou d'éventuels policiers, puis il se tourna vers Bao et lui ordonna de mettre le silencieux sur son PPQ M2.

— En cas de contrôle des poulets, tu tires. On mettra ensuite les cadavres et la moto dans la benne.

— Et s'ils sont en voiture ?

— Ce n'est pas leur façon de travailler, mais si c'est le cas, tu partiras avec eux au poste de police et tu les effaceras plus loin, sur l'autoroute. Tu te démerderas pour qu'ils se garent, tu les refroidiras et on se retrouvera plus tard au point de recueil.

En bon soldat, Bao acquiesça et ne posa plus de questions. Cheng termina d'avaler ses graines et jeta le paquet sur la chaussée. Il n'avait plus un centimètre carré de peau au sec. Depuis la racine des cheveux jusqu'au fond de ses bottes, il était trempé de sueur. Il consulta sa montre. Encore un quart d'heure à patienter.

Dans le taxi qui croisa le camion des Chinois à cet instant, Caron demanda au chauffeur de le déposer deux cents mètres plus loin. Le GPS ne s'était pas trompé, il ne lui avait pas fallu plus qu'une vingtaine de minutes pour venir de Phạm Ngũ Lão jusqu'à la concession Chevrolet. Une fois hors du centre-ville, la circulation s'était considérablement fluidifiée. Sur l'autoroute pratiquement déserte, la voiture d'Uber avait roulé à tombeau ouvert, pressé qu'était le conducteur de prendre une autre course. Caron se fit la réflexion qu'à l'époque de la guerre, cet endroit n'était encore, la nuit, qu'un vaste marécage sous contrôle des forces communistes. Dès la tombée du jour, aucune unité sudiste ne se serait engagée dans cette banlieue totalement acquise au Viêt-cong. *Et dire qu'on vivait de l'autre côté de la rivière tranquillement ! C'est à peine croyable.*

Caron paya les six euros négociés au départ et quitta la voiture, plutôt satisfait de sortir de cette glacière. Avec le soir venu, l'atmosphère s'était radoucie. Un vent d'ouest balayait l'avenue, absorbant les bruits venus de la ville. Les lampadaires toujours pas en service, Trần Não n'était éclairé que par un quartier de lune, son ruban d'asphalte criblé de trous s'étirant au milieu d'un décor surréaliste de palissades et de masures encore debout, dont on devinait derrière les claies de bambou les lumières des bougies ou des ampoules chevrotantes.

À une centaine de mètres devant lui, un piéton remontait l'avenue. Caron plissa les yeux. Tout de la silhouette évoquait Yamazaki, la taille, la démarche... Son confrère s'éloignait de leur lieu de rendez-vous. Plutôt que d'attendre devant le garage Chevrolet, Caron fit demi-tour, allongea le pas et allait l'appeler lorsque le camion que venait de dépasser le Japonais fit gronder son moteur.

Par radio, Jié avait prévenu de l'arrivée de Sato Yamazaki. Cheng, qui avait jeté un coup d'œil dans le rétroviseur, l'aperçut émerger de l'obscurité. Pour éviter les bords de Trần Não saturés de boue, l'homme marchait au milieu de la route. Il avançait à pas rapides, mains dans les poches, la tête relevée vers la maison de Nguyễn Quang Trần.

À l'instant où il longea le véhicule, son visage se découpa en gros plan dans le miroir. Cheng attendit encore quelques secondes avant de lancer le moteur du Hino Profia de toute sa puissance, puis il alluma les pleins phares et desserra le frein à main. Le camion bondit comme un avion l'aurait fait après le point fixe. La cible était maintenant à trente mètres devant. Cheng sourit, appuya encore sur l'accélérateur et catapulta son bolide.

Caron s'arrêta net, bouche ouverte, lorsqu'il vit le camion s'élancer vers Yamazaki. La silhouette disparut une fraction de seconde, avant d'être projetée dans les airs et de retomber sous les roues de l'engin. *Oh, putain !*

Puis le monstre à dix roues prit encore de la vitesse et disparut en direction de l'autoroute. Sato Yamazaki gisait sur la chaussée. Masse sombre collée à l'asphalte.

En s'approchant, Caron découvrit l'horreur de la scène de meurtre. Le journaliste japonais avait été réduit à un tas informe. Une jambe détachée du corps, traînant à quelques mètres. La tête en bouillie. Une immense flaque de sang grandissant à vue d'œil. Au loin, les voitures continuaient de filer sur l'autoroute. Autour, rien n'avait bougé sur Trần Não. Le silence était retombé sur le quartier. Les quelques paillotes restaient fermées. Aucun autre témoin de l'assassinat que lui-même. *Nom de Dieu ! Ils ont buté Yamazaki !*

Frébourg ne s'était donc pas trompé. « Avec Yamazaki, vous vous fourrez dans la merde, lui avait-il affirmé. Tout ce qu'il y a de pire. » Il ne croyait pas si bien dire. Quant à la chance qu'il lui avait souhaitée, Caron commençait à deviner qu'il allait en avoir sérieusement besoin. S'il restait là à contempler le cadavre, sa mission s'achèverait d'une manière qu'il n'osait même pas envisager. Il fit demi-tour et démarra un sprint pour remonter vers Thảo Điền dont les lumières clignotaient au loin. L'entrée du quartier était à moins d'un kilomètre. Là-bas, il retrouverait des gens dans la rue et un minimum de sécurité. Il devait bien y avoir un taxi pour le ramener vers le centre. Ensuite, il ferait le point. S'échapper d'abord.

L'image de Yamazaki réduit en pièces sur la chaussée le poursuivait. Comme si le Japonais avait été fauché par une explosion. Quelques minutes supplémentaires et il aurait été écrasé avec lui. La sidération des premiers instants passée, cette idée emplit Caron d'une colère froide. On ne le piégerait pas aussi facilement.

47

Lorsque Thành reçut le coup de fil de Tac, il pressentit aussitôt la mauvaise nouvelle. Au son de la voix de son homme de main, il ne pouvait s'y tromper. Un pépin majeur s'était glissé dans le dispositif. Le sous-officier ne parvenait pas à aligner deux phrases correctement. Il toussait et respirait comme un type à qui on aurait fait subir le supplice de la baignoire.

— Colonel, colonel…

— Où en es tu ?

— Colonel, j'ai vu un camion…

— Quoi ? Où est le Japonais ?

— Colonel, sous le camion…

Thành s'énerva.

— Tu vas parler, bougre d'andouille !

— Écrasé. À l'entrée de l'autoroute.

— Qui, bon sang ?

— Mais le journaliste ! Il est mort. Un camion benne…

— Un accident ?

— Non. Une embuscade.

La nouvelle figea Thành sur place. Il avait déjà compris. C'était clair : les Chinois étaient passés à l'action. Ainsi, Pékin s'était glissé dans le jeu plus vite que ne l'avait imaginé le général Tho ! Ce qui confirmait l'hypothèse selon laquelle le Japonais était bien à la recherche de l'agent français. Le vieux ne lui pardonnerait jamais cette faute. La perspective de devoir gérer le décès du journaliste nippon avec son ambassade et avec les Chinois allait le rendre fou de rage. Restait une solution : mentir. Mentir encore.

— Tac, tu m'entends ?

— Oui.

— C'est un accident. Tu me fais un rapport dans ce sens et tu viens m'expliquer ce qui s'est exactement passé, ce que tu as vu. D'ici là, tu ne parles à personne d'autre que moi.

— Compris.

— Attends une seconde, fit Thành, dont les méninges étaient près d'exploser.

Faut que je me calme. Surtout pas paniquer. Il devait maintenant parer au plus pressé. Arrêter Lê Bao Thu, cet emmerdeur qui était venu rencontrer le compatriote de Rohde à l'hôtel *Freedom*. Il aurait déjà dû le faire. Même si rien de probant ne le reliait encore à Rohde, ce Vincent Caron devenait de plus en plus suspect. Thành ne savait plus quoi penser et se perdait en conjectures. C'était à en attraper la migraine. Il fallait que Lê Bao Thu se mette à table.

Le colonel se rendait compte ce soir qu'il avait commis une erreur majeure en ne prévenant pas Tho de l'arrivée à Saigon de ce pseudo-retraité. S'il s'avérait que Caron était la personne attendue, il aurait du mal à s'en expliquer plus tard face au général.

En attendant, il lui fallait gagner du temps. Faire parler le vieux. Au bout du fil, Tac attendait que son colonel donne ses consignes. Thành se racla la gorge, puis lui ordonna d'aller cueillir l'historien :

— Amène-le dans la maison de la rue Ly Thai To.

48

Caron se fit déposer par le taxi le long du parc bordant Phạm Ngũ Lão. L'activité de la journée était retombée. Des gens dormaient sur les bancs. Des rats couraient dans l'herbe. Quelques rares motos filaient encore le long de l'avenue. Toutes les boutiques étaient fermées. Mais il se retourna quatre ou cinq fois avant de s'engager dans Hem 104. La peur ne l'avait pas quitté. Lui qui avait été si heureux de remettre les pieds à Saigon, trois jours plus tôt, ne percevait plus la ville du même œil. Sinistre ! Voilà ce qu'il éprouvait en avançant entre les murs décrépis qui semblaient devoir finir par se toucher au prochain coude de la ruelle. Comme dans un cauchemar.

Il obliqua à l'angle du restaurant *Anh Mập* et poussa la porte de l'immeuble de Rose. Encore un étage et il serait chez elle.

Lorsqu'il pénétra dans la pièce, la première chose qu'il entendit fut la respiration lente et régulière de la jeune femme. Le rai de lumière du palier la frappa un instant. Elle dormait en travers du lit, encore vêtue de l'*áo dài* qu'il lui avait vu sur le corps au massage du *Continental*.

— Rose ?

Il l'appela à nouveau un peu plus fort et elle se redressa.

— Vincent ?

— Désolé de vous réveiller. Je rentre un peu tard…

— Ce n'est pas grave. Je me suis assoupie en vous attendant.

Rose se pencha pour allumer une veilleuse placée à la tête du lit.

— Vous êtes allé vous amuser ?

— Pas exactement. J'avais un rendez-vous. Ça s'est un peu éternisé.

— Pas de problème ?

Caron s'assit sur le bord du lit pour se déchausser.

— Vous avez l'air… Comment dire ? Vous avez l'air préoccupé.

— Non, non. Tout va bien.

Alors Rose fit glisser sa tunique par-dessus sa tête en riant pour rester en soutien-gorge et en culotte.

— Allongez-vous. Vous avez faim ?

— Pas vraiment.

— Soif ?

L'assassinat de Yamazaki, la course effrénée vers Thảo Điền, la recherche du taxi et le retour avaient complètement desséché Caron.

— Soif, oui.

— Une bière ?

— Va pour une bière.

Rose se leva et alla vers le placard qui renfermait un mini-réfrigérateur.

— Il m'en reste une. On va se la partager.

Elle décapsula la bouteille et la tendit à Caron.

— Je suis contente que vous soyez là.

Caron répondit d'un signe évasif. Rose avait planté son regard dans le sien. Ses grands yeux noirs le fixaient sans ciller.

— Vous mentez, dit-elle enfin.

— Pardon ?

— Oui, vous prétendez aller bien, mais tout en vous prouve le contraire. Que vous est-il arrivé ?

Caron sentit ses membres s'ankyloser. L'image de Yamazaki écrasé sur la chaussée s'imposa de nouveau. Cette créature de rêve qu'était Rose était-elle l'épilogue de l'histoire ? Elle ne bougeait pas, continuant à le dévisager, la bouteille à la main.

— Vous ne dites rien, poursuivit-elle.

Caron inspira aussi fort qu'il lui fut possible.

— Je ne sais quoi répondre.

— Dites les choses simplement.

Un quart d'heure plus tôt, Rose avait été avertie de la liquidation de Yamazaki. Elle savait aussi qui était Vincent Caron. Beaucoup plus fine que Thành, elle avait fait le lien immédiatement entre lui et Rohde. Sans avoir à se triturer le cerveau comme son colonel. Or, Caron et le Japonais cherchaient la même chose. Peut-être le rendez-vous de son invité était-il justement avec Yamazaki. Dans ce cas, cela expliquerait son attitude d'homme aux abois.

— Avez-vous confiance en moi, Vincent ?

— Pourquoi cette question ?

— Parce que je veux que vous sachiez que je ne vous trahirai pas. Vous pouvez tout me dire. Vous êtes ici en sécurité.

Caron écarquilla grand les yeux, mais sans parvenir à réduire le tremblement de ses mains.

— Franchement, je comprends rien à ce que vous insinuez.

— On dirait que vous avez rencontré le diable. Comme si vous étiez allé là où il ne fallait pas.

49

Lorsque la voiture ralentit, Lê Bao Thu aperçut à travers la vitre les boutiques de fleurs mortuaires et il fut parcouru d'un long frisson. Les trois policiers en civil qui l'avaient arraché de son lit n'avaient pas desserré les dents depuis qu'ils avaient quitté son logement. Les menottes lui blessaient les poignets. Une soif atroce lui desséchait la bouche. Les yeux gonflés de sommeil, il regarda le dernier magasin et se demanda qui pouvait offrir à un défunt de si gros bouquets. C'étaient des gerbes multicolores et gigantesques montées sur des cadres de bambou. Il n'en avait jamais vu de semblables dans aucun cimetière.

La berline amorça un virage sur la rue Lý Thái Tổ et pénétra dans la cour d'une maison dont la grille avait été ouverte. Une fois franchie, le battant métallique glissa de nouveau sur ses rails et Thu ne vit plus rien d'autre que les murs gris de la cour, démesurément hauts.

Le chauffeur cala le moteur et se fit engueuler par le chef de bord. Puis ce dernier ordonna au troisième homme d'extraire le prisonnier du véhicule. Thu fut poussé à l'extérieur d'une bourrade dans les reins. À son âge, la violence du coup lui déclencha une décharge électrique insupportable. Son interpellation prenait un tour qu'il n'avait pas imaginé ainsi. Aussi rapidement brutal. Et ce fut comme si une giclée d'acide avait coulé dans ses veines. Une angoisse lourde s'empara de lui.

— Allez, avance, fit le policier de la pointe d'une matraque.

Après l'avoir rudoyé, ce misérable porte-flingue se permettait de le tutoyer, c'était incroyable. Thu n'en revenait pas. Deux heures plus tôt, il s'était couché, confiant en l'avenir. Certain que le matin annoncerait une journée ordinaire. Avec une soupe derrière le marché Bến Thành, une promenade jusqu'à la grande librairie de l'avenue Nguyen Hue, puis une rencontre avec ses anciens collègues de l'université. Ensuite un repas léger, une sieste, et un bon moment dans un café avec des amis avant de rentrer chez lui pour regarder un match de foot à la télévision et se remettre au lit pour dormir comme un bébé. Ce qu'il parvenait merveilleusement bien à faire malgré ses 90 ans passés.

— Avance ! répéta son tourmenteur.

Un corridor nu, sans mobilier, puis un escalier s'enfonçant vers un sous-sol. Thu se fit la remarque qu'il ne devait pas y avoir beaucoup de maisons dotées d'une cave à Saigon. Une veilleuse de couleur verte éclairait à peine les marches. Thu tendit ses deux mains jointes vers le mur pour éviter de chuter. Derrière lui, le policier continuait de lui enfoncer sa matraque dans le bas du dos.

— Avance, vieux salaud !

Cette fois-ci, les dés étaient jetés. On ne l'avait pas fait venir pour une visite de courtoisie. Thu se rappela son arrestation, quarante-trois ans plus tôt, quelques jours après la chute de la ville, lorsque les miliciens l'avaient rattrapé sur le quai de Can Tho où il attendait d'embarquer sur une coquille de noix comme *boat people*. Les gifles, les coups de bâton, les insultes, puis les semaines interminables d'interrogatoire. Mais il était jeune encore, il voulait vivre. Il avait lutté et enduré les violences, la détention et les brimades. Et cette nuit, qu'allait-il se passer ?

50

Rose s'avança sur le lit et prit entre ses mains le visage de Caron.

— Allons ! Ne faites pas l'étonné, Vincent. Cessons de jouer au poker menteur, tous les deux. Je vous ai parlé d'un ami français qui avait disparu, au massage. Vous n'avez pas moufté, et puis vous revenez d'un rendez-vous complètement retourné. N'auriez-vous pas essayé d'entrer en contact avec cette personne ?

— Une fois de plus, je...

— Je me doute de ce que vous allez me répondre : vous ne pigez rien à ce que je vous raconte. Mais cessez de me prendre pour une gourde. Je sais qui vous êtes, Vincent.

Caron se cambra. Son sac était encore fermé à ses pieds, il le regarda.

— Vous allez vous sauver ?

Rose lui avait posé la question d'une voix plaintive. Naturellement. Simplement. Elle semblait aussi désemparée que lui. Caron se dégagea.

— Combien ai-je de temps devant moi avant que vous me fassiez arrêter, Rose ? Vous m'avez fait venir ici pour que les choses se déroulent plus discrètement ? Vos employeurs sont en bas ou ils attendent déjà derrière la porte ?

— Ah ! Enfin. Vous savez, vous avez été repéré dès votre arrivée à Saigon. À l'Immigration, puis au palais de la Réunification.

— Pardon ?

— Mais oui ! Vous y avez croisé le numéro deux des services secrets. Votre chance est qu'il ne soit pas encore tout à fait sûr que vous soyez la personne qu'il recherche.

Caron eut l'impression d'avoir pris un direct à l'estomac.

— Mais vous, apparemment..., constata Caron.

Rose pencha la tête et lui embrassa les doigts.

— Je dispose d'informateurs personnels que je ne partage pas avec le contre-espionnage. Disons que j'ai quelques longueurs d'avance.

Caron prit le parti d'en rire :

— Vous savez donc qui je suis. Parfait. Cela nous mène où, cette conversation ?

— Je vous ai fait une proposition : vous m'aidez et je vous aide en retour. Nous souhaitons tous deux retrouver la même personne. Et j'ai autant besoin de vous que vous de moi. Si vous n'avez pas confiance, vous êtes effectivement libre de partir. On ne se sera jamais vus ailleurs qu'au salon de massage. Vous n'entendrez plus parler de moi. Mais vous ne réussirez pas votre mission. Ça, je vous le garantis. Vous avez trop de gens contre vous.

Un silence se prolongea quelques minutes dans la pièce. Caron baissa les yeux. Au point où il en était, pourquoi démentir ? Il était ficelé. Rose avait joué cartes sur table. Au pire elle le livrerait à ses chefs et il serait expulsé. Après tout, cela irait dans le sens que souhaitait Paris.

— Vous prenez un sérieux risque, murmura-t-il.

— Quoi qu'on ait fait de moi, vous savez, je reste une fille libre.

Elle s'interrompit un instant, puis demanda :

— Racontez-moi ce que vous avez fait ce soir.

Yamazaki collé au bitume dans une flaque de sang, une jambe arrachée un peu plus loin, le souvenir du meurtre s'imposait de nouveau derrière le front de Caron.

— Ce soir, j'ai vu un homme mourir. L'homme de mon rendez-vous. On l'a assassiné sous mes yeux. À quelques mètres de moi. Dans l'immense chantier du district 7.

Rose prit un air pétrifié. Il fallait qu'elle obtienne de Caron tout ce qu'il savait, mais sans le brusquer. Qu'avait-il compris de l'exécution de Yamazaki ?

— Sainte Vierge ! Comment cela s'est-il produit ?

— Un camion en embuscade. Lorsque mon contact, qui venait à pied sur Trần Não, l'a dépassé, le véhicule s'est élancé et l'a écrasé avant de prendre la fuite.

— Vous avez aperçu les assaillants ?

— Vous rigolez ! Seulement le camion. J'ai été aussi surpris que la victime. Ça a duré quelques secondes.

— Qui était cette personne que vous deviez rencontrer ? demanda-t-elle encore d'une voix résolument affectée.

— Un confrère japonais.

— Un confrère ?

— Oui, Rose, un journaliste comme moi. Puisque vous savez beaucoup de choses, vous devez être au courant… Que je n'ai jamais été prof de français. Seulement un journaliste. Ce que je fais là, c'est parce que je connais la personne qui vous intéresse. Je l'ai croisée il y a des années. Elle m'a sauvé la vie et j'ai une dette envers elle. Là où vous vous trompez, c'est de croire que je suis un espion. Moi aussi, j'ai mes informateurs. J'ai appris sa disparition et j'ai décidé de retrouver ce type. Affaire personnelle. Sans plus.

Rose approuva. L'explication que lui servait Caron se tenait. Peut-être y avait-il également un véritable agent français qui allait débarquer un jour comme ses patrons du TC2 l'affirmaient. Auquel cas, il convenait de le prendre de vitesse.

— Mais pourquoi aviez-vous rendez-vous là-bas, avec ce Japonais ?

— Nous étions censés rencontrer quelqu'un qui avait aidé votre ami à quitter Saigon.

— Comme ça, en plein district 7 ? Au milieu de la nuit ?

— Dans une maison à proximité de l'autoroute.

— C'est à cet endroit que le journaliste a été écrasé ?

— À quelques dizaines de mètres de la maison.

— Vous sauriez la retrouver ?

— Évidemment.

— Alors, il faudra y retourner. J'enverrai quelqu'un demain. C'est la meilleure piste que nous ayons pour retrouver... Au fait, comment l'appelez-vous, d'ailleurs, vous-même ?

— Philippe Rohde.

Rose sourit.

— Il s'était présenté sous un autre nom. Qu'importe. On parle bien de la même personne, n'est-ce pas ?

— Certainement, mais dites-moi : pourquoi tenez-vous tant à lui, si ce n'est pour le livrer à vos patrons ?

Rose s'allongea, les mains croisées sur son ventre.

— Mes patrons savent tout de lui. Ils n'ont pas besoin de moi pour le rattraper.

— Comment l'avez-vous connu ? Au massage ?

— Pas du tout. Je l'ai rencontré sur ordre. Il était descendu à côté, à l'hôtel *Freedom*. La réceptionniste du matin m'a organisé une entrevue avec lui. Une soi-disant rencontre fortuite dans le hall.

Caron accusa le coup.

— Vous dites au *Freedom* ? Avec la réceptionniste du matin ?

— Qu'y a-t-il ? Vous connaissez l'endroit ?

— J'en viens, Rose.

— Vous m'aviez parlé de l'hôtel *Elios*...

— Je vous avais menti. La réceptionniste dont vous me parlez travaille aussi pour le contre-espionnage vietnamien ?

— Oui. Un agent important.

— Rohde, aussi, s'est installé ici ?

— Il n'a jamais voulu venir chez moi. Nous n'étions ensemble qu'en dehors de la ville, lorsque je l'accompagnais en province. La première fois dans le parc national de Ta Lai, puis à Danang, à Kontum et dans la région de Lam Dong. Le reste du temps, on faisait l'amour au massage ou dans une petite pension sur Hai Bà Trưng quand il revenait en ville de ses expéditions mystérieuses où je ne l'accompagnais pas.

— Vous saviez où il allait dans ces cas-là ?

Rose attendit un moment avant de répondre :

— Non. Il s'échappait souvent, un ou deux jours, puis réapparaissait avec des cadeaux.

— Vos employeurs ne vous mettaient pas la pression ?

— Dans le genre... ?

— Vous venez de me dire que vous l'aviez rencontré sur ordre. C'est donc qu'on attendait quelque chose de vous, non ?

— Seulement de garder un œil sur lui. Je n'ai jamais parlé de ses escapades en solitaire. Après tout, je ne vivais pas avec lui, je ne pouvais pas tout connaître de son emploi du temps. Je mentais souvent. Par omission.

— Il y a quelque chose qui m'échappe. Combien de temps l'avez-vous connu ?

— Environ trois mois.

— Qu'est-ce qui vous fait croire qu'il ne refera pas surface un de ces quatre ?

Rose éclata de rire.

— Parce que je sais aujourd'hui qu'il a pris la poudre d'escampette. On ne s'en va pas un matin en laissant un cadavre derrière soi pour revenir ensuite.

— Vous savez cela aussi...

— Évidemment. Comme je sais que tout ce que comptent les services de mon pays d'experts le recherche activement. Parce que le sous-chef du contre-espionnage, le colonel Thành, m'a mise dans la boucle...

Rose laissa sa dernière phrase en suspens. Elle regarda Caron blêmir et le rassura aussitôt.

— Je vous ai dit de me faire confiance.

— Mettez-vous à ma place !

Rose soupira.

— On ne fait pas toujours ce qu'on voudrait. Ou ce qu'on devrait. Je suis amoureuse de lui. Que puis-je vous dire d'autre ?

La simplicité de l'explication décontenança Caron.

— Réfléchissez une seconde, Vincent. Vous le connaissez. Et vous n'imaginez pas qu'on puisse trahir pour lui ?

— J'en sais rien. De mon point de vue d'homme, j'en sais rien. À vous de m'expliquer...

— On m'a donné l'ordre de coucher avec lui, rétorqua-t-elle en élevant légèrement la voix comme si la remarque de Caron l'avait irritée. Une mission sov, comme on dit chez nous. Pour soviétique. Une bonne vieille recette de tous les services des pays du bloc communiste qui a toujours porté ses fruits. Sauf que là, la cible n'était pas ordinaire.

Rose se calma, puis lâcha dans un souffle :

— Il m'a procuré un plaisir que je ne connaissais pas.

— Pardon ?

— Ne m'obligez pas à entrer dans les détails. Dites-vous simplement que pour une femme comme moi, c'est plus important que vous ne l'imaginerez jamais. Après cette découverte, impossible de me passer de lui. Et il ne m'apportait pas du bonheur seulement au lit. Nous avons partagé des moments fantastiques tout au long de ces trois mois. C'était un homme d'une extraordinaire sensibilité. D'une très grande générosité. Et vraiment drôle avec cela. Tout l'inverse des hommes de mon pays.

Caron repensait au combattant des forces spéciales qui l'avait pris en charge en Afghanistan. C'était incroyable, ce qu'en disait Rose. À croire qu'elle parlait de quelqu'un d'autre.

— Et tout cela a suffi à vous décider de l'aider ?

— Pas que… Grâce à lui, j'ai découvert ce que mon Gouvernement voulait cacher. Un énorme scandale d'État. C'est à partir de ce moment-là que j'ai pris le parti de le couvrir. De faire en sorte qu'il ait toujours un coup d'avance sur notre police secrète. Je rendais à mes supérieurs des comptes rendus bidon sur l'avancée de ses recherches, je travestissais les noms de ses contacts. Je lui fabriquais un emploi du temps imaginaire… Bref, je faisais en sorte que le TC2 vienne à douter de l'importance de sa présence chez nous. Ça a marché jusqu'à ce qu'il tue quelqu'un dans son hôtel.

— C'est quand même pas arrivé par hasard, si ?

— Je ne sais pas.

Caron eut envie de revenir sur l'incident du séjour à côté de Dalat dont lui avait parlé Becker, mais il s'abstint.

— Il ne s'est rien produit avant cela qui l'ait conduit à commettre ce crime ?

— Je ne sais pas. Je n'arrête pas de me poser la question mais je ne vois pas.

— Quand l'avez-vous vu pour la dernière fois ?

— Il y a deux semaines, environ.

— Il y a eu un problème ?

Rose se redressa.

— Avec moi ? Pas que je sache. Il n'est plus revenu au massage ni à l'hôtel où nous nous retrouvions parfois.

— Vous n'avez pas cherché à comprendre ? Vous auriez pu aller au *Freedom*.

Brusquement, la jeune femme fit la grimace :

— Mes supérieurs m'ont demandé d'attendre qu'il me recontacte. J'ai eu peur qu'ils aient compris que je les avais plusieurs fois dupés. J'ai donc pris mon mal en patience. Jusqu'à ce que vous arriviez et qu'on me commande de vous aider à lui remettre la main dessus. Vous savez tout.

Caron quitta le rebord du lit, se leva et se mit à tourner dans la chambre comme un lion en cage, les mains croisées sur le dessus de la tête.

— Rasseyez-vous, lui intima Rose. Vous me donnez le mal de mer.

— Vous me répondrez si vous voulez, mais comment en êtes-vous arrivée là ?

— À travailler pour le TC2 ?

— Oui…

— Je vous ai déjà expliqué le début. Après avoir intégré les services de sécurité intérieure et suivi une formation à l'École spéciale de la police militaire, j'ai été recrutée par le colonel Phạm Khắc Thành, le second du TC2. Une franche ordure. Ce que le Viêtnam a produit de pire depuis trente ans. Je rêve du jour où il disparaîtra dans les poubelles de l'Histoire. Vous n'imaginez pas le sang qu'il a sur les mains ! Avec, dans sa poche, une équipe de tueurs sans foi ni loi, sans pitié, composée de repris de justice et de psychopathes qui lui doivent chaque seconde qu'ils respirent. Des hommes et des femmes aussi. J'en connais un rayon sur eux !

Caron revint s'accouder contre Rose.

— Dieu merci, on ne m'a jamais demandé de tuer personne, continua-t-elle. On ne m'emploie que pour mes charmes. Mais, vous voyez, on parlait tout à l'heure de Chân Lý…

— Chân Lý ?

— La réceptionniste de votre hôtel. Eh bien, elle aussi fait partie des nettoyeurs de Thành. Oh, pas du premier cercle, mais je sais qu'elle a eu à conduire plusieurs opérations létales contre des gens qui dérangeaient. Ça vous en bouche un coin, non ?

— Vous êtes sérieuse ?

— Absolument. C'est une empoisonneuse, spécialiste de la moustache de tigre. Elle a fait monter, à plusieurs reprises, des repas dans leurs chambres à des malheureux qui se sont retrouvés l'estomac perforé avant d'être évacué par elle vers une clinique liée au TC2 où on s'est contenté de les regarder agoniser.

— Comment savez-vous cela ?

— De la bouche de Thành qui a deux défauts majeurs. Le premier d'être obsédé par mon sexe, le second d'être un sale vantard capable de me raconter les pires saloperies pour se mettre en valeur.

— Vous couchez avec lui ?

— Ça m'est arrivé. Impossible de faire autrement. Mais j'ai le privilège d'obtenir des confidences sur l'oreiller.

— Que vous a-t-il dit sur Rohde, par exemple ?

— Qu'il s'était fait piéger grâce à une source française. Un ancien militaire reconverti dans le lobbying. En revanche, je ne sais pas de qui il s'agit. Votre ami a été démasqué de la façon la plus bête qui soit. Ensuite, Thành ne l'a plus lâché jusqu'à ce qu'il décide de le faire arrêter. La nuit de sa disparition. Rohde a éliminé l'homme de main du colonel et a fichu le camp.

— Mais sur ses activités, il a dit quoi ?

— Rien d'autre qu'il mettait gravement en danger la sécurité du pays. La dernière fois que j'ai revu Thành, c'était cette semaine au palais de la Réunification. Il était complètement paumé. Il était persuadé que Paris allait envoyer quelqu'un et m'a alors ordonné de me débrouiller pour entrer en contact avec vous dès qu'il m'aurait fourni votre nom. Comme vous voyez, le sort en a décidé autrement. Vous êtes venu à moi de vous-même.

— Il connaît donc l'adresse de cette piaule !

Rose s'étira.

— Non. Officiellement, je dispose d'un studio près du marché central où je ne vais pratiquement jamais. Ici, c'est complètement secret. Je loue à la famille catholique du dessous dont le grand-père a combattu dans les rangs sudistes avec mon papa. Des gens de toute confiance.

— Mais l'endroit est truffé d'espions. La réceptionniste du *Freedom*, par exemple…

— Aucun problème. Je suis ici sous une fausse identité. Officiellement célibataire, gérante d'un magasin situé dans un autre quartier. Je vous l'ai dit, ne vous inquiétez pas.

Rose souffla les derniers mots à l'oreille de Caron, puis elle ôta le reste de ses vêtements.

— Allez, déshabillez-vous, Vincent. Il faut se détendre pour bien dormir.

51

Lê Bao Thu avait été attaché à une chaise, les mains à plat sur une table devant lui, doigts écartés, fixés dans de petits arceaux de cuir. Ses trois cerbères, assis dans un coin de la pièce sur un banc, n'avaient plus prononcé une parole depuis un quart d'heure. La peur du vieil homme augmentait de minute en minute. Tout, dans cette cave puant la sueur et l'urine, laissait augurer le pire. Les matraques et les fouets abandonnés au sol, le baquet rempli d'eau saumâtre, jusqu'aux taches brunâtres sur la table qui ressemblaient à du sang séché. On se serait cru à la prison cambodgienne S21 à Phnom Penh que Thu avait visitée lors d'un voyage d'étude sur l'épouvantable machine de mort khmère rouge.

— Desserrez mes liens, s'il vous plaît, implora Thu, j'ai mal.

Celui des trois policiers qui semblait être le chef leva les yeux, posant sur lui un regard désabusé.

— Ta gueule !

Thu se raidit sous l'insulte. Depuis une heure qu'on l'avait tiré du lit, les mauvais traitements continuaient. Après les coups, les injures et maintenant ce mépris infernal qui le révoltait.

— Vous pourriez avoir un peu de considération pour mon âge. Qu'est-ce que vous voulez ? Que je claque de trouille sur cette chaise ?

Le policier ricana.

— Patience, grand-père. On attend le colonel.

— Qui ?

— Le colonel Phạm Khắc Thành. Tu vois ?

Le seul nom emplit d'horreur Lê Bao Thu.

Thành ? Le directeur adjoint de la Sécurité militaire ? Il n'y avait pas plus terrible que lui à Saigon. La rumeur publique voulait qu'il n'intervienne que dans les cas les plus graves. Et jamais dans la demi-mesure. Qu'est-ce qui avait bien pu se produire ? Thu repassa mentalement le fil des événements de ces dernières semaines. S'il s'agissait de l'agent français Philippe Rohde, il était cuit. Il lui avait fourni une impressionnante liste de contacts pour mener à bien sa mission. Il lui avait fait rencontrer les pires ennemis du régime et lui avait même donné accès à des archives ultrasecrètes transmises par les dissidents du Politburo. Il lui fallait rapidement réfléchir à une explication pour désamorcer l'affaire. Peut-être Thành voulait-il seulement des éclaircissements sur l'identité réelle de Rohde. Peut-être toute cette mise en scène n'avait-elle été organisée que pour le terroriser et le faire parler. *Bon, je vais dire que j'ai coupé les ponts lorsque j'ai réalisé avoir affaire à un espion. Je lui dirai la même chose pour l'autre Français.*

Thu n'avait plus qu'un désir : être reconduit chez lui, retrouver son lit et pouvoir retourner demain au café littéraire.

Son esprit divaguait lorsque des pas se firent entendre. La porte du réduit s'ouvrit à la volée et Thành pénétra dans la pièce. Les trois policiers se levèrent comme un seul homme sans attirer un seul regard du colonel qui se planta devant la table, n'ayant d'yeux que pour le prisonnier.

— Ainsi, voici le professeur, marmonna-t-il. Le vieux professeur qui travaille encore contre son pays. Le salopard qui ne s'est pas laissé rééduquer. Le traître qui agit dans l'ombre depuis des années.

Thu inspira aussi profondément qu'il le put et s'apprêtait à se défendre lorsque Thành brandit un gourdin pour lui asséner un coup sur les mains, en forme de conclusion de sa tirade.

Les dés étaient jetés. La nuit commençait vraiment. Lê Bao Thu hurla et se mit aussitôt à sangloter.

— Filez-moi la berceuse, lança Thành à ses hommes.

Aussitôt, l'un d'eux récupéra au sol un hachoir courbe, équipé de deux poignées, et le tendit au colonel. Thành s'en saisit et revint vers le vieillard. Dans les mains du directeur adjoint du TC2, l'objet prenait une dimension surréaliste, effrayante. Thu regarda la lame effilée comme un rasoir s'approcher de ses doigts et pensa que sa mâchoire allait se décrocher tant elle s'était mise à trembler. Il venait enfin de comprendre. Les liens de cuir sur la table, les rayures sur le bois et les taches sombres autour… Inutile de se creuser les méninges pour imaginer autre chose que ce qui allait se passer ! Ce fou de Thành s'apprêtait à lui découper les doigts en rondelles.

Une fraction de seconde, Thu repensa à la manucure qui lui avait taillé les ongles, la veille, et au flot d'adrénaline dans ses veines lorsque la pointe de sa spatule s'était enfoncé un demi-millimètre trop loin sous l'ongle du pouce. La respiration bloquée, l'emballement du rythme cardiaque, les excuses de la fille et son large sourire pour le réconforter. Mais ici, Thành ne souriait pas. Et la berceuse, sur laquelle le colonel pesait de tout son poids, se trouvait maintenant contre la pulpe de son majeur gauche.

— On va pas moisir ici, gronda-t-il. J'aimerais aller me coucher rapidement.

— Moi aussi, oncle Thành. De grâce, ne me touchez pas. Je suis un honnête citoyen…

Un mouvement de bascule du hachoir lui entama dans la foulée l'extrémité du doigt. À peine. Juste de quoi faire rosir le bout sans faire couler le sang. Mais assez pour arracher un cri de sidération à Lê Bao Thu. Thành ne se contenterait pas de jérémiades et de protestations. La séance de torture venait de commencer. Elle ne se terminerait que par des aveux. Or, le colonel n'avait encore rien demandé de précis. *Que lui dire pour l'arrêter ?*

— Stop ! implora Thu. Que voulez-vous savoir ? Je suis prêt à tout vous raconter.

La lame écorcha l'annulaire. Cette fois-ci, légèrement plus que le doigt précédent. La douleur provoqua une décharge électrique dans la colonne vertébrale de Thu. Son cœur bondit dans la poitrine. Les flots de sang qui se ruaient au bout de ses mains excitaient les terminaisons nerveuses, provoquant des élancements insupportables.

— Arrêtez ! Par pitié ! Je parle…

— Parfait. Explique-moi ce que tu es allé faire à l'hôtel *Freedom* avant-hier.

Voilà, bientôt le colonel aborderait le problème Caron, puis reviendrait sur Rohde. C'était égal. Au point où il en était, Lê Bao Thu donnerait toutes les informations qu'il possédait. *Je m'en fous de ces Français. Je m'en fous de ces Chinois. Ce calvaire doit cesser.*

— J'ai rencontré un Français, Vincent Caron…

— Tu l'as déjà écrit dans ton rapport au comité de quartier, le coupa Thành.

— Mais j'ai omis de dire qu'il était journaliste.

— Qui vous a mis en contact ?

— Un de ses collègues à qui j'avais servi de guide, quelques années auparavant.

— Tu me fais perdre mon temps, vieux con. Pourquoi voulait-il te voir ? De quoi avez-vous parlé vraiment ?

Thành se pencha sur la table et resserra au maximum le lien de cuir enfermant l'auriculaire gauche de son prisonnier, puis reprit la berceuse. Il avait serré le doigt comme s'il avait pratiqué un garrot. La lame du hachoir vint se placer contre la dernière jointure. Thu considéra avec horreur la feuille de métal. Le colonel allait l'amputer. Il devait le prendre de vitesse.

— Il a découvert mon numéro sur une carte de visite dans sa chambre d'hôtel.

— Je ne comprends rien à ton histoire, s'énerva Thành.

La lame commença de mordre l'articulation du petit doigt de Thu.

— La chambre occupée précédemment par l'autre agent français, le dénommé Rohde. J'étais en contact avec cet espion avant qu'il ne disparaisse de Saigon, glapit Thu. Je le confesse. Mais je n'ai rien fait d'autre que lui donner des renseignements sans importance.

Thu se retenait encore. La perspective de tout déballer l'effrayait au-delà de toute limite. Révéler les noms des cyberdissidents, des militaires et des politiques mouillés dans ce complot qu'il avait présentés à l'agent de la DGSE valait dix fois la peine de mort. Peut-être Thành n'en savait-il rien encore. Peut-être avait-il seulement quelques soupçons. Comme à son habitude, le colonel jouait au chat et à la souris. Et alors, Thu se vit dans la peau du minuscule mammifère serré entre les griffes du monstrueux félin. Il allait à nouveau supplier quand la berceuse entama un arc de cercle. La dernière chose que vit Thu fut le visage de son tourmenteur, presque contre le sien, en proie à une colère indicible. Ensuite, le trou noir.

— Dépêche-toi, fit Thành à l'un des policiers. Prépare-moi l'injection de Digoxine.

L'homme avança la seringue déjà prête. Le colonel piqua aussitôt le vieux Thu et observa ses réactions. *Faudrait pas que ce salopard claque avant d'avoir déballé ce qu'il sait.*

Affalé sur la table, Thu finit par rouvrir un œil. Thành s'adressa à lui calmement :

— Bien, te revoilà. Tu vas arrêter de me mener en bateau. Ton travail avec l'espion français ?

— Je lui ai fourni tous les éléments en ma possession sur l'affaire des mines. Et je lui ai fait rencontrer des gens.

— Qui ?

Lê Bao Thu livra une longue liste de blogueurs, de membres de comités populaires provinciaux et d'officiers impliqués dans le mouvement de contestation antichinois.

— Très bien, concéda Thành. Avec qui l'espion français est-il toujours en contact ?

Au hasard, Thu cita quelques noms et ajouta :

— La veille de sa disparition, il m'a posé une foule de questions sur la présence militaire le long de la frontière khmère.

Thành se mit à hurler :

— Donne-moi les localités, connard.

— Il ne m'a rien précisé, oncle Thành. Mais je connais quelqu'un qui doit savoir.

Thu était prêt à trahir sa propre famille pour arrêter d'avoir peur, pour ne plus être torturé, pour ne plus souffrir. S'il donnait au colonel le nom de celui qui avait épaulé Rohde, les derniers jours avant de quitter Saigon, il pouvait espérer sauver sa peau. Rentrer chez lui. Dormir. Il trahirait ses idéaux de jeunesse, mais tant pis !

Thành roucoula :

— Ah ! C'est intéressant, accouche.

— Rohde est parti avec un Vietnamien proche de la famille de Pham Thu Trang…

— Encore cette famille Pham, éructa le colonel. Qui est-ce, celui-là ?

À cet instant, Thu fut pris de remords et décida de ne dire qu'une partie de la vérité. Peut-être pouvait-il encore leurrer son tortionnaire pour gagner du temps.

— Un ancien officier sudiste, dit-il. En poste autrefois dans cette région frontalière du Cambodge.

— C'est lui qui a organisé sa fuite ? aboya Thành en rapprochant la berceuse des doigts meurtris de Thu.

— Non, corrigea Thu. Il n'a servi que de guide jusqu'à Cu Chi. L'homme qui a préparé l'itinéraire est un spécialiste des zones minoritaires. Encore un Français, organisateur de circuits touristiques.

— Son nom, ou je t'arrache la langue, hurla plus fort le colonel.

Le vieil homme n'en pouvait plus. Le dernier renseignement qu'il aurait voulu garder pour lui filtra entre ses lèvres sans même qu'il s'en rende compte.

— Xavier Frébourg. J'ai également conseillé à l'autre de le rencontrer.

— Qui ?

— Mais Vincent Caron.

Thành recula d'un pas et considéra d'un œil glacial la loque recroquevillée devant lui. Ses derniers doutes étaient enfin levés. Ce foutu retraité avait bien partie liée avec Rohde.

— C'est l'homme chargé par la DGSE de retrouver son espion, enchaîna Thu. Il me l'a dit.

— Qu'est-ce que le tour-opérateur doit faire pour lui ?

— La même chose que pour Rohde, je suppose. L'aider à rejoindre la frontière.

Thành hocha la tête. Puis :

— Tu m'as tout dit ? demanda-t-il en détachant chaque mot.

— Oui, tout. Absolument tout. Je suis désolé. J'ai conscience d'avoir commis une énorme faute contre le pays. Mais ça ne se reproduira pas, je vais vous servir de mon mieux maintenant. Je pourrais encore vous apporter beaucoup, mais de grâce, libérez-moi. S'il vous plaît.

Utiliser ce salopard ? C'était tentant. Nul doute qu'il lui mangerait désormais dans la main. Mais s'il pouvait livrer encore bien des secrets, le risque qu'il rencontre un jour le général Tho et qu'il lui révèle les dessous de l'enquête fit frissonner Thành.

— OK, fit celui-ci en dégrafant la fermeture de son holster. Tu vas t'en aller.

La culasse du pistolet claqua avec un bruit sec et le colonel posa le canon sur le front du professeur.

52

La poste centrale grouillait de monde. La place de la cathédrale était un peu le centre mythique du vieux Saigon qui attirait un nombre impressionnant de touristes chaque année. Située sur le plateau en haut de la rue Đồng Khởi, qui avait abrité les très riches heures de l'époque coloniale quand elle s'appelait la rue Catinat, elle faisait encore figure de point de rendez-vous obligé pour des dizaines d'autocars déversant du matin au soir d'interminables grappes d'étrangers en balade. Dès l'ouverture, la foule se pressait pour en admirer l'architecture et pour acheter des timbres à l'effigie de l'oncle Hô. Caron s'intercala dans un groupe de Belges, se laissa trimbaler jusqu'au comptoir, et demanda au postier une communication pour Paris. Un de ces numéros non traçables mis en place par la DGSE pour ses honorables correspondants.

Malgré le décalage horaire et l'heure tardive en France, il savait que Perrin répondrait.

Après trois sonneries anémiques, le numéro décrocha sans que personne ne parle. C'était bien dans les habitudes de la Boîte. Toujours laisser le correspondant s'annoncer.

— C'est Vincent.

— Tu es à Paris ?

— Non.

— Ne me dis pas que tu te trouves toujours sur place.

— Si. J'ai vérifié ton histoire à propos de l'ambassade suisse. Rohde ne s'y trouve pas.

Il y eut un blanc dans la conversation. Puis Perrin ricana :

— Impossible.

— Mais si, mon grand. C'était du gâteau pour obtenir les infos. En revanche, j'aimerais savoir si tu es au courant de l'opération montée contre mon confrère japonais.

Nouveau blanc.

— Je ne vois pas, se défendit Perrin, tout à coup mal à l'aise.

— Écoute, Denis, joue pas avec moi. Est-ce que tu es à l'origine de cette histoire ?

— Quelle opération ?

Appuyé contre la paroi vitrée de la cabine, il surveillait l'immense salle des pas perdus.

— D'où appelles-tu ? demanda Perrin.

Caron ricana méchamment. Pour le moment, l'ennemi était vietnamien, mais il n'allait pas non plus aider Perrin à entrer dans la danse.

— Qu'importe. Mais pour ta gouverne : notre ami est toujours actif, libre, et bien portant. Où ? Je ne sais pas encore. Cela dit, ça ne saurait tarder. Par contre, les choses se gâtent pour moi. Alors tu vas m'envoyer Estelle d'urgence. Je veux qu'elle s'installe dans l'ancien QG des Corses. Tu comprends ?

— Je te répète que tu dois laisser tomber et rappliquer à Paris le plus vite possible. Ça rue dans les brancards ici. Tu saisis ?

— Tu rigoles !

— Je n'ai plus aucune marge de manœuvre te concernant, Vincent.

— Fais ce que je te demande. Point barre.

Caron jeta encore un coup d'œil derrière lui et raccrocha le combiné. Les nerfs à vif. Il ne savait plus quoi penser de l'attitude de Perrin. Tout dans le ton de sa voix sonnait faux. Était-il possible que la Boîte ait décidé de neutraliser Yamazaki ? Et, si oui, pourquoi et que risquait-il lui-même ? Il fallait maintenant que Becker se pointe et qu'elle lui donne l'arme qu'elle lui avait promise. Question de survie.

En quittant la cabine, Caron eut un regard vers l'immense portrait d'Hô Chi Minh couvrant le fond du hall. *Si tu savais ce qui se passe, mon pote, tu serais en colère.*

53

Un vent glacial s'était levé en fin de nuit, qui balayait Hanoi et soulevait des tourbillons de poussière dans les rues de la capitale.

Tran Hung Khang pressa le col de fourrure sur son cou et s'engouffra dans le restaurant. L'*Eden Coffee So,* encore désert à cette heure, offrait une vue imprenable sur le bâtiment défraîchi de la cathédrale Saint-Joseph. Khang venait d'y brûler un cierge. Pour le repos de l'âme de ses ancêtres. Et un second pour lui-même. Pour que le brouillard dans lequel il s'égarait depuis des semaines finisse par laisser briller un rayon de soleil. Il n'en pouvait plus de cette pression. Chaque matin, l'heure du lever était une torture. Retourner au bureau lui nouait l'estomac. Chaque soir au moment du coucher, *idem.* Il ne trouvait le sommeil qu'après de longues heures d'insomnie à guetter les bruits de la ville endormie, s'attendant à des coups frappés à la porte de sa maison. Combien de temps faudrait-il encore avant que les hommes du général Tho débarquent chez lui ?

Numéro trois au Politburo, Khang savait trop bien que ses fonctions ne le protégeraient pas si, d'aventure, ses collègues venaient à découvrir ses liens avec Pékin. Et les derniers événements l'avaient plus que compromis. Trop d'indices avaient été laissés derrière lui. Trop d'erreurs avaient été commises sans qu'il puisse y pallier. La nasse se refermait lentement.

D'où cette réunion de la dernière chance avec Cheng.

L'équipe de tueurs chinois devait passer à la vitesse supérieure. Retrouver Rohde sans délai.

Khang avait pris la décision au cœur de la nuit. Après un cauchemar épouvantable. Les bras ficelés dans le dos, des chaînes aux pieds, une balle de tennis enfoncée dans la bouche, on le conduisait au poteau d'exécution du champ de tir. Puis on l'attachait sur une table d'injection létale. L'aiguille, énorme, s'enfonçait dans son bras et il étouffait lentement. Puis, le bambou sur lequel on l'avait assis poussait à une vitesse vertigineuse, commençant à s'enfoncer dans son fondement. Les séquences de mise à mort se suivaient de façons ininterrompues, toujours plus rapprochées, toujours plus violentes et douloureuses. Horrible !

Cheng l'attendait, déjà installé sur la terrasse du premier étage.

— Vous avez mauvaise mine, oncle Khang.

— Ça va. Laisse tomber. As-tu des nouvelles de Rohde ?

— Rien de neuf.

— Qu'est-ce que tu fous, Cheng ? Et ton réseau d'informateurs, les putes, les hôteliers, les restaurateurs, les boutiquiers, les mendiants, les guides touristiques ?

— Vous savez bien que ce sont les mêmes qui travaillent pour le général Tho. Je dois rester prudent.

— Même ceux de la diaspora chinoise ?

— Les compatriotes font ce qu'ils peuvent.

— C'était complètement stupide d'éliminer le journaliste japonais. Lui aurait pu nous conduire jusqu'à Rohde...

— Pékin en a décidé autrement.

— Tu aurais dû m'avertir avant d'agir. Il fallait le faire parler.

— Sauf votre respect, le Guoanbu pensait que vous n'aviez aucun moyen de le retenir pour l'interroger.

— Il fallait l'exfiltrer en Chine.

— Facile à dire. Comment on aurait fait pour le trimbaler sur plus de deux mille kilomètres ?

— Alors, on aurait dû le filer discrètement.

— J'ai plaidé dans ce sens, mes supérieurs ont refusé.

— Qu'est-ce qu'on fait, alors ?

— Je suis à vos ordres...

— C'est facile de me répondre ça, mais quand je te demande de me livrer Yamazaki poings et pieds liés, tu l'effaces !

— Désolé, mais on ne pouvait pas le traiter au Viêtnam.

Khang alluma une Craven. Le froid le faisait grelotter.

— Écoute-moi bien, maintenant. Il y a un type, un Français, qui avait approché Yamazaki. Aux dernières infos, il poursuit le même but que lui. Celui-là, tu vas le kidnapper, et le conduire dans l'entrepôt de Cholon qu'on connaît. Tu ne préviens surtout pas Pékin. On va gérer cette affaire ensemble. Tu m'amènes le type chez nos amis et tu me rappelles quand ce sera fait.

— Où est-ce que je le trouve ? Son nom ?

— Vincent Caron. Il loge au *Freedom Hotel.* Et il est déjà entre les mains d'un agent du TC2, une pute du salon de massage du *Continental.*

— Qui ? interrogea Cheng en essayant de paraître moyennement intéressé.

— La meilleure d'entre toutes. Minh Thi Hong. Elle l'a ferré dès son arrivée à Hô Chi Minh-Ville. Va planquer là-bas. Tu y trouveras Caron rapidement. Ensuite, tu connais le boulot... Et tu te dépêches, car la bande à Tho est déjà sur lui. Ces abrutis veulent l'expulser. Tu dois absolument empêcher ça et me le gauler.

Khang sortit une photo de sa poche.

— Tiens. C'est le portrait effectué par l'Immigration. Et tu marches sur des œufs, la réceptionniste du bouge où il crèche est une proche du directeur adjoint du TC2.

— Phạm Khắc Thành ?

— Lui-même. Il faut le prendre de vitesse. Ce pourri m'a dans le collimateur. Le Français en question est arrivé il y a quatre jours. C'est un journaliste qui effectue des missions indépendantes pour la DGSE. Un anticommuniste notoire, aussi. Un véritable ennemi du peuple, mais qu'on doit protéger jusqu'à ce qu'il nous mène à Rohde. Il est très actif. Jusqu'à présent, il a rencontré quatre personnes : un patron de bar sur Hai Bà Trưng, un professeur d'histoire contemporaine à la retraite, un compatriote à lui qui dirige un tour-opérateur et cette masseuse qui se fait appeler Rose. Manifestement, il avance au pas de charge. Il ne tardera pas à nous mettre sur la piste de l'autre.

Cheng fit mine d'être bluffé :

— Vous êtes bien informé, oncle Khang !

Un silence, puis :

— L'un des hommes de Thành travaille pour moi, se vanta Khang avec un sourire vicieux. Il me doit tout. J'ai sa famille en otage, dans le Nord. Je claque des doigts et c'est terminé. Il le sait, il me mange dans la main.

54

Par la fenêtre de son bureau, Perrin regardait l'aube se lever sur la cour de la caserne. Un jour sale qui accrochait les dernières nappes de brouillard nocturne sur le bas des bâtiments et annonçait la pluie. La perspective de sa prochaine discussion avec le patron n'était pas pour lui remonter le moral. Même si tous les éléments qui plaidaient en faveur de sa solution étaient argumentés, le poireau n'allait pas se laisser convaincre facilement.

Déjà 8 heures à sa montre. Il était arrivé au milieu de la nuit, le coup de fil de Caron lui ayant ôté définitivement l'envie de dormir. Il avait lu et relu le dossier Rohde. L'élimination de Sato Yamazaki compliquait encore l'affaire. Sauver le soldat Caron devenait de plus en plus délicat.

Lorsque le planton informa Perrin de l'arrivée du boss, il se leva, inspira un grand coup, avala le reste de sa tasse de café, ramassa ses documents et se décida à y aller sans attendre.

Le général composait le code d'ouverture de son bureau quand Perrin déboucha du couloir.

— Salut. Tu veux me voir ?

— Mes respects, mon général. Il y a du nouveau à propos du Viêtnam.

— Arrête avec les formules de politesse. Tu as réglé le problème ?

— Pouvons-nous entrer pour en parler tranquillement ?

La requête fit apparaître une lueur d'agacement dans le regard du patron.

— Je sens que tu ne vas pas m'annoncer ce que j'attends.

Les deux hommes s'installèrent dans un coin de la pièce, autour d'une table basse et, immédiatement, Perrin commença à débiter le laïus qu'il avait préparé :

— J'ai appris cette nuit l'assassinat à Saigon d'un des correspondants occasionnels des services japonais, le journaliste Sato Yamazaki.

— Le Naichō[1] est sur le coup ? Depuis quand ?

— Depuis un moment. Comme nous, en fait. Yamazaki s'apprêtait à rencontrer Rohde. Il était arrivé depuis quelques jours. Il avait manifestement déjà beaucoup de billes et se rendait à un rendez-vous chez quelqu'un resté en contact avec notre agent quand il a été écrasé par un camion devant la maison où il devait se présenter. Son élimination a été opérée de manière à laisser croire à un accident, mais le témoignage que j'ai obtenu est formel, il s'agissait bien d'un traquenard. C'est mon journaliste qui m'a renseigné. Il était sur les lieux de l'attentat. Ensuite, j'ai obtenu d'autres infos d'une source locale. Les Viêts ont mis le corps du gars dans un frigo, pensant retenir l'info encore un moment, mais les Japonais étaient déjà au courant. Le Naichō a sorti une note que je me suis procurée, dans laquelle il est effectivement question d'un assassinat.

Le général hocha la tête plusieurs fois, puis demanda :

— Les Vietnamiens ?

— Non. La note dédouane Hanoi.

— Alors, qui ?

1. Abréviation de Naikaku jōhō chōsashitsu. Bureau de recherche de renseignements rattaché au secrétariat du cabinet du Premier ministre du Japon.

— Certainement les Chinois.

Durant quelques secondes, un silence lourd emplit la pièce. Les yeux du patron, plissés à l'extrême, fixaient Perrin.

— Ils ne veulent donc pas qu'on retrouve Rohde, dit-il d'un air pensif. C'est parfait.

— Reste Caron.

— Ton gars est donc toujours dans le circuit ?

— Affirmatif, mon général. Et comme il était en contact avec le Japonais, c'est qu'il a des éléments cruciaux en sa possession qu'il conviendrait d'exploiter au maximum. Nous devrions en profiter. Je vous demande donc très officiellement de reconsidérer vos ordres et d'accepter que je lui apporte le soutien dont il a besoin pour terminer son travail. Il faut lui donner accès à quelques-unes de nos planques. Il faudrait aussi qu'il puisse bénéficier d'une voiture du corps diplomatique si l'occasion se présente.

Puis Perrin attendit.

Le général consulta son agenda, tiqua et referma le calepin.

— Donc, tu me refais le scénario de la guerre froide ! gronda-t-il au bout de quelques secondes.

— Pas moi, ceux qui ont assassiné le Japonais.

— Justement, on ne s'y laissera pas entraîner. Les ordres du ministre ont été très clairs...

— Il faut le revoir.

— Impossible avant plusieurs jours. Je viens de vérifier.

— Au moins le Coordonnateur national du renseignement...

— Pas davantage. Nous avons déjà évoqué ensemble tous les cas de figure, la décision a été prise au plus haut niveau : fin de l'opération.

— Ce qui signifie ?

— Que je maintiens ce que j'ai demandé. Soit ton bonhomme rentre aujourd'hui même, soit on l'abandonne.

Perrin s'emballa :

— Mais mon général, c'est pire que tout. Il finira lui aussi sous les roues d'un camion ou que sais-je…

— Je te répète qu'on ne doit plus interférer dans l'affaire Rohde. Ça nous dépasse. Prends-en ton parti. Tu vas faire en sorte que ton Caron ne remonte jamais jusqu'à lui.

— Comment je fais, mon général ?

Le patron explosa :

— Tu me fatigues, mon vieux. Tu vas tamponner le gars qui réside en Thaïlande depuis des lustres et qui connaît parfaitement la région. Tu vois de qui je parle ?

— Négatif.

— Pourtant, on l'a employé souvent au Cambodge, au Laos et en Birmanie…

— Tesson ?

— Voilà. Lui-même.

— Que devrait-il faire ?

— N'importe quoi pourvu que ton emmerdeur de *stringer* ne remonte pas jusqu'à Rohde. Qu'il le réduise en bouillie, s'il le faut.

Perrin se mordit les lèvres pour ne pas éclater de rire. Décidément, ces huiles qui ne quittaient jamais leur bureau n'avaient aucune idée de la nature profonde des hommes qu'ils employaient sur le terrain. Tesson ? Impossible d'avoir une idée plus stupide !

— Très bien. Reçu, mon général, admit-il. Je fais le nécessaire immédiatement.

55

Chân Lý était folle de rage. Comment le Français avait-il pu quitter l'hôtel sans qu'elle en soit avertie ? Sa remplaçante du soir était vraiment aussi stupide qu'un buffle. Caron était sorti avec son sac et elle ne l'avait pas appelée malgré les consignes ! Et maintenant, elle pleurnichait, prétextant que Chân Lý lui avait parlé de la chambre 105 et non pas du client, que personne n'avait demandé à monter et qu'elle ne pouvait pas savoir qu'elle devait rendre compte des moindres faits et gestes de ce *Mister* Vincent.

— Pardon, Grande sœur, pardon. Je ferai attention la prochaine fois. Je jure que je noterai tout ce qu'il fera ce soir.

— Ce soir ? Espèce de conne, il sera loin ce soir. La chambre est nettoyée. Plus une affaire dans le placard. Il est parti !

— Mais la chambre est encore louée pour le reste de la semaine…

— C'est ça, comme pour l'autre Français ! On aura de la chance si on ne trouve pas encore un cadavre quelque part.

Le souvenir de la découverte du corps dans le garage, dix jours plus tôt, après la disparition du précédent client de la chambre 105, fit redoubler les sanglots de la fille et mit Chân Lý hors d'elle.

— Tu t'expliqueras avec la Sécurité militaire. Au mieux, ma fille, tu peux dire adieu à ton boulot.

Mais contre toute attente, le colonel Thành reçut la nouvelle calmement.

— Ainsi, ce Vincent Caron a vidé les lieux, maugréa-t-il. Cela signifie qu'il est parti en province pour quelques heures ou quelques jours. Ne t'inquiète pas, Chân Lý, je sais où me renseigner.

— Que puis-je faire, oncle Thành ?

— Dans l'immédiat, rien. Préviens-moi dès que Caron refera surface. C'est tout.

Le Français n'avait pas pu quitter Saigon sans aide. Or, Thành savait, depuis qu'il avait fait parler ce vieux salaud de Lê Bao Thu, qui d'autre s'était nécessairement inséré dans la boucle. C'était le moment de coincer la personne dont le professeur lui avait donné le nom. À son tour, le directeur du tour-opérateur allait lui livrer les infos qu'il détenait. Aucun doute là-dessus. Et avec un peu de chance, il ferait d'une pierre deux coups. Il mettrait la main à la fois sur Caron et sur Rohde. Restait à appréhender en douceur *Mister* Xavier Frébourg…

En douceur ! Le mot fit pouffer le colonel.

56

Allongé sur le lit, Caron regardait les pales du ventilateur brasser lentement l'air chaud et humide de la chambre. Il était heureux. Épuisé, mais heureux. Rose s'était révélée une amante passionnée. Enfiévrée. Capable de rester de longs moments collée contre lui sans bouger, moite de sueur, à caresser doucement du bout d'un doigt les zones érogènes de son corps avant de se déchaîner. Il en était certain désormais, cette fille était un don du ciel. Elle lui donnait du plaisir et allait le mener jusqu'à Rohde. Que demander de plus à la Providence ? Que lui demander de plus sinon de chasser l'image de Cécile qui venait de s'inviter à ses côtés, dans le lit où il venait de la tromper ? Même à des milliers de kilomètres de leur appartement, son épouse continuait à exciter ses remords. C'était ainsi. C'était sa part d'ombre et il n'y pouvait rien. Le visage de Cécile, triste résigné, le rattrapait toujours lorsqu'il se liait avec d'autres femmes, même dans le cadre de son travail. C'était un mauvais moment à passer, et ce matin, quelque chose de plus venait le perturber : la figure de sa femme semblait le plaindre. La vision n'apparaissait plus résignée, mais soucieuse, inquiète pour lui. *Allons bon ! Je délire*, se dit-il.

Il attendait maintenant que Rose revienne de la douche pour y aller à son tour. L'envie de s'enivrer à nouveau de son parfum l'avait repris. L'envie de caresser encore l'or de sa peau.

Grappiller quelques minutes supplémentaires de félicité avant de se jeter dans l'arène.

— À toi, dit-elle en pénétrant dans la pièce, le corps emmailloté dans une serviette. Ensuite, direction Cu Chi.

Le tutoiement était venu naturellement au cours de la nuit.

— Tu es décidée ? s'assura Caron.

— Oui, en admettant qu'on trouve le contact de ton ami japonais à la maison où il se rendait hier soir. Cela ne sert à rien d'y aller à l'aveuglette. J'ai déjà envoyé quelqu'un.

— On ne sait même pas qui vit là-bas, si c'est la bonne personne.

— C'est toi qui m'as dit que Philippe avait été conduit ou récupéré à Cu Chi par un Vietnamien. Si ce n'était pas par quelqu'un de la maison où se rendait ton confrère japonais, par qui alors ?

— J'en sais rien, Rose. Je tiens l'info d'un Français qui dirige un tour-opérateur, mais sans pouvoir affirmer qu'il s'agisse de quelqu'un de cette maison. Yamazaki, lui, ne m'avait pas donné de détails.

— Ce Français dont tu parles, c'est qui ?

— Xavier Frébourg.

Rose fit une moue évasive.

— Il fait quoi, exactement ?

— Il monte des circuits dans les zones minoritaires.

— Attendons que l'amie que j'ai envoyée à l'adresse en question revienne et on verra, dit-elle. Prends le temps de te préparer, je vais m'absenter un moment.

— Combien de temps ?

— Je dois aller pointer au salon de massage. Je serai de retour pour le déjeuner. D'ici là, tu m'attends. Tu prends ta douche, mais tu ne sors pas. Tu ne bouges pas. Tu ne réponds pas si on cogne.

— Tu es sérieuse ?

Rose opina.

— C'est ça. Je tiens à te revoir vivant.

Puis elle enfila son *áo dài* et quitta le studio après avoir embrassé Caron.

Lorsque la porte fut refermée, l'angoisse de la veille réapparut. La perspective de croiser quelqu'un sur le palier l'angoissait. C'était sympa d'habiter chez Rose mais, en même temps, l'idée d'être devenu son prisonnier grandissait de seconde en seconde. En plus, le téléphone de Becker qui ne décrochait plus, c'était incompréhensible. *OK, si elle n'est pas de retour à midi, j'irai au* Continental.

Il se recoucha et fit mentalement le point des derniers événements. Arrivé depuis cinq jours à Saigon. Rencontré Vinh Van Tuan, Sato Yamazaki, Lê Bao Thu et Xavier Frébourg. Tuan ne lui avait rien appris si ce n'est qu'il mettait les pieds dans un foutu bourbier, ça il le savait. Thu ne s'était pas montré très coopératif. Le Japonais avait été assassiné tout de suite et Frébourg lui avait vaguement dit où Rohde avait filé le matin de sa disparition, sans plus. Pas vraiment efficace non plus. C'était maigre. Et maintenant entre les mains de cette masseuse, employée du TC2, qui lui réclamait sa confiance. Certes, elle l'avait bien baisé toute la nuit, mais de quelle manière ? Durant la guerre, les putes du Viêt-cong s'introduisaient parfois des lames de rasoir au fond du sexe pour estropier les GI's qu'elles levaient dans les bars.

Caron frissonna. Rose avait peut-être fait bien pire en le rendant accro au plaisir pour mieux le circonvenir et le détruire ensuite. En l'embobinant comme un bleu dans une opération sov dernière génération dont la finalité serait de l'allonger dans un frigo aux côtés de Yamazaki.

Les bruits du début de l'activité matinale de la ruelle commençaient à monter par la cage d'escalier. Les grilles des restaurants et des salons de massage qui s'ouvraient, les résidents qui s'interpellaient, les motos qui klaxonnaient, les enfants qui criaient… Caron écouta un moment, attentif. Il lui semblait tout à coup que la chance à laquelle il avait cru en se réveillant n'était plus que chimère.

Lorsque sa montre indiqua 11 heures, il se décida à appeler Frébourg. Après tout, c'était la dernière personne susceptible de lui faire redémarrer l'enquête. Il faudrait bien qu'il lâche ce qu'il savait. De gré ou de force. Caron avait déjà usé de l'intimidation dans d'autres affaires, il pouvait fort bien recommencer. Frébourg aussi avait beaucoup à perdre dans cette histoire, il suffisait de le lui faire comprendre. Yamazaki éliminé, il n'y avait plus que lui, il fallait qu'il se mette à table. Rose n'avait rien dû obtenir à la maison de Trần Não. C'était même impensable qu'elle puisse mettre la main sur le contact qu'il devait rencontrer la veille. À tous les coups, les tueurs avaient dû s'en occuper après avoir refroidi le Japonais. À bien y réfléchir, ça ne pouvait pas s'être passé autrement. Caron en était désormais convaincu. Si Rose avait réellement envoyé une amie dans cette baraque, il y avait fort à parier que la malheureuse n'en ressortirait pas vivante. Auquel cas, la suite promettait d'être mouvementée. *Bon, je vais pas attendre. Je vais appeler Frébourg et si j'obtiens ce que je veux, je pars tout de suite. Je reverrai Rose plus tard. Autrement, j'attendrai que Becker arrive et je verrai avec elle.*

Le numéro donné par Frébourg ne répondant pas, Caron appela à son bureau malgré la consigne qui lui avait été donnée de ne pas le faire. La ligne décrocha à la cinquième sonnerie.

— Bonjour, M. Xavier Frébourg est-il rentré de Hanoi ?

— *Mister* Frébourg pas à Hanoi, annonça le correspondant.

— Dans ce cas, pouvez-vous me le passer ?

— Déjà parti.

L'échange devenait surréaliste.

— Pourriez-vous me donner son numéro de portable personnel ?

— Pas possible, *Sir*.

Caron se retint d'exploser.

— C'est une urgence. Je dois lui parler tout de suite et…

— Pas possible. Mais peut-être moi pouvoir vous aider. *Mister… ?*

— Monsieur… Lavergne ! Quand repassera-t-il au bureau ?

— *Mister* Frébourg parti avec des officiels.

— Mais nous avions rendez-vous !

— *Mister* Frébourg parti avec des officiels du gouvernement. Moi pas pouvoir dire quand lui rentrera.

En temps ordinaire, la manière dont la personne au bout du fil massacrait le français aurait amusé Caron. Mais pas ce matin. De surcroît, le côté fermé et buté du type lui devenait de seconde en seconde plus insupportable.

— Pouvez-vous me dire où il est allé et quand il sera joignable ?

— Joignable, moi pas savoir. *Mister* Frébourg avec la police.

La réponse foudroya Caron.

— Vous voulez dire qu'il est parti avec des policiers ?

— Exact. Vous devoir rappeler plus tard.

Aussitôt après, le correspondant raccrocha. Caron demeura un instant le téléphone dans la main, abasourdi par la nouvelle.

57

À une dizaine de kilomètres du centre-ville, à l'antenne du TC2, le sous-officier en liaison avec le fournisseur d'accès téléphonique Vietel demanda, aussitôt la communication établie, de borner l'appel. L'information lui parvint dans la minute : le relais de la rue Bùi Viện venait d'être actionné. Ainsi que cela lui avait été ordonné, le fonctionnaire appela immédiatement le colonel Thành.

— Frébourg vient de recevoir un coup de fil. D'un Français. Un M. Lavergne. Depuis le quartier Bùi Viện.

— Tu peux être plus précis ?

— Non colonel. Le rayon d'action du relais couvre une surface d'un kilomètre carré.

— Qu'est-ce qui s'est dit ?

— Le type a parlé d'un rendez-vous. En disant que c'était urgent. Il a demandé le numéro de portable de l'abonné qu'on ne lui a pas donné.

Thành tapa du poing sur son bureau. La précaution prise par l'employé du tour-opérateur lui faisait perdre un temps précieux. *Tant pis, on verra plus tard de qui il s'agissait,* pensa-t-il, *ce sera une question de plus à poser à Frébourg.*

La voiture envoyée à l'ouverture des bureaux était bloquée dans la circulation. Il n'y avait plus qu'à patienter. Le dernier gros poisson de l'affaire Rohde serait bientôt dans les locaux.

Il déciderait rapidement s'il fallait lui faire subir le même traitement qu'à cette crevure de Lê Bao Thu. Faire disparaître un étranger n'était jamais chose facile, mais l'urgence de la situation ne permettait plus aucun atermoiement. *Nous avons affaire à des adversaires coriaces qui ne nous donnent aucune marge de manœuvre. Quoi qu'en pense le général, la fin justifiera les moyens. Qu'importe que le chat soit noir ou gris, l'important est qu'il attrape la souris, comme disait ce cochon de Deng Xiao Ping ! Je trouverai toujours une explication pour me sortir de ce bourbier. Il faudra retourner au bureau de Frébourg et s'assurer de la discrétion de l'employé.*

— Continue à surveiller les appels téléphoniques, lâcha-t-il au sous-officier. Si un certain Vincent Caron se manifeste, préviens-moi dans la minute.

58

Lorsque l'Airbus entama son dernier virage au-dessus de la rivière, Becker fut éblouie par la lumière encore rasante. Le visage collé au hublot, elle avait suivi les ultimes kilomètres de l'appareil, toujours émerveillée par le spectacle, les rizières, les hameaux de torchis, la banlieue, puis les gigantesques tours du centre-ville émergeant de la brume matinale, mais avec l'estomac noué par un sentiment de profond gâchis. Ce n'était pas Saigon qui lui inspirait ce malaise, mais ce qui se tramait à Paris. Ainsi, la récupération de Rohde n'était plus à l'ordre du jour. Perrin n'y était pas allé par quatre chemins, la consigne était irrévocable, classée « secret-défense ». Pour quelle raison ? Sans réponse. Comment la Boîte avait-elle pu prendre ce genre de décision ? Plus rien n'avait de sens. Puis, il y avait le problème soulevé par Caron qui venait de refuser d'avorter sa mission. Si Perrin avait pris le risque de lui dévoiler ce que sa direction venait de planifier, le bonhomme allait au-devant d'ennuis sérieux. Elle connaissait trop bien le mercenaire français de Bangkok pour savoir à quel point il était redoutable. Elle devait retrouver le journaliste avant que Tesson ne lui tombe dessus. Avec le minimum de mots, Perrin avait été on ne peut plus clair : « Ramène-le à la raison et fais-le rentrer à Paris. Empêche qu'on lui fasse du mal. »

Au fond, elle l'avait rencontré deux fois seulement, mais tout ce qu'elle avait appris de lui par son amie de l'AFP indiquait qu'il était le même genre d'homme que Rohde. De la même trempe. Un sacré personnage. S'il ne le lui avait pas avoué, Perrin devait penser comme elle. Sinon, il ne l'aurait pas convaincue de reprendre l'avion pour Saigon. Il aurait pu se contenter de lui dire que celui-ci avait sollicité son retour au Viêtnam pour l'aider. Sans lui parler de Pascal Tesson. S'il l'avait fait, c'est qu'il n'était pas fier de la Boîte. C'est que la situation était devenue dangereuse à un point qu'elle ne mesurait certainement pas encore.

Elle se renfonça dans son siège, attacha sa ceinture et saisit dans le vide-poches la bouteille d'eau dont elle avala les dernières gorgées d'un seul trait. Elle avait soif et elle avait peur.

59

Cintré dans son uniforme vert olive, les médailles en sautoir, Tran Hung Khang pénétra dans la grande salle du Politburo. Paniqué. Les derniers renseignements fournis par son homme de l'équipe de Thành lui avaient coulé du plomb dans les veines et il ne parvenait pas à se défaire de cette sensation d'anxiété sournoise qui s'était abattue sur lui en apprenant la mort de Lê Bao Thu et l'arrestation de Frébourg. Le colonel du TC2 avait donc peut-être maintenant toutes les cartes en main pour le faire tomber. Ce n'était pas tout de faire signer des contrats de joint-venture avec les Chinois, encore fallait-il ne pas piétiner les intérêts économiques et politiques de son pays. En la matière, Khang s'était surpassé. Et ce matin-là, ce n'étaient pas les millions de dollars qui dormaient sur un compte à numéro de Singapour qui pouvaient lui remonter le moral.

Il devait impérativement se mettre le général Tho dans la poche. Désamorcer la crise. Faire en sorte qu'il lève le pied avec l'agent français. Peut-être l'aiguiller sur une autre affaire en apparence beaucoup plus importante et plus urgente.

Quand, après avoir ouvert la séance sur des considérations d'ordre général, le premier secrétaire aborda la question ultrasensible de la défense du parti unique face à la montée de plus en plus préoccupante d'une volonté de réformes chez une fraction importante de la jeunesse des grandes villes, Khang demanda à prendre la parole.

— Nous faisons face, dit-il, à une fronde alimentée par des groupes étrangers proches de Washington, notre ennemi d'hier. Ceux qui avaient soutenu nos luttes au nom des droits de l'homme et de la liberté des peuples à disposer d'eux-mêmes agissent aujourd'hui contre nous au nom de ces mêmes principes démocratiques. Ils sont en relation avec des ONG internationales dont l'une des préoccupations du moment est de nous discréditer aux yeux de l'opinion mondiale, et aident financièrement des cyberdissidents engagés dans cette action d'envergure contre notre pays. Des informations font état d'un vaste mouvement qui se prépare à surgir sur nos propres réseaux sociaux avec l'appui de médias américains non encore identifiés. Il conviendrait d'expulser tous leurs journalistes présents sur notre sol et d'éliminer discrètement et immédiatement leurs agents quand ceux-ci auront été repérés. C'est à mon avis une priorité. Si nous nous y prenons avec tact, en organisant des accidents par exemple, il n'y aura pas de conséquences diplomatiques. L'artisan principal de ce complot est un ancien vétéran, prétendument reconverti dans l'import-export et basé à Hô Chi Minh-Ville, un certain Gordon Wallace…

Khang avait avancé le nom presque sans réfléchir. Il était de notoriété publique que Gordon fricotait avec son gouvernement, mais prétendre qu'il appartenait activement à la CIA était une autre paire de manches. L'important pour Khang à ce moment était de donner du grain à moudre au Politburo, de l'inquiéter et de le convaincre de la gravité de la situation et de l'importance de ses propos. Khang connaissait parfaitement l'étendue du sentiment antiaméricain qui perdurait chez ses collègues. Leur faire croire que ce Yankee travaillait encore contre eux allait les rendre furieux et les disposer à se défendre.

— Gordon Wallace, reprit-il, est logé dans une propriété superbe du quartier résidentiel de Thảo Điền d'Hô Chi Minh-Ville. C'est un alcoolique qui a l'habitude d'aller souvent pêcher à la lanterne le soir sur la rivière. Une noyade n'apparaîtrait pas comme une chose extraordinaire…

L'assemblée éclata de rire. Un rire franc et massif qui valait approbation de la part de ses collègues.

— Si le premier secrétaire m'a bien compris, continua Khang, il conviendrait de passer à l'action sans délai.

— Et les Français, camarade Khang ? intervint le général Tho. Nous avons un de leurs agents dans la nature en ce moment…

— Cela me semble beaucoup moins important. L'homme a été identifié. On finira par l'arrêter. Mais l'entreprise pilotée par les Américains est autrement plus urgente à stopper. Beaucoup de gens sont ici impliqués. C'est très sérieux.

Le premier secrétaire souleva les sourcils.

— Vous avez des noms ?

La face congestionnée de Khang s'illumina d'un sourire servile.

— Beaucoup. Ce réseau s'étend du nord au sud, dans une demi-douzaine de villes.

La réplique jeta un froid sur l'assemblée. Le général Tho leva une main et s'éclaircit la gorge :

— D'où tirez-vous vos informations, camarade ?

— Je pense des mêmes sources que celles qui renseignent le colonel Thành, général.

Tho se rembrunit.

— Nous savons tout ça, au TC2. Ces gens sont d'ailleurs sous contrôle. Ils ne parviendront pas à leurs fins. En revanche, en ce qui concerne l'agent de Paris, c'est à mes yeux une priorité de le récupérer. Il détient des informations que les honorables membres du Politburo ici présents seraient très intéressés de connaître. Thành travaille dans ce sens.

— Je sais que vous faites pour le mieux, général, se défendit Khang. Mais ce que je veux dire est que cette personne est impliquée dans des actions subversives moins spectaculaires qu'on pourrait le croire, et qu'il conviendrait de reporter nos efforts sur les Américains.

Tho dévisagea Khang, interloqué. Il ne s'attendait pas à ce que le numéro trois du Politburo le désavoue en public. Puis les vieux réflexes prirent le dessus.

— J'apprécie votre intervention, camarade, dit-il. Mais cet homme a tué l'un de nos officiers. C'est une bonne raison pour essayer de le coincer sans attendre. Il ne faudrait pas qu'il parvienne à s'échapper.

— Comment pourrait-il nous filer entre les doigts ? demanda le premier secrétaire.

— Le colonel Thành l'a localisé. Il se trouverait près du Cambodge. Si nous voulons le ramener à Hanoi, il conviendrait de ne pas perdre de temps, ajouta Tho.

Khang se mit à tapoter une Craven sans filtre sur le coin de la table de conférence, prenant un air contrarié.

— J'ai toute confiance dans les services du général Tho, lança-t-il en s'adressant au premier secrétaire. Il finira par lui mettre la main dessus. À l'endroit où il se trouve, la frontière est hermétique : la jungle, les vieilles mines de l'époque de la guerre, les bêtes sauvages et les tribus très inamicales qui survivent dans ces régions en font une vraie zone tampon. Nous pouvons encore patienter avant de nous en occuper. Je reste persuadé que la priorité consisterait à frapper du côté des Américains. C'est le seul moyen de faire taire cette opposition qu'ils ont commencé à manipuler.

— J'entends bien, rétorqua le premier secrétaire, mais faut-il vraiment engager une action létale contre leur représentant ?

— Sauf votre respect, nous n'avons pas d'autres options si nous ne voulons pas courir le risque que cette campagne de pourrissement de nos idéaux se déclenche. Il nous faut couper la tête du serpent et celles de ses principaux relais. Comme je l'ai affirmé, j'ai les noms. Ensuite, il suffira de démanteler tranquillement tout le réseau. Nous pourrons faire taire à leur tour, un à un, tous ces dissidents sans risquer de se faire emmerder par la communauté internationale. Le colonel Thành, dont nous parle le général, est un orfèvre en la matière…

Il y eut un nouvel éclat de rire dans la pièce.

Khang s'arrêta de parler, releva les yeux et comprit qu'il avait convaincu les membres de l'assemblée. Les ministres hochaient doucement la tête d'un air pénétré. Restait à passer à l'action.

— Demandons tout de suite à Tho de s'occuper de l'Américain, poursuivit Khang. Puis d'attendre simplement que le Français refasse surface. Il ne va pas s'envoler, celui-là. Il finira bien par réapparaître quelque part, dans une semaine, dans un mois… Contentons-nous pour le moment de sécuriser l'accès à l'ambassade.

Sur un signe du premier secrétaire, le Politburo approuva la requête de son numéro trois. Et avec lui, le général Tho, furieux d'avoir été désapprouvé, mais s'appliquant en vieux routier des coups tordus à ne surtout pas le montrer. Il avait perdu une manche contre Khang. Au fond, il ne faisait que reculer un peu pour mieux sauter la prochaine fois. Et de toute manière, cette ordure de Khang finirait par tomber aussi avec Rohde. Dans deux jours ou dans deux semaines, c'était égal.

Sur ce, il se leva et quitta la salle. De son côté, Khang recevait les félicitations du premier secrétaire pour son exposé. Les papillons qui s'agitaient dans son ventre venaient enfin de s'envoler. Il disposait désormais d'un peu de temps. Les sbires du colonel Thành allaient devoir d'abord s'occuper de Gordon Wallace et des cinq ou six pauvres clampins dont il leur donnerait les noms aujourd'hui même. Maintenant que le chef du gouvernement l'avait décidé, il n'y avait plus d'autre alternative. Avec un peu de chance, l'équipe des tueurs chinois trouverait Rohde avant Thành. Et quoi que veuille Pékin, il exigerait qu'il soit liquidé. Rohde emporterait enfin ses secrets dans l'au-delà.

60

Le bar de Tuan se trouvait à deux pas de l'hôtel *Caravelle*. Estelle Becker fit entrer une cartouche dans la chambre de son pistolet, fixa l'arme sur l'une de ses cuisses, puis quitta la suite qu'elle venait de louer au deuxième étage du palace. Sous sa jupe, le minuscule automatique était indétectable. Et disponible en un tour de main.

Avec sa perruque rousse, son rouge à lèvres et ses lunettes noires, Becker était transformée. Une autre femme. Bien malin celui qui la reconnaîtrait. Malgré cela, l'angoisse était toujours présente. Fichée au creux de son ventre comme un parasite douloureux. Plus elle réfléchissait aux derniers mots prononcés par Perrin, plus elle se persuadait d'être elle aussi menacée. Elle connaissait trop la Boîte pour ne pas savoir que la raison d'État primait sur toute considération classique d'ancienneté, d'amitié et de services rendus. Les hommes qui la dirigeaient, comme leurs *alter ego* américains, chinois, israéliens, ne prenaient aucun risque de déplaire au pouvoir. Toujours prêts à faire table rase du passé pour durer.

Ce que lui apprendrait Tuan l'aiderait peut-être à y voir plus clair. Et à retrouver Caron ailleurs que dans ce piège du centre-ville.

Elle jeta un bref coup d'œil derrière elle et poussa la porte. Tel qu'elle le connaissait, le bar était vide de clients. La serveuse dormait, affalée sur un canapé à côté de la clim.

Elle toucha son bras du bout de l'index.

— *Hello. Mister Tuan ?*

La fille émergea d'un sommeil lourd, les yeux clignant de manière saccadée comme si la lumière les lui avait brûlés.

— *Oh yes. Wait !*

Becker attendit qu'elle l'appelle, puis la tenture masquant l'escalier s'écarta. Tuan apparut, guère plus frais que sa serveuse.

— Nom d'un chien, c'est toi, Estelle, sous ce déguisement ? Ça fait plaisir.

— Salut. On peut parler tranquillement ?

Tuan fit signe à son employée de s'en aller.

— Tu viens d'arriver ?

— Il y a une heure.

— Où tu crèches ?

— Chez des amis, derrière le zoo, mentit Estelle. Dis-moi, tu as rencontré mon ami Caron ?

— Ah, Vincent ! Bien sûr. Grâce à toi, j'ai retrouvé cette vieille connaissance de l'époque de la guerre...

— Caron ? Tu le connaissais ?

— Je le croyais mort depuis tout ce temps. Et lui aussi me pensait disparu dans la tourmente de la chute de Saigon, c'est drôle, non ?

Estelle Becker tira à elle un tabouret et s'assit contre le comptoir.

— *Fuck !* C'est sérieux ?

— Comme je te le dis.

— Donc, tu le vois régulièrement. Vous êtes restés en contact.

Tuan écarta les bras en signe d'impuissance.

— Malheureusement non. Il est venu le jour de son arrivée, comme toi, puis plus de nouvelles ! Il devait me rappeler, mais ne l'a pas fait.

— Tu sais où il habite ?

— Pas du tout. Je n'ai aucun moyen de le joindre. Mais toi, tu ne sais pas ?

— Si je te le demande !

Tuan ne l'avait pas quittée des yeux.

— Tu m'as l'air stressé, jolie Estelle…

Elle ramena une mèche de sa perruque derrière l'oreille.

— Pas plus que d'habitude. Mais j'espérais que tu me dises où le trouver.

— Désolé…

— Tant pis. Au fait, il avait l'intention de se déplacer en province. Peut-être t'a-t-il dit où…

Tuan acquiesça :

— Il a parlé de Lam Dong. Pour un reportage sur le minerai. Mais je lui ai déconseillé d'y aller. En réalité, il m'est apparu assez évasif et perdu. Ne sachant pas trop ce qu'il voulait ni ce qu'il ferait. Je n'avais pas gardé ce souvenir de lui.

— Et depuis, rien ?

— Pourquoi le cherches-tu ?

— Il me doit de l'argent, improvisa Becker.

— Oh !

— Il n'y a pas de problème. J'en ai seulement besoin plus tôt que prévu. Eh bien, si tu as des nouvelles, appelle-moi là.

Elle lui tendit une carte avec le numéro vietnamien de la puce achetée à l'aéroport.

— Et autrement, demanda Tuan, tu continues le métier ?

— Pute ?

— Ce mot ne s'accorde pas à ta bouche, Estelle. Mais oui, je parle de ton métier de call-girl, bien sûr. Quoi d'autre ? Tu sais, j'aimerais que tu reviennes chez moi de temps à autre. J'ai parmi mes clients réguliers deux ou trois porcs qui te regrettent.

— Tes nouveaux riches ? Tes minables hommes d'affaires parvenus, corrompus jusqu'à l'os ?

— Beaucoup mieux. Ou bien pire, selon ce qu'on pense. Les derniers à m'avoir demandé de tes nouvelles, c'étaient le patron de Vietel et le sulfureux sous-directeur du contre-espionnage.

— Qui ça ?

— Thành, le colonel du TC2. Tu lui as laissé un souvenir impérissable. Il ne s'en est toujours pas remis.

Le visage de Becker s'éclaira subitement. Si la nuit passée en compagnie de l'homme fort des services secrets vietnamiens lui cuisait encore, elle n'aurait pas une seconde imaginé pouvoir l'approcher de nouveau. Tuan lui offrait une occasion inattendue de revenir dans le jeu. Et d'apprendre où en était la traque de Rohde pour aider Caron.

— Pourquoi pas ? fit-elle d'un air détaché. Quand est-ce qu'elles pointent leur nez chez toi, tes huiles ?

— Le gars de Vietel, tous les soirs de la semaine. Celui du TC2, chaque samedi un peu avant la fermeture.

Ça laissait deux jours à patienter à Becker. Elle consulta son calepin pour la forme et accepta la proposition.

— C'est vraiment parce que j'ai besoin d'argent. Et pour te faire plaisir. Je viendrai samedi.

61

Rose réapparut à midi et demi et trouva Caron encore sur le lit, toujours nu.

— Tu n'as pas pris ta douche ?

Caron ignora la question.

— J'ai de mauvaises nouvelles, dit-il. J'ai essayé d'appeler le Français dont je t'ai parlé, le patron du tour-opérateur. Tu ne devineras jamais...

— Il a été arrêté !

— En tout cas, ça y ressemble. Embarqué par des officiels, selon son assistant.

— *Shit !*

— Et toi ?

Rose monta la clim et entreprit de changer de robe.

— C'est infernal, il n'a jamais fait aussi chaud à Saigon à cette saison.

— Qu'est-ce que t'as appris ? insista Caron.

— Moi, j'ai de bonnes nouvelles. D'après la femme que j'ai envoyée à Trần Não, personne ne s'est présenté à la maison après le meurtre de ton confrère. En revanche, le propriétaire a assisté à la suite. L'arrivée de la police, puis de l'ambulance. Ils ont embarqué le cadavre sans chercher de témoins. Il paraît que ça n'a pas duré plus de cinq minutes.

— Alors, on dirait bien un coup de tes services.

— Pas forcément. Peut-être avaient-ils déjà une idée des auteurs du meurtre.

— Et la maison ? Ton émissaire a rencontré la personne ?

— Non. Elle a appris qu'elle s'était réfugiée chez un parent en province.

— Pourquoi s'il n'y avait pas de problème ?

— Parce que la famille a également découvert qu'un couple de ses amis avait été sauvagement assassiné pas loin de chez elle. Des gens qui avaient parlé à ton confrère dans l'après-midi. Deux malheureux vieillards qu'on a torturés avant de les refroidir.

— Et tu prétends que ce sont de bonnes nouvelles ? On n'a plus aucun moyen de pister Philippe Rohde.

Rose s'assit sur le bord du lit et se serra contre Caron.

— Si. J'ai obtenu les coordonnées de la personne à laquelle devait vous conduire ce contact. Je m'en suis occupée, on la retrouvera à Cu Chi en fin de journée. Il nous attendra à 16 heures près de la carcasse d'un tank M41 laissé sur le site. Je connais l'endroit. Il se fera appeler Paul.

— Il a accepté comme ça ?

Rose croisa ses doigts avec ceux de Caron.

— J'ai plus d'un tour dans mon sac, tu sais.

— Explique…

— C'est un catholique. Originaire du Hố Nai. Nous avons parlé politique et religion. Et je lui ai dit que ce serait un Français qui le contacterait. Un Français qui connaissait Rohde. Tu peux le prouver ?

— J'ai toujours sa photo. J'aurais dû la détruire, mais je l'ai conservée.

— Tant mieux.

— Quel âge a-t-il ?

— Un peu plus que toi. Il dit avoir été un de ces résistants qui ont participé aux derniers combats de Xuan Loc contre l'invasion communiste en 1975.

— C'est quand même étonnant qu'il t'ait raconté ça, non ?

— Nous avons aussi parlé de l'histoire de mon père. Ça l'a mis en confiance. Ce sont des choses entre Vietnamiens que tu ne peux pas comprendre.

— Je veux bien essayer.

— Non, trop compliqué.

— Soit ! Comment fait-on ?

— Je vais demander au restaurateur, en bas, d'envoyer deux hippies acheter des billets pour une excursion à Cu Chi cet après-midi. Il faut se dépêcher. Les derniers bus partent vers 13 h 30. Tu attendras devant la galerie Ha Noi qui vend de vieux posters politiques sur Bùi Viện. C'est quasiment à la sortie de la ruelle.

— Et toi ?

— T'inquiète ! Je serai déjà dans le car. On ne se parlera pas avant d'arriver à la visite de la fabrique de laques où travaillent des victimes de l'agent orange. Ça fait partie du programme du tour. Tu te fondras dans la masse des touristes. Une fois à Cu Chi, on leur faussera compagnie pour rejoindre notre homme. Il se fera appeler Paul.

— C'est tiré par les cheveux, ton plan. Que j'aille visiter les tunnels, ça passe, mais toi ? Une Viêt toute seule dans le bus, c'est pas bizarre ?

— Décontracte-toi. Je me ferai passer pour une touriste chinoise. Comme je parle la langue, ce ne sera pas très compliqué. Personne ne posera de questions.

— Tu parles vraiment chinois ?

— Le mandarin, oui.

— Tu l'as appris à l'école ?

— Non. Dans mon enfance, l'éducation nationale l'avait banni de l'enseignement. Je l'ai étudié à l'école de police spéciale. Bon, prépare-toi, on lève le camp dans dix minutes.

62

Khang venait de terminer de réunir la liste d'opposants politiques qu'il voulait soumettre au général Tho, comme celui-ci l'avait réclamé à la fin de la dernière séance plénière du Politburo. Ceux qui étaient censés avoir pris contact avec Gordon Wallace. Des professeurs, des médecins, des journalistes et quelques petits chefs d'entreprise disséminés du nord au sud du pays, histoire de compliquer la tâche du TC2 afin que ses hommes de main relâchent la pression sur Rohde le temps nécessaire pour l'équipe chinoise de le capturer.

Il relut encore une fois la vingtaine de noms inscrits sur la feuille de papier et essuya sur son pantalon ses mains trempées de sueur. Il fallait créer une situation d'urgence absolue et, présentée ainsi, celle-ci ne manquerait pas de modifier les plans de Tho et de lui faire abandonner quelques jours la traque de l'agent français. Que les cibles présentées soient totalement innocentes, Khang s'en fichait comme de ses premières maîtresses. L'important était de passer entre les mailles du filet.

Khang se servit une tasse de thé vert et alluma une cigarette. Si tout fonctionnait comme il l'avait imaginé, l'Américain serait éliminé dans les deux jours et les autres au cours des deux semaines suivantes. Ne restait plus à espérer que le général, ce vieil imbécile prétentieux et buté, laisse un peu de mou dans la traque de Rohde pour s'attacher à régler en priorité le problème

Gordon Wallace. Dès lors que le mot CIA avait été prononcé, rien ne pouvait normalement constituer une prérogative plus urgente que d'éliminer ce qui représentait encore le mal absolu pour un vieux Viêt-minh comme lui. Mais Khang s'interrogeait encore. Tho avait agi si souvent à l'inverse de ce qu'on attendait de lui que tout était toujours possible.

63

Parvenu à Hoc Mon, le car quitta la route principale pour s'engager sur une allée de terre au moment où l'accompagnateur de l'agence *Kim Travel* terminait de raconter les conséquences désastreuses du déversement massif de défoliant au cours de la guerre américaine. « Plus de trois millions de personnes ont été directement contaminées et plus d'un million sont aujourd'hui affectées par les résidus de l'agent orange, affirma-t-il. La région de Cu Chi a été avec celle de Danang la plus exposée aux bombardements à la dioxine. Nous allons vous présenter une entreprise montée par le gouvernement vietnamien dans laquelle sont hébergées quelques-unes de ces victimes. Les gens que vous verrez sont atteints à des degrés divers, mais encore capables de mener une existence presque normale. Mais au musée de Cu Chi, ou au musée militaire de Saigon, vous verrez des photos d'enfants sans yeux, sans système auditif, sans bras ni jambes. Des malheureux qui naissent encore avec de multiples handicaps du fait de l'exposition de leurs parents ou de leurs grands-parents à l'agression bactériologique des Yankees. »

Caron écoutait à peine. Cette histoire du *Yellow Rain* était une abomination, mais il aurait aimé demander au guide ce qu'il pensait de l'emploi, dans les années qui avaient suivi la victoire communiste au Sud, de cette saloperie contre la résistance nationaliste Mhong au Laos par les troupes d'Hanoi, comme il l'avait vu faire lors d'un reportage dans la zone du mont Phou Bia. Cette épouvantable vision de la forêt brûlée par l'acide et des dizaines de corps de maquisards éparpillés sur le terrain, morts dans des souffrances atroces, le hantait encore. Passablement en colère, il ravala sa question et attendit que le car se gare. Après tout, le guide était dans son rôle. Si les Américains n'avaient pas laissé derrière eux des dizaines de tonnes de ce produit, les Vietnamiens n'auraient pas été tentés de les utiliser dans leur propre guerre de pacification du Laos. Évidemment !

L'entreprise Handicapped Handicrafts, fondée en 1976, se voulait à la fois humanitaire, pédagogique et commerciale. Une trentaine d'adultes plus ou moins affectés par des troubles liés à la dioxine étaient pris en charge à vie après avoir appris le métier de laqueur. Les touristes les regardaient préparer des panneaux représentant des scènes champêtres ou mythologiques à l'aide de coquilles d'œufs broyées sur quoi viendrait se poser la laque. Ils étaient disposés en rang d'oignons depuis la première jusqu'à la dernière étape du processus de fabrication que le guide commentait en s'appliquant à revenir sans cesse sur les dommages de guerre. Puis on entrait dans la salle de vente.

Alors que Caron contemplait un gigantesque triptyque représentant un vol d'aigrettes au-dessus d'une rizière, Rose s'approcha et s'adressa à lui en anglais :

— Cela te plaît ?

— C'est très beau.

— Oui, mais très cher. Trois fois le prix proposé dans les galeries de Saigon, fit-elle à voix basse.

— Que va-t-il se passer maintenant ?

— On va prendre une collation dans la buvette à l'extérieur, et on poursuivra notre périple jusqu'aux tunnels. Tu as remarqué, personne ne s'intéresse à nous. Au fait, si on te pose la question là-bas, tu diras que tu es belge. Je vais te laisser aller te rafraîchir, puis on se reparlera à Cu Chi, près du tank.

Caron réfréna un ricanement. Il avait servi le même mensonge au colonel Thành lorsqu'il l'avait croisé le premier jour au palais de la Réunification et cela ne l'avait pas empêché de se retrouver sur la liste noire du TC2.

Rose tourna les talons et s'éloigna. Caron jeta un coup d'œil circulaire autour de lui. Le guide discutait avec la tenancière de la boutique. Les touristes fouillaient dans l'amoncellement de petits objets laqués, cherchant un souvenir bon marché à acheter. En fait, si la balade vers les tunnels se déroulait tel que Rose le lui avait annoncé : une excursion tranquille, bien rodée, sans imprévu, il avait du mal à imaginer qu'elle puisse le conduire à Rohde, même si celui-ci avait fui Saigon en empruntant cet itinéraire. C'était trop calme. Trop convenu.

64

Tho avait sa tête des mauvais jours. Son cendrier débordait de mégots. Sur son bureau, à côté de l'ordinateur, la bouteille de whisky avait remplacé l'habituelle théière, signe imparable que la discussion allait être houleuse. Thành connaissait son patron. Lorsque le Johnnie Walker était sorti avant le déjeuner, ce n'était jamais pour célébrer un événement ou pour porter un toast avec son invité. C'est que la situation était critique.

Ce matin, au vu de la rougeur qui avait envahi le visage du général, il fallait s'attendre au pire. Thành le salua aussi bas que ses rhumatismes le lui permettaient et attendit que l'orage éclate.

— Le Politburo m'assigne une mission que je n'attendais pas. Le Premier ministre est très déçu du manque de résultats sur l'affaire Rohde et se trouve obligé de surseoir à la poursuite de celle-ci. C'est inadmissible qu'elle n'ait pas encore été conclue. Qu'est-ce que tu as foutu ?

Thành se redressa péniblement.

— Mais j'ai considérablement avancé, général. Je viens d'apprendre qu'il avait rejoint le site de Cu Chi le jour de sa disparition, puis qu'il s'est réfugié, sans doute ensuite, dans un village minoritaire grâce au soutien du directeur d'un tour-opérateur. Un Français que je viens de terminer de débriefer.

— Encore un Français ?

— Bien sûr !

Tho s'emporta :

— Alors, Điện Biên Phủ, ça ne leur a pas suffi, ils nous emmerdent encore ! Qui c'est, celui-là, un type de l'ambassade ?

— Non. Un privé comme je vous l'ai dit. Un type qui dirige depuis une vingtaine d'années une agence de voyages spécialisée dans les trekkings.

— Comment l'as-tu trouvé ?

— Grâce à des révélations obtenues de l'historien Lê Bao Thu, le nom vous dit certainement quelque chose…

Tho sursauta.

— Thu ? Qu'est-ce qu'il vient faire là-dedans ?

— Un blogueur arrêté m'avait informé qu'il avait rencontré Rohde, peu avant la fuite de celui-ci, mentit Thành. La suite m'a conduit à ce patron d'agence touristique.

— Et qu'est-ce que tu as appris d'autre ?

— J'ai tiré de Lê Bao Thu tout ce qu'il y avait à savoir.

— Où est-il ?

Thành se fendit d'une mimique servile.

— Dans la rivière…

— Hum ! gronda le général. Ça lui pendait au nez depuis un moment. Parfait. La priorité, maintenant, est de s'occuper d'un Américain. Nous avons sur les bras une sale affaire de déstabilisation politique…

Après avoir résumé à Thành l'histoire concoctée par le numéro trois du Politburo, Tran Hung Khang, le général donna ses ordres d'une voix froide, presque désincarnée, que le colonel lui connaissait trop bien et qui le fit frémir :

— Ce Yankee, il ne doit pas revenir de sa partie de pêche nocturne. Et s'il ne va pas à la rivière ce soir, tu feras le boulot demain ou après-demain. Priorité absolue. On s'occupera de

Rohde plus tard. Quand tu en auras terminé avec ce fumier de la CIA et avec quelques vendus dont je vais te donner les noms.

Thành considéra la liste avec stupéfaction.

— Cela va nous bloquer deux ou trois semaines !

— Tu as cinq jours pour achever le boulot. Cinq.

— Rohde risque de nous échapper si on n'exploite pas immédiatement mes informations.

— S'il se trouve, comme tu le prétends, dans un village minoritaire, il est dans un cul-de-sac. Je vais faire disposer des troupes dans la zone, histoire de le garder au chaud. On le coxera plus tard.

Pour connaître parfaitement la région, et selon les informations livrées sous la torture par Xavier Frébourg, Thành savait que Rohde disposait de multiples pistes d'exfiltration. Il réfléchit un instant et décida d'abattre sa dernière carte :

— Général, je dispose d'une autre information.

— Quoi encore ?

— L'autre personne de la DGSE que nous cherchions est arrivée.

Le visage de Tho s'assombrit.

— Depuis quand ?

— Quelques jours, mais l'Immigration, cette bande d'incapables, a mis du temps à la repérer. Rassurez-vous, elle est depuis vingt-quatre heures entre les mains d'une de mes meilleures taupes. Une masseuse du *Continental*.

— Et tu me révèles ça maintenant !

— J'ai été très occupé à interroger plusieurs des derniers contacts de Rohde. Dans la mesure où j'avais une chance de parvenir jusqu'à lui avant l'envoyé de Paris, j'ai considéré qu'il était moins urgent de vous alerter sur la présence de son collègue.

Il regarda ses mains et ajouta :

— Je n'ai pas compté mes heures ni ma dépense d'énergie, général.

— Tu as fait quoi de ces gens ?

— Ils ne parleront plus. Ils ne seront plus d'aucune aide pour Rohde. Affaire classée.

Un rictus découvrit les dents plantées à la diable du général.

— Écoute-moi bien. Tu vas liquider ce connard immédiatement. On ne va pas le laisser dans la nature au risque qu'il remonte jusqu'à Rohde avant nous.

— Avant l'Américain ?

— En même temps. Débrouille-toi avec ta call-girl. Qu'elle l'attire dans un piège.

— Je crois que c'est fait…

65

À Pékin, se tenait au même moment une réunion de la plus haute importance dans le bunker souterrain situé à proximité des collines des sources de jade, au nord-ouest du Palais d'été. Le major général du Quinbaobu, la branche action du Renseignement de l'armée populaire, se trouvait engagé dans une course contre la montre dont l'issue, s'il n'en sortait pas vainqueur, risquait de compromettre l'embellie passagère des relations avec le voisin vietnamien. Ce que la Chine redoutait par-dessus tout. Trop d'efforts avaient été entrepris depuis vingt ans pour aplanir les dissensions avec Hanoi. D'abord le règlement temporaire du contentieux sur la souveraineté en mer du Sud, l'éloignement du petit frère du parapluie militaire américain au profit d'un rapprochement avec Pékin, puis la création de couloirs économiques majeurs entre Haiphong et les provinces du Yunnan et du Guangxi permettant la captation d'une large part de la production d'hydrocarbures vietnamiens et, depuis peu, de celle de bauxite. Mais surtout, l'opportunité offerte par cette dernière joint-venture d'installer dans les zones d'extraction des milliers d'ouvriers chinois dont la première des fonctions était d'appartenir au dispositif militaire de la République populaire de Chine. On n'était jamais trop prudent. Chacun, ici, savait que la pacification de la région n'aurait qu'un temps. Qu'elle n'était qu'un leurre.

Un grand jeu de go destiné à neutraliser diplomatiquement ses voisins et lui permettre d'affirmer un jour ses ambitions d'expansion économique et politique dans la région avant de s'attaquer au monde global.

Or, un homme risquait de faire s'effondrer ce scénario comme un vulgaire château de cartes. Un seul homme détenant des informations aussi explosives qu'un baril de nitroglycérine. Cet agent français introuvable depuis des jours, caché quelque part au Viêtnam, et que les services viêts ne devaient à aucun prix récupérer.

Le major général apostropha Cheng d'un ton rageur.

— Le TC2 est en passe de trouver Philippe Rohde. Les dernières informations plaident toutes dans ce sens. Qu'est-ce que tu fiches ?

— Nous aurions pu le récupérer depuis longtemps si nous avions collé au train du Japonais, se défendit le lieutenant. Mais les ordres ont été de l'empêcher de rejoindre l'agent français. C'était une erreur.

— Qui a décidé de cette opération ?

— Les ordres sont venus d'ici, fit Cheng, confus. Je n'ai pas eu le temps de confirmer auprès de vous ni auprès du Guoanbu. L'action m'a été confiée sans aucun délai de réflexion. Nous avons eu, mon équipe et moi, moins d'une heure pour mettre en place cette mission, décider du *modus operandi*, voler un camion et procéder à la neutralisation de la cible. J'en suis profondément désolé.

— Le patron du Quinbaobu brisa la règle qu'il tenait entre ses doigts.

— C'était stupide. Nous devons maintenant repartir de zéro et empêcher en plus le TC2 de nous coiffer au poteau. Et sans faire de vagues ! Est-ce que tu surveilles toujours les équipes du colonel Thành.

— En permanence. J'ai les mêmes informateurs. Il est depuis cet après-midi occupé prioritairement à une autre mission. Je ne sais pas pourquoi exactement, mais les Vietnamiens ont mis en réserve leur chasse à l'homme. Ils ont donné la priorité à l'élimination d'un autre agent de la DGSE envoyé par Paris pour récupérer son collègue.

— Première nouvelle ! Et tu fais quoi ?

— Je le cherche aussi, évidemment.

— Bien. Celui-là, il va falloir le protéger jusqu'à ce qu'il nous mène à Rohde.

— Et ensuite ?

— Ensuite, nous n'aurons plus besoin de lui.

66

Contrairement à son habitude, Rose n'avait pas répondu aux multiples appels du Colonel Thành. Ça devenait préoccupant. Après vérification, celui-ci avait appris que Minh Thi Hong n'avait pas dormi dans son studio du marché central, qu'elle avait fait un détour aux aurores par le *Continental,* puis qu'elle était repassée chez elle en coup de vent avant de filer vers Bùi Viện où la filature exercée par Tac s'était perdue. Entre-temps, le deuxième agent français se rapprochait dangereusement de Rohde. Il avait contacté Rose, son identité était désormais avérée, et il se trouvait maintenant à Cu Chi ! Tous les renseignements lui étaient parvenus trop tard. Encore un raté monumental ! *Je suis damné. Tout dans cette histoire est maudit ! Et Rose qui maintenant est injoignable !*

Thành ne comprenait plus rien. Minh Thi Hong ne l'avait informé qu'en début d'après-midi, sur une messagerie dédiée, de son déplacement. Pourquoi ne l'avait-elle pas appelé en direct ? Il y avait quelque chose que le colonel ne maîtrisait plus et il détestait cela. Qu'une informatrice chevronnée comme elle, engagée dans une action aussi cruciale, ne communique plus était impensable. Mais si la jolie Rose était muette, son téléphone pouvait encore lui donner des nouvelles. Personne n'échappait au maillage installé par Vietel. Nulle part dans le pays. Il restait cette dernière solution pour que le colonel sache ce que manigançait Rose.

Lorsque l'information lui fut communiquée, Thành fulmina. *Cette pute est encore à Cu Chi et n'a toujours pas trouvé de moyen de me joindre ! Est-ce qu'elle ne serait pas en train de me refaire le coup de Lam Dong avec Rohde ?*

Car, si Rose avait transmis l'essentiel : l'excursion programmée avec Caron, le rendez-vous qu'il devait avoir avec un Vietnamien, mais en ne donnant aucune précision sur celui-ci, elle s'était apparemment débrouillée pour que le TC2 n'ait pas le temps d'intervenir.

Thành s'emporta et envoya valser le dossier qu'il tenait entre ses mains. La photo de Caron virevolta un instant et atterrit à ses pieds. Thành marcha dessus rageusement. *Je vais m'occuper de toi séance tenante, mon gaillard,* gronda-t-il. Il regarda sa montre. Tac et son binôme devaient déjà être sur place. L'hélicoptère qui les avait emmenés n'avait besoin que d'un petit quart d'heure pour rejoindre le site.

Il attrapa son téléphone, hésita un moment, puis appela son tueur pour modifier les consignes.

67

Sur l'immense esplanade au milieu de la noria d'autocars, à travers le musée et la boutique de souvenirs de guerre, puis dans le souterrain menant au site, Caron, emporté par la foule des touristes, ne put s'empêcher de penser à Rohde. C'était une curieuse manière d'entrer dans la clandestinité. *Peut-être la meilleure, finalement,* se dit-il. Les gens se pressaient pour accéder aux tunnels, les guides les emmenaient au pas de charge en brandissant des fanions aux couleurs de leur tour-opérateur respectif. La visite était réglée comme une horloge suisse. Personne ne se préoccupait de son voisin.

Rose était invisible. Sans doute perdue quelque part au milieu d'un groupe d'Asiatiques. Le but de l'excursion était maintenant de repérer où se trouvait le char américain.

Aussitôt après le couloir d'accès au site, un panneau résumait les consignes à observer au cours de la balade. Conseillant aux visiteurs de ne pas s'écarter des sentiers, de ne pas entrer seuls dans les tunnels et de respecter la propreté du lieu. Puis un second, immense, présentait le plan de l'endroit. Ce à quoi ressemblait cette gigantesque termitière au plus fort de la lutte contre l'envahisseur américain. Le réseau des galeries enterrées sur trois étages. Un labyrinthe s'enfonçant dans le sol sur plus de trois cents kilomètres où, selon l'avertissement, grouillait encore, dans l'humidité de ses parties les plus profondes, une faune dantesque. Des scorpions, des araignées, des scolopendres, des serpents venimeux et des rats gros comme des chats. Au-delà s'étendait une forêt dense plantée de massifs de bambous, de tecks, d'hévéas et de cocotiers, parsemée d'anciens canaux d'irrigation. Ce qui avait été rasé à coups de milliers d'hectolitres de défoliant pendant la guerre avait repoussé. On n'y voyait pas à dix mètres.

Caron quitta discrètement le groupe et, après avoir photographié le panneau avec son iPhone, bifurqua sur un sentier en direction de l'endroit où le plan indiquait la présence du tank détruit. Le blindé devait se trouver à quatre ou cinq cents mètres.

Sous les arbres, la lumière commençait à baisser. Dans moins d'une heure, le crépuscule envahirait la végétation. Il devait se dépêcher s'il voulait rencontrer Paul, avoir le temps de discuter avec lui, et retourner au bus avertir qu'il rentrerait à Saigon par ses propres moyens, ainsi que Rose l'avait prévu.

Le M41, détruit par une mine en 1970, était échoué dans une petite clairière, protégé par un auvent de feuilles de latanier comme si, bizarrement, il avait eu à craindre les intempéries. Caron s'amusa intérieurement de l'idée et entreprit de faire le tour du monstre. Un homme d'une soixantaine d'années était assis en bordure de la futaie, absorbé par la lecture d'un petit livre consacré à l'histoire des tunnels qu'il tenait bien en évidence, ainsi qu'il en avait été convenu avec Rose. Posé à ses côtés, le parapluie de clergyman complétait les signes de reconnaissance prévus.

Caron s'approcha.

— Bonjour Paul.

Le Vietnamien le salua rapidement et lui fit signe de le suivre. C'est quand ils furent enfin à l'abri des regards, cent mètres plus loin, dissimulés au fond d'un cratère de bombe de B52, que l'homme engagea la conversation.

— Nous allons aller à l'endroit où votre ami s'est caché pendant deux jours avant de filer vers la frontière. Il y a laissé un message, je sais. Vous y trouverez certainement les informations que vous cherchez.

— C'est lui que je cherche !

— Il n'est pas prévu que je vous y conduise. Je l'ai dit à Mlle Rose.

Caron s'étonna :

— Ce n'est pas du tout ce qu'elle m'a rapporté. Nous sommes venus ici pour retrouver Rohde. Rose m'a affirmé que vous nous y conduiriez.

— Ce n'est pourtant pas le marché que nous avons conclu. Il n'était question, pour ma part, que de venir ici. Mais, allons déjà à l'endroit où j'avais conduit votre ami. Mlle Rose nous attend à proximité.

— Elle connaît donc l'endroit ?

— Je viens de le lui indiquer et...

Une rafale d'arme automatique couvrit la fin de la phrase.

— Qu'est-ce que c'est ? fit Caron en sursautant.

Le contact afficha un air surpris.

— Vous ne savez pas ? C'est une mitrailleuse. Ça provient du champ de tir installé pour les touristes.

— Avec de vraies balles ? s'étonna Caron.

— Oui. On peut tirer à la kalachnikov, au M16 et au M60 aussi, comme ce que vous venez d'entendre. De vieilles armes encore capables de faire de jolis trous. Mais ne craignez rien, vous ne risquez pas de ramasser une balle perdue. Tout ça est très encadré par les soldats.

— Je n'ai pas peur. Je suis abasourdi, c'est tout. Il y a donc des fusils qu'on prête aux étrangers...

— Qu'on loue ! On leur vend les munitions très très cher. Mais ça va bientôt cesser. La nuit va tomber et les conditions ne seront plus favorables. Et puis c'est l'heure à laquelle les militaires regagnent leur camp. Les armes attendront les prochains clients de demain matin.

— Elles restent sur place ?

— Elles sont enchaînées sur le pas de tir par le canon. En fait, il s'agit d'une précaution pour qu'un touriste ne tue pas son voisin par accident. Pas pour les sécuriser contre le vol.

Le vieux Paul étouffa un ricanement.

— Personne n'aurait l'idée d'en voler, ajouta-t-il. Une fois les visites terminées, le site est bouclé. Hermétiquement. On devrait d'ailleurs se dépêcher. Il nous reste à peine trente minutes avant l'heure de fermeture.

Au débouché de la piste sur une nouvelle clairière, Paul s'arrêta et désigna le sol.

— C'est ici.

Caron plissa les yeux et regarda autour de lui. *Qu'est-ce qu'il me raconte, ce mec ?* Il n'y avait rien d'autre devant lui qu'un tapis de feuilles mortes. Il allait en faire la remarque quand Paul tapa du pied trois fois à la base d'un gros hévéa. Aussitôt, deux mains sortirent de terre, poussant au-dessus d'elles une trappe complètement indétectable. Puis Rose apparut.

Caron en resta médusé.

— Voilà, dit Paul, c'est ainsi que les Viêt-cong entraient et sortaient de leurs cachettes. Dépêchez-vous de vous glisser à l'intérieur du trou.

Rose avait allumé une lampe dont le rayon lumineux éclairait une pièce d'une dizaine de mètres carrés. Paul attrapa la torche et s'enfonça dans les entrailles de la cavité.

— Nous avons une quarantaine de mètres à parcourir avant de rencontrer un deuxième puits et descendre plus profond dans un autre boyau qui nous conduira à la salle où s'est caché M. Rohde. Attention à votre tête. C'est très étroit et très bas de plafond.

Malgré son âge, le vieux guide se déplaçait avec aisance. Tantôt légèrement courbé, tantôt presque à quatre pattes, Rose sur ses talons, qui ne semblait pas plus incommodée que lui. Derrière, Caron soufflait comme un animal pris au piège.

— C'est infernal, bredouilla-t-il. Comment faites-vous ?

— De vieux réflexe, cher monsieur, rétorqua Paul. J'ai été plusieurs années rat de tunnels avec l'armée du Sud. J'ai pourchassé les communistes pour les détruire au fond de leur cachette. C'est comme le vélo, ça ne s'oublie pas. Même si mes jambes ne sont plus aussi jeunes. Mais il y a bien pire en dessous. Là, je n'irais plus. Je n'ai plus l'âge.

Parvenu à une nouvelle salle, il désigna un renfoncement creusé dans l'argile.

— Nous y sommes. C'est ici que j'ai quitté votre ami. Il devait y passer quarante-huit heures avant de poursuivre son périple. Le temps, sans doute, de retrouver quelqu'un d'autre pour le guider plus loin.

— Qui ? questionna aussitôt Caron.

Paul prit un air entendu :

— Mais, celui qui nous a mis en relation, un Français comme vous...

Caron regarda Paul, complètement abasourdi.

— Vous voulez dire : le tour-opérateur ?

— Lui-même.

— J'ai pourtant longuement parlé à Frébourg. Jamais il n'a évoqué avoir pris en charge Rohde le dernier jour. Il ne vous avait d'ailleurs même pas mentionné. Il a fallu cet événement terrible avec mon confrère japonais pour qu'on remonte jusqu'à vous. Qu'est-ce que je dois croire ?

Paul eut un geste apaisant.

— C'est normal, M. Rohde cloisonnait tous ses contacts. Je n'ai fait que le réceptionner ici parce que je connais comme ma poche le dédale des galeries. La suite, c'est M. Frébourg qui s'en est occupé. S'il ne vous en a rien dit, c'est qu'il ne devait pas le faire. Je suppose que votre ami ne tenait pas à ce qu'on sache où il allait. Personne.

Jusque-là, Rose n'avait pas dit un mot. Elle avait suivi en silence et attendait, maintenant, accroupie sur ses fesses à la manière locale.

— T'en penses quoi ? lui demanda Caron à voix basse.

— Rien, murmura-t-elle. Je n'aurais jamais dû venir. Je n'apprécie pas la tournure que prend notre balade.

Elle calculait mentalement le temps écoulé depuis le message envoyé à Thành. Si le colonel avait décidé d'agir, il ne fallait surtout pas qu'il la trouve en compagnie de Paul. C'était peut-être une question de minutes avant que lui ou ses hommes ne débarquent.

— Il faut sortir d'ici. C'était absurde d'imaginer le retrouver à Cu Chi. Il faut rentrer à Saigon et essayer autrement.

Caron se tourna vers Paul.

— Vous êtes sûr de ne pas savoir où Rohde est allé ?

— Bien sûr que je le sais. Il a pris la direction de la frontière. Mais où exactement, c'est la question.

— Yamazaki m'avait pourtant affirmé que vous étiez son plus proche collaborateur…

— À Saigon, oui. Pour le reste, M. Yamazaki n'était au courant de rien.

Caron hésita un instant à attraper l'homme par le col, tant ce qu'il disait semblait être cousu de fil blanc.

— Dépêche-toi, fit Rose.

— Calme-toi, objecta Caron. Encore une minute. Je fouille la pièce et on ressort.

Il saisit la torche des mains de Paul et éclaira le bat-flanc. À la tête de la couchette était disposé un oreiller de pierre. Mais l'emplacement s'avéra vide.

— Qu'est-ce que tu cherches ? s'impatienta Rose.

Paul a affirmé que Rohde avait laissé un message. On ne va pas repartir sans essayer de le récupérer.

Il balaya ensuite le plateau de la table, fouilla au milieu de morceaux de bois pourris entassés au sol. Sans plus de résultats.

— Vous êtes certain que c'était là ? demanda-t-il à Paul qui commençait lui aussi à regarder sa montre.

— Bien sûr que c'était là ! Mais peut-être M. Rohde n'a-t-il pas fait ce qu'il a dit... Il faut y aller. L'heure tourne et nous risquons de nous faire enfermer.

Furieux, la mort dans l'âme, Caron obtempéra.

— Bon, allons-y. Je reviendrai plus tard, grommela-t-il en se disant qu'il recontacterait Frébourg aussitôt rentré à Saigon.

Celui-là allait devoir s'expliquer. À moins que Paul ne raconte que des sornettes, il était bien celui qui en savait le plus sur Rohde. Mais pourquoi ne l'avait-il pas dit lors de leur rencontre ? C'était impensable qu'il lui ait fait perdre autant de temps ! Avec un peu de chance, la police ne l'aurait pas gardé trop longtemps. Il devait déjà être retourné à son bureau. Toute la journée, Caron s'était efforcé de se persuader que la visite des flics à son agence n'avait rien à voir avec lui.

Il laissa Rose passer devant lui et invita Paul à lui emboîter le pas.

À l'instant où il s'apprêtait à quitter l'endroit, le rai de lumière de sa torche accrocha un paquet de gauloises froissé dans un coin de la pièce.

— Attendez, fit-il. Je crois que j'ai trouvé.

Il ramassa et ouvrit l'étui de carton. Une feuille était pliée à l'intérieur, recouverte de quelques lignes d'une écriture fine et serrée : « Prière de cesser toute recherche. Reprendrai contact plus tard. »

— Alors ? insista Rose d'un ton qui se voulait davantage un reproche qu'une question.

— On y va, répondit Caron encore sous le coup de ce qu'il venait de lire.

Le message confirmait celui envoyé à la DRSD annonçant la fin de sa mission. Rohde exigeait donc qu'on lui foute la paix. Pour quelle raison ? Ce n'était plus son problème en même temps que cela expliquait l'attitude de Frébourg.

— Tu ne reverras pas Philippe de sitôt, dit-il à Rose. On rentre à Saigon et je reprends l'avion pour Paris.

Dans l'obscurité qui les enveloppait, il ne remarqua pas la stupéfaction qui envahit le visage de la jeune femme.

68

Malgré l'heure tardive pour un fonctionnaire, Tho était encore au bureau, plongé dans ses dossiers. Comme s'il avait été en permanence sous le regard du Politburo. La nuit était tombée d'un coup. C'est à peine s'il avait remarqué que la sentinelle avait allumé la loupiote de sa guérite au bout de l'allée du parc, tant il était absorbé par la liasse de documents envahissant sa table de travail. Le général était de la vieille école, celle du papier, du crayon et de la gomme. Il n'avait jamais voulu qu'un ordinateur pénétrât dans la pièce. L'informatique s'arrêtait après l'antichambre, dans la cellule occupée par son secrétaire particulier dont la porte presque toujours entrouverte permettait à Tho de demander au sous-officier les renseignements lorsqu'il en avait besoin et de lui transmettre ceux qu'il souhaitait faire numériser et archiver.

— Général, le colonel Thành demande à être reçu, annonça le militaire.

Tho referma la chemise rouge qu'il avait sous les yeux et répondit de faire entrer son adjoint. Inutile que celui-ci s'aperçoive que son chef était en train d'examiner sa fiche personnelle pour la mettre à jour avant de la faire passer au Premier ministre comme celui-ci l'avait exigé en fin d'après-midi. Thành était sur la sellette, mais Tho ne voulait rien en dire. Si le Politburo avait décidé que le colonel ne faisait plus l'affaire, l'important était de ne pas faire partie des dommages collatéraux. Dans une chemise verte, trois curriculum vitæ étaient prêts à être soumis à l'appréciation de ses membres pour le remplacer. Il n'y avait plus qu'à attendre le résultat de la réunion du lendemain. D'ici là, le sort de Thành était entre ses propres mains. On verrait bien ce qu'il avait à annoncer. Une fois complétée, la chemise rouge serait scannée par le sous-officier et mise à disposition du Premier ministre sur le circuit crypté du Gouvernement. Quelle que soit la décision finale, Tho l'approuverait.

— Assieds-toi, fit-il à Thành. Une tasse de thé ?

Le colonel accepta en s'inclinant respectueusement. D'habitude, l'adjoint refusait toujours. Tho flaira immédiatement que les nouvelles allaient le satisfaire. *Ce sombre crétin aurait réussi son coup ?* pensa le général.

— Alors ?

— L'Américain est au fond de la rivière. Du boulot propre et vite fait. Deux plongeurs s'en sont occupés en face du compound BP. L'homme a été tiré hors de sa barque et noyé aussitôt. À la distance à laquelle il se trouvait du restaurant, les clients attablés à la terrasse ne pouvaient rien distinguer de la scène. Ça s'est passé sans un cri. L'embarcation a été ensuite poussée vers l'autre rive. Voilà un problème réglé. Et j'ai enclenché aussitôt la deuxième opération. Une de mes équipes est partie s'occuper du premier nom de la liste fournie par Khang. Un médecin qui réside à Bien Hoa. On va l'attirer à une adresse que nous possédons dans les environs. Et demain, nous neutraliserons l'avocat qui réside à Hô Chi Minh-Ville. Mais ce sera plus difficile avec les trois autres personnes du coin, car elles sont en relation. Je cherche une solution pour les faire tomber ensemble.

— Parfait. Et les autres ?

— J'ai besoin de temps, général. Celles de Danang ne poseront pas de difficultés, mais celles ciblées à Thuận An et Mỹ Tho sont plus difficiles à approcher.

— Combien de temps ?

— Au bas mot deux semaines.

— Je t'ai donné cinq jours, pas un de plus. Et le Français ?

Thành faillit dire ce qu'il avait appris concernant Rohde et qu'il venait d'engager une action contre Caron, mais se ravisa. Il ne voulait pas non plus entrer dans des explications concernant la conduite de Rose. Inutile de le rapporter au général qui l'en rendrait à tous les coups responsable. Mieux valait attendre. S'assurer que l'opération avait réussi. C'était maintenant une question de minutes avant que son équipe l'informe du résultat. Malgré les atermoiements de son informatrice, son équipe avait rattrapé le temps perdu et se trouvait maintenant à pied d'œuvre. Avec un peu de chance, il réveillerait le général au milieu de la nuit pour lui offrir sur un plateau la tête du Français. Cet enfoiré serait bien surpris. Avec un tel trophée à son actif, le Politburo ne pourrait que le féliciter. Il aurait réussi à régler à la fois une partie du problème soulevé par Khang avec l'Américain et celui de l'agent de Paris malgré les consignes stupides données par Tho qui avait ordonné d'attendre avant de relancer la traque aux espions de la DGSE. Le Premier ministre comprendrait alors facilement que le vieux avait fait son temps. On le dégagerait avec les honneurs et il le remplacerait. Et ce jour-là serait peut-être le lendemain matin, à l'issue de la réunion hebdomadaire du Politburo…

— Le Français ? Nous y travaillons. J'ai plusieurs pistes. Mes informateurs du bureau de Bangkok m'ont averti qu'il pourrait s'agir d'un journaliste rattaché autrefois à l'AFP. On recoupera les infos dès que possible. Ce ne sera pas long.

— Je te le souhaite, Thành.

— Merci, général.

— Ne me remercie surtout pas. Termine ton boulot rapidement. C'est tout.

Tho saisit la théière et resservit une tasse à son adjoint, en lui versant, comme par mégarde, le premier jet de liquide brûlant sur les doigts.

— Oh ! Je suis désolé, s'excusa-t-il avec un sourire énigmatique.

69

Déjà, les langues de brume montaient du sol, disputant à l'obscurité naissante le bas de la forêt. Rose se détacha du groupe et allongea le pas.

— Je me dépêche, dit-elle à Caron. On se retrouvera au car.

Il la regarda s'éloigner, un peu décontenancé. Quand elle eut disparu au premier coude de la piste, Paul se tourna vers lui.

— Pourquoi ne reste-t-elle pas avec nous ?

— Pour ne pas éveiller les soupçons des autorités. Nous sommes venus séparément, on rentre à Saigon de la même façon. Nous aussi, nous devrions nous quitter ici.

Mais le Vietnamien le retint par le bras en posant un index en travers de ses lèvres.

— Vous avez entendu ? chuchota-t-il.

— Quoi ? fit nerveusement Caron.

— Comme un bruissement. Il y a des gens dans les taillis.

Caron dressa l'oreille et maudit sa surdité.

— C'est rien. Des touristes qui rejoignent la sortie...

Mais le visage de Paul s'était décomposé. Il serrait plus fort le bras de Caron, cherchant à l'entraîner à l'opposé d'où il disait avoir perçu le frôlement.

— Écoutez encore...

Effectivement, quelque chose avait bougé derrière le rideau de bambous. Un léger déplacement, à pas feutrés semblait-il, émettant un son cotonneux et impossible à percevoir en raison de l'assombrissement du lieu qui paraissait monter du sol de seconde en seconde.

— Calmez-vous. Probablement un animal...

— Je peux vous affirmer qu'il y a au moins deux personnes.

À l'instant où Caron se dégageait de l'étreinte de son guide, un trait fouetta l'air et un bruit mat se fit entendre derrière eux. Caron pivota. Une courte flèche métallique s'était enfoncée dans le tronc d'un hévéa. Entre Paul et lui, à moins d'un mètre derrière eux.

Dans la seconde, un juron fusa là où le bruit s'était fait entendre dans les broussailles et un homme se dressa. Un Asiatique, vêtu d'un pantalon gris et d'une vareuse vert olive passe-partout, qu'on distinguait à peine. Dans la foulée, il replaça une flèche dans l'arbalète qu'il tenait entre ses mains et leva l'arme. Puis un deuxième coup fut tiré.

Caron poussa Paul et se jeta à terre. Le carreau siffla au-dessus de sa tête et se perdit au loin. Il entendit Paul crier. Le Vietnamien se tenait le genou qu'il venait de se luxer en chutant à terre, le visage décomposé par la douleur. Caron l'attrapa au vol, le releva et le poussa devant lui. Il fallait fuir. Prendre le plus de distance possible avec les deux tueurs.

L'extrémité de la canopée venait d'absorber les dernières plages de lumière. Dans quelques minutes, le fond de la forêt serait plongé dans une opacité totale. Déjà, les troncs des arbres et le sol se confondaient dans un magma sombre et moutonneux. La dernière chance d'échapper aux traits de l'arbalète. Une main serrée sur le dos de la veste de Paul, Caron accéléra, ignorant ses plaintes.

Au débouché d'un rideau de bambous, son regard accrocha un instant une forme immobile. Un corps dressé comme une statue, à moitié avalé par la nuit.

— Rose ? appela Caron du fond de la gorge.

Puis la silhouette disparut. *Ce n'est pas possible, j'ai rêvé !* Il accéléra encore et ce fut bientôt une course hallucinée au milieu de nulle part. Il courait à perdre haleine, poussant Paul, le relevant lorsqu'il chutait, l'entraînant de nouveau. Le sentier sur lequel ils s'étaient engagés rétrécissait à vue d'œil. Des branches tentaient maintenant de les retenir. Derrière eux, le bruit sourd d'une cavalcade approchait puis s'éloignait. Jusqu'à ce qu'un rayon lumineux indiquât où se trouvaient leurs poursuivants.

Le tireur enrageait. Jamais il n'avait raté une cible si proche. Deux fois de suite, ça ne lui était jamais arrivé. L'arbalète, utilisée dans les opérations létales très discrètes, il la maîtrisait pourtant parfaitement. L'impossibilité de se servir, ce soir, de son bon vieux 9 mm le mettait hors de lui. Le colonel n'avait rien voulu entendre : « Pas d'arme à feu sur le domaine de Cu Chi ! » avait-il ordonné. Et ce foutu étranger qui détalait comme un lapin, il n'aurait pas cru que ce fut possible. Heureusement, il y avait ce vieillard avec lui qui ralentissait sa fuite. À bout de bras, sa torche balayait la forêt. Encore quelques minutes et il les retrouverait. Même s'il ne les entendait plus, il les sentait tout près. Un dernier effort et il leur tomberait dessus et finirait le travail au couteau. La perspective d'une mutation dans un régiment du Nord où il terminerait le reste de sa vie de soldat à faire du terrassement le terrifiait. Jamais sa femme qui attendait un bébé n'accepterait de le suivre là-haut. Elle le quitterait avec les enfants, demanderait le divorce et se remarierait. Il connaissait la musique par cœur. Les filles du Sud étaient ainsi. Beaucoup trop attachées à leur terre et leurs parents pour s'exiler à deux mille kilomètres de là. Quelques-uns de ses collègues en avaient fait l'expérience. Et ça le terrorisait. Jamais il ne s'en remettrait. Les deux fuyards devaient être neutralisés coûte que coûte.

Sans ralentir, il replaça une flèche sur l'arbalète. Mais la torche s'échappa de ses mains et il jura. En la ramassant, le rayon frappa ses yeux. Tout à coup, ce fut le noir complet autour de lui. Le temps que ses rétines s'habituent de nouveau à l'obscurité, il comprit que la situation venait de s'envenimer. Les hommes qu'il poursuivait avaient disparu. La forêt était redevenue silencieuse, seulement troublée par le chant lancinant des grillons et le croassement des crapauds buffles.

Trois cents mètres plus loin, Caron et Paul avaient piqué vers la rivière. Le terrain descendait en pente douce vers les berges. Le ruban sombre de l'eau scintillait par endroits sous la lune qui venait d'apparaître.

— Cachons-nous là, bredouilla Paul.

— Et après ?

— Avec un peu de chance, nous trouverons un bateau pour nous éloigner.

Caron pesta lorsque le sol glissant lui fit perdre l'équilibre.

— Un bateau ?

— Il y a toujours des pêcheurs qui descendent le fleuve. Attendons un peu. Et laissez-moi faire.

Caron frotta ses bas de pantalon pour se débarrasser de la terre grasse qui les maculait. Il vérifia qu'il n'avait rien perdu dans sa chute et s'accroupit à côté de Paul en lisière de la mangrove.

— Il va falloir quand même entrer dans l'eau pour atteindre le bord, constata Paul. On fera une toilette plus tard.

Caron nota que son accompagnateur avait repris courage et en fut satisfait.

— Vous avez encore mal ? demanda-t-il.

— Ça va. Ce n'est rien à côté de ce qui nous guette. Taisons-nous maintenant et attendons.

Devant eux, la rive opposée de la rivière n'était plus qu'une masse sombre, informe. Tout autour, les ténèbres avaient avalé les moindres détails de la berge. On n'y voyait plus à dix mètres. Alors Caron se mit à inspirer et expirer longuement. Il regarda sa montre et se dit qu'à cette heure, ses collègues du journal devaient être en conférence de rédaction à discourir sur les sujets qu'ils préféraient, les dernières petites phrases des deuxièmes couteaux du paysage politique, et cette idée lui arracha un soupir de regret. François Dupuy ne se sentait jamais aussi à son aise que dans ces réunions absurdes à refaire le monde et à en tirer des conclusions qui s'avéraient toujours fausses. Mais ainsi allait le journal. Pourtant, à ce moment précis, Caron aurait apprécié d'y être. En bout de table à faire tourner son stylo entre ses doigts. Il soupira et se concentra sur l'eau qui clapotait entre les racines des palétuviers.

— Regardez ! s'exclama Paul.

Une barque approchait dont le fanal, dissimulé sous un dais, produisait une petite lueur tremblotante. Puis le tac-tac saccadé des pistons du moteur roula jusqu'à eux.

— C'est un pêcheur ! s'excita Paul. Il vient vers nous. Il va accoster sur notre droite. Allons-y.

Mais Caron avait des jambes de plomb. La peur était revenue et elle se répandait dans tous ses membres.

— Attendons encore.

Paul s'était déjà redressé. Caron le saisit par le pan de sa veste.

— Attendez ! je vous dis.

— Monsieur Vincent, c'est peut-être notre unique chance de nous enfuir avant que le tueur nous trouve !

— Une minute, je vous demande une seule petite minute !

Presque aussitôt, l'embarcation aborda et une femme sans âge en sortit, chargée d'énormes paniers. Paul se dégagea et se précipita. Un instant plus tard, il faisait signe à Caron de le rejoindre.

— Vous avez deux cents dollars ? Elle accepte de nous conduire à Saigon pour deux cents dollars.

— Saigon ?

— Oui, où voulez-vous aller ?

— Mais partout sauf à Saigon !

— Vous voulez faire comme Rohde ? Disparaître ?

Caron ne savait plus.

— Il faut se planquer, dans l'immédiat. Et vous croyez que Saigon sera l'endroit idéal ?

— Dans l'immédiat, il faut partir d'ici. La femme propose Saigon. On ira chez un ami, dans la banlieue. Et on décidera là-bas de la suite. Faites-moi confiance, je suis dans la même panade que vous. À Saigon, on peut encore passer inaperçus. Nulle part ailleurs.

— OK. On embarque.

Un quart d'heure plus tard, la chaloupe quittait le cours d'eau principal pour s'enfoncer dans un arroyo. Instantanément, Caron eut l'impression de pénétrer au cœur d'un boyau d'une noirceur insondable dont la largeur semblait rétrécir au fur et à mesure qu'ils progressaient. Deux gigantesques murs de palmes les encadraient dont les cimes culminaient à plus de quinze mètres au-dessus d'eux.

— Nous voilà au milieu de rien ! maugréa Caron.

— Qu'est-ce vous dites ?

Paul s'était retourné vers lui et Caron ne distinguait plus autre chose que la masse vaporeuse de sa silhouette. Il ne répondit pas et ferma les yeux.

70

Complètement abattu, Perrin frappa à la porte du bureau de son patron. Jamais il n'aurait imaginé devoir un jour annoncer qu'il venait de trahir un ami. Le mercenaire était arrivé à Saigon. Les dés étaient jetés. Il n'osait même pas y penser. Comment Tesson s'y prendrait pour remplir son contrat ? Et comment lui, Perrin, devrait ensuite gérer l'affaire auprès de ses autres honorables correspondants ? Parce qu'il y avait une chose dont il était sûr, c'est que cette pathétique histoire finirait bien un jour par ressortir. Les contacts de Caron sur place, Becker… Et Tesson qui, avec un verre de trop dans le nez, était capable du pire pour se vanter de ses exploits !

De l'autre côté de la porte, la voix du patron aboya un ordre bref. Perrin pesa sur la poignée et resta sur le seuil du bureau.

— C'est fait, annonça-t-il sobrement.

— Ton emmerdeur ?

— L'opération a démarré. L'homme de Bangkok est sur place. Vous me confirmez qu'on maintient la mission ?

Le général s'empourpra subitement.

— Tu insistes encore !

— Je voudrais juste vous faire remarquer qu'on prend un risque énorme. Ça m'étonnerait que cette histoire demeure confidentielle longtemps. Comment ferions-nous ?

— On l'a déjà fait, non ?

— Avec Tesson ? Ça pourrait nous revenir cher. Vous y avez pensé ?

Derrière son bureau, le patron commençait à s'impatienter. Il se leva, renversa d'un revers de la main une carafe d'eau qui explosa au sol et hurla, les deux poings sur la table :

— C'est ta responsabilité. Tu te démerdes.

Perrin secoua la tête sans ajouter un mot, puis sortit à reculons.

La porte refermée, il prit la direction de la machine à café en traînant les pieds. La pire journée de sa vie commençait. Pour la première fois, il se sentait complètement coincé. Avec une impression de lassitude et de tristesse jamais éprouvée jusqu'alors. Ne restait plus qu'à attendre le message fatidique. Connaissant Tesson et ses dons de chasseur, ça ne tarderait pas à venir. Que ferait-il ensuite ? Comme d'habitude ! Il passerait à la machine à broyer les documents concernant Caron, puis chercherait à oublier en allant quelques jours dans la maison familiale du cap Ferret. Il boufferait des tonnes d'huîtres et boirait des litres de vin blanc. Et quand il reviendrait à Paris, il demanderait à quitter le service opérationnel, en espérant que le spectre de Caron ne le harcèle pas. Il avait son lot de revenants depuis toutes ces années. Caron serait celui de trop. Celui qui pourrait le conduire à prendre un soir son 9 mm et se coller le canon sur la tempe.

71

Le patchouli couvrait à peine les relents de fruits pourris planant dans la maison aux persiennes obstinément closes. Ne supportant plus la lumière du soleil depuis que le flash d'une grenade lui avait brûlé les rétines, Mme Lien vivait depuis des années à l'éclairage électrique. Au fil des ans, la poussière avait envahi chaque pièce du logement sans qu'elle y prenne garde. Elle n'avait jamais fait le ménage. Des bols de riz à peine consommés, des paquets de gâteaux entamés, des assiettes de papaye oubliées traînaient ici et là. Lien ne s'en préoccupait pas, attendant qu'une petite-nièce vienne une fois par semaine débarrasser les ordures pour les sortir dans la poubelle de rue.

La nonagénaire n'avait d'intérêt que pour les filles qu'elle avait placées dans les divers bordels et salons de massage de la ville. Et pour ses relevés bancaires qui grossissaient de jour en jour. Autrefois agent sexuel pour le Viêt-minh puis pour le Viêt-cong, son ancienne proximité avec le défunt général Giap, le vainqueur de Điện Biên Phủ, lui avait permis d'épouser en troisièmes noces, au tournant de la dernière guerre, un cadre du parti devenu depuis l'un des promoteurs immobiliers les plus puissants d'Hô Chi Minh-Ville. Le décès du mari avait laissé Lien à la tête d'une fortune considérable. La quasi-totalité des immeubles de la prestigieuse avenue Nguyen Huè du centre-ville lui appartenait. Les hôtels, les restaurants, les clubs, les galeries commerciales faisaient pleuvoir sur elle chaque semaine des centaines de milliers de dollars qu'elle destinait à une seule cause : l'entretien de centaines de filles chargées de vendre leurs charmes pour le régime. Des putes de luxe employées à rencontrer et à corrompre diplomates et hommes d'affaires étrangers.

Lien menait son troupeau d'une main de fer. Pour elle, les années de combat n'étaient pas finies, les ennemis du socialisme n'avaient pas déposé les armes et il lui eut été impensable de s'endormir sur les lauriers de la victoire de 1975. Quatre décennies plus tard, elle continuait à poursuivre de sa haine viscérale l'Occident qui avait tant fait souffrir son pays. Quant à la Chine, dont les visées expansionnistes venaient de se ranimer, elle l'aurait pour le moins convaincue de la nécessité de poursuivre ses activités. Les nombreuses médailles dont l'avait gratifiée le général Tho lui rappelaient chaque jour l'importance de sa mission et rien, sinon la mort, ne lui aurait fait baisser les bras.

À 93 ans, percluse de rhumatismes, presque aveugle, elle croyait toujours dur comme fer au rôle qu'elle avait à jouer. Et, ce matin, elle était contrariée. Son vieux compagnon de route, le colonel Thành, était en colère. En colère contre l'une de ses protégées dont elle était particulièrement fière. Une gosse, élevée dans l'une des pires familles anticommunistes, dont elle avait fait l'un de ses meilleurs agents. Elle lui avait appris l'anglais et le chinois, les bonnes manières de l'ancienne société, et transmis en même temps cette rage de servir la cause du nouveau Gouvernement. Elle lui avait appris l'art de la dissimulation, du mensonge, et de se servir de sa beauté pour piéger les cibles du Politburo. Elle l'avait initiée au sexe en balayant tous les interdits que la morale catholique de ses parents lui avait inculqués. Elle en avait fait une arme de chair et de sang à quoi rien ne résistait et voilà qu'elle n'avait pu, pour la première fois, mener à bien coup sur coup deux missions parmi les plus importantes qui lui avaient été confiées.

Lien était atterrée. Rose allait devoir s'expliquer.

La puanteur du lieu saisit Rose aux narines. Il devait bien y avoir deux ou trois ans qu'elle n'était pas revenue dans le logement de la vieille maquerelle et elle constatait que rien n'avait changé. Pourquoi d'ailleurs y aurait-il eu une amélioration ? Lien s'enfermait petit à petit dans son passé, ne s'extrayant de son environnement que pour mépriser davantage chaque jour le monde extérieur. Elle possédait des millions de dollars et survivait comme une semi-clocharde, n'attachant d'importance qu'au Politburo et à celui qui avait guidé toute sa vie, le père de la nation, l'embaumé de la place Ba Dinh à Hanoi devant lequel elle allait se recueillir une fois par an depuis son exposition dans son catafalque de verre.

Rose s'aperçut qu'elle transpirait. Lien lui faisait peur. Une salope pire que les plus épouvantables sorcières des contes pour enfants qu'elle avait lus dans sa jeunesse.

Elle était entrée sans sonner, aussitôt happée par l'odeur fétide de la première pièce.

— Je suis là, maîtresse Lien, annonça-t-elle en forçant la voix pour que la vieille l'entende.

Mais Lien était derrière elle, dans un recoin, collée au mur comme une statue. Elle poussa Rose du bout de sa canne vers un canapé défraîchi. Sur le pommeau du stick de bambou, ses ongles noirs de crasse étaient d'une longueur étonnante, effilés comme les pointes d'un stylet, et Rose se souvint que Lien s'en servait parfois pour griffer les filles lorsqu'elle n'obtenait pas ce qu'elle attendait d'elles.

— Va t'asseoir, marmotta-t-elle.

Ses dents laquées de noir conservaient des restes de chique. Rose ferma un instant les yeux, puis s'efforça de sourire.

— Viens pas minauder, c'est pas la peine, gronda Lien. Nous avons un problème et TU es ce problème.

— Si tel est le cas, j'en suis navrée. Soyez assurée, maîtresse Lien, que je ferai tout pour y remédier.

— C'est ça, c'est ça… Thành est très en colère contre toi. D'abord tu laisses filer cet agent de la DGSE, puis tu perds son remplaçant. Et tu ne réponds plus aux messages du colonel ! Sais-tu ce que tu risques ?

— J'avais cassé mon téléphone, se défendit Rose en exhibant un appareil neuf. J'ai dû en acheter un autre à Hoc Mon.

— Et tu n'as pas trouvé le temps de rappeler Thành ?

— Je ne me souvenais pas de son numéro. Il était enregistré sur le mobile, pas sur la carte SIM.

— Pourquoi as-tu envoyé un SMS au lieu de l'appeler en direct ?

— Pour ne pas éveiller la méfiance du Français, maîtresse Lien. Ensuite, j'ai pensé que le message suffirait.

— Comment s'est décidée ta virée à Cu Chi ? Tu es partie de ton propre chef sans en référer avant…

— C'est le Français qui l'a voulu. Subitement. Il n'en avait pas parlé auparavant. J'ai dû m'adapter. Et batailler pour l'accompagner, car il souhaitait y aller seul.

Lien ne cessait pas de la fixer. Quelque chose dans son regard indiquait qu'elle ne croyait pas un mot de ce qu'elle entendait. Rose transpirait. Elle avait pris trop de risques dans cette histoire, caché trop de choses au TC2, notamment en omettant de mentionner Paul. Si la femme qu'elle avait envoyée à Trần Não venait à être connue un jour de Thành ou de Lien, elle serait démasquée.

— Avec qui le Français avait-il rendez-vous ? demanda alors la maquerelle.

Le cœur de Rose fit un bond dans sa poitrine.

— Je ne suis pas au courant, se défendit-elle. Caron m'a faussé compagnie aussitôt après être descendu du bus.

— Pourquoi n'as-tu pas rendu compte aussitôt ? Il a fallu que Thành l'apprenne par une autre source. Il est furieux.

— Franchement, j'ai pensé que la priorité était de retrouver Caron. Je l'ai cherché jusqu'à la fermeture du site.

— Et après ? s'énerva Lien.

— J'étais de nouveau dans le bus, au milieu de Vietnamiens. Je ne pouvais pas téléphoner.

Appuyée sur sa canne, Lien l'observait à travers les deux fentes étirées de ses yeux.

— Tu as réponse à tout, bien sûr !

— Je ne dis que la vérité, maîtresse Lien.

— Le rapport, petite écervelée ! Le rapport ! Ne t'ai-je pas appris qu'il fallait toujours rendre compte sans attendre ?

— Si, maîtresse Lien. Je suis désolée, mais c'était un cas de force majeure. Je ne pouvais pas.

Le pommeau de la canne frappa Rose sous le menton, et la laissa stupéfaite à essayer de canaliser la douleur.

— J'ai agi comme on me l'a enseigné, en privilégiant la discrétion, sanglota-t-elle en levant les deux mains au ciel. J'ai commis une erreur et je le regrette maintenant.

— Tu étais avec ce Français la nuit qui a précédé votre départ pour Cu Chi, n'est-ce pas ?

Rose ne répondit pas et redoubla de gémissements.

— Nous savons qu'il n'a pas dormi dans son hôtel, ni toi dans ton appartement, alors ?

Lien savait y faire en matière d'interrogatoires. Trente ans d'expériences entre 1945 et 1975 l'avaient aguerrie bien plus que nombre de sbires du colonel Thành. Sans doute plus que Thành lui-même. Elle procédait lentement. Par enfermements successifs de sa proie. Mettant à son profit tous les non-dits, toutes les erreurs, tous les silences, toutes les attitudes de ceux qui tombaient entre ses mains. Et Rose qui n'avait rien préparé concernant cette nuit-là !

— Nous avons passé la nuit ensemble dans un bar sur Bùi Viện, murmura-t-elle. Nous avons bu et je me suis endormie sur place.

Lien approcha son visage de celui de Rose. Une intenable odeur d'ail digéré flottait autour d'elle.

— Tu vas me retrouver ce Français et prévenir le colonel dès que ce sera fait.

Puis, sa main libre décrivit un arc de cercle, arrachant un cri à Rose.

— Tu t'en souviendras, comme ça, fit-elle en appuyant sur l'estafilade qui barrait sa gorge. Essuie-toi et fous le camp.

En quittant le taudis, Rose suffoquait. Avec l'épouvantable impression d'être passée très près de la fin. Mais avec la satisfaction, aussi, de savoir que Caron était encore libre.

72

La gifle prit Tac par surprise. Depuis trois minutes qu'il se faisait engueuler par le colonel, il ne pensait pas que celui-ci le frapperait. Pas une seule seconde. Jamais Thành n'avait levé la main sur lui. Tac en revenait d'autant moins que le coup avait été violent. Sa joue lui cuisait. Et plus grave, son amour-propre en avait été blessé. Méchamment.

Thành n'avait pas crié. Au contraire, il avait enfilé les réprimandes et les injures d'une voix sourde et tremblante, à peine audible. Sa colère concentrée dans son regard. Jusqu'à la gifle en point d'orgue.

Tac baissa la tête et recula comme s'il avait voulu se fondre dans le décor de la pièce. Puis il se mit à compter les secondes. Comment allait-il justifier qu'il avait raté une cible à moins de quinze mètres ? Qu'est-ce que le patron allait décider ?

Il se concentra sur ses énormes pieds, boudinés dans ses sandalettes, et attendit.

— Raconte dans le détail, gronda le colonel.

Au garde-à-vous, Tac entreprit le récit des événements :

— Oncle Thành, l'arbalète était défectueuse, je ne vois pas d'autre raison. Lorsque l'homme a débouché du tunnel, je le tenais dans ma ligne de mire, j'étais stabilisé contre un arbre, il se trouvait à quelques pas de moi et pourtant le carreau l'a manqué d'une bonne dizaine de centimètres. Alors que j'ai déjà touché des cibles à plus de cinquante mètres sans problème. J'ai nettement vu que la flèche était déportée sur le côté.

— Et t'as fait quoi, triple crétin ?

— Ensuite, il s'est mis à détaler, j'ai réarmé aussitôt, mais le coup s'est perdu. Il faisait aussi sombre que dans un four. Alors, j'ai couru, bien sûr. J'ai poursuivi les deux hommes...

— Et t'as pas pu rattraper des types de plus de 60 ans ? Tu te fous de moi ?

— Ils se sont perdus dans l'obscurité.

— Tu n'as pas ratissé la forêt ? demanda le colonel.

— Si, oncle Thành, mais il ne fallait surtout pas que les militaires du site m'aperçoivent. Ils ne devaient pas être au courant de l'opération, vous l'aviez exigé vous-même...

— Je veux savoir comment ces deux salopards ont réussi à s'esquiver.

— Tout porte à croire qu'ils ont bifurqué vers la rivière et trouvé un moyen pour quitter la zone. J'ai entendu un bateau approcher puis repartir en direction d'Hô Chi Minh-Ville.

Le colonel fixa Tac comme si celui-ci venait de proférer une énormité.

— Et tu me sers ça maintenant ! Tu m'aurais alerté immédiatement, j'aurais pu organiser une patrouille fluviale et faire arraisonner la moindre barcasse. Mais non, tu t'es contenté de rentrer tranquillement en ville !

— Cu Chi était fermé et bouclé. Il fallait arriver à sortir, aussi. Sans attirer l'attention comme vous l'aviez demandé. Ça m'a pris du temps.

— Donc tu es en train de me dire que tout est de ma faute !

Tac nia autant qu'il le put.

— Certainement pas, oncle Thành. Je pense seulement que vous avez été informé trop tard de la présence de l'espion à Cu

Chi. Vous avez fait aussi vite que vous avez pu et moi aussi, mais le temps nous a manqué.

— Tu aurais rendu compte immédiatement, j'aurais pu le faire intercepter. Et nous n'en serions pas là. Moi en tout cas à écouter un imbécile me raconter une histoire à dormir debout.

— Tout ce que je dis est vrai, oncle Thành. Je peux refaire un test avec l'arbalète devant vous, vous verrez qu'elle est faussée. Je vais retrouver l'espion et je ne raterai pas. Je m'y engage.

Le colonel se campa sur son canapé.

— Il n'y aura pas de prochaine fois, mon petit Tac. Tes derniers échecs sont impardonnables. Tu ne sers plus à rien, ici. Tu vas retourner en régiment.

Le tueur blêmit.

— Laissez-moi encore une chance, oncle Thành.

— Non. La chance a tourné pour toi. Et cesse de m'appeler oncle Thành. Je suis ton colonel. Tu vas reprendre les habitudes de soldat dès maintenant.

— Mais, mon colonel, j'ai quitté les régiments depuis dix ans. Mon travail aujourd'hui, c'est de tuer. Je peux encore vous servir…

Le regard de Thành s'alluma d'une lueur mauvaise.

— Eh bien, tu iras tuer le temps, soldat. À la frontière de Chine. Dès demain, tu prendras un vol militaire pour Lao Cai et tu rejoindras une unité de montagne. Il y a des routes à terminer dans le coin. Ça sera ta punition…

Tac sursauta. Ce qu'il redoutait depuis une semaine venait de se concrétiser. Ce porc de Thành l'envoyait dans un enfer de seconde classe. Il savait parfaitement que sa famille ne le suivrait pas. Qu'il perdrait femme et enfants. Thành ruinait sa vie. Comment pouvait-il balayer des années de bons et loyaux services ? Ces dizaines d'exécutions extrajudiciaires menées au profit de la raison d'État ? Tout ce qu'il avait accompli contre les ennemis du régime ? Il avait pris tous les risques pour satisfaire le carriérisme de son colonel. Avec le sentiment d'avancer toutes ces années sur une corde raide tendue au-dessus du vide et voilà que ce pourri de Thành décrochait le câble !

— Mon colonel ! Je vous supplie respectueusement…, haleta Tac en se mettant à genoux devant Thành.

Mais la seconde gifle le coucha par terre.

— Tu me dégoûtes, Tac. Hors de ma vue, maintenant. Fais ton paquetage et rejoins l'aéroport demain matin à la première heure. J'aurai réglé ton affectation d'ici là. Disparais !

Thành se retourna vers la fenêtre du bureau trop vite. S'il avait pu déchiffrer le regard que posa alors sur lui son homme de main, sans doute aurait-il agi différemment. Ou bien il aurait pardonné à Tac, ou bien ce dernier n'aurait pas quitté vivant le building. Mais il ne vit rien du feu qui incendiait les prunelles de son subordonné.

73

Chân Lý était occupée à faire la leçon aux motocyclistes qui garaient leurs engins devant la porte de l'hôtel, lorsque Pascal Tesson descendit du taxi. Il paya les sept dollars négociés avec le chauffeur sur le parking de Tân Sơn Nhất et contempla la scène.

La petite bonne femme ne se laissait pas faire, s'appliquant à crier toujours plus fort que ceux qui mégotaient, arguant que les trottoirs à Saigon étaient un vrai bordel et qu'il n'y avait pas de place pour leurs deux-roues. Et qu'elle-même laissait chaque matin sa Honda en travers, obligeant les piétons à descendre sur la chaussée pour franchir l'obstacle.

— Je m'en fous des piétons, hurlait-elle. Je veux que mes clients puissent accéder à mon hôtel. Allez vous garer ailleurs ou j'appelle la police.

Chân Lý désigna Tesson, le bras tendu.

— Regardez ce Yankee, il ne peut même pas entrer.

Puis elle se tourna vers lui.

— Vous êtes américain, n'est-ce pas ? Je viens de dire à ces crétins que vous l'étiez et qu'ils vous empêchaient de retourner à votre chambre.

La capacité de la jeune femme à changer de ton à la seconde fit rire Tesson.

— Disons que j'aimerais bien pouvoir en louer une…

— Ah ! Vous arrivez ?

— À l'instant, oui.

— J'ai cru que vous étiez déjà client, entré hier soir. Je ne suis là que le matin. Je ne vois pas tout ce qui se passe ici.

Chân Lý invita Tesson à l'accompagner jusqu'à la réception où elle se mit en devoir d'examiner le cahier de la clientèle.

— Vous êtes en déplacement professionnel ? demanda-t-elle.

— Pas du tout. Touriste ! J'habite à Bangkok, je m'offre une semaine de vacances. Bars, boîtes de nuit, massage et filles...

Chân Lý pouffa.

— Alors, vous êtes à la bonne adresse. Tout ce que vous cherchez est dans le quartier. Vous ne pouviez pas mieux tomber.

— Par exemple ?

— Dans la rue parallèle, sur Bùi Viện, il y a des tas de bars et de clubs sympas. Et si vous y allez par la ruelle juste à droite, vous verrez quatre ou cinq salons de massage très bien, pas chers du tout, qui fonctionnent jusqu'à minuit. Et juste à côté de l'hôtel, vous en avez un ouvert toute la nuit.

— Parfait ! Il faut compter combien pour un massage complet d'une heure ?

Les yeux de Chân Lý glissèrent jusqu'à la ceinture de Tesson avant qu'elle annonce dans un roucoulement que tout dépendait de la finition du service :

— S'il est vraiment complet, dans les vingt-cinq dollars au *Coconut* avec des gamines de 20 ans, gentilles et belles comme le jour, mais qui ne parlent pas bien l'anglais. Ailleurs, où vous aurez en plus la conversation, ça pourra aller jusqu'à soixante dollars. À vous de voir et de négocier, mais vous êtes plutôt bel homme...

— Pas mal, pas mal du tout, fit Tesson. Vous semblez en connaître un rayon...

— C'est mon métier aussi de faire plaisir aux clients, n'est-ce pas ? Je suis là pour les aider dans tous les domaines.

Elle se pencha alors par-dessus le comptoir, jusqu'à approcher son visage de l'encolure de Tesson pour lui murmurer dans l'oreille :

— Dans tous les domaines, y compris le sexe...

Tesson recula d'un pas, la considéra, les sourcils en accents circonflexes, avec un drôle de sourire au coin des lèvres.

— Au moins, vous, vous êtes directe.

— C'est ma nature, minauda Chân Lý. Et puis j'adore rendre service. Faut dire aussi qu'ici, dans cet hôtel, je suis au bon endroit. Et, au fait, comment nous avez-vous connus ?

— Par Internet. Vous sembliez très bien situés, ça m'a donné envie d'y descendre.

— Eh bien, c'est un excellent choix. Pourrais-je avoir votre passeport ?

Tesson le posa sur le comptoir. La réceptionniste s'exclama aussitôt :

— Français ! Encore, ma parole, j'y suis abonnée en ce moment !

— Ah bon ? enchaîna Tesson. C'est le gros des troupes ?

Alors, Chân Lý qui semblait réfléchir fit claquer sa langue avant de la passer sur ses lèvres vermillon.

— Oui, mais ils filent tous à l'anglaise. Un jour, ils disparaissent comme par enchantement, sans crier gare, et je me retrouve avec des chambres que je ne peux plus louer.

— Comment c'est possible, ça ? rétorqua Tesson, l'air incrédule.

— Tenez ! Il y a quelques jours, j'ai donné une chambre à un de vos compatriotes qui n'est jamais revenu. Il avait payé jusqu'à la fin de la semaine et puis, pffft, il a foutu le camp sans prévenir. Et avant lui, un autre. Une véritable épidémie, je vous dis.

Le pouls de Tesson venait d'accélérer. Un client envolé, ce pouvait être n'importe qui. Mais deux, la bonne femme parlait nécessairement de Rohde et peut-être de Caron.

Restait désormais à tirer astucieusement les vers du nez de la réceptionniste.

— Ah tiens ! Vos clients foutent le camp sans demander leur reste ? Y a des rats chez vous ?

Chân Lý leva les yeux au ciel en gloussant.

— Des rats, des cafards, des serpents, des margouillats… Non, ils ont dû trouver mieux ailleurs et n'ont pas voulu essayer de récupérer les quelques dollars de la fin de la location de leur chambre. Le problème, c'est que…

Mais elle s'interrompit un instant pour considérer Tesson des pieds à la tête, comme si elle avait voulu le jauger.

— Le problème, reprit-elle, c'est que je perds de l'argent en ne relouant pas les chambres tout de suite.

— Puisque vous me dites qu'ils ont payé…

— Je vous dis aussi qu'ils ne reviendront sans doute pas. Mais que je n'en suis pas tout à fait sûre.

— Et ?

— Si je pouvais les croiser quelque part en ville, je leur poserais la question. Mais je suis coincée à mon comptoir. Et, en attendant, j'ai des chambres vides pour rien.

— C'est ballot ! conclut ironiquement Tesson, avant de relancer la conversation tout en feignant de le faire par politesse. C'était quel genre de bonshommes ?

— Oh, ordinaires. Des touristes comme vous. Intéressés par les filles, les bars, les massages, vous voyez ?

— Très bien, c'est dommage que je ne puisse vous aider…

Chân Lý posa encore son regard sur lui l'espace d'un instant, puis fouilla dans un tiroir pour en extraire deux feuilles de papier.

— Tenez, les photocopies de leurs passeports. Vous pourriez peut-être les croiser en ville, on ne sait jamais. Vous leur demanderiez s'ils ont l'intention de revenir et vous m'avertiriez…

— En voilà une bonne idée ! s'esclaffa Tesson.

— Sérieusement, vous le feriez ?

Le mercenaire avait trop de pratique de l'Asie pour ne pas avoir détecté immédiatement que Chân Lý était une menteuse professionnelle. Et que Vincent et l'autre homme, certainement Rohde, dont la photocopie des passeports était devant lui, posaient un tout autre problème à la réceptionniste que celui qu'elle prétendait. *Toi, ma beauté, tu les cherches pour d'autres raisons que tu veux bien dire. Tu vas pas m'embrouiller longtemps.*

74

Ce n'était pas dans les habitudes du salon de massage du *Continental* de recevoir des femmes. La Mama San écarquilla les yeux lorsqu'elle entendit Estelle Becker lui réclamer une séance avec Rose.

— Vous souhaitez un massage ?

— Évidemment ! Quoi d'autre ?

— Mlle Minh Thi Hong n'a pas terminé. Puis-je vous proposer quelqu'un d'autre ?

— Non. J'attends.

Becker s'assit dans un fauteuil installé dans la salle de réception et commanda une bière.

Vingt minutes plus tard, un quadra rougeaud passait devant elle en baissant les yeux, Rose sur les talons. Becker leva son verre.

— À ta santé. J'ai demandé qu'on soit tranquilles pendant une heure.

— Je reviens te chercher tout de suite dans le vestiaire, répondit Rose sans laisser paraître la moindre émotion.

Quand Becker fut en peignoir, Rose était de nouveau derrière elle. D'un mouvement rapide de la tête, elle lui fit signe de la suivre et s'avança jusqu'à la cabine la plus éloignée de la réception.

— Je ne pensais pas te revoir si tôt, commença-t-elle en préparant le lit.

— Laisse ça, fit Becker en s'asseyant immédiatement. Je ne viens pas pour me faire papouiller.

— Quoi, alors ?

— Je cherche un de mes amis, Vincent Caron.

— Ah…

— Ne cherche pas à me raconter d'histoires. Je sais que vous vous êtes vus et que vous avez passé du temps ensemble. Dis-moi où je peux le joindre, son numéro habituel ne répond pas.

Rose replia la serviette qu'elle tenait entre ses mains, en s'appliquant à ne pas croiser le regard de Becker. L'attitude de l'Américaine était inattendue. À l'évidence, elle entretenait avec Caron des liens en relation avec son travail, ce qu'elle n'avait pas imaginé jusqu'à présent.

— Qu'est-ce qui ne va pas ? insista Becker.

— Ça va, mais quel est le problème ? répondit Rose d'un ton neutre.

— Rien qu'une petite urgence à traiter avec lui. Une affaire personnelle.

— Je n'ai aucun numéro à te donner, malheureusement. Il ne m'en a jamais confié aucun. Il est venu ici, deux fois et c'est tout.

— Ce n'est pas ce que je te demande. Je veux savoir où il est.

Rose prit une mine étonnée.

— À son hôtel, je suppose. Pourquoi t'adresses-tu à moi ?

— Parce que je sais que tu l'as vu très récemment ?

— Eh bien, tu le trouveras à son hôtel. Comme je viens de te le dire !

La voix de Rose tremblait maintenant de manière presque imperceptible. Elle venait enfin de réaliser que Becker était beaucoup plus que ce qu'elle prétendait être. Et pour une nouvelle, c'en était une de taille ! Thành serait ravi de l'apprendre et lui pardonnerait peut-être ses dernières erreurs.

— Et l'hôtel, c'est quoi ? Toujours le *Freedom*, sur Phạm Ngũ Lão ?

— Je crois...

— Rose, j'ai l'impression que tu me racontes des salades. Qu'est-ce que tu caches ?

Becker se releva et toisa la masseuse. Elle fit rouler ses épaules d'ancienne nageuse et répéta sa question. Rose ne cherchait plus à dissimuler l'agitation de ses mains.

— Pourquoi chercherais-je à faire des cachotteries ? Nous nous sommes disputés hier et je l'ai laissé tomber.

— Ici ?

— Non. À Cu Chi. Il voulait visiter le site et m'avait demandé de lui servir d'interprète. C'est quelque chose que je n'aurais pas dû accepter de faire. Tu connais les lois du Viêtnam, je n'avais pas le droit de l'accompagner.

— Et pourtant...

— Il m'avait promis pas mal d'argent.

— Qu'est-ce qu'il est allé foutre là-bas ?

— Il voulait voir les galeries fermées au public.

— Tu rigoles ?

— Non ! C'est la vérité. Et il ne m'a rien dit d'autre.

— Et vous avez pu y accéder ?

— On en a parcouru trois ou quatre, je ne sais plus.

— Pourquoi vous êtes-vous disputés ?

— Il me collait, comme ici, au massage. Je lui ai dit de garder ses distances, mais il ne voulait rien entendre. Donc, j'ai pris mes cliques et mes claques et je l'ai laissé tomber. C'est tout.

— Est-ce que tu sais au moins pourquoi il voulait aller là-bas ?

— Pas la moindre idée. Pour visiter, il m'a dit.

De nouveau, Becker se rapprocha de Rose qui recula et se planta dans un angle de la pièce, bras croisés sur sa poitrine.

— Tu viens ici me questionner comme un flic. Ça ne me plaît pas du tout. Est-ce que je te masse ou pas ?

Becker s'allongea et laissa pendre ses bras de chaque côté du lit.

— Est-ce que tu as couché avec lui, ici ?

Rose laissa ses mains en suspension comme si la question de Becker l'avait fouettée.

— Alors ?

— Nous avons fait l'amour.

— C'est quoi, la différence ?

— Il me plaisait. Ça te va ?

Becker cherchait à décrypter chacune des intonations de la masseuse. Au jeu du poker menteur, la petite Rose excellait. *Tu me prends vraiment pour une fleur bleue*, se dit-elle. *T'as vu Caron trois fois, t'en tombes amoureuse, tu couches avec lui, vous partez à Cu Chi tu sais pas pourquoi et tu l'abandonnes là-bas parce qu'il est tout à coup trop collant. Prends-moi pour une conne, ne te gêne pas !*

— As-tu déjà parlé de moi aux autorités ? lui demanda-t-elle à brûle-pourpoint.

Rose éclata de rire.

— Oh ! Grande sœur, je t'ai mise en contact moi-même avec le sous-directeur de la Sécurité ! Le colonel apprécie grandement vos parties de jambes en l'air, je crois... Qu'est-ce que j'aurais pu faire d'autre ?

— Et Caron ? Tu en as parlé ?

— Pourquoi l'aurais-je fait ? Tu penses que les autorités s'intéressent à un retraité en vacances ? Je viens de te dire que je regrettais d'être allé avec lui à Cu Chi.

Rose dégagea la serviette qu'elle avait placée sur les reins de Becker et entreprit de lui masser l'entrejambe.

— Est-ce que ça te plairait de te détendre un peu plus ?

Becker se raidit. Le fait que Caron ait pu s'amouracher de cette pute viêt la mettait hors d'elle.

— Ne change pas de sujet. Je ne suis pas venue pour prendre mon pied. Seulement pour savoir où je pourrais retrouver Caron. J'ai un besoin urgent qu'il me rende de l'argent que je lui ai prêté.

Ici, les dollars aplanissaient toutes les situations embarrassantes. Elle le savait. Restait à déterminer si Rose attraperait l'hameçon.

— Comment pourrai-je te joindre si j'ai des nouvelles ? demanda la masseuse.

— Je vais te laisser un numéro de portable.

— À quel hôtel es-tu descendue ?

— Je suis chez des amis. Je ne tiens pas à ce qu'on les dérange. Tu m'appelleras.

Rose venait d'attaquer le massage de la colonne vertébrale. Elle faisait merveilleusement rouler la peau sous ses doigts, pressant les nerfs et tirant sur les muscles. Becker essaya de lutter contre l'engourdissement qui la gagnait et ferma les yeux. L'image de Caron se dilua à l'intérieur de son crâne, comme emportée par le ressac de la mer. La respiration de Rose se confondit avec la sienne. Puis, le sommeil la saisit par surprise.

75

La théière fumait sur le bureau du général. Contrairement à son habitude, Tho était en civil, vêtu d'un pantalon en gabardine marron et d'une chemise hawaïenne, les pieds dans des tennis blancs.

Le cendrier débordait de mégots à moitié consumés.

Le patron était absorbé dans la lecture du *Nhân Dân* lorsque Thành pénétra dans la pièce. Il accueillit son adjoint sans lever les yeux du journal.

— Tu as enfin mis les bouchées doubles ?

— On a fait le boulot à Danang et à Bien Hoa.

— Parfait. Et à Thuận An et Mỹ Tho ?

— Pas encore.

— Je t'avais accordé cinq jours.

— Je sais, général, mais nous venons juste de localiser les cibles. Il faudrait encore un peu de temps pour repérer leur environnement avant d'agir.

— Le Politburo a encore insisté.

— Je fais de mon mieux, général. Mais l'avocat, c'est compliqué. On marche sur des œufs avec lui.

— Renforce ton équipe.

— C'est-à-dire que je manque de gens confirmés pour ce genre de neutralisation.

— Et Tac ? Il est en vacances, celui-là ?

L'évocation de ce crétin fit tressaillir Thành. Jamais le général ne s'était intéressé aux exécuteurs. Pourquoi aujourd'hui ? À l'heure qu'il était, Tac devait se trouver dans le bâtiment militaire de l'aéroport. *Est-ce que ce salaud avait pu foutre le bordel en racontant l'opération manquée à Cu Chi ?*

— Je n'ai plus confiance en lui. Depuis le ratage lamentable de l'interception du journaliste japonais, je préfère le tenir en dehors des activités du TC2.

Le général replia le quotidien qu'il tenait entre ses mains, et posa sur son adjoint un regard énigmatique. Thành essaya de le soutenir, puis renonça. La sueur commençait à mouiller sa chemise et il ne fallait surtout pas que Tho s'en aperçoive. Mais ce vieux salaud était une sorte de chien de chasse qui fixait sa proie en rapetissant les cercles au fur et à mesure. Il avait toujours agi ainsi, Thành le savait de longue date, et il viendrait forcément un moment où le général poserait des questions qu'il ne voulait pas entendre.

— J'ai réfléchi, fit Tho. Il semble que Paris ait décidé de nous soutenir dans le dossier de l'expansionnisme chinois. L'idée que Pékin puisse élargir sa zone d'influence sur le Viêtnam après avoir fait main basse sur le Cambodge ne plaît pas du tout au Quai d'Orsay...

— C'est intéressant, hasarda Thành.

— Ils en ont marre d'essayer de vendre des produits allemands ou néerlandais. Et marre que les instances européennes se couchent systématiquement devant les dernières volontés de Pékin et leur projet colossal d'ouverture des nouvelles routes de la soie. C'est aussi simple que ça. À nous d'en profiter.

— Comment ? questionna Thành.

— Mais en leur rendant leurs agents. Sans faire de vagues. Tu me suis ? L'un d'eux est bloqué sur les hauts plateaux, il ne pose plus de problème. Quant à l'autre, il faut maintenant l'identifier, le localiser et le récupérer en douceur. Qu'importe ce qu'on pense des Français. On va mettre au fond de notre poche notre rancune et tu me trouves une équipe pour travailler en parallèle de celles qui s'occupent de la liste de Khang. Ordre du premier secrétaire du parti.

Thành pensa aussitôt à Nhung à qui il avait demandé de prendre la suite de Tac. Le connaissant, celui-ci ne devrait pas tarder à lui apporter les oreilles du Français. Son dernier message indiquait qu'il venait de retrouver l'adresse de l'homme qu'était allé rencontrer Caron à Cu Chi. Dans la mesure où personne ne saurait jamais que cette conversation avec le général avait eu lieu, il pourrait toujours mettre sur le dos de Tho la responsabilité de la mort des deux agents de la DGSE. Ce serait sa parole contre la sienne. Le Politburo l'avait à la bonne. Ce serait l'occasion de prendre enfin la tête du TC2.

Il salua le général et commençait à tourner les talons lorsque Tho l'invita à s'asseoir.

— On a encore un certain nombre de sujets à passer en revue.

76

Après une carrière à se morfondre d'être né trop tard pour avoir été soldat en Indochine, à se faufiler dans tous les cercles d'anciens combattants, à écrire des thèses jamais publiées sur les grands chefs de guerre de cette époque – Leclerc, Bigeard, Navarre, de Lattre de Tassigny –, le colonel Paul-Henri Delamarre avait enfin décroché son bâton de maréchal : le poste d'attaché militaire à l'ambassade de France avec un bureau au consulat général à Saigon.

Depuis, curieusement, il avait été rattrapé par quelque chose qui s'apparentait furieusement au syndrome de Stockholm. Personne ne l'avait jamais kidnappé ni contraint, ici, mais il s'était pris d'une passion dévorante pour les vieux adversaires de son armée. Il ne manquait jamais une des cérémonies commémoratives de leurs victoires. Affichant une attitude de repentance au-delà de ce qu'aurait souhaité Paris. Il courait les cocktails des cercles militaires vietnamiens et épaississait son carnet d'adresses de tout ce qui comptait dans les divers comités populaires où il s'introduisait régulièrement.

Quoi qu'en pensaient ses chefs, Delamarre avait désormais le bras très long. Le Premier ministre l'avait convié au mariage de sa fille. Les autorités du parti pour la région du grand Hô Chi Minh-Ville l'invitaient fréquemment à des parties de golf.

Le message crypté, qu'il découvrit ce jour-là, envoyé par Perrin le laissa perplexe. Son ancien condisciple de Saint-Cyr avec lequel il avait fait les quatre cents coups dans leur jeunesse lui demandait ni plus ni moins de faire en sorte que les Viêts arrêtent un Français dans les meilleurs délais et le gardent au chaud quelques jours avant de l'expulser après l'avoir inscrit sur la liste noire des étrangers indésirables :

« Confidentiel Défense, urgent. Obtenir autorités locales arrestation compatriote Pascal Tesson, actuellement sur Saigon. Hors compte rendu à l'ambassadeur. Motifs selon ton choix : trafic d'antiquités, possession de stups ou délit sexuel, à voir. Photo sur adresse Facebook ci-jointe. Destruction de ce message obligatoire. Salutations. »

Perrin lui demandait ensuite de lui rendre compte par téléphone sur un numéro de portable personnel. Quelle mouche l'avait piqué ? Qui était ce Tesson pour qu'il mérite un tel traitement ? Et pourquoi ce message sur un canal inédit de la DGSE ? Comme s'il lui avait été envoyé en dehors du circuit classique… Delamarre savait Perrin capable de bien des tours de cons, mais pas au point de sembler agir en solo. Les précautions qu'il prenait indiquaient clairement une action parallèle à la Boite et cela l'inquiétait et l'excitait tout autant. Enfin un truc à faire qui sortait de l'ordinaire. Lui qui avait toujours rêvé de rejoindre les services de contre-espionnage sans jamais y être appelé découvrait que son vieux pote ne l'avait pas oublié. Peut-être un galop d'essai avant d'être appelé à rejoindre la caserne Mortier… Perrin lui avait toujours soutenu qu'on testait d'abord les personnels avant le recrutement. Tout ça y ressemblait.

Le fait que les services consulaires ne devaient surtout pas être informés de la démarche le prouvait. C'était à l'évidence une de ces opérations noires sur laquelle on lui donnait la main. Il était enchanté.

Restait à mettre l'affaire en place. Un homme pouvait l'y aider. Discrètement. Sans faire de vagues. Delamarre appela son chauffeur et lui annonça qu'ils partaient séance tenante pour le comité populaire de Binh Duong. Si la circulation n'était pas pourrie comme souvent, ils y seraient dans moins d'une heure. En passant un coup de fil tout de suite pour prévenir de son arrivée, il serait reçu sans délai. À midi, l'opération serait enclenchée.

77

Dans la lumière rasante qui illuminait la vallée, une foule montait vers la raffinerie de Tan Rai, projetant devant elle des ombres longues et menaçantes. Tous ceux qui avaient été chassés quelques années plus tôt de leurs terres ancestrales et n'avaient jamais touché les dédommagements promis par le Gouvernement s'étaient enfin décidés à passer à l'action pour alerter le monde sur ce qui se préparait : d'autres expulsions, d'autres forages, d'autres cas de pollution majeure dans une région qui avait déjà suffisamment souffert lors de la guerre contre les Américains.

La région centre des hauts plateaux était merveilleuse sur les cartes postales. À y regarder de plus près, en revanche, c'était un crève-cœur. Des boues rouges couvant des milliers de kilomètres carrés, une faune anémique quasiment disparue, une production vivrière impropre à la consommation et des paysans ruinés, confinés en bordure des zones forestières.

Au cours de la nuit, les gens étaient sortis de leurs tanières pour rejoindre des points de regroupement situés à l'écart des check points militaires. Ils avaient attendu en silence les premiers rayons du soleil pour faire mouvement, conduits par quelques activistes munis de caméras, étudiants et blogueurs engagés dans les ONG qui faisaient si peur au pouvoir. De larges banderoles dénonçant les potentats locaux et les cadres chinois exploitant les sites avaient été confectionnées en grand secret depuis quelques jours. Il fallait des images fortes pour faire le buzz sur Internet. Pour nombre d'entre eux, cette opération serait un peu la manifestation de la dernière chance. L'ultime occasion de faire entendre leurs voix et cesser ce scandale d'État. Chacun de ces hommes et de ces femmes appartenait à des familles qui, toutes, avaient donné un ou plusieurs de leurs membres à la révolution. Dans chaque paillote brûlaient des bougies sous les portraits de jeunes tombés au champ d'honneur lors des multiples combats livrés contre les Français puis les Américains. Nombre de ces héros reposaient encore hors des nécropoles, sans sépultures, au milieu des champs et de la forêt, éparpillés par l'artillerie ou les bombes. Et voilà que les engins de terrassement allaient de nouveau leur passer dessus dans l'indifférence des autorités, aggravant la situation de leurs enfants et petits-enfants. Une goutte d'eau de trop qui avait fait déborder le vase des désillusions et des rancœurs.

Ces paysans au chômage formaient maintenant une masse compacte, parfaitement encadrée par les meneurs. Ils tenaient à bout de bras leurs calicots et s'époumonaient à crier la liste des corrompus et des voleurs, ponctuant leur rage de slogans antichinois.

Les vigiles qui gardaient la mine et les derniers terrains réquisitionnés n'avaient pas tardé à analyser la gravité de la situation. Jamais ils n'avaient eu à affronter une telle colère. Des piques et des sabres d'abattis étaient visibles dans la foule. Une confrontation se préparait, autrement plus inquiétante que les précédentes de 2010 et de 2014.

En première ligne, le responsable du peloton de garde commença par transmettre un message laconique à la province. Mais, quand l'un de ses hommes l'informa que le chef de la sécurité chinoise venait de faire armer des mitrailleuses, il envoya un SOS et se saisit d'un mégaphone pour parlementer. La multitude se rapprochait tel un rouleau compresseur. Quelques années plus tôt, ses compatriotes avaient lynché des Chinois, suite à une banale affaire de droits de pêche que ces derniers avaient violés. L'incident était encore dans toutes les mémoires. Les fils du Ciel n'attendraient pas ce matin de se faire tailler en pièces par les émeutiers. Ceux qui travaillaient sur le site étaient d'anciens militaires des forces spéciales de Pékin, lourdement armés et déterminés. Il le savait pour les fréquenter depuis des mois. On se dirigeait vers un massacre aux conséquences imprévisibles. Comment n'avait-il pas été alerté de ce qui se tramait ! Pourquoi ses indicateurs dispersés au milieu des civils de la vallée n'avaient-ils pas réagi ? Il se jucha sur un escabeau, poussa le volume du mégaphone à fond et se mit en devoir de stopper la foule :

— Arrêtez-vous ! Nous allons recevoir vos représentants.

Les manifestants ralentirent leur allure, mais continuèrent à avancer.

— Restez où vous êtes ! Envoyez-moi vos représentants. Les cadres de la province sont prévenus, ils seront ici rapidement pour parlementer.

La foule se rapprocha encore.

— Vous vous exposez à des tirs de la sécurité ouvrière. Arrêtez-vous !

78

Mike Wood observait le coin de ciel par lequel était apparu, des années plus tôt, l'avion venu percuter le bâtiment du Pentagone. Chaque fois qu'il regardait par la fenêtre, il revoyait la scène. Le point noir minuscule au milieu du bleu azur qui grossissait à vue d'œil, puis l'ombre projetée sur son bureau, l'explosion ensuite et le sol qui s'ouvrait sous ses pieds. Ensuite : deux ans d'hôpital après six mois dans le coma. Mike était ressorti de l'attaque terroriste cul-de-jatte, mais avec toute sa tête et une détermination paroxystique à lutter contre les ennemis de son pays, à les traquer où qu'ils soient, à les châtier au moindre incident.

Quinquagénaire avancé désormais, il lui restait en raison de ses états de service quelques années à occuper son poste de conseiller aux affaires asiatiques avant que ne sonne l'âge de la retraite. Il employait chaque minute de son existence à lire et relire les dossiers et les notes transmis par ses homologues de la Compagnie avant d'en faire un résumé cohérent assorti des recommandations d'usage pour le *Big Boss*, le locataire du Bureau ovale.

Ce matin-là, Mike était perplexe, retournant dans tous les sens le télégramme qu'il tenait entre ses mains. Langley lui annonçait laconiquement l'accident survenu à son correspondant à Saigon. Comment un nageur aussi expérimenté que Gordon Wallace avait-il pu se noyer lors d'une partie de pêche ? Gordon, cet ancien héros du corps des marines, spécialiste du déminage aquatique, passionné de chasse sous-marine, amoureux du Viêtnam au point d'y être retourné après guerre dès que la possibilité lui avait été offerte ? La CIA évoquait un regrettable accident. Le rapport sur les dernières activités de son correspondant, sur lequel Mike s'était penché une partie de la nuit, ouvrait pourtant la porte à d'autres hypothèses et c'était étrange qu'aucune analyse n'ait été faite dans ce sens. Langley se contentait de proposer un rapatriement du cadavre suivi de la cérémonie habituelle, discrète et à petits frais, au cimetière d'Arlington, et une nouvelle nomination. Rien d'autre. Gordon allait être enterré une fois que les Viêts auraient rendu le corps et on allait envoyer à Saigon un autre type dont la mission serait de faire des ronds de jambe à ces putains de Niaquoués en essayant de redorer le blason de l'oncle Sam. Tout le travail de Gordon Wallace allait être mis sous le coude en attendant des jours meilleurs pour que les États-Unis ne soient pas, une fois encore, accusés d'ingérence néo-impérialiste, ça énervait Mike au plus haut point.

Pour lui, il était clair que Gordon avait été éliminé pour s'être approché trop près des magouilles politiques et économiques d'Hanoi avec Pékin. Pourquoi la Compagnie n'en disait-elle rien ? Pourquoi ne demandait-elle pas une enquête officielle ?

Mike décrocha son téléphone et appela un bureau situé dans une aile opposée du Pentagone.

— John ? Wood à l'appareil. Vous êtes au courant pour Gordon Wallace ?

— ...

— Est-ce que Becker se trouve toujours dans les parages ?

— ...

— Alors mettez-la sur le coup. Qu'elle s'informe sur l'accident. Et qu'elle me fournisse un rapport sur l'état du Politburo à l'heure actuelle. Je veux tout savoir, qui s'est rapproché de nous, qui nous déteste encore, quelles sont les tendances qui s'affrontent. Je veux savoir qui aurait pu aider Gordon à se noyer et pourquoi. Dites à Becker de s'y mettre immédiatement. Je veux son rapport dans les quarante-huit heures.

Puis Mike coupa la communication en réprimant une grimace. S'il avait eu encore ses jambes, il y serait allé lui-même torcher la gueule de tous ces salopards qui l'emmerdaient depuis des lustres avec leurs demandes de réparation des dommages de guerre. Comme s'ils n'avaient pas eux-mêmes balancé de la pluie jaune un peu partout au Laos et au Cambodge au cours des quinze années qui avaient suivi les accords de Paris ! En attendant qu'on le sorte de ce purgatoire asiatique et le remette sur les affaires du Moyen-Orient, il était condamné à travailler avec des femmes et cela le crucifiait. Puisqu'on pensait en haut lieu que les meilleurs agents à infiltrer chez les Viêts devaient être du sexe féminin, il n'avait pour l'heure pas d'autre solution que de s'en remettre à cette Estelle Becker, cette chienne qui ne lui avait pas même accordé un regard la dernière fois qu'elle était venue participer à une réunion du bureau…

Mais il fallait qu'il se raisonne. Est-ce qu'il aurait, à la place de Becker, accordé le moindre regard à un type physiquement diminué comme lui ? Certainement pas, il en convenait. Restait que la situation était difficile à accepter. Depuis qu'il l'avait rencontrée, cinq ans plus tôt, il ne se passait pas une semaine sans qu'il rêve d'elle plusieurs fois. Toujours le même scénario : Becker qui se déshabillait dans une chambre d'hôtel pourrie avant de lui prêter ses jambes pour qu'il puisse la rejoindre sur le lit. Puis elle lui murmurait qu'il était beau et sexy. Elle projetait son bassin en avant et le suppliait de ne pas la faire attendre. À l'instant où il allait se pencher sur elle, il se retrouvait soudainement cul-de-jatte et s'affalait à côté d'elle, incapable d'amorcer un geste. Becker remettait ses guiboles comme elle aurait enfilé une paire de bas, se relevait et quittait la chambre en promettant de revenir prochainement, la nuit suivante peut-être. Parfois, Mike trouvait la force de se masturber en se promettant d'étrangler cette pute lorsqu'il l'aurait de nouveau sous la main.

Rien que d'y penser, la transpiration collait ses fesses à sa chaise. Sa chemise était à tordre. Il aurait bien donné vingt ans de sa vie pour pouvoir se lever normalement à ce moment-là, sortir dans la rue faire un jogging sous le soleil de plomb et filer à l'aéroport prendre un billet pour Saigon afin de la retrouver pour lui montrer quel genre d'homme il avait été avant l'attaque des kamikazes arabes.

Il consulta sur le Net où en étaient ses économies sur son compte de la HSBC, puis se fit la promesse d'en offrir la moitié à Becker pour qu'elle consente à lui raconter sur l'oreiller, quand elle reviendrait, le résultat de ses recherches.

Mike Wood était désespéré.

79

Les images captées une heure plus tôt par les drones de surveillance de la compagnie minière de Lam Dong montraient des centaines de paysans convergeant vers les bureaux de la société exploitant les bassins d'extraction de la bauxite. Une foule déterminée, de plus en plus agressive. Par endroits, des banderoles flottaient au vent, dénonçant la corruption des autorités locales. La seule information que les images, muettes, ne transmettaient pas était la teneur des hurlements des manifestants.

Le général Tho pianotait sur le bureau de son secrétaire d'une main, le regard fixe, captivé, comme si rien d'autre n'existait plus autour de lui que cette vidéo qui scintillait sur l'immense écran plat de la pièce. Thành se tenait en retrait. Attendant que l'orage éclate. Une fois de plus, il allait se voir reprocher personnellement les événements, comme s'il n'avait pas eu d'autres chats à fouetter ces derniers jours que de s'occuper des pouilleux des montagnes arcboutés sur leurs terres ancestrales dont l'économie du pays avait besoin ! Lui, les images, il s'en foutait. Il observait son patron, guettant la moindre de ses réactions. Ses doigts qui battaient la mesure, ses pieds agités de tremblements, et la sueur qui gouttait depuis l'arrière de son crâne sur le col de sa chemise. Il dévorait des yeux le dos malingre du vieillard dont l'uniforme n'était jamais parvenu à dissimuler la bosse qui accentuait son caractère menaçant.

Un seul geste lui aurait souvent permis de souffler la vie qui palpitait dans ce corps chétif et d'annoncer autour de lui l'arrêt cardiaque du vieux, mais Thành ne s'y résolvait pas. Il était sous l'emprise d'une terreur animale dès qu'il se retrouvait à proximité de Tho. Ni le délabrement physique du patron, ni le temps n'y avaient rien changé. En y réfléchissant parfois, il s'était fait à l'idée que Tho aurait toujours une longueur d'avance sur lui, qu'il le tenait entre ses mains, qu'il en était prisonnier et qu'il devrait boire le calice jusqu'à la lie. La question était de savoir ce qu'il lui arriverait une fois la coupe vidée. Cette matinée n'augurait rien de bon.

Le général se retourna d'un coup.

— Ça fait des mois que je t'ai demandé de régler le problème des minorités à Lam Dong !

Thành se remit au garde-à-vous.

— La région était pacifiée. Tous les rapports des informateurs en attestent. Il faut croire qu'un élément nouveau est intervenu…, plaida-t-il.

— Ah bon ! Et lequel ?

— Je suppose que le passage de Rohde y est pour quelque chose.

— Rohde ? Mais tu m'as affirmé qu'il se trouve ailleurs, à la frontière cambodgienne. Tu me l'as dit ou pas ?

— Sur la foi de mes derniers renseignements, oui.

— Comment pourrait-il être là-bas et à Lam Dong à la fois ?

— Il n'est pas sur le site, évidemment, mais il a dû préparer cette manifestation.

— Faut donc toujours que tout nous ramène à ce Français, je n'y crois pas ! Je t'ai déjà expliqué quelle était la position de Paris. Ce Rohde ne peut pas avoir organisé ce bordel. Il y a forcément un autre aspect de la question qui t'échappe.

— Je ne vois pas lequel, général.

Tho frappa le sol du talon.

— Alors, pourquoi est-ce que je t'emploie, sombre crétin ? Qui aurait intérêt à fomenter des troubles ici avec les Chinois, sinon les Américains ? Tu ne trouves pas étrange que les événements se produisent après l'élimination de leur agent de la CIA ?

Thành avait déjà entendu son patron proférer beaucoup de bêtises, mais comme celle-ci, jamais.

— C'est vous, général, qui m'avez demandé de… L'opération a été menée dans les règles de l'art si je puis dire. Vous étiez même satisfait du résultat.

— Je ne parle pas de ça. Le Politburo a donné un ordre, tu l'as exécuté, c'est parfait. Ce que je te reproche, c'est de ne pas avoir travaillé en amont. Tu as totalement négligé les agissements des Yankees chez nous depuis des lustres. J'ai regardé cette nuit, tu ne m'as pas transmis une seule note depuis des semaines sur les activités de Gordon Wallace. Comme si ce type avait roupillé depuis tout ce temps. Or, je sais maintenant qu'il a été en contact régulier avec un agent féminin indépendant.

Thành prit l'air surpris.

— Première nouvelle ! Qui, général ?

— Ça, j'aimerais bien le découvrir.

— Qui a donné l'information ?

— Un habitué d'un bar à filles sur Hai Bà Trưng, un ami. J'en ai discuté avec lui cette nuit.

— Vous avez donc le nom de la personne…

— Non. Un pseudo seulement. Il s'agit d'une de ces putes étrangères qui lèvent des clients dans les hôtels et les clubs d'Hô Chi Minh-Ville. Elle a rencontré plusieurs fois Gordon Wallace au restaurant de sa résidence sur Thảo Điền, au BP Compound. Tu aurais dû le savoir.

— Désolé ! Mais des escort-girls étrangères qui tapinent chez nous, il y en a des dizaines. Des Anglaises, des Américaines, des Françaises, des Allemandes et des Chinoises, bien sûr…

— Tu vas quand même me trouver qui est cette connasse. Mais avant, tu règles le problème de Lam Dong.

— Que dois-je faire ?

— Tu rétablis l'ordre. Tu fais arrêter les leaders, mais tu empêches les Chinois de s'en mêler. Tu agis en douceur si tu comprends le sens de ce mot-là. Je ne veux pas de violences sur le terrain. Après seulement, tu auras carte blanche pour faire parler les organisateurs de la manifestation.

80

Alors que Pascal Tesson approchait, une fille en minijupe se leva d'un tabouret posé devant le *Coconut Spa*, un dépliant publicitaire à la main. Il ralentit et s'arrêta devant l'épicerie située à côté, faisant mine de ne pas s'y intéresser. Mais derrière ses lunettes noires, il avait déjà commencé à détailler la masseuse. La réceptionniste de l'hôtel n'avait pas menti en lui vantant la jeunesse et la beauté des employées du salon. Une apsara ! Cette gamine avait la finesse et l'élégance des danseuses des temps d'Angkor Wat. Tesson acheta un paquet de fruits confits et reprit son chemin vers l'extrémité de la ruelle. La fille l'attrapa par le bras et agita le feuillet devant ses yeux.

— *Hello, baby. One hour massage private room, twelve dollars…*

Il sourit et lui enlaça la taille.

— Avec toi ?

— *Yes, with me. Good job. You very happy after.*

Deux minutes plus tard, après s'être déchaussé à l'entrée et avoir gravi un escalier aussi raide qu'une corde à nœuds, il pénétrait dans une cellule de six mètres carrés, équipée d'un siège à shampoing, d'un bat-flanc et d'une minuscule cabine de douche. La petite lui indiqua la salle d'eau et se mit en devoir de préparer le lit en y étendant de grandes serviettes. Quand il ressortit, nu comme Adam, elle pointa son ventre de l'index et se mit à roucouler. L'érection de Tesson semblait la fasciner comme s'il s'était agi du premier sexe qu'il lui ait été donné de découvrir. Elle était parfaite dans son rôle d'ingénue. Tesson s'allongea et attendit.

— *First time Viêtnam ?*

— *No.*

— *Like girls Viêtnam !*

— *Very much.*

— *Want boum-boum ?*

— *May be. After massage.*

Il l'entendit alors fureter dans un panier, sortir une bouteille, se frictionner les mains et il sentit aussitôt une caresse huilée et chaude sur la peau. Les doigts de la masseuse couraient sur son dos, attaquant les racines des nerfs à chaque vertèbre, pressant les muscles délicatement, faisant rouler la chair. Elle remontait lentement vers les épaules en soufflant parfois comme si la carrure de son client lui donnait du mal.

— *You very strong !*

— Merci !

— *Good ?*

— Oui, c'est très bien.

Tesson attendait le moment pour entamer la discussion. Avec les quinze mots d'anglais de la fille, ce ne serait pas facile, mais il fallait qu'il tente le coup. Caron était venu dans le quartier. Le connaissant, il avait nécessairement grenouillé au milieu des bouges du coin. Pour un type qui adorait sa femme, c'était étonnant le nombre de fois qu'il l'avait trompée. Il ne pouvait pas s'en empêcher. Une vraie maladie.

Avec un peu de chance, la masseuse l'aurait remarqué. Il avait dans son portefeuille une photo ancienne de son ami faite sur la frontière birmane avec lui à l'issue d'une opération contre un *out-post* gouvernemental. Le seul problème était son propre accoutrement, les bandes de munitions sur la poitrine et la mitrailleuse sur l'épaule. Comment allait-elle réagir ?

S'il était gentil et lui laissait un bon pourboire, peut-être n'y ferait-elle pas attention...

Il soupira d'aise et la félicita pour sa performance.

— *What's your name ?* demanda-t-elle.

— Pascal.

— *Me, Dao !*

— C'est joli.

Elle écarquilla les yeux et éclata de rire.

— *What ?*

— *It's nice.*

Dao avait l'air enchantée de ce qu'elle faisait. Comme si son existence se résumait à l'instant présent et à la promesse de l'argent à venir. Chaque fois qu'elle s'inquiétait de la qualité de sa prestation, elle se gondolait en disant que ça méritait toujours plus de dollars et qu'elle était sûre qu'il serait généreux avec elle. Contrairement aux putes thaïlandaises, elle ne s'inventait pas de vie miséreuse, d'enfants ni de parents à charge, de notes d'hôpital à payer. Elle parlait des robes qu'elle s'achèterait, des jus de fruits qu'elle se paierait à la terrasse de son bar favori sur Bùi Viện et des week-ends qu'elle irait passer au bord de la mer. C'était une délicieuse petite gourde qui devait tomber amoureuse de chaque client, fût-il un peu gentil, hygiénique et prodigue. Tesson se retenait parfois de se tordre de rire. Si elle avait su à quel genre d'oiseau elle avait affaire, Dao aurait sauté par la fenêtre et ne serait jamais revenue dans le quartier avant belle lurette. Mais c'était certainement le premier des talents du tueur : passer auprès d'autrui pour un type charmant et altruiste, juste le contraire de ce qu'il était. La réalité, c'est qu'il aurait bien inversé les rôles : couché sur la table cette idiote pour s'occuper d'elle avec les instruments qu'il utilisait lors des séances d'interrogatoire des prisonniers qu'il faisait parfois au cours de ses opérations contre les soldats birmans. Une seule fois, il avait eu la chance de passer à la question une femme travaillant pour le régime de Rangoon et ce souvenir ne le quittait plus. C'était ancré en lui. Il le convoquait parfois quand il cherchait le sommeil dans la chambre pourrie d'un hôtel borgne ou dans la solitude de son hamac au fond de la jungle. La prisonnière revenait avec une précision qui le comblait d'aise. Elle apparaissait sur l'écran noir de ses nuits dans l'exactitude de ce qu'il lui avait fait endurer. Et Dao aurait fait une excellente victime, Tesson s'en fit encore la réflexion, puis il la regarda et caressa sa poitrine.

— *How much you want for boum-boum ?*

Elle ouvrit et ferma trois fois de suite les mains, doigts écartés.

— *Thirty dollars ?* demanda-t-il.

— *Please.*

Il récupéra son jean et tira hors de la poche le portefeuille qui s'ouvrit, laissant s'échapper une liasse de billets et la photo de Caron à ses côtés. Dao compta trente dollars et les plia en quatre avant de les faire disparaître dans son soutien-gorge. Puis elle se saisit du cliché rongé d'humidité.

— *You ?* fit-elle, étonnée, en le désignant sur l'image.

Tesson opina sans prononcer un mot.

— *You soldier ?*

Dao rapprocha la photo de ses yeux et commença à la détailler.

— *Viêtnam ?* questionna-t-elle, inquiète.

— *No, Burma !*

Manifestement, la Birmanie n'évoquait rien pour elle.

— *No Viêtnam,* précisa Tesson. *Burma, Thaïland...*

Elle examina de plus près encore l'image et laissa son index sur Caron. Tesson lui tendit deux autres billets de dix dollars.

— *You know my friend ? He's living here. You ever met him ?* Tu l'as déjà aperçu ?

Dao regarda Tesson en silence. Elle venait enfin de comprendre. Cinq minutes plus tard, elle avait raconté à Tesson que l'homme de la photo était venu dormir chez une femme qui louait une chambre juste à côté. Elle s'en souvenait car elle avait essayé d'attirer l'homme dans son salon. Elle avait discuté cinq minutes avec lui et l'avait aperçu de nouveau le lendemain matin avant qu'il ne prenne un bus pour Cu Chi, de l'autre côté de la rue. Elle avait aussi vu monter la femme dans l'autocar. Ensuite, elle expliqua à Tesson dans son anglais hésitant et approximatif que son ami n'était plus réapparu dans le quartier. Et qu'elle le regrettait car il semblait être quelqu'un de très convenable. Très sympathique.

Ainsi, Caron avait effectivement quitté Saigon comme la tenancière du *Freedom* l'avait suggéré. *Qu'était-il allé foutre à Cu Chi ?* s'interrogea-t-il. *Va falloir mettre les bouchées doubles pour le gauler avant les Viêts.*

81

Après quarante-huit heures de voyage entrecoupées de stops et d'attentes interminables dans des huttes pourries le long des arroyos, la femme coupa les gaz et la barque glissa sur son ère un temps incroyablement long. Elle se rapprochait lentement de la rive. À cet endroit, Saigon avait encore des allures de la ville qu'elle avait été durant la guerre. Un tapis de maisons à un ou deux étages, serrées les unes contre les autres, aux couleurs pastel écrasées d'une lumière vibrante. Sans aucune tour à l'horizon.

Lové en chien de fusil à l'arrière du caboteur, Paul dormait encore. Caron s'était réveillé avec les premiers rayons du soleil. Allongé lui aussi, la tête dissimulée sous un chapeau conique, il observait le trafic fluvial, guettant l'apparition toujours possible d'une vedette armée. Hormis la noria des chaloupes et les convois de péniches, la rivière était libre de toute embarcation militaire ou policière.

Les paillotes de la berge avec leurs toits en zinc rouillés grossissaient maintenant à vue d'œil. Une étrange sensation nouait les tripes de Caron. Comme s'il s'apprêtait à franchir une porte ouvrant sur le passé. Rien autour de lui n'évoquait plus la cité moderne où il avait débarqué une semaine plus tôt. Le vacarme étouffé de la ville, les effluves charriés par le courant, la lumière, l'impression d'immobilité générale, tout le ramenait quarante ans en arrière. Il s'apprêtait à poser le pied dans un quartier dont il n'avait pas soupçonné la conservation. Un endroit hors du temps où il allait devoir se cacher et attendre. *Mais attendre quoi ? Jusqu'à quand ?*

La barque parcourut les derniers mètres la séparant de la berge et vint s'amarrer au pilotis vermoulu d'une des centaines de cabanes agglutinées au bord de l'eau.

La batelière piqua Paul de la pointe de sa perche et lui fit signe, aussitôt, de quitter l'embarcation. Elle n'avait eu ni un regard ni un mot pour Caron. Le périple était terminé. Elle avait hâte de repartir vers Cu Chi et montrait déjà des signes d'impatience à Paul qui s'étirait, hagard, les yeux gonflés d'un mauvais sommeil, regardant autour de lui comme un animal piégé.

— Ça va ? demanda Caron. C'est ici ?

— Oui, c'est bien, répondit le vieil homme après avoir regardé encore l'autre rive. Nous sommes au bon endroit. Enfin ! Dans le district 5, juste derrière Phạm Thế Hiển. La maison doit se trouver à proximité.

— La femme sait où nous allons, c'est embêtant, non ?

Paul afficha une mimique rassurante :

— Faut lui faire confiance. Elle ne sait pas ce qui s'est passé à Cu Chi. Et elle a été grassement payée. Elle va repartir et plus personne n'entendra jamais parler d'elle. Allez !

Un escalier de bois pourri menait à un ponton donnant sur une sente étroite, encadrée de murs de tôles ondulées. Par endroits, de la végétation avait rongé le métal. À l'entrée du layon, un panneau indiquait : 304/94B Phạm Thế Hiển.

— Nous y sommes, annonça Paul. C'est dans la venelle suivante. Venez !

Une maison en parpaings bleus, avec rideaux aux fenêtres et toit en tuiles, tranchait avec le reste des masures environnantes.

Paul donna un léger coup de sonnette et la porte s'ouvrit presque immédiatement sur un jeune homme, lunettes d'intellectuel sur le nez, vêtu comme un étudiant de bonne famille avec chemise à fleurs, pantalon de tergal et mocassins en cuir.

— Je vous présente mon ami, Bang Tâm le bien nommé, dit Paul. Bang Tâm signifie « cœur pur » en vietnamien. Entrez !

Après une courbette, le garçon s'effaça et serra le vieil homme dans ses bras.

Caron attendit la fin des effusions, puis dit à Paul qu'il avait besoin d'un téléphone neutre pour appeler un contact. Il y avait réfléchi tout le long du trajet depuis Cu Chi, Frébourg restait sa dernière carte de remonter jusqu'à Rohde. Il lui relaterait la tentative d'assassinat à Cu Chi et le convaincrait de sortir de sa réserve. S'il lui disait que Paris était déjà informé des derniers événements, il y avait une chance que Frébourg soit plus coopératif. Au train où allaient les choses, son intérêt était de se déboutonner un peu et d'arrêter de jouer au type qui acceptait de donner des conseils, mais rien que des conseils. En repensant à la conversation qu'il avait eue avec lui au *Crazy Girls 208,* Caron étouffa un mouvement d'humeur : *Qu'il aille se faire foutre avec ses avis vestimentaires, et ses codes à la con, son Pierre, Paul, Jacques… J'ai déjà un Paul ici, avec moi, et c'est pas de la tarte !* Il se planta devant le vieux Paul et réitéra sa requête :

— Il me faut un téléphone qui ne soit pas traçable. Tout de suite.

— Bang Tâm a ce qu'il vous faut. Mais puis-je vous demander qui vous souhaitez appeler ?

— Le Français dont nous avons parlé. Celui qui travaille à Saigon dans le tourisme.

— Vous êtes sûr ?

— Vous avez une meilleure idée ?

— C'est une personne très réservée. J'ai lu comme vous le message laissé par votre ami à Cu Chi. Pourquoi M. Frébourg le doublerait-il ?

La remarque de Paul énerva Caron, mais il n'en laissa rien paraître.

— On essaye quand même.

Paul pivota vers leur hôte et une brève conversation s'engagea qui fit pâlir le jeune homme.

— Bang Tâm le connaît, résuma Paul. Mais il craint d'avoir de mauvaises nouvelles le concernant.

— C'est quoi, cette histoire ?

— Il a appris par des amis qu'une descente de police a eu lieu dans les locaux de cette personne. Avant-hier matin.

— Je le sais déjà, mais il devait s'agir d'une visite de routine, non ?

— Je ne crois pas...

— Pourquoi ?

— Bang Tâm est très inquiet. Le mieux serait de le laisser se renseigner.

Caron fit un signe engageant de la main en direction du Vietnamien.

— OK, appelez vous-même.

Deux minutes plus tard, Bang Tâm raccrochait.

— Le Français n'est jamais réapparu dans ses bureaux, annonça-t-il. Malgré un rendez-vous important qu'il avait dans la journée d'hier, a précisé sa secrétaire.

Caron accueillit la nouvelle en se forçant à prendre un air détaché.

— Frébourg a dû avoir un contretemps, dit-il. Il m'a donné un numéro à joindre en cas d'urgence...

Bang Tâm saisit la carte que lui donna Caron et pianota à nouveau sur son téléphone, avant de lui tendre l'appareil.

Presque aussitôt, Caron mit la main sur le mobile et se tourna vers Paul.

— C'est pas Frébourg. C'est un Viet…

— Raccrochez ! Raccrochez immédiatement ! supplia Paul, devenu aussi pâle qu'un mort. Coupez !

Caron s'exécuta et resta un instant interdit.

— Pourquoi paniquez-vous ainsi ?

— Il n'y a aucune raison qu'un Vietnamien réponde sur la ligne personnelle d'un Français. M. Frébourg doit avoir un gros problème.

— Admettons, concéda Caron, mais si on lui demande pas, on saura jamais ! Je voudrais que votre ami essaye encore.

— C'est une très mauvaise idée.

— Si, insista Caron en rendant le téléphone à Bang Tâm. Rappelez et demandez à parler à Jacques.

— Jacques ?

— Oui, Jacques. De la part de Pierre.

Lorsque Bang Tâm raccrocha, il avait l'air si préoccupé que Caron resta mutique. Ce fut Paul qui le pressa de relater le détail de la courte conversation qu'il avait eue avec son interlocuteur. Une fois renseigné, il se tourna vers Caron, plus abattu que jamais.

— J'ai bien peur que vous n'ayez jamais plus de nouvelles de M. Frébourg, lâcha-t-il en s'affalant sur l'unique fauteuil de la pièce. C'est un flic qui était à l'autre bout du fil. Il a prétendu que Jacques était présentement occupé et qu'il fallait venir le voir dans un restaurant près de Lý Thái Tổ. Vous savez ce qu'il y a à cette adresse ?

— Pas la moindre idée…

— L'une des maisons de la Sûreté. Je la connais parfaitement. Elle communique avec la cour arrière du restaurant. Voilà où nous en sommes.

Caron accusa le coup.

— Dans ce cas, je vais retourner voir Rose.

— Vous êtes fou.

— Que voulez-vous que je fasse ? Vous avez un autre plan ?

— Il faudrait attendre ici que les choses se tassent. Le temps d'organiser votre départ du pays.

— Comme pour Rohde. Mais je n'ai pas l'intention de me barrer, moi !

— Vous êtes grillé. Complètement. C'est folie de vouloir retourner chez cette masseuse.

— Pour quelle raison ?

— Ce qui nous est arrivé à Cu Chi… Vous ne faites pas le lien avec elle ?

— Non. J'y ai réfléchi toute la nuit dernière et je crois que nous avons été suivis depuis Saigon. Elle n'est en rien responsable de ce qui nous est arrivé. Si cela se trouve, elle aussi est en train de croupir dans une geôle du TC2. Il faut que j'en aie le cœur net.

— À votre place, je ne prendrais pas le risque. Oubliez-la. Pour votre sécurité et pour la nôtre.

— Que proposez-vous, alors ?

— Bang Tâm va se mettre en rapport avec son réseau. Il a d'excellentes relations avec les Américains. Il devrait trouver une solution rapidement. Nous aviserons en fin de journée.

82

Les hélicoptères de transport de troupes débouchèrent de la ligne de crête surplombant l'exploitation minière de Lam Dong et piquèrent aussitôt vers la vallée. Couverts par le bruit des turbines des appareils, les cris de la foule cessèrent et un vent de panique s'empara des manifestants. Des dizaines de soldats se laissaient tomber en grappes serrées des machines qui s'étaient positionnées en vol stationnaire aux quatre points cardinaux du terrain envahi par les paysans. En moins de deux minutes, les *bo doi* avaient encadré la multitude des mécontents, tandis que, cinq kilomètres plus bas, d'autres militaires avaient fermé les accès au site, de manière à ce qu'aucun témoin, vietnamien ou étranger, ne puisse s'y aventurer.

Le colonel Thành voulait régler son affaire en moins d'une heure. D'abord ficher le maximum de participants à la manifestation grâce aux caméras filmant la scène depuis les cockpits des hélicos, puis identifier les meneurs et les interpeller. Concernant les premiers, il aurait le temps de s'en occuper une fois qu'ils auraient reflué vers leurs gourbis. Ça prendrait certainement quelques jours pour les retrouver et les dissuader de revenir faire du grabuge, mais il savait faire. Question de routine. Il disposait cette fois-ci de suffisamment de soldats pour traquer et intimider cette bande de gueux. Concernant les seconds, ce serait un peu plus compliqué, mais là aussi, il savait s'y prendre.

Qu'ils soient dix ou cent, il avait, sinon beaucoup de temps, les moyens de les arrêter, et de les regrouper au quartier général de la brigade pour les interroger et décider ensuite ce qu'il en ferait.

Or, Tho avait exigé qu'il agisse en douceur. C'était bien là le problème, car il n'était jamais meilleur que dans la violence. Il observa les soldats commencer à bastonner tous ceux qui ressemblaient de près ou de loin à des meneurs. Dix minutes plus tard, il restait de la manifestation une trentaine de jeunes gens, regroupés, mains attachées derrière le dos, dont la presque totalité détonnait avec les culs-terreux qui avaient fini par abandonner le terrain face aux baïonnettes. Avec leurs gueules d'intellectuels venus de la ville, les prisonniers semblaient en état de sidération tellement l'opération s'était déroulée avec rapidité et brutalité. Mais les ordres de Tho avaient été respectés. Pas un coup de feu de tiré. Pour la suite, Thành était décidé à ne rien changer de ses méthodes. Avant que le soleil ne bascule derrière l'horizon, ces jeunes cons lui auraient raconté toute leur chienne de vie et livré leurs réseaux.

83

Le bâtiment aurait pu contenir à la fois l'arc de triomphe et la cathédrale Notre-Dame. Chaque fois que Paul-Henri Delamarre se rendait à Binh Duong, apercevoir le gigantesque édifice du comité populaire planté au milieu de la plaine verdoyante comme un paquebot échoué après le reflux des eaux était un sujet d'étonnement dont il ne se lassait pas. *Ces Viêts, putain, quelle bande de bosseurs ! Normal qu'ils nous aient foutus à la porte.* Il adorait le cérémonial immuable de ses visites : le salut des plantons devant la limousine ornée des petits drapeaux français, l'accueil martial du chef de la garde, l'apparition empressée de l'huissier, le bond vertigineux de l'ascenseur jusqu'au cinquantième étage, puis le sourire de l'hôtesse attendant sur le palier, ses trémoussements jusqu'à un petit salon et son invitation à prendre une collation le temps qu'elle aille prévenir le patron de son arrivée. C'était un vrai bonheur. Et un paradoxe. Car tout cet art de vivre, hérité de l'époque de la présence coloniale, aurait été bien difficile à trouver à l'ambassade de France elle-même. Inutile de parler des grandes administrations en métropole où les visiteurs étaient traités comme des chiens. Ici flottait encore le parfum d'une époque révolue que Delamarre aurait souhaité connaître.

Il se laissa tomber dans le fauteuil moelleux et poussa aussitôt vers la jeune femme une tasse sur la table basse attenante pour qu'elle lui serve un café. Puis il vérifia dans sa serviette que le paquet destiné au directeur n'avait pas souffert du transport. Il n'y avait pas de visite chez les Vietnamiens sans petits cadeaux à la clé. Plus encore lorsqu'on venait demander un service. Contrairement à nombre de ses collègues, Delamarre le savait et l'avait parfaitement intégré. Avec la planche originale de billets révolutionnaires imprimés par le Viêt-minh durant la guerre d'Indochine qu'il avait apportée, il allait faire un heureux, il n'en doutait pas une seconde. Un présent exceptionnel pour une demande non moins exceptionnelle. Les archives de l'ambassade râleraient un peu, pour la forme, de la disparition de ces reliques, mais il s'en fichait. Perrin lui avait dit l'importance de l'affaire qu'il venait traiter. Rien n'aurait été trop beau pour obtenir le coup de main qu'il attendait du directeur du comité populaire de Binh Duong. Lui seul pouvait mobiliser dans l'heure deux cents flics pour rechercher et interpeller un étranger dans les rues de Saigon sans que le TC2 soit au courant.

Delamarre avala sa tasse de Robusta et sourit à l'hôtesse. Dieu que cette fille était accorte ! S'il obtenait gain de cause, si les hommes du directeur parvenaient à coincer le compatriote, il devrait à son tour rendre un service. Il le ferait. Quoi que lui demande le Vietnamien. Et de cadeau en cadeau, ce serait merveilleux que cette jeune femme soit celui que lui offrirait alors un jour son complice du comité populaire. Delamarre réfléchissait déjà à la manière de le suggérer au directeur lorsque celui-ci fit son entrée dans le salon, la mine ravie, les bras déjà écartés pour l'accolade.

La visite se présentait sous les meilleurs auspices. Comme d'habitude. L'attaché militaire bondit à son tour et empoigna le Vietnamien grassouillet comme s'il avait voulu l'étouffer. Les embrassades terminées, il se pencha vers son sac et en ressortit le paquet.

— Cher ami, j'ai pensé que cela vous ferait plaisir. Une fois ne sera pas coutume, ouvrez-le et dites-moi… Cela me paraissait naturel aussi de rendre cet objet au Viêtnam.

Delamarre regarda, en sautillant sur place, l'homme déchirer le papier qui entourait le colis. Puis poussa une exclamation avec lui lorsque celui-ci découvrit la demi-douzaine de coupures de cinq dôngs, imprimées en 1948 en vietnamien, en laotien, en chinois et en arabe. Peut-être n'en avait-il même jamais vu de sa vie. Des pièces uniques que ne possédait même pas le musée national de la capitale.

— Ça vous plaît, n'est-ce pas ?

Après un moment de silence, le directeur leva des yeux humides vers Delamarre et acquiesça d'une voix légèrement tremblante :

— Alors là, mon ami, vous avez fait fort. Je n'ose à peine toucher ces billets. Voyez, ces coupures de cinq dôngs représentent pour moi des millions. Émotionnellement parlant, bien entendu ! Vous m'auriez offert une chemise de l'oncle Hô, je n'aurais pas été plus ému. Rasseyez-vous, je sens que nous allons avoir une conversation passionnante. Je me réjouis à l'avance de vous faire plaisir.

L'attaché militaire jeta, à la dérobée, un coup d'œil vers l'hôtesse qui s'apprêtait à quitter la pièce. Les choses se présentaient pour le mieux.

84

La maison se transformait peu à peu en étuve. Le ventilateur brassait un air brûlant et humide sans le refroidir d'un degré. Les effets de la troisième douche de la journée avaient déjà disparu. Caron suait à nouveau comme une bête. Assis à même le sol, il avait refait le point de la situation avec le vieux Paul. Effectivement, ça puait. La fuite de Rose à Cu Chi, la tentative d'assassinat qui s'ensuivit, la disparition de Frébourg, celle de Lê Bao Thu qu'il venait d'apprendre et l'impossibilité de joindre Becker : il était dans de sales draps. En plus de cela, avec le mot de Rohde découvert dans le tunnel, il n'y comprenait plus rien.

Si l'on y ajoutait les menaces proférées par Perrin, peut-être Paul avait-il raison. Peut-être le mieux était-il d'attendre une occasion de quitter ce foutu pays en oubliant Rohde. À la réflexion, il y avait nécessairement une part de l'histoire que Paris avait tenue secrète. *Mais laquelle ?* Caron retournait dans tous les sens ce que lui avait dit Perrin d'abord, puis Becker. Il ne distinguait toujours pas où pouvait se trouver l'erreur et ça l'énervait.

Il ne s'était jamais résolu à laisser tomber une affaire malgré les incertitudes, les doutes et les dangers qui avaient pu en émailler plus d'une. Pas même dans des endroits autrement plus pourris que le Viêtnam. Ni en Afghanistan, ni en Côte d'Ivoire, ni au Yémen... Mais cette fois-ci, l'envie de sauter dans un zinc, de retrouver Paris, sa rédaction, et sa femme surtout le titillait vraiment. Cécile lui manquait. Elle valait tellement mieux que toutes les Rose et les Estelle Becker sur lesquelles il fantasmait lorsqu'il n'était pas dans les bras de la masseuse !

Bang Tâm, qui consultait depuis un moment son ordinateur, laissa sourdre un juron et s'adressa à Paul et Caron avec une voix d'outre-tombe :

— Des camarades ont été arrêtés à Lam Dong, sur le site minier. Pendant une manif. Des dizaines de militaires pilotés par le TC2 ont débarqué d'hélicos pour interpeller les meneurs. Kim Tao et An Binh font partie des amis emmenés à la Sûreté. C'est une catastrophe.

— Qui sont... Kim et... ? demanda Caron.

— Des cyberdissidents, comme moi. Affiliés au même groupe de pression. Des gens très proches qui connaissent mon adresse. Ils sont souvent venus travailler ici.

Paul se redressa d'un coup.

— Voilà une très, très mauvaise nouvelle. Il va nous falloir trouver une autre planque. Immédiatement.

— Je vais devoir déménager tout mon matériel, se lamenta Bang Tâm.

— Tu as une idée ?

— Peut-être. Un cousin dispose d'un caboteur. Je vais lui demander de venir s'arrimer sous la maison. On transportera les ordinateurs et les disques durs, puis on ira attendre ailleurs.

— Où ? s'énerva Caron. Est-ce qu'on a encore le temps de faire tout ça ?

— Il va bien falloir, hasarda Paul. Sans Bang Tâm, nous sommes perdus.

Dans un geste apaisant, le jeune blogueur expliqua qu'il disposait d'une cache, un peu plus loin. Un taudis accolé à la décharge du quartier.

— Ce n'est pas un cinq-étoiles, plaisanta-t-il, mais nous y serons en sécurité. Je connais le couple depuis longtemps. De braves gens qui ont perdu tous leurs fils durant la guerre. Trois du côté sudiste et deux qui avaient rejoint les maquis viêt-cong. Vous savez, c'est le drame de beaucoup de familles ici. Elles se sont trouvées écartelées lors des deux conflits, contre les Français et contre les Américains. Je les aide depuis des années. Vous verrez, ils sont charmants.

Une heure plus tard, Paul, Caron et Bang Tâm avaient rejoint l'endroit. Le cousin et son caboteur les avaient déposés avec le précieux matériel du blogueur qui avait été rangé dans un coin de la cabane. Dépourvue d'électricité, elle n'offrait aucun moyen de rebrancher les ordinateurs. Après avoir offert du thé, les deux ancêtres s'étaient retirés sur la terrasse par discrétion, l'homme dans un hamac et sa femme assise en tailleur au bord de la rivière, torse nu, concentrée sur la chasse aux poux qui colonisaient sa tignasse.

— C'est aussi cela, Saigon, fit Bang Tâm à l'adresse de Caron. Des milliers de vieilles gens qui ont tout donné pour leur pays, abandonnées aujourd'hui par les autorités.

— Rien n'a été mis en place pour eux ?

— Si. Grâce à quelques ONG, catholiques ou bouddhistes. Le Gouvernement s'en remet à elles. Autant dire que c'est très insuffisant. Heureusement, il y a les voisins, aussi. Sans ce réseau d'entraide de proximité, bien des pauvres crèveraient de faim.

Caron jeta un coup d'œil circulaire. La paillote ne contenait absolument aucun meuble. À part une paire de bols, un pot de baguettes et une casserole posés près d'un foyer, rien. La misère absolue. Sous le mauvais toit en tôles ondulées, c'était à peine si le courant d'air circulant à travers les ouvertures atténuait la chaleur d'étuve du taudis. Caron consulta sa montre : 16 heures. Il avait l'impression que le temps n'en finissait plus de s'étirer. Couché en chien de fusil, Paul avait sombré dans un sommeil agité. Bang Tâm faisait maintenant défiler l'écran de son téléphone. Dans son hamac, leur hôte s'était mis à ronfler. Sa vieille poursuivait sa chasse aux parasites qu'elle écrasait les uns après les autres entre ses ongles noirs de crasse.

Pour la première fois de sa vie, Caron eut envie de se résigner. De sortir prendre un taxi et se faire conduire à l'ambassade. *Et puis, on verrait bien. Avec un peu de chance, j'attendrai quelques jours une médiation avec les autorités pour pouvoir quitter le pays. Au pire…* Mais il ne formula pas la suite de sa pensée. Il venait de se revoir, des années plus tôt, débarquant un matin à l'ambassade de France à Manille, gravement blessé au cours d'un accrochage entre la guérilla communiste et les forces gouvernementales, le crâne serré dans un épais pansement, un bras paralysé. Et la manière dont le chargé de presse l'avait éconduit, lui interdisant l'entrée, lui refusant la protection des services consulaires. Si cela se trouvait, les autres salopards du Quai d'Orsay feraient de même ici. À quoi bon tenter le diable ?

Il s'approcha de Paul et lui secoua l'épaule.

— Paul, je vais aller voir Rose.

Le vieil homme émergea de sa sieste comme s'il venait de tomber d'un cauchemar.

— Encore ! Vous n'êtes pas sérieux ?

— Si, Paul. J'ai besoin de comprendre quelque chose. J'ai l'impression que Rose savait ce qu'il y avait d'écrit sur le papier laissé par Rohde dans le tunnel.

— Pourquoi serait-elle allée là-bas avec vous ? Pourquoi tout ce cinéma ?

— Peut-être, contrairement à ce qu'elle prétend, pour m'encourager à abandonner la recherche de Rohde. Auquel cas, il faut que j'aie une vraie discussion avec elle.

— Vous oubliez la tentative d'assassinat...

— Justement, si mon idée est bonne, cela prouverait qu'elle n'y est pour rien. Mais, que d'autres, au-dessus d'elle, ont choisi d'employer les grands moyens pour m'écarter.

— Mais vous avez conscience de prendre un risque énorme en l'approchant ? Si elle n'a pas été elle-même arrêtée, elle doit être surveillée...

— Je sais. Je ferai attention. Vous allez demander à votre ami Bang Tâm de me procurer de quoi me raser la tête et d'échanger avec moi ses vêtements, si c'est possible. Les miens sont trop dégueulasses.

Devant la détermination de Caron, Paul émit un soupir qui lui vida lentement les poumons.

— Une chose encore, mon ami : vous estimez-vous en mesure de ne pas divulguer cette adresse si jamais vous tombiez entre de mauvaises mains ?

— Vous voulez dire...

— Exactement ! Le TC2 en a fait parler plus d'un. Ses méthodes d'interrogatoires sont redoutables. Pensez-y. S'il vous plaît.

— Mais vous, Paul, vous avez une idée de ce que vous allez faire ? Vous n'allez pas passer le reste de votre vie ici ?

— Moi ? Mais sans vous, je ne crains rien. Ce n'est pas moi qu'on recherche. Officiellement, je suis encore un employé des forces armées du pays. Un collecteur de morts.

Caron n'en crut pas ses oreilles.

— Pardon ?

— Je suis désolé de ne pas vous en avoir parlé plus tôt. Désolé de vous avoir menti. Mais quelle importance ? Vous raconter mes liens avec le régime, c'était compliqué, non ? Je suis un ancien soldat du Nord, chargé depuis des années de récupérer les cendres des *missing in action*, comme disent les Américains.

— Rose m'avait dit que vous étiez un vétéran sudiste ! Un rat de tunnels ! Que vous aviez fait partie des derniers résistants catholiques du Ho Nai…

— J'ai été dans les tunnels, en effet. Comme maquisard. Et je suis vraiment catholique. Et de la province dont vous parlez. Pour le reste, j'ai changé. Que pourrais-je vous dire d'autre ?

— Rohde, vous l'aviez réellement rencontré ?

— Vous n'en doutez pas, j'espère. Je vous ai même dit qu'il avait laissé un message.

— Une information que semblait détenir Rose, également. Or, comment se fait-il que vous ne vous connaissiez pas avant notre rencontre ?

— Eh bien, cela s'explique parce que M. Rohde cloisonnait tout. Il ne m'en avait même jamais parlé. Et je regrette désormais d'être entré en contact avec elle. Dieu merci, elle ne m'aura vu qu'une fois et elle ne connaît pas mon vrai nom.

Caron considéra un instant Paul, recroquevillé à ses pieds. Un ancien Viêt-cong ! Frébourg n'avait pas tort en lui disant qu'il mettait les pieds dans une affaire complexe. Mais Paul avait failli y passer comme lui à Cu Chi, cela plaidait plutôt en sa faveur.

— Si vous êtes arrêté, reprit le vieil homme, et qu'on vous interroge sur moi, contentez-vous de dire que vous m'avez employé comme guide pour vous montrer les tunnels de Cu Chi, comme M. Rohde l'avait fait. Dites que je m'appelle Pham Thu Trang, ancien soldat de l'ARVN.

— Mais, ce serait vous condamner !

— Le vrai Pham Thu Trang est mort depuis longtemps. J'ai emprunté son identité. Même M. Rohde ne le sait pas. Je ne risque rien.

— Et me concernant, qu'est-ce que vous me conseillez ?

— Dites la vérité. Que vous recherchez Rohde.

— Rohde ? Mais cela signifierait que je reconnais appartenir à la DGSE...

Paul le regarda tristement.

— Vous doutez encore que les services vietnamiens savent tout de vous ? Mieux vaudrait collaborer avec eux. Ce sera votre seule chance de vous en tirer. Vous prétendrez qu'on s'est séparés à Cu Chi, que vous êtes revenu seul à Saigon et que vous vous êtes réfugié dans la grande pagode qui se trouve un peu plus loin, au bord de la rivière. Elle est toujours ouverte, jour et nuit et pratiquement déserte.

Caron l'écouta sans broncher et acquiesça :

— De toute façon, rien de cela n'arrivera.

Puis il changea soudain de sujet :

— Comment devient-on collecteur de morts ?

Alors Paul hocha la tête et entama un long récit, d'une voix monocorde :

— Lorsque j'ai été reversé dans une unité régulière, après la victoire de 1975, j'ai été stationné sur les hauts plateaux du centre. À côté de l'ancien champ de bataille B3. Lors de la saison sèche qui a suivi, on m'a assigné la tâche de récupérer les ossements qui y étaient éparpillés. L'endroit était saturé de restes humains. En raison de mes études de médecine interrompues, le commandement a pensé que je serais la personne adéquate pour aller essayer de reconstituer les corps. Ça a commencé ainsi. Je quittais le camp le matin à l'aube avec des sacs de toile pour y mettre les dépouilles et je rentrais à la nuit tombée, ma collecte funèbre sur une carriole tirée par un cheval. Pendant des années, j'ai exploré toutes les jungles pourries s'étendant au sud du 17e parallèle jusqu'à Cu Chi. Au fil des ans, c'est devenu un métier. On m'a décoré plusieurs fois pour avoir retrouvé des membres de familles importantes. Aujourd'hui, je conseille encore les jeunes qui m'ont remplacé.

— Pourquoi alors êtes-vous passé de l'autre côté du miroir ?

Paul réprima un geste d'agacement, puis :

— Vous vous trompez, je n'ai pas changé de camp. J'ai collaboré avec votre ami pour des raisons que je vous expliquerai ultérieurement. Peut-être. Quoi qu'il en soit, n'oubliez pas que je vous ai aidé. Et je vous aiderai encore si je le peux. Seul, cela doit compter pour vous. Vous voulez aller voir Rose, allez-y. Mais ne parlez ni de Bang Tâm ni de cette adresse si votre affaire venait à mal tourner. Promettez-le-moi.

85

Avachi au fond de sa berline, Paul-Henri Delamarre était déçu. Il regardait défiler, les uns après les autres, les restaurants coréens et les usines des magnats de Séoul le long de l'artère menant à Saigon, et se disait que la France n'était décidément pas à la hauteur dans ce foutu pays. Totalement absente du paysage, n'ayant pas su ou pas voulu trouver sa place dans l'essor économique du Viêtnam, elle comptait maintenant pour du beurre. Quoi qu'elle fasse, quoi qu'elle demande, c'était au mieux considéré par les autorités avec condescendance, au pire avec mépris. Il venait d'en avoir la preuve. Jamais Delamarre n'aurait pensé que sa requête auprès de son ami du comité populaire de Binh Duong puisse être rejetée si brutalement.

Il devait maintenant en informer Perrin, et la perspective de lui annoncer la mauvaise nouvelle l'affolait. Adieu l'idée de rejoindre un jour la DGSE ! Perrin serait furieux d'apprendre que l'attaché militaire n'avait pu obtenir gain de cause.

Après avoir retourné dans tous les sens le laïus qu'il s'apprêtait à lui servir, Delamarre trouva enfin le courage de l'appeler.

— Alors ? fit aussitôt la voix de son correspondant.

— Ça ne s'est pas engagé comme je le souhaitais.

— C'est-à-dire ?

— La seule personne capable de coincer le mercenaire aux conditions que vous avez fixées se dérobe. Je suis navré. J'ai tout essayé.

— Elle refuse ?

— Pas exactement. Elle évalue les probabilités de réussite d'une telle opération montée à l'insu du TC2 extrêmement faibles. Quasiment irréalisable dans les deux jours. Voilà !

— Qu'est-ce que veut ce type, de l'argent ?

— Je pense que ça l'inciterait à se bouger davantage, effectivement.

— Bien. Propose-lui dix mille euros.

— Pardon ? Mais il va me rire au nez ! C'est ce qu'il empoche toutes les deux semaines, certainement.

— Alors refile-lui dix fois plus pour qu'il fasse de même avec un autre Français dont je vais t'envoyer la photo dans le quart d'heure.

— Mais où vais-je trouver les fonds ? C'est une somme !

— Je fais un transfert par Western Union immédiatement. Selon la procédure habituelle.

— De qui s'agit-il pour qu'on refile autant ?

— Un autre honorable correspondant chez nous. Un journaliste. Tu auras le détail sur ta messagerie cryptée avec la photo. Autre chose : les deux gars ne doivent en aucun cas se croiser. Ils doivent être détenus à deux endroits différents. Je te donnerai de nouvelles instructions une fois que ce sera fait, en fonction de la situation.

Delamarre allait raccrocher lorsqu'il vit trois jeunes Asiatiques s'approcher de la limousine à la faveur d'un bouchon dans lequel celle-ci était stoppée. Trois sales gueules à la mine austère et hostile. Il venait à peine de vérifier que les portières étaient bien sécurisées lorsque le premier des garçons cracha sur la vitre, brandissant le poing.

— Ça alors ! éructa l'attaché militaire.

— Que se passe-t-il ? demanda Perrin.

— Je suis coincé dans un embouteillage et un putain de Niaquoué vient de glaviotter sur la bagnole.

— Ne bouge pas. Appelle la sécurité de l'ambassade.

Le conducteur vietnamien, qui n'avait rien ignoré de la scène, accrocha le regard de l'attaché militaire dans le rétroviseur.

— *No men Viêtnam, Sir !* bredouilla-t-il. *Korean !*

— Mon chauffeur me baragouine qu'il s'agit de Coréens, cria Delamarre dans le téléphone, ces voyous se croient tout permis.

— Où est-ce que tu es ?

— Dans la grande banlieue de Saigon. Tout est coréen, ici, justement...

— Alors, calme-toi, Delamarre. On s'en fout de tes petites frappes du pays du Matin calme. Qu'ils continuent à te cracher dessus, l'important c'est que tu recontactes ton huile locale et que tu la décides à se bouger le cul. Cent mille euros ! Je veux que ses flics se mettent au boulot dans la demi-heure. Règle-moi cette histoire. Tu vas recevoir les infos supplémentaires immédiatement.

Puis Perrin coupa la communication, laissant l'attaché militaire effondré. *Le con ! Il croit qu'on obtient les choses ici en claquant des doigts ?* Cent mille euros pour mettre deux Français en garde à vue, il fallait qu'ils en aient sous le pied ! Mais cinq minutes plus tard, après que la voiture fut repartie, que les Coréens eurent disparu et qu'il se fut entretenu de nouveau avec le patron du comité populaire de Binh Duong, Delamarre réfréna un sourire qui lui montait aux lèvres. Pour la première fois de sa vie, il allait être la cheville ouvrière d'une opération clandestine majeure et cela l'emballait.

Perrin venait de lui apprendre que Tesson et Caron logeaient dans un hôtel du quartier rouge, mais qu'ils avaient maintes raisons d'aller souvent au *Continental.*

— Vous me déposerez dans le centre, ordonna-t-il au chauffeur. Derrière le théâtre. *Pourquoi ne pas aller moi-même jeter un coup d'œil là-bas ?*

86

Pascal Tesson s'installa à l'une des tables de la terrasse extérieure de l'hôtel, face au théâtre municipal, l'Assemblée nationale de l'ancien régime sudiste. L'entrée du salon de massage se trouvait à une cinquantaine de mètres. Si Caron devait s'y rendre ce soir, il ne pourrait pas le manquer.

Qu'est-ce qui avait conduit ses employeurs saisonniers à vouloir le stopper ? Quelle faute majeure avait-il bien pu commettre pour qu'une telle décision soit prise par la caserne Mortier ? Tesson gambergeait depuis que la sentence était tombée difficilement de la bouche de Perrin. Le colonel n'était pas le genre d'homme dont on discutait les ordres, mais tout de même, ça lui avait filé une sacrée claque. Tesson n'en revenait toujours pas. Si on lui avait dit qu'il aurait un jour pour mission de neutraliser son vieux pote, il aurait franchement rigolé. Ce soir, il ne riait pas. Il n'en avait pas du tout envie.

Il était absorbé dans ses réflexions devant le verre de bière que lui avait apporté un vieux maître d'hôtel charmant lorsqu'un Européen s'arrêta devant lui. Il leva les yeux et aperçut tout de suite le ruban bleu que portait l'homme à la boutonnière de son costume. *Tiens ! Un Français*...

Face à lui, Delamarre croyait rêver. Son chauffeur l'avait déposé trois minutes plus tôt devant le *Marriott* et voilà le garçon qu'il cherchait, attablé devant lui, à l'entrée du *Continental* ! Un incroyable coup de bol. À l'heure qu'il était, la centaine de flics engagés dans la chasse à l'homme, qu'il avait sollicitée, avaient dû commencer à ratisser tout le centre de la ville de la rivière à l'avenue Nguyên Thi Minh Khai et du quartier du zoo jusqu'à celui des hôtels miteux de Phạm Ngũ Lão, et c'est lui qui avait épinglé le gars ! *Une chance de cocu !* admit-il en imaginant aussi sec sa rombière en train de se faire tringler par un sous-off.

Concernant la deuxième personne à interpeller, les Viêts la trouveraient avant lui, bien sûr. À moins d'être vraiment le roi des cocus, ce genre d'aubaine ne se présenterait pas deux fois de suite. Le Caron en question n'allait pas être assis dans le lobby du *Continental*... Delamarre pointa du doigt la bière que sirotait Tesson et engagea la conversation.

— Touriste ?

Tesson répondit par un signe de tête affirmatif.

— Vous parlez français ?

— Ma langue maternelle...

— Ah ! Savez-vous que c'est la France qui a introduit la bière ici ? Après notre départ, les Vietnamiens ont continué à la produire et, ma foi, ils ont fait du très bon boulot. Je peux m'asseoir avec vous ? La chaleur de la journée est à peine retombée et je crève de soif. J'aimerais en siffler une avant de retourner à l'ambassade.

Les neurones de Tesson se mirent à fonctionner à plein régime. Un type élégant et avenant, l'ambassade... C'était peut-être la solution à son problème.

— Bien sûr, avec plaisir ! Vous êtes diplomate ?

— Affirmatif. Je m'occupe des affaires culturelles. Roger Duchamp, et vous ?

Lorsque Tesson se présenta à son tour sous un nom d'emprunt, c'est à peine si Delamarre cilla, mais le mercenaire s'en aperçut. Quelque chose de louche exsudait du bonhomme.

Qu'est-ce qui pouvait bien faire qu'un diplomate s'assoit à la table du premier venu et lui taille une bavette comme s'ils se connaissaient depuis une éternité ? *On verra bien. Autant essayer de s'en servir pour retrouver Caron...*

— En vacances, donc ? continua de questionner Delamarre.

— C'est ça. Je suis venu rejoindre un pote.

— Un résident ?

— Un touriste comme moi. Arrivé depuis quelques jours.

Delamarre fit revenir le vieux serveur, commanda une 333, puis se lança dans une description à bâtons rompus de la qualité de vie qu'offrait désormais Saigon : la gastronomie, le logement, la sécurité, la gentillesse des gens, la beauté des filles, tout ce qui lui passait par l'esprit pour détendre l'atmosphère et mettre en confiance son interlocuteur. Il fallait que Tesson ait l'impression d'avoir affaire à un type connaissant tout de la ville et qu'il ait envie de passer la soirée avec lui. Ensuite, viendrait le moment de porter l'estocade. Delamarre avait déjà son idée.

— Que faites-vous comme métier ?

— Je travaille dans une ONG en Thaïlande. Sur la frontière birmane. Je m'occupe des populations déplacées.

— Passionnant, dites-moi ! J'ai entendu parler du sujet. Les minorités ethniques, n'est-ce pas ?

— C'est cela. Les Karens, les Shans... Toute une misère, tout un bordel à gérer.

— Ah ! Ça m'intéresse. Que diriez-vous d'aller manger un morceau à l'intérieur ? Je vous invite. Vous me raconterez tout ça...

Tesson jeta un regard vers l'entrée du salon de massage et se dit qu'il pourrait toujours aller y faire un tour, le dîner avalé.

— Pourquoi pas ? C'est sympa de votre part.

Delamarre était sur un nuage. Il se voyait déjà en train d'appeler le secrétaire général de Binh Duong à la fin du repas pour qu'il envoie ses policiers cueillir le type pendant que lui se serait esquivé vers les toilettes. En attendant, il fallait épater son invité afin qu'il ne soit pas pressé de s'en aller. Après l'avoir conseillé sur les meilleurs plats du chef, il se mit en demeure de lui raconter l'histoire de cette prestigieuse institution qu'avait été le *Continental* depuis plus de cent ans. Les années folles de l'époque coloniale, la reconversion de l'hôtel en un repaire d'espions après l'indépendance du Sud et le début du conflit avec les États-Unis, et le centre de prostitution étatique qu'il était devenu sous la férule communiste ces dernières années...

— Vous parlez du massage ?

Affirmatif. C'est un bordel.

— Vous y êtes déjà allé ?

Delamarre ferma un œil et entrouvrit la bouche dans une mimique bizarre, à la fois approbatrice et obscène.

— On n'est pas de bois, n'est-ce pas ?

— Et c'est comment ? s'obstina Tesson.

— Très bel endroit. Avec de jolies petites gamines.

— Un ami m'a conseillé de m'y faire masser.

— Ah ! Excellent ! Votre ami, c'est un habitué ? C'est l'ami dont vous me parlez ?

— Non. Un journaliste qui vient souvent à Saigon. Vous ne devez pas le connaître.

— Dites toujours. De par mes fonctions, je rencontre pratiquement tous les Français de passage.

Tesson hésita une seconde, puis prononça le nom de Caron. L'attaché militaire en lâcha sa fourchette. Ce qui lui arrivait au cours de cette soirée était décidément incroyable. En moins d'une heure, ce type venait de lui servir la dernière pièce du puzzle fourni par Perrin. Il convenait maintenant de refermer le piège. Tranquillement.

— Caron ? Quelle coïncidence ! Je le connais. Il réside depuis ce matin dans une chambre d'hôte de la délégation consulaire. Imaginez-vous qu'il a eu un souci de papiers volés. On lui a offert le gîte le temps de régler le problème. On ne pouvait pas faire moins avec un compatriote de son rang.

Tesson piqua la dernière bouchée de son bœuf Strogonoff pour se laisser le temps de répondre.

— C'est extraordinaire, en effet.

— Eh bien je vous propose d'aller boire un verre en sa compagnie, après le repas, qu'en dites-vous ?

— Ça me paraît une excellente idée, approuva Tesson, la mine réjouie. Je fais un tour par les lavabos et je vous suis.

Dès qu'il fut enfermé dans les toilettes, Tesson consulta le site de l'ambassade. Celui-ci ne faisait mention d'aucun Roger Duchamp au registre des affaires culturelles. En revanche, le portrait de Delamarre s'afficha bientôt comme celui de l'attaché militaire. *En voilà une surprise, Ducon !* Une bouffée de rage lui monta à la gorge. *Qu'est-ce que tu mijotes, putain d'enfoiré de ta race ?* Il s'était à l'évidence produit un événement que Tesson ne mesurait pas encore, mais qui venait d'allumer en lui tous les signaux de danger qu'il connaissait trop bien. Ce menteur, qui s'était assis à sa table, ne l'avait pas fait par hasard. Tout ce qu'il lui avait raconté n'était que conneries. La prétendue virée à l'ambassade était un piège. Sans comprendre encore pourquoi ni comment, il était clair que la soirée devait mal se terminer.

Tesson se passa de l'eau sur le visage, attrapa une serviette sur le bord du lavabo pour se sécher et décida de filer à l'anglaise. Discrètement. Il reviendrait plus tard essayer de contacter Rose.

Il s'apprêtait à chercher une issue de secours lorsqu'il trouva Delamarre attendant devant les toilettes. Le gars ne l'avait pas lâché.

— J'ai réglé, annonça l'attaché militaire. Allons-y. On va aller prendre un taxi sur Hai Bà Trưng, c'est à deux pas.

Ils ressortirent de l'hôtel, passèrent devant le *Marriott* et s'engagèrent sur l'avenue.

— On ne voit pas grand-chose, constata Delamarre. Les Viêts n'ont toujours pas rétabli l'éclairage. Ils souffrent de problèmes d'énergie en ce moment. Des pans entiers de la ville sont plongés dans l'obscurité. Faites attention où vous mettez les pieds, il y a des trous partout...

Les véhicules filaient à toute allure dans un concert continu de klaxons. Tesson regarda derrière lui. Un camion poubelle remontait la rue au ras du trottoir en pleine accélération. Le monstre avançait pleins phares allumés. Aussitôt, Tesson apprécia la distance et calcula mentalement le nombre de secondes qu'il lui faudrait pour parvenir jusqu'à eux. Dix, sept, cinq, trois... Il pivota puis, d'un coup d'épaule, précipita Delamarre sur la chaussée. Le diplomate s'affala devant le poids lourd qui fit une embardée en même temps que le chauffeur donnait un coup de volant désespéré pour l'éviter. Tesson entendit rugir les freins et s'engouffra dans une minuscule artère, plongée comme le reste du secteur dans un noir d'encre, sans se retourner. L'attaché militaire devait être réduit en pièces.

Il allongea le pas et se mit à courir.

87

Au même instant, Caron entrait au *Bier Garden,* restaurant très couru par les touristes sur la rue Đồng Khởi. Il s'assit face à l'écran de télévision et regarda un moment le match de football américain qui était retransmis. Les grosses brutes casquées, caparaçonnées, s'en donnaient à cœur joie. Cela faisait un boucan d'enfer. Après avoir réussi à attirer l'attention de la serveuse, il commanda une limonade, la siffla d'un trait et envoya un SMS à Rose pour lui demander de le rejoindre. Puis il leva le camp sans attendre, traversa la rue et monta s'installer à la terrasse du *Món Huế,* un café situé à une cinquantaine de mètres sur le côté opposé de Đồng Khởi, parfait pour surveiller l'entrée du *Bier Garden.*

Son téléphone émit le bip caractéristique de l'arrivée d'un nouveau SMS. Rose lui demandait de patienter un quart d'heure, le temps qu'elle termine une prestation avec un client. Elle l'embrassait aussi et lui envoyait un smiley en forme de cœur. Caron fut tenté une poignée de secondes de retourner au *Bier Garden,* mais décida de s'en tenir à son plan. Les soupçons de Paul sur la conduite de la masseuse le taraudaient encore. Elle n'avait pas donné signe de vie depuis Cu Chi. Et c'était cela le plus étonnant pour Caron. Mieux valait attendre ici. Lorsque Rose apparaîtrait, il lui renverrait un message pour lui dire qu'il s'était finalement replié au *Món Huế.* Ils avaleraient une soupe, boiraient quelques verres de vin et termineraient la nuit chez elle, à Phạm Ngũ Lão. Les derniers événements avaient excité ses sens. Il avait une furieuse envie d'elle. Sa montre indiquait 22 h 30. Elle n'allait plus tarder. Avant minuit, il serait contre elle, dans la tiédeur moite de sa chambre. Il oublierait jusqu'au matin Paul, Bang Tâm et l'épouvantable cagna pleine de moustiques sur la rivière. Ensuite, il verrait bien. Rose aurait certainement une idée pour qu'il achève sa mission sans se faire prendre dans les mailles du filet tendu par le TC2.

Il laissait ses pensées divaguer lorsque le bruit d'un coup de frein brutal lui fit tourner la tête. Une berline noire venait de stopper devant le *Bier Garden*. Des quatre portières ouvertes à la volée, des Viêts se précipitaient vers l'établissement, armes aux poings. Caron considéra la scène, sidéré, comme la séquence finale d'un mauvais film policier. *Putain de bordel, elle a envoyé des flics*... Il n'y avait même pas à se poser la question : les gars venaient évidemment pour lui. Caron s'éloigna de l'éclairage de sa table pour rentrer dans l'ombre de la terrasse. En bas, l'un des Viêts venait de ressortir sur le trottoir et regardait autour de lui. Puis un autre apparut qui se mit à questionner des vendeurs ambulants assis devant le restaurant. Si l'un d'eux l'avait remarqué, il était fait. Les flics allaient débouler ici et Saigon serait la fin de sa route. De nouveau, les images de sa fuite à Cu Chi sous les tirs d'arbalète cognaient au fond de son crâne. Il revit la face terrorisée de Paul et celles, contrariées, de Tuan et de Frébourg lui répétant qu'il se foutait dans la merde.

Caron, qui s'était souvent demandé quel genre d'erreur pouvait conduire au point final de l'existence d'un journaliste ou d'un agent, venait de comprendre que tout n'était sans doute que le résultat d'un ridicule concours de circonstances. Un pas de travers et une mine qui éclate sous le pied, une voiture qui tombe en panne et un bombardement qui s'ensuit, un chemin plutôt qu'un autre et une fusillade fatale qui éclate, ou la rencontre d'une jolie fille qui n'est pas ce qu'elle dit être... Voilà ce qu'était Rose ! Comment ne l'avait-il pas percée à jour ? Comme si tous les gages qu'elle lui avait donnés n'auraient pas dû l'alerter ! Il avait foncé, tête baissée, et s'était laissé prendre à son incroyable histoire. Le plus stupide de l'affaire était qu'il ne la reverrait sans doute jamais, qu'il n'aurait pas l'occasion d'entendre de sa bouche ses vraies motivations, et qu'il disparaîtrait comme Rohde sans laisser de traces, sans que personne ne sache jamais quand, où ni comment il aurait tiré sa révérence.

Lorsque la berline redémarra sur les chapeaux de roues, Caron fut presque surpris. Ainsi, la fin du voyage était repoussée. Il était passé à deux doigts de celle-ci. Tout restait à faire. Regagner le taudis du district 5, retrouver Paul et son blogueur, échafauder un plan pour sortir de Saigon et parvenir à quitter ce foutu pays tout seul, si Becker ne réapparaissait pas d'ici là. Pas sûr qu'il ait encore envie d'essayer de retrouver Rohde. Il était épuisé. Avec cette sale impression de ne plus être porté par ses jambes.

Il s'arracha de son siège et se dirigea vers la sortie.

88

Chez Tuan, l'établissement faisait le plein de consommateurs. Expatriés occidentaux, fils de bonnes familles locales et quelques huiles du gouvernement. Tuan passait de l'un à l'autre avec quelques bons mots pour chacun. Comme tous les week-ends, la recette promettait d'être rondelette.

Il s'arrêta devant Estelle Becker et l'embrassa.

— Le colonel m'a réservé une table. Il sera là dans une dizaine de minutes. Tu es disponible ?

— Thành ?

— Bien sûr, qui d'autre ? Ton meilleur client. Il m'a demandé plusieurs fois si tu serais là. À mon avis, il est en forme...

Becker haussa les épaules.

— Comme d'habitude, j'imagine. En forme de la gueule, mais pas du falzar.

Tuan roula des yeux horrifiés.

— Tais-toi, t'es dingue ? Ici, même les tables ont des oreilles ! On sait tout sur tout le monde immédiatement. Parfois même avant que les choses aient été dites.

Becker haussa une nouvelle fois les épaules.

— Par exemple, sais-tu qu'un Blanc a été écrasé un peu plus haut sur l'avenue, il y a une demi-heure ? chuchota Tuan.

— Un Blanc ?

— Oui. Un Français, d'ailleurs...

Tuan avait précisé l'origine de la victime comme s'il avait sucé une friandise.

— Comment es-tu déjà au courant, toi ?

— Le téléphone arabe. Ça marche aussi chez nous.

— Tu sais autre chose ?

— Je sais que ce malheureux n'aurait jamais dû finir sous les roues d'un camion poubelle. Qu'on l'y a aidé… C'est contagieux en ce moment, à Saigon. C'est fou le nombre d'étrangers qui se font aplatir.

Becker devint livide. Était-il possible que ce soit Rohde ? Caron ?

Comme s'il avait lu dans ses pensées, Tuan fit redescendre la tension d'un signe de tête négatif :

— Il ne s'agissait pas d'un de tes amis, mais d'une personnalité de l'ambassade. Je n'ai pas encore de détails sur son identité exacte. Ce que je peux te dire, en revanche, c'est que mes compatriotes ne sont, pour une fois, pour rien dans cette affaire. C'est un Occidental qui l'a poussé. Ils sortaient du restaurant du *Continental*. Le chiffonnier qui a tout vu est formel, il les suivait depuis le *Continental* avec l'idée de leur soutirer quelques billets. Tout paraissait normal jusqu'à ce que l'un d'eux pousse l'autre sur la chaussée. Ç'a été très rapide. Et complètement inattendu. Le témoin n'a rien vu venir.

— À quoi ressemblait l'autre homme ?

— Ça, ma petite dame, il va falloir allonger la monnaie si tu veux le savoir. Le clochard a une famille à faire vivre.

— Quand pourrai-je le rencontrer ?

— Demain matin. Après ton rendez-vous avec Thành. Le type ne voulait pas moisir dans le coin. Il est retourné chez lui, dans sa banlieue merdique. Je t'y conduirai moi-même si tu veux.

— Le diplomate, c'est qui ? Tu as des précisions ?

Tuan se rengorgea :

— Les flics l'ont déjà identifié : l'attaché militaire...

Becker replongea le nez dans son verre de whisky. À moins d'une seconde affaire qui agite Paris dont elle n'était pas informée, cette histoire ressemblait furieusement à un dérapage de la première. Mais pourquoi un membre de l'ambassade ? Elle n'imaginait pas Rohde assassiner un compatriote. Encore moins Caron ? Pour quelle raison ? C'était incroyable. Peut-être Thành saurait-il quelque chose ? Lui, qui se vantait que rien de ce qui se passait à Saigon ne lui échappait jamais, devrait pouvoir la renseigner. Ça faisait depuis quelques jours un sacré paquet de macchabées dans le coin : un agent du TC2, des opposants au régime, un journaliste japonais, le représentant de la CIA et maintenant un diplomate français ! À croire que le pays était devenu le terrain d'action le plus chaud de la planète pour les services spéciaux du monde entier.

Elle vérifiait la position du minuscule pistolet contre sa cuisse quand une main se posa sur son bras. La voix mielleuse de Thành lui susurra *illico* toute la satisfaction qu'il éprouvait à la revoir :

— Estelle ! Je rêvais de vous encore la nuit passée. Quel bonheur de vous revoir ! Que diriez-vous de continuer à picoler tranquillement en tête à tête, en haut, dans l'une des chambres de notre ami Tuan ?

On ne pouvait faire plus direct. Thành était ainsi, un homme pressé, insatiable et sans finesse. Collé contre elle, son début d'érection molle ne laissait aucun doute sur la suite du programme. Elle lui prit la main, y déposa un baiser et se leva.

Dans la salle d'eau de la chambre, Becker fit disparaître son automatique dans son sac à main. Elle se déshabilla et rejoignit Thành sur le lit. Le cérémonial qu'elle connaissait par cœur pouvait démarrer. Elle masserait le sexe du colonel, le sucerait, irait ensuite lui chatouiller la prostate du bout d'un doigt, puis se mettrait en levrette, attendant qu'il la chevauche, les mains accrochées à ses seins. Lorsqu'il aurait fini sa petite affaire, en une quinzaine de secondes, il s'allongerait à nouveau pour qu'elle l'essuie comme un enfant qui se serait pissé dessus. Alors, seulement, il commencerait à raconter ses dernières prouesses. Il en dresserait la liste pendant qu'elle recommencerait à caresser sa verge pour le mener à une deuxième érection qu'elle consoliderait grâce à un élastique habillement placé à la base du pénis. Thành resterait sur le dos pour qu'elle s'empale sur lui. Elle prononcerait alors une litanie de grossièretés et de compliments mêlés. Elle feindrait de jouir et se laisserait tomber comme un pantin désarticulé, le haut de son corps entre ses jambes, les bras couvrant son visage, de manière à ce qu'il ne voie plus que sa vulve entrouverte et qu'il s'endorme un petit quart d'heure avant de revenir à lui et de se déclarer satisfait de la prestation sexuelle. C'était chaque fois le même cirque. Et la condition *sine qua non* pour lui poser elle-même des questions.

Cette nuit-là, Thành se surpassa. La pression exercée par le général Tho, la chasse aux dissidents et leur élimination, la suppression du correspondant de la CIA, les récentes nouvelles concernant Rohde et la traque de Caron faisaient bouillir son sang. Il était sur le point d'aboutir et cela lui avait redonné une seconde jeunesse. Becker s'était fait marteler plus de dix minutes. Quant à la deuxième passe, elle aurait pu s'éterniser davantage si Thành n'avait pas repoussé sa partenaire pour lui demander si elle n'avait pas, par hasard, entendu parler de Rohde et de Caron.

— De quoi s'agit-il ? demanda-t-elle, décontenancée.

— Deux agents français venus ici mettre leur nez dans des affaires… Des affaires embarrassantes pour les autorités. Et les gars se sont évaporés dans la nature. Ils ont fait beaucoup de dégâts. Faudrait que tu m'aides.

— Comment ?

— Que tu te renseignes auprès des putes, c'est facile pour toi.

— Pourquoi les putes ?

— Ce sont deux hommes à femmes. Comme ils s'étaient installés au *Freedom* avant de quitter la ville, ils ont dû courir le jupon dans tous les salons de massage des environs. Renseigne-toi.

— C'est tout ?

— Va voir aussi ta copine Rose. Elle les a fréquentés. Tire-lui les vers du nez.

— Qu'est-ce que j'obtiendrai de plus que vous avec elle ? fit Becker, surprise.

— Peut-être des éléments qu'elle me cache. Mlle Minh Thi Hong est une fille complexe. Je commence à penser qu'elle joue un double jeu qui n'est pas fait pour me servir.

— Vraiment ?

Le visage du colonel se crispa.

— Avec moi, tout le monde est suspect. C'est mon métier de le penser. C'est grâce à ça que je suis toujours là.

— Et après, si j'obtiens des renseignements sur ces deux hommes ?

— Je m'en chargerai. Ce vieux con de Tho piquera une crise, mais je m'en fous. Le plus important, dans l'immédiat, est qu'il ne les débriefe pas. Arrange-toi pour découvrir où ils se planquent. Ensuite, j'agirai. Le Politburo sera ravi et m'en remerciera en me confiant les rênes du TC2. J'y travaille depuis un moment. Si tu me rends ce service, ma promotion est assurée.

Becker se mordit les lèvres. Thành était de loin le personnage le plus dangereux qu'elle avait rencontré dans ce pays.

Toujours à monter des coups pensables, à magouiller, à comploter, à trahir, et voilà qu'il l'embarquait dans une opération destinée à faire tomber son patron ! Elle aurait dû inventer quelque chose au sujet de Rohde et Caron, raconter qu'elle les avait croisés dans un bar et avait couché avec eux une fois, par exemple. Maintenant, son silence risquait de lui coûter extrêmement cher si le colonel venait à découvrir qu'elle lui avait menti par omission. Et puis, il y avait Tuan. Et Rose. Était-il possible qu'ils parlent un jour ?

Elle se perdait en conjectures quand Thành la secoua :

— Alors ?

— Je ne peux rien te promettre.

— Retrouve-les, baise-les et livre-les-moi. Dix mille dollars si tu réussis. Et de très gros problèmes si tu parles...

— Il paraît qu'un diplomate français a été assassiné tout à l'heure à deux cents mètres d'ici, articula-t-elle péniblement pour changer de sujet. J'ai entendu des gens en parler en arrivant au bar. Ça venait de se produire...

Thành étouffa un gloussement :

— L'attaché militaire ? Je sais. Il n'est pas encore crevé. Tu pourrais d'ailleurs te rendre tout de suite à l'hôpital central où il a été transféré. Une bonne partie de l'ambassade doit déjà y être. Vas-y et sers-toi de cette occasion pour leur tirer les vers du nez. Fais ton boulot de pute, ma grande.

89

De retour à son hôtel, Pascal Tesson se trouvait dans un état de confusion mentale absolu. Allongé sur son lit, il réfléchissait, tentant de maîtriser sa parano habituelle qui, ce soir, était lancée comme un cheval au grand galop, tant les jets d'adrénaline continuaient à pulser dans ses veines. Des gens, il en avait tué pas mal dans sa carrière de mercenaire. Au combat et dans des opérations secrètes pour le compte de ses divers employeurs, mais jamais un diplomate, français de surcroît ! Pourquoi avait-il fallu qu'il tombe sur cette enflure ? Il ne saurait jamais les raisons de sa tentative d'enlèvement, et c'était ce qui lui plombait le moral. Sur ordre de qui l'attaché militaire avait-il agi ? Pour quelle raison ? Il était à Saigon depuis moins de vingt-quatre heures ! Qui pouvait avoir été avisé de sa présence et de sa mission si ce n'était quelqu'un de l'entourage de Perrin ? Cela lui paraissait tellement inconcevable que son agent traitant ait pu laisser fuiter une telle information qu'il ne parvenait pas à se calmer ni à rassembler ses idées.

Il se releva pour pousser la clim à fond et se mit en demeure de faire les cent pas autour du pieu. Réfléchir ! Encore et encore !

Il s'avérait qu'une seule personne était dorénavant en mesure de le calmer : Becker. Il n'avait pas répondu au message reçu d'elle dans l'après-midi, cela lui avait semblé inopportun.

Et pour cause ! Or, Becker annonçait qu'elle était de retour à Saigon pour quelques jours et lui disait qu'elle aimerait le voir une fois revenue à Bangkok. Si Tesson ne se doutait pas une seconde que sa copine était parfaitement au courant de sa présence au Viêtnam, il était maintenant prêt aux confidences. Ne serait-ce que pour avoir son avis sur les raisons qui avaient poussé l'attaché militaire à lui tendre un piège. Becker avait couché avec pratiquement tous les célibataires de l'ambassade, à Bangkok comme à Saigon, elle devait donc connaître le diplomate et saurait le conseiller comme elle saurait garder sa langue.

Il saisit son portable sur la table de nuit et l'appela. Avant même la fin de la première sonnerie, elle décrocha.

— Xavier !

— Salut, ma jolie…

— Où es-tu ?

— Comme toi. À Saigon.

— Ça tombe bien, je te croyais reparti dans tes jungles impénétrables alors que je souhaitais te voir. Qu'est-ce que tu branles au Viêtnam ?

— Un peu compliqué à expliquer, mais je t'appelle pour un renseignement…

— Oui ?

— Tu connais Delamarre, l'attaché militaire français ici ?

— Ne me dis pas que tu es déjà au courant de son accident !

— Si, mais c'est pas le sujet. Tu te souviens du gars qui était avec moi dans le bar à Bangkok, l'autre soir ?

— Non, fit Becker simplement.

Alors, Tesson se lança :

— Je sais pas ce qu'il est venu faire ici, mais la DGSE lui a mis un contrat sur la tête et j'ai été chargé par Paris de l'exécuter. Et puis j'ai été tamponné bizarrement par ce mec de l'ambassade qui semblait savoir qui j'étais. Le problème, c'est qu'il s'est pas du tout présenté comme l'attaché militaire, mais sous un faux blaze comme un vague conseiller culturel en me servant une histoire à dormir debout au sujet de mon pote qu'il prétendait héberger chez lui, alors que je sais que c'était faux. Il m'a vraiment pris pour une bille…

À l'autre bout du fil, Becker fit un effort pour ne rien laisser paraître de sa surprise.

— C'était qui, ton pote ?

— Un reporter. Un mec que j'aime bien et qui, manifestement, a fait ou s'apprête à faire une grosse boulette aux yeux de Paris. Bref, je te passe les détails, mais je sais qu'il n'était pas chez le mec de l'ambassade et j'ai réalisé tout à coup que j'étais moi aussi sur la sellette. C'est là que l'histoire devient incompréhensible.

— Eh bien, tu as planté le gars, non ?

— Je m'en suis débarrassé et je sais plus quoi penser.

Becker poussa un juron :

— Oh, *shit* ! C'est toi qui as fait ça ?

— L'instinct, bordel ! Mais je sais plus quoi faire. J'aimerais savoir qui est derrière cette manip.

— Où es-tu ?

— À mon hôtel.

— Casse-toi immédiatement. Trouve-toi un autre endroit. L'attaché militaire n'est pas mort.

La nouvelle figea Tesson.

— Comment tu le sais ?

— Je le sais. Fous le camp.

— Tu peux m'héberger ?

— Impossible là où je suis. Trouve-toi un rade de troisième zone pour la fin de la nuit et file à l'aéroport à la première heure. Je ne sais pas dans quelle opération s'est fait embarquer Delamarre, mais il balancera tout dès qu'il sera en état de parler.

— T'as sans doute raison, conclut Tesson en se relevant du lit. Je me tire.

Malgré son abattement et la migraine qui lui donnait envie de vomir, Tesson décida pourtant de ne pas partir. Il fallait qu'il parle à Perrin. Qu'il lui fasse croire qu'il venait de localiser Caron et que l'opération allait être conclue dans les heures à venir. Seulement ça. Peut-être la réaction de Perrin l'aiderait-elle à y voir clair. Après, il saurait quoi faire.

90

Revenu à la tombée du jour à la maison qu'il occupait dans le quartier de Tan Dinh, quand il séjournait à Saigon, Tran Hung Khang avait passé un moment à regarder l'obscurité avaler tous les recoins de la pièce avant de s'allonger sur le canapé du salon.

Il fut réveillé par une série de coups de sonnette et de coups de poing frappés à la porte. Située en retrait de la rue, derrière l'église couleur saumon, la petite villa offrait l'avantage d'une retraite discrète. C'était un petit pied-à-terre prêté par un collègue du Politburo aux amis d'Hanoi quand ils étaient en déplacement dans le Sud. Parfait pour y organiser des rendez-vous discrets et pour rayonner dans le centre-ville.

Les diodes phosphorescentes du réveil indiquaient trois heures moins le quart, une onde glacée saisit la poitrine du politicien. Les apparitions intempestives en milieu de nuit chez les gens n'annonçaient, d'habitude, jamais rien de bon. Khang le savait d'autant mieux qu'il avait lui-même envoyé chercher ainsi, au cœur des ténèbres, un certain nombre de personnes dont le sort avait été subitement scellé en haut lieu.

Il émergea de la moustiquaire, enfila un pantalon et une chemise, puis attendit encore avant d'aller vers la porte. Mais les coups redoublaient de violence et la sonnette tintait désormais en continu.

91

Derrière la porte blindée protégeant la cave aménagée sous le bar, Tuan n'avait rien perdu des ébats entre Estelle Becker et le colonel Phạm Khắc Thành. Tout avait été enregistré parfaitement. Le son et l'image. C'était juste impensable que Thành ne se soit jamais méfié, lui qui avait piégé des dizaines de personnes dans des karaokés et des hôtels dès que la technologie lui en avait offert les moyens !

Il venait de se faire prendre comme un débutant.

Tuan appuya sur la flèche gauche du clavier de l'ordinateur et recala la scène lorsque Becker se laissait choir entre les pattes velues du colonel. Il se foutait éperdument du sexe, ce qu'il souhaitait revoir, c'était la séquence de conversation qui avait suivi.

Il n'avait pas rêvé : ce salaud de Thành avait clairement formulé son intention de tuer Caron malgré les consignes reçues de son patron. Il avait décidé de passer outre et de mettre en difficulté le général Tho pour lui piquer sa place ensuite. Il demandait à Becker de l'aider en lui mettant entre les mains un marché dont il avait le secret : de l'argent ou la mort. Car il s'agissait bien de cela, ses menaces étaient à peine voilées.

Après avoir procédé à de multiples duplications de l'enregistrement, Tuan considéra la situation. Becker ne ferait évidemment rien contre Rohde ni contre Caron. Rohde parce qu'il était inatteignable depuis longtemps, Caron parce qu'elle était tout simplement tombée amoureuse de lui dès leur première rencontre : elle lui avait assez tenu la jambe avec ses histoires de cœur ! Mais Thành n'allait pas non plus l'attendre pour lancer toutes ses forces dans son action clandestine. C'était là le problème. Le sablier allait rapidement commencer de se vider. Chaque minute comptait. Il fallait transmettre d'urgence une copie de la bande numérique à Tho. Et persuader Estelle de prendre le large sans attendre. Elle ne pouvait rester à Saigon après ce qu'elle avait appris. Quand le général faisait le ménage, c'était rarement dans la finesse. Jamais il ne laisserait derrière lui une étrangère informée d'un tel secret d'État. La problématique valait pour lui-même, d'ailleurs. Malgré tous les services qu'il avait rendus ces dernières années au patron du contre-espionnage ! Lorsque Tho découvrirait que la séance entre Estelle et Thành avait eu lieu dans l'une des chambres de son établissement, comment réagirait-il ? Tuan connaissait trop le vieux crocodile du TC2 pour ne pas ressentir une appréhension qui grossissait de minute en minute. Il fallait vraiment que la vie de Caron pèse dans la balance pour qu'il se fourre dans un tel pétrin !

Il se servit un whisky et passa en revue les options qui s'offraient à lui. À la réflexion, la seule issue était d'aller se mettre au vert à Phnom Penh le temps que l'affaire se tasse. Il déverrouilla la caisse du bar, prit son passeport et une liasse de dollars, puis commanda un taxi pour l'aéroport.

92

La face burinée et inexpressive de Cheng apparut dans l'encadrement de la porte. Khang souffla. L'arrestation n'était pas pour cette nuit. En revanche, si le tueur chinois déboulait chez lui à cette heure, c'est qu'il n'était pas près de retourner se coucher. Sans qu'il ait à poser de questions, Cheng commença à lui résumer les derniers événements :

— Patron, nous avons un nouveau problème avec les Français. Un troisième homme, envoyé par Paris, est arrivé à Hô Chi Minh-Ville.

Khang explosa :

— C'est quoi, ce bordel ? Comment es-tu au courant ?

— Toujours mon informateur du TC2.

— Qu'est-ce qu'il vient foutre ici ?

— Manifestement, épauler Caron. Ou le protéger, je sais pas.

— Que fait Thành ?

— Rien pour le moment, il n'est pas encore au courant. Mon informateur a été alerté par une de ses sources au comité populaire de Binh Duong.

— Comment ces gars-là sont-ils impliqués, je ne comprends rien.

— Il se trouve que le directeur du comité populaire a reçu la consigne de les interpeller afin de les soustraire aux équipes de Thành.

— La consigne de qui ? C'est incroyable, cette histoire.

— Je n'ai pas eu de précisions.

Khang se concentra un moment, puis fit signe à Cheng d'entrer dans la maison. Après avoir jeté un coup d'œil à l'extérieur, il referma la porte et lui désigna un siège.

— Qu'est-ce qu'ils doivent faire des Français ? demanda-t-il.

— Comme j'ai dit : les garder au frais. Pour que ni Thành ni Tho ne les récupèrent. On dirait que l'opération a été commandée par le premier secrétaire du parti.

À la seconde, Khang blêmit.

— Il soupçonnerait donc quelque chose…

— Sans doute.

— Tu as informé Pékin ?

— Forcément ! J'ai envoyé un câble aussitôt.

— T'as eu une réponse ?

— Oui. Élimination sans délai. C'est cela que je voulais vous dire.

Khang alluma une cigarette en fermant les yeux, inhala la fumée à fond et l'expectora en faisant des ronds qui se perdirent dans l'obscurité du plafond de la pièce.

— Alors tu vas proposer de l'argent à ton contact de la police pour nous livrer Caron et l'autre s'ils sont arrêtés. Tu les embarqueras dans notre maison de Cholon pour les faire parler. J'ai absolument besoin de connaître leur degré d'implication dans notre affaire. On décidera ensuite ce qu'on fait d'eux.

Cheng, assis sur le bord de son fauteuil, se tordait les mains.

— Quoi ? fit Khang.

— Je sais déjà que l'opération de récupération des Français a foiré. On ne pourra pas compter sur la police. Mais j'ai une autre information…

— Parle ! s'énerva Khang.

— Rohde a été enfin logé.

Pour la première fois, le visage de Khang s'éclaira.

— Et tu m'annonces ça maintenant !

— Il a été localisé il y a trois ou quatre heures. À quelques kilomètres près, je sais où il se cache. On a donc le temps de régler leur compte à Caron et à l'autre avant de…

Khang l'interrompit brutalement :

— Que dalle ! Tu ne vas pas me refaire le coup de Yamazaki. Tu chopes Rohde d'abord pour le mettre en sécurité. On s'occupera plus tard de ses complices. Mais encore une fois, je les veux vivants.

— Mais Pékin…

— Je me fous des ordres de Pékin. Nous sommes au Viêtnam, Cheng. Tu n'es pas chez toi, ne l'oublie pas.

93

Paul avait attendu le retour de Caron pour se coucher. Il avait observé, en début de soirée, la noria de vedettes militaires convergeant vers la demeure de Bang Tâm. Ses amis arrêtés à Lam Dong avaient donc déjà parlé. Comme à leur habitude, les interrogateurs des services du colonel Thành devaient avoir mis le paquet pour soutirer les informations à leurs prisonniers. Bang Tâm avait aussi regardé le déploiement des forces de police sans prononcer une parole. Puis il s'était roulé en boule au fond de la cahute sur la natte qui lui servait de couche.

Trouvant une maison vide, les bateaux de l'armée ne s'étaient pas éternisés dans le secteur, mais Paul avait préféré veiller jusqu'à ce que Caron revienne.

Lorsque celui-ci avait enfin rejoint la paillote à minuit passé, il n'avait d'abord rien obtenu d'autre de lui qu'une mine renfrognée. Caron s'était étendu dans le hamac, devant la rivière, puis il avait enfin consenti à raconter ce qui s'était passé : le *Bier Garden,* son coup de fil à Rose, le rendez-vous proposé, son déplacement à la terrasse du *Món Huế* et l'intervention des flics à laquelle il avait assisté. Il paraissait accablé. Jamais Paul ne l'avait vu dans un tel état d'accablement. Même à Cu Chi, lors de la tentative d'assassinat, il n'avait pas paru si épuisé.

— On va trouver une solution, tenta Paul. Nous allons essayer de dormir, puis nous prendrons une décision demain matin. Nous sommes en sécurité, ici. Les deux vieux ont de quoi nous nourrir deux ou trois jours...

— Et après ? maugréa Caron.

— Bang Tâm a proposé de rappeler son cousin. Il pourrait nous piloter vers un chalutier qui nous aiderait à rejoindre les eaux cambodgiennes ou thaïlandaises. De là, vous pourriez vous mettre sous la protection des autorités consulaires françaises, non ?

— Hors de propos. Surgir sans visa au Cambodge ou en Thaïlande, je serai renvoyé d'où je viens séance tenante. Donc remis aux autorités vietnamiennes.

— Pas si vous vous réfugiez dans votre ambassade...

Caron amorça une grimace désabusée :

— J'aimerais en être aussi sûr que vous, Paul. Mais je sais d'expérience que cela ne se déroulera pas ainsi. Malheureusement.

— Vous devriez encore y réfléchir. Vous n'avez plus aucune marge de manœuvre.

— Je vais rester, retrouver Rohde et rembourser ma dette.

Paul émit un soupir du fond de la gorge.

— Encore cette histoire ? J'ai l'impression d'entendre un gamin s'inventer une mission romantique et ridicule. M. Rohde lui-même veut qu'on le laisse tranquille.

— Je n'y crois pas. Voilà la vérité.

— Soit. Mais quand vous l'aurez retrouvé, que ferez-vous ? Quel genre de dette pensez-vous être en mesure de rembourser ? Vous le sauverez sur un tapis volant ?

— Vous devenez désagréable, Paul.

— Lucide, plutôt !

— Admettons que je fiche le camp d'ici, et vous ?

— Moi ? Je rentrerai tranquillement chez moi, c'est à deux pas d'ici. Personne ne m'aura vu avec vous ni avec Bang Tâm, je ne crains rien. Je reste un ancien sous-officier du Nord, je vous l'ai déjà dit.

— Et si vous vous trompiez ?

Les yeux au ciel, Paul fit un geste résigné.

— Nous sommes un peuple fataliste, vous savez. Nous avons un karma et nous n'y échappons pas. Notre heure sonne lorsqu'elle doit venir.

— Je n'y crois pas. Et Bang Tâm, qu'est-ce que vous en faites ?

— C'est différent. Notre jeune ami est prêt à subir les conséquences de son engagement. Nous en avons discuté en votre absence.

— Ça veut dire quoi ?

— Qu'il ira une fois de plus en prison. Ça ne fera que la troisième fois en cinq ans...

— Mais cette fois-ci, il risque d'en prendre pour quinze piges. Au mieux.

Paul leva une main pour balayer l'argument.

— Pas s'il se rend lui-même au tribunal et qu'il s'excuse.

— Vous plaisantez ?

— Non. Ça fonctionne ainsi chez nous. Il sera interné quelques mois en camp de rééducation et se verra peut-être même proposer un poste à l'issue de sa peine.

— Vous vous moquez de moi.

— Pas le moins du monde.

— Dites-moi alors quel genre de poste on pourrait bien proposer à un opposant à sa sortie de taule.

Et Paul éclata de rire :

— Mais un job d'indicateur, qu'est-ce que vous croyez ! C'est comme cela que ça marche, ici. Et Bang Tâm acceptera et fournira des tas d'infos bidons ou sans importance. Il vous le dira lui-même demain, vous verrez.

L'aube tissait, au-dessus de la masse noire de la ville, un ruban rougeâtre qui se reflétait à la surface de la rivière quand l'étudiant les réveilla. Au loin, les premiers coups de klaxon de la journée se faisaient entendre. Une brise déjà tiède s'engouffrait entre les pilotis des cahutes. Caron se glissa hors du hamac et trouva à ses pieds un bol de riz agrémenté de filets de poissons séchés.

Paul avait retrouvé le sourire.

— Bang Tâm vient d'apprendre où se trouve la personne que vous recherchez.

— Rohde ?

— Évidemment, pas la masseuse.

— Comment est-ce possible ? Il ne le connaît même pas !

— Lui, non. Mais l'un de ses amis qui ont échappé au coup de filet à Lam Dong, oui. La personne lui a dit qu'elle partait se faire oublier des autorités un moment, là où s'est caché l'étranger que le groupe aidait. En l'occurrence M. Rohde.

— Son nom a été prononcé ?

— Pas utile, répondit Paul en détournant la tête. Mais je vous garantis qu'il s'agit de votre ami. Il travaillait avec ces dissidents depuis des semaines.

— Où se serait-il planqué ?

— Dans un village minoritaire entre Khe Sanh et Kontum. La région est militairement bouclée, mais les activistes la connaissent bien. Ils sont solidaires du combat que mènent ces paysans contre le gouvernement. Vous voulez toujours poursuivre votre mission ?

— Évidemment. Si je trouve un moyen d'arriver là-bas.

Paul prit un air résigné.

— Je vous y emmènerai.

Caron n'en crut pas ses oreilles.

— Vous ? Malgré le message de Rohde ?

— Seul, vous n'avez aucune chance de réussir. Je ne me vois pas vous abandonner ici. Pas après Cu Chi.

— Pourquoi ?

— Dites-vous que je considère également avoir une dette envers vous. Vous m'avez sauvé la vie, là-bas.

Caron bougonna :

— Ça vous engage à rien.

— Tout bien réfléchi, il faudrait aussi que je revoie M. Rohde. Pour éclaircir un point qui me chagrine.

— Lequel ?

Paul balaya la question d'un geste vague.

— Qu'importe, bredouilla-t-il. On verra cela là-bas.

— Bien. Où se trouve exactement ce village ?

— C'est une minuscule localité, appelée Dac Muy. À une vingtaine de kilomètres de Kontum qu'on peut rejoindre par l'ancienne piste Hô Chi Minh.

— En combien de temps ?

— Une quinzaine d'heures jusqu'à Kontum, ensuite, je ne sais pas. Douze ou vingt-quatre heures, cela dépendra des rencontres en chemin, des villages traversés, de l'attitude des autochtones.

— Quelles sortes de gens vivent dans cette région ?

— Des ethnies sedang, bahnar et jaraï, des minorités toujours très hostiles à Hanoi et aux Kinh en général.

— Les Kinh ?

— Oui, les Vietnamiens.

— Vous allez donc vous jeter dans la gueule du loup ?

— Non. Je vous l'ai déjà raconté, je connais personnellement la région. J'y ai effectué des tas de missions. J'ai souvent aidé ces minorités. J'ai des relais. Si l'on ne cherche pas à brûler les étapes, on parviendra à Dac Muy.

Caron ramassa ses affaires à la hâte et s'avança vers Paul.

— On y va !

— Dans ce cas, je vous propose de commencer par avaler le bol de riz préparé par nos hôtes et de me laisser le temps d'organiser le voyage avec Bang Tâm, tempéra Paul. Au plus tôt, nous partirons en milieu de journée.

94

La clim de la minuscule piaule, où Estelle Becker avait migré depuis sa prestation avec le colonel Thành, ronflait comme une locomotive lancée à plein régime. Elle avait dégoté la chambre au débotté sur Airbnb. Située en rez-de-jardin d'une grande villa coloniale curieusement épargnée par les pelleteuses qui avaient reconstruit au fil des années l'avenue Điện Biên Phủ, elle offrait malgré sa taille réduite tout le confort nécessaire à un séjour agréable. À trente dollars par jour, on ne pouvait trouver mieux. Becker s'était précipitée. En un rien de temps, elle avait déménagé du *Caravelle* et s'était réinstallée. Elle avait fini par oublier le bruit du climatiseur, absorbée qu'elle était dans la rédaction de la note qu'elle s'apprêtait à transmettre à la division de Langley dont elle dépendait.

Les onze heures de décalage horaire entre la Virginie et le Viêtnam lui laissaient le temps de peaufiner son rapport. On devait déjà s'apprêter à se coucher dans la ville de McLean. Becker voulait son exposé le plus détaillé possible. La confiance que lui avait accordée la CIA en lui proposant de remplacer Gordon Wallace représentait une aubaine inespérée dans le développement de sa carrière d'espionne multicarte. Elle allait enfin pouvoir traiter directement avec la tête du Renseignement américain et faire profiter son pays de son expérience. Tout ce qu'elle avait essayé d'expliquer ces derniers mois allait enfin être entendu, analysé, et déboucherait sur une politique nouvelle qui permettrait aux États-Unis de reprendre la main sur place. Histoire de contrecarrer les plans de Pékin pour étendre son influence et de ruiner les efforts de tous ceux qui cherchaient à s'établir dans le jeu économique régional.

Point par point, elle fit la synthèse des derniers événements : l'arrivée massive d'ouvriers en provenance du Guangdong et du Hainan sur les zones minières ; les problèmes sociétaux que cela soulevait à Lam Dong et ailleurs ; les dissensions au sein du Politburo face à l'attitude de plus en plus exigeante de l'empire du Milieu ; l'étrange élimination du journaliste japonais Yamazaki ; l'assassinat de Gordon Wallace, vraisemblablement décidé par Pékin ; la tentative de meurtre organisée par le TC2 à laquelle avait échappé à Cu Chi un honorable correspondant de la DGSE ; et la purge sanglante entreprise dans les milieux des opposants politiques du nord au sud du pays au cours de laquelle quelques-uns des plus fidèles cyberactivistes de la Compagnie avaient péri. Bref une avalanche de problèmes dont Becker attendait de Langley des consignes sur la manière de les traiter.

Elle avait aussi présenté Caron comme son meilleur informateur côté français, espérant lui obtenir de la part de Langley une protection. C'était un peu comme une bouteille jetée à la mer, mais que pouvait-elle faire de plus ? Chaque minute réduisait la distance entre lui et Thành, elle le savait. Et elle n'avait aucune marge de manœuvre personnelle ! Caron était devenu injoignable, elle n'avait aucune idée de l'endroit où il pouvait être, et elle mourait d'envie de le revoir. De foutre le camp avec lui de ce maudit pays avant que le TC2 ne l'intercepte, et de prendre enfin du temps en sa compagnie à Bangkok, Manille ou Delhi, qu'importe, mais assez de temps pour enfin se libérer l'esprit avec lui.

Lorsqu'elle eut enfin fini de rédiger son texte, elle le coda et le fit passer sur son Motorola avant de l'envoyer en phonie cryptée à son correspondant. Puis elle nettoya son ordinateur et son téléphone en mode sécurisé. Alors seulement, elle passa sous la douche. Elle voulait arriver fraîche et dispose à l'hôpital où avait été conduit Delamarre.

95

Dans la semi-obscurité de la pièce, Rose se tenait coite, assise sur le bord d'un tabouret, en retrait de la vieille Lien et de Thành qui conversaient à mi-voix depuis une dizaine de minutes. Le colonel avait convoqué Rose chez la mère maquerelle une heure plus tôt. Sans rien lui dire de l'objet de cette rencontre.

Lien lui avait désigné le siège dès son arrivée, sans un mot, puis elle avait erré à travers le salon, déplaçant un objet de-ci de-là, complètement mutique, en attendant que Thành débarque à son tour. La maison empestait plus qu'à l'habitude. Sur chaque meuble traînaient des bols de nourriture avariée pris d'assaut par des colonies de cafards. C'était un spectacle qui révulsait Rose. Si elle en avait été capable, elle serait restée les pieds en suspension au-dessus du sol tant elle redoutait que les insectes puissent lui attaquer les jambes. Le taudis dans lequel vivait la milliardaire était vraiment l'antichambre de l'enfer. La suite de la journée s'annonçait difficile. Rose palpa la cicatrice laissée deux jours plus tôt par Lien sur sa gorge et eut envie de pleurer. Elle connaissait trop bien cette momie pour détecter dans son attitude les prémices d'une confrontation brutale lorsque Thành serait arrivé.

Le fait d'avoir été appelée chez Lien lui laissait au moins la certitude de voir le soleil se coucher, mais rien de plus. On ne l'avait pas traînée jusqu'à une cave du TC2, elle n'allait donc pas être questionnée par les bourreaux du colonel, mais une entrevue chez la vieille avec Thành n'augurait rien de bon non plus. Tout était question d'échelle. Ces deux-là étaient capables du pire. Leur perversion sans limite pouvait également déboucher sur un scénario inattendu. Sans témoins. Si Thành avait décidé de lui donner une leçon ici, quelle autre punition que sexuelle lui infligerait-il ? L'idée que ce porc puisse se jeter sur elle en compagnie de Lien la fit frissonner. Cette salope, experte en SM, serait trop heureuse de participer. Rose regarda ses mains tordues d'arthrose. Elle imagina un instant ses doigts fouillant son intimité, lui pinçant les chairs, la blessant, et eut un haut-le-cœur.

Elle essuyait une larme lorsque la porte s'ouvrit sur le colonel.

Il l'ignora et s'assit aussitôt sur un canapé avec Lien, puis une conversation s'engagea entre eux à voix basse, interdisant à Rose d'en saisir la moindre bribe.

Elle s'épuisait à repousser au fond de sa tête les images effrayantes qui l'assaillaient quand Thành se tourna enfin vers elle et la salua d'un air badin.

— Alors, mon petit, tu nous donnes du fil à retordre ces temps-ci !

Le ton du colonel était trop suave pour être sincère, Rose ne pouvait s'y tromper. Les ennuis allaient commencer.

— Rien n'a fonctionné comme je l'avais envisagé, en effet oncle Thành ! J'en suis mortifiée.

— Tu peux ! Pour un agent formé à l'école de cette chère Lien, tu as commis beaucoup d'erreurs... Je n'en reviens pas ! Comment as-tu pu perdre le contact avec le Français ? Le deuxième, je ne parle même pas de Rohde, tu l'avais à ta merci et tu l'as laissé filer.

— Je suis confuse. J'ai été prise de court avec ce déplacement à Cu Chi et, en plus, ce satané téléphone cassé, Caron qui s'est perdu dans la foule… Rien n'était favorable.

Thành ignora les excuses de Rose.

— Hier soir encore, reprit-il de la même voix doucereuse, quand mes hommes se sont pointés au restaurant sur Đồng Khởi, l'oiseau s'était envolé. Est-ce que tu nous aurais donné par hasard une mauvaise adresse ?

Rose serra plus fort ses mains autour de sa gorge.

— J'ai tout de suite prévenu qu'il se trouvait au *Bier Garden,* là où il m'avait dit m'attendre. Je ne comprends pas. Il n'avait pourtant plus l'air fâché.

— Et moi, je ne comprends pas pourquoi il nous échappe toujours. Tu ne nous avais pas habitués à de tels échecs à répétition. Je voudrais savoir où tu as passé la nuit il y a trois jours, la veille de l'excursion à Cu Chi. Tu n'étais pas chez toi, dans l'appartement du marché central, nous avons vérifié. Aurais-tu une autre planque ?

Rose se tourna vers Lien. La vieille lui renvoya un sourire salace.

— Bien sûr que non, se défendit Rose.

— Cette nuit-là, Caron n'est pas rentré non plus à son hôtel. La réceptionniste me l'a confirmé. Tu étais avec lui, mais où ?

— Je l'ai déjà expliqué à maîtresse Lien, dans un bar de Bùi Viện. Toute la nuit. Nous avons bu des shots de Vodka, j'essayais d'obtenir des renseignements, mais franchement, il n'est pas bavard. Il n'était intéressé que par une seule chose…

— Quoi ?

— Coucher avec moi. Les finitions du massage ne lui avaient pas suffi.

— Tu aurais pu l'emmener chez toi…

— C'est vrai, reconnut Rose, penaude, mais j'étais ivre. J'ai remis la séance de baise au lendemain, et puis il y a eu Cu Chi et la suite. Vous avez…

— Ta gueule, la coupa Thành, subitement en colère.

L'idée que ce putain de Français puisse jouir de Minh Thi Hong lui était en fait intolérable. Sa xénophobie incurable ne le supportait pas.

— Tu l'as sucé ?

La question laissa Rose interloquée.

— Tu l'as sucé ? répéta le colonel. Au massage, tu l'as sucé ?

— Non, oncle Thành. J'ai fait le minimum. J'ai procédé par étapes. Comme j'ai appris.

Il y eut un bruit de raclement de gorge épouvantable et Lien cracha au visage de Rose.

— Menteuse ! hurla-t-elle. J'ai regardé la vidéo de la cellule. Tu n'as rien fait. Tu ne l'as même pas branlé.

— Nous nous sommes retrouvés plus tard dans une chambre du dernier étage, prétendit Rose. Celle qui n'est jamais louée parce que la clim est en panne. Il voulait un vrai lit.

— Donc, vous avez baisé, hurla Thành. Pourquoi ne le dis-tu pas ? Qu'est-ce que tu caches ?

— J'ai accepté parce que je ne voulais pas être filmée en faisant ces choses dégoûtantes, hasarda Rose. Je voulais surtout le mettre en confiance…

— Petite grue ! éructa Lien. Pas être filmée ! Comme si tu étais une oie blanche ! Comme si on n'avait pas déjà vu ton cul et ce que tu es capable d'y mettre !

Lien ouvrit un tiroir et en ressortit un olisbos à la taille gigantesque.

— Regarde ça, je suis sûre que tu n'en as jamais vu d'aussi gros et d'aussi grand. Quand j'en aurai fini avec toi, tu nous auras raconté tout ce que tu sais. Déshabille-toi !

Rose considéra l'engin et se mit à trembler. La vieille était partie pour lui défoncer les entrailles. Elle se redressa comme un ressort qui se détend et supplia Thành qui jubilait :

— J'ai toujours agi dans l'intérêt du pays et du peuple, ne faites pas ça. Je vais retrouver Caron. Je l'emmènerai à mon appartement du marché central, je le ferai parler et vous pourrez le cueillir comme un fruit mûr.

Lien s'approcha, son godemiché tendu devant elle comme un sabre, mais le colonel l'arrêta d'un geste :

— Chère amie, nous allons encore donner une chance à Mlle Minh Thi Hong.

Lien contempla un instant l'olisbos et le déposa sur une commode.

— Tu ne perds rien pour attendre, petite salope, gronda-t-elle.

— Je te donne quarante-huit heures pour me livrer Caron, dit le colonel Thành. Dégage, maintenant !

Rose quitta la demeure de Lien et respira à pleins poumons dès qu'elle fut à l'extérieur. Mais l'air lui manquait. Elle avait un nœud coulant autour de la gorge qui ne se desserrait pas. Thành possédait à l'évidence d'autres cartes en main qu'il n'avait pas encore abattues. Caron était en train de la mener à sa perte. Il fallait qu'elle contacte Pékin.

96

La nouvelle de l'accident de l'attaché militaire s'était répandue dans les couloirs de la caserne Mortier comme un véritable tsunami. Perrin attendait son tour à la machine à café quand deux lieutenants s'arrêtèrent à côté de lui, livides, pour lui apprendre que Delamarre venait d'essuyer une tentative d'assassinat la nuit précédente dans une rue de Saigon et se trouvait actuellement dans le coma. Presque au même moment, d'autres personnes sortaient des bureaux, l'air affolé. Puis une voix dans un haut-parleur ordonna aux chefs de service de se rendre immédiatement chez le général.

Perrin rempocha sa pièce de monnaie et se rua chez le patron en essayant de maîtriser son émotion. *Delamarre !* Devant le bureau du général, un collègue lui annonça, abasourdi, que la rumeur évoquait déjà une action menée par un Occidental. Perrin ferma les yeux une fraction de seconde et fit un effort pour ne pas s'effondrer. Ses jambes le portaient à peine. *Delamarre et un Blanc ?* L'image de Tesson passa en coup de vent derrière ses paupières closes. Ça ne pouvait être que lui. Ce coup de folie lui ressemblait trop. Mais qu'est-ce qui avait bien pu se produire pour que ce malade mental de Tesson essaye d'exécuter le numéro deux de l'ambassade ? Pour Perrin, il n'y avait même pas à chercher plus loin. L'attaché militaire lui avait mis la main dessus tout seul et la manip avait foiré.

Ce que ne disait pas radio-couloir, c'était dans quel état se trouvait Delamarre. Perrin gambergeait à toute allure, mais rien n'émergeait de sa réflexion. Avec cette impression atroce de se débattre dans un brouillard épais et glacial. *Qu'est-ce que raconterait Delamarre en se réveillant ?* C'était infernal d'être bloqué de la sorte. De dépendre de ce qu'il pourrait dire en émergeant de son coma.

Perrin le revoyait à Saint-Cyr. Fanfaron dans les bons moments et un peu lâche dans les mauvais, toujours prêt à abandonner les copains pour tirer la couverture à lui. Toujours à reculer devant les difficultés et à chercher des boucs émissaires pour ses conneries. Delamarre, baptisé par ses condisciples : « Yenamarre »… Est-ce que les années avaient pu le changer ? Maintenant, Perrin se posait la question. Si ce qu'il supputait s'était effectivement produit, si Tesson avait tenté de s'en débarrasser et que Delamarre parle, il allait vivre des moments difficiles.

Autour de lui, les collègues arrivaient l'un après l'autre, avec une mine consternée qui plombait encore davantage l'ambiance.

Alors qu'il croyait, en intégrant la division Asie quelques mois plus tôt, s'installer dans une sorte de préretraite pénarde, Perrin venait de déchanter définitivement. D'abord l'affaire Rohde, puis Caron, et maintenant Delamarre et Tesson… Tout avait foiré. Les emmerdements s'accumulaient.

— Entrez !

Le patron s'effaça pour laisser passer les officiers, referma la double porte capitonnée et resta debout. Les fonctionnaires se regroupèrent dans un coin de la pièce en silence.

— Vous êtes déjà tous au courant du bordel à Saigon, commença le général. L'attaché militaire ! Je veux sur mon bureau dans moins de deux heures le compte rendu de ses dernières activités, de ses derniers contacts. Je veux un rapport sur sa vie privée. Je veux un point circonstancié sur les derniers développements de l'affaire Rohde, sur celle concernant Caron. Et je veux un état des lieux le plus fidèle possible et le plus actualisé sur nos relations avec le pays. En même temps que sur les lignes de fracture au sein du Politburo : qui soutient qui, qui déteste qui. Je veux savoir quels sont les agents étrangers présents en ce moment sur place, les Américains, les Chinois, les Australiens, les Japonais et les Indiens. Les problèmes que nous aurions pu avoir avec eux récemment. Au travail !

Alors que les officiers refluaient vers la sortie, le général apostropha Perrin :

— Toi, tu restes.

Une fois les portes du bureau refermées, le général le dévisagea quelques secondes sans parler. Puis :

— As-tu des nouvelles de notre homme de Birmanie ?

— J'ai reçu un message. Il aurait localisé Caron.

— Ça date de quand ?

— Hier.

— Il doit agir sans attendre.

Perrin se retint de hurler.

— Mon général, il serait temps d'arrêter la casse. De foutre la paix à Caron. On est déjà assez emmerdés avec Delamarre.

Le général leva un sourcil.

— Tu dis cela comme si les deux affaires étaient liées…

Perrin accusa le coup.

— Je dis simplement que nous sommes déjà très exposés avec l'accident de l'attaché militaire et que les Viêts vont se mettre sur notre dos vingt-quatre heures sur vingt-quatre. On devrait faire profil bas. De toute façon, il ne retrouvera jamais Rohde. Laissons-le s'enliser, il finira par rentrer au bercail sans casse et sans se douter de rien.

— Ah ! Tu m'as l'air bien sûr de toi…

— Rohde n'est plus au Viêtnam. Il doit être à l'heure actuelle au Cambodge ou en Thaïlande.

Les traits du visage du général s'apaisèrent d'un coup.

— Quelles sont tes sources ?

— Seulement une supposition. Si les Viêts ne l'ont pas gaulé, c'est qu'il s'est échappé. On aura des nouvelles de lui prochainement. Laissons Caron jouer les boy-scouts, ça ne le mènera nulle part. Il n'y aura bientôt plus d'affaire Rohde. Encore moins d'affaire Caron. Avec ce qui est arrivé à Delamarre, inutile de compliquer notre travail.

Le général se rapprocha de Perrin et le regarda par en dessous.

— Mais encore ?

— Je dis simplement qu'on ne devrait pas continuer d'empiler les problèmes. Il faut rappeler Tesson.

Son patron considéra Perrin quelques secondes pensivement. Il alluma une cigarette, consulta une fiche posée devant lui et finit par s'étirer comme un vieux matou.

— Mon analyse des événements va à l'inverse de la tienne, mon vieux. La principale erreur a été d'envoyer ton homme courir après Rohde. Et même si je ne comprends encore pas pourquoi, je le pense mêlé d'une manière ou d'une autre à l'accident de Delamarre. Que ça te plaise ou pas, on maintient l'opération. Je ne veux pas que ce type qui est journaliste puisse revenir avec ce qu'il aura pu apprendre. C'est beaucoup trop grave.

Perrin allait encore insister, mais le général poursuivit sur un ton nettement moins affable :

— Tu seras personnellement responsable de l'échec de la mission Tesson, si cela devait se terminer ainsi.

— Mais Caron nous a rendu des tonnes de services depuis une trentaine d'années...

— Tu me l'as déjà chanté, mais il a contrevenu aux ordres cette fois-ci et s'est révélé hostile. S'il découvrait le pot aux roses, le naturel reviendrait au galop. Il nous pondrait une enquête dont on n'aurait pas fini d'entendre parler, je te colle mon billet.

— Jamais ! J'en mets ma main à couper.

— Eh bien, garde tes mains dans tes poches. C'est ta tête qui risque de tomber. Fin de la discussion, Perrin. Sauf à me laisser croire que tu as changé de camp. Tu piges ?

À court d'arguments, Perrin quitta le bureau, effondré. Même s'il avait pu encore prévenir Caron de l'imminence d'une action montée contre lui, celui-ci n'aurait pas bougé, il le connaissait trop pour savoir qu'il n'aurait pas modifié ses plans d'un iota. Quand on était capable, comme il l'avait fait maintes fois, de suivre des assauts face à des mitrailleuses, juste pour l'adrénaline, un Tesson accroché à ses basques n'allait pas l'impressionner. En fait, Caron était fou. Et il ne pouvait même plus le joindre pour tenter de le convaincre, son téléphone ne répondait plus depuis des jours. Comment allait-il gérer la suite ? Que dirait-il à sa veuve lorsque le temps passerait et qu'elle n'aurait plus de nouvelles ? Rien, évidemment, et c'était cela le pire. Il se lamenterait avec elle, lui ferait croire que le Quai d'Orsay s'occupait de la disparition, qu'il y avait une chance que Caron ait eu un accident et qu'il soit quelque part, amnésique. Les semaines et les mois défileraient et il lui faudrait trouver une explication.

Perrin passa devant son bureau sans s'arrêter. Il quitta la caserne, héla un taxi et se fit conduire chez lui. En espérant que Delamarre ne se réveille jamais sur son lit d'hôpital. En espérant surtout, dans le cas contraire, qu'il n'ait encore rien dit de leur arrangement.

97

Rose était dévastée. La réaction de Pékin avait été ferme et définitive. Sans appel possible. Son agent traitant du Guoanbu était resté hermétique à ses supplications. Personne ne lui viendrait en aide à Hô Chi Minh-Ville. Le réseau des agents doubles travaillant pour les services chinois était cloisonné, elle était au courant depuis le début de sa collaboration et ne pouvait donc compter d'aucune manière sur un secours de ce côté. Elle avait insisté et n'avait obtenu que le même refus glacial de son correspondant. Pékin n'allait pas créer un sujet de discorde supplémentaire avec Hanoi pour une prostituée engagée dans une opération unique. Jusque-là, les Chinois avaient rempli leur contrat. Ils l'avaient payée grassement. Il lui revenait désormais de gérer elle-même ses problèmes. Quel qu'en soit le prix à payer.

« Retrouvez le deuxième agent français, lui avait intimé l'homme au bout du fil. Et livrez-le au TC2 comme cela vous a été réclamé par le colonel Thành. C'est tout ce qui nous intéresse. Nous reprendrons contact une fois que vous aurez réussi. »

Rose, qui avait imaginé pouvoir échapper à cette obligation en faisant valoir les suspicions qui pesaient sur elle, n'avait donc plus d'autre alternative que de faire tomber Caron. La veille encore, elle croyait le Guoanbu intéressé de le prendre vivant.

Les Chinois lui avaient assez reproché d'avoir alerté trop rapidement le TC2 de sa présence avec elle à Cu Chi ! Ensuite, elle avait envoyé les flics au *Bier Garden* sur Đồng Khởi après avoir été alertée par une vendeuse de la rue que Caron avait quitté le café pour se planquer à proximité, au *Món Huế*. Elle s'était rattrapée. Et on lui ordonnait maintenant de le donner aux assassins de Thành, elle n'y comprenait plus rien.

L'épouvantable sensation d'étouffement, ressentie chez la vieille Lien, ne la quittait plus. Elle se déshabilla et contempla son corps nu dans le miroir de sa salle d'eau. Elle ne voulait pas mourir entre les mains des tortionnaires du TC2. Elle ne voulait pas mourir tout court. Et se dit que Caron n'avait, finalement, aucune importance pour elle.

98

Au quartier général de la CIA, le *big boss* ne décolérait plus. Le rapport d'Estelle Becker l'avait plongé dans un état de nerfs digne des pires épisodes de la guerre froide. Il convenait en premier lieu de prendre des mesures à la hauteur de l'agression perpétrée contre le chef de la station de Saigon. Le meurtre de Gordon Wallace ne pouvait rester impuni. Sans quoi, autant replier ses gaules et foutre le camp de ce bled. Mais le souvenir encore cuisant des mois passés en jungle, des combats sur Matterhorn, des dizaines de copains rapatriés dans des sacs à viande et de tout ce qu'avait fait ce vieux Gordon pour renouer les relations entre les États-Unis et le Viêtnam, sa passion pour le pays et les gens, son enthousiasme, son optimisme, tout ça méritait une réponse adéquate. Cette ordure de Tran Hung Khang paierait au prix fort l'assassinat de son pote. Becker n'avait pas fait dans la demi-mesure. Le résumé des événements était sans équivoque. Le numéro trois du Politburo que Washington arrosait depuis des lustres avait choisi le camp chinois et ordonné l'élimination de Wallace. Juste incroyable ! Qu'est-ce qui avait bien pu conduire ce nain à changer son fusil d'épaule ? En tout cas, il allait le payer de sa vie. Sans doute, la meilleure solution aurait-elle été de le confondre auprès des autorités vietnamiennes, mais les éléments de preuve manquaient encore pour le faire accuser de haute trahison auprès de ses pairs. Le dénoncer apparaîtrait comme une grossière manœuvre américaine de déstabilisation du régime. C'était dommage, mais c'était ainsi. Becker avait été très claire : Khang avait assuré ses arrières. Elle devait donc s'en occuper elle-même en même temps qu'elle aurait à organiser la récupération de Rohde et son exfiltration vers la Thaïlande. Elle avait déjà réussi à empêcher les Français de le trouver, il lui restait à empêcher les Chinois de le récupérer et le convaincre de la suivre. Certes, ce n'était pas gagné, mais elle disposait d'arguments majeurs.

En attendant, Khang devait mourir.

99

Paul ôta son casque, épongea avec un large mouchoir la sueur qui lui collait la poussière au visage et pesta aussitôt contre les mouches et les moustiques apparus en nombre dès que la petite Honda s'était arrêtée. Derrière lui, sur la deuxième moto, Caron se massait les reins. Les trente kilomètres de piste avaient été un enfer. Les deux hommes qui les avaient pilotés leur demandèrent de descendre pour garer les engins au bord du chemin.

— Nous allons continuer à pied, annonça Paul. Le village se trouve à moins d'un kilomètre.

— Et Bang Tâm ?

— Il est déjà arrivé. Il vient de me prévenir. Mais il a exigé que nos chauffeurs repartent tout de suite.

— Sans les motos, qu'est-ce qu'on fera demain ?

— Nous aviserons. L'endroit où est Rohde se trouve à une quinzaine de kilomètres. On le rejoindra avec des pisteurs. À pied ou à cheval, nous verrons.

— Je ne saisis toujours pas pourquoi nous n'y sommes pas allés directement.

— Faites confiance à Bang Tâm, Vincent. Il veut sécuriser le terrain. Ça ne se fait pas en claquant des doigts.

— Qu'est-ce qu'il a prévu ?

— Il va envoyer du monde, cette nuit, pendant que nous nous reposerons et déciderons de la façon dont nous approcherons Philippe Rohde. Il ne vous attend pas et ce serait dommage d'être venu jusqu'ici pour rien. Il faut également préparer un itinéraire de repli. Avec ou sans lui. Je ne vais pas vous faire de dessin, nous sommes dans une zone militaire spéciale.

— Nous n'avons croisé personne...

— Heureusement ! Grâce à nos guides, mais soyez persuadé qu'il y a des soldats partout autour. Je connais très bien l'endroit, j'y ai recherché assez de morts pour vous l'assurer.

Le village comportait une dizaine de huttes bâties à flanc de colline, au milieu de massifs de bambous royaux dont les cimes noires d'encre tranchaient sur le bleu sombre du ciel. Le reste n'était qu'obscurité avalant tout du sol au faîte des arbres. Hormis les cris de la faune nocturne, aucun son ne se faisait entendre. Comme si les hommes avaient déserté l'endroit.

— Vous êtes sûr que c'est là ? s'inquiéta Caron.

— Les paysans dorment déjà. Mais Bang Tâm doit nous attendre avec le chef du village. Suivez-moi, sa paillote est en haut du raidillon.

Passé un coude de la piste, deux adolescents les accueillirent en silence et les guidèrent jusqu'à la cagna, une cabane sur pilotis, tout en longueur, construite en teck et surmontée d'un toit de chaume descendant bas sur les côtés. Plusieurs paires de tongs étaient abandonnées au pied des marches de l'escalier.

— Gardez vos chaussures, dit Paul. Si l'on a besoin de s'esquiver rapidement, nous n'aurons pas le temps de les remettre. On ne sait jamais.

C'est lorsqu'ils furent sur la terrasse que Caron distingua un peu plus loin des autels plantés dans le sol, surmontés de figurines à visage humain devant lesquelles clignotaient de minuscules bougies.

— Ils sont animistes, ici, expliqua Paul. Le village est couvert de ces statues qui conservent les esprits des défunts. Ici, les morts ne quittent pas les vivants. On n'aperçoit les chandelles qu'une fois devant parce que celles-ci sont protégées par des pierres. Si elles s'éteignent, cela signifie que les âmes errantes ont perçu quelque chose d'inhabituel.

— Quoi, par exemple ?

— Une menace pour le village, l'arrivée de gens malveillants, ce genre de choses…

— Mais si tout le monde dort, qui donnera l'alerte ?

— Il y a toujours des veilleurs, soyez tranquille.

100

Sa dernière convocation chez la maquerelle et la fin de non-recevoir opposée par le Guoanbu hantaient toujours Rose. Elle était pieds et poings liés entre les mains de Lien et Thành. Elle ne pouvait se tromper, son existence ne tenait plus qu'à un fil. L'attitude de la sorcière avait été assez significative, quelque chose était irrémédiablement cassé et elle n'attendait plus qu'un signe du colonel pour lui régler son compte. C'est ce qui l'avait le plus effrayée et continuait d'occuper ses pensées : cette envie démente de la vieille de se jeter sur elle. Tomber entre les mains de Lien était ce qu'il y avait de pire, elle le savait. Ce débris nonagénaire possédait des ressources insoupçonnées pour punir les filles. Elle connaissait sur le bout de ses vieux doigts les mille et une manières de les faire passer de vie à trépas dans d'épouvantables souffrances. Mieux que n'importe quel sbire de Thành. Lien en avait torturé des dizaines au cours de sa carrière de maquerelle en chef des services vietnamiens. Elle adorait ce rôle de bourrelle. Personne mieux qu'elle n'était capable de fouailler les corps pour expédier en enfer celles qui avaient trahi ou simplement déçu. Ça lui donnait envie de vomir.

Mais l'heure n'était plus aux atermoiements. Rose avait essayé de mener les affaires Rohde et Caron à sa façon, elle avait trahi au profit de la Chine et n'avait désormais plus d'autre choix que rentrer dans le rang. Aucune fuite ne lui était permise. Contrairement à ses compatriotes, son passeport était conservé à l'Immigration. Sa photo dans tous les points de passage frontaliers. Une des précautions du TC2 pour contrôler ses agents. Et autant dire que les derniers événements avaient dû faire remonter son nom sur toutes les listes des personnes à surveiller. Elle était ficelée.

Thành lui avait donné quarante-huit heures pour retrouver Caron. Rose s'était surpassée. Une première visite aux restaurants, aux motels et aux salons de massage de Hem 104 n'avait rien donné. Les voisins de son studio clandestin étaient restés étrangement mutiques. Personne n'avait remarqué Caron. Il fallait croire qu'il n'était pas réapparu dans la ruelle. *Idem* à l'hôtel *Freedom*, la réceptionniste avait même sous-loué sa chambre. En revanche, un aller-retour chez la famille habitant le gourbi sur Trần Não, devant lequel le journaliste japonais s'était fait repasser, avait été autrement plus concluant. Elle avait obtenu l'adresse de Paul dans le district 5. Une fois sur place, en fin d'après-midi, Rose avait découvert, grâce aux témoignages de ses proches, la maison de Bang Tâm. Contrairement aux hommes de la police fluviale qui s'y étaient rués deux jours plus tôt, elle ne s'était pas contentée de trouver une villa vide, mais avait longuement traîné autour, discutant avec les voisins. Un renseignement avait fini par la conduire à la misérable paillote où Caron avait passé la dernière nuit avec ses deux complices. Alors que le couple qui l'habitait avait affirmé ne rien savoir, un petit garçon du quartier s'était approché de Rose pour lui raconter que les gens venus passer la nuit ici avaient quitté la maison en milieu de journée pour aller en province. Il avait tout entendu depuis la rivière où il se baignait. Un billet de cinquante mille dôngs avait fait la suite.

— Ils ont dit qu'ils allaient à Kontum, puis chez les sauvages de la forêt, avait ajouté le bambin, fier de lui et de l'argent donné par Rose.

— Où ? Dans quel village ?

— Ils ont dit : près de la piste Hô Chi Minh.

— Le nom du village, tu t'en souviens ?

— Ils ont dit : avant la montagne, dans les collines… Dans le village des morts… Ils ont dit qu'ils iraient avec des motos. Et des chevaux.

Les deux vieux avaient écouté, sidérés, l'enfant livrer les informations qu'ils avaient promis à Bang Tâm de garder secrètes. Comment ce gosse avait-il pu se faufiler sous la maison sans qu'on le remarque et mémoriser les détails du voyage de leur ami ? Ils avaient baissé la tête lorsque Rose les avait dévisagés en quête d'une approbation et s'étaient mis à trembler. Leur monde venait de chavirer. Cette fille richement vêtue, qui sentait le parfum, n'était pas une alliée, ça se voyait au premier coup d'œil. Elle avait débarqué chez eux pour créer des problèmes à l'étudiant. Bang Tâm ne reviendrait sans doute jamais. Ils ne bénéficieraient plus jamais de ses cadeaux. Comment feraient-ils pour survivre ? Peut-être seraient-ils même déportés dans une jungle inhospitalière comme cela se pratiquait encore. Le régime n'était pas tendre avec les ennemis du peuple, ils en avaient fait l'expérience toute leur chienne de vie après la victoire communiste !

— Allez, grand-père, murmura Rose tout à coup, dites-moi le nom de ce village et je vous laisserai tranquilles. Je vous donnerai de l'argent aussi. Et je trouverai quelqu'un pour s'occuper de vous ensuite. Vous mangerez à votre faim, vous serez soignés… Mais dites-moi le nom de ce putain de village…

L'ancêtre se mit à pleurer. Doucement. En silence. Alors, Rose s'accroupit à côté de lui et posa une main sur son bras.

— Je me fiche de Bang Tâm. J'ai besoin de retrouver le long nez qui était avec lui et l'autre monsieur vietnamien. Il n'a pas le droit d'aller dans cette région. C'est quelqu'un que j'apprécie et je souhaite qu'il ne commette pas d'erreurs. Vous me comprenez ?

— Vous êtes de la police ? hoqueta le vieillard.

— Pas du tout. Je suis une personne de mauvaise vie, tombée amoureuse de cet homme. Nous nous sommes disputés et je le regrette maintenant.

— Vous ne travaillez pas avec les autorités ?

— Je viens de vous dire que non. Je suis juste une pute. La fille d'une famille de réprouvés. Avec un papa qui vous ressemblait, qui serait comme vous s'il vivait encore. Alors, donnez-moi le nom de ce village. Mon amoureux risque gros s'il reste là-bas. Comme votre ami Bang Tâm, d'ailleurs, vous savez bien... Allez ! Le temps presse.

Le vieillard posa encore sur Rose un regard de noyé, puis se libéra de son secret.

Rose regagna la rue principale, traversa le parc dédié aux vétérans de la dernière guerre et s'arrêta dans le restaurant qui présentait une improbable reproduction de la grotte de Lourdes. Elle s'assit à une table en extérieur, attrapa son portable dans son sac et appela Thành.

— Oncle Thành ? Rose à l'appareil. Je sais où se trouve Caron...

— Déjà ? Il est où ?

— Parti dans les hauts plateaux du Centre.

— Dans la région où se planque Rohde ? Il l'aurait donc enfin retrouvé ?

— Je crois. Il se dirige vers un petit village de la forêt : Dac Muy. Il est accompagné de la personne avec laquelle il s'était rendu à Cu Chi.

— Qui t'a rancardée ?

— J'ai découvert la maison où il a passé sa dernière nuit à Hô Chi Minh-Ville, une mauvaise paillote du district 5 sur Phạm Thế Hiển, habitée par un couple âgé. Des gens sans importance, complètement étrangers à notre affaire. Ils m'ont renseignée sans faire de problèmes.

Le colonel raccrocha. Puis Rose composa le numéro de Becker.

— Estelle ? C'est Rose. Je sais où est Vincent. À Dac Muy avec un étudiant proaméricain, très en pointe dans la contestation du régime. Je tiens l'info de la police. Il est dans de très sales draps.

Les dés étaient jetés. Elle ne pouvait faire davantage pour Caron. Si Becker était la fille qu'elle croyait, elle saurait ameuter le ban et l'arrière-ban de son ambassade pour trouver une solution. Rose coupa la communication sans laisser le temps à Becker de lui poser de questions. Elle éteignit son téléphone, paya sa consommation et arrêta un taxi pour se faire conduire au *Continental.*

101

À peine arrivée, Rose apprit de la tenancière du salon qu'un client l'attendait dans le vestibule attenant aux douches. Il avait demandé à consulter le trombinoscope des masseuses et l'avait choisie.

— Il a l'air mordu, ça fait une heure qu'il patiente, dit-elle. On lui a proposé d'autres filles, mais il n'a rien voulu savoir. Même quand on lui a dit que tu pouvais ne pas venir aujourd'hui. Installe-toi, le boy te l'envoie.

— Il est déjà venu ? Tu le connais ?

— Jamais vu. À mon avis, c'est un gros cochon. Tu ne vas pas t'ennuyer. Bon courage, chérie.

Puis la femme se remit dans sa position favorite, les bras en corbeille sur le comptoir et le visage fourré à l'intérieur pour replonger dans le sommeil.

Rose rejoignit sa cabine, ôta ses vêtements et passa sa tunique de travail. Elle installa les serviettes sur le lit, régla la température du climatiseur, déposa un paquet de préservatifs sur le guéridon, enclencha le CD de musique relaxante dans le mange-disque et attendit. Sa vie reprenait son cours habituel. Déjà, l'image de Caron s'estompait. Il n'avait fallu que le trajet en taxi pour commencer à la chasser. Que pouvait-elle y faire ? Le sort de cet homme était désormais entre les mains du sous-directeur du TC2 et celles de Becker. La seule chose qui comptait à cette heure, c'était elle-même. Elle aimait trop la vie pour continuer à prendre des risques pour ces deux Français. Le plaisir que lui avait donné Caron au lit importait peu, finalement. L'histoire touchait à sa fin. Rohde avait été localisé, Caron était en route pour Dac Muy, elle avait fait le maximum qu'elle pouvait, c'était maintenant une affaire entre services viêts et chinois si les Américains n'intervenaient pas. Le temps finirait bien par tout effacer. Caron et même Rohde. Elle irait brûler des baguettes d'encens sur l'autel des génies chaque matin afin que celui-là soit protégé, en espérant que les hasards de la Providence lui permettent de le recroiser un jour. Ici ou ailleurs. Dans cette vie ou dans une autre. Il n'y avait rien à regretter.

Deux minutes plus tard, le garçon d'étage faisait entrer Tesson dans la pièce.

102

Caron avait regardé l'obscurité avaler peu à peu ce qu'on pouvait encore distinguer du village lorsqu'ils y étaient parvenus, Paul, Bang Tâm et lui. Les couleurs avaient d'abord perdu de leur consistance, puis s'étaient ternies avant de disparaître complètement. La végétation, les huttes et les objets traînant au sol avaient fini par former une masse indistincte. La bougie posée sur le plancher de la paillote projetait autour d'elle une teinte rougeâtre qui venait mourir quelques dizaines de centimètres plus loin. Au-delà de ce cercle de lumière vacillante, c'était maintenant le noir absolu.

Bang Tâm s'était déjà allongé à la suite des occupants de l'endroit, commençant immédiatement sa nuit dans le concert de ronflements. Paul s'était campé devant le lumignon, égaré dans un abîme de réflexions. Par moments, le scintillement creusait les traits de son visage. Assis en tailleur, les mains croisées au creux de ses jambes, il s'enfonçait dans une immobilité impressionnante. Indifférent à ce qui l'entourait. Les yeux rivés à la petite flamme.

— Vers quelle heure partira-t-on pour Dac Muy ? demanda doucement Caron.

La phrase s'évanouit dans la touffeur de la nuit. Paul ne tressaillit même pas, absorbé dans ses pensées. Caron faillit reposer la question, puis se ravisa. Le vieux soldat était retourné vers ses anciens théâtres d'opérations. Dans quel enfer cette nuit le projetait-elle ? Quels souvenirs son cerveau était-il en train de brasser ? Quels morts abandonnés sur le terrain refaisaient tout à coup surface ? Lui aussi en avait eu sa part. Mais à l'inverse de Paul, il n'avait jamais cherché à les retrouver. Ses morts étaient tous à l'intérieur de lui et attendaient. Quoi ? Qu'il les rejoigne un jour. Qu'il vienne se loger à son tour dans la mémoire de quelqu'un d'autre. *Finalement, nous sommes pareils. Paul a ramassé leurs os pendant des années, lui et moi avons cette boue au fond du cœur.*

Il écouta une longue minute les stridulations qui avaient envahi l'espace et s'allongea à même le sol. Le vacarme des insectes était rassurant. Rien ne venait déranger le rythme nocturne de la forêt. Caron jeta encore un coup d'œil à Paul et étendit ses jambes, le dos calé contre son sac. Demain, il rencontrerait enfin Rohde, l'homme le plus recherché du moment. De mémoire, jamais un agent en fuite n'avait été certainement autant traqué. Les Français, les Chinois, les Viêts et les Américains… Ça faisait beaucoup ! Faut vraiment qu'il détienne une info extraordinaire pour avoir tant de gens accrochés à ses basques ! D'une manière ou d'une autre, Rohde entrerait un jour dans la légende. Que savait-il ou qu'avait-il fait ? se demanda encore Caron. Les questions tournèrent un moment derrière son front, puis il ferma les yeux. L'éclat de la bougie scintilla encore quelques secondes derrière ses paupières closes. Les cris de la jungle devinrent confus. Un courant d'air frais traversant la case lui fit remonter le col de sa veste et il chavira dans une somnolence comateuse.

103

L'homme se tenant devant elle avait la quarantaine athlétique. Une force de la nature. Jamais Rose n'avait encore rencontré un Occidental avec un coffre et des bras semblables. Une sorte de Mike Tyson en version blanche. Son regard glissa le long de son corps, tout en lui évoquait une sorte de violence contenue. S'il avait tant insisté pour l'avoir comme masseuse, la suite promettait d'être sportive. Elle réprima un frisson et l'accueillit avec le sourire en essayant de se concentrer sur son visage. La cicatrice qui lui barrait une joue du menton à l'arcade sourcilière n'était pas plus engageante. Pas davantage les yeux qui l'avaient accrochée dès que le boy l'avait fait pénétrer dans la cabine. Il émanait de son regard une fixité inquiétante. C'était le genre de client qu'elle fuyait. Il avait dû méchamment insister pour que la réceptionniste, qui connaissait ses préventions, accepte sa demande. Une heure avec lui allait se transformer en calvaire, Rose ne se faisait pas d'illusions. S'il n'y avait eu l'intermède avec Lien et Thành, elle aurait avancé le premier prétexte venu pour refuser la séance. Malheureusement, les circonstances ne le lui permettaient pas. Elle dégrafa le col de sa tunique et désigna la couche pour qu'il s'étende.

Contre toute attente, l'homme s'assit et ouvrit le portefeuille qu'il avait conservé à la main. Il en extirpa une liasse de dollars et se mit à compter.

— Cinquante, cent, cent cinquante, deux cents...

Puis il les lui tendit.

Interloquée, Rose regarda les billets. Il était rare que les clients annoncent aussitôt la couleur de leurs intentions et soient aussi généreux. Elle remercia avec un sourire élargi et désigna le paquet de préservatifs, mais l'homme secoua la tête et replongea la main dans le portefeuille.

— Je cherche cet ami, dit-il en exhibant une petite photo de Vincent Caron. Deux cents dollars pour l'info, ça va ?

Rose demeura une fraction de seconde interdite, puis éclata de rire.

— Et combien pour faire l'amour ?

— Je ne viens pas pour baiser, ma grande. Je veux juste savoir où se trouve mon ami. C'est important et je n'ai pas une minute à perdre.

— Mais pourquoi pensez-vous que je le connais ?

— Je le sais, c'est tout. Alors ?

Un instant, Rose fut tentée d'appuyer sur la sonnette de détresse. Puis elle se ravisa. Ce colosse était capable de réduire en bouillie d'une main le garçon d'étage, s'il intervenait. Le temps, ensuite, que la Mama San appelle la police, il lui aurait fait sa fête à elle aussi. *Putain de journée !* Si on lui avait dit que l'affaire Caron la poursuivrait ce soir encore jusqu'au massage, elle ne serait pas revenue. Maintenant, elle devait tirer parti au mieux de la situation. Et se débarrasser de ce monstre en l'envoyant sans attendre dans les filets du colonel. Thành apprécierait le geste.

Rose se saisit de la photo et réfléchit rapidement. Thành avait déjà dû dépêcher une équipe de tueurs vers la zone minoritaire où Caron se trouvait. La solution était donc d'y envoyer ce client inattendu et de prévenir les autorités dans la foulée.

— Oui, je l'ai vu à plusieurs reprises, répondit-elle. On a sympathisé. Mais il n'est plus à Saigon. Il est parti se balader en province.

— Où ça ?

La manière qu'avait de s'exprimer l'homme était complètement stressante, mais Rose n'en laissa rien paraître. Elle devait entrer dans son jeu.

— Je sais exactement ce qu'il avait prévu de faire. Je vous masse et je vous explique ensuite comment le rejoindre ?

— Non. Dites-moi seulement où il est et je vous libère.

— Pas de massage ? Pas de boum-boum ?

— Pas le temps. Où il est ?

Rose regarda sa montre.

— Il se trouve à plus de trois cents kilomètres. Vous aurez du mal à le voir ce soir...

Tesson attrapa le bras de Rose et commença à le serrer. Un véritable étau dont il interrompit la traction au moment où la jeune femme allait commencer à se plaindre.

— Qu'importe. C'est mon problème. Alors ?

— Il devrait se trouver demain à Dac Muy. Un village montagnard, près de Kontum, dans la zone minoritaire. Mais c'est compliqué d'y aller.

— Pourquoi ?

— C'est une région sous contrôle militaire, interdite aux étrangers.

— Et mon pote, alors, qu'est-ce qu'il est allé foutre là-bas ?

— Ben, vous le connaissez...

— Comment y est-il allé ?

— Il est parti en voiture. Avec des amis vietnamiens. Je suppose qu'ils auront trouvé quelque part des guides locaux pour atteindre Dac Muy, à pied ou à moto. C'est une zone non carrossable.

— Quoi ?

— C'est la jungle, les montagnes... C'est compliqué.

— T'es sûre de ton info ?

— C'est ce que m'a dit Vincent. Nous avons même consulté la carte ensemble.

Tesson dévisagea Rose. Le regard assombri. Les muscles de ses bras roulaient sous sa peau comme s'il se contenait.

— Pourquoi t'a-t-il raconté tout ça à toi ? À une pute dans un hôtel d'État ?

L'agressivité de Tesson liquéfia littéralement la masseuse.

— Je suis une pute, certes, mais son amie aussi. On s'est souvent baladés ensemble en province.

— Et cette fois-ci, non.

— Il fallait que je reste pour recevoir un client important. Qu'est-ce qu'on fait maintenant ? Je vous masse ?

— Pas la peine. Pas le temps. Je vais prendre ma bagnole et filer immédiatement. Il y a un ordinateur dans cet hôtel ?

— En bas, derrière le lobby.

— OK. Tu vas m'imprimer une carte du coin et m'expliquer dans le détail la route pour y aller. Et puis tu régleras mon GPS. Les galipettes, on les fera à mon retour.

Tesson parti, Rose souffla un instant, récupéra son portable dans son sac et appela le colonel Thành.

104

La CIA n'attendait jamais très longtemps avant de mettre en œuvre ses plans d'éliminations des personnes inscrites au premier niveau de sa liste noire. Aussitôt la décision de supprimer Khang arrêtée à Langley, Becker s'était mise en chasse. Le traître était tombé dans ses filets en moins de vingt-quatre heures.

Dans la salle surchauffée et bondée du karaoké *Dido,* le numéro trois du Politburo dévorait des yeux l'extraordinaire call-girl étrangère qui revenait vers lui, de sa démarche altière, leurs verres dans les mains. Elle le dominait bien de deux têtes et ça lui plaisait. Il était ravi de pouvoir enfin se taper l'une des maîtresses du colonel Thành. Elle aurait certainement pas mal de confidences à lui faire.

Becker s'arrêta devant lui, le regard enfiévré, pour lui tendre sa boisson. À l'instant, une cliente déjà complètement saoule, vautrée sur Khang, saisit au passage la consommation.

Khang éclata de rire lorsque Becker tenta d'empêcher la fille de plonger son nez dans le whisky.

— Laissez, ma chère ! Il faut que jeunesse s'amuse. Dans deux minutes, cette petite va se foutre à poil, on va pouvoir rigoler.

— Sérieusement ? Non ! hurla Becker en tentant de rattraper le verre au vol.

La violence de sa réaction laissa Khang interdit.

— Vraiment, ma chère, je vous pensais plus généreuse. Cette petite a soif. Soif de s'amuser, soif d'alcool, soif de vivre… Laissez ! C'est sans importance.

Becker considéra avec dégoût la gamine aux cheveux collés par la sueur et dont les bourrelets débordaient de sa tenue moulante. Elle se releva d'un bond et dit à Khang de la suivre.

— Où allez-vous ? s'étonna-t-il.

— J'en ai assez. Changeons d'endroit. Le vacarme, la fumée, la promiscuité, tout me tape sur les nerfs. Venez !

Mais Khang ne l'entendait pas de cette oreille. Il adorait le *Dido.* Ce rade perdu au fond du quartier de Go Vap était l'un des derniers endroits de Saigon où il savait pouvoir s'amuser sans risquer d'être importuné par des collègues du Politburo. Aucun des membres de la nomenklatura n'aurait eu l'idée de venir faire la fête dans ce secteur de la ville. Trop populaire ! Trop bon marché ! Les limousines des privilégiés du régime ne s'y arrêtaient jamais. Le taux de maladies vénériennes était si élevé que la réputation des bars et des boîtes tenait à l'écart les nouveaux riches et les officiels. Mais Khang était un dépravé. Il aimait la fange et ce qui faisait battre le cœur de la populace. Le spectacle de cette débauche l'enchantait. Et où poursuivre la soirée ? Il ne se voyait pas reprendre sa berline pour trouver un nouvel endroit avec Becker. Il la tenait là sous sa main. La chambre réservée était deux étages plus haut. La suite du programme qu'il s'était fixé était arrêtée dans sa tête. Il allait faire boire l'Américaine jusqu'à ce qu'elle titube, puis il la pousserait vers la piaule en multipliant les mots doux et les caresses. Une fois dans son baisodrome, il pourrait enfin vérifier si ce qu'on disait d'elle en haut lieu s'avérerait conforme à la réalité. L'érection, qui tendait depuis un moment la toile de son pantalon, ne souffrirait pas un changement de plan. Pas question de partir.

— Rasseyez-vous ! fit-il en attrapant Becker par les hanches. Cette poufiasse va rester avec nous.

Sa robe collait maintenant au corps de Becker.

— Vous ne voulez plus de moi ? minauda-t-elle en tentant une fois encore de reprendre le verre des mains de la fille.

— Mais si, mais si. Mais on s'amusait davantage à trois, non ? Laissez-la terminer mon whisky. On prend une bouteille au bar et on monte.

Becker s'était décomposée. Elle regarda Khang se lever, et commencer à pousser la Vietnamienne devant lui. Il lui saisit le bras et l'entraîna avec eux vers le fond de l'établissement. Elle chercha à se libérer, mais la poigne du nain était d'acier. Elle ne l'avait pas imaginé si vigoureux.

Khang rafla au passage du bar une flasque de Johnnie Walker, puis entraîna les deux femmes dans l'escalier menant à la chambre.

C'était une pièce aux murs barbouillés à la chaux, avec, pour seul mobilier, un grand lit recouvert d'une housse en caoutchouc, une chaise bancale et un lavabo qui n'avait jamais dû être récuré. Posé au sol, un lumignon dispersait une lumière pâlotte. Ça sentait les remugles de corps malpropres. Becker voulut reculer, mais Khang l'attira de force et ferma la porte.

— Ne faites pas attention au décor, mon cœur, glousssa-t-il en claquant les fesses de la Vietnamienne qui venait de s'affaler au bord du lit.

— On devrait la laisser repartir, objecta Becker. Elle va vomir.

— Pas grave, rétorqua Khang. Une fois qu'elle se sera vidée, ça ira mieux.

Mais celle-ci se retourna, les yeux ouverts, vitreux, une mousse blanchâtre au coin des lèvres. La fille entrait en convulsions. Son corps entier était secoué de spasmes. Elle était devenue livide.

— Qu'est-ce que c'est que cette merde ? grogna Khang.

Becker voulut faire disparaître sous le lit le verre qui avait roulé au sol, mais Khang remarqua la manœuvre et la stoppa d'un coup. Récupérant le gobelet, il le renifla avant de plonger un regard polaire dans celui de Becker.

— Qu'y avait-il dans ce whisky ?

Devenue muette, bouche bée, ses mains commençant à trembler, elle fit un effort pour essayer de sourire, les sourcils levés, mais n'y parvint qu'à moitié. Tout en elle indiquait un affolement qui n'échappa pas au Vietnamien.

— Qu'est-ce qu'elle a bu, putain de bordel ? Qu'est-ce que vous avez mis dans ce verre ?

Becker venait de se faire piéger. Il avait fallu que cette connasse trempe ses lèvres dans le whisky ! Et ce salopard qui venait de comprendre plus vite que si on lui avait expliqué ! Elle posa instinctivement la main sur le dessous de sa cuisse pour dégrafer son arme, mais Khang s'était rapproché. Il était contre elle, son haleine empestant tout à la fois l'ail, la saumure de poisson et la cigarette, et le regard noir, impénétrable.

La suite se déroula avec une rapidité foudroyante. Becker se sentit garrottée par cette poigne d'acier insoupçonnable de la part du nain. Elle entendit à peine les derniers mots jetés par un Khang devenu enragé. Elle perdit connaissance.

105

L'hélicoptère ronronnait comme un gros frelon. La machine filait au ras de la frondaison, tous feux éteints. Seul le bruit des pales devait être perceptible depuis le sol. Sans qu'on puisse distinguer le cheminement exact du Mi-171.

Sanglé à son siège, une kalachnikov AN-94 Abakan prolongée par un silencieux et équipée d'une lunette de visée AS sur les genoux, Nhung-le-borgne scrutait l'horizon par la portière ouverte. Le pilote venait de lui annoncer l'imminence de l'atterrissage. Lui et son équipe allaient être débarqués dans la vallée, à cinq ou six kilomètres de l'objectif. Le reste du chemin se ferait à pied. Une infiltration commando comme il les appréciait. Un remake de ses années de guerre contre les Chinois. Et une vague idée de ce qu'avaient pu vivre les anciens dans leur lutte contre les impérialistes américains, des années plus tôt. Nhung jubilait. La cible après laquelle il courait depuis des semaines était enfin logée. L'espion de Paris était enfin à portée de main. Le travail terminé, il pourrait songer à retourner quelques jours dans la ferme familiale s'occuper des animaux. Des vacances en quelque sorte. Le colonel les lui avait promises. En plus de la prime qui l'aiderait à acheter une petite voiture.

Il se pencha encore et laissa le vent lui fouetter le visage. La nuit étoilée était superbe. Entre ciel et terre, un liseré violet commençait à se dessiner. Bientôt, une ligne incandescente apparaîtrait au-dessus de la forêt, qui enflammerait le paysage. Il démarrerait sa progression entre chien et loup et parviendrait au village au lever du jour.

Le Français serait cueilli à l'heure du bain dans la rivière. Et avec lui, l'autre agent de la DGSE et les traîtres qui l'accompagnaient. Même en admettant que les complices du premier ne soient pas encore sur zone lorsqu'il y parviendrait, il mettrait en place une embuscade pour les recevoir après avoir réglé son compte à celui que les services s'épuisaient à retrouver depuis des jours. *Du billard !*

L'hélico releva le nez, piqua d'un coup vers une clairière, se stabilisa quelques secondes avant de se poser et le pilote donna l'ordre de débarquer sans couper les moteurs. Nhung et ses trois acolytes dehors, le Mi-171 se cabra et reprit la direction de Kontum.

L'équipe de tueurs du TC2 pénétra sous le couvert de la jungle et entama la dernière étape de son expédition.

106

La façon anonyme dont lui était parvenue la clé USB comportant la copie de la vidéo des ébats du colonel Thành contrariait quelque peu le général Tho. Une enveloppe adressée à son nom avec la mention « secret-défense », apportée par un chauffeur de taxi qui, lui-même l'avait reçue d'un gosse de la rue afin de la remettre au planton de l'office du TC2. Avec, à l'intérieur, une simple carte sur laquelle avait été griffonnée l'assurance du dévouement à la patrie du mystérieux délateur.

La personne qui venait de balancer son adjoint avait agi dans les règles de l'art. En évitant toute possibilité de traçabilité. Dans un sens, c'était stupide, car Tho apprendrait bien assez tôt, lorsque Thành se mettrait à table, où avait été enregistrée la scène de cul hallucinante qu'il venait de visionner et les propos délirants qu'il avait entendus. Et, dans la foulée, l'identité de la pute ainsi que celle de la personne qui venait de lui rendre ce sacré service. Son mystérieux correspondant ne pouvait l'ignorer. Ce qui laissa penser Tho, un moment, que l'hôte de la séance de sexe du colonel n'y était peut-être pour rien. Et qu'un service parallèle au sien avait piégé l'endroit pour l'informer.

Le général relança la vidéo. Il n'en revenait toujours pas. Que ce salopard de Thành s'envoie en l'air avec une Blanche n'était pas le problème, au fond. Lui-même ne crachait pas sur la compagnie des escort-girls étrangères. Mais que son adjoint ait déballé les secrets d'une des opérations les plus sensibles du moment et qu'il ait en plus annoncé à la fille son intention de prendre les commandes du TC2 en organisant sa chute l'avaient mis dans une rage noire. Ainsi ce traître de Thành avait décidé de l'éliminer ! Si le Politburo venait à le découvrir, d'une manière ou d'une autre, son autorité en prendrait un sérieux coup. Il importait donc, en priorité, d'arrêter Thành, puis d'identifier la source. D'abord l'endroit. Puis le propriétaire et, enfin, la pute. Personne ne devait ressortir vivant de cette histoire. Le temps pressait.

Tho se tenait debout devant l'ordinateur de son secrétaire, indécis. Une fois neutralisés les témoins directs de l'affaire, il lui resterait toujours à essayer de savoir qui d'autre avait pu être au courant, au cas où la manip provenait d'une autorité politique supérieure.

Tout bien pesé, cela ne pourrait avoir été monté que par un ami. Mais combien d'amis Tho comptait-il au sein du régime ? La réponse à la question lui fit froid dans le dos. En fait : aucun. Peut-être cherchait-on à tester ses capacités à réagir.

Le général, qui se torturait les méninges, relança encore la séquence où la fille avalait la verge du colonel et se dit que la prochaine pipe offerte à son second serait moins plaisante. Il y avait, au centre d'interrogatoire, un aquarium où étaient conservés d'immondes serpents. Il connaissait la répugnance de Thành pour tout ce qui rampait, il l'imaginait déjà ficelé, nu, livré aux caprices des reptiles. Il n'aurait pas besoin de le faire parler, la vidéo avait déjà livré toutes les informations utiles. Il n'aurait que le plaisir de regarder ce pourri hurler de dégoût et de peur en s'enfonçant dans la folie. Cela faisait des années que Tho n'avait plus conduit de séance de torture lui-même, mais il ne doutait pas une seconde que les vieux réflexes lui reviendraient rapidement. Il avait à cet instant une telle volonté de faire souffrir son numéro deux qu'il n'aurait que l'embarras du choix de la méthode. Tho s'y voyait déjà : les oreilles coupées, la langue sectionnée, les articulations brisées à coups de marteau, puis le gland décalotté au rasoir et, enfin, les serpents… *Je te réduirai en pièces après t'avoir injecté une dose massive de cardiotonique, foutu salaud. Tu me supplieras de te laisser mourir.*

Le général transpirait comme un buffle au travail. Les paumes de ses mains collaient, il sentait ses pieds glisser à l'intérieur de ses claquettes, mais il s'en fichait. L'idée de prendre une douche ne lui traversa même pas l'esprit. Il devait agir. Envoyer tout de suite un peloton interpeller Thành. La seule chose qu'avait à lui révéler encore ce dernier était l'adresse de la piaule où avaient été filmés ses ébats. Il s'occuperait ensuite de retrouver la fille.

Tho décrocha son téléphone, ordonna que Thành soit conduit à la maison de la rue Lý Thái Tổ, puis il rappela son secrétaire pour lui demander de copier le fichier vidéo sur une tablette, fit disparaître celle-ci et la clé USB dans sa serviette, et quitta le bureau. Il imaginait déjà la tête de Thành lorsqu'il l'obligerait à regarder le tournage clandestin de ses ébats. La cerise sur le gâteau ! Car tout était affaire de psychologie au TC2. Frapper d'abord les esprits avant de frapper les corps.

La prochaine journée s'annonçait intéressante. Tho allait enfin se débarrasser de son adjoint et montrer à ceux qui le trouvaient trop vieux qu'il en avait encore sous le pied. Thành disparu, l'eau coulerait sous les ponts avant que le Politburo songe à quelqu'un d'autre pour diriger le contre-espionnage.

Il claqua la porte et se dirigea vers le parking en sifflotant, sa canne à pommeau d'acier sous le bras, comme s'il venait de retrouver sa jeunesse. Il ne ressentait pas le besoin de l'utiliser pour se déplacer. Il gambadait de nouveau comme un lapin. Elle servirait à commencer les réjouissances avec le traître.

107

Une gifle magistrale ramena Becker à la réalité. Elle était toujours recroquevillée sur le sol de la chambre. Khang se tenait penché sur elle. Elle voulut bouger, mais comprit aussitôt que des liens lui entravaient les chevilles et les poignets. Un linge lui avait été enfoncé dans la bouche. Le bâillon, énorme, lui donna envie de vomir. Sa jupe était relevée sur ses cuisses. Elle remarqua immédiatement l'absence du pistolet. Thành le tenait d'une main.

Becker n'avait jamais vu une telle fureur dans les yeux d'un homme. À la limite de la démence. La deuxième claque la cueillit presque par surprise. Les lèvres pincées, le Vietnamien respirait par le nez bruyamment. Son corps n'était plus qu'une gigantesque contraction de l'ensemble de ses muscles. Une érubescence effrayante avait envahi tout son visage. Elle ferma les yeux et attendit la rafale de questions qui n'allait pas tarder à tomber.

— Regarde-moi, salope ! gronda Khang la main levée, prête à s'abattre de nouveau sur elle.

Becker obéit.

— T'as essayé de m'empoisonner, qu'est-ce que t'as mis dans le verre ?

Khang ne se contrôlait plus. Il répéta sa question, puis posa le canon de l'arme sur le front de Becker avant de retirer le linge qu'il avait enfourné dans sa gorge.

— Qu'est-ce que t'as mis dans le verre ? Parle ou je te fais éclater le crâne comme une pastèque.

Dans un souffle, Becker lui dit qu'il ne s'agissait que d'une drogue pour le sexe.

La troisième gifle lui ouvrit une pommette.

— Te fous pas de moi. La fille est tombée raide morte. Et le flingue, c'était pour le sexe aussi ? Qui es-tu ? Qui t'a demandé d'essayer de m'assassiner ?

L'interrogatoire s'annonçait douloureux. Khang était hors de lui et, en vieux routier de la politique, ne se laisserait pas raconter de fadaises. Elle avait joué, elle avait perdu. Restait maintenant à sauver ce qui pouvait l'être. À essayer de sortir de là autrement que les pieds devant. Et pas trop amochée. Elle avait mal au dos, aux bras. Ses joues lui cuisaient. La suite promettait d'être désastreuse si elle ne trouvait pas une explication à cette soirée qui parvienne à transformer la colère de Khang en une collaboration rapide. Elle connaissait les ennemis de Khang, ses soucis au Politburo, il fallait qu'elle s'en serve intelligemment. Qu'elle se rende indispensable. Que ce foutu con baisse d'abord l'arme qu'il braquait sur elle, le doigt crispé sur la détente.

— OK, OK, fit-elle à voix basse. C'est un accident, je t'assure. Il n'y avait dans le whisky que du GHB, mais à dose massive. La fille a fait une réaction cardiaque inattendue. Je devais te l'administrer pour te faire parler au lit. C'est tout.

— À la demande de qui ?

— Du colonel Phạm Khắc Thành. Le TC2... Je baise régulièrement avec lui. Il m'a donné le produit hier avec ses consignes. Il m'a expliqué que tu posais un problème dans le cadre d'une affaire dont il s'occupait.

— Laquelle ?

— Un truc concernant des Français.

— Il t'a dit ça ?

— Thành me dit toujours plein de trucs. Il adore se vanter. Il m'a dit que le général Tho te soupçonnait d'émarger auprès de Pékin.

Khang blêmit.

— Raconte.

— Je devais te droguer avec le GHB pour te désinhiber et te faire avouer. Je devais enregistrer ta confession sur mon téléphone.

— Qu'est-ce que sait exactement cette vieille momie de Tho ? grommela Khang.

— Rien de précis, je crois. Thành m'a dit que tu étais parvenu à différer une action que le TC2 avait montée contre les Français. Au profit de Pékin. Mais qu'il n'en comprend pas encore la vraie raison. Il pense que tu as prévu de faire exfiltrer les agents de Paris vers la Chine et veut savoir pourquoi. Il veut faire tomber avec toi tous ceux qui travaillent pour le Guoanbu.

— Et Thành, où en est-il avec les Français ? Combien de temps se donne-t-il pour les récupérer ? Tu le sais ?

Becker hocha la tête.

— Il est déjà sur la piste du premier, apparemment. Mais il ne veut pas les prendre vivants. Ni lui ni l'autre.

Khang prit la nouvelle comme un coup de poing au foie.

— Tu es certaine de ce que tu avances ?

— En tout cas, il s'en est flatté. Trop content de jouer un sale tour à son patron.

— Il t'a dit où se trouve l'espion ?

Becker hésita un instant à parler de Rose, puis renonça. Trop compliqué. Khang finirait par piger qu'elle était bien davantage qu'une simple escort-girl au long cours.

— Oui, reconnut-elle. Il se cache dans un village minoritaire près de Kontum. Dac Muy. Un bled perdu à flanc de colline dans la jungle.

— Et l'autre ?

— Il le cherche toujours.

Pendant que Becker parlait, Khang analysait rapidement la situation. Autant dire qu'elle était mauvaise. Le colonel Thành savait désormais où était Rohde et ne tarderait pas à lancer ses tueurs à ses trousses comme il avait dû le faire avec une autre équipe pour Caron et le troisième homme dont lui avait parlé Cheng et que Pékin avait également décidé de liquider. Il ne contrôlait plus rien. Quelles que soient les solutions qu'il imaginait, tout était foireux. Une effroyable migraine lui durcissait les tempes. Il eut subitement envie de s'allonger sur le lit pour dormir un peu.

— Bon, fit-il. Tu vas m'aider et t'auras la vie sauve.

Becker eut alors l'impression qu'une main invisible venait de soulever la chape de plomb qui lui écrasait la poitrine.

— Tout ce que vous voudrez…

— Je veux que les Français restent en vie. On va donc monter un petit scénario à l'attention de cette ordure de Thành.

Khang détacha Becker.

— Prends ton portable et enregistre. Quand on aura terminé, tu iras le voir immédiatement. Si tu parviens à le convaincre que le deuxième agent a rejoint le premier et qu'ils sont passés au Cambodge, je te filerai aussi quinze mille dollars. On se reverra demain matin dans un restaurant de Cholon dont je vais te donner l'adresse. Voilà. Dès qu'on aura fini, tu m'aideras à transporter la morte jusqu'à ma voiture. Il y a une sortie de secours au bout du couloir. On passera par là.

Becker approuva, jeta un regard au cadavre et enclencha l'enregistreur de son téléphone. Elle bénéficiait d'un répit. Jusqu'au lendemain. Rien de plus.

108

L'équipe de tueurs chinois aussi se rapprochait de Dac Muy, tout en éprouvant les mêmes difficultés que le groupe de Paul avait rencontrées sur les pistes imbibées d'eau.

Lorsque la piste devint franchement impraticable, Cheng stoppa sa moto. Derrière lui, Jié et Bao firent de même. C'était inutile d'insister, les trois Honda 750 qui leur avaient permis de relier Saigon aux hauts plateaux en un temps record n'étaient pas des tout-terrain. Ils patinaient dans la boue depuis une heure, les bécanes n'avançaient plus quand elles ne manquaient pas de verser à chaque virage. Par endroits, la piste disparaissait sous un tapis de feuilles plus glissantes encore que la latérite. L'expédition se transformait en calvaire.

Cheng fulminait. Pourquoi le sort s'acharnait-il sur eux ? Il fallait donc qu'il y ait toujours un revers à la médaille. Le yin et le yang ! Il déplia nerveusement sa carte et estima la distance du chemin qui restait à parcourir. Une dizaine de kilomètres. Impossible d'espérer continuer dans ces conditions au cœur de la nuit. Après avoir essayé de reprendre la route encore une fois, un bruit sourd et une enfilade de jurons le firent se retourner. Bao venait de s'étaler.

— On arrête là, maugréa Cheng. On laisse les Honda sous le couvert et on poursuit à pied.

— Nous sommes encore loin ? demanda Jié.

— Deux heures de marche commando. À moins qu'on trouve un autre moyen en route. Il y a un village un peu plus au sud. Les montagnards utilisent généralement des chevaux pour se déplacer dans cette région.

Cheng consulta encore la carte.

— Bac Ma. C'est à environ trois kilomètres. Trente minutes pas plus si on force l'allure.

— Si on trouve pas de canassons, on se sera exposés pour rien, marmonna Jié. Et il faudra encore rattraper le temps perdu.

— Ta gueule ! Je crois pas qu'on ait quelque chose à craindre de la part des culs-terreux du coin. Des montagnards qui détestent les Viêts. Un peu de fric devrait les convaincre de nous aider. Allons-y !

Alors que Bao peinait à relever sa machine, Jié qui venait de dissimuler la sienne derrière un bosquet de bambous revint à la charge :

— C'est quand même étrange...

— Quoi ? fit Cheng.

— Que ce Français soit allé se cacher à cet endroit... Dans une sorte de cul-de-sac...

— C'était prévu ainsi. Il nous attend, on va pouvoir le récupérer facilement et...

Cheng laissa sa phrase inachevée, puis ralluma son téléphone qu'il avait éteint en quittant Saigon pour économiser ses batteries. Un SMS envoyé par Khang s'afficha aussitôt sur l'écran.

— Le patron a laissé un message.

Jié s'approcha.

— Les deux autres agents français sont, paraît-il, déjà dans le secteur, s'enflamma Cheng. Khang affirme que l'info est vérifiée. Écoutez-moi bien : si on les gaule, on fera ce qu'a ordonné le Guoanbu. Tant pis si ça plaît pas à Khang.

— C'est tout ? questionna Jié.

— Une minute, un second message est en train d'arriver.

Après l'avoir lu, Cheng avait changé de mine.

— Khang nous informe que Thành a dépêché une équipe sur place. Avec ordre de nettoyer le secteur. Putain de sa mère, on risque de perdre Rohde !

— Que fait-on, alors ? demanda Bao.

— À ton avis ? On continue et on se grouille.

— Comme ça, à pied, avec nos trois malheureux pistolets ? On n'était pas censés rencontrer les tueurs du TC2 ! On va se faire étriper...

Cheng balaya d'un geste brusque la remarque de son coéquipier.

— On va aller au premier village, comme j'ai dit. On demandera à acheter des chevaux et des tenues montagnardes. Ça nous facilitera la tâche pour nous glisser jusqu'au centre du dispositif ennemi.

— Et ensuite ? insista Bao. On va tomber sur des types armés jusqu'aux dents. C'est du suicide...

Cheng releva la tête et écarta les mains, paumes tournées vers le ciel, en signe de résignation.

— On aura l'avantage de la surprise, et puis on n'a pas le choix. Si Khang est au courant de la situation, Pékin le sera rapidement. On n'a plus le droit à l'erreur. T'as envie de finir dans un stade, une balle dans la nuque ? Moi, pas. Il faut extraire Rohde de ce merdier.

109

Il régnait dans le bureau du deuxième étage de la caserne Mortier une tension hors norme. Les spécialistes de l'Asie avaient travaillé aussi vite qu'ils avaient pu. Tous les points sur lesquels le poireau avait demandé des éclaircissements avaient été fouillés, analysés. Jamais autant de câbles et de messages cryptés n'avaient été envoyés en un temps aussi réduit. Tout ce que comptait le service de collaborateurs réguliers, d'honorables correspondants, d'informateurs occasionnels et de simples connaissances, avait été sollicité. Si, pour certains, les demandes relevaient de la routine de leurs relations avec Paris, pour d'autres celles-ci avaient engagé des dépenses exceptionnelles, obligeant la DGSE à transmettre en urgence des dizaines de milliers d'euros vers des comptes anonymes basés entre Hong Kong et Phnom Penh. Et quelques-uns situés dans le Pacifique, de Port-Vila à Canberra. Lorsque les événements s'emballaient et qu'une obligation de résultat s'imposait immédiatement, rien n'était plus gratuit. Outre les informateurs de première ligne, il fallait prévoir d'arroser tous les autres pour obtenir les réponses attendues.

Concernant Delamarre, les dernières informations reçues confirmaient la tentative de meurtre, une dispute avec un Occidental qui avait mal tourné. L'attaché militaire n'était pas descendu tout seul sur la chaussée où le camion l'avait fauché. Mais cela, la Boîte le savait déjà.

À propos de Philippe Rohde, on savait maintenant qu'il était toujours en vie, toujours au Viêtnam, retranché quelque part dans la chaîne Annamitique à proximité de la frontière cambodgienne. On savait aussi que le numéro deux du TC2 avait monté une nouvelle opération pour l'intercepter après avoir obtenu du gérant d'une agence de trekking basée à Saigon les renseignements qui lui avaient permis de le localiser. Il avait été enlevé par les hommes du contre-espionnage vietnamien et n'avait plus réapparu depuis. Tout indiquait qu'il avait été éliminé. La question était maintenant de savoir pourquoi cette personne, un certain Xavier Frébourg, connu pour ses liens avec la Thaïlande, avait pu aider Rohde. Que venait faire Bangkok dans cette histoire ? Et pourquoi le correspondant local n'avait-il pas averti que les Thaïs menaient une opération parallèle ? En poste à l'AFP, il était pourtant bien placé pour être au courant.

Selon une autre source, Vincent Caron aurait réussi à rejoindre Rohde, accompagné par deux Vietnamiens. Un étudiant lié aux Américains, animateur d'un blog dissident, proche d'un ancien spécialiste d'histoire contemporaine, disparu lui aussi depuis quelques jours. Et, le plus extraordinaire, par un vétéran de l'armée du Nord, un vieil homme dont on ne savait rien à part qu'il connaissait le journaliste japonais Sato Yamazaki, victime comme l'attaché militaire de l'ambassade de France d'un accident de la circulation. Il aurait été présenté à Caron par une prostituée travaillant à l'hôtel *Continental* dont tout laissait à penser qu'elle travaillait pour les services de son pays. Était-ce à dire que les Vietnamiens avaient repris le contrôle de la situation et s'apprêtaient à coxer Rohde et Caron ? Penché sur l'avalanche de notes que venaient de lui transmettre ses officiers, le boss commençait à montrer des signes de panique.

Il n'en croyait pas ses yeux. Perrin avait vraiment merdé sur toute la ligne.

Concernant Hanoi, mais il s'en foutait parce qu'il le savait depuis un bail, il était clair que le régime traversait une période de tempête interne, conséquence des luttes intestines entre un courant ultranationaliste et un autre prochinois, sans que les responsables ne soient clairement identifiés à ce jour. Tout passant par des intermédiaires de la sphère économique. Au premier plan : l'affaire de l'exploitation des terres rares par des sociétés écrans liées à Pékin, l'implantation massive de casinos sur la frontière nord aux mains d'acteurs chinois arrivés en masse au Cambodge et au Laos. Plusieurs scandales avaient émaillé récemment la vie politique locale, jusqu'à éclater en Allemagne où des pieds nickelés des services secrets viêts avaient enlevé un homme d'affaires de leurs compatriotes impliqué dans un détournement de fonds de plusieurs millions de dollars. Hanoi affirmant que ce braquage avait été commandité par l'ami chinois. On s'attendait désormais à quelques règlements de comptes majeurs qui seraient soldés dans des procès à venir. La question étant de déterminer enfin qui était qui, qui manipulait qui. Sur ce point, rien n'avait encore filtré.

Enfin, la dernière note indiquait que Hanoi souhaitait manifestement réchauffer ses relations avec Paris. Comme le prouvaient les récents contrats signés avec Airbus Industrie. Ce qui laissait penser que Caron et Rohde pouvaient encore réapparaître si l'opération montée par le numéro deux du TC2 échouait. Et se faire débriefer…

Le grand patron chiffonna rageusement le papier que venait de lui remettre, sur ce dernier point, un jeune capitaine.

— Pourquoi tu ne me donnes pas directement *Le Figaro* ? Tu te fous de moi ? Qu'est que tu as de concret sur le sujet ?

Sur qui pouvons-nous nous appuyer pour récupérer discrètement Rohde et Caron ?

Perrin, qui rongeait son frein en écoutant ses collègues commenter les résultats de leurs recherches, choisit d'intervenir à ce moment-là :

— Il faudrait, monsieur, passer immédiatement un deal avec le directeur du contre-espionnage, le général Nguyen Xuan Tho. Au point où nous en sommes, lui seul peut intervenir. Je sais aujourd'hui qu'il aimerait récupérer nos agents en vie car il a compris que Rohde, tout du moins, détient la clé du problème qui l'intéresse. C'est-à-dire tout du travail de sape orchestré par Pékin. Tout l'organigramme du réseau prochinois.

Bizarrement, le patron fit comme s'il n'avait pas entendu. Alors Perrin se décida à mettre les pieds dans le plat :

— Nous devons aussi mettre un terme à l'opération confiée à notre homme de Birmanie…

En prononçant cette dernière phrase, Perrin venait de lâcher une bombe, il en était conscient. Il l'avait fait devant témoins, devant l'assemblée réunie autour du général pour contraindre ce dernier à réagir. L'heure n'était plus à la soumission aveugle. L'opération Delamarre avait échoué, Tesson était certainement déjà sur les talons de Caron, toutes ces conneries ne rimaient plus à rien. Maintenant, il s'agissait d'éviter un drame dont la Boîte aurait à payer le prix tôt ou tard.

Le regard que le poireau posa alors sur lui le surprit.

— De quoi parlez-vous ? demanda-t-il d'une voix lente et caverneuse.

Perrin toussa.

— Monsieur…

— Vous êtes en train de franchir la ligne jaune, Perrin.

Le fait que le patron l'ait vouvoyé signalait manifestement sa surprise et son état de colère.

— Monsieur, insista Perrin, je vous demande de réétudier votre position et de me donner l'autorisation d'intervenir.

Autour, les collègues étaient médusés. De quoi parlait le colonel ? Dans quel coup fourré lui et le patron étaient-ils engagés ? Le directeur considéra silencieusement Perrin un instant, puis s'adressa aux autres officiers :

— Retournez à vos bureaux et continuez à creuser l'affaire Delamarre. Je veux savoir avec qui il était avant de se faire écraser. Il y avait peut-être des caméras de surveillance dans le quartier, renseignez-vous. Et je veux le rapport de la police locale. Je vous donne quatre heures de plus.

Puis il se tourna vers Perrin.

— Vous, vous restez là.

Perrin attendit que ses camarades aient quitté le bureau pour abattre sa dernière carte. Il venait de commettre un acte insensé, une faute majeure, mais en conscience. Plutôt que de se laisser pourrir par le patron, il devait enfoncer le clou et éviter que des mots que chacun regretterait plus tard ne soient proférés.

— Je vous ai suivi, monsieur, jusque-là. Mais la situation a changé. Rohde est dans une nasse. Et Caron certainement avec lui. La mission Tesson est devenue inutile. Rohde en sera le témoin direct, cela ne fera que compliquer la donne. Je ne comprends pas.

S'ensuivit un long silence. Le directeur se cala dans son siège et se tourna vers le mur, Perrin dans son dos.

— Exact, tu comprends rien !

Nouveau silence, puis Perrin répondit :

— En effet, je ne comprends pas pourquoi vous avez prétendu tout à l'heure, lors de la réunion, vouloir récupérer Rohde et Caron et pourquoi vous refusez d'annuler la mission du mercenaire. Pourquoi ne me dites-vous pas quelles sont les raisons exactes pour que vous en arriviez à vouloir isoler Rohde et dézinguer Caron ? On voudrait faire le jeu de Pékin, on ne s'y prendrait pas autrement…

Le patron laissa filer encore quelques secondes avant de hocher la tête.

— Eh ben, voilà, tu commences à saisir le fond de l'affaire.

— Pas vraiment.

— T'as pigé l'essentiel, c'est suffisant.

— Vous êtes en train de me dire que…

— Rien du tout, je ne te dis rien. Si ce n'est qu'on essaye de faire un coup de billard à trois bandes. Une opération archi top secrèt. Raison pour laquelle tu n'as pas été mis dans la boucle.

— Pardon mais rien ne peut justifier l'élimination de Caron. En tout cas sans que j'en connaisse la véritable raison.

Le général marqua un geste d'impatience.

— On s'est tout dit à ce sujet.

— Et moi, je vous répète que j'ai une entière confiance en Caron et que je ne marche plus dans cette combine. C'est trop grave. Ça sortira un jour…

— Confiance en un gazier qui a rompu le contrat que nous lui avions offert avec l'ATP[1] ?

— Mon général ! Un machin grotesque imaginé par des ronds-de-cuir complètement hors sol. C'était une très mauvaise idée. Heureusement que Caron n'y est pas resté. Et c'est tout à fait à son honneur, d'ailleurs, car il était plutôt largement rémunéré si je me souviens bien.

— Il a déserté. Voilà ce que je retiens.

— Non. Il a simplement repris son job sous-payé dans son canard pour mieux nous servir. C'est ce qu'il faut retenir de cette histoire.

1. Agence transcontinentale de presse. Structure médiatique liée à la DGSE dans les années 1980 et 1990.

Le général était devenu exsangue.

— Je déteste qu'on remette en cause les décisions de la Boîte. L'ATP était une merveilleuse invention.

— Si c'était le cas, la structure existerait toujours, monsieur. Or...

— Écoute-moi bien, Perrin : on se débarrasse de Caron. Les enjeux font que la décision a été prise en très haut lieu. Que crois-tu que j'ai fait ces derniers jours ? J'ai plaidé sa cause, comme toi plusieurs fois dans mon bureau.

— J'aimerais savoir auprès de qui.

— Impossible.

— Laissez-moi le temps de le joindre pour lui parler. Je me porte garant de lui ensuite. Je le connais comme un frère, il fermera sa gueule.

Le patron eut un geste d'impuissance.

— Malheureusement, on ne peut pas revenir en arrière. Les ordres sont formels. On va laisser les choses suivre leur cours et ta prochaine tâche sera de faire en sorte que la disparition de ce journaliste ne fasse pas de vagues.

Puis, il attrapa un coupe-papier pour se curer un ongle et ajouta en fixant Perrin droit dans les yeux :

— Je ne voudrais pas que tu connaisses, toi aussi, une fin de carrière brutale.

110

Wei, l'officier traitant de Khang à Pékin, était en liaison sur Telegram depuis dix minutes avec lui. Des propos ouverts et directs étaient échangés entre les deux hommes de manière totalement sécurisée, des ingénieurs chinois avaient depuis quelque temps renforcé la non-traçabilité des communications.

Khang venait de relater la tentative d'assassinat menée à son endroit par Estelle Becker. Malgré les dénégations de celle-ci, il était resté persuadé d'avoir été l'objet d'une opération de nettoyage, et sa première réaction avait été d'en informer Pékin après que l'Américaine fut parvenue à lui fausser compagnie au moment où ils enfournaient le cadavre de la fille du *Dido* dans le coffre de sa voiture. Khang n'était pas un homme de terrain, il n'avait jamais tué personne, on n'avait jamais cherché à l'occire non plus, la situation le dépassait complètement. Ayant laissé s'échapper Becker, il espérait que Wei envoie une équipe pour la retrouver et la neutraliser. C'était mal connaître le Chinois. Le chef des opérations extérieures du Guoanbu était un homme taiseux, totalement engagé dans l'action et qui ne supportait pas les contrariétés. Or, le petit Khang lui en créait une de taille. D'une part, cet imbécile avait cédé aux avances d'une pute occidentale sans même savoir qu'elle était la nouvelle correspondante de la CIA à Hô Chi Minh-Ville, d'autre part, il réclamait maintenant qu'on l'efface ! Comme si l'affaire Gordon Wallace n'avait pas suffi !

L'oreille collée au combiné de son téléphone, Khang attendait. Cheng, Bao et Jié partis crapahuter dans la jungle, Wei ne pouvait faire autrement que lui envoyer quelqu'un d'autre pour le protéger. Mais, contre toute attente, le Chinois refusa. Puis, ce fut un déluge de reproches. D'abord d'avoir monté la manip contre l'Américain, puis contre les cyberdissidents, ce qui avait débouché sur les incidents très graves à Lam Dong et un pourrissement notoire des relations diplomatiques entre les deux pays.

Khang eut beau se défendre que ces sales blogueurs et ces imbéciles de paysans étaient des ennemis déclarés de Pékin, Wei ne voulut rien entendre. Il ne décolérait pas. Selon ses propres mots, les fautes de Khang commises par un Chinois en Chine auraient conduit ce dernier au mieux à la réclusion criminelle à perpétuité. Khang devait s'estimer heureux de n'avoir à répondre de ses erreurs devant personne d'autre que lui. Et se débrouiller avec sa propre police. Puis il se retira de la conversation.

Lorsque le timbre de la ligne interrompue se mit à vibrer de façon obsédante, Khang sentit une onde glacée l'emprisonner. Ces Chinois l'avaient sucé jusqu'à la moelle, et maintenant que les ennuis s'amoncelaient au-dessus de sa tête, ils le crachaient comme un noyau de cerise ! Mais il n'avait pas abattu sa dernière carte, Wei s'en rendrait prochainement compte.

111

L'énorme Range Rover huit cylindres entra en trombe dans le dernier village qui fermait la piste carrossable. Tesson avait roulé la nuit entière. Il était épuisé. Sans la pression qui pesait sur lui depuis la veille, il se serait écroulé, en boule, sur le siège arrière et aurait dormi une heure pour récupérer quelques forces. Mais la situation ne le lui permettait pas. Il gara le véhicule sur la vieille aire de parking dominant la vallée où venaient autrefois se ranger les bus des randonneurs quand la région était encore ouverte au tourisme, consulta le GPS de son téléphone, mit son sac à dos à l'épaule et entra sur la piste qui s'enfonçait dans la jungle.

Selon les informations de la masseuse, le village se trouvait à moins de quinze kilomètres après deux ou trois autres hameaux où il devrait pouvoir trouver un moyen de locomotion adapté à la configuration des lieux.

Les mains fermées sur les bretelles du sac, il s'élança à vive allure, comme il avait toujours fait le long des pistes serpentant dans les forêts où il avait crapahuté. Mais avec une différence de taille cette fois-ci : il ne savait pas vraiment où il allait, et il y allait désarmé. À l'exception du couteau de chasse acheté la veille à Saigon, il ne possédait rien d'autre pour attaquer ou se défendre. Il s'aventurait vers une terre inconnue, peuplée d'indigènes à la réputation difficile. Avec le risque de tomber sur quelques gaziers malintentionnés. Car ce serait assez extraordinaire qu'il fût tout seul à être venu essayer de dénicher Caron. Compte tenu de ce que lui avait révélé la petite Rose, la suite des événements ne serait pas un long fleuve tranquille. Gauler Caron risquait d'être sportif.

Les premières lueurs du jour, qu'il avait devinées en parvenant au sommet de la colline, avaient disparu sous les arbres. La forêt demeurait enfermée dans une nuit épaisse qui semblait ne devoir jamais se terminer. Un étrange monde de clameurs, de stridulations, d'appels, de feulements, de bruissements, de plaintes… Le monde des esprits de l'Asie. Le meilleur et le pire à la fois. Il tendit un bras devant lui pour se protéger des branches empiétant sur le ruban de terre qui zigzaguait au milieu du fouillis de la végétation, et finit par allumer la lampe de son téléphone.

112

À moins de trois kilomètres de l'endroit où était parvenu Tesson, le groupe de Nhung piétinait depuis une heure sur la berge fangeuse d'une rivière encaissée entre d'énormes blocs de rochers. Les pains de calcaire et, dans les rares trouées, les massifs touffus de bambous empêchaient de quitter le lit du cours d'eau. Les tueurs du TC2 progressaient à une allure désespérément lente.

Une voix désincarnée crachota dans la radio fixée sur la poitrine de Nhung. Le colonel venait aux nouvelles. Nhung fit signe à son équipe de s'arrêter. La communication était si mauvaise que la voix de Thành semblait provenir du fond de l'espace, les mots se perdant sur le fil invisible des ondes.

— Nhung à autorité, j'écoute. J'écoute...

Rien d'audible, à part l'accent traînant du patron, n'était perceptible. Après cinq minutes à tenter d'établir la communication, Nhung donna sa position et l'heure à laquelle il pensait atteindre sa cible. Puis il abandonna. La voix continua de grésiller dans le vide.

Son GPS indiquait la position du village à moins de six kilomètres. À condition qu'ils parviennent à s'extraire de cette foutue rivière. Dans le cas contraire, il leur faudrait rallonger d'une heure son estimation du temps pour couvrir la distance.

Nhung ordonna à son second de prendre la tête de la colonne et de chercher un point de dégagement vers le plateau qu'ils devinaient au-dessus d'eux pour piquer ensuite sur la vallée menant aux collines.

Une demi-heure plus tard, l'homme s'arrêta, pivota et disparut à l'intérieur d'un mur de feuilles gigantesques. Un raidillon montait vers une terrasse surplombant l'encaissement de la rivière. Au-delà, enfin, c'était une longue et large bande de végétation rase, composée de petits arbustes allant cogner, au loin, contre la masse imposante des collines. Nhung émit un sifflement de satisfaction. À vue d'œil, le goulet s'étendait sur un bon kilomètre. Une fois les premières collines franchies, il leur resterait moins de trois mille mètres à parcourir.

— On se grouille, fit-il.

Les premières teintes mauves de l'aube les surprirent à mi-pente. Le plateau n'avait pas été aussi facile et rapide à traverser que Nhung l'avait cru. Par endroits, la piste semblait tourner sur elle-même, mourait dans d'immenses flaques d'eau, reprenait dans le sens opposé à la direction qu'ils suivaient. Un cauchemar !

Des feux s'allumèrent soudain, créant des îlots de lumière blême dans la touffeur de la nuit. Au-dessus d'eux, la ligne de crête des collines commençait à se détacher timidement du ciel. Nhung reprit son GPS et pesta :

— On serre trop à gauche ! Il faut éviter ce putain de bled.

Le groupe obliqua vers l'est et reprit sa cadence infernale. Dans moins d'une heure, le soleil commencerait à chatouiller l'horizon et l'effet de surprise serait raté. La piste menant à la dernière vallée s'enfonçait abruptement à l'intérieur d'un tunnel de jungle épaisse, dont les branchages se détendaient au passage des hommes comme les cordes d'un arc, venant leur fouetter le visage. Les lanternes du hameau avaient disparu, mais le jour n'allait pas tarder à pointer.

— Vérifiez vos silencieux, gronda Nhung en forçant encore la cadence. On tire sur tout ce qui bouge. Jusqu'au village.

Il jeta un coup d'œil à sa montre. Dans une trentaine de minutes, ils auraient atteint Dac Muy.

113

Le camion poubelle tourna au coin de la rue Đặng Văn Ngữ et reprit de la vitesse le long du canal. Il était tard, la tournée s'éternisait. Đuc, le chauffeur, venait de réprimander ses deux manutentionnaires. Déjà des lumières apparaissaient entre les claies des masures. La ville pauvre se réveillait. Les miséreux se préparaient à sortir pour rejoindre, parfois à l'autre bout de Saigon, les lieux où ils essayaient de gagner leur vie.

Les phares du bahut épinglèrent le container déposé au bord du trottoir et le véhicule se gara devant. Un premier coup de sifflet pour accrocher la boîte aux crocs de la machine, un deuxième pour la soulever, la vider et la reposer, et un troisième pour indiquer aux servants de remonter sur leur marchepied avant que le camion ne redémarre.

Il était presque 5 h 30 du matin. Le ramassage avait commencé au crépuscule. La tournée des ordures durait depuis une douzaine d'heures. Les agents municipaux n'en pouvaient plus. La crasse leur collait à la peau. Les relents du pourrissement imprégnaient leurs blouses et leurs narines. L'habitude n'y faisait rien, ils étaient éreintés. Leurs gestes mécaniques étaient devenus d'une lenteur qui irritait le chauffeur. Ses récriminations et ses coups de gueule tombaient dans le vide. Encore cinq cents mètres à nettoyer jusqu'au bout du canal et la collecte nocturne s'achèverait. La rue était toujours déserte, sans voitures ni piétons, pourquoi se presser ?

Une autre poubelle fut fixée aux mâchoires du vide-ordures, puis une troisième. Les préposés ouvraient mollement les couvercles, jetaient par habitude un coup d'œil à l'intérieur et allaient accrocher le container.

Avec cette chaleur exceptionnelle qui ne chutait pratiquement pas de la nuit, les bacs exhalaient une pestilence renforcée et insoutenable. Les abats, les restes de viandes et de peaux, les fruits en décomposition, tout cela s'était transformé en un magma infâme où grouillait une collection d'insectes et de rampants abjects.

Parvenu à un espace encaissé entre la berge et les palissades entourant un chantier en construction, le chauffeur pila d'un coup. Il avait fallu que les riverains poussent jusqu'à cet endroit isolé une poubelle. *Rien que pour nous emmerder !* Đuc n'aimait pas les imprévus. Mais l'idée que le contrôleur de la municipalité puisse découvrir que le travail n'avait pas été achevé dans les règles était inenvisageable. Il rangea le cul du camion à proximité de l'énorme boîte de plastique et siffla.

— Vas-y ! dit à son collègue le plus vieux des fonctionnaires.

Sans protester, le gamin sauta au sol, s'approcha du container et commença à le tirer vers le camion.

— C'est lourd ! Ma parole, on y a enfermé le diable...

En maugréant, l'autre servant descendit de son poste d'observation et se saisit de la poignée pour aider le jeune. Le poids de la boîte l'arrêta net. Jamais de sa vie, il n'avait vu une poubelle si pesante.

— Ils y ont enfoui un porc ou une vache, c'est pas possible...

Il rabattit le couvercle et resta effaré. Deux plantes de pieds humains surnageaient au milieu d'un monceau de détritus, le haut des jambes disparaissant dans la noirceur des ordures.

— Un corps ! Il y a un corps ! hurla-t-il.

Passé l'instant de stupeur, Đuc sauta hors du camion et se précipita vers l'arrière. Ses deux éboueurs étaient figés, immobiles, de part et d'autre de la poubelle, les yeux rivés à l'intérieur. Plus le moindre geste. Juste leurs regards posés sur l'immonde découverte. Đuc s'approcha presque en courant et les rejoignit en s'abritant derrière eux. Comme si ce qu'il allait voir pouvait encore représenter une menace. Comme si le cadavre pouvait lui sauter à la gorge. *Oh, l'enculeur de sa mère !* Des horreurs, Đuc en avait côtoyé dans sa carrière, mais ce qui mijotait là était une première. Ces pieds et ces jambes dénudés... Et cette puanteur et ce grouillement de la vermine, c'était particulièrement odieux.

— On se barre ! gémit le plus jeune des éboueurs.

— Pas question, rétorqua Đuc. On appelle les flics.

Trois minutes plus tard, le hurlement de la sirène se fit entendre. La voiture devait foncer à tombeau ouvert car le bruit amplifiait à une vitesse étonnante. Puis la lueur tournante d'un gyrophare apparut à l'autre extrémité du canal et l'antique véhicule de la police déboucha sur l'artère. Le tout-terrain se gara à côté du camion et trois hommes en uniforme en sortirent.

Sans rien demander aux éboueurs, le capitaine Lôc s'avança jusqu'au container. Il se pencha et recula aussitôt. Devenu livide comme si le sang s'était retiré en entier de son visage.

Après avoir demandé à la radio une ambulance, il se tourna vers Đuc et l'apostropha brutalement :

— Fais-moi sortir cette merde de la boîte. Et débrouille-toi pour mettre de côté toutes les saloperies qu'elle contient. On fera le tri ensuite ensemble.

Les éboueurs confectionnèrent un toboggan à l'aide d'un carton qu'ils placèrent sous le dévidoir et fixèrent le récipient au mécanisme de la benne. Đuc réduisit la vitesse du moteur au maximum et lança l'élévation. Quand celui-ci commença à pivoter, un flot d'ordures s'en échappa et alla rouler sur le carton pour se répandre sur la chaussée. Puis les jambes de la morte se détendirent.

— Attrapez cette merde ! glapit l'officier. Attrapez-la et sortez-la !

Les cuisses, le bassin et le début du torse... Le cadavre était partiellement dénudé. Les adjoints de Đuc le saisirent sous les aisselles et le jetèrent sur le bitume. Ensuite, le silence se fit. Pressés les uns contre les autres, les six hommes considérèrent le macchabée qui les fixait de ses yeux grands ouverts, des restes de mousse blanche autour des lèvres comme si elle avait vomi.

L'un des policiers glissa à l'oreille de son capitaine que la main droite de la morte serrait un minuscule bout de papier.

Le capitaine fronça les sourcils.

— J'ai vu, ducon ! Récupère-le qu'on voit ce que c'est.

Le policier tendit les mains d'un air dégoûté et ouvrit les doigts pendant que ses collègues commençaient la fouille du tas d'ordures. Un monceau de saloperies qu'ils tiraient à eux, retournaient, scrutaient, repoussaient. Arêtes de poissons de rivière, trognons de fruits, peaux de serpents, têtes de poulets, restes de riz grillé, racines de légumes sauvages... Le tout lié par des litres de merde humaine. Les déchets d'un quartier de misère. Rien d'intéressant à l'exception du ticket aux couleurs criardes arraché à la main du cadavre.

— C'est un bon pour une consommation du *Dido,* annonça l'un des policiers. Un karaoké de Go Vap. Je connais bien l'endroit.

— Montre ! dit le capitaine en se reculant d'instinct pour éviter de toucher le ticket.

Puis il alla chercher dans sa jeep une poche plastique et demanda à son policier de glisser le coupon à l'intérieur.

— Si cette fille est allée là-bas, on saura rapidement ce qu'il lui est arrivé, bougonna-t-il.

114

Tesson avait suivi à la lettre les indications données par Google Maps : la route jusqu'au parking, la piste dans la forêt ensuite, le bord ouest du grand marécage après, puis un bout de forêt encore et le raidillon en forme d'escalier sur la colline qui débouchait sur un plateau surplombant le hameau. Il ne s'était pas trompé.

Un fumet de pourrissement montait du sol. Dans ce jour qui se levait paresseusement, une lumière d'aquarium baignait l'ensemble du hameau. Avec un ciel bas et gris, chargé d'humidité. La température qui avait chuté au cours de la nuit ne parvenait pas à se réchauffer. En haut d'un arbre, un singe émit une série de cris stridents, puis le silence se fit de nouveau.

Tesson se faufila derrière la première rangée de huttes. Le volet d'une paillote grinça derrière lui et une face ridée se montra à la fenêtre. Une vieille femme tassée comme une chouette. Il leva un bras et lui offrit son sourire le plus jovial possible.

— *Hello ! Bike ? Horse ?* fit-il en mimant le guidon d'une moto puis un cheval au galop.

La vieille éclata de rire et lui fit signe de continuer plus loin. Elle s'accouda au rebord de l'ouverture et lui désigna le fond du village d'un long geste répété plusieurs fois. Tesson se dirigea vers l'endroit indiqué.

Le chemin descendait vers une rivière qu'on entendait ronronner derrière la ligne opaque de la végétation. Une grappe d'enfants surgit au niveau des dernières cabanes. Dépenaillés, à moitié nus, terreux, faméliques mais hilares. La venue du Blanc les mettait en joie. Tesson répéta son manège ajoutant à la séquence de la moto le bruit du moteur, et à celle du cheval le son des sabots et le hennissement de l'animal. Les gosses se tordirent de rire et l'entraînèrent aussitôt.

Un instant plus tard, ils débouchaient sur un gué où se trouvait réuni ce qui devait être l'ensemble du village. Les hommes en pagne, des sabres, des arcs et des flèches fixés à leur ceinture. Les femmes, poitrines à l'air, en train de remplir des brocs d'eau. Et des gamins s'ébattant au bord de la berge.

L'arrivée de Tesson provoqua une clameur et un déchaînement de rires. *Bon,* se rassura-t-il, *les péquenots ont l'air ravi de me voir.*

Alors qu'il réitérait son mime pour la troisième fois, un jeune homme s'avança vers lui.

— Je parle anglais, fit-il.

La remarque laissa Tesson interdit une fraction de seconde.

— Quelle chance ! Je n'étais pas certain par ici…

— Beaucoup de vieux, ici, se débrouillent en anglais, vous savez. Tous ceux qui ont travaillé avec les Américains. J'ai appris avec mes parents. Vous voulez aussi aller à Dac Muy ? demanda le garçon.

Tesson sursauta.

— Un autre Blanc y est parti ce matin, tôt. Accompagné de deux *Younes.*

— Qui ?

Le villageois prit un air embarrassé.

— Je ne sais pas. Mais les Vietnamiens sont des gens qui connaissent bien les minorités. Donc, on les a aidés. Des amis à vous, aussi ?

Tesson cligna des yeux.

— Oui. Il était prévu que je les rejoigne à Dac Muy. J'ai de quoi payer pour un cheval ou une moto.

À la vue des dollars que venait d'exhiber Tesson, la foule s'était agglutinée autour de lui. Mais le jeune homme repoussa l'offre.

— Ici, nous ne faisons pas payer nos amis. Plus tard, si vous êtes satisfait, vous pourrez faire un don au village. Je vais vous emmener. Ce n'est pas loin. Vingt minutes à cheval. Suivez-moi.

Ils remontèrent vers le village et le guide se dirigea vers une paillote située à l'écart. Dans l'enclos attenant broutait un animal efflanqué.

— Il ne nous reste malheureusement que celui-ci. Nous serons donc obligés de chevaucher la même monture. À cru. Nous ne pourrons pas galoper, mais nous serons tout de même rapidement à Dac Muy.

Tesson avait déjà enfourché la bête lorsqu'il vit le garçon tirer de sous un abreuvoir une poche de toile goudronnée et s'appliquer à la démailloter doucement.

— On y va ? s'impatienta-t-il.

— Là où nous allons, lui répondit le jeune homme, nous ne savons pas ce que nous y trouverons. Comme vos amis, nous irons armés.

Du sac apparurent alors un M16 commando et un M79. Du vieux matériel qui semblait avoir traversé toutes les guerres d'Asie. Le villageois s'en excusa aussitôt :

— Elles sont anciennes, mais fonctionnent encore. Le problème, c'est les munitions. On n'en a presque plus. Vous avez déjà tiré au M16 ?

Pour toute réponse, Tesson tendit la main, un large sourire illuminant son visage. Il n'irait finalement pas au contact de Caron, désarmé. La chance venait de tourner. En sa faveur.

Le guide lui tendit le fusil d'assaut et, dans la foulée, la main.

— Je m'appelle Bob. Comme le lieutenant américain qui sauva la vie de mon père autrefois.

— Pascal, répondit Tesson. Heureux de te rencontrer.

D'une poussée de gymnaste, Bob sauta sur la croupe du cheval et serra immédiatement ses flancs. L'animal releva la tête et quitta l'enclos au trot.

115

Le colonel Thành s'étira, un mauvais rictus au coin des lèvres. Les Français ne risquaient pas de s'esquiver. Le piège était en passe de se refermer sur eux. Le peu qu'il avait pu échanger avec Nhung, au cours de la nuit, le lui avait confirmé. Le soleil se levait à peine, c'était une question de minutes, maintenant.

Il aurait bien aimé suivre la traque et l'assaut en direct, mais le poste de Nhung ne fonctionnant pas, il en avait été privé et n'avait pas dormi de la nuit. Chacune de ses tentatives de se reconnecter avait échoué. C'était égal. L'affaire Rohde touchait à sa fin et c'était le principal. Il aurait largement le temps de rattraper le sommeil perdu plus tard.

Il étouffa un bâillement, puis alla ouvrir une armoire pour en sortir un complet Hugo Boss de la meilleure coupe. Il n'était pas question de débarquer en tenue militaire à l'hôtel *Freedom* pour inviter Chân Lý à petit-déjeuner à la terrasse de l'hôtel *Rex.* Cette journée, qui allait être un nouveau départ dans sa carrière, méritait de faire les choses en grand. Depuis le temps qu'il la convoitait, l'heure était enfin venue de passer aux choses sérieuses. D'ici là, un ou deux cachetons de Modafinil l'aideraient à rester éveillé. Ensuite, la petite pilule bleue magique lui ferait faire des étincelles au lit. Chân Lý espérait depuis longtemps une chambre dans le quartier, la pièce était déjà prête. Ce serait leur nid d'amour. Et, une fois rassasié de son corps, il irait se présenter à la résidence du premier secrétaire pour l'informer du succès de l'opération à Dac Muy et obtenir le limogeage du général Tho. Thành en soupira d'aise.

Thành ordonna à son chauffeur de se garer à une centaine de mètres du *Freedom* et rejoignit l'hôtel à pied. Il n'accorda pas un regard au couple de sacs à dos vautré sur le banc chinois de la réception. Il détestait ces hippies égarés au XXIe siècle. Il vomissait tout ce qu'ils représentaient. Il abhorrait leur langue, leur culture, leur allure, leurs manières, leur odeur. Des clochards qui encombraient les trottoirs des villes, ne dépensaient rien, vivaient d'expédients, ne s'intéressaient qu'à ce qu'il y avait de plus méprisable dans le pays, les coolies, les gosses poussiéreux, les paysans et les minorités. C'était épidermique, il les exécrait !

Chân Lý était plongée dans ses comptes à l'abri du rempart de la réception quand Thành s'approcha sans bruit et appuya sur la sonnette.

— Chère amie, vous embauchez toujours aussi tôt. Ce n'est pas une vie !

La jeune femme releva le menton et découvrit le colonel devant elle, en beauté, comme elle ne l'avait encore jamais vu. Extraordinairement affable aussi. Que se passait-il ? Chân Lý bondit de son siège et se courba autant qu'elle le put.

— Oncle Thành, je suis honorée de votre visite. Que puis-je pour vous ?

— Viens. Je t'invite à prendre un breakfast au *Rex*. C'est une belle journée, j'ai envie de la partager avec toi.

— Au *Rex* ? Mais, oncle Thành, c'est bien trop beau pour moi…

— Rien n'est trop beau pour les personnes que j'apprécie, petite Chân Lý.

— C'est que j'ai à peine pris mon service, il n'y aura personne à la réception…

— On s'en fout, ma jolie. Tu verras, tu ne le regretteras pas.

Docile, Chân Lý suivit le colonel après avoir ordonné au boy de prendre sa place derrière le pupitre. Ils rejoignirent la voiture et prirent la route du *Rex*.

Thành aimait revenir de temps à autre dans ce palace. Si l'antique cafétéria du rez-de-chaussée, où les taxi-girls draguaient jadis les soldats américains et les journalistes de passage, avait disparu, il restait la terrasse du toit. Après sa rénovation dans les années 1990, les actionnaires de l'hôtel avaient tenu à conserver cet endroit. Pour le plus grand plaisir de Thành. C'est là qu'il venait autrefois rencontrer le maître espion Pham Xuan Anh. Cet étonnant chef du bureau de *Reuters* puis de *Time*, ami de toutes les huiles ennemies, civiles ou militaires, considéré outre-Atlantique comme le meilleur analyste du conflit, qui avait ses entrées partout, même dans le bureau personnel de l'ex-président sudiste Nguyễn Văn Thiệu. Le traître parfait. Celui dont chaque renseignement valait de l'or. En partie grâce à qui le Nord avait chassé les Américains et vaincu le Sud. Grâce à qui, également, Thành avait gagné ses galons.

Anh était mort maintenant. Emporté par un emphysème, seul dans sa misérable cagna, oublié des nouvelles autorités, mais pas de Thành.

Thành aimait se remémorer leurs discussions interminables et les plans machiavéliques qu'ils montaient ensemble, et la joie qui illuminait le visage de cet homme lorsque ceux-ci avaient permis l'anéantissement d'une section ou d'une compagnie de ces chiens d'envahisseurs. Et par-dessus tout, sa manière espiègle de lui annoncer chaque fois le devoir qu'il se faisait d'aller présenter ses condoléances à l'état-major yankee. Ça provoquait chez lui une jubilation communicative. Il trépignait comme un gosse devant un cadeau merveilleux, et Thành avec lui. Bien plus que la mort de quelques dizaines de GI's supplémentaires, le fait qu'on puisse les rouler de la sorte s'inscrivait au cran supérieur de l'échelle des plaisirs.

Cette terrasse rappelait trop de bons souvenirs à Thành pour qu'il ne s'y installe pas avec Chân Lý en ce début de matinée qui allait changer sa vie.

— Nous serons mieux en haut, chère amie. Loin des touristes qui se pressent au buffet du petit déjeuner et plus tranquilles. Mais tu auras carte blanche pour commander les meilleurs plats. Nous allons faire bombance.

Chân Lý se faufila dans l'ascenseur derrière lui, étonnée. Décidément, le colonel était d'une humeur radieuse. Ça ne lui ressemblait pas. Il se préparait quelque chose qu'elle ne percevait pas encore, mais qui la mettait sur ses gardes. Elle connaissait trop Thành pour le savoir capable des pires duplicités. Un abominable salaud qui excellait dans l'art de la fourberie, qui aurait vendu père et mère pour se hisser en haut de l'appareil d'État. Totalement indifférent aux dommages collatéraux. Et elle ne voulait pas risquer d'en faire partie.

— La terrasse ? C'est bien, il fera frais.

Cette conne n'a vraiment rien dans le citron, se dit Thành. *Attends que je te raconte où j'en suis et tu écarteras les cuisses comme la dernière des traînées. T'en redemanderas, ma jolie.*

Ils s'installèrent près de la statue de l'éléphant bleu et Thành entreprit la jeune femme sans attendre.

— Tu as été parfaite, ces derniers temps, fit-il en clignant des yeux.

— Ah ! murmura Chân Lý.

— Oui… Ne fais pas la modeste. Tu n'as pas lâché d'une semelle le Français, et grâce à toi nous avons déjoué tous ses plans.

De quoi parlait le colonel ? Chân Lý était loin d'être sotte et ces compliments ne rimaient à rien. Le Français, il était sorti de ses radars depuis un bout de temps, le sous-directeur du TC2 ne pouvait l'ignorer. Pourquoi ces félicitations, alors ? Elle leva enfin les yeux et croisa le regard concupiscent de Thành.

— Vous l'avez arrêté, oncle Thành ?

Le colonel bomba le torse en dodelinant du chef.

— Rien ne me résiste jamais longtemps, ma jolie, tu sais, répondit-il de manière énigmatique.

Chân Lý s'appliqua à paraître subjuguée.

— Vous voulez dire…

— Simplement que j'ai réglé le problème. Et que je voulais t'en remercier.

Instinctivement, Chân Lý se recula de quelques centimètres. Ils étaient seuls sur la terrasse, ce porc de Thành était capable de se jeter sur elle ici même.

— Je vous en prie, je n'ai fait que mon travail.

— C'est sûr, mais cela mérite une récompense. L'oncle Thành n'oublie jamais ceux qui l'ont servi. Pas comme ce salaud, cette raclure, ce crapaud puant de Tho ! Ce vieillard cacochyme qui s'accroche à sa charge et à ses prébendes sans jamais aucune considération pour ceux qui bossent. On décrocherait la lune à sa demande qu'on aurait pas même un merci, tu imagines ça ?

Chân Lý se garda de répondre. Le colonel n'attendait d'ailleurs aucun commentaire de sa part, occupé qu'il était à préparer le terrain de ses futures aventures avec elle. Il n'avait qu'à tendre un bras pour attraper sa poitrine ou fourrer sa main sous sa jupe. Elle était à sa merci, mais il la voulait consentante. Du moins pour la première fois. Ensuite, il verrait bien. Demain serait un autre jour. Peut-être ne garderait-il pas le studio, peut-être la jetterait-il comme un kleenex, il ne savait pas encore. La seule chose qui comptait à cette heure était qu'elle lui baise les pieds lorsqu'il lui annoncerait la nouvelle.

— Je ne sais pas ce que vous avez prévu, mais je me doute que ce sera un beau cadeau, oncle Thành, finit par murmurer la jeune femme.

Le colonel se gonfla un peu plus et prit soudain les mains de Chân Lý dans les siennes.

— Tu voulais une chambre dans le coin ? C'est fait. Voilà comment, moi, je suis capable de remercier quelqu'un de méritant. Je t'y conduirai dès que nous aurons pris le petit déjeuner. Pas la peine d'attendre davantage, tu verras : un vrai petit nid d'amour...

Sa tirade enfin terminée, il tira plusieurs fois sur un poil dépassant d'un vilain grain de beauté logé sur son menton et un sourire salace envahit sa face torturée.

Chân Lý détesta ce qu'elle vit dans les yeux de Thành. Du dégoût d'abord, puis une peur irraisonnée. Que ce tueur pose ses mains sur elle était juste inconcevable. Même pour un studio dans le quartier. Elle avait entendu parler de la manière dont il traitait les femmes. Une abomination ! Des jouets qu'il finissait toujours par casser et jeter.

Elle réfléchissait à la manière de sortir de cette seringue lorsque son portable vibra.

— Excusez-moi, minauda-t-elle en se levant.

Chân Lý décrocha et demeura un moment silencieuse. Thành avait déplié le menu et appelé le serveur. Il commanda une série de plats sans se préoccuper de Chân Lý qui le regardait en coin, approuvant aux questions de son interlocuteur.

Puis elle s'éloigna encore et se lança dans un court récit à voix basse, la main en cornet sur le téléphone, ne quittant pas le colonel des yeux à travers ses lunettes de soleil, comme pour s'assurer qu'il ne captait rien ni se méfiait de rien. Puis elle revint s'asseoir.

— De mauvaises nouvelles ? Tu m'as l'air inquiet.

— Pas du tout, s'efforça-t-elle de répondre calmement. La nounou de mon fils...

— Dans ce cas, nous allons aussi trinquer. J'ai commandé une demi-champagne.

— À cette heure ?

— Faut ce qu'il faut, ma jolie. Tu me plais vraiment. J'espère que tu l'as compris.

Chân Lý piqua du nez dans son assiette et essaya de dissimuler le trouble qui l'agitait. Surtout, ne rien laisser paraître ! Mais le colonel Thành était trop excité par le programme qu'il s'était fixé. Chân Lý était devant lui, offerte. Il lui avait promis de la combler. La suite serait un feu d'artifice. Il imaginait déjà l'intimité de la chambre, ses mains glisser sur son *áo dài,* le lui ôter, la culbuter sur le lit, l'attacher aux barreaux, la lécher, l'entendre gémir et crier aussi, le supplier d'arrêter. Jusqu'à ce qu'il se lasse. Après... Ce « après » lui tira un rictus entre sourire et dédain.

Le serveur se présenta avec la bouteille. Thành dit à Chân Lý :

— À ta santé. Bois. Profites-en.

Ils trinquèrent.

Dix minutes plus tard, trois serveurs qu'ils n'avaient pas encore remarqués se présentèrent avec des plateaux. Ils s'approchèrent et contournèrent la table pour aborder dans le dos le colonel. Les plateaux et leur contenu tombèrent au sol dans un vacarme assourdissant. Les deux premiers agrippèrent les poignets de Thành, tandis que le troisième lui collait le canon d'un pistolet sur l'arrière du crâne.

— Colonel Phạm Khắc Thành, vous êtes en état d'arrestation, articula-t-il lentement. Sur ordre du général Tho.

Chân Lý baissa les yeux et quitta la terrasse sans attendre.

116

La brume, qui semblait devoir s'agripper indéfiniment au jour sale enfin levé, commença à se dissoudre sous l'effet des rafales de vent. La météo virait à l'orage. Le ciel se dégageait, puis s'obscurcissait à nouveau, menaçant. Le soleil, que Caron, Paul, Bang Tâm et leur guide avaient cru deviner à l'horizon, s'était éteint. Les premières gouttes les surprirent à mille cinq cents mètres du hameau. Puis une cataracte les enveloppa, transformant d'un coup le paysage autour d'eux en un gigantesque lavis japonais. Les chevaux hennirent et se cabrèrent. La pluie redoubla de violence. Le villageois stoppa sa monture et fit signe de mettre pied à terre. Dac Muy, qu'ils apercevaient deux minutes plus tôt, s'était dissous derrière l'écran liquide.

— C'est mieux ainsi, les rassura le guide. On va entrer dans le village discrètement.

Il dégagea l'arme qu'il portait à l'épaule et demanda aux autres d'en faire autant.

— Nous allons attacher les chevaux en lisière de la forêt et on continuera à pied.

Les bêtes à l'abri, le groupe reprit sa progression en file indienne dans le martèlement obsédant de l'averse.

Caron vérifia la culasse du vieux M14 dont il avait hérité. Avec le chargeur de rechange, cela ne faisait pas lourd si d'aventure la situation se corsait. Quarante cartouches à condition que les magasins aient été garnis à fond. Plus le M16 de leur accompagnateur qui ne devait pas posséder plus de coups à tirer. Paul disposait d'un revolver Smith & Wesson 38 : cinq balles ! Bang Tâm, rien. Pour la première fois depuis une éternité, Caron s'adressa à Dieu : *Seigneur, faites qu'on ne fasse pas de mauvaises rencontres !*

Il y avait dans la jungle ce sentiment d'oppression permanent qui pesait sur les hommes. Qui brisait rapidement les plus courageux. Une hostilité qui prenait immédiatement à la gorge tous ceux qui n'y étaient pas nés. Après les cathédrales de végétation de la forêt écrasant tout ce qui rampait au sol, les arbustes rabougris et la boue des clairières donnaient toujours le sentiment de pénétrer dans d'épouvantables tourbières aux sables mouvants indétectables. On avançait à tâtons en regrettant le couvert des arbres et, lorsqu'on y était de nouveau, on se débattait encore et encore dans la masse étouffante des lianes, des troncs pourris et des tapis de feuilles en putréfaction. Chaque mètre était un calvaire. Le froid la nuit, la chaleur le jour, les nuées incessantes de moustiques, les scolopendres, les serpents, les araignées… On ne désirait plus qu'une chose : revenir à l'air libre. Or, comme chacun sait, c'était dans les plaines, les rizières, sur les plateaux et au milieu des gués qu'étaient tendues les embuscades.

Caron frissonna. Il avait beau se répéter qu'ils étaient quatre pour récupérer Rohde, qu'ils se trouvaient à des dizaines de kilomètres de jungle de la première ville et de la première garnison vietnamiennes, il était inquiet. Malgré le jour qui grandissait, ils étaient bel et bien au cœur des ténèbres. Chaque élément, chaque forme revêtait une dimension angoissante. Caron entrouvrit une nouvelle fois la culasse de son M14.

Le guide à qui le geste n'avait pas échappé releva une main en signe d'apaisement.

— Nous allons nous séparer. Bang Tâm et M. Paul entreront dans le village par la gauche. Vous, monsieur Vincent, et moi, par la droite. On se rejoindra devant la grande maison du chef. Cinquante mètres plus loin. Vous m'attendrez sous les pilotis pendant que j'irai aux nouvelles. En cas d'incident, on se retrouvera aux chevaux.

— Quel genre d'incident ? s'inquiéta immédiatement Caron.

— Si les Jaraï se montrent hostiles, s'il y a des coups de feu, ou si le village a été déserté… On verra à ce moment-là.

Caron choisit de taire l'exaspération qui le gagnait. Les précautions oratoires du guide ne lui plaisaient pas.

Paul, qui s'était aperçu de son trouble, chercha à le tranquilliser :

— Calmez-vous, Vincent ! Vous allez effrayer les gens d'ici et on n'a pas besoin de ça. Les Jaraï sont superstitieux au-delà de ce que vous pouvez imaginer. La moindre contrariété les rend fous.

— Et ?

— Si vous les inquiétez, on ne sortira pas vivants de ces collines. Nous sommes ici au milieu des *terrae incognitae*. Le pire peut survenir à la première erreur de comportement. Même les Bérets verts ne s'y aventuraient pas.

— Et Rohde alors ?

— Nous saurons tout à l'heure ce qu'il lui est arrivé. Soit il sera devenu roi, soit il aura fini sa carrière d'espion dans une marmite.

— Vous déconnez…

— Je connais les peuples de la forêt pour avoir traversé à plusieurs reprises leur région avec mon régiment. Ils sont imprévisibles et toujours anthropophages.

— Ridicule !

— Je vous assure, plusieurs cas ont été relevés au cours du conflit. Plusieurs de nos soldats retrouvés le cœur arraché...

L'incrédulité se lisait dans les yeux de Caron.

— Et malgré cela, vous êtes venu...

Paul s'arrêta de marcher et dévisagea intensément Caron.

— Nous avons chacun nos raisons. Vous, avec votre mission d'agent français. Moi, par devoir fraternel.

— Je ne comprends pas.

— Je vous ai dit, à Saigon, que je voulais revoir Rohde. C'était exact. Je veux absolument savoir pourquoi les Chinois le recherchent. J'espère qu'il ne s'est pas compromis avec eux. Mais, surtout, il y a une autre raison, tout à fait personnelle.

— Dites-moi...

— J'ai cherché nos morts pendant plus de trente ans. Vous le savez, ça...

— Oui.

— Eh bien, il y en a un que je n'ai jamais retrouvé depuis tout ce temps, mon frère jumeau. Disparu ici en 1968 lors d'un bombardement américain de notre piste Hô Chi Minh. Et c'est l'un des rares endroits où il ne m'avait pas été donné de me rendre après la guerre. Trop difficile, trop incertain, trop dangereux. L'état-major avait mis entre parenthèses ces collines.

Caron était abasourdi.

— Vous êtes sérieux ? C'est pour cela que vous êtes venu ?

— Entre autres.

— Et vous pensez vraiment avoir une chance de...

— Mon frère avait une plaque d'acier dans le crâne. Due à une ancienne blessure reçue deux ans plus tôt lors de la bataille de la Ia Đrăng. Vous en avez entendu parler ?

— Bien sûr.

— Les gens d'ici ont l'habitude de collecter les ossements qu'ils rencontrent pour les réunir dans des sortes de cases funéraires. C'est là que je chercherai en premier. Si je ne trouve rien, j'irai là où le bombardement a eu lieu. Je m'en souviens encore comme si c'était hier, j'y étais. Le plus élevé d'un groupe de trois pics à une dizaine de kilomètres de la frontière khmère. Un endroit merveilleux avec un panorama superbe. Le kilomètre 818 que nous avions baptisé « le point de vue ». J'y retournerais les yeux fermés.

Caron ne répondit rien. Paul était fou. Fou à lier et il ne s'en était pas aperçu. Rohde qui serait passé du côté chinois, et l'histoire abracadabrantesque de son frère jumeau, maintenant ! Il le laissa s'éloigner avec Bang Tâm et emboîta le pas du guide vers l'autre entrée du village.

La porte d'accès était dissimulée dans une herse de bambou. Ils la franchirent et débouchèrent sur un vaste potager organisé à la perfection. Caron cueillit un concombre sur un arceau, qu'il fourra dans sa poche. Puis il arracha deux tomates à un plant qui grimpait autour d'une tige de bois torsadée. *Il ne sera pas dit que je mourrai de faim.* Après le verger s'étendait une bananeraie, sinistre et imposante. À l'intérieur, la nuit semblait être revenue. La pluie tapait sur les feuilles dans un vacarme continu et obsédant. Dans la gadoue qui avait métamorphosé le sol en une gigantesque patinoire, chaque pas demandait un effort. Par endroits, l'eau montait jusqu'aux chevilles. Caron se refusait à imaginer sur quoi il posait ses pieds. Les bananeraies étaient le territoire de prédilection des serpents verts qui tuaient un homme en une minute. Quand ils ne grouillaient pas à ras de terre, ils pouvaient se laisser choir sur leurs victimes du haut des régimes. Chaque année, les morts s'ajoutaient aux morts parmi les cueilleurs. Un enfer.

Puis la lumière revint. Caron et le guide étaient arrivés au bout de la bananeraie. Devant eux, les premières cases du village se dévoilèrent. Des *cai-nha* misérables battues par le vent et les trombes d'eau. Plantées sur une terre rougeâtre encombrée de détritus. Avec des dizaines de paires d'yeux qui les observaient à travers les claies des paillotes.

— Remettez votre arme à la bretelle. Tout de suite, lui intima le guide.

117

À cet homme qu'elle aimait depuis les bancs du lycée, elle n'aurait jamais fait la moindre remontrance. Il avait décidé de se nourrir des guerres des autres au lieu de savourer la paix qu'elle lui offrait, elle le regrettait, mais l'admettait. Il s'épuisait hors de chez eux. Il s'acharnait à essayer de panser toutes les plaies du monde sauf les siennes, à réparer d'autres vies que la sienne, elle s'y était habituée.

Cécile était malheureuse. Elle encaissait, mais ne se lamentait pas. Elle ne se plaignait même pas elle-même. La perspective de pleurnicher sur son propre sort lui serait apparue comme la pire des trahisons, alors que Vincent affrontait mille dangers.

Elle préférait se focaliser sur les souvenirs des rares vrais moments d'intimité partagés avec lui, quand son travail à lui et sa maladie à elle leur permettaient quelques jours de vacances en Bretagne.

La dernière fois, cela faisait presque trois ans. Était-il possible qu'il soit si souvent, si longtemps parti ? Elle s'embrouillait dans les dates et les endroits des voyages. Pour s'y retrouver, elle avait pris l'habitude de faire le tour des objets entreposés dans le bureau de son mari. Mais les années passant, et la poussière s'accumulant, tout ce bric-à-brac était devenu muet. Les choses s'étaient tues. Elles ne racontaient plus rien des aventures de Vincent. Il lui avait dit un jour qu'elle devrait mettre tout ce bordel dans son cercueil, quand son heure serait venue. « Et si jamais tu ne rentrais pas ? » s'était-elle inquiétée. Il en avait ri et l'avait traitée d'oiseau de mauvais augure. Mais depuis ce jour, la certitude que Vincent finirait par ne jamais revenir s'était ancrée en elle. Une intuition sournoise qui barbotait au fond de ses intestins. Qui aggravait ses angoisses et sa fatigue. Contre laquelle elle ne pouvait lutter. De toutes ses forces, elle essayait de rejeter au loin ce terrible pressentiment. En vain. Du lever au coucher, elle subissait l'assaut de ses idées noires. Elle entreprenait de lire, de cuisiner, de prendre soin d'elle. Rien n'aboutissait jamais. Elle revenait s'asseoir au milieu du bureau de Vincent et fixait un objet au hasard. Sans le voir, parce qu'elle se débattait comme une noyée prise sous la surface glacée d'un lac.

Elle savait qu'elle ne pourrait survivre à Vincent. Mais qu'elle s'emploierait à le faire exister le plus longtemps possible au fond de son cœur afin qu'ils aient encore une chance de se retrouver ailleurs.

118

Le capitaine Lôc avait travaillé rapidement et efficacement. Le ticket du *Dido* l'avait conduit au karaoké de Go Vap où le visionnage de la vidéo interne lui avait permis dans un premier temps de repérer la fille au moment où elle pénétrait dans le club, puis quand elle dansait et, enfin, lors de l'incident avec le couple. L'altercation entre le Vietnamien et la jeune étrangère qui s'ensuivit provoqua un déclic dans son cerveau. Comme si les pièces d'un puzzle en apparence infaisable s'étaient subitement rassemblées. Il demanda au technicien de poursuivre la lecture de la vidéo. La dispute entre le demi-nain et l'élégante Occidentale se poursuivait une poignée de secondes jusqu'à ce que le Vietnamien empoigne les deux femmes pour les pousser vers le fond du cabaret. La dernière caméra de l'établissement les perdait à l'entrée de l'escalier menant à l'étage.

Lôc, les deux poings sur les hanches, hocha silencieusement la tête. L'énigme de la morte du canal, qui, une heure plus tôt, paraissait insoluble, serait peut-être rapidement résolue. Il exigea qu'on lui imprime la copie d'écran où le couple se découvrait le mieux, en fit une photo avec son Smartphone et la transmit à son commissariat pour une demande d'identification auprès du fichier central de la Sécurité nationale.

Lorsque la réponse parvint à Lôc quelques minutes plus tard, celui-ci crut défaillir. Dans quel bordel s'était-il mis ? Il avait sur les bras le cadavre d'une roulure jeté dans une poubelle, dont les ultimes images d'elle vivante la montraient en compagnie d'une escort-girl américaine, et de son chevalier servant qui ressemblait furieusement au numéro trois du Politburo. Lôc n'avait jamais rencontré Khang, mais à la vue des photos retrouvées dans un numéro du *Nhân Dân* qui traînait dans son bureau, il n'y avait pas de doute possible. La Sécurité nationale ne s'était pas trompée.

Après avoir longuement pesé le pour et le contre, le capitaine s'était résolu à transmettre le dossier et ses conclusions à sa hiérarchie, laquelle avait immédiatement alerté le secrétaire général du bureau politique. Eu égard à ce qu'on venait de découvrir de la cliente étrangère et de ses liens probables avec les services américains, celui-ci avait téléphoné au général Tho afin qu'il procède en urgence à un complément d'enquête.

Et Tho avait rugi de plaisir.

Si l'assassinat de la gamine ne lui importait aucunement, ce misérable fait divers représentait une véritable aubaine. L'occasion inespérée de coincer ce sale rat de Khang qu'il avait toujours subodoré œuvrer contre les intérêts nationaux. Cette histoire de meurtre pouvait bien n'être qu'une affaire de délire sexuel qui avait mal tourné, Tho s'en fichait. Il tenait là une opportunité de faire parler l'éminent membre du gouvernement Tran Hung Khang. Il n'allait pas s'en priver. Il avait en main un brelan d'as. La chance était un petit animal indocile qui pointait sa truffe trop rarement pour le laisser fuir.

Thành aurait adoré s'occuper du cas de Khang, mais Thành était déjà hors circuit. Tho convoqua séance tenante l'adjoint du colonel, celui qui avait dépêché ses hommes l'interpeller au *Rex*, et lui exposa la situation. Le cahier des charges était d'une simplicité déconcertante.

— La chasse aux ennemis du parti est ouverte, commandant. Vous allez vous rendre immédiatement dans la maison qu'occupe à Hô Chi Minh-Ville Tran Hung Khang et l'arrêter.

Le commandant pâlit.

— Le numéro trois, mon général ?

— Lui-même. C'est un détraqué sexuel qui vient d'assassiner une malheureuse compatriote pour couvrir ses relations avec des ennemis du pays. Je ne veux aucun témoin de cette arrestation. Vous le cueillez et vous le conduisez à notre antenne de Lý Thái Tổ.

— Avec le colonel Thành ?

— Non. Dans une autre cellule.

— Et s'il est absent ?

— Il est toujours à Hô Chi Minh-Ville. J'aurais été prévenu s'il avait regagné Hanoi.

119

À cette heure de la nuit, l'avenue Điện Biên Phủ était déserte. Les boutiques lèveraient le rideau de fer dans un peu plus de deux heures. Personne n'était encore réveillé. Les rares véhicules à traverser le quartier roulaient à tombeau ouvert. Becker pénétra en trombe dans la petite maison. Elle venait d'avaler les trois kilomètres séparant le canal de sa résidence comme une dératée. L'épouvantable tête de gargouille de Khang était encore imprimée sur ses rétines. Elle respirait toujours son haleine fétide et les remugles de sa transpiration qui avait souillé sa peau. Mais surtout, elle ne parvenait pas à se libérer de la peur qui l'avait saisie au *Dido*.

Dix fois, elle avait cru mourir. Dans le bar, dans la chambre et sur le parking du karaoké, puis dans la voiture de Khang et sur le canal quand elle avait dû aider le nain à décharger du coffre le cadavre pour l'enfouir ensuite dans une poubelle.

À aucun moment jusqu'à ce qu'elle parvienne à s'enfuir, elle n'avait cru aux salades du Viêt. Rien dans le regard de Khang n'indiquait qu'elle avait l'ombre d'une chance de s'en tirer. Il lui avait confisqué son pistolet, il allait la buter. La seule chose dont elle s'était rapidement convaincue était qu'elle ne serait pas tuée là où la morte allait être abandonnée. Mais plus tard. Ailleurs. Après avoir été emmenée dans un endroit secret dans un quartier de merde ou plus loin, à la sortie de la ville.

Quand Becker considéra que la seule occasion qu'elle aurait de s'échapper se présenta, elle déverrouilla et ouvrit la portière en une fraction de seconde, et se laissa glisser hors du véhicule. Khang appuya de toutes ses forces sur la pédale de frein, la voiture fit un tête-à-queue et, aussitôt, des coups de feu claquèrent en rafales. L'arme avait été conçue pour du tir de défense ultra-rapproché, les balles se perdirent autour de Becker qui allongea sa foulée en zigzaguant au milieu de la rue.

Quand le moteur de la voiture rugit à nouveau, les pneus fumant comme ceux d'un Boeing à sa libération du point zéro, Becker se retourna instinctivement. Lancé à toute allure, Khang était crispé sur le volant, un horrible rictus déformant son visage. Dans les secondes à venir, le véhicule allait la happer. Becker poussa un cri désespéré et se jeta derrière un arbre. La voiture fit une embardée sur le trottoir et racla le tronc. C'est à peine si le pare-chocs l'effleura. Khang immobilisa sa berline immédiatement et tira encore deux fois. Mais le Vietnamien n'avait pas l'habitude des armes. Les coups se perdirent de nouveau dans la nuit. À moins de dix mètres, un réverbère éclairait un escalier menant à une esplanade. Becker s'y engouffra.

Elle savait que Khang l'avait perdue, mais n'arrêta pas de courir. On aurait dit que la morte la poussait dans les reins. Elle ne cessait pas de la voir, même quand elle lui tournait le dos. Dans son souvenir, le cadavre épousait chacun de ses mouvements. Il s'accroupissait, se redressait et pivotait avec elle. Un cauchemar éveillé.

Enfin, elle déboucha sur Điện Biên Phủ. La maison se trouvait à une centaine de mètres. Becker introduisit la clé dans la serrure et, d'un coup d'épaule, pulvérisa la porte en bois blanc.

Elle alluma son PC, fit monter l'application de communication avec Langley, et rédigea un message d'une dizaine de lignes. Rien d'autre que le strict minimum pour relater l'échec de sa soirée et le fait qu'elle était dans l'obligation de quitter momentanément la ville.

Si elle se moquait pas mal de Rohde, elle s'en voulait d'abandonner Caron, mais que pouvait-elle y faire ?

Elle enfourna quelques affaires dans un sac de voyage et ressortit, espérant quand même trouver une voiture pour filer à l'aéroport. Les premiers avions du matin allaient décoller dans moins de trois heures. Ce serait bien le diable qu'un taxi ne passe pas devant chez elle. L'avenue permettait de rejoindre rapidement Tân Sơn Nhất.

120

Depuis des heures, Khang buvait des litres de thé vert. Il avait fermé tous les volets de sa résidence et s'était assis en tailleur devant l'autel des ancêtres. Entre chaque tasse de thé, il s'épongeait le visage à l'aide d'un linge qu'il trempait dans une bassine d'eau glacée. Ses cuisses tremblaient, ses mains tremblaient. Jusqu'à sa mâchoire dont les dents n'en finissaient plus de s'entrechoquer. Il était en panique. Était-il possible qu'il ait oublié quelque chose de compromettant dans la poubelle ? Un indice qui le relierait à la soirée passée en compagnie de Becker ? Avait-on pu le reconnaître au *Dido* ? Les questions se succédaient à une vitesse vertigineuse derrière son front : *Non, impossible. Aucune huile ne vient jamais dans ce bouge. Le canal était désert lorsque j'ai jeté la fille aux ordures. Elle doit être, à l'heure qu'il est, réduite en bouillie dans l'usine de traitement des déchets à Da Phuoc. Quant à Becker, jamais cette salope ne racontera à Thành ce qu'elle a vu. Trop grave pour elle.*

Mais rien n'y faisait. Khang continuait de repasser dans sa tête chaque étape de la soirée et de trembler. Soudain, une idée lui arracha un cri comme si un tison l'avait brûlé : *Et si le* Dido *était sous surveillance vidéo ?* Ces derniers mois, la police avait installé des caméras partout. Pourquoi le karaoké ferait-il exception ?

Affolé de ne pas y avoir pensé plus tôt, Khang se releva, attrapa son sac de voyage, vérifia la présence de son portefeuille et de son passeport et décida de filer à l'aéroport. Destination Bangkok. Il s'y rendait souvent dans le cadre des échanges économiques, ça ne poserait donc aucun problème. Il attendrait là-bas la suite de l'affaire. Comment tourneraient les événements. Si les choses se corsaient, il demanderait l'asile politique. Après tout, ses amis thaïlandais seraient enchantés de le garder. Il avait beaucoup à leur apprendre.

Par habitude, il éteignit le climatiseur, vérifia que le gaz était fermé et ouvrit la porte.

Il n'eut même pas le temps de franchir le seuil de la maison. Un homme en vareuse verte le refoula à l'intérieur de la pièce. Sur ses talons, quatre autres militaires s'engouffrèrent dans la maison.

— À genoux ! ordonna le commandant, pistolet braqué sur lui.

Khang eut l'impression horrible que l'oxygène s'était envolé. Ses poumons venaient de se bloquer. Les yeux grands ouverts, il s'abattit aux pieds de l'officier. On lui tordit les bras dans le dos. Une paire de menottes lui enserra les poignets. Un bâillon fut placé sur sa bouche, une cagoule sur son visage et on le balança sans ménagement dans le coffre d'une voiture.

Quand le commandant ordonna de prendre la direction de Lý Thái Tổ, son sang se figea dans ses veines.

121

Le vent s'était levé. Une brise tiède chargée d'une odeur d'humus, qui courait entre les huttes, avait dissous la brume. Une lumière glauque, sans ombre, écrasait le village. Des feuilles mortes de bambou et des poches en plastique roulaient au sol dans la poussière, entraînées par les courants d'air. Jamais un tel endroit n'avait paru si triste à Caron.

Le chef jaraï terminait un plat de riz au piment lorsqu'ils entrèrent, lui et le guide, dans sa case. Sa main s'arrêta entre l'assiette et sa bouche ouverte sur une rangée de dents rouge de bétel. Il les dévisagea sans un mot, comme s'il avait toujours attendu leur venue. Un filet de lumière, filtrant entre les balustres de la fenêtre, l'éclairait faiblement. Le fond de la grande pièce se perdait dans une ombre pâteuse dans laquelle on devinait un groupe de femmes penchées au-dessus d'un foyer où rougeoyaient encore des braises. Hormis le clapotis de l'eau dans une bouilloire, aucun autre bruit ne venait perturber le silence quasi minéral de l'endroit.

Le guide s'assit en tailleur face à l'homme, déposa un paquet de tabac devant lui et prononça quelques mots. En retrait, Caron attendait. Le chef du village détourna vers lui des yeux vides, fit remonter sa main à sa bouche, engloutit le riz, repoussa l'assiette et hocha la tête. D'un geste d'une lenteur surprenante, il désigna une direction vers l'extérieur de la paillote et retomba aussitôt dans son attitude cataleptique. C'était un homme sans âge, à la peau tannée et tatouée recouvrant une maigreur indicible. Un misérable pagne noué autour des reins. Et avec d'étonnants pieds, larges et palmés, qui battaient la mesure d'une musique intérieure inaudible mais inquiétante.

— Il a compris ? demanda Caron.

— Je crois, mais il est ivre, confirma le guide en désignant une jarre renversée à côté de lui.

— Il peut nous conduire ?

Caron sentait ses nerfs à vif. Ainsi, Rohde était là. Ses quinze jours de chasse allaient enfin s'achever. Il comprendrait bientôt pourquoi l'agent de la DGSE se dérobait depuis tout ce temps. Ce qui avait motivé l'assassinat de Yamazaki, la signification du message laissé à Cu Chi et, peut-être, ce qui avait poussé les services français à décider d'avorter sa mission à peine commencée. Il devait bien y avoir une explication autre que celle qu'avait avancée Paul.

— Oui, il va nous accompagner, finit par annoncer le guide.

Caron lui emboîta le pas, précédé par le chef jaraï. Ils traversèrent la place centrale et obliquèrent vers l'extrémité nord du village toujours désert.

— Là ! marmonna le villageois à l'intention du guide.

Il désignait une paillote. Caron et le guide s'approchèrent et appelèrent. La baraque était vide. L'homme en montra une seconde.

— Là…

Personne, ici non plus.

Le chef s'avança d'une cinquantaine de mètres avant de s'arrêter devant une troisième cahute.

— Là ?

Cette fois-ci, le ton interrogateur du chef de village était clair et net. Caron s'emporta :

— Il nous balade. J'aime pas ça du tout.

— Doucement ! tempéra Paul. Ne le vexez pas.

— Mais si ça se trouve, il sait rien du tout. Pété comme il est, il va nous emmener nulle part. Il faudrait s'adresser à d'autres villageois.

— Ici, les gens ne parlent pas.

— Comment ça, ils ne parlent pas ? Ils sont muets ?

— Ils ne se parlent pas. Ou rarement. Ils communiquent par gestes, guère plus.

— Enfin, s'ils ont vu Rohde, ils le diront, non ?

— Je vous avais prévenu, vous êtes sur un territoire extrêmement sauvage. Laissez faire notre accompagnateur. Il finira bien par nous conduire à votre ami.

122

Lorsque le combi aux vitres fumées emprunta la rue Lý Thái Tổ, la circulation commençait à grossir. Le véhicule ralentit et fut bientôt pris dans un bouchon. Thành se dit que l'occasion ne se représenterait sans doute pas, il se leva d'un bond et se précipita sur la portière. Il avait vu où les flics l'emmenaient. Il avait compris. Et pour rien au monde, il se serait laissé conduire à l'antenne de la pagode sans résister. Sans essayer de jouer son va-tout. Tous ses poils s'étaient hérissés. Chaque parcelle de son corps était tendue au point de le faire hurler. La maison de Lý Thái Tổ était un abîme où il n'aurait jamais imaginé aller autrement que comme tourmenteur. Il avait déjà mal. Ses jambes pesaient une tonne. Des décharges électriques parcouraient ses bras.

Depuis son interpellation, il n'avait cessé de revoir l'instant où Chân Lý s'était éloignée pour répondre au téléphone, et le regard qu'elle avait posé sur lui lorsque les hommes de Tho avaient surgi pour l'arrêter. Les images défilaient comme la bande-annonce d'un mauvais film. Qu'est-ce que le général avait promis à cette salope pour qu'elle le trahisse de la sorte ? Cent fois, il l'avait déshabillée et attachée. Cent fois, il l'avait battue, torturée. Il avait imaginé ses hurlements et ses râles. Il avait recommencé en se promettant de lui faire subir le pire lorsqu'il serait sorti de ce cauchemar. Mais maintenant, la direction que prenait le combi ne lui laissait aucun doute sur le fait qu'il allait être lui-même l'acteur de ses délires. Il fallait fuir. S'échapper au milieu de la circulation et de la foule. Disparaître dans les ruelles et attendre quelque part que Nhung le récupère. On ne lui avait pas pris son téléphone. Il appellerait Nhung et lui demanderait de l'exfiltrer. Au Cambodge, au Laos... Qu'importe l'endroit. Tout l'argent qu'il avait placé depuis des années sur un compte offshore lui permettrait de voir venir. Nhung à ses côtés, il ne craindrait plus rien. Puis, lorsque l'occasion se présenterait, il filerait au Liban, ou au Maroc ou en Europe, chez ces chiens de Français. Et il referait sa vie.

Thành s'élança et se jeta sur la poignée. Les policiers ne tentèrent pas un geste pour le stopper. Ils le regardèrent s'acharner sur la porte verrouillée et éclatèrent de rire.

— Rasseyez-vous, colonel, gloussa l'un d'eux. Gardez vos forces pour la suite du programme.

Puis, un coup de matraque fit le noir dans la tête de Thành.

Quand il revint à lui, il était là où il avait imaginé Chân Lý. Et comme il l'avait imaginée. Sur la croix de Saint-André maculée des humeurs des précédentes victimes, bras et jambes écartés, entièrement dévêtu. Devant lui, la mine jubilatoire, le général Tho tenait d'une main la tablette sur laquelle avait été enregistrée la vidéo, et de l'autre un fer à souder dont l'extrémité était déjà incandescente.

— Regarde, sale con !

En découvrant l'enregistrement, le colonel sentit ses sphincters le lâcher. Comment avait-il pu être assez stupide pour imaginer que cette petite crapule de Tuan n'espionnait pas les rencontres qu'il organisait dans les chambres de son bar ?

— Nous allons faire un concours, avisa Tho en désignant l'espace à côté de Thành.

Celui-ci tourna la tête et aperçut un deuxième prisonnier ficelé sur une table. Nu comme lui.

— Il dort encore, s'amusa Tho. Les sédatifs qu'on lui a administrés agissent toujours. Tu sais qui c'est ?

Mais Thành ne distinguait qu'une masse inerte. Un gros homme dont le visage était tourné vers le fond de la pièce, demeuré dans l'ombre. Et dont, seul, le sexe qui pendouillait entre les jambes permettait de ne pas le confondre avec une femme. Une étrange créature presque naine, entièrement glabre et à la poitrine féminine, épaisse et développée comme celle d'une matrone récemment ménopausée. Une vision incongrue, dérangeante.

— Je te présente le camarade Khang en tenue d'Adam. Au début, je voulais l'isoler dans une autre pièce pour vous interroger séparément. Puis m'est venu à l'idée de procéder à un petit jeu avec vous deux. Je vais voir qui de vous a la plus belle érection. Si j'en crois la vidéo, tu devrais gagner le concours…

Thành laissa échapper une plainte qui lui vida la poitrine. Tho sourit et ordonna à l'un des policiers de réveiller Khang.

Thành vit le fer à souder s'approcher de son voisin, disparaître derrière la masse de son ventre, et, aussitôt, un cri inhumain fit trembler la cave. Son cœur s'emballa et il crut défaillir. Il supplia le général, mais pour toute réponse celui-ci approcha le fer à souder. Lentement. Très lentement.

— Vous êtes aussi lamentables l'un que l'autre, constata Tho après cette première épreuve. Ce n'est pas possible que vous ayez pu faire jouir une fille avec des appendices aussi ridicules. Nous allons maintenant passer aux choses sérieuses.

Une heure plus tard, une heure qui avait duré une éternité, Khang avait rendu l'âme. Il avait signé la confession que lui avait imposée Tho. Il était mort dans la peau d'un traître au parti qui avait œuvré pour la puissance chinoise. Il avait tout reconnu, tout dit. Tho était satisfait. Le réseau pro-Pékin était identifié. Il serait bientôt démantelé. C'était un sacré cadeau que Tho s'apprêtait à offrir au premier secrétaire.

Pour sa part, Thành avait eu beau jurer de sa loyauté et prétendre n'avoir agi comme il l'avait fait que dans le but de démasquer les félons de la bande de Khang, justement, cela n'avait pas calmé son patron. Entre lui et son colonel, c'était une histoire de haine totale qui devait trouver ici sa conclusion. Mais pour Tho, si Thành devait mourir, il ne pouvait pas rejoindre aussi vite et aussi facilement ses ancêtres que Khang.

Le général s'installa confortablement dans un fauteuil et s'adressa à l'un de ses hommes, réputé pour son sadisme et sa dévotion totale au TC2. Parfait pour la suite des festivités.

— Il est 10 heures, dit-il en consultant sa montre. Tu vas me le faire chanter jusqu'à midi. Midi ! Je veux que cette ordure supplie pendant deux heures encore. Tu as carte blanche pour le tailler en pièces, mais fais-le durer. J'en veux pour mon argent.

Le policier acquiesça, ouvrit une mallette, fourragea à l'intérieur et en sortit une collection d'instruments qu'il présenta l'un après l'autre à Thành d'un air définitivement jubilatoire. Puis il fit son choix et s'approcha de sa victime en ricanant.

123

Quand les premières lueurs de l'aube avaient caressé la désolation de la forêt, l'équipe de Khang menée par Cheng s'arrêta, tout de suite aux aguets. La lumière n'était pas leur amie. L'orage avait compliqué leur progression. Gravir et descendre les sentiers escarpés dans cette jungle opaque et détrempée s'était révélé une épreuve. Par endroits, la piste avait disparu, butant subitement contre un mur de végétation compact dressé devant eux par les banians et les fromagers dont les racines aériennes et les lianes interdisaient tout passage. Ils avaient rebroussé chemin, tourné en rond, changé de direction et repris leur marche à l'aveugle. Les trois Chinois avaient pris du retard, ils allaient aborder Dac Muy de jour et n'auraient plus le loisir d'installer discrètement une embuscade contre le groupe du TC2 avant de récupérer les Français.

Le GPS de Cheng indiquait la position de leur point d'arrivée à moins d'un kilomètre. Au terme du petit chemin qu'ils avaient retrouvé et qui piquait maintenant tout droit vers une clairière qu'on devinait derrière le rideau d'arbres saturé de brume liquide.

D'un geste, Cheng intima à Jié et à Bao l'ordre de s'approcher. En chuchotant, il leur expliqua la suite de la manœuvre :

— Nous allons entrer par le côté droit du hameau. Par l'est. Par les vergers. En oubliant les portes d'accès traditionnelles.

On pourra franchir la barrière de bambous sans attirer l'attention sur nous. Ensuite, on se déploiera pour avancer jusqu'à la case du chef. J'irai seul pendant que vous assurerez ma couverture au niveau des premières maisons. Vous attendrez que j'en sois ressorti pour me rejoindre. Si j'ai obtenu les infos qui nous intéressent, on filera directement vers l'endroit où sont stationnés les Français. Dans le cas contraire, on avancera en ligne et on ratissera l'endroit.

— Et les Viêts ? s'inquiéta Jié.

— S'ils sont dans les parages, on le saura tout de suite. D'une manière ou d'une autre.

Les trois hommes se remirent en route. La pluie qui avait redoublé de violence semblait vouloir engloutir le hameau. Un ciel de plomb léchait l'horizon. Lorsqu'ils aperçurent les premières paillotes, leurs toits avaient été absorbés par le brouillard. Hormis le martèlement continu de la pluie, aucun son, aucune clameur ne provenait de l'endroit. Bao frissonna. Ils s'apprêtaient à pénétrer dans le territoire des mauvais génies, il le savait, il en avait l'expérience depuis sa plus tendre enfance dans la haute région du Shanxi et ne parvenait pas à lutter contre l'angoisse qui montait en lui. Si Cheng lui avait dit où il l'emmenait, il ne serait jamais venu jusqu'à ce village où les morts régnaient sur les vivants. Ce n'était pas la présence possible d'un commando vietnamien qui le terrorisait, mais la malveillance des esprits enracinés dans cette terre gorgée de sang depuis des siècles. Il ne comprenait pas que ni Cheng ni Jié ne sentent pas, comme lui, ce poids des âmes mortes. Une vraie folie ! Il serra sur sa poitrine les amulettes dissimulées derrière la toile de sa chemise et commença à psalmodier une longue prière.

Sur leur gauche, à l'abri de la clôture de bambous et d'épineux, s'étendait le verger. À une centaine de mètres, l'imposante case du chef s'élevait sur ses pilotis. Cheng se baissa et se mit à ramper. Jié s'écarta pour se positionner derrière un abreuvoir de manière à couvrir le secteur ouest de la maison.

Bao s'était avancé à l'opposé jusqu'à un amoncellement de troncs, cassé en deux, par petits bonds. Pour rien au monde, il n'aurait plongé dans la boue. Il sentait les génies prêts à le happer pour l'attirer dans les profondeurs ténébreuses de cette terre étrangère et hostile.

Quand Nhung, tapi à un jet de grenade derrière les joncs d'une ravine, fit feu, le silencieux de son fusil d'assaut n'émit pratiquement aucun son. Pas même la culasse de l'arme qui se réarmait. Un seul bruit sourd avalé immédiatement par le vacarme du déluge d'eau.

La munition expansive fit sauter la calotte crânienne de Bao qui s'affala au sol et entra sans s'en rendre compte dans le royaume des ombres malfaisantes tant redoutées.

Ni Cheng ni Jié ne s'en aperçurent. Cheng se hissa dans la case pendant que Jié balayait du regard le côté du terrain qu'il devait surveiller, opposé à l'endroit où Bao venait de se faire tuer.

Nhung fit signe à ses hommes que le groupe de Chinois dont avait parlé le colonel Thành était déjà sur zone et qu'il venait d'en abattre le premier. Ses tueurs se dispersèrent et se préparèrent au combat.

124

Rose était passée par le marché Bến Thành faire une provision de noix de cajou et avait rebroussé chemin pour aller prendre un verre de lassi dans le troquet musulman où elle avait ses habitudes lorsqu'elle venait se reposer dans son appartement de fonction. Elle aimait aller chez Noor. Le squelettique patron barbu et ses cinq femmes grasses comme des loukoums l'avaient toujours amusée. C'étaient des gens gentils, serviables, essentiellement occupés à gagner de l'aube au crépuscule l'argent nécessaire aux études de leur nombreuse progéniture. Ils l'aimaient bien aussi. Malgré le travail qu'elle faisait. Ils ne le lui avaient jamais reproché. Les considérations morales étaient, pour eux, du domaine strictement privé. Ils avaient assez de mal à survivre pour ne pas venir se mêler des affaires des autres et de la manière dont ils gagnaient leur existence. En revanche, ils étaient toujours prêts à aider, à conseiller et à protéger les personnes qu'ils appréciaient. Ils se doutaient que Rose ne se prostituait pas par choix. Ils savaient depuis longtemps qu'elle avait été placée au salon de massage du *Continental* par obligation et lui avaient maintes fois proposé de venir travailler avec eux le jour où elle déciderait de plaquer l'hôtel. Ils en parlaient souvent et Rose riait, répondant qu'elle y réfléchirait lorsque les années l'auraient fanée.

Depuis quelques jours, son attitude anxieuse avait alerté le barbu. Rose était inquiète, nerveuse, avec un air las qui fendait le cœur de Noor. Quels soucis pouvaient bien agiter cette jeune femme ? Des hommes étaient venus chez lui se renseigner à son sujet. Il n'avait pas eu besoin de voir les papiers des cerbères pour comprendre à qui il avait eu affaire. Et ce matin encore, ils étaient revenus à l'ouverture du café, demandant de les tenir informés de tous les faits et gestes de Rose dont il aurait connaissance. Qu'est-ce qu'elle avait pu faire pour accumuler au-dessus de sa tête autant de problèmes ?

Quand elle apparut, plus contrariée encore que la veille, le barbu l'invita à passer dans l'arrière-cuisine.

— Venez, mademoiselle Minh Thi Hong. Il faut qu'on parle tranquillement.

Un peu étonnée, Rose le suivit et se demanda en le regardant bloquer la porte quelle catastrophe il allait lui annoncer.

— Des policiers vous espionnent depuis des jours. Ils se renseignent à votre sujet. Ils sont chez moi presque quotidiennement. Ce matin encore…

— Ils se sont présentés ?

L'homme sourit tristement.

— Vous imaginez bien que non. Mais je peux vous dire à quoi ils ressemblent. Il y a un grand gars, jeune, avec les cheveux teints en blond et un autre, plus âgé avec une cicatrice sur le front. Ils demandent chaque fois la même chose, si je vous ai vue en compagnie d'étrangers. Et s'il vous arrive de passer la nuit ailleurs que dans l'appartement que vous occupez à côté de chez moi.

— Comment le sauriez-vous ? essaya d'en rire Rose.

— Ils m'ont demandé de vous surveiller.

— Et alors ?

— J'ai dit que vous alliez parfois à Phạm Ngũ Lão. Je suis désolé, mais j'ai été obligé.

— Comment êtes-vous au courant ?

— L'un de mes enfants vous a suivie… J'ai été obligé. Ils m'ont menacé de fermer mon établissement. Bon, je vous offre votre verre de lassi ?

Rose était désemparée. Elle avait pourtant fait tout ce qu'on avait exigé d'elle, donné tous les gages que pouvaient attendre d'elle Thành et Lien. Pourquoi continuaient-ils à la harceler ?

— Vous dites qu'ils me cherchaient ce matin ?

— Ils ont raconté rapidement que vous n'étiez pas chez vous. Vous n'y étiez pas, n'est-ce pas ?

— Dans mon appartement à côté ? Non.

— Vous devriez éclaircir la question avec eux, si je puis me permettre. Cela m'éviterait de jouer les délateurs. On vous aime beaucoup chez moi, vous savez. On ne voudrait pas être une source d'ennuis.

Rose réfléchit un moment. Puis elle remercia le barbu et rouvrit la porte.

Elle sauta dans un taxi et se fit conduire vers Phạm Ngũ Lão. Si les flics avaient travaillé comme ils savaient le faire, ils ne tarderaient pas à découvrir son studio sur Hem 104. Le gamin du Noor l'avait peut-être suivie jusque-là. Comment avait-elle pu être aussi stupide pour laisser derrière elle autant de preuves à charge ? La dynamite que contenait son PC pouvait la conduire tout droit sur la table d'injection létale.

Elle demanda au chauffeur d'arrêter la clim. Le froid la paralysait de la tête aux pieds. Malgré la boule incandescente qui lui dévorait l'estomac, elle allait se transformer en bloc de glace.

— Prenez sur Bùi Viện, lui ordonna-t-elle, et laissez-moi devant le *Burger King*.

La ruelle menant à son studio était à cinquante mètres. À cette heure-là, tous les cafés, les bars et les restaurants étaient encore fermés. Elle allongea le pas et s'engouffra dans le minuscule passage. Seul le Spa du *Coconut* avait déjà levé son rideau de fer.

Une fille assise devant sur un tabouret l'interpella :

— Eh ! Des gens ont demandé après toi, tout à l'heure.

— Qui ?

— Des cousins à toi, ils m'ont dit.

— Quel look ?

La masseuse se gondola.

— Des beaux gars. Un brun, un blond. C'est marrant un cousin blond...

Rose fit un effort pour rester naturelle. Elle répondit par un geste vague et accéléra jusqu'au *Anh Mâp*, tourna au coin du restaurant et s'engouffra dans le petit immeuble lépreux.

Pour la première fois, comme si elle ne l'avait jamais remarquée auparavant, l'odeur moisie et étouffante de l'escalier la prit à la gorge. Elle avala les marches deux par deux et introduisit sa clé dans la serrure.

À l'instant où elle ouvrit la porte, celle de la salle d'eau commune de l'étage grinça derrière elle. Elle se retourna, vit le blond et le brun balafré s'y encadrer et elle fut poussée violemment à l'intérieur de la pièce. Puis une exclamation acheva de la tétaniser.

— Tiens donc ! éructa la vieille Lien, déjà assise sur une chaise. En voilà une surprise !

L'un des policiers pressa l'interrupteur et la lumière jaune tomba d'un coup sur le lit défait au milieu duquel se trouvait encore l'ordinateur, écran ouvert.

— Tu surfes souvent ? demanda Lien d'une manière qui n'appelait pas de réponse. On va examiner tout ça.

Puis, d'une gifle magistrale, la maquerelle coucha Rose au sol. La poche de noix de cajou qu'elle tenait à la main s'éparpilla autour d'elle. *Ça y est, ça commence,* se dit la jeune femme.

— Déshabille-la, gronda Lien en s'adressant au policier couturé.

L'homme lui arracha sa tunique.

— La culotte aussi ! corrigea Lien. À poil !

Le policier fixa Rose une fraction de seconde et s'exécuta avec la même hargne.

— T'es un joli brun de fille, dit-il. C'est pas tous les jours que j'ai la chance d'interroger des poupées comme toi.

Derrière, Lien semblait aux anges.

— Van est un redoutable tourmenteur, dit-elle à Rose. L'un des meilleurs. Rien ni personne ne lui résiste. À qui appartient cette chambre ?

— Je la loue au restaurant en dessous.

— Tu ne nous en avais jamais rien dit…

— J'allais le faire.

— Pour quelle raison t'es-tu installée dans un endroit que je ne connaissais pas ?

— Pour l'argent. Pour trouver d'autres clients que ceux du *Continental.* Le coin est plein de touristes qui viennent pour le sexe. C'est pour mieux gagner ma vie, c'est tout.

Lien demanda à Van de fouiller l'armoire. Ce qui fut fait en un temps record.

— Il n'y a rien, ici, se défendit Rose. Quelques vêtements de rechange et une trousse de toilette. Pourquoi me persécutez-vous, maîtresse Lien ?

Lien pinça les lèvres avec un air de gourmandise absolu.

— Des culottes, des chemisiers, des capotes, une brosse à dents, un shampoing, un peigne… Tout ça me paraît en effet sans intérêt. Nous serions donc venus pour rien ? s'étonna-t-elle.

— En fait, non, gémit Rose. Car j'allais appeler oncle Thành afin de lui révéler ce que je viens d'apprendre au sujet d'une étrangère. Comme ça, vous aurez la primeur de l'information.

Lien tournait au-dessus d'elle, frappant le sol de sa canne. Rose se recroquevilla encore, le plus loin possible du lit. Il ne fallait pas que ces trois monstres allument le PC. Surtout pas. Ce qu'elle s'apprêtait à leur dire, et la manière dont elle le ferait, devait les convaincre de foutre le camp.

— Je sais qui est l'agent américain missionné pour remplacer Gordon Wallace.

— Oh, oh ! fit Lien. Je t'écoute.

— Il s'agit de l'escort-girl dont je vous avais déjà parlé. Estelle Becker.

Lien partit d'un long fou rire :

— Une pute, chef de bureau de la CIA ? Dis donc ! Ils n'ont pas trouvé mieux, les Yankees ?

— Ils ne pouvaient PAS trouver mieux, en fait, maîtresse Lien ! Je crois qu'elle a déjà couché avec pas mal de nos hauts dignitaires.

— Comment sais-tu ça, toi ?

— Grâce à une indiscrétion de la part de l'honorable Tran Hung Khang, ce matin tôt.

— Ah oui ! Tu l'as vu ?

— En coup de vent. Il est venu chez moi pour un petit massage spécial, comme cela lui arrive régulièrement.

Persuadée que Lien n'oserait jamais recouper l'info eu égard à la position de Khang, Rose se dit qu'elle pouvait mentir impudemment.

— Il lui arrive même de passer me voir le matin ET le soir. Cette Estelle Becker reprend les activités de Gordon Wallace,

Khang ne va pas tarder à proposer une action contre elle, vous verrez…

L'expression de Lien changea à la seconde.

— Le problème, ma grande, est que ton honorable Khang a été refroidi cette nuit. Avec ton protecteur, d'ailleurs.

La stupeur qui immobilisa le visage de Rose n'échappa pas à la vieille.

— Ça t'en bouche un coin, ma poupée, hein ? Faut croire que Khang et Thành se sont pris les pieds dans le tapis. J'ai eu ouï dire que le général Tho leur a fait passer définitivement le goût du riz. Et du cul. Fini boum-boum avec eux.

Rose ouvrit la bouche bêtement, incapable de prononcer une parole.

— C'est un métier de mentir, chuchota finalement Lien. Faut croire que t'es pas au point. Malgré tout ce que je t'ai enseigné.

Ensuite, la maquerelle se tourna vers le PC, tapota quelques touches, puis revint vers Rose qu'elle saisit par les cheveux et sa voix descendit d'une octave :

— Tu vas m'allumer cette saleté d'ordinateur, maintenant. Et laisser Van explorer le disque dur.

Rose se décomposa. Le PC contenait la liste de tous ses contacts avec les dissidents qui avaient aidé Rohde dans son travail et ses échanges avec son officier traitant du Guoanbu.

— Il n'y a que le résumé de ce que j'ai fait avec l'agent français à la demande du colonel Thành, se défendit-elle.

— On va voir ça, explosa Lien. Le code d'ouverture ?

— G-U-O-A-N-B-U, murmura Rose en essayant de détacher les lettres le plus possible.

— Si c'est pas un aveu, ça ! susurra la vieille maquerelle.

— Non, ce code, c'est Thành qui l'avait installé. Parce que l'affaire Rohde concernait la Chine.

— Je suis vieille, mais pas stupide, gloussa Lien. Voyons voir…

En quelques clics, elle fut renseignée. Les noms, les notes, les fichiers Telegram des échanges de Rose avec son correspondant chinois constituaient une somme incroyable de preuves contre la jeune femme qui auraient fait les délices du procureur général.

Lien fit disparaître l'ordinateur dans son sac.

— Eh bien, voilà ! Tu nous faisais beaucoup de cachotteries ! marmonna-t-elle laconiquement.

Elle fit une pause et se pencha vers Rose jusqu'à poser sa face ridée contre son visage.

— Tu as perdu, salope.

— Je peux encore vous livrer beaucoup d'infos qui ne sont pas dans le PC, sanglota Rose. Je sais énormément de choses.

Mais Lien leva les yeux au ciel, les lèvres retournées, dans un air de dédain total.

— Certainement, j'en doute pas. Le problème est que tu dois en savoir aussi beaucoup trop me concernant. Nous allons donc nous quitter ici, dans ta piaule secrète. Tu vois, on sait jamais sur qui on tombe avec les clients qu'on rencontre. Un crime sexuel est si vite arrivé…

Se tournant vers Van, Lien lui caressa les fesses.

— Vas-y, mon grand. Ouvre cette pute en deux.

Van sortit une dague recourbée de l'arrière de son dos et considéra Rose avec un abominable sourire. Elle voulut hurler, mais le premier coup de poignard paralysa ses cordes vocales. La douleur inonda son ventre et il lui sembla que son cœur venait d'exploser.

Une série d'images défilèrent en cascade derrière son front : la photo de son père dans son treillis des Rangers sud-vietnamiens, elle sur le dos d'un buffle dans la rizière, la maîtresse d'école lui remettant le premier prix de français, la cérémonie du diplôme à l'école de police, Caron et Philippe Rohde. Elle entendit encore son bourreau haleter sur elle et Lien grogner de plaisir, puis elle se désintégra dans la lumière du plafonnier.

125

Le village désert, l'absence du chef, tout inquiétait Cheng. Lui et ses deux acolytes allaient devoir progresser à l'aveugle dans ce bled malsain que l'équipe du TC2 n'allait pas tarder à rejoindre. Il n'avait aucune idée du nombre de tueurs qu'avaient envoyés les Vietnamiens et c'était cela le plus préoccupant.

Il traversa la vaste pièce et en ressortit par le deuxième escalier, s'efforçant de se tenir dans l'ombre de la paillote. On sentait maintenant le soleil prêt à exploser derrière l'horizon. La lumière laiteuse qui avait envahi le hameau se transformerait bientôt en une illumination implacable. Cheng s'accroupit derrière un pilotis et appela ses hommes tel que cela avait été convenu entre eux : trois croassements rapprochés de crapaud buffle.

Son second sortit la tête des fourrés et, pouce en l'air, lui indiqua que la situation était sous contrôle de son côté.

Cheng attendit quelques instants que Bao fasse de même, répéta le code plusieurs fois, puis finit par s'énerver. Qu'est-ce que foutait cet enfoiré ? Il n'allait pas continuer à jouer les batraciens indéfiniment !

Face à lui, Jié manifesta un signe d'incompréhension.

— Va le chercher, lui intima Cheng, s'appliquant à ne pas élever la voix.

Depuis le début de l'opération, Bao additionnait les conneries. Il n'avait jamais montré aussi peu d'entrain que lors de la nuit précédente. Il avait fallu l'engueuler, le pousser, le tirer dans la forêt. À cause de lui, ils étaient parvenus au village au lever du jour, à la plus mauvaise heure, et il continuait de les emmerder. Pourquoi ce connard ne se radinait-il pas ?

Cheng observa Jié disparaître derrière les arbustes bordant le chemin et réfléchit rapidement à ce qu'il pourrait faire pour punir et remotiver Bao. Mais à part un coup de pied au cul, il ne voyait pas.

Il cracha un long jet de salive, regarda encore autour de lui, et sortit de son sac à dos deux grenades défensives qu'il accrocha à sa ceinture. Puis il tira son pistolet du holster. La situation ne lui disait rien qui vaille.

La fusillade éclata d'un coup. De longues rafales et une pluie de balles qui ne faisaient pratiquement aucun bruit.

Cheng se jeta au sol et hurla :

— Bao, Jié !

Jié apparut derrière la paillote et précipita vers lui, la manche de sa veste trempée de sang.

— T'es blessé ? s'époumona Cheng.

— Ça va. Une estafilade. Mais Bao a été buté. On n'a rien entendu à cause des silencieux.

— Ouais. Les Viêts…, précisa Cheng.

La vision d'un échiquier avec deux pauvres pions acculés dans un coin du jeu lui traversa l'esprit. Il roula sur le dos et se mit à invoquer silencieusement l'esprit du grand timonier.

126

À trois cents mètres de l'accrochage, Caron, Paul et leur guide rentrèrent la tête dans les épaules à l'unisson quand les balles perdues hachèrent le toit de la paillote où ils venaient d'entrer. En une fraction de seconde, le chef du village venait de dessaouler et de piquer un sprint vers un marigot encombré de végétation touffue. À leur tour, ils s'élancèrent et entrèrent dans les palétuviers du marécage au moment où une arme automatique se mit à tirer à l'autre extrémité du village. Puis des détonations sourdes se firent entendre.

— Grenades…, commenta Paul.

Des traits orangés filèrent au-dessus d'eux. Les premières explosions éclatèrent au milieu des paillotes et, tout de suite après, ce fut un concert de cris et de gémissements. Des villageois s'échappèrent des huttes transformées en torchères, des enfants en flammes se précipitèrent vers la rivière, des corps criblés d'éclats s'affalèrent dans la poussière. Un massacre. Un spectacle irréel.

Plusieurs huttes avaient été touchées par les grenades incendiaires et celles à fragmentation. Une nouvelle volée de balles obligea le groupe à s'enfoncer plus profondément dans les taillis. Épaule contre épaule avec Caron, Paul pointa du doigt l'arme qu'il tenait dans ses mains.

— Vous vous êtes déjà servi de ça ?

— Le M14 ?

— Avez-vous déjà tiré sur un homme, monsieur Vincent ?

La question déconcerta Caron. Et plus encore l'expression du vieux *bo doi*. Les yeux de Paul étaient comme deux traits opaques, tendus au milieu de son visage. Ses lèvres serrées sur un rictus désenchanté.

— Chaque seconde va compter, maintenant, murmura-t-il laconiquement. On peut tuer sans haine, vous savez, juste pour préserver sa vie. Vous me comprenez ?

— Je crois.

— Alors, préparez-vous à ouvrir le feu. Mes compatriotes sont là pour nous tuer, vous, moi, Bang Tâm, Rohde… Tout le monde.

Caron se relevait déjà pour faire un nouveau bond, mais Paul ajouta :

— Peut-être aussi que M. Philippe Rohde cherchera aussi à le faire…

Caron le considéra, incrédule.

— Vous perdez la boule !

Paul prit un air résigné.

— Nous le saurons bien assez tôt. Préparez-vous au pire, c'est tout. Et si Rohde cherche à vous tuer, il le fera également sans haine. Mais il le fera.

— Vous êtes dingue…

— Vous n'avez toujours pas compris qu'il a changé de camp ?

L'insistance de Paul à vouloir faire de Rohde un traître laissa Caron sans voix.

— J'en suis sûr, désormais, ajouta le Vietnamien. C'est un fait, il est passé du côté des Chinois.

Caron le dévisagea, consterné. Il y avait eu trop de morts dans la vie de Paul. Plus rien de ce qu'il disait n'avait de sens. Le vieux avait définitivement déraillé.

Il le saisit par les épaules et le fit pivoter face à lui brutalement.

— Un agent de la DGSE comme lui, retourné par Pékin ? Vous délirez complètement, Paul. Et vous seriez vous-même venu vous fourrer dans ce traquenard ? Vous réalisez un peu ce que vous dites ? C'est ce que je pensais, vous êtes complètement fou !

— Pas au point, en tout cas, de croire que les Chinois ont retourné votre ami, mais qu'il a agi sur ordre de Paris. C'était cela, sa mission, ultrasecrète, dans laquelle vous êtes venu semer la pagaille.

Caron s'immobilisa et amorça un sourire moqueur.

— J'ai fini par le comprendre lors de notre dernière halte, insista Paul. Il ne peut y avoir d'autre explication. S'il s'est mis du côté de Pékin, c'est qu'il l'a fait sur ordre de quelqu'un chez vous. Je ne sais pas de qui, de vos services secrets ou de votre gouvernement, mais c'est ainsi. J'espérais seulement que Rohde ait déjà franchi la frontière avant notre arrivée.

— Il semblerait que ce soit raté, ironisa Caron. La mitrailleuse qui riposte depuis le haut du village, c'est sans doute son groupe.

— Je crois, approuva Paul à l'instant où trois explosions les encadrèrent, les obligeant à s'aplatir.

Puis, se redressant aussitôt :

— Mes compatriotes se rapprochent et deviennent très agressifs. Allons-y. Nous n'allons pas rester plantés là en attendant que la bataille se termine. Remontons vers le sommet du village par la lisière de la forêt. On va trouver Rohde.

Caron pénétra le premier dans l'ombre épaisse des feuillus. Les grands arbres offraient une protection idéale. Les balles cessèrent de venir mourir au-dessus d'eux. L'écho du combat, porté par le vent, devenait plus sourd. Caron s'avança encore de quelques pas et s'arrêta net. *Merde alors !* fit-il devant le M16 braqué sur lui.

L'arme émergeait de la végétation, tendue vers son visage à moins de trois mètres. *Tesson !*

127

Le patron de la DGSE terminait de dépouiller les notes blanches transmises la veille lorsque l'interphone de son bureau se mit à grésiller.

— Il faut qu'on se voie, monsieur. Impératif et urgent.

Quelle catastrophe Perrin allait-il encore lui annoncer ?

— Viens ! répondit-il simplement.

Trente secondes plus tard, le colonel déboulait. Voûté, les cheveux mal peignés et d'impressionnantes cernes sous les yeux. Mais cela, le poireau s'en moquait comme de sa première barrette.

— T'as avancé ? demanda-t-il. On sait qui a poussé Delamarre ?

— Je ne viens pas pour cela.

Son intuition était donc la bonne : Perrin allait lui gâter sa journée.

— Accouche !

— Les Viêts ont logé Rohde et Caron. On a réussi à intercepter leurs communications.

— Alors, ça y est ! Ton putain de journaleux l'a retrouvé ! Notre gars de Bangkok n'a rien pu faire ?

— Non..., répondit évasivement Perrin.

Le général se gratta le sommet du crâne.

— Bordel de Dieu. Tu es en train de me dire que les Viêts sont sur les talons de Rohde ?

— Affirmatif. Ils accrochent depuis le lever du jour.

— Donc Rohde est vivant ?

— Il n'y a, en tout cas, aucune info qui indique le contraire.

— Et ton journaliste est avec lui ?

— Ça, je ne sais pas. Il est sur place. Dans la même galère. Je pense nécessaire, maintenant, de faire intervenir notre ambassade.

Le poing du patron s'abattit sur le bureau et éparpilla les papiers.

— Tu déconnes ou quoi ? Tu vas entrer en contact avec Rohde, si tu le peux encore, et lui ordonner de se débarrasser de l'autre, si le mercenaire ou les Niaquoués l'ont pas fait avant.

— Je ne ferai jamais cela.

— Oh, que si, tu vas le faire. Sans quoi tu t'exposerais à d'énormes soucis.

— Je pense, quand même, que vous allez vous démerder tout seul, monsieur.

Le général sifflota trois, quatre notes de musique et offrit tout à coup à Perrin une face navrée.

— Mon pauvre vieux, tu tiens vraiment à ce qu'on écoute en haut lieu la déposition que vient de faire Delamarre ?

Perrin ne broncha pas. Il répondit d'une voix extrêmement calme :

— Vous savez bien, de toute façon, que Rohde est injoignable depuis sa fuite de Saigon.

Le général répliqua avec un demi-sourire :

— Que tu ne puisses pas communiquer, c'est une chose, mais lui est toujours à l'écoute.

Après quelques instants d'hésitation, Perrin s'éclaircit la voix, et :

— Vous êtes en train de me dire que vous savez depuis le début où se trouve Rohde ?

— À peu de chose près, oui.

— Vous avez fait perdre un temps précieux à la Boîte en ne me tenant pas informé. Pour quelle raison ?

— Pour des raisons qui te dépassent. Tout comme elles dépassent ton ami journaliste. Est-ce que je me fais bien comprendre ?

— Je crois...

— Dans ce cas, tu appliques les ordres immédiatement.

Perrin refusa une fois encore :

— Quand bien même, il ne le fera pas. Caron et lui sont de vieux potes. Depuis l'Afghanistan.

Le général regarda Perrin, stupéfié.

— Et c'est maintenant que tu me dis ça !

— Je pense vous l'avoir déjà notifié.

— Jamais de la vie ! Écoute-moi bien : je ne veux pas que, comment s'appelle-t-il, déjà... ?

— Caron.

— Que ce Caron puisse découvrir le but de cette opération. En aucune manière. En revanche, si cela devait arriver, je ne donnerais pas cher de ta peau.

— Vous me menacez, monsieur ?

— Je te mets en garde, c'est différent. Mais tiens-le toi pour dit. Et maintenant, je veux que Rohde enterre le journaleux sur place, si jamais ce con parvenait jusqu'à lui. L'ordre vient de très haut. Suis-je assez clair ? On mettra ça sur le dos des Viêts, plus tard, si c'est nécessaire.

— Un jour ou l'autre, l'affaire éclatera forcément au grand jour.

— Pas avec le TC2 à la manœuvre. Je suis sûr que non. Car c'est dans l'intérêt de tout le monde.

128

Sous le choc, Caron cligna plusieurs fois les yeux, abasourdi. Pas encore certain de ne pas rêver. Venait-il, lui aussi, de glisser dans la folie ?

Il releva lentement son arme, mais la voix du mercenaire l'immobilisa.

— Ne bouge surtout pas, l'ami. Baisse ton flingue.

Caron ne parvenait plus à réfléchir. Il regardait Tesson, hébété. Mais il y avait ce sourire narquois et ce timbre de voix qu'il connaissait par cœur.

— Pascal ?

— En chair et en os, mon pote. Tu pourras te vanter de m'avoir fait courir.

— Qu'est-ce que tu fous là ?

— Cette question ! Je suis venu pour te dessouder, mon camarade. Je ne sais pas ce que t'as fait à nos amis de Paris, mais ils sont sacrément remontés.

Puis, Tesson fut secoué d'un rire nerveux.

— Et ce con de poireau qui pensait sérieusement que j'allais le faire ! Comme si l'argent pouvait tout. Bref, t'es dans une sacrée merde. Heureusement que je t'ai retrouvé.

Les mots s'entrechoquaient dans la tête de Caron. Il leva une main vers Paul et le guide en signe d'apaisement, mais continuait à trembler.

— Comment t'es arrivé ici ?

— Becker, puis ta copine Rose. En fait, tu peux te vanter d'avoir une sacrée veine.

— Tu trouves !

— Ouais. Elles t'aiment bien, les deux filles. Surtout Becker… Bon, reste plus qu'à se sortir de ce merdier, maintenant. On va se tirer et laisser les autres terminer de se massacrer.

Mais Caron secoua la tête, négativement.

— Pas sans que j'aie vu Rohde.

Tesson soupira.

— Ah ! Le fameux agent après qui tu cours ? Non, on se barre et on file au Cambodge où j'ai des contacts. Ensuite, je repartirai en Thaïlande et toi à Paris. Tranquillement. Y a rien d'autre à faire. Je tiens pas à ce que ta Boîte me foute aussi un contrat sur la tête.

— Pas question, trancha Caron.

Un silence, puis Tesson haussa les épaules.

— Bon. On te changera pas. Si tu crois encore que faire sa mort est plus important que faire sa vie, j'peux plus rien pour toi.

— C'est ça ! Allez ! On grimpe.

Des racines de tamarins couraient au sol comme d'énormes serpents tordus dans d'effrayantes convulsions, luisantes et glissantes, compliquant la progression sur le tapis de feuilles visqueux qui les recouvrait. La piste n'en finissait pas de s'enfoncer dans un dédale de lianes semblant vouloir s'accrocher aux massifs de fougères géantes. La rumeur du combat les rattrapait parfois. Ça tirait de manière discontinue, sporadique. Il arrivait encore que des explosions de M79 assourdissantes recouvrent le tumulte de la bataille. Puis ce furent des cris, des jurons. Ils approchaient.

Tesson, en tête du groupe, fit halte en lisière d'une clairière faisant la jonction avec la rivière.

— Y a des cadavres qui flottent. Des corps de civils tués partout, annonça-t-il.

La mitrailleuse recommença à tirer, beaucoup plus proche.

— C'est bizarre, nota Tesson, des gars presque à poil avec des arcs et des flèches refluent dans cette direction.

— Ce sont les sujets de M. Rohde, intervint Paul.

— Ses sujets ? répéta, interloqué, Tesson. Je vois aussi deux types qui accrochent les Viêts et qui ne semblent pas faire partie de la même bande. Sans doute l'équipe chinoise dont m'a parlé Becker…

Caron se déplaça et aperçut Cheng et Jié à l'instant où ce dernier couchait d'une rafale l'un des commandos de Nhung.

En parvenant face à l'endroit d'où le groupe de Rohde s'était replié, Tesson s'avança encore de quelques pas et chuta brutalement. Caron l'interpella :

— Pascal !

— Lui, c'est fini, constata simplement le guide.

Caron hésita une seconde, voulu s'approcher, mais fut retenu par Paul.

— Laissez ! Il est mort.

Caron plissa les yeux pour forcer le regard. Tesson était tassé, la tête contre la roche, son arme lui ayant échappé des mains. Le mercenaire aux deux cents combats de jungle venait de terminer sa carrière sur cette terre dont l'histoire l'avait conduit à s'engager dans tout ce qui pouvait ressembler de près ou de loin à l'aventure indochinoise. Caron ne réalisait pas vraiment. Il appela encore, puis Paul le tira à lui.

— Venez !

Ils atteignirent les premières maisons en même temps que les Chinois, Cheng et Jié, et furent délestés séance tenante de leurs armes.

— Entrez ! ordonna Cheng en désignant une hutte.

C'est à peine si Caron sentit Jié lui lier les mains. Puis il regarda Cheng échanger quelques mots avec le guide avant de le chasser. Le regard que posa sur lui le villageois transforma Caron en statue de sel. L'air bouleversé du garçon augurait le pire.

— Ça va s'arranger, n'est-ce pas ? s'entendit-il murmurer à Paul d'une voix blanche.

— J'envie votre optimisme, répliqua le vieil homme, sans lever les yeux.

— Alors, pourquoi sommes-nous toujours en vie ?

Paul souffla entre ses lèvres sèches.

— Ils attendent les ordres de Rohde, vous verrez bien. Peut-être auriez-vous pu discuter avec lui seul à seul, mais avec les Chinois, cela me paraît désormais improbable.

— Je le crois pas.

Paul bougonna quelque chose d'inaudible.

— Pardon ?

— J'ai eu tort de venir. Il ne nous fera pas de cadeau.

— C'est votre fatalisme typiquement asiatique qui vous égare. On va s'en sortir.

Paul s'agita dans ses entraves.

— Vous devez savoir qu'en Asie, quand on attache les gens, ce n'est jamais bon signe. Et nous voilà ficelés comme des animaux avant l'abattoir.

Paul était résigné, Caron défait. Il chercha des yeux les Chinois. Ceux-ci avaient disparu. Ne restaient que quelques supplétifs du colonel Rohde.

Une femme attisait un feu sous un faitout à l'autre extrémité de la paillote. Un fumet de poulet aux herbes sauvages commençait à flotter dans la pièce. Elle remuait sa tambouille sans un regard pour eux. Comme s'ils n'existaient pas. Comme si cuisiner à côté de prisonniers était normal. D'une normalité effrayante.

129

Installé sur le point le plus haut du village, Cheng venait de couper la communication avec Pékin. La situation s'assombrissait. La nouvelle de l'arrestation de Khang venait de modifier radicalement ses plans. Il convenait désormais d'oublier toute possibilité de repli à travers le Viêtnam jusqu'à la mer. Si le bonhomme avait parlé, des unités entières de l'armée populaire ne tarderaient pas à remplacer le petit groupe du TC2. Ce seraient bientôt des dizaines d'hélicos et de véhicules qui fondraient sur Dac Muy. Des centaines d'hommes lancés à l'assaut de leur position depuis l'est, le sud et le nord.

Ne restait que la fuite par le Cambodge, avec une retraite qui s'avérerait des plus hasardeuses, dans une région inconnue, truffée de mines, d'engins de la guerre américaine non explosés, où s'affolaient les boussoles et survivaient des bandes de sauvages mangeurs de foie humain. C'était ce qu'il avait toujours entendu dire et cela lui glaçait les sangs. Si les pisteurs locaux refusaient de les accompagner, ce serait du suicide.

Cheng se mit à penser aux karaokés de Shanghaï, sa ville natale. Un désir irrépressible de faire la fête avec les petites putains du quartier Hongkou lui fit monter un flot d'adrénaline dans les veines. Échouer si près du but était impensable. Le bon côté des choses était qu'il avait été informé à temps de l'arrestation de Khang. Juste avant qu'il ne redescende dans la vallée se jeter dans la gueule du loup vietnamien. Puis qu'il pourrait utiliser son prisonnier vietnamien. Ce vieux *bo doi* avait longtemps bourlingué dans la zone, il s'y était battu, il avait monté et descendu la piste Hô Chi Minh des dizaines de fois, il avait établi des bivouacs au Cambodge. Lui seul était en mesure de les y conduire. Quant à l'autre Français, son cas allait être réglé sans attendre. Pékin l'avait encore exigé. Le colonel déciderait comment s'y prendre.

En bon spécialiste des opérations tordues, il reconsidéra l'affaire point par point, éliminant l'une après l'autre les options qui s'offraient à lui. Jusqu'à se convaincre d'avoir fait le bon choix.

Alors Cheng redescendit vers la paillote et détacha Paul.

— Vous allez vous restaurer rapidement avec mon adjoint Jié, remplir une touque d'eau et vous préparer à partir dans dix minutes, lui annonça-t-il. Je reviens.

Paul désigna Caron d'un coup de menton.

— Et lui ? Mon ami Vincent ne mange pas ?

Cheng hésita puis ordonna à Jié, qui venait de le rejoindre, de libérer Caron.

— Ça va, laisse-le bouffer.

Cheng parti, Caron s'adressa à Paul d'une voix lasse :

— On dirait que ça s'arrange…

— Nous sommes en Asie, mon ami. Ne croyez rien de ce que vous voyez.

130

Le général Tho, micro dans la main, était arcbouté sur le poste radio. En liaison depuis trois quarts d'heure avec le commandant de l'unité des forces provinciales du centre qui avait été désignée pour mener l'assaut sur Dac Muy.

La progression des fantassins s'était faite au pas de charge jusqu'au village de Bac Ma. Les deux kilomètres suivants avaient été un calvaire pour les hommes, tant les renseignements portés sur leurs cartes d'état-major dataient.

— Tu pouvais avancer au GPS ? s'énerva Tho.

— Nous ne possédons pas ce genre de matériel dans notre bataillon, mon général.

— Et des pisteurs ? T'as pas pensé à prendre des pisteurs ?

— Tous les civils ont fui, mon général. À cause de la bataille à Dac Muy.

— Comment ?

— À cause des combats, mon général. Il y a cinq minutes à peine, on entendait encore l'écho de la fusillade rouler dans la vallée.

Tho s'impatientait.

— Arrête de faire des phrases, gronda-t-il. Grouille-toi.

— On sera sur zone dans moins de dix minutes, mon général.

— Prends le village en tenaille. Combien as-tu d'hommes, déjà ?

— Deux cent cinquante, mon général. La moitié du bataillon.

— Parfait. Encercle Dac Muy et ratisse immédiatement tout le périmètre.

— Ça va prendre un peu de temps…

— Non ! s'égosilla le patron du TC2. Tu fonces.

— On va essuyer des pertes, mon général.

— C'est le dernier de mes soucis. Tu dois absolument me coxer tous les étrangers qui s'agitent là-haut. Les Chinois et les Français. Vivants !

— Mon général, s'ils sont hostiles…

— Non, non, non ! s'époumona de nouveau Tho. Je les veux vivants. Quel qu'en soit le prix. Tu me réduis en bouillie seulement l'équipe du colonel Thành. Ces salauds portent des uniformes entièrement noirs, tu ne pourras pas les manquer. Tu disposes d'un mégaphone ?

— Affirmatif, mon général.

— Alors, utilise-le après avoir neutralisé les complices de Thành. Où en êtes-vous, maintenant ?

— À environ un kilomètre de l'objectif, mon général.

131

Philippe Rohde déplia sa grande carcasse du bat-flanc où il s'était allongé. Il sentait la fièvre envahir ses membres l'un après l'autre. Une impression de brûlure étrange qui progressait depuis l'extrémité de ses orteils et de ses doigts. Le courant d'air qui balayait la paillote semblait se refroidir de minute en minute. Le sang cognait contre ses tempes. Sa vue se brouillait lentement. Bientôt, il le savait d'expérience, une épouvantable migraine enserrerait son crâne dans un étau. Il serait incapable d'aligner deux pas sans tituber. La violence de son mal de tête serait telle qu'il lui semblerait que ses yeux allaient éclater sous l'effet d'une insupportable pression. Essayer d'aveugler la douleur en appuyant la paume de ses mains sur ses globes oculaires ne servirait à rien. Les comprimés de Lariam avalés ce matin n'agissaient pas. La température s'élevait inexorablement. La solution que la perfusion diffusait dans ses veines ne l'aidait pas davantage. Bientôt, il frôlerait l'accès pernicieux.

Autour de lui, une demi-douzaine de guerriers assis en tailleur attendaient, arcs et flèches posés sur leurs genoux, que leur maître émerge de son état de sidération. Ils épiaient chaque geste de Rohde, les commentant à voix basse entre deux lampées d'alcool de riz tirées d'une calebasse qu'il faisait tourner de l'un à l'autre. Malgré les morts et les destructions, ils étaient satisfaits d'avoir vaincu les *Younes.* Les femmes et les enfants tués au cours des combats étaient une tragédie qu'ils ne commentaient pas. Des villageois allaient s'en occuper. Ce soir, ils organiseraient une cérémonie aux esprits, les disparus ne viendraient pas harceler le monde des vivants. Ils trouveraient leur place parmi eux, et mèneraient leur existence parallèle sans les importuner. La vie reprendrait son cours. Mais il fallait que ce grand diable blanc réchappe du vent mauvais qui avait soufflé sur lui. Les mânes des étrangers les terrorisaient. Il se racontait qu'ils ne trouvaient jamais le repos et pouvaient hanter indéfiniment les endroits où la mort les avait saisis.

Cheng entra dans la pièce et se planta au garde-à-vous devant Rohde.

— Des guetteurs viennent de m'informer que de nouveaux éléments vietnamiens approchent. Une troupe importante. Il faut partir, mon colonel. Immédiatement vers le Cambodge.

Rohde fixa Cheng en essayant vainement de superposer les contours du Chinois qui scintillaient et vibraient dans le contre-jour.

— Il était convenu de filer par la mer, marmonna-t-il.

— Impossible. L'itinéraire intérieur est désormais bien trop risqué. La route doit être déjà coupée. Hanoi a dû mettre sur le pied de guerre une armada entière. Il nous reste que le Cambodge.

La nouvelle décupla la rage qui tenait Rohde éveillé depuis sa rechute de paludisme.

— Et puis, notre recueil à Saigon a été arrêté. Pékin vient de m'en informer et ordonne qu'on se replie par l'ouest, même si cela est difficile dans votre situation, ajouta Cheng. Faut pas traîner, mon colonel.

— Personne ne connaît cette piste.

— Si, vos partisans. Et le vétéran vietnamien que nous avons intercepté, argumenta encore Cheng.

— Encore cinq minutes, réclama Rohde.

— Le temps presse, mon colonel.

— Cinq minutes...

Rohde réfléchissait à une solution qui lui éviterait d'appliquer les dernières consignes reçues de la Boîte concernant Caron. Mais sa marge de manœuvre s'était considérablement réduite depuis ce que lui avait appris Cheng. Paris d'un côté et Pékin de l'autre qui ordonnaient de s'en débarrasser..., ça se discutait difficilement !

De vieux souvenirs de l'Afghanistan l'assaillaient quand le Chinois revint à la charge :

— Nous devons encore régler la question de votre compatriote, mon colonel. Vous ne m'avez toujours pas dit comment procéder.

— Je sais. Dans ces conditions, il va aider à porter mon hamac avec un villageois. On s'en occupera plus tard, quand je pourrai de nouveau marcher.

Cheng lui opposa aussitôt une mine butée :

— Ce ne sont pas les ordres de mes chefs. Il ne doit en aucun cas quitter le Viêtnam. J'attends seulement de savoir comment vous souhaitez qu'on s'y prenne.

Rohde voulut piquer un coup de gueule, mais la fièvre était en train de le terrasser.

— J'ai besoin... besoin d'être transporté.

— Moi et Jié, on vous portera.

— Vous... Vous devrez assurer la protection... La protection de la colonne. J'ai besoin de... de Paul, de... Caron et d'un villageois.

De son côté, Cheng entendait encore le chef du Guoanbu le menacer du pire si le cas Caron n'était pas réglé sur place. Trop d'erreurs avaient été, jusqu'à présent, commises par son équipe pour qu'il n'obéisse pas.

— Où sont les prisonniers ? demanda Rohde.

— Ils mangent.

Rohde passa une main sur son crâne chauve pour en écraser les gouttes de transpiration. L'officier héroïque qu'il avait toujours été se muait en assassin. Peut-être la fièvre le faisait-elle délirer, il ne savait plus. Il s'accrochait à l'idée que rien de ce qui se passait n'était réel.

Il sembla encore hésiter, puis :

— Alors, séparez-les. Faites venir le Vietnamien et trouvez ensuite un ou deux guerriers jaraï pour s'occuper du Blanc. Eux seuls peuvent le faire ici. Leurs croyances… leurs superstitions… Ne faites surtout rien vous-même. Mais faites en sorte que ça se passe rapidement… sans souffrances… À la rivière…

— À la rivière ?

— Oui… à la rivière… L'eau emportera l'âme de Caron… Et faites vite. Le temps presse. On lèvera le camp après.

Cheng salua et quitta la pièce. Rohde décrocha la transfusion, rassembla ses affaires et inspira une bolée d'air qui lui brûla les poumons.

Caron et Paul dégustaient le reste du poulet aux herbes. Jamais un tel plat leur avait paru si délicieux. Le bouillon semblait réunir tous les arômes de la forêt. Ils étaient requinqués et discutaient de la suite des événements. Paul n'avait pas convaincu Caron des risques qu'il encourait en restant à attendre dans la maison.

— Vous devriez profiter de l'instant pour vous échapper, lui avait-il conseillé.

Mais Caron avait refusé.

Je veux parler à Rohde. Je me fous de ce qu'il manigance. Il faut qu'on s'explique. Ensuite, je me débrouillerai.

— Absurde ! s'était écrié Paul. Filez maintenant.

Il avait montré Jié assoupi sur une natte. Le Chinois ronflait. Les femmes de la maison s'étaient esquivées.

— Voilà votre dernière chance, avait-il insisté. Saisissez-la. Sortez et prenez tout de suite à gauche, vers la lisière de la forêt. En moins de cinq minutes, vous pourriez avoir rejoint les chevaux. Le guide est encore armé et doit toujours attendre. Personne ne vous donnera la chasse. Tout le monde sait que l'armée vietnamienne va débouler sous peu. Fuyez !

Caron était resté de marbre.

— Je dois voir Rohde.

Paul cherchait encore des arguments lorsque Cheng, accompagné de trois Jaraï, fit son apparition. S'ensuivit un moment de flottement. Caron l'apostropha :

— Faut absolument que je parle au colonel. Conduisez-moi à lui après.

— Vous voulez voir le boss ? Bien, approuva le Chinois. Venez, on vous y emmène.

La mimique désespérée de Paul, à cet instant, amusa Caron.

— Vous voyez ? murmura-t-il. Tout s'arrange.

Il se leva, remit son sac à l'épaule et emboîta le pas au petit groupe qui prit aussitôt la direction du torrent qu'on entendait gronder quelques centaines de mètres plus bas.

— Je croyais le Français de l'autre côté du village, finit par s'étonner Caron en se retournant.

Cheng, qui s'était placé derrière lui, ne répondit pas.

Le vacarme de l'eau sur les rochers grossissait de seconde en seconde. La lumière projetait des ombres gigantesques devant les hommes. Une chaleur écrasante commençait à s'installer et à brouiller le paysage comme sous l'effet d'un mirage. Une nuée de papillons dans le ventre, Caron sentit tout à coup ses jambes fléchir. Il essaya de chasser le regard qu'avait posé Paul sur lui, et s'arrêta.

— Où m'emmenez-vous ? Je suis sûr que Rohde ne se trouve pas à la rivière.

D'un coup de pied, le Chinois envoya alors Caron au sol. Son genou semblait avoir éclaté sous le choc. Avec une douleur fulgurante se propageant à l'aine. Puis Caron le vit se retourner vers le Jaraï le plus près et désigner le sabre d'abattis qui pendait à sa ceinture en corde.

Au-dessus de lui, le Jaraï le dominait. Sans bouger. Caron croisa son regard. Les yeux le fixaient, noirs, impénétrables. Cheng répéta son geste, plus explicite cette fois-ci. Sa main vint frôler le pommeau du sabre et se déplaça ensuite vers Caron, dont le regard convulsait maintenant des villageois au Chinois et de celui-ci aux villageois.

Caron rentra la tête dans les épaules.

Combien de coups faudrait-il à son bourreau pour la lui faire sauter ? Une frayeur animale venait de s'emparer de lui. L'horreur de la lame s'abattant sur son cou. La peur de souffrir. La peur de finir au milieu de nulle part. La peur de la suite. Pour la première fois, l'idée de la mort le terrifiait avec une puissance insoutenable. Mourir anonymement. Pourrir dans un coin de jungle obscur. *Et après ?*

Des épisodes de sa vie se mirent à défiler. Des lieux et des personnes qui s'enchaînaient à toute allure.

Il venait de capter l'image de sa femme quand Cheng s'emporta face au partisan jaraï toujours immobile. Le Chinois tenait maintenant son pistolet à la main. L'arme effectua un quart de tour et le canon pivota vers Caron.

132

La journée s'annonçait triste à mourir comme un jour de retour de vacances. Estelle Becker avait le cafard. Revenue en urgence à Bangkok, elle abandonnait derrière elle un certain nombre de projets inachevés, d'espoirs déçus et beaucoup de personnes qu'elle avait appréciées et qui lui avaient fait confiance. Pour la première fois de sa vie, elle se sentait lâche. Sale. Tout ce qu'elle avait investi d'elle-même au Viêtnam depuis des années était irrémédiablement perdu. Elle n'y retournerait jamais. Elle ne retrouverait pas sa mère, elle ne saurait rien de la conclusion de l'affaire Rohde, rien de l'issue du bras de fer engagé contre Pékin et renonçait définitivement à la carrière dont elle avait rêvé. La CIA ne lui offrirait aucun autre poste équivalent à celui qu'elle avait obtenu à Saigon. Quelles que soient les raisons de son départ, elle avait conscience d'avoir failli. Elle avait été incapable de contrer l'action du colonel Thành, comme de protéger le vieux Lê Bao Thu ou de venger la mort de Gordon Wallace. Khang lui avait échappé et Vincent Caron, l'adorable Vincent Caron, se débattait désormais seul au milieu de ce marigot plein de crocodiles.

La première chose qu'elle fit en quittant l'aéroport fut de demander au taxi de la conduire directement au Wat Po. Elle voulait brûler quelques baguettes d'encens à son intention. Prier le plus sincèrement possible pour lui. Elle n'était pas croyante pourtant, pas du tout bouddhiste, mais une voix intérieure la poussait à aller solliciter, toute affaire cessante, l'assistance du grand bouddha doré. Elle croyait aux forces de l'esprit. Elle savait Vincent – ils en avaient parlé parfois – très intéressé et très respectueux de la ferveur religieuse des Asiatiques. Alors, peut-être, cette démarche la rapprocherait-elle de lui, à défaut de l'aider. Elle ne se reconnaissait pas, mais c'était ainsi, un besoin irrépressible d'aller au temple implorer sa protection l'avait menée là-bas.

Après un long moment, recroquevillée aux pieds du bouddha, elle s'était enfin relevée, avait déambulé un moment dans le quartier, comme une âme en peine, l'esprit divaguant de sa mère à Caron, et avait fini par s'arrêter devant l'hôtel *Royal* pour y prendre une chambre. Puis elle était retournée s'asseoir au restaurant de plein air, près de la rivière, où elle avait déjeuné avec lui.

Cela faisait à peine deux semaines, mais lui semblait déjà une éternité.

Pourquoi ne l'avait-elle pas accompagné à Saigon ? Pourquoi s'était-elle menti à elle-même ? Pourquoi n'avait-elle pas voulu admettre qu'elle était tombée amoureuse de lui ce jour-là ? Elle l'aurait suivi au Viêtnam, rien de ce qui était arrivé ne se serait produit, elle en était certaine, maintenant. Même son amie Margaux avait pressenti le trouble qui l'avait envahie, lorsqu'elle avait débarqué à l'AFP pour la questionner à son sujet.

Becker repoussa la soupe qu'on venait de lui servir.

Elle avait l'estomac noué. Elle s'en voulait au-delà du raisonnable. Impossible d'avaler une seule cuillère de ce bouillon qu'elle adorait. Dire que Perrin avait décidé d'effacer Vincent ! Et l'idée que ce soit Tesson qui s'en charge la crucifiait littéralement.

Le pire, sans doute, était qu'elle ne saurait jamais comment l'opération aurait eu lieu, comment le mercenaire s'y serait pris, comment Vincent serait mort. Tesson retournerait dans sa jungle birmane et couperait les ponts avec elle. Perrin également. Il lui faudrait beaucoup de temps pour se persuader qu'elle n'était elle-même coupable de rien et pour se reconstruire.

En fin d'après-midi, après avoir traversé à pied la ville chinoise, elle pénétra dans les locaux de l'AFP, décidée à demander à Margaux si celle-ci avait pu obtenir de nouveaux renseignements sur sa mère. Si cette dernière était encore vivante, et si Margaux avait enfin appris où elle résidait, il y aurait peut-être une possibilité de lui faire quitter le pays.

Becker s'accrochait à cette idée alors que l'ascenseur la propulsait vers l'étage de l'agence à une vitesse qui lui mettait une nouvelle fois le cœur dans les talons.

Margaux était penchée sur son ordinateur, lorsqu'Estelle cogna à la vitre du bureau. La journaliste releva la tête et se redressa aussitôt, l'invitant à entrer avec de grands gestes chaleureux.

— Estelle, ma belle, je n'en crois pas mes yeux ! J'allais te téléphoner et te voilà.

— Salut, beauté.

Les deux femmes s'embrassèrent et Margaux tira un siège à elle.

— Assieds-toi. Il nous arrive un truc incroyable.

Becker se posa sur une fesse et attendit. Margaux était une fille volubile, toujours encline à s'échauffer, mais elle ne l'avait jamais vue encore dans un tel état d'excitation.

— Estelle. J'ai retrouvé ta maman.

La phrase éclata dans les tympans de Becker. Elle eut soudain l'impression que Margaux parlait de quelqu'un d'autre à quelqu'un d'autre. *Ma mère ?* Puis lui revint en mémoire qu'elle n'avait pas prié une seule fois pour elle le matin au Wat Po.

— Ah…

— Enfin, Estelle, tu captes ce que je t'annonce ? reprit Margaux en la secouant. Ta maman est vivante. Elle réside à Saigon depuis deux ans. Les autorités l'ont laissée revenir. Elle est logée dans une institution religieuse au nord de la ville. Tu vas pouvoir enfin la rencontrer.

— Quoi ?

— Remets-toi, ma belle. C'est fait. Tu as gagné.

Un immense sourire illumina enfin le visage de Becker. Margaux applaudit des deux mains. Puis sortit d'un tiroir une bouteille de vodka et deux godets.

— On va trinquer ?

— Ouais, on trinque…, accepta Becker.

C'était inimaginable. Becker en avait le feu aux joues. Elle devait ça à son amie Margaux et cherchait déjà comment la remercier. Tous ces mois passés à mobiliser ses contacts au Viêtnam, elle n'avait pas lâché l'affaire. Elle resterait à jamais celle qui lui avait apporté une vraie bonne nouvelle. Ça ne courait pas les rues.

— Qu'est-ce que tu vas faire ? demanda Margaux.

— Je… Je ne sais pas. Je… Je vais téléphoner. Ou envoyer un mail…

— Tu ne vas pas y aller ?

— Dans l'immédiat, non. C'est… Ça m'est impossible de retourner au Viêtnam.

Margaux la considéra de façon étrange.

— À cause de ton ami ?

— Quel ami ?

— Celui dont on a parlé, ici. Vincent Caron.

Becker eut tout à coup l'impression que quelqu'un venait de pousser la clim à fond. Elle frissonna.

— Quoi, Caron ?

— Tu ne sais pas ? Le bureau de Saigon vient d'apprendre sa mort.

Épilogue

Les beaux jours s'installaient sur Paris. Les dernières pluies avaient lavé le pavé de la poussière du printemps et la ville semblait entrer dans l'un de ses plus beaux étés indiens. C'était, en tout cas, ce que prévoyait Météo France. Le patron de la Boîte y croyait dur comme fer. Qu'est-ce qui aurait pu venir encore perturber les jours ensoleillés et tranquilles qui s'annonçaient ?

La terrasse du café du *Louvre* était parfaite pour le rendez-vous. La magnificence de l'architecture royale, l'élégance un peu incongrue de la pyramide, et la foule débonnaire et ordonnée des touristes japonais, c'était parfait pour faire le point avec Perrin et tirer un trait définitif sur cette affaire qui empoisonnait leurs relations depuis un moment. Perrin était une sorte de romantique qui laissait trop souvent ses sentiments guider sa vie. Comme si le passé et l'amitié avaient leur place dans le métier ! Un brave boy-scout, au fond, qu'un compte rendu circonstancié de la mission devant une coupe de champagne offerte dans ce lieu de mémoire remettrait en selle. Le général n'en doutait pas. Perrin avait besoin d'être recadré avec tact, autrement que dans son bureau de la caserne Mortier où tant de colère avait fait vibrer les fenêtres. Maintenant que l'affaire Rohde appartenait au passé, que les Chinois avaient sauvé l'agent et que l'honorable correspondant journaliste avait laissé ses os au Viêtnam, un peu de pédagogie et beaucoup de promesses dans cet endroit

VIP l'aideraient à avaler la pilule. Perrin ne connaîtrait jamais les tenants et les aboutissants de l'histoire Rohde, mais il serait sensible au traitement particulier de son patron.

Quelques considérations d'ordre national, quelques explications géopolitiques, quelques observations personnelles, des confidences, des regrets, des paroles apaisantes, bref, des mensonges savamment pesés et étudiés permettraient de repartir de zéro.

Le ministre avait refusé tout net la mise au rencard de Perrin, encore plus son effacement. Pourtant, un accident de voiture sur le périph, un cambriolage qui tourne mal, une chute malencontreuse dans les escaliers de son immeuble, voire une fausse-route à la cantine de la Boîte… Tout aurait été possible. Ne manquaient ni les tueurs ni les scénarios, ni le matériel ni les produits. Seulement la volonté de le faire. Le général n'avait d'autre choix que de se mettre Perrin dans la poche. Il avait donc tout prévu et organisé pour réussir. On passait à autre chose. Perrin serait ramené doucement et aimablement au bercail.

Le colonel, en bermuda et espadrilles, s'installa à la table de son patron, une lueur interrogative dans les yeux.

— Ma parole, tu es en tenue estivale, mon vieux, s'étonna le général.

— Nous sommes dimanche…

— C'est la raison pour laquelle nous nous voyons ici. J'ai pensé que ce serait plus agréable de faire le point dans ce bistrot, tranquillement, d'homme à homme, avant la réunion de demain matin.

Perrin ne moufta pas.

Il s'est passé beaucoup de choses ces dernières semaines. On s'est opposés, on s'est engueulés…

— Le moins qu'on puisse dire.

— Je voulais que tu aies connaissance de l'évolution de notre affaire en priorité. Avant tes collègues. Pour qu'on puisse en discuter sereinement entre nous, à bâtons rompus.

— Il y a donc du nouveau dont je n'avais pas été tenu au courant...

— Calme-toi. Ces infos sont arrivées par la voie diplomatique directement au cabinet du ministre. Ce matin, à peine une heure avant mon coup de fil. Premièrement, Rohde a réussi à s'en tirer. Il a finalement rejoint le Cambodge. Ça s'est fait au nez et à la barbe des Viêts. Il se trouve actuellement à la frontière thaïe avec un groupe d'anciens Khmers rouges, ceux que nous avions soutenus dans les années 1980.

Perrin sourcilla.

— Doivent pas être jeunes, les gaziers !

— Bref, il est dans la région de Païlin dans une mine de saphirs. Un lot de très beaux cailloux l'aidera à prendre un avion à Bangkok sans être entré régulièrement dans le pays. C'est déjà arrangé par notre antenne sur place.

— Il revient à Paris ?

Le général hésita :

— Oui... Non... En tout cas, pas tout de suite.

— Je vois...

— Qu'est-ce que tu vois ?

Perrin ne releva pas le ton abrupt de la question. Il n'y répondit même pas.

— Et mon ami Vincent Caron ?

La demande tomba, froide et brutale. Sans décontenancer pour autant le général qui l'attendait, évidemment. Que Perrin ne l'ai pas posée tout de suite en s'asseyant l'étonnait même.

— Ah ! Celui-là... Il a malheureusement fini par se faire faire aux pattes par les locaux avant même d'avoir pu rejoindre Rohde.

— Malheureusement ?

— Écoute-moi bien, il n'avait jamais été question d'éliminer Vincent Caron. Qu'est-ce que tu crois ! Je t'ai servi cette fable pour que tu fasses tout ton possible pour le faire revenir.

— Vos dernières consignes étaient pourtant très claires...

Le général eut un geste d'exaspération qui fit valser sa tasse de café.

— Mais jamais Rohde ne l'aurait assassiné ! T'as marché là-dedans ? Je le crois pas ! Pour lui, le message signifiait qu'il ne devait en aucun cas entrer en contact avec Caron. Rien de plus.

— Enfin, le résultat, c'est que vous m'annoncez sa mort.

— La faute à pas de chance, mon vieux. Je crois que l'endroit était particulièrement dangereux. L'ambassade prétend qu'il a été repassé par une tribu montagnarde, c'est peut-être les Viêts qui l'ont dézingué, on saura jamais. Pour le moment, on a obtenu que l'AFP n'annonce pas son décès. On garde l'affaire pour nous.

— Tesson, lui, nous le dira.

Lèvres pincées, le général émit d'abord un son assez trivial, puis :

— Négatif. Lui et Caron : kifkif bourricot. Il s'en est pas sorti non plus. C'est une sacrée chance pour toi, d'ailleurs...

— Pourquoi ?

— À cause de Delamarre. Je te fais pas de dessin, n'est-ce pas ?

— Je ne suis quand même pas responsable ce son accident. Le principal est qu'il soit vivant, non ?

— Comme tu dis. Mais, va falloir que tu gères la suite avec lui. Qu'il ferme sa gueule. Les Viêts n'ont même pas instruit d'enquête. Tout le monde s'accorde à penser que ce pauvre Paul-Henri s'est foutu tout seul sous les roues du camion, alors faudrait pas qu'il commence à foutre le bordel.

— Et comment a été tué Tesson ?

— Mais comme Caron. Par un groupe ethnique. Version officielle locale. Autant te dire que les Viêts sont très embarrassés par cette histoire. Pour eux, il s'agit de deux trekkeurs français qui se sont égarés dans une zone dangereuse et interdite. Ils sont navrés d'avoir failli à assurer la protection d'étrangers. Bien sûr, ça arrange nos affaires dans un sens. Ça fait mettre de côté l'affaire Rohde. C'est malheureusement tout ce qu'il faut en retenir. Moi aussi, je suis affligé. Mais faudra faire avec. Faudra que tu avertisses la veuve du journaliste, aussi.

— Ça va être difficile.

— Je sais que tu trouveras les mots.

— Quand récupérera-t-on les corps ?

Le général leva les bras en signe d'impuissance.

— Les Viêts prétendent que les cadavres ont été jetés à la rivière par les paysans.

— C'est fâcheux.

— Certes, à quoi penses-tu ?

— Que toute la presse va se jeter sur cette histoire comme un seul homme. Vous y avez réfléchi ?

— Personne ne saura jamais ce qui est arrivé au mercenaire de Birmanie. Quant à la veuve du journaliste, si je puis me permettre un conseil, faudra lui dire qu'il était en reportage et qu'il est tombé dans un guet-apens dans un endroit reculé où il n'aurait jamais dû mettre les pieds, et qu'il a disparu. Ce ne serait pas le premier journaliste à s'évanouir dans la nature dans ces zones pourries. Je crois me souvenir qu'un de ses homonymes a subi le même sort dans les années 1970, pendant la guerre, non ?

La remarque du général irrita Perrin au plus haut point.

— Qu'est-ce que l'histoire de l'autre Caron a à voir avec la nôtre ?

— Simplement que la profession de reporter est parfois plus dangereuse que celle de nos agents. Et qu'on peut très bien expliquer à la veuve de Vincent Caron qu'il a été victime de son métier. Tu sauras faire ça.

— En reportage ? Mais son journal niera.

— J'en fais mon affaire. Le principal est que ça ne remonte pas jusqu'à nous. Dis-moi : sa femme n'était pas au courant de ses activités pour la Boîte ? Rassure-moi !

— Je crois pas, répondit laconiquement Perrin. Mais sait-on jamais…

Le général ne se troubla pas.

— Bon, si c'est le cas, il n'aura été qu'un informateur occasionnel comme nombre de ses confrères. Faudrait pas qu'elle nous emmerde non plus, celle-là. Fais-en une priorité.

La réflexion glaça Perrin. Il n'en laissa rien paraître, mais une colère froide venait de s'emparer de lui. Tous les efforts déployés depuis un quart d'heure par son patron pour le raisonner et l'amadouer venaient de voler en éclats. Il mentait depuis le début de leur conversation. Son unique préoccupation était de couvrir la neutralisation de Caron, on y était. *On ne refait pas les gens*, se dit Perrin. Le poireau venait de faire le faux pas de trop.

Néanmoins, Perrin obtempéra :

— C'est entendu, mon général, je ferai ce qu'il faut.

L'interphone tintinnabula, puis une voix fatiguée répondit :

— Qui est là ?

— Cécile, c'est Denis. Je peux monter ?

Perrin avait décidé de se rendre sans attendre chez l'épouse de Vincent Caron. L'idée de lui annoncer la mort de son mari par téléphone le révulsait. Il devait la lui apprendre face à face. En même temps qu'il avait envie de se retrouver dans cet appartement. Il aurait été bien incapable d'expliquer pourquoi à ce moment-là, mais une force irrépressible le poussait à aller chez son ami. Revoir les photos accrochées au mur du salon ; les objets rapportés de ses reportages, posés sur les meubles ; les livres dans la bibliothèque... S'il n'y allait pas aujourd'hui, il n'irait jamais plus. Les ponts seraient définitivement coupés avec Cécile et il ne lui resterait rien de Vincent, aucun souvenir, aucune dernière impression.

Il avait pris le métro jusqu'à la gare de Lyon et remonté au pas de course la rue menant à l'immeuble.

— J'aurais dû appeler avant de venir, c'est vrai, ajouta-t-il.

— Pas du tout, je suis ravie de te voir. Je t'ouvre. Cinquième gauche, tu te souviens ?

L'ascenseur escaladait les étages à une allure désespérément lente. Perrin montait les yeux clos, la bouche entrouverte. Le sang battant dans les tempes, les mains tremblantes. Dieu que la vie pouvait être moche ! Il allait être accueilli comme le meilleur ami du couple et devoir annoncer l'indicible. En trois mots, faire chavirer pour toujours l'existence de Cécile. Entendre ses cris, ses pleurs, ses dénégations. Peut-être se faire mettre à la porte comme le responsable de la mort de son mari. Il n'avait pas même de corps à présenter. Rien pour qu'elle fasse son deuil. Une horreur !

La cabine stoppa dans un concert de grincements. Cécile était déjà sur le palier, dans la chemise de nuit qu'elle n'avait pas eu le temps de quitter. Les yeux pétillants, attendant de bonnes nouvelles, certainement. Ce qui caractérisait l'épouse de Vincent, c'était son humeur perpétuellement positive. Une femme fataliste, mais toujours lumineuse. Une vraie femme de marin breton. Qu'importe le vent, la mer démontée, les semaines qui passaient, elle serait restée animée du même optimisme. Vincent partait au bout du monde, il s'en allait couvrir des guerres, des révolutions, elle ne montrait jamais son inquiétude. Elle vaquait à ses occupations au jour le jour, persuadée que la bonne étoile qui éclairait leur vie depuis tant d'années ne pâlirait jamais. Elle était épuisée, mais n'en montrait rien.

Sa première phrase fut pour Vincent.

— Alors, il rentre bientôt ? Ou viens-tu me prévenir que sa mission se poursuit ? demanda-t-elle aussitôt. Je te connais, Denis, chaque fois que tu fais signe, c'est pour m'annoncer que Vincent est retardé. Entre !

L'appartement embaumait le parfum de l'hôtel *Shangri-La* de Bangkok. Perrin leur en avait rapporté plusieurs flacons à la suite d'un précédent séjour. Le colonel inspira une longue bouffée d'air et passa dans le salon. Il jeta un coup d'œil circulaire sur les photos et les bibelots.

— Le musée n'a pas changé, babilla Cécile. Tout est toujours là. Je me demande ce que Vincent trouvera encore à rapporter.

— Vincent n'est plus, la coupa Perrin.

Les mots étaient sortis de sa gorge ainsi. Il aurait pu dire : « Vincent est mort », les trois mots qu'il avait ruminés le long de la ligne 1 du métro, mais d'autres s'étaient imposés. Toujours trois putains de mots, peut-être moins brutaux, il ne savait pas.

Cécile leva le menton et plissa les yeux.

— Qu'est-ce que tu dis ?

— Vincent ne rentrera pas, cette fois-ci. Je viens d'en être averti. Je suis effondré, je ne sais quoi ajouter. Je ne peux même pas t'expliquer dans quelles conditions il a été tué. C'est encore très flou...

Cécile se laissa choir sur le canapé. Elle n'émit aucun son, aucune plainte. Elle se mit à sangloter, hagarde.

— Pire encore, je ne pense pas qu'il sera rapatrié. Je ferai mon possible, mais je ne peux rien promettre. Ce que je peux te dire, c'est qu'il a perdu la vie à cause de moi. Je n'ai pas su le protéger. Je lui ai confié une mission qui s'est avérée pourrie, beaucoup plus dangereuse que prévu, et je n'ai rien pu arrêter. Il va falloir aussi prévenir son journal. Et je ne peux rien faire de ce côté-là.

Puis un silence pesant emplit la pièce. Perrin ne savait plus quoi ajouter. Cécile était recroquevillée, le visage tourné dans l'angle du sofa, le corps secoué comme traversé de décharges électriques. Elle n'avait pas prononcé une parole. Elle pleurait.

Perrin se sentit alors obligé d'émettre une hypothèse ridicule. Malgré les certitudes dont avait fait montre le général.

— Tu sais, je ne dispose d'aucune preuve tangible du décès de Vincent. Il arrive parfois que les mauvaises nouvelles trouvent une issue heureuse. Les témoins de sa mort sont... pas forcément crédibles.

— Tu es gentil, balbutia Cécile. Mais ne me prends pas pour une sotte. Si tel était le cas, tu ne serais pas venu. Tu aurais cherché. Tu aurais remué ciel et terre. Ne me laisse pas espérer, c'est pire que tout.

— Je suis venu car je ne voulais pas que tu sois mise au courant par d'autres que moi.

— Qui, mon Dieu ?

— Je ne sais pas. Des confrères de Vincent, un de ces quatre, quand ils auraient fini par apprendre la nouvelle. Les choses vont vite dans ces cas-là.

Cécile se redressa, le visage baigné de larmes qu'elle ne cherchait pas à sécher.

— Ne te fatigue pas, Denis.

— On s'est peut-être trompés, je te le répète. Garde espoir.

Quand le consul français à Hanoi coupa la communication, le lendemain matin, François Dupuy n'en revenait pas. Sans parvenir à déterminer de quelle manière la nouvelle le choquait. Un sentiment étrange le paralysait. Un sentiment qu'il n'aurait jamais imaginé aussi fort. Au final, cet empoisonneur de Caron avait fini par passer l'arme à gauche. Dans ce pays qu'il affectionnait tant. Quarante ans après la fin de la guerre ! C'en était effarant. Voilà : effarant. Effrayant et inouï à la fois.

François Dupuy appuya aussitôt sur une touche de son téléphone de bureau et appela le comptable.

— Une nouvelle incroyable ! J'en suis complètement retourné. Caron nous a quittés. [...] Non, pas parti, mort ! Tué pendant des vacances au Viêtnam. [...] Si si, comme je vous le dis. [...] Oui, c'est terrible n'est-ce pas ? Malheureusement, il faut aller de l'avant. Ici, la vie continue. Vous allez me préparer le compte pour sa veuve. [...] Les indemnités légales... [...]. D'ici là, motus et bouche cousue. Préparez-moi le chèque, c'est tout. N'en parlez à personne.

Il s'étira dans son fauteuil, ramassa son carnet de notes et se dirigea vers la salle de conférences. Les morts étaient les morts. L'actualité n'attendait pas. Ce soir, il écrirait un petit discours pour le jour où seraient célébrées les obsèques.

L'aéroport de Tân Sơn Nhất bruissait de son effervescence quotidienne. Tho regarda les files de touristes d'un œil amusé. Combien de Français là-dedans ? Combien de gens bientôt pendus à leurs radios ou leurs postes de télévision ? Si ses prévisions étaient bonnes, si le journaliste restait aussi déterminé qu'il l'avait dit : quelques heures... Le temps que l'avion se pose à Paris, et que tout s'emballe. C'était cela : quelques heures. Tho se fit la promesse de se faire enfin installer dans son bureau un ordinateur afin de pouvoir suivre en direct les sites des télévisions et des radios françaises qui relayeraient l'information. Ça promettait d'en décoiffer quelques-uns, il en jouissait d'avance.

Il contourna les bureaux de l'Immigration, répondit à peine aux saluts des policiers et prit l'escalator menant à la salle d'attente VIP.

Il attrapa au vol deux coupes de champagne, une assiette de petits sandwichs, et s'avança vers l'homme assis contre la baie vitrée, en apparence absorbé par le spectacle des appareils qui atterrissaient et décollaient. Un ballet continu.

C'est vrai que l'aéroport avait changé depuis la victoire de 1975. Il était dorénavant aussi moderne que celui de Singapour et Tho en éprouvait toujours de la fierté lorsqu'il y venait.

Une voix cristalline annonça la fin de l'embarquement du vol de Vietnam Airlines pour Paris en pressant les retardataires de se présenter à la porte. C'était sans importance. L'avion attendrait le passager. Tho avait encore envie de trinquer et de faire un dernier point avec lui.

Il posa délicatement la main sur l'épaule de Caron.

— *Hey, Mister Vincent !* Vous voilà prêt à rentrer au pays…

Caron sursauta. Le guerrier jaraï qui s'était interposé entre Cheng et lui bascula dans les tréfonds brûlants de sa mémoire. L'homme qui avait saisi son arc, armé une flèche et gesticulait en proie à un courroux indescriptible face au Chinois venait de s'évanouir.

Caron replia ses jambes du fauteuil où il les avait étendues et son visage s'éclaira d'un large sourire.

— Bonjour, général. Faut croire que oui.

— Vous avez l'air anxieux, pourtant.

— Je repensais à Dac Muy. Je ne comprends toujours pas.

Tho se cala contre lui et lui tapota le bras.

— Nous en avons déjà parlé. Votre ami mercenaire avait été tué, il n'était pas question que l'âme d'un deuxième Blanc vienne perturber la sérénité du village. Ces Jaraï sont des gens dont l'existence terrestre est indissociable de celle des fantômes. Et les fantômes des étrangers les terrifient. Ils ne pouvaient pas laisser le Chinois vous abattre. Cela a été votre chance.

Caron frémit.

— Je revis continuellement ce qui a suivi. Cette sorte de cérémonial. Quand les guerriers ont effleuré ma tête, en émettant de petits sons rauques, expulsant l'air entre leurs lèvres serrées comme ils auraient soufflé sur des braises. Ils psalmodiaient en se trémoussant. Puis leurs mains, qui me saisirent aux épaules, me soulevèrent du sol et me secouèrent. Et puis vos soldats qui m'ont récupéré, inconscient. Je voudrais me libérer de ces images.

— Ça viendra. Vous finirez par oublier. C'est la suite qui compte, maintenant.

— Je sais.

— Vous n'êtes pas inquiet ?

— Pas le moins du monde. Impatient, plutôt.

— Toujours décidé ?

— Plus que jamais.

— Ce que vous vous apprêtez à révéler ira bien au-delà du scandale du Watergate, vous le savez ?

— J'espère.

— Vous serez contraint à jeter le masque. Cela aussi, vous le savez. Vous en avez mesuré les conséquences ?

— Je suis à quelques mois de la retraite, je m'en fous. Je suis ravi de faire éclater cette bombe.

— Moi aussi. Et je suis ravi que nous nous soyons entendus. Surtout, que vous acceptiez de passer sous silence quelques-uns des aspects de cette ténébreuse histoire.

— J'aime trop votre pays pour lui créer des ennuis.

— Mais, la France ?

— Vous avez reconnu vous-même, général, que ce n'est pas la France qui est en cause dans cette affaire. Seulement les gens qui ont opté pour le renversement d'alliance Pékin contre Washington. Et je pense comme vous.

— Maintenant que vous connaissez les noms, vous êtes toujours prêt à les dénoncer ? Cela ne vous effraie pas ?

— Un peu, évidemment. Épingler un lobby aussi puissant à l'ONU et au Conseil de sécurité va en énerver plus d'un. Mais au fait, comment avez-vous découvert les identités de ces transfuges ?

Le général Tho reposa sa coupe et s'étira en repensant à Tran Hung Khang. Comment cette épouvantable grenouille avait livré l'ensemble du réseau international impliqué dans ce jeu de go chinois : Thaïlandais, Indien, Grec, Italien, Allemand et Français... Une vraie compagnie de salopards qui auraient vendu leurs propres mères si les Chinois l'avaient demandé. Quelques coups de fer à souder et Khang avait tout déballé. C'est fou ce qu'on pouvait obtenir avec une torture menée dans les règles de l'art !

— Psychologique et physique..., murmura Tho, le regard subitement embrumé.

— Pardon ? fit Caron.

— Rien, s'excusa le général. Je me parlais à moi-même.

Tho se serra davantage contre Caron.

— J'ai confiance en vous. C'est la raison pour laquelle vous repartez libre. Contrairement à l'agent Philippe Rohde. Il pourrait d'ailleurs nous remercier, celui-là, de l'avoir intercepté. Il serait mort sans notre intervention. Son palu était catastrophique.

— Vous avez réussi à le soigner ?

— Toujours en cours. C'est impressionnant, cette fièvre de cheval. Heureusement, le gars est costaud.

— Et après ?

— Nous n'allons pas l'entretenir *ad vitam aeternam*. Nous savons tout ce qu'il a fait, et qu'il l'a fait sur ordre des gens dont nous parlions. C'est un pion, rien de plus. Il sera libéré quand vous aurez publié votre enquête. La suite ne nous concernera plus.

Caron eut l'air soulagé.

— Quoi ? interrogea Tho, les deux mains tournées vers le plafond.

— Je redoutais que vous décidiez de ne pas le rendre.

— Le Politburo ne souhaite pas rouvrir un contentieux avec Paris. En même temps qu'il est intéressé que cette affaire éclate au grand jour. Après tout, il s'agit d'une affaire franco-française. Quant à vous, cher ami, vous reviendrez ici quand vous le voudrez. Vous y serez toujours traité en hôte de marque. J'aurai plaisir à vous revoir si Dieu me prête vie encore un peu. C'est vrai, j'ai aimé nos discussions concernant l'Indochine et la guerre américaine. Vous êtes un homme apaisé, cela me plaît.

— Et mon ami Tuan ?

— Que voulez-vous dire ?

— Il ne sera pas inquiété ?

Tho s'esclaffa.

— J'ai une dette envers M. Vinh Van Tuan. Rien ne lui arrivera tant que je serai en poste. Dites-lui qu'il peut revenir. Sa place n'est pas à Phnom Penh, mais ici. Je le protégerai, soyez-en persuadé.

— Et Estelle Becker ?

— Elle aussi. J'ai appris l'histoire de sa maman.

— Ah bon ?

— Par l'une de nos informatrices, une consœur à vous qui travaille au bureau de l'AFP à Bangkok. Sa maman, que Mlle Becker recherchait depuis des années, est vivante. On lui fera savoir rapidement qu'elle peut revenir.

— Et Rose ? demanda encore Caron.

Le général Nguyen Xuan Tho toussa.

— J'aurais dû vous en parler plus tôt. Malheureusement, Mlle Minh Thi Hong a fait partie des dommages collatéraux de l'affaire Rohde.

Caron écarquilla les yeux.

— Ne la regrettez pas, monsieur Vincent. Quoi que vous ayez pu en penser, quoi que vous ayez pu partager avec elle, elle vous avait trahi comme elle avait trahi son pays. Ses faux pas ne lui ont pas été pardonnés par les subalternes qui la géraient. C'est ainsi…

Caron allait répondre lorsque le haut-parleur répéta son annonce.

— J'y vais, conclut-il.

Puis, se ravisant :

— Reste à espérer que le passeport que vous m'avez fourni me permettra de rentrer chez moi…

— Aucune inquiétude à ce sujet, cher ami. Vous aviez fait croire à mon adjoint que vous étiez belge, eh bien, vous voilà doté d'un document authentique…

— Un vrai-faux ?

— Pas du tout. Il appartenait à un malheureux touriste, décédé dans un accident de la route il y a une dizaine d'années. Mes services avaient conservé le passeport au cas où… Sa transformation a été réalisée par des spécialistes, vous ne risquez rien. Mais j'aurais pu vous en parler plus tôt.

Le général Tho lui tendit la main. Puis lui donna l'accolade.

— Allez, partez tranquille mon ami. Bon vent. Mes vœux de bonheur et de paix vous accompagnent.

Assis confortablement dans le fauteuil de première classe, Caron colla son visage au hublot. La dernière fois qu'il avait quitté Tân Sơn Nhất, les cratères des ultimes obus tirés quelques jours plus tôt par les Nordistes constellaient le tarmac. Dans quelques heures, ce serait un feu nucléaire qu'il déclencherait en plein Paris. Comme l'avait préconisé Tho, ça ferait bien plus de bruit que le scandale Nixon.

Une seule chose venait contrarier l'état de félicité absolue dans lequel se trouvait Caron. Il n'avait pas appelé ni Becker ni Cécile. Tho avait longuement insisté pour qu'il ne joigne personne. Pas même son épouse. Tout le monde en France, sans exception, devait le croire trépassé. Comment Cécile avait-elle pu réagir à l'annonce de sa mort ? Beaucoup de chagrin, c'était sûr. Et puis ?

Il absorba distraitement les noix de cajou que lui avait offertes l'hôtesse, ingurgita son troisième verre de champagne de la soirée, puis étendit son siège, accrocha le masque opaque sur son visage et chercha le sommeil.

À Paris, les premières lueurs du jour se profilaient au-dessus des toits. Cécile avait passé la nuit à errer dans l'appartement, à regarder chaque photo, à détailler chaque objet rapporté de ses voyages par Vincent. Quinze jours déjà que Perrin était venu la voir. Pas un signe depuis. Elle n'en pouvait plus.

Elle termina la bouteille de whisky pour se donner du courage et avança jusqu'à la fenêtre. Cinq étages… Et cette fichue poignée qui refusait de s'ouvrir ! Elle aurait dû la faire réparer comme Vincent le lui avait souvent réclamé. Il y avait beaucoup de choses que lui avait demandées Vincent et qu'elle avait zappées. C'était stupide, mais elle s'en voulait encore.

La poignée finit par céder. Cécile s'approcha de la balustrade du balcon à l'instant précis où l'avion de Vincent Caron se posait à Roissy.

Index des personnages

Philippe ROHDE : l'agent de la DGSE disparu à Saigon.

Vincent CARON : le journaliste, honorable correspondant de la DGSE, parti à la recherche de Rohde.

Denis PERRIN : directeur Asie à la DGSE.

Estelle BECKER : call-girl liée à la CIA, employée occasionnelle de la DGSE.

MINH THI HONG, Rose : masseuse et prostituée, agent du TC2, les services de contre espionnage vietnamiens.

Sato YAMAZAKI : reporter indépendant, employé par les services secrets japonais.

LÊ BAO Thu : ancien professeur d'histoire contemporaine vietnamienne, opposant au régime communiste.

NGUYEN XUAN Tho : général, patron du TC2, les services de contre-espionnage vietnamiens.

PHẠM KHẮC Thành : colonel, adjoint du général Tho au TC2.

NHUNG-LE-BORGNE : tueur du TC2.

TAC : tueur du TC2.

TRAN HUNG Khang : numéro trois du Politburo.

CHENG : agent du Guoanbu, les services secrets chinois.

JIÉ : 1er adjoint de Cheng.

BAO : 2e adjoint de Cheng.

Pascal TESSON : mercenaire français de Birmanie, employé occasionnel de la DGSE.

Xavier FRÉBOURG : patron français d'un tour-opérateur à Saigon.

VINH VAN Tuan : gérant d'un bar à Saigon, ancien fixeur de Vincent Caron au cours de la guerre du Viêtnam.

NGÔ THI Lien : ancienne maquisarde viêt-minh, devenue mère maquerelle pour le TC2 et milliardaire.

CHAN Lý : réceptionniste à l'hôtel *Freedom*, agent du TC2.

Paul-Henri DELAMARRE : attaché militaire à l'ambassade de France à Saigon.

Cécile CARON : épouse de Vincent Caron.

François DUPUY : directeur de la rédaction du journal où travaille Vincent Caron.

LÔC : capitaine de police à Saigon.

LAM : caporal de l'Immigration à Saigon.